Das Buch

»Sibirisch kalt war der Winter 1946, als Kurtchen Marenke, vom selben Jahrgang 34 wie sein Autor, nach langer Wanderung im holsteinischen Kaff Kudenow Mutter und Schwester wiederfand. Nun haust und hungert er mit ihnen im Hühnerstall des reichen Bauern Fiete Kock, gleich neben der Scheune, wo die vielen anderen ›Beutegermanen‹ kampieren ... Arno Surminski, der in seinem autobiographischen Erstlingsroman *Jokehnen* eine ostpreußisch-ländliche Kindheit der Hitler-Ära bis zum Schreckensfinale beschrieb, kann sich auch dieser endlosen Null-Stunde gut noch erinnern: der Notaufnahmelager, Bahnhofsmissionen und Züge voll verdreckter Gestalten, der Schleichpfade über die Zonengrenze, der Schieber, Schwarzhändler und Kartoffelfechter, der Zigarettenwährung und der 1300 Kalorien pro Tag. In den Dörfern verfluchten die Einheimischen, wohlgenährt von Wurst und Speck, die Millionen fremder Hungerleider, diese verlauste ›Mischung aus Polen und Deutschen mit asiatischem Einschlag‹, die ihren Frieden störte ... Unbefangen und ohne Pathos, in einfachen Sätzen und schlichter Psychologie erinnert sich Arno Surminski des Kurtchens, das er selbst wohl einmal war. Doch das Garn ist solide. Seine holsteinische Flüchtlingspastorale voller Lindenblüten-Dunst und Kuhstall-Duft liefert, für jeden halbwegs beteiligten Zeitgenossen deutlich erkennbar, die ziemlich exakte Chronik der noch einmal Davongekommenen.« *(Der Spiegel)*

Der Autor

Arno Surminski, 1934 in Ostpreußen geboren, blieb nach der Deportation seiner Eltern 1945 allein zurück. Nach Lageraufenthalten in Brandenburg und Thüringen wurde er 1947 in Schleswig-Holstein von einer Familie aufgenommen. Ab 1962 war er in der Rechtsabteilung eines Hamburger Versicherungsunternehmens tätig und arbeitet seit 1972 freiberuflich als Wirtschaftsjournalist und Schriftsteller.

Von Arno Surminski sind in unserem Hause außerdem erschienen:

Aus dem Nest gefallen · Fremdes Land oder Als die Freiheit noch zu haben war · Grunowen oder Das vergangene Leben · Sommer vierundvierzig · Damals in Poggenwalde · Jokehnen oder Wie lange fährt man von Ostpreußen nach Deutschland · Die Kinder von Moorhusen · Malojawind · Polninken oder Eine deutsche Liebe · Der Winter der Tiere

Arno Surminski

Kudenow

oder
An fremden
Wassern weinen

Roman

Ullstein

Besuchen Sie uns im Internet:
www.ullstein.de

Wir verpflichten uns zu Nachhaltigkeit

- Klimaneutrales Produkt
- Papiere aus nachhaltiger Waldwirtschaft und anderen kontrollierten Quellen
- ullstein.de/nachhaltigkeit

Ungekürzte Ausgabe im Ullstein Taschenbuch
6. Auflage 2022
© 1978 by Hoffmann & Campe Verlag, Hamburg
Umschlaggestaltung: HildenDesign, München
(nach einer Vorlage von Bauer + Möhring, Berlin)
Titelabbildung: Photonica/Joseph Squillante
Satz: KompetenzCenter, Mönchengladbach
Gesetzt aus der Sabon, Linotype
Druck und Bindearbeiten: CPI books GmbH, Leck
ISBN 978-3-548-24873-8

Der Zug hielt auf jeder Station, aber es wollte niemand aussteigen. Der Beamte eilte diensteifrig von Wagen zu Wagen und rief immer neue Ortsnamen in die Dunkelheit. Aber es wollte niemand aussteigen. Die Fahrgäste blickten an ihm vorbei, beschäftigten sich mit Nebensächlichkeiten und verweigerten jede Auskunft auf die Frage, warum um alles in der Welt niemand aussteigen wollte. Erst wenn er den Zug abfahren ließ, in die frühe Dämmerung des Dezemberabends fahren ließ, löste sich die Spannung. Flüsternde Gespräche auf dem Gang; man schneuzte sich, hustete oder schloß ganz einfach die Augen.

Hinter Nordhausen kam endlich Leben in den seltsamen Zug. Die Reisenden schulterten ihre Rucksäcke, hängten sich Pappkoffer um den Hals, hängten sie so, daß sie wie kleine Serviertischchen vor dem Bauch baumelten. Andere zogen Fausthandschuhe an, griffen nach abgetragenen Hüten und weitgewanderten Krückstöcken. Wer die Zeit nicht abwarten konnte, ging hinaus in die Kälte, stand die letzten Kilometer der Reise auf der Plattform, dem Wind ausgesetzt, der Wasserdampf, gemischt mit Rauch, über die Wagendächer fegte.

»Gehst du auch rüber?« fragte der Mann, der neben Kurt Marenke saß und seit Nordhausen damit beschäftigt war, sich anzuziehen. Über eine grüne Joppe zog er einen grauen Militärmantel ohne Achselklappen, darüber noch einen grauen Militärmantel, schlang schließlich ein altes Wehrmachtskoppel, Marke *Gott mit uns,* um den Leib, einen Schal um den Hals, stülpte Ohrenschoner auf den Kopf, besaß aber keine Mütze... Angezogen wie für eine Polarreise, aber keine Mütze für den kahlen Schädel!

»Was der Mensch besitzt, soll er am Leibe tragen, dann geht ihm nichts verloren«, sagte der Fremde, als er fertig war. »Aber wie ist das nun: Gehst du auch rüber?«

Ja, Kurt Marenke ging auch rüber.

»Dann halt dich an mich«, sprach der Mann. »Ich kenn mich aus in dieser Gegend.«

Als der Zug sein Tempo verlangsamte, hielt es die Reisenden nicht mehr auf den Sitzen. Nur der Mann mit den beiden Militärmänteln blieb ruhig in seiner Ecke, denn er kannte sich aus in dieser Gegend. »Wir haben Zeit genug«, sagte er.

Dem fleißigen Bahnbeamten hatte es die Sprache verschlagen. Auf der letzten aller Stationen war seine Stimme nicht mehr zu vernehmen. Um die Wahrheit zu sagen: Ein Ausrufer wurde hier auch nicht benötigt. Die Türen sprangen auf, während der Zug im Schrittempo in den kleinen Bahnhof rollte. Zu beiden Seiten quoll es aus den Wagen auf den Schotter. Kurt hörte das scharrende Geräusch der Füße, klappernde Türen, dazwischen das Fauchen der Lokomotive, die Dampf abließ.

»Bleib sitzen!« sagte der Fremde und zog Kurt am Ärmel auf die Bank.

Also gut, Kurt Marenke blieb neben den Militärmänteln sitzen und beobachtete das Durcheinander auf dem Bahnhof. Er fand es spaßig, wie die Menschen über die Gleise hasteten, in alle Himmelsrichtungen ausschwärmten, um möglichst rasch die Dunkelheit zu erreichen; denn das Bemerkenswerteste an dem kleinen Bahnhof hinter Nordhausen war die unverantwortliche Verschwendung von Licht. Der einzige Bahnsteig war in gleißende Helle getaucht, sogar vom Dach des Bahnhofsgebäudes strahlten Scheinwerfer ins Land hinaus. »Von Stromsparen haben die noch nichts gehört«, schimpfte der Fremde.

Hunde kläfften. Jemand schrie: »Halt! Stehenbleiben!«

»Ein paar erwischen sie immer«, meinte der Fremde gelassen. »Aber die meisten kommen durch. Und wen sie erwischen, der versucht es nach einem halben Jahr wieder. Irgendwann schafft es jeder.«

Ängstlich blickte Kurt zu ihm auf.

Nein, lebensgefährlich ist das nicht. Zwar laufen sie mit abgerichteten Hunden durch die Gegend, bauen Sperren auf Straßen und Feldwegen, schießen zur Warnung auch mal in den Nachthimmel, aber niemals gezielt, denn der Krieg war schon lange vorbei.

Plötzlich warf sich der Mann auf den Boden und riß Kurt im Fallen mit auf das schmutzige Holz.

»Maul halten!« Er preßte ihm die Hand vor das Gesicht.

Uniformierte näherten sich, leuchteten mit Taschenlampen in die Abteilfenster, schlugen Türen zu, entfernten sich, kamen auf der anderen Seite zurück, versammelten sich vor dem Fahrkartenschalter und knipsten endlich die viel zu hellen Scheinwerfer aus. Nun durfte die Lokomotive die Wagen aus dem Lichtkreis der Laternen in die finstere Geborgenheit der Abstellgleise schieben. Als sie abgekoppelt hatte, sagte der Fremde: »Jetzt sind wir dran.«

Sie erhoben sich aus dem abgetretenen Schmutz des Bahnwagens. »Nimm dein Gepäck und komm hinterher! Zwei Meter Abstand, nicht mehr und nicht weniger. Hast du mich verstanden?« Kurt Marenke stand schlaksig vor dem fremden Mann, hatte beide Hände zum Wärmen in den Hosentaschen vergraben und wartete auf den Abmarsch.

»Was ist los mit dir? Hast du etwa kein Gepäck?« Der Fremde schüttelte ungläubig den Kopf. »Na, du bist vielleicht ein komischer Vogel.«

Kurt zog es vor, dem Fremden darauf keine Antwort zu geben. Er hielt es für einen großen Vorzug, ohne Gepäck zu reisen. Du kannst die Hände am Körperfleisch in den Hosentaschen wärmen, läufst schneller und unbeschwerter, verlierst nichts, wirst nicht bestohlen. Auch können sie dir nichts beschlagnahmen.

»Dann trag wenigstens meine Tasche«, meinte der Fremde. Er drückte Kurt eine Ledertasche in die Hand, richtig feines Friedensleder, keine Preßpappe oder so'n Zeug, das im Regen aufweicht. Übrigens nicht schwer, die Tasche. Prall gefüllt, aber handlich zu tragen.

Der Fremde warf sich einen respektablen Sack über die Schulter.

Der sieht aus wie der Kohlenklau, dachte Kurt und gab sich Mühe, nicht zu lachen, denn er war froh, den Fremden gefunden zu haben, der sich auskannte in dieser Gegend.

Als sie eine Viertelstunde gegangen waren, warf der Fremde seinen Kohlenklausack auf die feuchte Erde. Es war Zeit zum Verschnaufen. Er räusperte sich, spuckte aus und fing an, das arme Deutschland zu beklagen, das so tief gesunken sei, daß er wie ein Räuber nachts durch die Landschaft schleichen müsse, um von Thüringen nach Hessen zu reisen.

»Das ist sozusagen Niemandsland«, erklärte er und zeichnete mit beiden Händen Linien und Kreuzungen in die Luft. »Ungefähr drei Kilometer breit. Das meiste davon flacher Acker. Bei Tage kommt hier keiner durch, weil er meilenweit zu sehen ist.«

Kurt hörte ihm zu; er achtete weniger auf das, was der Fremde sagte, als vielmehr darauf, wie er es sagte. Die Stimme kam ihm vertraut vor, erinnerte ihn... Ja, an wen eigentlich? Ach, er hatte so viele Stimmen gehört.

»Wo willst du hin?« fragte der Fremde.

»Nach Schlesien«, antwortete Kurt Marenke.

Der Mann schüttelte heftig den Kopf.

»Mensch, dann bist du hier auf dem falschen Dampfer. Schlesien liegt dort!« Er zog mit dem Arm einen mächtigen Bogen durch den schwarzen Himmel und ließ das Ende in fünfhundert Kilometer Entfernung, weit hinter Berlin, auch hinter Frankfurt an der Oder, da so ungefähr, niedergehen.

»Nach Schlesien fährt heutzutage kein Mensch. Schlesien gehört uns nicht mehr, bekommen wir auch nicht wieder rein... Oder meinst du vielleicht Schleswig-Holstein?«

Ja, das war es. Kurt ärgerte sich, weil er immer wieder Schlesien mit Schleswig-Holstein verwechselte. Das klang am Anfang so verteufelt ähnlich.

»Du hast wohl geschlafen in der Schule, als Schleswig-Holstein dran war«, sagte der Fremde lachend und begann von dem Land im Norden zu erzählen, das so ungefähr, na, sagen wir mal, Richtung Lüneburger Heide liegen mußte. Er schlug wieder einen Bogen durch die Nacht, diesmal in nordwestliche Richtung.

»Die kennst du doch, die Lüneburger Heide?«

Er fing an, das Lied von der Lüneburger Heide zu summen... *Ging ich auf und ging ich unter, allerlei am Weg ich fand...*

Ja, ja, diese lustige Stelle hatte Kurt behalten. Untergehen in der Lüneburger Heide, eine feine Sache.

»Nun sag endlich, daß du die Lüneburger Heide kennst. Du siehst doch gar nicht so dämlich aus, auch wenn du nach Schlesien reisen wolltest.«

In diesem Augenblick jagte vor ihnen eine Leuchtkugel in den Himmel. In ihrem roten Schein sah Kurt das Gesicht des Mannes, entdeckte eine Narbe über dem linken Auge, die ihm im Zug nicht aufgefallen war. Auch die Hälfte des einen Ohrläppchens fehlte. Na, mein Lieber, du bist auch ganz schön unter die Räder gekommen in deiner Lüneburger Heide.

»Hinlegen!« befahl der Fremde, warf sich über seinen Kohlenklausack und deckte ihn mit den Militärmänteln zu. Kurt tat ihm den Gefallen und legte sich neben ihn in den Dreck, obwohl er wenig Sinn darin sah. Denn die beiden russischen Soldaten, die auf dem Feldweg Patrouille gingen, kamen schon auf sie zu. Sie ließen den Hund von der Leine, folgten ihm gemächlich und fanden noch Zeit, eine Zigarette anzuzünden und eine zweite Leuchtkugel in den trüben Himmel zu schießen.

Der Hund hielt vor dem Kohlenklausack. Stand unbeweglich wie ein Hundedenkmal, dieses Vieh! Erst als die Soldaten näher kamen, begann das Tier die beiden Menschen, die vor ihm im Dreck lagen, zu umkreisen.

Na, hoffentlich hebt der nicht das Bein.

»Mitkommen!« sagte einer der Soldaten.

»Ja, ich kenne mich aus«, brummte der Fremde und klopfte den Dreck aus seinen Militärmänteln. »Aber den Kleinen müßt ihr laufen lassen. Genossen. Der hat keine Schuld. Den hab ich im Zug getroffen und versprochen rüberzubringen... Der will nach Hause... damoi, damoi... zu seiner Mutter... Versteht ihr das? Der will in die Lüneburger Heide oder die Gegend da oben...« Der Mann redete gestikulierend auf die Soldaten ein. Plötzlich beugte er sich zu Kurt, legte ihm den Arm auf die Schulter und flüsterte: »Hau ab! Immer geradeaus. Hinter dem Waldstück liegt ein Dorf. Wenn du das hast, bist du sicher.«

Er gab Kurt einen Schubs, stieß ihn von sich, trieb ihn über den unebenen Acker.

Also gut, wenn du es so willst, dachte Kurt und setzte sich in Bewegung. Vorsichtig entfernte er sich von der Gruppe, spitzte beide Ohren, um den Haltruf des Postens nicht zu überhören. Vielleicht schicken sie auch den Hund hinterher. Oder sie schießen einfach in die Luft.

Aber nichts geschah. Hinter sich hörte Kurt das Palavern der drei Männer im Niemandsland. Als er dreißig Meter gegangen war, klickte das Halsband. Die Soldaten nahmen den Hund an die Leine. Sie ließen Kurt Marenke gehen.

Erst viel später – Kurt hatte das Dorf schon erreicht – erschrak er über die Tasche in seiner Hand. Er hatte sie vergessen, und der Fremde von der Grenze, der sich auskannte in der Gegend, hatte sie auch vergessen. Im Niemandsland zwischen Nordhausen und Duderstadt war Kurt Marenke wieder zu Gepäck gekommen. Das fing ja gut an.

Als der Zug das Vorland des Harzes verließ, in die Norddeutsche Tiefebene stürzte, den Regenschwaden entgegendampfte, die Weser und Elbe aufwärts zogen, als er mit halbstündiger Verspätung auf Hannover zukroch, erschien ein leibhaftiger Schaffner, um die Fahrkarten zu kontrollieren. Der zwängte sich durch die feuchte, dampfende Menschenmasse, stand plötzlich vor Kurt Marenke und forderte unerbittlich die Fahrkarte.

»Wessen Junge ist das?« rief er über die Köpfe hinweg.

Er suchte einen erwachsenen Menschen, den zur Verantwortung zu ziehen es sich lohnte, denn mit so einem kleinen Hosenscheißer konnte er nicht viel anfangen. Aber niemand meldete sich, um die Verantwortung für Kurt Marenke zu übernehmen. Ja, wenn der Fremde von der Grenze noch bei ihm gewesen wäre, der hätte es vielleicht getan.

Kurt zog einen mit Schreibmaschine geschriebenen Brief aus der Tasche. Am oberen Ende stand ein prachtvolles rotes Kreuz, so wie auf den Sanitätswagen der früheren deutschen Wehrmacht und vor den Eingängen zu Lazaretten. Der Schaffner las, was unter dem roten Kreuz stand, und schüttelte den Kopf.

»Trotzdem, ohne Fahrkarte geht das nicht!« meinte er. Als sie in Hannover einliefen, holte er Kurt aus dem Zug, um ihn dem Roten Kreuz im Bahnhofsbüro vorzustellen.

»Der Bengel fährt ohne Fahrkarte von Thüringen nach Schleswig-Holstein«, sagte er. Mit diesen Worten trat er Kurt Marenke an eine grauhaarige Frau ab, ein richtiges Muttchen, das im Bahnhofsbüro des Roten Kreuzes eine Schreibmaschine bediente. Die Frau las in Ruhe den Brief.

Sehr geehrter Herr Marenke, stand da. Ziemlich verrückt, einen zwölfjährigen Jungen mit »Herrn« anzureden. Aber »Liebes Kind« ging nicht, auch »Kurtchen« klang zu vertraut für eine Organisation wie das Rote Kreuz. Deshalb mußte Kurt sich das gefallen lassen. *Sehr geehrter Herr Marenke,* hieß es, und das war er.

Unter *Betr. Familienzusammenführung* teilte der Brief mit, eine Anna Marenke geborene Podlich sei in Kudenow in Holstein gefunden worden. *Wenn es sich bei der Genannten um Ihre Mutter handeln sollte, nehmen Sie bitte Verbindung mit uns auf.*

»In solchen Fällen braucht kein Mensch schwarz über die Grenze zu gehen«, meinte das Muttchen. »Für eine Familienzusammenführung hätten sie dir drüben eine Fahrkarte gegeben und sogar Lebensmittelmarken.«

Ach, wirklich? An diese Möglichkeit hatte Kurt überhaupt

nicht gedacht. Als er den Brief bekommen hatte, war er losgelaufen, in den nächsten Zug gesprungen, hatte die leeren Hände in die leeren Hosentaschen vergraben, um in jenes ferne Kudenow zu fahren, in dem seine Mutter lebte. Trotzdem blieb es eine unumstößliche Wahrheit: Eine Fahrkarte mußte er haben. Die Deutsche Reichsbahn konnte sich nicht mit der Prüfung außergewöhnlicher Fälle befassen, konnte nicht auf die vielen Ausreden eingehen, auf Liebe, Not, Einsamkeit, Heimweh oder was einen Menschen noch dazu treiben kann, ohne Fahrkarte durch Deutschland zu reisen. Nein, das geht die Bahn nichts an, denn die Lokomotiven sind aus Eisen, und die Beamten tragen Uniform und dürfen sich die traurigen Geschichten der Reisenden überhaupt nicht anhören. Eine Fahrkarte mußte her.

Das Muttchen ging mit ihm zum Fahrkartenschalter, um auf Kosten des Roten Kreuzes eine Fahrkarte von Thüringen nach Schleswig-Holstein zu kaufen. Kurt meinte, es genüge bis Hamburg; den Rest des Weges wollte er zu Fuß zurücklegen, weil es dann nicht mehr weit sein könne. Aber die Frau ließ schon nachsehen, ob dieses Kudenow Bahnanschluß besaß.

Ja, da geht von Hamburg die S-Bahn nach Osten. In Tiefstaak steigst du in eine Kleinbahn um. Die fährt dich an Kudenow vorbei. Das Muttchen verabschiedete sich und klopfte ihm freundlich auf die Schulter. Bevor sie jedoch die Fahrkarte aushändigte, sagte sie mit feierlicher Stimme: »Versprich mir, nie mehr in deinem Leben ohne Fahrkarte zu fahren, mein Junge!«

Das klang so ernst, als sei es Blutvergießen, wenn ein Mensch ohne Fahrkarte fährt. Kurt wollte sie fragen, ob die Bahn die drei Kilometer Niemandsland, die er zu Fuß zurückgelegt hatte, auch berechnet habe. Das kriegen die alles fertig. Deutschland in Stücke schneiden, die Mutter nach Holstein schicken, Kurt nach Thüringen, den Vater, weiß Gott, wohin den Vater... aber ordentliche Fahrkarten muß man in diesem Land haben, Fahrkarten von Jena nach Hamburg und für den Anschlußzug über die Dörfer...

Aber stärker als Fahrkarten und Zugverbindungen beschäftigte Kurt das Hungergefühl, das ihn seit Seesen im Harz nicht mehr losließ. »Haben Sie nichts zu essen in Hannover?« fragte er das Muttchen.

Ach du lieber Himmel! An den Hunger hatte die Frau überhaupt nicht gedacht. Während der Zug nach Hamburg wartete, lief sie zurück in ihr Büro und kam mit einem grauen Zettel wieder, auf den sie den kräftigen Stempel des Deutschen Roten Kreuzes gesetzt hatte. Unter dem Stempel stand: *Gebt dem Jungen was zu essen.*

Kurt konnte den Zettel nicht lesen, weil er die alten deutschen Schriftzeichen nicht in der Schule gehabt hatte. Aber es wird schon etwas Gutes sein.

»Damit gehst du in Hamburg zur Bahnhofsmission«, sagte die Frau und schob ihn durch die Sperre.

Sein Platz im Zug war futsch. Eine Frau hatte ihn eingenommen, die sich pausenlos ängstigte, der Zug könne entgleisen. Vor fünf Tagen, so erzählte sie, sei der D-Zug Hamburg–München bei Hannover verunglückt. Das war doch alles Bruch mit der deutschen Eisenbahn. Die überfüllten Züge, die vom Krieg verbogenen Schienenstränge, klappernde Räder, zugige Fenster, undichte Türen. Ganz schön heruntergekommen war sie, die alte Deutsche Reichsbahn. »Ein Wunder, daß sie dich wieder reingelassen haben«, meinte die Frau, die auf Kurts Platz saß und keine Anstalten machte, ihn zu räumen.

»Wohin fährst du, kleiner Schwarzfahrer?« fragte ein Beinamputierter, der es sich unter dem Schild *Nur für Schwerbeschädigte* bequem gemacht hatte.

»Zu meiner Mutter.«

»Wenn du noch eine Mutter hast, dann danke Gott und sei zufrieden«, deklamierte der Beinamputierte feierlich, sprach den Vers aber nicht zu Ende, weil er laut und schauerlich lachen mußte! Na, dem fehlte auch eine Schraube! Aber nein, bis auf das abhanden gekommene Bein war der so normal, wie ein Mensch normal sein konnte. Der fuhr mit sechs Hosenträgern aufs Land, um Kartoffeln einzutauschen. Denn es wird bald Weihnachten sein, und am Heiligabend brauchte er mindestens zwanzig Pellkartoffeln.

»Wo wohnt deine Mutter?« wollte der Beinamputierte wissen, als er sich von seinem Lachanfall erholt hatte.

Kurt biß sich auf die Lippen, um nicht wieder Schlesien zu sagen. »Alle reisen nach Schleswig-Holstein, weil das dicht an der dänischen Butter liegt«, meinte der Beinamputierte lachend. »Paßt nur auf, ihr werdet eines Tages die schönsten Dänen!«

»Ruhe!« schrie eine Stimme aus dem Hintergrund.

»Ist doch wahr!« lamentierte der Beinamputierte. »Die Ratten knabbern Deutschland an. Österreich haben sie schon vertilgt, die Dänen wollen sich ein Stück von Schleswig-Holstein holen, die Franzosen werden das Saargebiet verschlingen, und im Osten haben sie überhaupt nichts mehr übriggelassen. Mir haben sie auch ein Stück abgefressen!«

Er schlug sich mit der flachen Hand auf den Schenkel. Das kann bei Amputierten in der Rage schon mal vorkommen, daß sie auf einen Schenkel schlagen, der nicht mehr da ist.

Hätte Kurt einen Sitzplatz gehabt, wäre jetzt Zeit gewesen, die erbeutete Tasche zu untersuchen. Seit der Nacht im Niemandsland hatte er sie nicht aus der Hand gelegt. Sie war mit einem Bindfaden fest verknotet. Gar nicht so leicht zu öffnen. Was mochte in der Tasche sein? Für Briketts oder Kartoffeln war sie zu leicht. Vielleicht wollte auch der Fremde mit Hosenträgern über die Dörfer gehen. Noch besser wären hundert amerikanische Zigaretten; auch an Lebensmittelkarten oder Rauchermarken wäre zu denken. Strümpfe, Handschuhe, Unterwäsche wären auch nicht schlecht. Die Aussicht, in der Tasche etwas zu finden, das gegen Pellkartoffeln eintauschbar wäre, beschäftigte Kurt bis Lüneburg. Aber er wagte es nicht, die Tasche vor allen Menschen zu öffnen. Ihr Inhalt könnte ihn bloßstellen, beschämen oder in Gefahr bringen. Er beschloß, das Gepäckstück erst zu öffnen, wenn er allein wäre. Vielleicht in jenem fernen Kudenow, während die Mutter schlief.

Reichlich zwei Stunden brauchte der Zug von Hannover nach Hamburg. Kurt stand da mit einem leeren Magen, aber einem Rote-Kreuz-Zettel für die Bahnhofsmission in der Hand, und preßte den Schädel gegen die gesplitterte Holzwand unterhalb des Gepäcknetzes, preßte, bis ihm schwarz vor Augen wurde. Sein letzter Gedanke war die Tasche. Dieses großartige Gepäckstück mit der Aussicht auf Berge von Pellkartoffeln durfte er nicht preisgeben. Als er ohnmächtig zusammenbrach, erhielt er einen Platz unter dem Schild *Nur für Schwerbeschädigte,* ganz nahe dem fehlenden Bein des Hosenträgerverkäufers, denn Ohnmächtige haben nicht weniger Rechte als Beinamputierte!

Hamburg war im Dezember 1946 keine Stadt, um anzukommen. Dem »Tor zur weiten Welt« fehlte das Licht. Von zehn Uhr in der Frühe bis fünfzehn Uhr nachmittags fuhren keine Straßenbahnen. Die Theater schlossen wegen Strommangels um neunzehn Uhr. Die Dunkelheit und der Hunger hielten den Trümmerhaufen an der Elbe besetzt. Hungerödem hieß die häufigste Diagnose, die die Ärzte auf Arbeitsunfähigkeitsatteste zu schreiben hatten. Etwa hunderttausend Fälle in einem Winter, auf- oder abgerundet, so genau kam es nicht darauf an. Am Baumwall gab es Hungerdemonstrationen der Hafenarbeiter mit gefährlichen Transparenten. *Erst satt essen, dann arbeiten! Die Schieber an den Galgen!*

Die Gefängnisse füllten sich mit Kohlenklauern. Von allen traurigen Figuren des Dritten Reiches hatte der Kohlenklau, der schreckliche Verschwender jener Energien, die für den Sieg gebraucht wurden, als einziger den Untergang überlebt und spukte nun nicht als Plakat, sondern leibhaftig durch die viel zu dunklen Dezembernächte, lauerte den Kohlenzügen aus dem Ruhrgebiet auf und begnügte sich nicht mit dem, was von den Güterwagen fiel, sondern half kräftig nach. Viertausendsechshundert Verhaftungen wegen Kohlendiebstahls in einer Woche. Na, du bist mir eine schöne Stadt, Hamburg an der Elbe Auen.

Kurt Marenke kam an dem Tag an, als die S-Bahn zwischen den Stationen Barmbek und Stadtpark liegenblieb. Wegen Strommangels. Ein Güterzug fuhr hinein. Vier Menschen kamen zu Tode. Aber Kurt erfuhr nichts von dem Unglück. Der Beinamputierte hatte ihn wachgerüttelt, als der Zug über die Elbbrücken rasselte. Anschließend hatte er sich mit den Worten verabschiedet: »Laß dich nicht von den Ratten anfressen. Kleiner!«

Kurt lief mit brummendem Schädel und leicht benommen in der regendurchlässigen Halle des Hauptbahnhofs umher und trug das Zettelchen des Deutschen Roten Kreuzes zur Bahnhofsmission, um einen Liter Steckrübensuppe in Empfang zu nehmen. Die unerwartet große Menge warmer Flüssigkeit tröstete Kurt über den schlechten Eindruck hinweg, den diese Stadt machte. Sicherlich lag es am Wetter, denn das zerstörte Berlin hatte Kurt in erträglicher Erinnerung, weil damals Sonnenschein auf den Trümmern gelegen hatte. Aber hier wehten die naßkalten Schwaden vom Hafen herüber, feuchteten die Trümmerhalden an und ließen Schmutztröpfchen vom undichten Bahnhofsdach auf die Schienenstränge fallen.

Diese Dunkelheit! In den Häuschen der Fahrkartenknipser pendelten kleine Lampen. Sie waren der einzige Lichtblick, abgesehen von den Lokomotiven, die verschwenderisch beleuchtet von Altona her einliefen, um nach Bremen, Cuxhaven, Lüneburg, Hannover, Berlin – ja, sogar Berlin – zu fahren.

Mit einem Liter Suppe im Bauch bekam Kurt Zeit, andere Gedanken zu denken. Kudenow zum Beispiel. Was mochte das sein? Eine Stadt oder ein Dorf? Von Wald umgeben oder auf freiem Feld? Auch in Trümmern oder heil geblieben? Je länger er an Kudenow dachte, desto größer wurde seine Sehnsucht nach diesem Ort. Mochte er dreckig, kalt, weitläufig und einsam sein, in seiner Vorstellung wuchs Kudenow zu einer Oase der Wärme und Gemütlichkeit, ein Ort, an dem die Mutter wartete.

Und wieder kein Sitzplatz. In der S-Bahn nach Bergedorf saßen die Hafenarbeiter, die von der Frühschicht heimkehrten. Ach, auf die paar Stunden im Sitzen oder im Stehen kam es nun auch nicht mehr an. Wenn du fast zwei Jahre auf Reisen bist, bringst du die letzten Kilometer gern aufrecht stehend hinter dich.

»Kennen Sie Kudenow?« fragte Kurt den Arbeiter, der ihm am nächsten stand.

Der stieß seinen Nachbarn an. »Sag mal, kennst du Kudenow?«

Der andere hörte den Namen zum erstenmal.

»Es muß in Schleswig-Holstein liegen«, erklärte Kurt.

»Was meinst du wohl, wie groß dieses Schleswig-Holstein

ist!« rief der erste Arbeiter. »Das reicht bis weit hinter Lübeck und hört erst vor Dänemark auf.«

»Aber Kudenow muß in der Nähe Hamburgs sein«, behauptete Kurt.

»Mensch, Junge, da draußen gibt es winzige Dörfer, in denen nur fünf Bauern und zehn Spitzbuben leben. Solche Nester stehen auf keiner Landkarte.«

Also winzig klein, dachte Kurt. Ein Ort, den keiner kennt. Noch nie davon gehört. Wird kleiner sein als Kruglanken in Ostpreußen – das stand wenigstens auf der Landkarte –, kleiner auch als Golmsdorf in Thüringen, aus dem er vor zwei Tagen getürmt war. Für den Rest der Fahrt war Kurt mit seiner Mutter beschäftigt. Er sah sie zu Hause über den Hof laufen, am Küchenherd stehen, vor zwei Jahren zum letztenmal und doch so deutlich. Zwischendurch las er den Brief. Ihm fiel auf, daß das Rote Kreuz nur den Namen seiner Mutter erwähnte. Dabei gehörte auch ein Vater zur Familie Marenke und seine große Schwester Ella.

In Tiefstaak schickten ihn die Hafenarbeiter aus dem Vorortzug. »Du mußt jetzt umsteigen. Kleiner.«

Eine unbeleuchtete Kleinbahn beförderte ihn weiter, hielt auf kleinen Dorfbahnhöfen, die zum Verladen von Rüben und Kartoffeln bestimmt waren, aber nicht für den Personenverkehr. Hunde bellten lauter, als die Lokomotive schnaubte. Pferdefuhrwerke, nasse Pflastersteine, Wiesen, Äcker, Wald... endlich Kudenow. Das heißt, ein Kilometer Fußmarsch lag zwischen der Bahnstation und dem Dorf. Das gab ihm eine Viertelstunde Zeit, um sich an Kudenow zu gewöhnen. Kurt trabte hinter einer Gruppe von Männern her, die mit ihm aus der Stadt gekommen war, Schutträumer aus den Trümmerstraßen Hamburgs. Ihre Sprache kam ihm vertraut vor. »Das is ja man gut« und »Kann nich angehn«. Auch stolperten sie ständig über spitze Steine und sprachen von Meters, Wagens und Räubers, denn hier im Norden bist du schon so nahe an England, daß du das Plural-S heraushören kannst, wenn du die Ohren aufsperrst. Nur wenige Ausdrücke verstand Kurt überhaupt nicht. Dazu gehörte das kantige Wort »achtern«. Aber sonst fühlte er sich wie zu Hause. Wenn du von Thüringen in den Norden kommst, ist der Unterschied zwischen Kudenow und Kruglanken nur noch gering.

Aber die Landschaft flößte ihm Furcht ein. Was ist das für ein Land, das im Dezember pausenlos regnen läßt? Während um diese Zeit in Kruglanken die Schneeschanzen wuchsen und mildes Licht verbreiteten, blieben die Felder um Kudenow in farblose Düsternis gehüllt. Die endlosen Knicks neben den aufgeweichten Feldwegen verdeckten die Weite, verhinderten den Überblick. Das waren furchterregende schwarze Mauern aus Haselnuß- und Holunderbüschen, vom ständigen Westwind nach Osten geneigt. Kein Vergleich mit den lieblichen Hügeln Thüringens, von Kruglanken ganz zu schweigen. Aber immerhin, es gab Wasser. Ein von Schilf umstandener See, dahinter ein Waldstück mit hohen Buchen. Krähen krächzten über dem Kudenower See, und der Wind summte in den Telefondrähten wie an der Chaussee nach Lötzen in Ostpreußen. Weiträumig verstreut waren die Lichter des Dorfes. Das war kein Ort, der sich furchtsam auf dem Haufen drängte, dessen Häuser sich gegenseitig stützten und wärmten. Es werden Bauernhöfe sein, dachte Kurt, ein Gedanke, der ihn für den Rest des Weges mit reichlich Kuhmilch und Kartoffeln, auch mit geschlachteten Schweinen und früchtetragenden Obstbäumen versorgte ... was es alles so gibt auf einem richtigen Bauernhof.

Mein Gott, Mutter, was hast du in diesem Winkel Deutschlands verloren? Sie wird keine andere Wahl gehabt haben, dachte er, wird einfach so dahingespült worden sein. Klatsch, da liegt der Fisch auf dem trocknen.

Endlich das Ortsschild: *Kudenow in Holstein.*

Er überholte die Männer und fragte nach einer Frau Marenke. Nein, den Namen hatten sie nicht gehört. Aber sie fingen an zu denken. Während Kurt geduldig nebenhertrabte, beratschlagten sie hin und her und kamen zu dem Schluß, die Frau Marenke müsse in der Scheune leben. Wenn du nicht mehr weiterweißt, bleibt nur die Scheune übrig. Dort ist der Rest. Fünfhundert Meter geradeaus. Schräg gegenüber der Kirche liegt ein Bauernhof. Da brauchst du nur nach der Flüchtlingsscheune zu fragen, die kennt jeder.

Diese Erwartung! Hinter einem der fernen Lichtpunkte bereitete die Mutter für Kurt Marenke das Abendessen. Was wird es geben an diesem denkwürdigen Tag? Er hatte es plötzlich eilig. Es lag an den nassen Füßen, die er sich auf dem letzten Stück des Weges geholt hatte, und am Hunger, der sich wieder bemerkbar machte. Er hatte keinen Blick mehr für die Gehöfte zu beiden Seiten der Dorfstraße, für die mit Stroh gedeckten Stallungen, die Lindenbäume, die in unregelmäßigen Abständen den Weg säumten. Er lief voraus, eilte achtlos an Hauskoppeln vorbei, die mit Maulwurfshügeln bedeckt waren, blickte kaum zur Kirche, die mit ihrem wuchtigen Ziegelturm, gedrungen, untersetzt – eine Miniaturausgabe des Ratzeburger Doms –, dieses Kudenow beherrschte. Er geriet in Pfützen und stolperte über Pflastersteine, erreichte die Lampe über dem Laden des Krämers Vagt, die eine wunderbare Helligkeit verbreitete, entdeckte einen unbeleuchteten Tannenbaum vor dem Krämerladen, so ein Stück vorweihnachtlicher Dekoration... Ach ja, bald ist Weihnachten.

Ein Radfahrer kam Kurt entgegen und leuchtete ihm mit einer Taschenlampe ins Gesicht.

»Wenn du die Flüchtlingsscheune suchst, mien Jung, da, auf Kocks Hof, ist sie!«

Das also war der Hof des Bauern Kock. Das Bauernhaus, ein mächtiger Klotz, sah aus wie eine Burg. Eine Warft auf der Hallig, und rundherum brandete der Abfall gegen die Mauern. Was entwurzelt war und keinen Halt fand, wälzte sich heran, spülte gegen die Burgen und Festungen, die es in Deutschland noch gab. Na, wenn das man hält. Im Bauernhaus brannte Licht. Aus allen Fenstern. Sogar der Kuhstall war hell erleuchtet. Auf dem Hofplatz Buschholz, zu hohen Bergen getürmt. Eine Pumpe, an der du dir in der Dunkelheit den Schädel einlaufen konntest.

Der dunkle Klotz neben dem Kuhstall mußte die Scheune sein. Kurt wußte, wie er so eine Scheune anzugehen hatte. Auf keinen Fall den geraden Weg über den Hof nehmen; dann schlägt der Hund an und kläfft so lange, bis der Bauer mit der Forke kommt. Vorsichtig umging er die Burg, schwemmte auf der nassen Hauskoppel noch einmal Dreck und Regenwasser in sein Schuhzeug, bis er endlich vor der Scheune von Kudenow stand.

Scheunen sind etwas Romantisches. Unter ihren Balken nisten Schwalben und Eulen. Es duftet nach Heu und Haferstroh. Das hohe Scheunendach gibt den Gedanken freien Raum. Scheunen sind ein Platz zum Ausruhen und Verstecken. Das alles galt auch für die Scheune des Bauern Kock in Kudenow... bis die Flüchtlinge kamen.

»Tür zu!« schrie eine Frauenstimme aus dem Halbdunkel, als Kurt Marenke die Scheune betrat und vor Staunen die hintere Scheunentür etwas länger aufstehen ließ, als zum Eintreten nötig war. Scheunen haben ihre akkurat eingeteilten Fächer für Roggen, Gerste und Weizen, die von gekreuzten Balken begrenzt werden. Kurt erblickte Pferdedecken und aufgetrennte Kartoffelsäcke, die von den Balken hingen, Grenzmarkierungen zwischen mein und dein. Es waren richtige Buchten entstanden, für jede Familie eine geräumige Einzimmerwohnung mit viel Platz zum Atmen nach oben bis unter das Scheunendach. Reichlich Stroh für die Unterlage. In jede Bucht führte ein elektrisches Kabel, an dessen Ende eine nackte Glühbirne baumelte. Eine Wäscheleine lief quer durch die Scheune und endete vorn am Haupttor, die längste Wäscheleine, die Kurt in seinem Leben gesehen hatte, schwer beladen mit Fußlappen, Socken, Hemden und Handtüchern. In der Mitte ein paar Bohnenstangen, die die Leine stützten. Nicht weit von Kurt entfernt lag die Kochecke für die Scheunenbewohner. Von einem breiten Herd führte ein Rohr durch die Holzwand nach draußen. Wasser plätscherte, Kochgeschirre klapperten, zwei Frauen stritten um einen verbogenen Löffel, der versehentlich in die Herdglut gefallen war.

Kurt hoffte, aus der Menschengruppe am Herd würde eine Gestalt heraustreten und sich als seine Mutter zu erkennen geben. Aber die Frauen, die Kartoffeln brieten und in ihrer Klunkersuppe rührten, nahmen keine Notiz von ihm. Zögernd ging er ins Innere und betrachtete jenes Scheunenfach, das die Kinder als Spielecke benutzten. Juchzend sprangen sie von den hohen Balken ins Stroh. Seine Schwester Ella war nicht dabei. Sie ist schon zu alt, um im Stroh zu spielen, dachte Kurt. Mit fünfzehn Jahren darf der Mensch nicht mehr den Ernst des Lebens leugnen und lustig ins Stroh springen.

Während er hilflos in der Scheune stand, fiel ihm das Lager Eisenberg in Thüringen ein, das beste aller Lager, weil man dort zweimal am Tage warmes Essen ausgeteilt hatte. Auch die Holzbaracken in Brandenburg an der Havel erschienen ihm im Rückblick bedeutend gemütlicher als diese Scheune. Sogar an das Quarantänelager in Sachsen-Anhalt mit hohem Drahtzaun und verschlossenem Tor dachte er mit einer gewissen Zufriedenheit zurück.

Wo steckte Mutter Marenke? War sie weitergezogen? Wartete sie an einem wohnlicheren Ort auf ihn? War er in ein falsches Kudenow geraten? Nicht auszudenken, daß er den Weg zur Bahnstation zurücklaufen müßte.

In diesem Augenblick kam ein alter Mann vorbei, der eine Mütze voll frisch gewaschener Pellkartoffeln zum Herd trug, um sie zu kochen.

»Was stehst du hier rum, Jungche?« fragte der alte Petschelies.

»Ich suche eine Frau Marenke.«

»Ach, die Frau Marenke!« rief der alte Mann. »Die ist ausgezogen aus unserem Sommerschloß Sperlingslust. Vor vierzehn Tagen ist sie befördert worden. Raus aus der Scheune und rein in Kocks Hühnerstall.«

Der alte Petschelies führte Kurt auf den Hof, um ihm den Weg zum Hühnerstall zu zeigen. Da lag die Burg und leuchtete verschwenderisch in die Nacht. In ihrem Schatten entdeckte Kurt ein unscheinbares Licht: den Hühnerstall.

In solchen Augenblicken jubiliert die Seele... sagt man. Und die Herzen schlagen höher... sagt man. Aber in Kurt Marenke schlug nichts. Er hatte kalte Hände und nasse Füße. Seine Gedanken kreisten allein um die einfache Frage, ob die Mutter – es wäre reiner Zufall – warme, mehlige, geplatzte Pellkartoffeln auf dem Tisch hatte.

Es war gar nicht so einfach, in den Hühnerstall reinzukommen. Die Tür besaß keinen Drücker wie gewöhnliche Türen, sondern als Überbleibsel aus der Zeit der Hähne, Hennen und Kücken so eine Krampe, die von drinnen mit dem Daumen geöffnet und von draußen über den Haken gelegt wurde. Im Krieg war der Hühnerstall Wohnkammer für gefangene Polen, Franzosen und Russen gewesen, genau in dieser Reihenfolge nach den deutschen Siegen. Nun aber die Flüchtlinge.

Endlich brachte Kurt die Tür hinter sich. Er sah seine Schwester Ella unter einer tiefhängenden Lampe an einem Kanonenofen stehen und Milchsuppe rühren. Er wollte etwas sagen, da erlosch das Licht. Stromsperre.

»Kurt ist da!« rief Ella in die Dunkelheit des Raumes.

Er blieb an der Tür, starrte das Ofenrohr an, das in der Nähe des Austritts rötlich glühte und eine bescheidene Helligkeit verbreitete. Im hinteren Teil des Hühnerstalls entstand eine Bewegung. Ein Schemel kippte um. Schlurfende Schritte. Ja, das war seine Mutter. Er erkannte sie an der Art, wie sie die Filzlatschen über den Boden zog. Sie schien zu weinen; aber vielleicht schneuzte sie sich auch nur, zog durch die Nase, weil sie erkältet war. Jedenfalls war es feucht. Sie blieb neben dem glühenden Ofenrohr stehen.

»Wo ist er denn, mein Kurt? Hol schnell eine Kerze, Ella, damit ich ihn sehen kann.«

In zwei Jahren hat der Mensch Zeit genug, sich seine Heimkehr vorzustellen. Meistens sind es kindliche Gedanken. Von wegen Kopf in den Schoß legen, gestreichelt werden, zur Mutter unter die Federn kriechen. Nun war der Tag endlich gekommen, aber Kurt dachte nur an warme Pellkartoffeln. Er sah die Umrisse der Mutter. Er hatte sie größer und stattlicher in Erinnerung. Er trat näher und gab ihr Gelegenheit, seinen Kopf zu berühren. Als die Hände über sein Gesicht glitten, spürte er die Kerben in den Fingern und Handballen. Einschnitte vom Kartoffelschälen und Brotschneiden, Kraterränder in einer verarbeiteten Landschaft.

Auf dem Ofen kochte die Milchsuppe über.

Ella kam mit der Hindenburgkerze.

»Ja, das ist unser Kurtchen!« rief die Mutter. Als sie ihn an sich zog, ließ Kurt die Tasche fallen, die er von der Zonengrenze bis nach Kudenow geschleppt hatte.

»Wie ist der kleine Bruder groß geworden«, sagte Ella lachend, während sie fleißig in der Milchsuppe rührte. »Hast du etwa schon einen Bart?«

Sie leuchtete ihm ins Gesicht, so daß es schmerzte. Ihre Hand fuhr über Kurts glattes Kinn. Ellas Hände waren weich und warm, ein wenig klebrig von der Milchsuppe, nicht so zerfurcht, angenehme Hände.

»Mach dem Jungen etwas zu essen, Ella!«

Ja, die Mutter wußte, was Kurt fehlte. Essen ist das Wichtigste bei einer solchen Heimkehr, Essen überbrückt Tränen und traurige Erinnerungen. Wie siehst du aus, Kurtchen?... Setz dich erst mal hin... Ruh dich aus, Kurtchen... Hast du großen Hunger?... Kurt hatte immer geglaubt, er würde wie ein Schloßhund heulen. Aber die Augen dachten nicht daran; keinen Tropfen gaben sie her. Er stand einfach so rum wie ein Fremder und blickte abwechselnd von der Mutter zu Ella.

Es gab literweise Milchsuppe, mit Sirup gesüßt und gebräunt. Kurt staunte über die viele Milch, die es im Hühnerstall gab. Das war ein Paradies in Milch. Und dazu dicke Mehlklunkern. Auf Kurts besonderen Wunsch kochte Ella Pellkartoffeln, warme, mehlige, geplatzte Pellkartoffeln.

»Warum sagst du nichts. Kurtchen? Zwei Jahre warst du unterwegs und weißt nichts zu erzählen?«

Ach, Mutter, laß mich erst einmal satt werden. Die Mutter saß ihm gegenüber und sah zu, wie er Milchsuppe aß. Er durfte sogar schlürfen, ohne daß sie ihn ermahnte. Während des Essens schob Kurt die nassen Füße näher an den glühenden Ofen, bis der Dampf aus den Socken aufstieg.

»Du hast ganz schöne Käsefüße«, sagte Ella und zeigte auf die stinkenden Schuhe.

Ihr zuliebe zog er Schuhe und Strümpfe aus, brachte sie vor die Tür und saß mit nackten Füßen am Ofen.

Als er endlich satt war, kam ihm der Gedanke, zu seiner Mutter auf den Schoß zu kriechen. So wie früher auf dem Schoß sitzen und die Füße an den Ofen halten, ein Gedanke, den er oft gedacht hatte. Aber sicher war er dafür schon zu alt. Ella würde ihn auslachen. Auch war er nicht sicher, ob die Mutter einen so großen Jungen tragen konnte.

Als das elektrische Licht aufflammte, erschien alles so überdeutlich. Die Mutter um Jahre gealtert, auch im Gesicht Kerben wie in den verarbeiteten Händen. Ella schon fast erwachsen, mit Brüsten wie eine richtige Frau. Eine kleine Schönheit, seine Schwester Ella. Keine Zöpfe mehr, dafür leuchtende braune Augen. Grübchen im Gesicht. Kurt hatte Grübchen nie gemocht, aber Ellas Grübchen sahen hübsch aus.

Das Innere des Hühnerstalls gefiel ihm auf Anhieb. Ein wurmstichiger Schrank, der so aussah, als könnten ihn zwei erwachsene Männer nicht heben. Zwei eiserne Bettgestelle mit Strohsäcken und grauen Decken. Ein Wehrmachtsspind aus Sperrholz. Ein Gartentisch. An der Wand ein Kalender für das Jahr 1946. Auf dem Dezemberblatt ein Engel, der einen Tannenbaum umkreiste. Zwei Stühle ohne Lehne, also Hocker. In der Ecke ein Marmeladeneimer, bis an den Rand mit Wasser gefüllt. Daneben eine Emailleschüssel. Am Schüsselrand hing ein Klacks grüner Seife. An der Wand ein graues Soldatenhandtuch mit der Aufschrift: *Heereszeugamt Glinde*. Auf einem Holzbord das Küchengeschirr. Davor ein weißes Tuch mit der eingestickten Schrift:

> *Wo Fried und Einigkeit regiert,*
> *da ist das ganze Haus geziert.*

Dann kam der Kanonenofen. Dahinter eine mächtige Kiste mit Buschholz und Buchenkloben. An einem Nagel hingen Besen, Schrubber und Müllschaufel. Das war schon alles.

»Was hast du uns mitgebracht. Kurtchen?« fragte Ella und hob seine Tasche auf.

Kurt hätte fast den Tisch umgerissen. Er stürzte sich auf seine Schwester und versuchte ihr die Tasche zu entreißen; er balgte sich mit ihr um die Tasche, für die er sich verantwortlich fühlte, die dem Fremden von der Grenze gehörte.

»Kinder, Kinder!« rief die Mutter.

»Ich will dir nichts wegnehmen, du dummer Junge!« schimpfte Ella und drückte ihn in die Ecke, in der der Wassereimer stand. Es war wie zu Hause in Kruglanken: Ella war stärker. Während Kurt mit gesenktem Kopf in der Wassereimerecke saß, räumte Ella die Teller vom Tisch, holte ein Küchenmesser und schnitt den Bindfaden durch, der die Tasche zusammenhielt. Dann ließ sie den Inhalt auf die Tischplatte regnen. Sprachlos starrten die drei Marenkes auf den Tisch. Orden und Ehrenzeichen in allen Größen und Farben. Das goldene Verwundetenabzeichen, silberne Nahkampfspangen, Panzersturmabzeichen, Gefreitenwinkel, Schulterklappen mit Totenkopfkokarde. Eine Armbinde mit dem Hakenkreuz, Fahrtenmesser, mehrere Koppelschlösser, ein HJ-Knoten, reihenweise Eiserne Kreuze, eine richtige SA-Mütze, Abzeichen der Deutschen Winterhilfe, ein Bogen druckfrischer Briefmarken mit dem Kopf des Führers, ernst und siegessicher. Sogar ein Ritterkreuz, tatsächlich ein leibhaftiges Ritterkreuz. Dazu fremde Orden. Dutzendweise rote Sterne der russischen Pelzmützen, ein Orden des Vaterländischen Krieges 2. Klasse. Amerikanische Sterne, britische Sterne, rote Sterne. Ella faßte sich als erste und begann laut zu lachen.

»Unser Kurtchen hat sein Spielzeug mitgebracht!«

»Das ist wertloser Plunder«, sagte die Mutter. »Dafür kannst du dir nichts kaufen.«

Kurt warf sich über den wertlosen Plunder und deckte ihn mit seinem Körper zu; er hielt es für seine Pflicht, die heruntergekommenen Symbole einer vergangenen Zeit vor seiner Schwester zu retten. Das war er dem Fremden von der Grenze schuldig.

»Hoffentlich machen wir uns damit nicht strafbar«, jammerte die Mutter und ließ ein Hakenkreuz fallen, als wäre es giftig, ansteckend, aussätzig.

Hastig sammelte Kurt den Ordenssegen wieder ein, stopfte die klimpernde Herrlichkeit in die Tasche und knotete den Bindfaden drum. Er war entschlossen, das Gepäckstück nicht mehr aus der Hand zu geben.

Wo bringen wir dich unter, Kurt Marenke?

Am liebsten wäre er zu seiner Mutter ins Bett gekrochen, aber das konnte er ihr nicht antun; ihr eisernes Bettgestell war zu schmal.

»Du mußt mit Ella schlafen«, entschied die Mutter.

Gut, das war ihm auch recht.

Bevor Ella sich auszog, schaltete sie das Licht aus, denn sie war schon fünfzehn und fast eine erwachsene Frau.

Splitternackt stand Kurt neben dem wärmenden Kanonenofen. Gab es denn keinen Schlafanzug im Hühnerstall?

Für die Nacht kannst du einen alten Unterrock der Mutter anziehen, Kurt Marenke.

Nein, dann lieber nackt schlafen.

Kurt kroch zu seiner Schwester unter die Decke.

»Was willst du mit der dämlichen Tasche im Bett?« fragte Ella und kicherte. »Leg sie ruhig auf den Fußboden, ich nehm sie dir nicht weg.«

Da erzählte er ihr, kurz vor dem Einschlafen, die Geschichte der Tasche.

»Das muß ein komischer Kerl sein«, meinte Ella lachend. »Der Krieg ist lange aus, aber der sammelt immer noch Orden.«

Freundlich pustete sie ihm ins Ohr und strich ihm zärtlich mit der Hand übers Haar. Ja, so war seine Schwester Ella.

»Jetzt fehlt nur noch unser Bruno«, fing die Mutter plötzlich an.

Ach ja, der große Bruder Bruno. Seit Oktober 1944 keine Nachricht mehr von ihm. Zuletzt an der Ostfront. Wo mag der jetzt stecken? »Wenn Bruno aus Gefangenschaft kommt, sind wir alle zusammen«, meinte die Mutter.

»Und wo ist Vater?« fragte Kurt.

Er hörte, wie sich die Mutter im Bett hin und her wälzte. Ella stieß ihn an.

»Danach darfst du sie nicht fragen«, flüsterte sie. »Das regt die Mutter immer so auf.«

»Wenn du größer bist, Kurtchen, werde ich dir alles erzählen«, hörte er die Stimme der Mutter.

»Unser Vater ist nämlich tot«, flüsterte Ella.

Kurt lag neben Ella und starrte zu dem immer noch glühenden Ofenrohr; er wunderte sich, warum seine Augen jede Feuchtigkeit verweigerten. Zu Hause hätte er eine Woche lang geheult, wenn ihm jemand gesagt hätte, daß sein Vater sterben müsse. Kann man Weinen verlernen? Er konnte nicht einschlafen, obwohl es warm war in Mutters Hühnerstall und seine Schwester ihn zusätzlich wärmte. Als er endlich einschlief, träumte er von dem Fremden an der Grenze. Der lief, deutlich zu erkennen an dem fehlenden Ohrläppchen und der Narbe neben der Augenbraue, über ein Schlachtfeld von gewaltigen Ausmaßen. Die Schlacht schien ein paar Stunden zurückzuliegen, aber die üblichen Rückstände deuteten darauf hin, daß eine Schlacht getobt hatte. Der Fremde bückte sich fortwährend, wühlte in Mänteln und Uniformjacken, brachte immer neue Sterne und Kreuze zum Vorschein, nahm sie denen ab, die sie nicht mehr brauchten. »Ich kenn mich aus!« rief er heiter, als er Kurt am Rand eines Granattrichters entdeckte. Dann verschwand er mit Riesenschritten im Unrat der gewesenen Schlacht.

Nicht einmal ausschlafen konnte er. Um halb sieben kroch Ella über ihn hinweg aus dem Bett, rumorte mit der Waschschüssel, rüttelte den Rost des Kanonenofens, trug Asche auf den Hof und fachte die verborgene Glut zu neuem Feuer an. Ella mußte in die Schule.

Als sie gegangen war, hatte Kurt die Mutter für sich allein. Er lag im Bett und sah ihr zu. Sie hatte viel zu tun. Bekleidet mit einem langen Unterrock, eilte sie geschäftig durch den Raum, stellte Kaffeewasser auf, legte Holz nach, fragte ihn, ob er gut geschlafen habe in der ersten Nacht im Hühnerstall, fragte auch, ob er den Rest Milchsuppe von gestern aufgewärmt essen wolle. Plötzlich trat sie an sein Bett, stand in ihrem langen Unterkleid wie ein guter Geist mit ausgebreiteten Armen und wallendem Haar vor Kurt.

»Weißt du, Kurtchen«, sagte sie mit feierlicher Stimme, »es war nicht unsere Schuld, daß wir dich auf der Flucht verloren haben. Wir sind zurückgefahren, um dich zu holen, aber die Soldaten ließen uns nicht durch. Überall habe ich nach dir gefragt. Einer hat mir zur Antwort gegeben: ›Es laufen so viele herrenlose Kinder herum. Nehmen Sie sich doch eins!‹ Das hat er wirklich gesagt!«

Kurt streckte die Hand nach ihr aus. Er hätte es gern gesehen, wenn sie sich über ihn gebeugt hätte, um ihn aus dem Bett zu heben, wie sie es früher manchmal getan hatte. Aber in diesem Augenblick begann vor dem Hühnerstall ein fürchterlicher Spektakel. Eine Art Häckselmaschine für Buschholz fing an, den großen Reisigberg aufzufressen, der auf dem Hofplatz lag; sie verschlang das Knickholz, das Bauer Kock im Herbst geschlagen hatte, spie Holzstücke in Richtung Hühnerstall und warf einen mächtigen Kleinholzberg vor das Fenster. Immer wenn ein dicker Ast durch die Maschine jagte, schwoll der Lärm an. Holzstücke wirbelten durch die Luft und polterten gegen die Tür des Hühnerstalls. Na, hoffentlich schlagen die uns nicht die Scheiben ein.

»Das ist Trommel-Meiers Buschhacker«, erklärte die Mutter und ging zum Tisch, um das Frühstück zuzubereiten.

Der Lärm unterbrach das Gespräch. Kurt zog sich an und nahm am Frühstückstisch Platz. Erst die Milchsuppe von gestern, dann klebriges Maisbrot mit viel Sirup. Reichlich Quark, den die Mutter wie früher Glumse nannte. Zum Trinken konnte er wählen zwischen entrahmter Vollmilch und Hagebuttentee. Er entschied sich für entrahmte Vollmilch. Als er das Glas ansetzte, um zu trinken, verspürte er eine krabbelnde Bewegung unter dem linken Arm. Etwas kroch aus seiner Achselhöhle und spazierte gemütlich auf den Ellenbogen zu. Er schlug auf den Arm, traf aber nicht. Das Biest wanderte ungestört weiter, kam die Rinne zwischen Elle und Speiche entlang. War es möglich, daß in dieser zehnmal entlausten Wäsche immer noch versprengte Läuse lebten? Das Ungeheuer kroch auf sein Handgelenk zu. Schämst du dich nicht, deiner Mutter Läuse in den Hühnerstall zu schleppen, Kurt Marenke?

»Warum zitterst du?« fragte die Mutter. »Du mußt mehr essen, damit du zu Kräften kommst. Kurtchen.«

Er konnte nicht essen, weil er auf der Lauer lag. Er wartete, bis sie am Saum des Ärmels auftauchte, eine dicke, fette Laus, die Großmutter aller Läuse. Sie kroch beharrlich über den Daumenballen in das Innere seiner Handfläche. Nur nicht runterfallen. Die darf hier keine Zucht aufmachen in Mutters Hühnerstall. Knacken muß sie um jeden Preis, den Spaziergang auf Kurts Arm mit dem Leben bezahlen. Er wartete, bis sie in die Reichweite seiner Finger kam, dann fuhr der Fingernagel in das kleine Tier. Der Knall, mit dem die Laus platzte, erschien Kurt so laut wie Trommel-Meiers Buschhacker. Zum Glück hatte die Mutter ihn nicht gehört.

Erleichtert aß er wieder Maisbrot und trank entrahmte Vollmilch, sah dem Wachsen des Holzberges zu und der wilden Betriebsamkeit Trommel-Meiers. Dieser Mensch mit der Neigung zum großen Lärm schlug in der Feuerwehrkapelle von Kudenow die Trommel. Er hatte im Krieg bei der Artillerie gedient, und wer ihn bei der Arbeit sah, wußte, wie der Name Trommelfeuer entstanden war. Aber weil es zu Ende gegangen war mit dem Trommelfeuer, zog er lärmend mit dem Buschhacker von Dorf zu Dorf und schlug den Bauern das Knickholz klein, schuf Feuerung für Kudenows Kanonenöfen.

»Das ist Bauer Kock«, sagte die Mutter und zeigte auf eine untersetzte Gestalt neben dem Buschhacker. Ende fünfzig vielleicht, mit einer Manchesterhose bekleidet, die er für einen Zentner Kartoffeln eingetauscht hatte. Gummistiefel und eine grüne Joppe, in deren Seitentaschen er die Hände zu vergraben pflegte, wenn er sie nicht zur Arbeit brauchte. Friedrich, genannt Fiete Kock, zweitgrößter Bauer von Kudenow, Herr der Burg, des Hofplatzes, der Flüchtlingsscheune und des Hühnerstalls.

»Wir müssen gleich zu ihm«, schlug die Mutter vor. »Wenn er von anderen erfährt, daß du gekommen bist und ich dich aufgenommen habe, wird er böse.«

Sie kämmte Kurts Haar. Du mußt ordentlich aussehen, wenn du dich dem Bauern vorstellst. Auch die Hände wurden gründlich mit grüner Seife gewaschen. Mit solchen Trauerrändern unter den Nägeln kannst du ihm nicht die Hand geben. Sind die Ohren auch sauber? Wie sieht der Hals aus? Schnaub vorher die Nase aus! Und gib immer schön Antwort, wenn er dich fragt.

Sie machte einen weiten Bogen um die gefräßige Maschine, damit ihnen die Holzstücke nicht um die Ohren flogen.

Knecht Stolten entdeckte sie als erster. Er nahm die Pfeife aus dem Mund und rief: »Wieder ein Neuer!«

Sie hielten sich abseits und warteten, bis Bauer Kock Zeit fand.

»Ach, lieber Herr Kock!« versuchte die Mutter den Buschhacker zu überschreien. »Gestern abend habe ich meinen kleinen Jungen wiederbekommen. Da ist er.«

Kurt staunte über die veränderte Stimme seiner Mutter. Sie sprach fast hochdeutsch mit geringem ostpreußischem Akzent. So hatte er sie noch nie sprechen hören.

Bauer Kock klemmte die Daumen unter die Achselhöhlen und musterte den kleinen Marenke streng. Erbaut schien er nicht zu sein von seinem Anblick.

»Nimmt das überhaupt kein Ende mit den Flüchtlingen!? Gibt es immer noch welche in Oostpreußen?«

Fiete Kock sprach das Wort Ostpreußen so aus, wie andere Leute Ostern sagen. Für ihn kamen alle Flüchtlinge, auch Pommern und Schlesier, aus Oostpreußen ... oder so aus der Gegend. Was östlich von Mecklenburg zu Hause war – die Mecklenburger sah er noch als Halbbrüder an –, erschien ihm eine Wichse, eine Mischung aus Polen und Deutschen mit asiatischem Einschlag.

»Nimm die Hände aus den Taschen, wenn du mit Herrn Kock sprichst«, mahnte die Mutter.

»Gefällt es dir in Kudenow?!« schrie Kock über den lärmenden Buschhacker hinweg.

Schwer zu sagen, denn Kurt hatte noch kaum etwas von Kudenow gesehen. Aber so viel wußte er, daß er diese Frage bejahen mußte. Heftig nickte er mit dem Kopf.

»Kannst du schon deutsch reden?« wollte Kock wissen.

»Freilich kann ich das.«

Da schlug der Bauer die Hände zusammen und fing an zu lachen. »Mensch, wo kommst du her? Ist das Sächsisch oder Bayerisch? Freilich, hat er gesagt. Habt ihr das gehört?«

Trommel-Meier und Knecht Stolten traten näher und grinsten Kurt Marenke an, der ostpreußisch, berlinerisch, sächsisch und thüringisch durcheinandersprach, wie es die Zeiten so mit sich gebracht hatten.

»Hör mal zu, mien Jung«, sagte Bauer Kock. »Lern du erst ordentlich Holsteiner Platt snacken. Dann kannst auch bei uns bleiben.« Kock machte eine Handbewegung, die das Gespräch beenden sollte. Los, haut ab aus der Schußlinie von Trommel-Meiers Artillerie!

Erleichtert eilten sie dem Hühnerstall zu. Doch bevor sie die Tür erreichten, ließ Kock den Buschhacker anhalten.

»Das wollt ich Ihnen noch sagen, Frau Marenke!« rief er über den Hof. »Passen Sie ja auf, daß keine Läuse auf meinen Hof kommen. Wer Läuse hat, fliegt raus!«

Die Mutter bestand darauf, noch am gleichen Tage mit Kurt zum Gemeindeamt zu gehen.

»Ich muß Lebensmittelkarten für dich holen.«

Unterwegs zeigte sie ihm Kudenow, wie sie es kannte. Da war als erstes Kocks Altenteilerhaus neben der Burg, in dem Opa Kock wohnte.

»Den mußt du immer schön grüßen. Manchmal tut er so,

als sähe er keinen Menschen, aber in Wirklichkeit sieht und hört er alles.«

Ist gut, Mutter.

Sie ergriff seine Hand, was ihm wohltat. Mit zwölf Jahren darfst du noch an der Hand der Mutter gehen.

»Dort wohnt der größte Bauer von Kudenow.« Die Mutter zeigte zu dem Hofgebäude hinter der Kirche. »Im Dorf heißt er nur der deutsche Bauer.«

»Warum das denn? Sind nicht alle Bauern in Kudenow Deutsche?« Doch, doch! Aber als im Mai 45 die Engländer einzogen, ging der größte Bauer von Kudenow mit besoffenem Kopp auf einen Offizier der königlich-britischen Armee zu und schrie: »Ich bin ein deutscher Bauer auf deutscher Scholle! Und ihr verdammten Engländer habt mir gar nichts zu sagen.« Seitdem hieß er so.

Vor Krämer Vagt trafen sie eine Menschenschlange, die auf Salzheringe wartete.

Vor Bäcker Sengelmann spielten Kinder im Klackermatsch und riefen »Flüchtling! Flüchtling!«, als Kurt mit seiner Mutter vorbeiging.

»Die sind noch klein und dumm«, meinte die Mutter.

Kurt fiel Kruglanken ein, wo sie den polnischen Gefangenen manchmal Polack nachgerufen hatten. Siehst du, es kommt alles wieder. Die Mutter wollte Bürgermeister Petersen ihren Familienzuwachs vorstellen, aber Petersen war nicht zu sprechen, weil er Mist auf seinen Acker fuhr. Für ihn erledigte Gemeindeschreiber Knaack den Papierkrieg im Gemeindebüro. Er trug Kurt in die Anwesenheitsliste von Kudenow ein und händigte die wichtigsten Papier aus, die es gab: Lebensmittelmarken.

Zum Weihnachtsfest, das erfuhr die Mutter bei diesem Besuch, wird eine Sonderzuteilung Zigaretten aufgerufen, zwanzig Stück für Männer, zehn für Frauen, für Kinder wie

Kurt überhaupt keine. Die Mutter war hoch erfreut. Nicht daß sie geraucht hätte. Nein, weiß Gott, so etwas kam im Hühnerstall nicht vor, und in Kruglanken war es auch nicht vorgekommen. Aber Zigaretten waren eine Kostbarkeit an sich, pro Stück fünfzehn Reichsmark wert. Für eine Schachtel gab es ein schönes Paar Wollstrümpfe oder dicke Unterhosen. Auch Heringe ließen sich gegen Zigaretten eintauschen. Ach, die Mutter war so glücklich über die unerwartete Zigarettenzuteilung.

Als sie schon gehen wollten, rief Schreiber Knaack sie zurück. Die Mutter mußte eine eidesstattliche Erklärung unterschreiben, in der sie schwor, daß Kurt Marenke ihr leibliches Kind sei. Denn nur leibliche Kinder erhielten eine Aufenthaltsgenehmigung für Kudenow. »Wir haben Zuzugssperre«, sagte Schreiber Knaack streng. »Es kommen zu viele. Alle wollen aufs Land, weil sie denken, dort gibt es etwas zu essen. Aber Kudenow ist voll... dicht... einfach überfüllt.«

Mit Kurts Lebensmittelmarken und dem Abschnitt *Sonderzuteilung Rauchwaren* verließen sie das Gemeindeamt. In heiterer Stimmung steuerte die Mutter auf das Büro der Deutschen Hilfsgemeinschaft zu, das sich im Horst-Wessel-Haus befand. Die Sache mit Horst Wessel war natürlich hinüber; auch sein Lied *Die Fahne hoch* durfte nicht mehr gesungen werden. Es fanden in diesem Haus keine Parteiversammlungen und Dorfgemeinschaftsabende der Ortsgruppe Kudenow mehr statt. Nur seinen Namen hatte das 1935 errichtete Gebäude behalten: Horst-Wessel-Haus.

In ihm herrschte, so muß man das schon sagen, ein Mann namens Ernst Kasulki. Er verteilte den Segen der Deutschen Hilfsgemeinschaft an die Armen. Kasulki war auch Flüchtling, denn es ist gut, die Verteilung denen zu überlassen, die etwas verstehen von der Not. So jedenfalls dachte die Deutsche Hilfsgemeinschaft, als sie den wohlgenährten Kasulki hinter den Schreibtisch des Horst-Wessel-Hauses setzte.

»Nun hab ich endlich meinen Jungen wieder, Kasulki! So, wie er da steht, ist er angekommen. Ohne Mantel, mit zerrissenen Schuhen, nichts im Bauch. Wenigstens eine Decke brauche ich, Kasulki, damit das Kind sich zudecken kann.«

»Vor März kommen keine Decken«, erwiderte die Deutsche Hilfsgemeinschaft traurig.

»Aber im März ist der Winter vorbei«, jammerte die Mutter und schob Kurt nahe an den Schreibtisch heran. »Kurtchen, erzähl dem Onkel, wie du gefroren hast. Zwei Jahre lang gefroren, erst unter den Russen, dann bei den Polen. Auch in den vielen Lagern, immer nur gefroren, das Kind!«

Kurt blickte zu Boden, weil ihm das Lied von der großen Kälte peinlich vorkam.

Kasulki riß die Tür zu seinem Vorratsraum auf und zeigte die leeren Regale.

»Das können Sie dem Jungen nicht antun!« schrie die Mutter. »Kurtchen, erzähl dem Onkel, wie du gelitten hast. Geschlagen haben sie dich, nicht wahr? Es ist die reine Wahrheit, Kasulki, sie haben ihn geschlagen!«

Die Mutter zerrte Kurt nach vorn, stellte ihn noch näher an den Schreibtisch der Deutschen Hilfsgemeinschaft, damit er Rede und Antwort stehen sollte. Aber Kurt brachte kein Wort heraus.

»Ich würde nicht so bitten, wenn es nicht nötig wäre, Kasulki. Glauben Sie mir, zu Hause hatten wir von allem genug. Zwanzig Kühe im Stall und ein halbes Dutzend Pferde, von den vielen Schweinen gar nicht zu reden. In unseren Kleiderschrank hätten Sie mal reinsehen müssen, Kasulki!«

Als die Mutter zu weinen anfing, schämte Kurt sich.

»Sie sind doch auch Flüchtling! Seien Sie doch ein Mensch, Kasulki!«

Der Mann blickte gelangweilt aus dem Fenster und zündete umständlich eine Zigarette an. Kurt fand es unpassend, zu rauchen, während seine Mutter weinte.

»Liebe Frau Marenke«, begann Kasulki mit väterlicher Stimme und blies den Rauch durch die Nasenlöcher. »Tun Sie nicht so, als wären nur Sie allein in Not. Anderen geht es viel schlechter. Sie wohnen bei einem Bauern; da fällt hin und wieder etwas ab. Und Sie haben eine eigene Stube; auch das hat nicht jeder.«

Während Kasulki sprach, starrte die Mutter auf die Zigarette in seiner Hand. Ihr fiel der Abschnitt *Sonderzuteilung Rauchwaren* ein. Sie holte den Papierfetzen aus der Handtasche und schob ihn verdeckt über den Schreibtisch Kasulki zu.

»Wenn schon keine Decke, dann haben Sie vielleicht etwas zu essen für das Kind«, sagte sie mit neuer Hoffnung. »Sehen Sie nicht, wie dem Jungen der Wind durch die Backen pustet? Da kommen doch ab und zu Pakete aus Amerika...«

Amerika war das Stichwort, das alles wendete. Kasulki legte die Zigarette in einen aus Konservendosenblech geformten Aschenbecher, ließ die *Sonderzuteilung Rauchwaren* unter dem Schreibtisch verschwinden und fand ganz tief unten, in der finstersten Ecke des Horst-Wessel-Hauses, ein paar Dosen Erbsen aus amerikanischen Armeebeständen.

»Aber ich weiß nicht, ob die noch genießbar sind«, erklärte er vorsichtshalber. »Die Amerikaner hatten sie schon nach Japan verschifft, aber als der Krieg dort so rasch zu Ende ging, brauchten sie die Erbsen nicht mehr und dirigierten die Schiffe nach Europa um.«

Vier Dosen American Peas. Na, wenigstens etwas Gutes von der Deutschen Hilfsgemeinschaft.

Draußen wischte sich die Mutter die Tränen aus den Augen. Sie war zufrieden.

»Ich weiß genau, der Kerl hat Decken«, sagte sie bemerkenswert gefaßt. »Aber der Kasulki gibt nur, wem er will.«

Kurt wäre gern in den Hühnerstall zurückgekehrt, um sich auszuruhen von dieser ersten Besichtigung Kudenows. Aber die Mutter hatte noch viel mit ihm vor. Zuerst blieb sie vor dem Riesenfenster des Kaufmanns Schmidt – Schieber-Schmidt – stehen. Über dem Laden stand in verwaschener Schrift *Gardinen – Stoffe – Trikotagen,* aber im Schaufenster war davon nichts zu erblicken. Was Schieber-Schmidt zu bieten hatte, befand sich in den hinteren Räumen.

»Zu dem brauchen wir gar nicht erst zu gehen«, sagte die Mutter. »Der hat sich gesundgestoßen an den armen Leuten.«

Hinter Schieber-Schmidts Textilhaus entdeckte Kurt ein Auto, einen grauen Vorkriegs-Opel; denn wer ein richtiger Schieber sein will, muß vor allem schnell sein. Immer da auftauchen, wo es etwas zu schieben gibt, und rasch das Weite suchen, wenn die Polizei kommt. Darum das Auto.

Als die Mutter der Kudenower Schule zustrebte, widersprach Kurt zum erstenmal. Er wollte endlich in den Hühnerstall.

»Aber du mußt vor Weihnachten in die Schule, Kurtchen! Am letzten Schultag ist eine Weihnachtsfeier. Da bekommen alle Schulkinder ein Päckchen Kakao, das die Engländer für die deutschen Kinder als Weihnachtsgeschenk gestiftet haben. Darauf willst du doch nicht verzichten!«

Also denn, in Gottes Namen und des Kakaos wegen zu

Lehrer Peschka in die Schule. Peschka war auch Flüchtling. Er hatte es so eingerichtet, bei Kriegsende in der Nähe Lübecks zu tun zu haben. Dort wurde er in feldgrauer Uniform von den Engländern gefangengenommen und traf zu Beginn des Schulbetriebs im Herbst 1945 in Kudenow ein. Die Kudenower nahmen ihn nur widerstrebend als vorübergehenden Ersatz für ihren richtigen Lehrer, der sich zuletzt aus der Normandie gemeldet hatte und vielleicht eines Tages aus dem Krieg heimkehren würde... vielleicht auch nicht.

Peschka mußte sich bewähren. Seine Dankbarkeit kannte keine Grenzen. Böse Zungen behaupteten, er lasse die Flüchtlingskinder jeden Morgen ein Gebet sprechen, damit sie Gott und den Einheimischen für die Aufnahme in Schleswig-Holstein dankten. Peschka vertiefte sich mit aller Kraft in dieses Kudenow. Er fand heraus – an der Endung »ow« konnte man es merken –, daß Kudenow eine wendische Ortsgründung war. Sieh mal an! Schon damals lagerten die Polacken vor den Toren Hamburgs! Fast hätte Peschka auf der Kudenower Feldmark ein Hünengrab entdeckt, aber bei näherem Hinsehen war es doch nur ein Haufen Wackersteine. In einer kleinen Schrift, die er den Bürgern von Kudenow widmete, wies er nach, daß der große Wallenstein im Dreißigjährigen Krieg, als er die Evangelischen verfolgte, durch Kudenow gezogen war und für eine kurze Nacht sein bedeutendes Haupt in einer alten Schenke – wo jetzt die Wassermühle stand – zur Ruhe gelegt hatte. Nach dieser Entdeckung wurde der *Gasthof zur Linde* in *Wallensteiner Hof* umbenannt. Denn Linden gab es überall in Holstein. Aber wer hatte schon einen Wallenstein unter seinem Dach?

»Vor allem müssen die Flüchtlinge Hochdeutsch lernen«, empfahl Peschka. »Erst wenn sie richtiges Deutsch sprechen, werden sie für voll genommen.« Er erging sich lang und breit in sprachlichen Exkursionen; das Holsteiner Platt hielt er für eine interessante Mundart, die nützlich sei für jeden, der später Englisch lernen wolle.

Kurt stand einen Kopf tiefer und musterte die Knöpfe an Peschkas Wolljacke. Er ließ die Gedanken um den Rohrstock kreisen, vertiefte sich in den Anblick auseinandergelaufener Tintenkleckse... bis Peschka zum Kern der Sache kam. Wo sollte er den kleinen Marenke unterbringen? Als im Januar 1945 in Ostpreußen die Schule ausfiel, hatte Kurt die vierte Klasse besucht. Seinem Alter nach gehörte er jetzt in die sechste Klasse. Aber dazwischen war ein mächtiges Loch. Zweimal sitzengeblieben auf dem Verschiebebahnhof der Geschichte. Nur ein paar Brocken Russisch gelernt, polnisch fluchen, zwei ukrainische Volkslieder, die Kurt singen konnte, deren Text er aber nicht verstand. Mehr hatte er nicht vorzuweisen. Peschka schickte ihn an die Tafel und ließ ihn den Satz schreiben: *Es ist schön, in Kudenow zu leben.*

Ein einfacher Satz, und doch zitterte die Mutter, ob Kurt ihn nach zwei Jahren schulfrei an die Tafel bringen würde. Er schaffte es; nur das Komma zwischen *schön* und *in* fehlte.

Peschka klopfte ihm anerkennend auf die Schulter und ordnete ihn in die Mitte ein, in die fünfte Klasse der Volksschule Kudenow.

Auf dem Rückweg machte die Mutter einen Abstecher zum Kirchenbüro, um Pastor Thormählen mitzuteilen, daß der liebe Gott ihre Gebete erhört und den Jungen nach Hause geschickt habe. »Jetzt fehlt nur noch mein Bruno, Herr Pastor.«

Thormählen notierte die Heimkehr Kurt Marenkes, um sie im Dankgebet des nächsten Sonntags zu erwähnen. Der Mutter ging es aber vor allem um den großen Schrank im Kirchenbüro, in dem Thormählen die milden Gaben aufbewahrte, die ihm von Kirchengemeinden in Amerika, Schweden und der Schweiz geschickt wurden. Und richtig, in dem

Schrank lag etwas für Kurt. Ein weißer Pullover aus Schafwolle, hergestellt in Schweden und dort auch ausgiebig getragen von einem Jungen in Kurts Alter, aber mit viel kürzeren Armen. Mehr als diesen Pullover hatte auch Thormählen nicht zu bieten. Als sie draußen waren, überlegte die Mutter, wo sie noch vorbeigehen könnten, um die Nachricht von der glücklichen Heimkehr ihres Jungen mit der Bitte um ein paar Pfundchen Mehl, brauchbare Straßenschuhe oder einen Knäuel Wolle zu verbinden. Da sah sie den Laden des Friseurmeisters Schnelle, und ihr fiel ein, daß Kurt noch vor Weihnachten zum Haarschneiden mußte. »Am besten, du erledigst das gleich. Kurtchen.«

Noch keine vierundzwanzig Stunden war Kurt in Kudenow, und schon stand er wütend auf der Dorfstraße. Die Mutter redete freundlich auf ihn ein, aber er wurde nur noch bockiger und trampelte wie ein ungezogenes Kind mit den Füßen.

»Was haben sie mit dir in den zwei Jahren angestellt, daß du so ungezogen bist? Was denken die Leute von uns? Mach mich nicht unglücklich, Kurtchen!«

Er wagte es nicht auszusprechen, aber die Wahrheit war, daß er das ganze Theater der Großmutter aller Läuse wegen veranstaltete. Kurt hatte schreckliche Angst, sie könnte doch nicht die letzte ihrer Art gewesen sein. Welche Schande, wenn aus dem Hemdkragen ein weiteres Exemplar gekrochen käme, um vor Meister Schnelles Haarschneidemesser zu laufen!

Der Mutter wurde der Auftritt auf der Dorfstraße peinlich. Sie machte ein strenges Gesicht, sagte: »Stell dich nicht so an wie ein kleines Kind!« und erzählte von Bäcker Sengelmann, wo sie noch nach Brot anstehen mußte. Bei Krämer Vagt wollte sie nach Salzheringen fragen, und in der Zwischenzeit mußten die Haare runter sein.

»Wenn du nach Hause kommst, heizen wir schön ein und machen es uns gemütlich«, sagte sie versöhnlich zum Abschied. Damit ließ sie Kurt vor dem Friseurladen stehen.

Meister Schnelle war das, was sie in Kudenow »dem fixen Kerl sien Broder« nannten. Der Putzbüdel wußte alles, hörte alles und konnte schweigen wie die lieben Singvögel im Frühling. An diesem Nachmittag störte das Schellen der Ladenbimmel drei Männer, die im rückwärtigen Raum Skat spielten. Die Tür stand offen. Da saß der Meister aller Barbiere in Vorhand, ihm gegenüber die dreckigen Stiefel des deutschen Bauern, mit dem Gesäß zu Kurt breit und ausladend Dorfpolizist Willers, dem links ein Taschentuch herausbaumelte, rechts ein Gummiknüppel; Pistolen erlaubten die Engländer noch nicht. Als vierter Mann spielte am anderen Tischende eine Flasche Aquavit ohne Gläser mit. Bedenkliches Schweigen bis auf die Ladenbimmel, die so unverschämt schellte.

»Du hast Kundschaft«, knurrte der deutsche Bauer.

Meister Schelle blickte zur Tür. Dann rief er verwundert aus: »Was ist das für einer? Den hab ich hier noch nie gesehen!«

Nun zeigte auch das breite Gesäß seine Vorderseite; Dorfpolizist Willers taxierte Kurt Marenke.

»Bestimmt auch so ein Beutegermane. Sieh dir mal die Backenknochen an. Das ist reinstes slawisches Blut.«

»Paß auf, daß du keine Läuse in deinen Laden bekommst!« warf der deutsche Bauer lachend dazwischen.

Kurt stand noch immer unschlüssig auf der Türschwelle. Er kam ungelegen, denn der Meister war am Gewinnen und ließ sich auch von Kurt nicht daran hindern; er drückte Kreuz blank und spielte einen kleinen Karo aus. Kurt bestaunte den Gummiknüppel des gewaltigen Dorfpolizisten und wunderte sich, daß der an einem Werktagnachmittag dienstfrei hatte und Skat spielen durfte. Ach, du kennst die Kudenower Gepflogenheiten noch nicht, Kurt Marenke. Die Arbeit des Dorfpolizisten begann nach Einbruch der Dunkelheit, wenn er die vorschriftsgemäße Beleuchtung der Kudenower Räder überprüfen mußte. Oh, es war furchtbar, ihm ohne Katzenauge in die Hände zu fallen! Außer an den Abenden war Willers an jedem Sonnabendvormittag stark beschäftigt. Dann marschierte er durch das Dorf, um festzustellen, ob die Gehwege von Blättern und Mist befreit und ordentlich geharkt waren. Gelegentlich klopfte er ans Küchenfenster und schrie: »Bei dir liegt noch Kuhscheiße auf dem Weg!«

Sie hätten Kurt vermutlich vergessen, wenn der deutsche Bauer nicht plötzlich eine handlange Mettwurst aus der Hosentasche gezogen hätte, eigene Produktion, in Zellophanpapier gewickelt. Er hatte schon ein paarmal abgebissen, aber der Rest sah noch verlockend aus. »Hör mal!« rief er zur Tür. »Damit dir die Zeit nicht lang wird, läufst du mal fix zum Bahnhof und fragst, wann der nächste Zug nach Marokko geht. Wenn du wieder da bist, gibt es diese Wurst.«

Kurt kamen sofort Zweifel, aber die Wurst besiegte jeden Einwand. Es gab in Holstein die seltsamsten Ortsnamen, sogar ein Dorf namens Berlin. Warum nicht auch ein Nest Marokko? Er trabte los, wurde immer schneller, um die alberne Marokko-Frage hinter sich zu bringen und möglichst rasch an die Wurst zu kommen.

Natürlich gab es nur ein Marokko, das in Afrika.

»Was hat der Bahnhofsvorsteher gesagt?« wollte der deutsche Bauer wissen.

»Der nächste Zug nach Marokko fährt am dreißigsten Februar.«

Der deutsche Bauer klatschte die Karten zusammen, nahm die Mettwurst und kullerte sie über den Fußboden in Richtung Kurt Marenke. Ein schönes Stück Wurst, fast ein halbes Pfund schwer. Die Skatrunde löste sich auf, weil die Pflicht rief. Den einen zu den Kühen, den anderen auf die Dorfstraße, denn es begann bereits zu dämmern.

Meister Schnelle holte Kurt vor den Haarschneidespiegel. Es war richtig feierlich, vor dem großen Spiegel zu sitzen, über dem Kopf eine Hundert-Watt-Lampe und hinter den Ohren die flinken Hände des Putzbüdels. Einen Augenblick stellte Kurt sich vor, daß mitten in der Arbeit der Strom wegbliebe und er mit halbgeschorenem Kopf nach Hause müßte; dann wieder dachte er an die Großmutter aller Läuse und die slawischen Backenknochen. Zum Glück hatte er große blaue Augen; die waren das Beste an ihm. Sie wirkten urgermanisch und machten den schlechten Eindruck wert, den die breiten slawischen Backenknochen hinterließen.

Während Meister Schnelle die Wolle vom Kopf schor, ohne daß er von hinterhältigen Läusen angefallen wurde, preßte Kurt die Wurst in den Händen, bis sie warm war.

»Du kannst ruhig essen«, sagte Schnelle. »Mußt nur aufpassen wegen der Haare. Wenn du die ins Maul kriegst, mußt du ganz schön spucken.«

Kurt verschlang die halbe Mettwurst vor dem Haarschneidespiegel. Den Rest steckte er in die Tasche für Mutter und für Ella. Erleichtert bummelte er nach Hause. Endlich fand er Zeit, sich dieses Kudenow in Ruhe anzusehen.

In den blätterlosen Linden, die die Kirche umstanden, hausten die Krähen. Auf den Wasserlachen der Hauskoppeln kräuselten sich winzige Wellen, die gegen die Grasnarbe plätscherten. Schwarz die vorherrschende Farbe. Trotz der Abendsonne. Schwarz die Äcker, die Baumrinde, die Pfähle der Weidezäune, schwarz auch die Maulwurfshügel auf den Wiesen, die reetgedeckten Dächer. Vereinzelt Pferdefuhrwerke, die Buschholz nach Hause brachten, mit herabhängenden Ästen das Dorfpflaster fegend. Ein Bauer fuhr Säcke zur Mühle. Ja, Kudenow besaß eine Mühle. Keine Windmühle, obwohl es reichlich pustete, sondern eine romantisch klappernde Wassermühle unten in den Beek-Wiesen. Vor mehr als hundertfünfzig Jahren hatten die Kudenower die Beek zu einem ansehnlichen Teich aufgestaut. Seitdem plätscherte das Wasser über ein Wehr auf ein von grünem Moos überzogenes Mühlrad. Aber gemahlen wurde elektrisch, solange die Hamburger Elektrizitätswerke nicht den Strom abschalteten.

Die Burg des Bauern Kock, auf einer Anhöhe gelegen, überragte alles. Sie war breit und behäbig wie ein Kirchenschiff, größer als der Wallensteiner Hof und die Wassermühle. Eine rote Wintersonne hing über dem Dach, genau im Winkel zwischen den beiden Pferdeköpfen.

Bevor der Hühnerstall in Sicht kam, holte Kurt den Rest Mettwurst aus der Tasche und verschlang ihn gierig. So, nun war Ruhe.

Als Kurt heimkehrte, rückte Trommel-Meier gerade mit seinem Buschhacker ab. Bauer Kock und Knecht Stolten gingen zum Vesperbrot in die Küche. Die Bäuerin setzte sich zu den Männern an den Tisch, Ina, die Köksch, trug auf.

Da sah Kock Kurt Marenke über den Hof schleichen.

»Das ist der Neue«, sagte er und zeigte zum Fenster. »Sie kommen wie die Ratten. Aus allen Himmelsrichtungen laufen sie zusammen. Zwei Jahre ist kein Krieg mehr, aber mit den Flüchtlingen nimmt es kein Ende. Letzte Nacht ist der Marenke ein Junge zugelaufen. Wegjagen kannst ihn nicht, denn sie sagt, es ist ihr Kind. Und schon haben wir einen mehr auf dem Hof.«

Kock fing an zu rechnen. In der Scheune mindestens dreißig Menschen – die genaue Zahl war nie zu ermitteln, weil die Flüchtlinge gingen und kamen, starben und geboren wurden –, im Hühnerstall die Marenke mit ihren beiden Kücken, oben in der Burg auch noch eine Familie mit plärrenden Kindern. Zusammen waren es mehr als drei Dutzend.

»Überall, wo du hintrampelst, sind Flüchtlinge. Wo soll das bloß hinführen?«

»Hör auf zu schimpfen, Vadder«, sagte die Bäuerin. »Wer weiß, wie es unserem Gerhard geht.«

»Nein, das ist zuviel! Die Flüchtlinge fressen unseren Kühen die Steckrüben weg. Früher haben unsere Kühe mehr Milch gegeben, aber jetzt schleichen nachts die Flüchtlinge in den Kuhstall, um die Kühe abzumelken. Letzte Woche haben sie die Kartoffelmiete aufgebuddelt.«

»Vielleicht muß unser Gerhard auch so leben«, sprach die Bäuerin leise. »Dabei ist seine Stube frei. Es steht alles noch so, wie er es verlassen hat. Er braucht nur zu kommen, der Gerhard.«

»Melker Kassebohm soll ein Vorhängeschloß besorgen und an die Stalltür hängen!« schrie Kock. »Damit mir keiner von den Flüchtlingen nachts in den Kuhstall kommt!«

Die Köchin Ina schenkte Milch ein.

»Nun fang nicht wieder an zu heulen, Frau«, brummte Kock, als er sah, wie die Bäuerin die Milch mit Tränen verdünnte. »Immer wenn du an den Jungen denkst, kommt dir das Wasser in die Augen. Der wird schon nach Hause kommen. Millionen sind noch in Gefangenschaft. Da ist unser Gerhard auch dabei.«

»Manchmal denk ich, es ist gut, wenn immer noch Flüchtlinge kommen«, erwiderte die Bäuerin. »Wenn keiner mehr kommt, kommt auch unser Gerhard nicht mehr.«

»Das ist Tüdelkram!« schimpfte Kock. »Kriegsgefangene und Flüchtlinge sind etwas ganz anderes.«

»Aber schreiben müßte er wenigstens«, klagte die Bäuerin.

»Aus Rußland schreiben die wenigsten«, tröstete sie der Bauer. »Die Russen haben kein Postamt, auch kein Papier für Briefmarken.«

»Aber den Krieg gewinnen, das können sie«, murmelte die Bäuerin und vergrub das Gesicht in den Händen.

Die Mutter hatte Wort gehalten. Warm und gemütlich war es im Hühnerstall. Zwei Brotschnitten mit Sirup hielt sie für ihn bereit. Dazu einen Topf Pfefferminztee. Die Pfefferminzblätter hatte Ella im Sommer auf den Beek-Wiesen gesammelt.

Als er fertig war, holte er die Tasche unter dem Bett hervor, schüttete den Inhalt auf den Fußboden und begann, Ordnung in die Orden und Ehrenzeichen zu bringen. Weil es schwer vorstellbar war, daß sie sich untereinander vertrugen, trennte er sie als erstes nach Nationalität. Die Deutschen besaßen die Übermacht. Die Zahl der deutschen Verwundetenabzeichen hätte ausgereicht, ein ganzes Feldlazarett damit zu dekorieren. Kurt brachte die Abzeichen in Reih und Glied; er stellte sie so auf wie die Hitlerjungen von Kruglanken und verlegte den Aufmarschplatz nahe an den Kanonenofen, um seinen Krieg in wärmeren Gegenden zu führen.

Ella ließ ihre Schularbeiten liegen und blickte die Mutter fragend an. Wie kann ein zwölfjähriger Junge in einer Zeit, in der es nur um Brot und Kartoffeln, um Brennholz, Stromsperren und ein bißchen Schularbeiten ging, so seelenruhig auf dem Fußboden sitzen und mit erdachten Soldaten Krieg spielen?

»Nirgends kann man hintreten, überall liegt das Blech herum!« schimpfte Ella.

»Laß Kurtchen nur spielen«, sagte die Mutter leise. Vielleicht braucht er so etwas, dachte sie. Die Schule, der Haarschneider, der Bettelgang zu Kasulki und ins Kirchenbüro, Lebensmittelmarken und Bauer Kock, es war wohl ein bißchen viel für ihn.

Zwischen der siebten und der neunten Bohle lag das Niemandsland, in dem Ella und die Mutter freies Wegerecht hatten. Das Ofenblech, das auf den Fußboden genagelt war, damit die herausfallende Glut nicht den Hühnerstall in Brand setzte, mußte ein Gewässer sein, kaum zu überqueren von den anstürmenden Verwundetenabzeichen.

Nach einer Weile sagte die Mutter: »Hoffentlich kommt Bauer Kock nicht rein und sieht die Bescherung auf dem Fußboden.«

Ach so, die Mutter hatte Angst wegen der Hakenkreuze und der Sowjetsterne. Der Bauer hatte mit beiden nicht viel im Sinn, und sicherlich – sie wußte es nicht genau – war sogar der bloße Anblick von Hakenkreuzen verboten.

Kurt fühlte, wie überflüssig er war mit seinen mächtigen Heeren. Ella blickte verstohlen auf den Fußboden und grinste. Ein Wunder, daß sie nicht laut lachte. Er hielt es nicht für ausgeschlossen, daß sie die Tasche eines Tages verschwinden lassen würde. Deshalb mußte er sie rechtzeitig in Sicherheit bringen. Raus aus dem Hühnerstall damit und ein Versteck suchen für die wunderbaren Abzeichen und Orden des Krieges.

Als es dunkel war, schleppte er die Tasche auf den Hof. Sein erster Gedanke war die Scheune, aber sie war als Versteck nicht geeignet, weil die Scheunenkinder die Tasche finden würden. Er strebte dem Kuhstall zu und traf dort Melker Kassebohm, der laut pfeifend die Kuhscheiße zusammenkratzte und mit der Karre zum Misthaufen fuhr. Er kam mit seinen stinkenden Stiefeln näher und fragte Kurt, ob er der Bruder von Ella Marenke sei. Als er nickte, sagte Kassebohm: »Hoffentlich arbeitest du auch so tüchtig wie deine Schwester. Dann kann aus dir was werden.«

»Kopp weg!« schrie eine Stimme über ihnen. Das war Knecht Stolten, der Heu durch die Bodenluke warf und wie ein mutiger Fallschirmspringer hinterhersprang. Heu für die Pferde. Sechs große Tiere. Keine reinrassigen Holsteiner, Hannoveraner oder Trakehner, nur ein Sammelsurium dessen, was nützlich ist und den Pflug zieht. Zwei dickarschige Belgier, ein Wehrmachtsgaul, den deutsche Soldaten im Mai 45 in Kudenow zurückgelassen hatten.

»Das ist ein Flüchtlingspferd«, sagte Stolten zu Kurt. Er zeigte auf einen Grauschimmel, an dessen Raufe auf einer Tafel der Name Iwan stand. »Als die englischen Tiefflieger über Kudenow kurvten, ist der irgendwo ausgerissen. Jedenfalls stand er abends in Kocks Apfelgarten. Weil keiner nach ihm suchte, haben wir Iwan behalten.«

Liebevoll betrachtete Kurt das Flüchtlingspferd. So einer bist du also. Ausgerissen, stiften gegangen vor den Tiefffliegern, ein Beutepferd von den Landstraßen des Ostens.

»Gab es in Ostpreußen auch Pferde, oder seid ihr auf dem Ziegenbock geritten?« fragte Stolten lachend.

Hast du 'ne Ahnung, Stolten! Pferde waren das Wichtigste zu Hause; die kamen gleich nach den Menschen. Soll Kurt dir mal erzählen, wie er über die Feldwege von Kruglanken galoppiert ist? Und mit seinem Bruder Bruno um die Wette über den Anger? Mit seinem Vater ist Kurt an einem gar nicht zu beschreibenden herrlichen Herbstsonntag um einen See geritten.

Der Pferdestall war ein Ort, zu dem er Zuneigung empfand. Kurt beschloß, die Tasche in seiner Nähe zu verstecken. Deshalb kroch er auf den Stallboden über den Pferdeboxen, wo zur Rechten stark riechender Rotklee, links weiches Heu von den Beek-Wiesen lag. Ein großartiges Versteck, nicht nur für die Tasche, sondern auch für Kurt Marenke. Ein Versteck mit Aussicht auf die Burg und die verstreuten Dächer Kudenows, auch auf den mächtigen Ziegelturm der Kirche. Viel Wärme stieg durch die Bodenluke in das Versteck, der Atem der Kühe und der Ammoniakgeruch des Pferdemistes. Kurt wühlte sich tief ins Heu und schloß die Augen. Die Tasche lag unter seinem Kopf, kein weiches Kissen, aber sicher. Er war erleichtert und zufrieden, auch wenn er sich ein wenig fürchtete vor diesem Kudenow und seinem geregelten Leben.

Du mußt in die Schule gehen und zum Haarschneider.

Vergiß nicht, die Menschen auf der Straße zu grüßen, auch die, die du nicht kennst!

Ja, ja, ist gut, Mutter.

Und sei immer freundlich zu Bauer Kock. Natürlich auch zur Bäuerin und zu Ina, der Köksch, denn in der Bauernküche fällt manchmal etwas für uns ab.

Ja, ja, ist gut, Mutter.

Und Opa Kock sieht und hört alles.

Guten Morgen, Herr Kock!

Moin, moin, mien Jung!

In den stacheldrahtumzäunten Lagern, in Quarantänebaracken und verriegelten Eisenbahnwaggons hatte er sich freier gefühlt. Es war die Freiheit dessen, um den sich keiner kümmert.

Hast du saubere Fingernägel, Kurtchen? Der Hals, mein Gott, der Hals, der sieht aus wie eine Schuhsohle!

Kurt entkleidete sich auf dem Stallboden. Saß da mit nacktem Oberkörper und hielt das Hemd unter das schräg einfallende Licht einer verstaubten Bodenlampe. Mit dem Daumennagel suchte er die Nähte ab nach versprengten Läusen, nach heimlich abgelegten Eiern für die nächste Brut. Er ließ keine Nische aus. Vor allem unter den Armen mußt du suchen; dort, im warmen, feuchten Schweiß, nisten sie am liebsten. Aber er fand keine Partisanen in seiner Wäsche. Die dicke Laus, die er am Frühstückstisch geknackt hatte, war die letzte ihrer Art gewesen. Kurt Marenke war läusefrei!

Wo bist du hingeraten, Kurt Marenke? Hier soll die stille Weite des Nordens beginnen, aber es ist ein wildes Herumgedränge in Scheunen, Hühnerställen, auf Dachböden und in alten Katen. Vor dem Krieg gab es anderthalb Millionen Menschen im Land zwischen den Meeren. Als sie im Oktober 1946 wieder zählten, waren es beinahe drei Millionen. So hatten die sich vermehrt. Die Flüchtlinge waren wie eine Flut hereingebrochen. Seit Jahrhunderten hatte das Land seine höchsten Deiche nach Westen gebaut, aber nun war die Sturmflut von Osten in das Land gespült. Das Schloß in Plön: ein Massenquartier für Flüchtlinge mit herrlicher Aussicht auf den Plöner See. Barackenlager in jedem Flecken. Auf den Straßen waren mehr Handwagen als Pferdewagen unterwegs. Wo immer man hintrat, krabbelte ein Flüchtling. Die Flüchtlinge hatten die Einwohnerzahl der schönen Insel Sylt um das Vierfache vermehrt, denn Sylt war, als Deutschland unterging, einer der letzten trockenen Fetzen Land gewesen. Aus den Dünen stank das Elend, während im Sommer 1946 schon ein annehmbares Vorkriegsbadeleben mit Schwarzmarktpreisen, amerikanischen Zigaretten und deutschen Mädchen begonnen hatte. Zu Weihnachten 1946 befaßte sich der Kieler Landtag mit den Kontrasten der schönen Insel. Beides ging nicht. Entweder räumen die Flüchtlinge die Insel, oder die Badegäste bleiben zu Hause.

Sogar jenseits der dänischen Grenze stauten sich die Flüchtlinge. Fünf Prozent der Einwohner Dänemarks waren geflohene Deutsche. Am Anfang stand die Besetzung durch deutsche Soldaten, am Ende die Besetzung durch deutsche Flüchtlinge. So ironisch kann Geschichte sein. Ende 46 trafen die ersten Transporte aus dänischen Flüchtlingslagern in Deutschland ein. Zwei Jahre lang hatten die Dänen die ungebetenen Gäste durchgefüttert; nun wurde es Zeit, sie dahin zu schicken, wo sie hingehörten. Immer hinein in das hungernde, frierende Land. Je dichter, desto wärmer. Ein dänischer Minister bat Seiner Majestät Regierung in London, die Flüchtlinge aus den nördlichen Grenzgebieten Schleswig-Holsteins zu entfernen. Sie erdrückten das Dänentum von Husum bis Flensburg. Am besten wäre eine Volksabstimmung in Deutschlands Norden, an der die Flüchtlinge aber nicht teilnehmen durften, weil sie nicht dazugehörten. Ach, wenn du gute Butter hast und Speck und Havartikäse, kannst du jede Volksabstimmung riskieren.

In jenen Tagen, als Kurt Marenke, von Thüringen kommend, in Schleswig-Holstein eintraf, erhielt das Land die erste Regierung nach dem Kriege. Sie wurde von den Engländern eingesetzt. Sicher ist sicher; man weiß ja nicht, was die Deutschen wählen. Als erstes verlegte die Regierung ihren Amtssitz von Schleswig nach Kiel, vermutlich ein sehr wichtiger Akt, obwohl es zu einer Zeit geschah, in der es nur um Essen, Trinken und Nichtfrieren ging und sowieso zuviel umgezogen wurde.

Der Normalverbrauchersatz der britischen Zone erreichte eintausenddreihundert Kalorien täglich. Eine irrsinnig hohe Zahl, von der niemand wußte, was dahintersteckte. Wie viele Kalorien brauchte Kurt Marenke, um vom Hühnerstall zur Hofpumpe zu gehen und Wasser zu holen? Zu Weihnachten legten die Engländer weitere zweihundertfünfzig Kalorien drauf. Anständige Leute, diese Tommys. Auch brachten sie im Weihnachtsmonat Bezugscheine für zwei Millionen Paar Schuhe unters Volk. Na, nun können wir wieder tüchtig laufen! Zum Holzsammeln in den Wald und zum Kohlenklauen, zum Schlangestehen vor Vagts Krämerladen und vor den leeren Regalen der Deutschen Hilfsgemeinschaft im Horst-Wessel-Haus. Gut zu Fuß mußte man sein, das war schon halb gewonnen.

Opa Kock klopfte mit der Krücke gegen die Fensterscheibe, als Kurt an der Altenteilerkate vorbeiging. Was hast du ausgefressen, Kurt Marenke? Hat die Mutter dir nicht gesagt, daß Opa Kock alles sieht? Der sitzt Stunde um Stunde am Fenster seiner Strohdachkate, blickt abwechselnd über den Hof und auf die Dorfstraße, grüßt jeden Menschen, sogar die Flüchtlinge, manchmal auch Kühe und Pferde. »Moin! Moin!« ruft er noch am Abend, und »Wie geiht?« fragt er, wenn sein Gruß erwidert wird. Opa Kock weiß, wie viele Milchkannen Kassebohm in die Meierei fährt und wie viele Strohballen Stolten den Pferden als Streu hinwirft. Der zählt jeden Tag die Eier, die Kocks Hennen legen. Läuft ein Huhn gackernd über den Hof, legt Opa Kock ein Streichholz auf die Fensterbank. Kommt Ina mit dem Abendessen in die Kate, zählt er die Streichhölzer zusammen. Neunzehn Eier, sagt er ihr auf den Kopf zu, und Ina nickt zustimmend, während sie dem alten Mann ein mächtiges Tuch als Klackerbuschen vor die Brust bindet.

Mit der Krücke winkend, forderte Opa Kock Kurt auf, ins Haus zu kommen. Scheu betrat er die Altenteilerkate, das weißgetünchte Häuschen mit den grünen Fensterläden und einer Außentreppe aus Natursteinen, einer vergoldeten Türklinke, einem Flur mit knarrenden Dielen und ausgestopften Fasanenhähnen an den Wänden.

»Du bist neu auf unserem Hof.« Opa Kock tippte mit der Krücke auf Kurts Bauch. »Ich seh es dir an, du bist ein Neuer. Und damit du gleich Bescheid weißt, will ich dir mal was verklaren. Was mein Hof ist, das heißt, eigentlich gehört er schon meinem Sohn Fiete, da wird nix nich geklaut! Verstehst du mich? Wenn du unbedingt klauen mußt, gehst du woanders hin, aber nicht auf meinen Hof. Hast du mich verstanden?«

Opa Kock ließ die Krücke sinken und nahm befriedigt neben der Fensterbank Platz. Kurt mußte sich ihm gegenüber an die andere Ecke des Fensters setzen. Der alte Kock steckte seine Pfeife an und tunkte das abgebrannte Streichholz in einen bereitstehenden Wassernapf, weil er ein vorsichtiger Mensch war und kein Brandstifter. »Nun will ich dir was erzählen von den Holsteiner Sitten und Gebräuchen, mien Jung, damit du dich auskennst bei uns, weil du ja nicht von hier bist... Siehst du die Hutschachtel auf meinem Schapp?« Er tippte mit der Krücke gegen den Schrank. »Diese Hutschachtel hat meine verstorbene Frau zur Hochzeit geschenkt bekommen. Und wenn nun das erste Kind geboren wird, und es bleibt gleich tot, kommt es in die Hutschachtel und wird darin begraben. Verstehst du mich, mien Jung? Und wenn die Hutschachtel begraben ist, wird keine neue mehr gekauft, nix mehr. Deshalb weiß jeder gleich Bescheid. Wenn du zu einem Bauern in die Stube kommst, und da ist keine Hutschachtel auf dem Schrank, dann ist das erste Kind tot geblieben. So geht das hier bei uns in Holstein zu.«

Während der Alte sprach, zählte Kurt die Streichhölzer auf der Fensterbank. Erst sieben Eier hatten Kocks Hühner gelegt – nicht gerade fleißig, aber der Tag hatte auch erst angefangen. Als Ina kam, um Opa Kocks Bett zu machen, wollte Kurt sich verdrücken, aber der Alte hielt ihn zurück, indem er ihm die Krücke um den Hals legte. Er ging mit ihm durch die Räume der Altenteilerkate und kletterte sogar die Treppe hinauf, um Kurt die geräumige Dachstube zu zeigen.

»Du denkst bestimmt: Wie kann es angehen, daß ein alter Mann wie ich allein in einem Haus wohnt, wo es so viele Fremde gibt, die keine Unterkunft haben? Hör zu, ich will dir das verklaren. Das ist nämlich so: Wenn die Flüchtlinge erst im Haus drin sind, bekommst du sie nicht wieder raus. So sind die Gesetze heute. Aber wenn ich nicht mehr bin, will mein Sohn Fiete auch auf Altenteil gehen. Verstehst du? Und dann kommt er nicht rein in die Altenteilerkate, weil die Flüchtlinge drinsitzen. Deshalb muß ich für ihn die Stellung halten.« Kurt hörte nicht mehr, was der alte Mann über die Scheune erzählte: daß man sie von Rechts wegen abbrennen sollte, daß die Scheunenkinder nichts taugten, weil sie klauten und dreckige Füße hätten, daß Opa Kock im Ersten Weltkrieg auch Soldat gewesen war... »Und den ersten Krieg haben wir doch auch verloren, aber es gab keine Flüchtlinge. Irgend etwas muß da nicht stimmen, daß diesmal so viele Flüchtlinge nach Holstein gekommen sind.«

Kurt war die Treppe hinuntergeschlichen und rannte über den Hof. »Denk daran, auf meinem Hof wird nicht geklaut!« rief Opa Kock hinterher und drohte mit seiner Krücke.

Es wird Zeit, die Scheune näher in Augenschein zu nehmen, dieses Ungeheuer aus Fichtenbrettern mit daumendicken Astlöchern, in denen Lumpen steckten, um den Wind daran zu hindern, die Kerzen auszupusten. Fünfundzwanzig Meter lang und fünfzehn Meter breit, am Giebel ein Riesenmaul von Scheunentor. »Geh bloß nicht in die Scheune«, sagte die Mutter. »Die taugen alle nichts.«

Sie erzählte von den keifenden Weibern, dem ständigen Geschrei der Kinder in irgendeinem Scheunenfach, vom Scheunentratsch und von den Verdächtigungen. Da gönnt einer dem anderen nicht das Schwarze unter dem Nagel. Kaum eine Woche, in der der Dorfpolizist Willers nicht vorbeikommen mußte, um eine Schlägerei zu schlichten, Beleidigungen zu Protokoll zu nehmen oder nach Decken zu fahnden, die einem armen Teufel im Schlaf unter dem Hintern gestohlen wurden. »Ich bin so froh, daß wir aus der Scheune raus sind. Kurtchen!«

Schweigend hörte Kurt zu, was die Mutter über die Flüchtlingsscheune von Kudenow zu sagen hatte, über dieses Auffanglager für die, die nicht unterzubringen waren, die die Flut erbarmungslos an den Strand gespült hatte. Die Scheune war anziehend und abstoßend zugleich. Kurt umkreiste sie wie einen Ort, von dem Gefahr drohte, der ihm aber trotzdem vertraut vorkam. Trotz ihrer beachtlichen Höhe und der frischen Luft stank die Scheune. Das kam von der nassen Wäsche auf der Leine und dem Abwaschwasser in den Marmeladeneimern. Auch das, was die Mutter über den Lärm in der Scheune gesagt hatte, stimmte. Durch die Ritzen der Bretterwand drang ständig Kindergeschrei. Wenn es gar zu schlimm wurde, ging Bauer Kock zum Hundezwinger und sagte: »Ajax, gib denen mal Bescheid!«

Dann bellte der Schäferhund fünf Minuten lang, überbellte den eintönigen Lärm in der Scheune.

Im Innern der Scheune herrschte das Kauderwelsch aller Dialekte des deutschen Ostens. Perunje aus Oberschlesien, der alte Petschelies aus Ostpreußen, eine schweigsame Familie aus Pommern. Westpreußen hatte die Gestalt eines Pferdehändlers angenommen, dem die Pferde ausgegangen waren und der mit selbstgeschnitzten Holzpferdchen handelte. Was gab es noch, woher man fliehen konnte? Ach ja, Deutsche aus dem Warthegau, Deutsche aus Bessarabien, Sudetendeutsche und Ungarndeutsche, Baltendeutsche, die sogar zweimal geflüchtet waren, 1940 heim ins Reich und 1945 noch weiter bis ans Ende des Reiches. Es nahm kein Ende mit den Flüchtlingen. Eine Windbö hatte die Menschen vom Erdboden gerissen, durch die Luft gepustet und in der Scheune von Kudenow niedergehen lassen.

Bei seinem Erkundungsgang um und in die Scheune traf Kurt den alten Petschelies, der mit seiner Frau die Latrine reinigte.

»Komm ruhig dichter ran!« rief er. »Das stinkt auch nicht anders als euer Dreck!«

Kurt näherte sich vorsichtig dem Häuschen hinter der Scheune, dem einzigen Bauwerk, das Kock nach dem Kriege auf seinem Hof errichtet hatte, ein schlichter, würfelähnlicher Holzkasten mit einem Eimer unter der Brille und einem Luftloch in der Tür.

»Die Bauersfrau hat dafür gesorgt, daß wir Flüchtlinge einen Extralokus bekommen«, erklärte Petschelies. »Die größte Gefahr für die Gesundheit kommt nämlich vom gemeinsamen Klosett, hat sie in einem Buch gelesen. Sogar Tuberkulose kannst du da bekommen und diese unaussprechlichen Geschlechtskrankheiten.« Petschelies öffnete den Kasten, beugte sich nach vorn und begutachtete den Inhalt. »Das meiste ist wieder Wasser«, brummte er mißmutig vor sich hin. Während er versuchte, mit einem Stock den

Henkel des Eimers anzuheben, erklärte er ausführlich, wie das Latrinenreinigen in der Scheune geregelt war. Jeden Tag mußte der Eimer zum Misthaufen, sonst lief er über. Das ging der Reihe nach, jedes Scheunenfach kam dran, genau nach der Numerierung an den Balken. »Was meinst du, wie spaßig es aussieht, wenn unsere Gräfin den Scheißeimer trägt!« Der alte Mann blickte auf. »Da staunst du wohl, was? Wir haben eine richtige Gräfin in der Scheune. Die ist aus dem Baltikum. Mit den Balten ist das so eine Sache. Wo immer du einen triffst, es ist entweder ein Graf, ein Pastor oder ein Gutsbesitzer; einfache Menschen haben die keine gehabt.«

Frau Petschelies schob einen dicken Knüppel unter den Henkel des Latrineneimers.

»Na, Mutterke, dann wollen wir mal!« rief Petschelies und spuckte in die Hände.

Er faßte das eine Ende des Knüppels, die Frau das andere. Ein Ruck, und sie hoben den Eimer aus der stinkenden Dunkelheit ans Tageslicht. Behutsam, damit nichts verkleckerte, trugen sie ihn durch die Scheune zum Misthaufen auf der anderen Seite.

»Das gibt frische Luft in Sperlingslust!« schrie Petschelies, als sie an der Kochecke vorbeikamen.

Im Schneckentempo steuerten die alten Leute auf den Misthaufen zu. Langsam, langsam! Der Dreck darf nicht überkleckern und die Schuhe beschmutzen. Auch mußt du aufpassen, daß der Eimer nicht an der Hose entlangwischt.

»Am Ende einer Zuteilungsperiode ist es besonders schlimm«, erklärte der alte Petschelies die viele Flüssigkeit. »Dann werden die Lebensmittelmarken knapp, und im Eimer ist das reinste Wasser. Das schwappt bei jedem Schritt über.«

Vor dem Misthaufen setzten sie den Eimer ab. Petschelies holte aus dem Pferdestall eine Forke, um ein Loch zu buddeln. Bauer Kock hatte nämlich angeordnet, den Menschendreck aus der Scheune tief im Mist zu vergraben. Der Mensch kann vieles vertragen: den Gestank von Kuhscheiße und Pferdeäpfeln, selbst die Schweineställe sind ihm erträglich – nur nicht die Ausscheidungen der eigenen Art; die müssen tief vergraben werden.

Als Petschelies die Arbeit verrichtet hatte, wischte er sich die Hände an der Hose ab und sagte zu Kurt: »Wenn du dir Sperlingslust genauer ansehen willst, komm mit. Ich zeig dir unser Wunderschloß.« Beim Betreten der Scheune hörte Kurt Musik. Eine Flöte übte *Ihr Kinderlein, kommet*. Ach ja, es ging auf Weihnachten zu.

»Wir haben nicht nur eine Gräfin in der Scheune, sondern auch einen Gebildeten, einen studierten Menschen aus Stargard in Pommern. Der hat früher nur mit dem Kopf gearbeitet. Und als er auf die Flucht ging, wußte er nichts Besseres mitzunehmen als die Flöte. Nun sitzt er da in Fach vier und gibt seinen Kindern Flötenunterricht.«

Sie blickten in das Scheunenfach, in dem die Flötenkinder musizierten. Auf einem Strohsack saßen zwei kleine Mädchen und starrten abwesend in ein Notenheft. Hinter ihnen ein hagerer Mann mit Brille.

»Gebildete haben es in dieser Zeit besonders schwer«, flüsterte Petschelies. »Weil die zwei linke Hände haben.«

Kurts Blick fiel auf eine Landkarte, die der Gebildete über seinem Lager an einen Scheunenbalken genagelt hatte: *Deutschland in den Grenzen von 1937.*

»Eigentlich darf es solche Karten gar nicht mehr geben«, meinte Petschelies. »Aber in der Scheune sieht keiner hin, und wenn der Wachtmeister vorbeikommt, lacht der nur über Deutschland in den Grenzen von siebenunddreißig.«

Der Gebildete hatte ins Pommersche, in die Nähe Stargards, einen dreizolligen Nagel geschlagen. Dort saß er fest, davon wollte er nicht lassen.

»Da ist auch unser schönes Ostpreußen«, murmelte Petschelies und tippte auf die bei Stargard angenagelte Landkarte. »Sieht aus wie eine dicke Birne, die mit dem Stengel oben bei Memel am Baum hängt... Nun ist sie abgefallen.«

Der alte Mann nahm Kurt mit zum eigenen Fach Nummer sechs. Strohsäcke lagen reichlich herum. Ein Gartenstuhl wartete auf Besuch. Die Frau wusch sich die Hände. Anschließend holte sie heißes Wasser, das in der Kochecke der Scheune ständig bereitstand. Sie goß Lindenblütentee auf.

»Du hast noch in Ostpreußen gelebt, als der Krieg zu Ende war?« fragte sie plötzlich. »Erzähl uns, wie es dir ergangen ist. Wie sieht es aus zu Hause?«

Was gab es schon viel zu erzählen? Kurt starrte in den Lindenblütentee und überlegte angestrengt.

»Sind die Häuser alle verbrannt?«

Nein, nicht alle.

»Gibt es noch Perdkes und Schwienkes in Ostpreußen?«

»Mutterke, warum fragst du so dumm?« mischte sich der alte Petschelies in das Gespräch ein. »Du weiß doch, sie haben alles totgeschlagen und aufgefressen.«

Kurt trank gerade ungesüßten Tee, als eine schrille Frauenstimme die Musik der Flötenkinder übertönte.

»Ich weiß genau, wer das war!« schrie die Stimme und drohte mit der Polizei. Sie bedauerte, noch immer schrill und gellend, daß so ein Packzeug überhaupt heil durch den Krieg gekommen sei, in dem so viele anständige Leute sterben mußten.

»Das ist unsere Frau Nuschtnich«, erklärte Petschelies grinsend. »Die tobt immer so. Der brauchst du nur das Wasser vom Herd zu stellen oder die Wäsche zusammenzuschieben, dann fängt das Geschrei an.« Anklagend rannte die

Frau mit einem dreckigen Kissenbezug durch die Scheune, kam auch zu Fach sechs und zeigte ihn dort vor. Irgendein Ferkel war an der Wäsche entlanggegangen und hatte den frisch gewaschenen Bezug mit seinen Dreckshänden angefaßt.

»Eigentlich heißt sie Scherwat«, flüsterte Petschelies, als sie zu Fach Nummer sieben weiterzog, »aber die Scheune hat ihr den Spitznamen Nuschtnich gegeben, weil sie immer jammert: ›Die Flüchtlinge haben rein nuscht nich.‹«

Das war die höchste Form der Verneinung, weniger als gar nichts, fast überhaupt nichts; genaugenommen war es rein nichts nicht.

»Ist es nicht schön, wieder bei der Mutter zu sein?« fragte Frau Petschelies und legte ihre Hand auf Kurts Kopf.

»Ja, die Marenkes haben das große Los gezogen«, behauptete Petschelies. »Raus aus der Scheune und rein in die schöne Wohnung im Hühnerstall. Aber wenn du es genau wissen willst, mein Jungche, das habt ihr nur deiner Schwester zu verdanken. Weil die Ella so unerhört tüchtig ist, habt ihr den Hühnerstall bekommen.«

Petschelies erzählte von Ellas Heldentaten. Bei der Kartoffelernte hatte sie geholfen; eine Woche lang auf den Knien liegen und den Rücken krümmen. Sie hatte die Schule ausfallen lassen, weil Kocks Runkelrüben gezogen und geköpft werden mußten. Ella hatte das Holz für den Hühnerstall kleingeschlagen, und wenn die Mutter Waschtag hatte, schleppte Ella zwanzig Marmeladeneimer Wasser von der Hofpumpe zum Hühnerstall.

Kurt schlich aus der Scheune. Er benutzte den Hinterausgang, weil vorn immer noch die Frau Nuschtnich um den dreckigen Kissenbezug zeterte. Als er den Hühnerstall erreichte, kam Ella gerade aus der Schule und zeigte gleich, wie tüchtig sie sein konnte. Noch vor dem Mittagessen fing sie an, Kocks Hof zu fegen. Nur weil es ordentlich aussah und weil es Sonnabend war und weil morgen Sonntag war und weil Bauer Kock hinter dem Küchenfenster stand und zu Ina sagte: »Die kleine Marenke ist die Tüchtigste von dem ganzen Gesindel.«

Ellas Tüchtigkeit nahm Ausmaße an, die für die Schularbeiten nicht mehr gut waren. Abends half sie Kassebohm beim Melken und trank sich nebenbei an der warmen Kuhmilch satt. Als Lohn ließ Kassebohm Tag für Tag ein paar Liter Milch in einer Kanne stehen, die Ella im Schutze der Dunkelheit aus dem Kuhstall holte. Niemand durfte es wissen.

»Kind, Kind, du hast überhaupt nichts von deiner Jugend«, sagte die Mutter an den Abenden, wenn Ella erschöpft über den Schularbeiten einschlief. »Aber warte nur ab. Wenn wir wieder zu Hause sind, wird alles, alles besser.«

Es war der letzte Schultag vor den Weihnachtsferien. Bevor Ella zur Schule ging, sagte sie am Frühstückstisch: »Kurt muß ein eigenes Bett haben. Der ist ein richtiger Mann.«

Er hatte gefroren und war im Schlaf nahe an sie herangekrochen. Mehr nicht. Aber mit Ella darfst du über solche Dinge nicht streiten. Die hat immer recht.

Also ausquartiert aus Ellas warmem Bett. Die Mutter kam auf den Gedanken, zwei Kartoffelsäcke zusammenzunähen und mit Stroh zu füllen. Das wäre eine brauchbare Matratze für den Fußboden. Am besten schlagen wir Kurts Nachtlager in der Ecke auf, wo Schrubber und Besen hängen. Womit decken wir dich zu. Kurtchen? Bis die Deutsche Hilfsgemeinschaft Decken hereinbekommt, tun es vielleicht die Jacken und Mäntel der Familie Marenke. Am Tage trägst du sie, nachts decken sie dich zu; es gibt keine vollkommenere Ausnutzung der Textilien. In welche Richtung sollen die Füße zeigen, Mutter? Vielleicht ist es am besten, wenn du mit dem Kopf zur Tür liegst, dann kommen die Füße dicht an den Kanonenofen. Das ist der wärmste Platz im Hühnerstall. Ja, so läßt es sich aushalten.

Der Rausschmiß aus Ellas Bett war die einzige Unannehmlichkeit des Tages. Danach gab es nur noch Gutes, denn die Schulkinder von Kudenow feierten Weihnachten im Wallensteiner Hof. Auch die Eltern waren eingeladen.

Den Wallensteiner Hof hat man sich vorzustellen als einen hundert Jahre alten Fachwerkbau. Im Anbau befindet sich der längliche Saal mit Bühne und dunkelblauem Vorhang. Weihnachtsbäume vor der Tür, Weihnachtsbäume auch auf der Bühne. Im Hintergrund, versteckt im Tannengrün, ein Klavier. *Schlafe, mein Prinzchen,* sangen die Kinder zur Einleitung. Die Wärme kam von einem eisernen Ofen neben dem Fenster, auch von den flackernden Tannenbaumkerzen, vielleicht sogar von der Klaviermusik und den Kinderstimmen. Nach dem schlafenden Prinzchen kam Lehrer Peschkas stolzester Akt. Ein zwölfjähriges Mädchen aus Breslau sagte ein Weihnachtsgedicht in Holsteiner Platt auf: *Wienachtsobend.*

Warum Peschka die unweihnachtliche Geschichte vom Hasen und Swinegel, die auf der grünen Heide vor Buxtehude um die Wette liefen, von den Kindern der vierten Klasse aufführen ließ, blieb sein Geheimnis. Kurt erkannte in dem Hasen jedenfalls einen Flüchtling, der sich die Lunge aus dem Halse lief. Wenn immer er das Ziel erreichte, stand da ein Swinegel und rief: Ick bün all dor!

Es wurde Zeit, daß einer eine Rede hielt.

Aber Peschka ließ ein Märchenspiel mit Zwergen für die Kleinsten folgen. Die Wichtelmänner trugen Masken, aus denen als Nase eine echte Mohrrübe ragte, die nach der Vorstellung aufgegessen werden durfte.

Als danach immer noch keine feierliche Ansprache an die Eltern und Kinder von Kudenow folgte, sprang August Kallweit auf die Bühne, der einzige Flüchtling in Kudenow, der ordentlich reden konnte.

»Wir dürfen in dieser innigen Feierstunde nicht die Kameraden vergessen, die der kühle Rasen deckt«, sagte Kallweit und machte einen längeren Ausflug zu den besetzten, aber noch nicht verlorenen Gebieten im Osten. Auch erwähnte er die Opfer der Terrorangriffe, der Flucht und der Vertreibung – mehr nicht. Er kam auf die Millionen deutscher Männer zu sprechen, die in feindlichen Gefangenenlagern auf ihre Heimkehr warteten. Eine amerikanische Kommission habe festgestellt, allein im großen Rußland seien noch drei Millionen Gefangene. »Ohne unsere Gefangenen können wir nicht friedliche Weihnachten feiern!« rief Kallweit in den Saal.

Mutter Marenke kamen die Tränen, als Kallweit die Gefangenen erwähnte.

Zum Schluß setzte der Redner eine Gedenkminute durch. Geschlossen stand der Wallensteiner Hof auf. Auch die Kleinsten rappelten sich hoch; sie hatten natürlich keine Ahnung, worum es ging, und riefen nach dem Weihnachtsmann.

Was singt man am Schluß einer solchen Veranstaltung? *Deutschland über alles* ging nicht mehr. *Die Fahne hoch* kannst du auch vergessen. Zu *Heil dir im Siegerkranz* mochte niemand zurückkehren. *Stille Nacht* paßte noch nicht, weil das Fest erst in vier Tagen anfing. Aber es mußte etwas Feierliches sein, ein würdiger Ausklang. Da ergriff Lehrer Peschka die Initiative und stimmte mit dem Schulchor das Schleswig-Holstein-Lied an:

*Schleswig-Holstein, meerumschlungen,
deutscher Sitte hohe Wacht,
wahre treu, was schwer errungen,
bis ein schönrer Morgen tagt...*

Danach kam endlich der Weihnachtsmann; das war Kirchendiener Zingelmann in gehöriger Verkleidung. Für jedes Kind langte er einmal in den großen Sack, den doch nicht die Engländer, sondern der reiche Santa Claus aus Amerika in Kudenow abgegeben hatte. Jedes Kind, ob Flüchtling oder Einheimischer, bekam einen Riegel Blockschokolade und eine Tüte Puddingpulver.

»Mein Gott«, sprach die Mutter auf dem Heimweg, »wenn noch drei Millionen in Rußland sind, ist unser Bruno bestimmt auch dabei.«

Lohnt es sich, Weihnachten 46 zu beschreiben? Vor allem war es kalt, weit unter null Grad. Am 24. nachmittags fiel der Strom aus. »Nicht einmal Schnee haben sie in diesem Holstein«, klagte die Mutter. Knecht Stolten mistete den Pferdestall aus, seine letzte Arbeit am Heiligen Abend.

Melker Kassebohm versorgte die Kühe mit Haferstroh und Steckrüben. Er machte früher Schluß als sonst. Auch Ella kam schon um halb sieben vom Melken zurück in den Hühnerstall und brachte mehr Milch mit als an anderen Tagen, denn es war Weihnachten.

»Haben wir keinen Tannenbaum?« fragte Kurt.

Ach du lieber Himmel, daran hatte niemand gedacht, nicht einmal Ella; denn Tannenbäume kann man nicht essen, die stehen nur so herum.

»Du hättest ja einen holen können«, meinte Ella bissig.

»Unser Bruno hätte uns einen schönen Tannenbaum besorgt«, sprach die Mutter mehr zu sich als zu den Kindern.

Kurt sah sie an und begriff, daß Bruno den Tannenbaum nicht aus dem Kudenower Wald geholt hätte, sondern aus dem Borkener Forst in der Nähe von Kruglanken, wo in Mutters Erinnerung die allerschönsten Tannenbäume der Welt standen. Kurt nahm sich vor, für künftige Weihnachtsfeste Tannenbäume zu beschaffen. Berge von Tannenbäumen, soviel die Mutter wollte. Er lebte erst ein paar Tage in Kudenow, aber in der kurzen Zeit war ihm klargeworden, daß er etwas tun mußte. Du hast Pflichten, Kurt Marenke! Du bist nicht zu deiner Mutter heimgekehrt, um unter ihren Rock zu kriechen und Kind zu spielen.

Ella zündete die Hindenburgkerzen an, die auf der Fensterbank standen. Fünf Stück, die reinste Verschwendung.

»Ein richtiger Weihnachtsmann kommt natürlich nicht«, sagte die Mutter. »Ihr seid schon groß genug. Und viele Geschenke gibt es sowieso nicht.«

Du brauchst dich nicht zu entschuldigen, Mutter. Es ist doch eine ganze Menge, was du im Laufe des Jahres zusammengeschleppt hast. Eine Schürze voller Äpfel, von wilden Bäumen im Knick gepflückt und für Weihnachten auf dem Schrank verwahrt. Sie sind zwar nur gebraten und mit Sirup bekleckert genießbar, aber doch richtige Weihnachtsäpfel. Auch ein Beutel mit Haselnüssen tauchte auf, die Ella im Knick geerntet hatte. Schließlich Pfefferkuchen wie zu Hause, dazu eine Kaffee-Torte, aus Kaffee-Ersatz-Pulver gebacken und mit Vanillepudding garniert. Ein Geheimnis blieb, wo die Mutter das Marzipan aufgetrieben hatte. Kein Lübecker Marzipan, kein Königsberger Marzipan, nur Marzipanersatz, zusammengemischt aus Grieß, Puderzucker und Mandelöl. Die Mutter hatte den Brei zu Herzen geformt und über der heißen Ofenplatte flambiert. Zum Wärmen gab es Ersatz-Glühwein aus Holunderbeersaft. Ersatz-Weihnachten. Ersatz-Zuhause.

»Wer weiß, wo unser Bruno Weihnachten feiert...«, sagte die Mutter plötzlich.

Ella stieß Kurt an. »Wenn sie so früh mit Bruno anfängt, wird es schlimm«, raunte sie ihm ins Ohr.

»Manchmal denke ich, Bruno ist schon zu Hause in Kruglanken. Der ist gar nicht erst in den Westen gekommen, sondern gleich aus der Gefangenschaft nach Hause gegangen. Da sitzt er nun und wartet auf uns. Und wir treiben uns in der Weltgeschichte herum.«

Die Mutter kam nicht zur Ruhe. Sie saß, die Hände im Schoß, auf einem Stuhl zwischen Kanonenofen und Fenster und erzählte. Meistens von Bruno. Wenn der nach Hause kommt, fängt das Paradies an. Der allein kann helfen. Zweiundzwanzig Jahre ist er alt, in der besten Kraft der Jugend. Er wird zur Arbeit gehen und so reichlich Essen heranschaffen, daß alle Marenkes satt werden. »Vor zwei Jahren hat er zuletzt geschrieben. Erinnert ihr euch noch daran, Kinder? Damals war er in dem Gebirge hinter Polen, das so groß ist wie die Alpen. Und wir lebten noch zu Hause... Denkt ihr überhaupt noch an zu Hause, Kinder? Am Weihnachtsmorgen sind wir mit dem Schlitten in die Kirche gefahren. Kein Schmuddelwetter wie hier in Holstein, sondern herrliche, trockene Luft. Die Glocken am Pferdegeschirr bimmelten. Und die Kirchenglocken bimmelten auch. Zu Mittag gab es Kalbsbraten, so viel jeder essen wollte. Weißt du noch, Kurtchen, wie dir nachmittags ein Tortenstück auf den Pullover fiel? Das gab einen fürchterlichen Kleister auf dem schönen neuen Pullover...«

So erzählte sie und erzählte. Die große Angst der Mutter war es, die Kinder könnten die Heimat vergessen, könnten sich wohl fühlen in diesem Kudenow und eines Tages nicht zurückwollen, wenn die große Fanfare zur Heimkehr ertönte. Für den Abend fuhr die Mutter aus der Kruglanker Erinnerung Schinken, Rauchwurst und Sülze auf, auch ein Glas mit eingelegten Klopsen. Für Kurt gab es extra Bauernfrühstück mit mehr Eiern als Kartoffeln. Auch vergaß sie den Punsch nicht, den sie in Kruglanken spätabends aus der Röhre des Kachelofens geholt hatten; ferner gab es in der Erinnerung reichlich Bratäpfel und ein Glas eingelegter Gurken nach polnischer Art.

»Wenn wieder Weihnachten ist, sind wir zu Hause«, behauptete die Mutter zuversichtlich. »Die können uns nicht ewig wie Zigeuner durch die Welt ziehen lassen. Einmal kommen die Menschen zur Ruhe. Die Russen und die Polen können das viele deutsche Land überhaupt nicht bewirtschaften. Die brauchen uns, sonst verfallen die Höfe, und die Felder verwildern.« Plötzlich griff die Mutter nach Kurts Hand. »Du bist schon über eine Woche hier, Kurtchen, und hast noch nicht erzählt, wie es dir ergangen ist. Haben sie dir weh getan, Kurtchen?«

Die Mutter blickte ihn fragend an. Er spürte, daß er etwas sagen mußte, weil er ihr nahe war. Aber ihm fiel nichts ein. Was gab es da viel zu erzählen? Es war ihm nicht anders ergangen als den anderen. »War es nicht schrecklich, zwei Jahre allein zu sein?«

Aber nein, Mutter, allein ist Kurt Marenke nie gewesen. Immer gab es Menschen in seiner Nähe, böse und gute. In den Schlangen vor der Essenausgabe, in den Entlausungshallen, an Lagerzäunen und in überfüllten Zügen. Überall Menschen: Soldaten, feindliche und deutsche, Frauen, Kinder, alte Männer, Gefangene, Kranke, Tote, Aufseher, Ärzte, Krankenschwestern, Essenausteiler... alles Menschen.

»Weißt du noch, Kurtchen, wie ich geweint und gebettelt

habe, sie sollten dich nicht mitnehmen? Aber die Russen wollten Kinder haben, die die erbeuteten Pferde aus der Frontlinie nach hinten brachten. Den deutschen Männern trauten sie nicht. ›Du brauchst keine Angst zu haben, deutsche Mutter‹, sagte der russische Offizier und lachte. ›In zwei Stunden hast du deinen kleinen Fritze wieder.‹ Von wegen zwei Stunden – zwei Jahre hat es gedauert. Kaum warst du weg, da kam der deutsche Gegenangriff. Wir wurden befreit, aber du warst mit den Pferden bei den Russen.«

»Hört endlich auf, von früher zu reden«, mischte sich Ella in das Gespräch. »Davon wird es auch nicht besser.«

Ella saß am Fenster und blickte zur Burg, die verschwenderisch in das weihnachtliche Dunkel leuchtete, eine strahlende Lichtquelle, die die Motten anlockte und die Gedanken.

»Da prassen sie wieder«, meinte die Mutter.

Vom Hühnerstall aus war der Weihnachtsbaum in der guten Stube des Bauern Kock deutlich zu erkennen. Das Licht der Kerzen fiel auf den Hof; es hätte sogar die dunkle Scheune erreicht, wäre es nicht von dem mächtigen Buschholzberg aufgehalten worden.

»Drei Enten hat sie geschlachtet«, fuhr die Mutter fort. »Wenigstens das Blut hätte sie uns für Schwarzsauer geben können. Aber sie haben einen Kopf aus Holz und ein Herz aus Stein, diese Holsteiner.« Ella drückte die Nase an die Scheibe. Breit und behäbig lag die Burg vor ihr, von keinem Sturm zu erschüttern, ein Fels in der Brandung, von allen Fluten verschont.

Kurt starrte seine Schwester an. Was denkst du, liebes Schwesterlein? Möchtest du eines Tages in einer solchen Burg leben mit drei geschlachteten Enten auf dem Weihnachtstisch und einer Speisekammer mit Eingemachtem?

»Wenigstens euch Kindern hätte Kock etwas schenken können«, beschwerte sich die Mutter. Sie dachte nur an Ella und Kurt, nicht an das Dutzend in der Scheune. Aber wenn Bauer Kock zu schenken anfängt, muß er denen in der Scheune auch etwas geben, und das wird alles viel zuviel. In dieser Flut des Elends fand man keinen Anfang und kein Ende mit den Weihnachtsgeschenken, und deshalb ließ Kock es lieber ganz.

Es war der Augenblick gekommen, Mutters Lieblingslied anzustimmen: *Was frag ich viel nach Geld und Gut, wenn ich zufrieden bin?* Es war eine fromme Lüge, dieses Lied, denn natürlich kam es auf Geld und Gut an, allein darauf. Die Mutter liebte jene Strophe, die ihrer Meinung nach eigens für Bauer Kock in Kudenow gedichtet worden war und in der es hieß:

> *So mancher lebt in Überfluß,*
> *hat Haus und Hof und Geld.*
> *Und ist doch ständig in Verdruß*
> *und freut sich nicht der Welt.*
> *Je mehr er hat, je mehr er will,*
> *nie schweigen seine Klagen still.*

Bevor die Mutter zu ihrem Lied kam, fingen sie in der Burg an zu singen. *Stille Nacht.* Bauer Kocks Stimme vorneweg, dahinter der brummende Opa, etwas schrill die Bäuerin, verhaltener Ina, die Köksch. Melker Kassebohm schwieg ganz, machte nur die Mundbewegungen mit; dafür sang Knecht Stolten um so lauter.

Und sie bekamen Antwort. Die Scheune sang *O du fröhliche*. Was gab es denn da Fröhliches? In der Lautstärke war die Scheune überlegen, denn sie bot fünfzehn Sänger auf, die Kinder nicht mitgerechnet. Außerdem eine Flöte zur Begleitung. Der Hühnerstall in der Mitte vernahm die frohe Botschaft von beiden Seiten. Kurts Sorge war, der Gesang aus der Scheune könnte nicht in der Burg ankommen, sondern von den dicken Mauern abprallen. Aber die Burg sollte hören, wie die Scheune sang.

Lange hielt Kurt es im Hühnerstall nicht aus. Er rannte über die gefrorenen Pfützen des Hofplatzes zur Scheune und stand staunend vor der mächtigen Fichte, die der alte Petschelies auf seinem Handwagen zusammen mit dem gebildeten Menschen aus dem Kudenower Wald geholt hatte. Ein Weihnachtsbaum ohne Kerzen, weil so etwas feuergefährlich ist in der Scheune. Im Vordergrund sah Kurt den Gebildeten steif und feierlich mit funkelnden Brillengläsern den Gesang dirigieren. Die beiden Flötenkinder nahe bei ihm, die übrigen Kinder im Halbkreis. Aus den Scheunenfächern blickten die Gesichter der Alten. Da fehlten nur noch ein Esel, die Krippe und ein schreiender Säugling. Bethlehem in der Kudenower Scheune bei sechs Grad unter Null und steifem Nordostwind, der gegen das Holz der Scheunenwand drückte.

Der Gesang lockte Pastor Thormählen an. Nach dem Gottesdienst zum Heiligen Abend kam er auf Kocks Hof, ein gewaltiger Kerl, mehr Bauer als Kirchenmann. Er war im Ersten Weltkrieg unter einen einstürzenden Bunker geraten und hatte geschworen, Pastor zu werden, falls er jemals wieder das Sonnenlicht erblicken sollte.

»Wenn ihr nicht die Kirche besucht, muß ich zu euch in die Scheune kommen«, sagte Thormählen.

»Wir haben jeden Tag Kirche, wir leben in der Kirche«, sagte der alte Petschelies lachend und zeigte hinauf zum Eulennest im Kirchenschiff, zu dem weitläufigen Gebälk, in dem die Kockschen Tauben, vom Gesang aufgeschreckt, unruhig umherflatterten.

Thormählen improvisierte einen kleinen Notgottesdienst im Notaufnahmelager von Kudenow, wußte aber auch nur zu erzählen, daß die Letzten irgendwann die Ersten sein würden. Und wer heute mit Tränen säe, werde morgen in Freuden ernten. »Wir sind alle bloß Menschen!« schloß er die kurze Ansprache. Das war seine ständige Redensart, die alle menschlichen Schwächen und Verirrungen in einem Satz einschloß und mehr bedeutete als Amen.

Die Frau Nuschtnich machte aus der feierlichen Stunde gleich wieder eine Uns-geht-es-so-schlecht-Veranstaltung, in dem sie Thormählen vorführte, wie bescheiden ihr Weihnachtsessen war. Nicht mal ein Stück Pfefferkuchen gab es! Da zog der Pastor es vor, die Burg aufzusuchen. Kurt folgte ihm, trieb sich unter den Fenstern des Bauernhauses herum und sah, wie drinnen die Kerzen langsam niederbrannten.

Es war ein großer Fehler, sofort nach Kriegsende die Verdunkelung in Deutschland aufzuheben. Kurt konnte hinter den unverdunkelten Fenstern mühelos erkennen, was der Weihnachtsmann dem Bauern Kock gebracht hatte. Eine Hose für den Sonntag und einen Regenmantel für alle Tage. Der Frau ein schwarzes Kleid für Hochzeiten und Beerdigungen. Opa Kock saß in der Altenteilerecke am Ofen und beschäftigte sich mit einem halben Dutzend Tabakpäckchen, die der Weihnachtsmann für ihn abgegeben hatte. Auf dem Tisch eine Flasche Rum aus Flensburg. Schokoladenriegel im Tannenbaum. In einer Obstschale merkwürdige Früchte, die Kurt in seinem zwölfjährigen Leben noch nie gesehen hatte, gelb und länglich, vielleicht aus Afrika. So großzügig kann der Weihnachtsmann sein, wenn du einen Keller voller Kartoffeln hast und in der Rauchkammer Speck hängt, Speck zum Braten und zum Tauschen.

Kurt sah, wie Thormählen sich neben Opa Kock setzte, einen Grog eingeschenkt bekam und sich eine Zigarre ansteckte. Wir sind alle bloß Menschen. Als die Zigarre in Asche zerfallen war, schlenderte Kurt frierend zurück zum

Hühnerstall. Die Mutter hatte sich hingelegt, weil sie im Liegen besser an zu Hause denken konnte. Ella wusch ab.

Er konnte nicht einschlafen. Als es schließlich doch gelang, schreckte er nach kurzer Zeit hoch und schrie nach der Feuerwehr.

»Was hast du, Kurtchen«, fragte die Mutter besorgt.

»Der träumt vom Krieg«, meinte Ella.

Die beiden Frauen umstanden sein Lager. Mit ihren aufgelösten Haaren glichen sie zwei Engelsköpfen, die von hoch oben traurig auf Kurt Marenke herabblickten. Friede sei mit dir!

»Der muß sich erst an Kudenow gewöhnen«, flüsterte die Mutter.

Ella hob die Joppe auf, die Kurt sich abgestrampelt hatte, und deckte seine Füße zu. So, nun schlaf man schön, Kurtchen.

Die größte Weihnachtsfreude bereitete Kurt sich am nächsten Morgen. Als die Mutter mit Ella zur Kirche aufbrach – Ella mußte in die Kirche, weil sie im März konfirmiert werden wollte –, stieg er hinauf zu seinem Versteck auf dem Stallboden. Dort heftete er sich ein Dutzend Eiserne Kreuze an die Joppe und marschierte als höchstdekorierte Persönlichkeit Kudenows über den Köpfen von Kühen und Pferden auf und ab.

Es wurde kälter. Frost ohne Schnee. Die Kartoffeln erfroren unter dem Bett. Die Milch in Kassebohms Kannen bekam eine Eisschicht. In der Nacht zum 6. Januar sank das Thermometer an Kocks Waschküchenfenster auf minus zwanzig Grad. Sibirien kam zu Besuch, der russische Winter im Herzen Europas. Nicht nur, daß die Russen halb Europa besetzt hatten – sie hatten auch ihren Winter mit hierher gebracht.

In der Kälte braucht ein Mensch vor allem Kalorien. Die Zeitungen schrieben, der Kaloriensatz von eintausendfünfhundertfünfzig täglich werde der Kälte wegen auch in der 97. Zuteilungsperiode vom 6. Januar bis 2. Februar gehalten. Dem Normalverbraucher standen in diesen vier Wochen zu:

10 000	Gramm Brot
1 500	Gramm Nährmittel
125	GrammKaffee-Ersatz
10 000	Gramm Kartoffeln
500	Gramm Fleisch
600	Gramm Fisch
200	Gramm Fett
62,5	Gramm Käse
2 000	Gramm Magermilch
750	Gramm Zucker
2 000	Gramm Gemüse

Gewaltige Zahlen mit vielen Nullen dahinter.

In Hamburg gab es die ersten Frosttoten, in drei Wochen siebenunddreißig Erfrorene. Hundertfünfzig Krankenhauseinweisungen wegen angefrorener Glieder. Verbissener wurde der Kampf um die Kohlenzüge aus dem Ruhrgebiet, ein Kampf ohne Risiko übrigens. Entweder du bekommst Kohlen, oder du gehst ins geheizte Gefängnis – warm ist es immer. In Kiel fror der innere Hafen zu. Auf der Elbe türmte sich das Treibeis. Eisbrecher fuhren von Hamburg nach Brunsbüttelkoog und elbaufwärts bis Lauenburg, um die Fahrrinne freizuhalten. Es war, als hätte sich die so oft bemühte Vorsehung noch einmal gegen Deutschland verschworen. Sie schickte in die zertrümmerten Städte den kältesten Winter seit langem, dazu Millionen Flüchtlinge. Aber die amerikanischen Getreideschiffe blieben aus. Lebensmittelkarten wurden reichlich gedruckt, aber die Schiffe kamen nicht über das Meer.

»Nur gut, daß wir wenigstens Kartoffeln haben«, sagte die Mutter jeden Morgen, wenn die Eisblumen abtauten. Die kostbaren Früchte der Erde lagen unter Mutters Bett. Um sie vor dem Frost zu schützen, hatte die Mutter sie mit Zeitungspapier, Säcken und Wischlappen zugedeckt. »Denn ohne Kartoffeln können wir nicht leben, Kinder.«

Kurt Marenke und die Schule von Kudenow. Man hat sich einen Jungen vorzustellen, gut anderthalb Meter groß, davon fünf Zentimeter klobige Holzpantinen, die die Mutter für Kartoffeln eingetauscht hatte, weil das einzige Paar Schuhe, mit dem Kurt nach Kudenow gekommen war, für die Sonn- und Feiertage geschont werden mußte. Oberhalb der Holzpantinen von der Mutter gestrickte Schafwollstrümpfe. Die Wolle hatte Ella im letzten Sommer von den Zäunen am Kudenower Moor gesammelt. Zwei Gummistrippen hielten die Strümpfe an der grauen Unterhose fest. Zwischen dem Ende der Strümpfe und dem Anfang der zu kurzen Hose schimmerte nacktes Fleisch. Mit der kurzen Hose stand Kurt so ziemlich allein auf weiter Flur. Die meisten Jungen trugen lange Pumphosen, aus Pferdedecken oder aufgetrennten Militärmänteln zusammengenäht. Weiter oben wurde es bei Kurt wärmer. Eine Joppe aus grünem, wetterbeständigem Stoff, Kurts Mitbringsel aus dem Krieg. Er trug sie schon zwei Jahre im Sommer und im Winter, aber die Joppe war nicht kleinzukriegen. Über der Joppe ein Schal, den Ella ihm geliehen hatte, damit er keine Halsschmerzen bekäme. Das beste Kleidungsstück war die Mütze, eine russische Pelzmütze ohne Sowjetstern. Sie wärmte die Ohren, ließ keinen Windzug an die Kopfhaut kommen. Das war eine Mütze für die weiten russischen Steppen, für Nachtangriffe im hohen Norden bei Temperaturen um dreißig Grad minus.

Wegen der Mütze erhielt er den Spitznamen Ruski, der ihn nicht ärgerte. Polack wäre schlimmer gewesen. Ruski erinnerte ihn an Pjotr aus Nowgorod, mit dem er im Sommer 45 in Kruglanken Spatzen geschossen und Karpfen aus den masurischen Seen gefischt hatte.

»Was ist das für eine komische Mütze, Marenke?« fragte Lehrer Peschka eines Morgens und ließ die Russenmütze um den Zeigefinger kreisen.

Kurt stand schweigend in seiner Bank. War das wirklich so wichtig? Doch Peschka nahm die Frage ernst, machte daraus eine Übung im freien Sprechen vor der Klasse. Die Russenmütze legte er als Demonstrationsobjekt auf das Lehrerpult.

»Erzähle, wie du zu der Mütze gekommen bist, Marenke.«

Was gab es da viel zu erzählen? Im Herbst 45 war ein russischer Lastwagen auf der Chaussee an Kruglanken vorbeigefahren, hoch bepackt mit erbeuteten Möbeln, Waschbecken und Badewannen. Als das Auto Kurt überholte, gab es einen fürchterlichen Krach. Stühle und Sessel fielen auf das Pflaster, wurden erdrückt von einer Badewanne, die so aussah wie ein Trog zum Schweineabbrühen. Zu guter Letzt senkte sich ein komfortables Sofa mit rotem Plüschbezug auf den Trümmerhaufen. Der Wagen hielt. Der Fahrer sprang aus dem Führerhaus, lief fluchend um das zertrümmerte Mobiliar, riß in seinem Zorn die Pelzmütze vom Kopf und feuerte sie gegen einen Chausseebaum. Aus der Ferne sah Kurt zu, wie der russische Soldat die Möbel auf den Lastwagen hievte. Als das Auto davonbrauste, untersuchte Kurt die Unglücksstelle...und fand die Mütze. Kurt kam das überhaupt nicht spaßig vor, aber die Kudenower Schulkinder lachten.

»Ruhe!« schrie Peschka.

Jemand wollte wissen, ob Läuse in der Mütze gewesen seien.

Nein, keine Läuse. Nicht alle Russen hatten Läuse.

»Wo hast du den Stern gelassen, den die Russen vorn an der Mütze tragen?« fragte Peschka.

Kurt grinste, langte in die Hosentasche und holte einen Sowjetstern hervor.

»Seht mal her, Kinder! So sieht ein Sowjetstern aus!«

Peschka holte aus zu einem Vortrag über den kleinen roten Stern, der ihm unheimlich vorkam, weil er so rot war. Zum Glück kam die Pause dazwischen und erlöste Kurt von seiner Vergangenheit. Er bekam auch für die Pause die Pelzmütze wieder, weil er sie draußen zum Fußballspielen brauchte. Fußbälle gab es genug auf dem Kudenower Schulhof, weil gerade Weihnachten gewesen war. Da hatten die Jungen aus Stoffresten zusammengenähte Bälle bekommen, gefüllt mit Sägemehl oder Heu, Bälle, so platt wie Flundern. Sie rollten, na, wie Flundern so rollen, klatschten satt gegen die Steinmauer des Schulhofes und blieben liegen. Aber sie waren besser als die verrosteten Cornedbeef-Dosen, die die Engländer 45 zurückgelassen hatten und die beim Fußballspielen so schrecklich schepperten und das kostbare Schuhzeug demolierten.

Sie spielten Flüchtlinge gegen Einheimische, aber nicht einmal die Flüchtlinge wollten Kurt in ihre Mannschaft aufnehmen, weil es lebensgefährlich war, mit Holzpantoffeln Fußball zu spielen. Die flogen weiter durch die Luft als der Ball. Auch als Kurt eine Technik erfand, die Holzpantoffeln mit den gekrümmten Zehen festzuhalten, brauchten sie ihn nicht. Das war kein Aufzug, um in Kudenow Fußball zu spielen. Russenmütze, kurze Hose, nackte Oberschenkel, Wollstrümpfe und Holzpantoffeln – so sieht kein Fußballspieler aus. Meistens stand Kurt hinter dem Tor der Flüchtlinge und holte die Bälle, die ihr Ziel verfehlten. Oder er ging zu den Mädchen, die unter den kahlen Lindenbäumen über das Seil hüpften, kichernd ihre Köpfe zusammensteckten und »Ruski! Ruski!« riefen, wenn er in ihre Nähe kam.

Nach der Pause kam die schönste Schulstunde. Sie hieß: Hakenkreuze ausmalen. Als der Krieg in Kudenow zu Ende ging, hinterließ das Dritte Reich einen Berg von Schulheften und Zeugnisvordrucken. Brauchbares Papier, leider mit deutschem Hoheitsadler und Hakenkreuz bedruckt. So etwas darf nicht vernichtet werden, dachte Peschka. Den Hoheitsadler wollte er noch hinnehmen, aber die Hakenkreuze mußten verschwinden. Er verteilte deshalb das Papier in der Klasse und ließ die Kinder Hakenkreuze ausmalen. Bleistifte und Buntstifte eigneten sich dafür nicht, weil die Hakenkreuze immer wieder durchschimmerten. Am besten ging es noch mit schwarzer Tinte, obwohl auch sie die Hakenkreuze nicht völlig auslöschte. Unverwüstlich, diese Hakenkreuze.

Peschka wanderte zwischen den Bankreihen auf und ab, die Hände mit dem Rohrstock auf dem Rücken, und sah der Vernichtung der Hakenkreuze zu. Es war eine Stunde zum Ausruhen. Eine Stunde ohne Anstrengung mit Zeit zum Nachdenken. Kurt fielen die Hakenkreuze ein, die in der Tasche auf dem Stallboden lagerten. Nein, sie würde er niemals vernichten, sie gehörten dazu wie der Sowjetstern in seiner Hosentasche. Ausmalen macht noch nichts besser oder schlechter.

Gerade stellte Kurt sich vor, wie russische Kinder in, na, sagen wir mal, fünfzig Jahren in ihren Schulen sitzen und Sowjetsterne ausmalen würden, als Peschka vor ihm stehenblieb.

»Mensch, Marenke, was hast du für Hände?«

Kurt mußte die Hände auf den Tisch legen und die Finger spreizen. Peschka hielt die Nase darüber.

»Das sieht aus wie richtige Krätze!« Er tippte mit dem Rohrstück auf die wunden Stellen zwischen Kurts Fingern.

Mit gesenktem Kopf stand Kurt Marenke vor Lehrer Peschka und der Klasse.

»Das fehlt uns noch, daß du die Krätze in die Schule schleppst! Krätze ist eine ansteckende Krankheit. Sie kommt von Unsauberkeit!«

Schluß mit der schönen Malerei in den Hakenkreuzen.

»Du mußt sofort zum Doktor. Wenn es die Krätze ist, fällt die Schule ein paar Wochen für dich aus.«

Umständlich packte Kurt seine Sachen. Lehrer Peschka holte – wegen der Ansteckungsgefahr – Handschuhe und trug Kurts Blätter mit den ausgemalten Hakenkreuzen zum Ofen. Dort übergab er sie den Flammen.

Kurt setzte die Russenmütze auf und verließ die Klasse, ohne sich umzuschauen. Die Läuse war er losgeworden. Nun fing das mit der Krätze an!

Als Kurt mit Krätze aus der Schule kam, traf er August Kallweit, der im Hühnerstall am Küchentisch saß und mit der Mutter sprach. »Ist die Schule früher aus?« fragte Kallweit.

Kurt nickte nur und kroch in seine Ecke, um dazusitzen und an die Krätze zu denken. Aus weiter Ferne hörte er die Fetzen des Gesprächs am Küchentisch.

»Die Flüchtlinge müssen zusammenhalten, sonst pflügen uns die Einheimischen unter«, behauptete Kallweit. »Wir sind doch auch gute Deutsche.«

August Kallweit war ein heller Kopf, der schon im Herbst 1944 das Unheil gerochen hatte. Mit seiner Frau und zwei Töchtern war er von der deutsch-litauischen Grenze abgehauen und nach mehreren Kehren, Kurven und Umwegen unversehrt in Kudenow gelandet. Damals war er der erste Flüchtling im Dorf. Mit Glanz und Gloria hatten sie ihn aufgenommen. Die Parteigenossen hatten ihn im Horst-Wessel-Haus feierlich begrüßt und reichlich mit Verpflegung und Wäsche ausgestattet. Als Unterkunft bekam er ein leerstehendes Bahnwärterhäuschen, in dem er heute noch lebte, eine Flüchtlingswohnung mit Komfort, mit Kaninchen, Schweinen und Tauben. Kallweit verstand sich auf Eingaben an den Landrat, an das Wohnungsamt, an das Ernährungsamt, wenn alle Stränge rissen, sogar an die Engländer. Halfen die Schreiben nicht, fuhr er selber mit dem Fahrrad in die Kreisstadt, um nach dem Rechten zu sehen.

Kurt spürte das Jucken der Krätze.

»Wenn wir wenigstens die Lebensmittel bekämen, die auf den Karten stehen«, jammerte die Mutter.

»Es ist schlimmer als zu Adolfs Zeiten«, schimpfte Kallweit. »Das muß man dem Hitler lassen: Für ausreichende Ernährung hat er gesorgt.«

Kurt starrte seine Hände an; er spürte noch immer die Spitze des Rohrstocks auf den wunden Stellen, während Kallweit von einem Brief erzählte, den die Polen angeblich an Stalin geschrieben hatten. Die Deutschen sollten in die Ostgebiete zurückkehren, um das Land zu bewirtschaften.

»Die brauchen uns!« verkündete Kallweit. »Ohne uns verhungern sie in dem fruchtbaren Land.«

Ein englischer Unterhausabgeordneter habe erklärt, es sei ein Fehler gewesen, Millionen Deutsche aus den fruchtbaren Ebenen des Ostens zu vertreiben und in die Westzonen zu pressen. Dort werde es eine Hungersnot nach der anderen geben. Achtzig Millionen Pfund müssen die Engländer jährlich für die Besetzung Deutschlands ausgeben. Und dabei haben sie den Krieg gewonnen! Ist das nicht zum Lachen?

Aber die Amerikaner! Das waren Kallweits Freunde. Nicht allein wegen der Getreideschiffe und Care-Pakete, sondern weil sie kein Land von den Deutschen beanspruchten. Denen schien es zu genügen, wenn die Deutschen Hakenkreuze ausmalten und fleißig wählten. Vor allem aber: Die Amerikaner hatten die große Bombe.

»Nur wenn wir uns an die Amerikaner halten, bekommen wir Ostpreußen zurück«, sagte Kallweit.

Da waren sie wieder in Ostpreußen. Die Mutter zählte auf, was die Marenkes alles gehabt hatten, und Kallweit addierte die Schweine, Hühner und Kühe, die an der deutsch-litauischen Grenze zurückgeblieben waren. Alles verloren, alles verloren! Kallweit sprang auf und stürmte hinaus, während die Mutter am Tisch sitzen blieb und an das Verlorene dachte.

Endlich bemerkte sie Kurt in seiner Ecke.

»Was ist los mit dir, Kurtchen?«

»Peschka sagt, ich habe die Krätze.«

Er streckte der Mutter flehentlich die Hände entgegen. Vielleicht würde sie sie ergreifen, an sich pressen und tröstlich lachen. »Ach, der Peschka versteht da nichts von«, würde sie vielleicht sagen. »Das ist doch nur ein harmloser Hautausschlag«, würde sie sagen.

Aber die Mutter schlug die Hände über dem Kopf zusammen.

»Kurtchen, Kurtchen, was machst du für Sachen!«

Diese Schande! Die Flüchtlinge bringen die Krätze ins Dorf. Aus dem Osten kommt nur Dreck und Ungeziefer. Die verseuchen das ganze schöne Kudenow.

Der Weg zu Doktor Kruskoop war für die Mutter wie ein

Spießrutenlaufen. Sie fühlte sich beobachtet. Jemand könnte ein Fenster aufreißen und »Krätze! Krätze!« rufen.

Und dann der Doktor. Nein, es war kein harmloser Hautausschlag, es war die reinste Krätze! Kurt bekam schulfrei, und der Doktor verschrieb einen übelriechenden Saft, mit dem er sich den Körper einreiben mußte. Von oben bis unten. Es brannte und stank wie die Hölle.

»Hoffentlich hab ich mich nicht angesteckt«, sagte Ella, als sie von Kurts Unglück hörte.

Zwei Jahre hatte Kurt die Schule geschwänzt, da kam es auf zwei Wochen Krätzeferien auch nicht mehr an. Während die Kinder bei Peschka das Gedicht *Ein Lied, hinterm Ofen zu singen* lernten, gingen die Öfen im Hühnerstall und in der Scheune langsam aus. Auf einen so kalten Winter waren die Brennholzhaufen nicht vorbereitet. Die Flüchtlinge mußten in den Wald, um Holz zu sammeln. Frische Winterluft ist gut gegen die Krätze. Kurt stromerte gern durch den Kudenower Wald und trug morsche Äste und abgefallene Borke zusammen. Dem Wald war es gleichgültig, ob Kurt Marenke Krätze oder Läuse hatte, der stellte keine Ansprüche, blickte ihn nicht vorwurfsvoll an, sagte auch nicht: Mach mich nicht unglücklich. Kurtchen! Kurt band das gesammelte Holz mit einem Strick zusammen und schleifte das Bündel vor den Hühnerstall. Die Mutter lobte ihn, ein kleiner Ausgleich für die peinliche Enttäuschung mit der Krätze.

In einer Woche hatten die Flüchtlinge den Wald leergefegt; das meiste Holz war in die Scheune gewandert. Aber noch immer wuchs die Eisschicht auf dem Kudenower See. In der Zeitung stand, es seien Autos die dreißig Kilometer lange Strecke vom Festland zu den Inseln Föhr und Amrum über das Eis gefahren. So sibirisch sah es in Deutschland aus.

Da fiel Bürgermeister Petersen das Kudenower Moor ein. Es gehörte der Gemeinde, und Petersen ließ einen Zettel ans Schwarze Brett heften. Wer Brennmaterial braucht, darf es aus dem Moor holen. Ohne Bezahlung, wegen der widrigen Witterungsumstände.

Allein wäre Kurt nicht ins Moor gegangen, denn Moore sind unheimlich wie Friedhöfe. Dort enden alle Wege. Der Boden schwankt. Moorleichen soll es geben, vor Jahrhunderten verschwundene Menschen tauchen wieder auf.

Als die Scheune aufbrach, um Torfreste im Moor zu sammeln, schloß Kurt sich dem Zug an. Er spannte sich mit vor den Handwagen, mit dem der alte Petschelies 1945 von Ostpreußen nach Kudenow geflüchtet war.

Das Kudenower Moor war gar nicht so furchterregend. 1934 hatte der Arbeitsdienst ihm seine Schrecken genommen. Die Männer hatten einen mächtigen Graben geschaufelt und dem schwarzen Wasser einen Abzug zum See verschafft. Auch eine Betonstraße war entstanden. Zu beiden Seiten der Betonstraße Birken. Eine Prachtallee, gepflanzt am Anfang des Dritten Reiches und bis zu seinem Ende schon mächtig in die Höhe geschossen.

Auch die verrosteten Gleise einer Feldbahn führten durch das Moor. Russische Kriegsgefangene hatten im Krieg mit ihr Torf gefahren. Nun lag die Feldbahn still; keine Lokomotive, keine Loren. Alles hatte der Eisenklau in der letzten Phase des Krieges geholt, eingeschmolzen und im letzten Inferno verheizt.

Der alte Petschelies liebte das Moor.

»So ein Moor mußt du im Frühling sehen, Jungche«, sagte er, »wenn die Kiebitze zwischen den Torfballen Kabolski schießen, die Birken ausschlagen und die Sumpfblumen blühen.«

Dieses Wasser im Moor. Im Sommer sieht es aus wie vergossenes Petroleum. Da gibt es keine Bewegung. Das Moor kennt keine Wellen. Es ist undurchsichtig und geheimnisvoll.

Der starke Frost des Februars hatte dem Kudenower Moor seine Gefährlichkeit genommen. Auf dem unheimlichen Moorwasser glitschten die Scheunenkinder, und der im Sommer schwankende Boden schien fest wie Zement.

Als erstes zündeten die Flüchtlinge ein Feuer im Moor an, um einen wärmenden Sammelpunkt zu haben zum Händereiben und Füßevertreten. Von dort schwärmten sie aus, um übriggebliebene Torfbrocken zu sammeln.

»Hörst du, wie der Wind summt?« sagte der alte Petschelies, als sie allein waren mit ihrem Handwagen. Er behauptete, im Moor sei der Wind anders; kein Vergleich mit dem Wind in einem Buchenwald oder über einem Kornfeld. »Zu Hause hat mich einmal ein Gewitter im Moor überrascht. Das war wie das Jüngste Gericht.«

Petschelies erzählte von dem Moor zu Hause, das magnetisch war und die Blitze anzog, in dem sich Mäuler auftaten und die Erde bei jedem Donnerschlag zitterte, Elmsfeuer über dem matschigen, bibbernden Sumpf standen, die Lebewesen Reißaus nahmen, Blitze sogar aufwärts zuckten, aus abgestorbenen Baumstümpfen und Torfhalden in den Himmel fuhren, ein Moor, in dem die Wasservögel scharenweise verendeten ohne sichtbares Zeichen einer Verletzung. Es war gruselig, wenn der alte Petschelies vom Moor erzählte. Deshalb blieb Kurt nahe bei ihm und ging mit ihm in jenen Teil des Moores, der im Sommer unerreichbar war. Dort war es, wo das Gruseln leibhaftige Gestalt annahm. Im gefrorenen Moorschlamm entdeckte der alte Petschelies eine einsame

Menschenhand. Nur noch Knochen; die Finger ragten wie eine fünfzinkige Gabel aus dem Moorboden. Am anderen Ende der Hand hing ein Skelett, wie der alte Petschelies nach eifrigem Scharren und Herumstochern im Moorboden feststellte.

Der alte Petschelies machte sich ein Sitzplätzchen neben der fünfzinkigen Gabel und schickte Kurt zum Feuer, um Bescheid zu sagen. Kurt war froh, daß er laufen durfte. Vom Feuer eilte er ins Dorf und fand Wachtmeister Willers im Salon des Haarschneiders, fertig zum Aufbruch.

Willers kam mit dem Fahrrad ins Moor und ordnete die Ausgrabung der Moorleiche an, das heißt, sie schlugen sie mit Pickhacken aus dem Boden. Die Scheunenkinder und Torfsammler standen im Halbkreis herum und sahen zu, wie die Leiche Gestalt gewann. Als das Ergebnis ihrer Mühe fertig zugehauen vor ihnen lag, gab es eine kleine Enttäuschung. Das war kein tausend Jahre alter Germanenhäuptling, sondern nur ein einfacher Russe. Da hatten sich die Kudenower im Krieg immer gewundert, wie viele russische Gefangene aus dem Moor türmen gegangen waren. Jetzt zeigte es sich, daß die nicht weit gekommen waren. Auf der Flucht im Moor untergegangen. Es begann schon zu dunkeln, als sie in die Scheune zurückkehrten. Die Frau Nuschtnich warf einen Blick in ihr Scheunenfach und fing an zu schreien. Während sie Torf gesammelt hatte, war ihr eine Decke gestohlen worden. Der Verdacht fiel auf die Flötenkinder, die es vorgezogen hatten, in der Scheune zu spielen, während alle anderen ins Moor gegangen waren.

Willers mußte wieder her. Er nahm eine Scheunendurchsuchung vor, durchwühlte schimpfend die Scheunenfächer, ließ Strohsäcke anheben und leuchtete mit der Taschenlampe in Winkel und Nischen. »Gesindel! Nichts als Gesindel!« fluchte Willers, während die Flötenkinder weinend auf dem Balken saßen und die Frau Nuschtnich keifend durch die Scheune eilte, um Willers auf mögliche Verstecke und Schlupfwinkel hinzuweisen.

Als Willers unverrichteter Dinge abzog, bekam der Gebildete einen Anfall; er trommelte mit den Fäusten gegen die Balken und hätte fast die schöne Landkarte *Deutschland in den Grenzen von* 1937 zerfetzt. Keinen Tag wollte er länger bleiben, schrie er. Es sei eine Demütigung ohne Ende. Er werde Frau und Kinder an die Hand nehmen und nach Hause gehen, zurück nach Stargard. Unter Polen und Russen könne es nicht schlimmer sein als in der Scheune von Kudenow. Wartet nur ab! Wenn die Frühlingssonne scheint, geht es los.

»Auch Studierte können den Verstand verlieren«, vermerkte der alte Petschelies besorgt. »Das kommt davon, wenn man alles in sich hineinfrißt, unbedingt ehrlich durchs Leben kommen will und den Kindern sogar das Klauen verbietet. Gebildet und außerdem ehrlich sein, das hält kein Mensch durch in dieser Zeit!«

Die Kälte blieb, und der Hunger nahm zu. In der 99. Zuteilungsperiode wurden Fett und Fleisch gekürzt. Herbert Hoover aus Amerika brachte die Schulspeisung nach Deutschland, um wenigstens die Kinder zu retten. Bei klirrendem Frost reiste er durch die zertrümmerten Städte und sagte den Amerikanern, die Deutschen könnten mit eintausendfünfhundertfünfzig Kalorien täglich nicht überleben. Für eine halbe Milliarde Dollar wollte er Brot kaufen und nach Deutschland schicken. Aber es dauerte viel zu lange, bis die Victory-Frachter das vereiste Europa erreichten. Die letzten Vorräte liefen aus wie der Sand aus der Uhr. Für die

101. Zuteilungsperiode waren nur noch siebenhundertfünfunddreißig Kalorien täglich vorhanden. Das reicht aus, um im Bett zu liegen und zu atmen. Ein deutscher Gewerkschaftsführer wagte die Bemerkung, ein so geringer Kaloriensatz gefährde die demokratische Entwicklung; in der dunkelsten Zeit des Dritten Reiches habe es mehr zu essen gegeben. Aber der Wind stand ungünstig für die Getreideschiffe aus Amerika. Er blies von Nordosten arktische Kälte über Europa und ließ die Eisfelder vor den Küsten wachsen. Die Ostsee war ein zugefrorener Teich.

Da irgend etwas geschehen mußte, veranstalteten die Behörden verzweifelte Hofbegehungen. Das war eine freundliche Umschreibung des Versuchs, auf den Bauernhöfen Lebensmittel zu beschlagnahmen. Zu dritt erschienen sie in Kudenow, nahmen als Begleitschutz Dorfpolizist Willers mit und durchsuchten Speicher, Keller und Hausböden. Was nicht für das eigene Leben und die Aussaat benötigt wurde, verschwand im großen Bauch des Ernährungsamtes.

»Das sind schlimmere Banditen als die Nazis«, meinte Kock, als die Beamten seine Vorräte genauestens registrierten, zählten, wogen, aufschrieben. Es hatte sich jener merkwürdige Glaube ausgebreitet, mit Planen, Zählen, Listenaufstellen, Addieren, Registrieren und Subtrahieren sei schon viel gewonnen. Immer wieder die Hungernden zählen, davon die Verhungernden abziehen, das Ergebnis durch die Masse der Lebensmittelvorräte teilen... eine Beschäftigung für Monate.

Wirklich, es war nicht leicht, Deutscher zu sein in diesen Tagen. Däne hätte man sein müssen oder Braut eines amerikanischen Soldaten oder Au-pair-Mädchen in London, Verwandte in Schweden hätte man haben müssen oder in der Schweiz, eine Farm in Kanada... Alles konnte man sein, nur nicht Deutscher.

Zu bedauern wären jene, die diesen Torso zu verwalten hatten. Da willst du nach dem Ende der Schreckenszeit alles besser machen, wirst aber allein gelassen mit zehn Millionen Flüchtlingen, mit zertrümmerten Städten, mit einem dreifach zerrissenen Land, mit dem Hunger und der Kälte. Armes Deutschland!

Der Alliierte Kontrollrat löste in dieser lausigen, kalten Zeit den Staat Preußen auf. Ob das etwas hilft? Kann man einen Geist überhaupt auflösen?

Nachts, wenn die Scheiben befroren und die Kälte durch die Türritzen in den Hühnerstall kroch, wachte Kurt regelmäßig auf. Eine Weile lag er ruhig da und hörte das Schnarchen seiner Mutter und die gleichmäßigen Atemzüge seiner Schwester. Meistens dachte er an den Fremden von der Zonengrenze. Er ließ ihn wie den Hasen von Buxtehude durch das Niemandsland laufen und begleitete ihn auch manchmal bei seinen Streifzügen über die Schlachtfelder. Er betrachtete den Fremden schon als einen verwandten Menschen, mit dem er über dieses und jenes sprechen konnte. Am meisten über den Krieg, denn da kannte er sich aus, der Fremde von der Grenze.

Nur wärmen konnte ihn der Fremde nicht. Kurt wäre gern zu seiner Mutter ins Bett gekrochen, aber das dürfen nur kleine Kinder. Auch Ella hätte er gern besucht, aber die glaubte immer noch, er habe die ansteckende Krätze, obwohl es gar nicht mehr juckte.

Als letzter Ausweg fiel ihm der Stall ein. Ställe sind das Beste, was es gegen die Kälte gibt. Vorsichtig, um die Frauen nicht zu wecken, zog er die Kleider über und schlich hinaus.

Zuerst in den Pferdestall. Er stand neben Iwan, dem Grauschimmel, und preßte die Hände in die Kuhle zwischen den Vorderfüßen. Man glaubt nicht, was Tiere für eine Wärme ausstrahlen.

Noch wärmer war es allerdings im Kuhstall. Ein Kuhstall ist die vollkommenste Geborgenheit. Du bist nicht allein. Die Tiere brummen gemütlich oder käuen geräuschvoll wieder. Ketten klirren. In der Tränke gluckert das Wasser. Ab und zu das vertraute Klatschen, wenn eine Kuh ihren Kot ablädt.

Kurt holte Kassebohms Melkschemel, schlug einer Kuh damit aufs Hinterteil und nötigte sie zum Aufstehen. Er begann zu melken, lenkte den warmen Strahl in den geöffneten Mund, traf in der Dunkelheit nicht so genau und beklekkerte Hals, Nase und Augenpartie mit warmer, klebriger Milch. Als er genug hatte, wanderte er den Futtertisch abwärts, am Atem der Tiere vorbei, der nach wiedergekäuten Steckrüben roch. Am Ende des Futtertisches vernahm er ein Geräusch. Flüsternde Stimmen. Im spärlichen Licht des Halbmondes, der sich mühte, durch die dreckigen Kuhstallscheiben zu scheinen, sah er, wer sich am Ende des Ganges im Stroh wälzte. Die Gräfin und Melker Kassebohm. Viel Stroh und wenig Mensch. »Raus!« brüllte Kassebohm. Die Tiere sprangen auf, begannen an den Ketten zu zerren, übertönten das hastige Rascheln im Stroh.

Ach, so ist das. Kurt Marenke verstand. Auch für diese Art Notdurft ist der Kuhstall ein angenehmer Platz, gemütlicher als die kalte Scheune mit den unruhigen Kindern und den hustenden Menschen. »Ich hol gleich die Forke, wenn du nicht abhaust!« schrie Kassebohm schon wieder.

Ist gut, ist gut, Kurt wollte ja nicht stören. Er wußte Bescheid, hatte in seinem kurzen Leben schon mehr gesehen als einen Melker mit einer Gräfin im Haferstroh. Dem könnt ihr nichts mehr vormachen.

Nach einem kurzen Abstecher in den Pferdestall – Kassebohm schrie zum drittenmal »Raus!« – schlenderte Kurt über den Hof zum Hühnerstall zurück. Bevor er den Hühnerstall erreichte, hörte er das schrille Quieken eines Schweines. Das Quieken ging rasch in dumpfes Gurgeln über. Kurt rannte in den Gemüsegarten und entdeckte auf der anderen Seite des Zauns, wo der deutsche Bauer seine Leiterwagen abzustellen pflegte, zwei gebückte Gestalten, die an einem dampfenden Schweinetrog arbeiteten. Eine dritte Person brachte heißes Wasser über den Hof, goß es in den Trog und ließ eine mächtige Dampfwolke in die kalte Nacht aufsteigen.

Der deutsche Bauer hatte ein Schwein geschlachtet, mitten im kalten Winter. Ohne die Hoflampe einzuschalten, allein im milden Licht des Halbmondes. Schweigend bearbeitete er mit seinem Knecht das dampfende Tier. Im Nu hatten sie es abgebrüht. Das blutige Wasser gössen sie nicht wie üblich auf den Hof, sondern, um Spuren zu verwischen, in die Jauchegrube. Dann schleppten sie das Schwein samt Trog in die Wagenremise, hinter der Kurt Deckung gesucht hatte. Sie schlitzten dem Tier den Bauch auf, schlugen mit dem Schlachterbeil auf das noch warme Fleisch ein, trennten das Schwein in zwei Hälften, hackten die Vorderfüße ab, spalteten den Schädel, zerlegten das Tier in handliche, transportable Teile und machten erst einmal Pause.

»Wir holen uns einen Schnaps zum Aufwärmen«, sagte der deutsche Bauer und nahm den Knecht mit ins Haus.

Kurt Marenke war plötzlich allein mit dem zerhackten Tier. Nur die Holztür der Wagenremise trennte ihn von zweieinhalb Zentner Schwein Lebendgewicht. Vor Aufregung wußte er nicht, für welches Stück er sich entscheiden sollte. Schon steckte er einen Vorderfuß unter den Pullover, als ihm einfiel, daß es davon nur zwei gab. Es fällt auf, wenn ein Fuß fehlt. Weniger verdächtig wäre ein handliches Stück Speck.

Bevor die Schwarzschlachter zurückkehrten, war Kurt schon mit dem Speck hinter dem Zaun, strebte nun endgültig dem Hühnerstall zu und lief auf den letzten Metern Melker Kassebohm in die Arme, der nach verrichtetem Geschäft zu seiner Kammer in der Burg spazierte.

»Treibst du dich immer noch herum?« brummte Kassebohm und musterte den kleinen Marenke böse. Aber er rührte ihn nicht an, zog ihm keinen Hieb mit dem Ochsenziemer über den Rücken, sondern sagte nur verächtlich: »Mit dir haben wir einen schönen Fang gemacht, Marenke!«

Endlich war Kurt im Hühnerstall. Er kroch auf sein Lager, schob den Speck unter das Kopfkissen und wollte gerade selig einschlafen, als die Mutter fragte: »Hast du Durchfall, Kurtchen? Oder warum läufst du so viel herum?«

Er tat so, als schliefe er schon. In Wahrheit war er stolz auf das Stück Speck, das er der Mutter besorgt hatte. Nicht nur Ella konnte arbeiten und heranschaffen, auch Kurt konnte sich nützlich machen. Genaugenommen war es nicht einmal Diebstahl. Wenn es bei Zuchthausstrafe verboten war, schwarz zu schlachten, konnte es kein Unrecht sein, Speck von einem Schwein abzuschneiden, das eigentlich noch hätte am Leben sein müssen.

Am nächsten Morgen besuchte Kurt den Melker im Kuhstall. Nicht etwa um sich zu entschuldigen, sondern um die Stimmung in Kuhstall zu prüfen. »Hör mal zu«, hätte er gern gesagt. »Ist das nicht eine Schweinerei? Meine Schwester muß jeden Tag sechs Kühe melken und Mist rausfahren, um ein paar Liter Milch zu bekommen. Aber der Gräfin gibst du Milch umsonst, weil sie ab und zu im Haferstroh schläft.«

Natürlich sagte er das nicht. Er stand schweigend auf dem langen Futtertisch und sah zu, wie Kassebohm Steckrüben an die Kühe verteilte.

Als der Melker fertig war, ging er mit Kurt in die Ecke, in

der die Kannen standen, goß einen Kannendeckel voll Milch und zeigte Kurt, wie ein richtiger Mann den Kannendeckel mit einem Zuge leertrinkt. Mit den Fingern mußt du die Löcher an der Seite des Deckels zuhalten – und dann prost! Das gibt Kraft, mein Lieber! Es war jene Kraft, die Kassebohm brauchte, um nachts am Ende des Futtertisches im Haferstroh zu liegen.

Kurt trank und blickte über den Deckelrand zu Kassebohm. Der grinste. Ja, sie verstanden sich, Kurt Marenke und Melker Kassebohm, denn sie waren richtige Männer.

»Wenn du Durst auf Milch hast, kommst du zu mir in den Kuhstall«, sagte Kassebohm. »Nur nachts darfst du dich nicht blicken lassen.« Ja, das versteht sich. Das läßt sich einrichten. Den Bauch voller Milch, in zufriedener Stimmung wegen der Aussicht auf noch mehr Milch, so wanderte Kurt durch die Scheune, sah Knecht Stolten beim Ausmisten des Pferdestalls zu und kehrte in den Hühnerstall ein, als die Mutter gerade mit Ella ins Dorf ging. Die Zeit war günstig, um die Bratpfanne auf das Feuer zu stellen und den Speck zu schmurgeln. Ach, die Mutter würde staunen!

In aufgeräumter Stimmung verwandelte Kurt den Hühnerstall in eine Räucherkammer. Der scharfe Geruch von ausgelassenem Schweinefett, von kroß gebratenen Speckscheiben erfüllte den kleinen Raum und suchte sich durch die Türritzen einen Weg ins Freie. Bei den Marenkes gab es ein Schlachtfest.

»Was machst du da, Kurtchen?« rief die Mutter entsetzt, kaum daß sie in der Tür stand.

Kurt saß grinsend vor seiner Bratpfanne. Seine große Angst war, die Mutter könnte fragen, woher der Speck käme. Für diese Frage hatte er allerlei komische Antworten vorbereitet. Aber die Mutter schwieg. Ella hängte die Nase über die Bratpfanne, wendete den Speck hin und her und fand ihn gut durchgebraten. Die Mutter schnitt Brot ab. Sie tunkten die Brotstücke in das heiße Fett und aßen dazu gebratenen Speck. Kein Wort des Dankes, kein anerkennendes Lächeln.

Als die Pfanne leer war und Ella Wasser aufsetzte, um das fettige Geschirr abzuwaschen, sagte sie beiläufig: »Kennst du eigentlich das siebente Gebot, Kurt Marenke?«

Und die Mutter murmelte: »Mach mich bloß nicht unglücklich, Kurtchen.«

Endlich Frühling in Kudenow. Auf dem mürben Eis des Mühlenteichs stand eine grüne Wasserschicht. Überflutete Beek-Wiesen. Bis zu den Äckern reichte das Schmelzwasser, weil der tief in den Boden eingedrungene Frost es nicht versickern ließ.

»Hol einen Strauß Birkenruten, Kurtchen«, sagte die Mutter. »Ostern soll etwas Grünes in der Stube stehen wie zu Hause.«

Über den Beek-Wiesen kreisten die Möwenschwärme. Sie kamen von Hamburg über Land wie die Schwarzmarkthändler, die Hosenträgerumtauscher und Kartoffelfechter. Die Elbe führte nicht genügend Freßbares für die hungernden Möwen; deshalb fielen sie in Kudenow ein. Die Haselnußsträucher der Knicks bekamen dicke Knospen. Im Moor schrien die Kiebitze, wie es der alte Petschelies vorausgesagt hatte. Die deutschen Ströme führten Hochwasser. Der Rhein trat über die Ufer, die Weser überschwemmte die Umgebung von Bremen, die Elbe trieb breit und schmutzig und ohne Nahrung für die Möwen zum Meer, die Oder voller Eisschollen, die Weichsel, der Pregel, die Memel... nein, über diese Flüsse gab es keine Wasserstandsmeldungen.

»Wenn die Saat ausgewintert ist, bekommen wir noch ein Hungerjahr«, meinte Bauer Kock, als er seine Felder beging.

Ein Frühlingssturm raste über Kudenow hinweg und riß morsches Astwerk von den Linden der Dorfstraße. Es lohnte sich wieder, in den Wald zu gehen, um Holz zu sammeln. Der Sturm lockerte auch ein paar Bretter des Scheunengiebels. Es klapperte Tag und Nacht, als wenn die Gespenster kämen.

August Kallweit brachte der Mutter einen Zeitungsausschnitt. Er enthielt ein Anschriftenmuster für Briefe an deutsche Kriegsgefangene in Rußland:

> *UdSSR – CCCP*
> *Kgf. Müller, Heinrich Otto*
> *Moskau*
> *Rotes Kreuz*
> *Postfach 27/1*
> *Bitte deutlich schreiben! Lateinische Buchstaben genügen.*

»In welchem Lager ist Ihr Sohn?« fragte Kallweit.

Die Mutter blickte ihn verständnislos an. Ja, wenn sie das wüßte, dann wäre schon viel geholfen. Seit der Kartoffelernte 1944 hatte sie nichts mehr von Bruno gehört.

»Ist er wirklich in Gefangenschaft?«

»Aber gewiß, mein Bruno ist in Gefangenschaft«, beteuerte die Mutter. »Wo soll er denn sonst sein? Die meisten, die sich nicht mehr gemeldet haben, sind in Gefangenschaft.«

»Vermißt nennt man so was«, murmelte Kallweit. Das ist so ein Mittelding zwischen Gefangenschaft und Tod, behängt mit großen Hoffnungen und bedroht von entsetzlichen Enttäuschungen. Auf Vermißte muß man besonders lange warten.

Kallweit überließ der Mutter den Zeitungsausschnitt mit der Moskauer Anschrift. Am Abend schrieb die Mutter an den Kriegsgefangenen Bruno Marenke. Na, hoffentlich kommt der Brief an. Sie stellte sich die Riesensammelstelle des Moskauer Roten Kreuzes für Briefe aus Deutschland vor. Da trafen Berge von Post ein, geschrieben von Ehefrauen, Verlobten, Kindern und Müttern, vor allem von Müttern. Hunderte von Mädchenhänden sortierten die Briefe, so dachte sich die Mutter das, sahen lange Namenslisten durch, bis sie Bruno Marenke gefunden hatten. Versahen den Brief mit der richtigen Adresse, schickten ihn noch einmal auf die Reise, bis er mit ziemlicher Verspätung in dem fernen, unbekannten Lager eintraf, in dem Bruno lebte.

Kaum hatte die Mutter den Brief abgeschickt – sie mußte damit zum Postamt, weil sie nicht wußte, wieviel Porto es bis Moskau kostete –, begann die erwartungsvolle Spannung, die das Schönste ist am Briefeverschicken und Briefeempfangen. In Gedanken verfolgte sie den Weg des Briefes nach Rußland, schickte ihn erst nach Berlin, von dort weiter Richtung Osten, über Frankfurt an der Oder, an Breslau vorbei... Lange Pause in Warschau... Ob der Brief vielleicht durch Ostpreußen geht? Sie gab ein paar Tage für unvorhergesehene Zwischenfälle drauf und ließ den Brief endlich am 5. April 1947 bei Bruno Marenke eintreffen. In dieser Nacht träumte sie von ihrem großen Sohn, und am Morgen des denkwürdigen Tages wurde sie den Schluckauf nicht los. Bruno Marenke dachte an seine Mutter.

»Nun weiß ich genau, daß Bruno lebt!« rief sie freudig aus.

Ella wurde aus der siebenten Klasse der Volksschule Kudenow entlassen. Einmal sitzengeblieben wegen des Krieges und des Kartoffelsammelns.

»Zu Hause wäre sie auf die höhere Schule nach Lötzen gegangen«, behauptete die Mutter. Denn Ella ist nicht dumm. Bei der richtete sich nur alle Kraft und aller Verstand aufs Überleben, nicht auf die Schulbücher. Aber es reichte, es reichte. Ella hatte einigermaßen lesen und schreiben gelernt, vor allem aber rechnen. Ja, das Rechnen lag ihr. Ella wußte genau, daß zwei Sack Kartoffeln mehr sind als einer.

Was fangen wir mit Ella Marenke an? Mit fünfzehn Jahren kannst du noch nicht heiraten. Außerdem war weit und breit kein Mann zu sehen, der Ella heiraten wollte. Eine vernünftige Arbeit müssen wir suchen. Etwas, was du im weiteren Leben brauchen kannst. Richtig kochen lernen zum Beispiel. Nicht nur immer Bratkartoffeln und Milchsuppe wie im Hühnerstall. Kinderpflege ist auch etwas Gutes, denn Kinder wird es immer geben. Feine Wäsche waschen, steife Hemden bügeln, den Fußboden bohnern, große Fenster mit Zeitungspapier und Essigwasser blankreiben. So etwas kannst du in feinen Häusern schon wieder lernen.

Am liebsten wäre Ella als Hausmädchen in die Burg gegangen. Tag und Nacht würde sie in der Küche und im Garten schuften, um es der Bäuerin recht zu machen. Ach, ihr glaubt nicht, wie dankbar Ella für eine solche Anstellung wäre! Verglichen mit der Düsternis der Scheune, der Enge des Hühnerstalls war die Burg ein leuchtender Palast. Darin zu arbeiten galt als Auszeichnung. Aber solange Ina in der Burg diente, brauchte die Bäuerin keine zweite Kraft im Haushalt. Vielleicht wird Ina schwanger und muß heiraten, dachte Ella. Dann wäre der Platz in Kocks Küche frei. Aber woher sollte das kommen? Knecht Stolten machte zwar jedesmal große Kulleraugen, wenn er in Inas Nähe kam, und flötete auch mal hinter ihr her, aber zu mehr traute er sich nicht.

Nähen wäre auch eine gute Arbeit. In der Kreisstadt gab es eine Nähstube, in der zwanzig Frauen mit alten Grützner-Nähmaschinen Röcke und Mäntel zusammenschneiderten. Eine Schneiderlehre brauchst du dafür nicht durchzumachen, Ella Marenke. Mußt nur ein wenig Geschick haben, denn in der Nähstube verrichtet jeder jahrelang die gleiche Arbeit. Immer wieder Knöpfe annähen oder Knopflöcher säumen. Um sieben Uhr in der Frühe fährt die Kleinbahn in die Kreisstadt, abends um sieben bist du wieder im Hühnerstall. Am Sonnabend machen sie sogar mittags um dreizehn Uhr Schluß. Vor allem aber: Diese Nähstube besaß eine Behelfsküche, in der mittags ein Schlag Suppe ausgeteilt wurde. Wo gab es das schon bei der Arbeit! Ja, es blieb nichts anderes übrig, als in die Nähstube zu gehen, obwohl die Mutter Angst hatte vor der Kreisstadt. Für ein fünfzehnjähriges Mädchen gibt es in einer Stadt Gefahren, die man nur ahnen kann. So viele Frauen in einem Raum. Einige von ihnen sind bestimmt schon geschlechtskrank gewesen. Was bekommt das Kind da alles zu hören? Die Weiber werden Ella verderben. Aber wer so arm ist wie Ella Marenke, darf sich nicht verderben lassen, darf die einzige Mitgift der Natur, das gute Aussehen und die Jungfräulichkeit, nicht verwirtschaften. Paß auf dich auf, Kind!

Am Sonntag Palmarum stand Ella Marenke mit dreißig Konfirmanden in der Backsteinkirche von Kudenow und dachte während des Gottesdienstes nur: Lieber Gott, ich will nie mehr hungern! Lieber Gott, ich will nie mehr arm sein!

Die Kirche war bis auf den letzten Platz gefüllt. Vorn in den Verschlägen saßen die Kirchenältesten, dahinter die Bauernfamilien auf den ererbten Plätzen mit ihrem erhöhten Gestühl. Kurt war auch in der Kirche. Zum erstenmal in

Kudenow. Er saß neben der Mutter unter der Tafel mit den Namen der Gefallenen von 14/18. Die Toten von 39/45 waren noch nicht mit Goldbuchstaben an der Kirchenwand verewigt. Vielleicht reichte der Platz für 39/45 nicht aus. Außerdem kamen noch immer welche dazu. Neben dem Altar hing eine goldbestickte Fahne mit der Inschrift:

Den tapferen Kriegern von 1870/71.
Die Jungfrauen des Kirchspiels Kudenow.

Unter dieser Fahne saßen fröstelnd die Jungfrauen des Jahres 47. Kurt zählte sie, versuchte herauszufinden, ob mehr Flüchtlinge oder mehr Einheimische konfirmiert wurden, was ihm jedoch nicht gelang, weil das einheitliche Schwarz der Kleidung die Unterschiede verwischte. Gewiß war für ihn nur eines: seine Schwester war die Schönste von allen.

Pastor Thormählen predigte über den 137. Psalm: *An den Wassern zu Babel saßen wir und weineten, wenn wir an Zion dachten.* Er forderte die Flüchtlinge auf, nicht mehr zu weinen. An zu Hause denken, ja, das dürften sie noch, aber auch nicht zu oft, denn es gebe so vieles zu tun, was getan werden müsse.

Die Orgel spielte *Jesus, meine Zuversicht.*

»Wir sind alle bloß Menschen, Amen!« schloß Thormählen seine Predigt.

Draußen versammelte sich der frierende Konfirmandenhaufen vor dem Kirchenportal, um fotografiert zu werden. Thormählen überragte sie um Kopfeslänge, denn der Konfirmandenjahrgang 47 war klein ausgefallen.

Kurt und die Mutter nahmen die frierende Ella auf dem Heimweg in die Mitte. Schweigend gingen sie auf die Burg zu, die grau und behäbig ohne Anteilnahme vor ihnen lag. Niemand blickte freundlich aus dem Fenster, keiner öffnete eine Tür. Nur Opa Kock saß wie immer hinter den Scheiben der Altenteilerkate, zählte die gelegten Eier und winkte mit der Krücke. Sie bogen auf den matschigen Hof ein und steuerten eben auf den Hühnerstall zu, als Ina aus der Küche trat. Sie überreichte Ella einen Gegenstand, der in braunes Packpapier gewickelt war.

»Das schickt dir die Bäuerin«, sagte Ina.

Es war ein Blumentopf, ein Alpenveilchen mit drei rosa Knospen. In zwei Wochen wird es blühen. Wunderschön siehst du aus, du kleines Alpenveilchen; bist die erste Blume, die im Hühnerstall blühen wird, die winterlichen Eisblumen am Fenster nicht gerechnet.

»Warum schenkt sie dir nichts Praktisches?« sagte die Mutter, als sie die Tür des Hühnerstalls hinter sich hatten. Mutter Marenke hatte an ein Paar Strümpfe gedacht oder ein Stückchen Bauchfleisch. Alpenveilchen kann der Mensch nicht essen. Aber so war der Brauch in Kudenow. Zur Konfirmation gab es einen Blumentopf. Und damit basta.

»Nach dem Essen mußt du zur Bäuerin gehen und dich bedanken«, sprach die Mutter, als sie das Alpenveilchen begossen und auf die Fensterbank gestellt hatte.

Sie hätten einen anderen Tag nehmen sollen, auf keinen Fall den 20. April. Nicht weil die Deutschen immer noch Führers Geburtstag feiern wollten; aber es war einfach nicht anständig, ausgerechnet auf diesen Tag die ersten Landtagswahlen nach dem Kriege in Schleswig-Holstein anzusetzen. Da merkt doch jeder die Absicht. Die Menschen sollen auf dem Wege zur Wahlurne daran denken, wie tief uns das Geburtstagskind in die Scheiße hineingeritten hat. Freiheit! Freiheit!

Das Wort kam oft vor im Wahlkampf zum 20. April. Die Deutschen sollten sich als Befreite fühlen, aber wo immer sie hinblickten, waren sie doch nur die Besiegten. Die Sieger gaben ihnen wenig Anlaß, sich befreit zu fühlen.

»Ihr verdammten Deutschen könnt nun zeigen, ob ihr die Lektion gelernt habt!« sagte der britische Offizier in der Kreisstadt, als er die Straßen freigab für die Klebekolonnen der Parteien. Wählt! Wählt! In Gottes Namen, wählt! Wenn neunzig Prozent zur Wahl gehen, spendieren die Engländer Sonderrationen in Zucker.

In Kudenow war vom Wahlkampf wenig zu spüren. Die Kudenower hatten die Wahlen in den Jahren 33 bis 45 nicht allzusehr vermißt; deshalb bestand auch wenig Anlaß, ein großes Freudenfest zu feiern, weil wieder gewählt werden durfte.

Wahlen hin, Wahlen her – die Hauptsache ist doch, es gibt satt zu essen und keinen neuen Krieg. So dachten die Wähler in Kudenow. An den Lindenbäumen der Dorfstraße hingen nicht einmal Plakate. Der Wallensteiner Hof wurde für keine Parteiversammlung benötigt; Kudenow war vollauf mit dem Einzug des Frühlings nach einem eisigen Winter beschäftigt.

Zwei Tage vor der Wahl dann doch noch Unruhe. Es war ein angenehmer, sonniger Morgen. Die gute Witterung trieb Opa Kock vor die Tür der Altenteilerkate. Ina mußte ihm den Sessel vors Haus tragen, damit er Platz nehmen und die vorbeikommenden Fußgänger zählen konnte. Neben ihm lag eine Fliegenklatsche, die er an einem Stock befestigt hatte. Damit beherrschte Opa Kock einen Kreis von zweieinhalb Metern Durchmesser. Die Fliegenklatsche brauchte er für das Pellkartoffelspielchen, das er sich für die Kinder der Scheune ausgedacht hatte. Das Spiel ging so: Ina brachte eine Schüssel mit gekochten Pellkartoffeln und schüttete sie in

Opa Kocks Schoß. Kamen die Scheunenkinder aus der Schule, mußten sie an Opa Kock vorbei und gerieten in die Reichweite seiner Fliegenklatsche, die fröhlich zuschlug, wenn eines der Kinder nicht grüßte. Grüßte es freundlich, hielt Opa Kock ihm eine Pellkartoffel hin. Griff das Kind nach der Kartoffel, zog der Alte lachend die Hand zurück. Und nun das ganze Spiel noch einmal. Um endlich die Kartoffel zu erhalten, mußten Jungs einen Diener bis zu den Fußspitzen, Mädchen einen Knicks machen. Wer bei dem Gerangel um die Kartoffel zu heftig wurde und gegen Opa Kocks Sessel stieß, bekam einen leichten Klaps mit der Fliegenklatsche. Wollte das Kind aufgeben, ließ Opa Kock die Kartoffel scheinbar unbeabsichtigt aus der Hand fallen. Bückte es sich danach, gab es wieder Nachschlag mit der Fliegenklatsche. Besonders spaßig war es, wenn mehrere Kinder gleichzeitig vorbeikamen. Dann warf Opa Kock eine einzige Kartoffel unter sie und sah zu, wie sie sich darum balgten. Vom Sessel aus dirigierte er mit der Fliegenklatsche den Kampf um die Kartoffel, schlug dazwischen, wenn ein Kind zu rabiat wurde, und lachte anerkennend, wenn ein kleiner, wendiger David dem großen Goliath die Kartoffel wegschnappte.

An diesem Morgen wartete Opa Kock vergeblich auf die Scheunenkinder. Während die Pellkartoffeln kalt wurden, tauchte ein Lastwagen in Kudenow auf. Der fuhr laut hupend vom Bahnhof zur Wassermühle, machte Pausen vor der Kirche, dem Gemeindeamt und dem Wallensteiner Hof. Anschließend ging es die gleiche Tour zurück. Auf der Ladefläche standen Männer, umgeben von Frühlingsbüschen und blutroten Fahnen. Was sind das für Rumtreiber? An einem Freitagvormittag brauchten die nicht zu arbeiten, konnten durch die Gegend fahren und vom Lastwagen herab Lieder singen! Und nicht etwa die fröhliche *Waldeslust*, sondern *Brüder, hört die Signale* oder so ähnlich. An den vier Seiten des Lastwagens hingen Transparente: *Proletarier, seid einig!* Was sind das nun wieder für dämliche Fremdwörter? Auch viel Freiheit kam auf den Transparenten vor, ein paarmal Deutschland und natürlich Frieden – es nahm überhaupt kein Ende mit dem Frieden an den vier Seiten des Lastwagens.

Für so einen Unfug haben sie nun Geld und Benzin!

Die Männer verteilten vom Wagen herab Flugblätter an Spaziergänger und Schulkinder. Rauhes Papier. Aber darauf kam es nicht an; allein die Worte zählten: Frieden! Freiheit! Deutschland! Plötzlich hielt das Fahrzeug, hielt schräg gegenüber von Kocks Hof an der Auffahrt zur Kirche. Die Männer schwärmten aus, um die Flugblätter in die Häuser zu bringen. Zwei Flugblattverteiler kamen auf Kocks Hof. Der ältere hatte vier Jahre im Konzentrationslager Neuengamme gesessen und hatte einiges nachzuholen. Der Kleine an seiner Seite war vor sechs Wochen aus russischer Kriegsgefangenschaft heimgekehrt und war wild entschlossen, nicht hinter dem Ofen zu sitzen, sondern aufzupassen, daß eine solche Schweinerei wie dieser Weltkrieg nicht wieder vorkäme. Im Vorbeigehen drückten sie Opa Kock ein Flugblatt in die Hand. Statt zu lesen, schob der es sich unter den Hosenboden; er wollte sich erst nach dem Mittagessen daran erbauen, wenn Ina das Geschirr abholte und ihm die Brille brachte.

Die alte Frau Petschelies holte gerade Wasser von der Hofpumpe. Die beiden Männer folgten ihr und erreichten die Scheune.

»Das sind unsere Leute«, flüsterte der aus Neuengamme und stieß den Rußlandheimkehrer in die Seite, als sie die Buchten und Nischen abgingen, die von Balken zu Balken hängende graue Wäsche, als sie die alten Frauen sahen, die in Marmeladeneimern ihre Koddern wuschen, den Gebildeten, der abwesend in seiner Ecke saß und ein Buch auf den Knien hielt, die Flötenkinder, die sich scheu an den Balken vorbeidrückten, und die Frau Nuschtnich, die lamentierend am Herd stand, alle Deckel von den Kochtöpfen riß und rief: »Seht nur rein! Da ist nuscht nich drin. Alles leer!«

»Wenn die uns nicht wählen, wählt uns keiner mehr«, sprach der Rußlandheimkehrer zu dem aus Neuengamme. »Die vegetieren in einer Scheune, und einen Steinwurf weiter leben die reichen Bauern. Das ist Pulver für die Revolution.«

Als sie jedes Fach der Scheune mit Flugblättern versehen hatten, hielt der Rußlandheimkehrer eine kleine Ansprache. Es ging darum, daß die Zeit reif sei für ein neues Deutschland. Es müsse endlich einmal alles von unten nach oben gekehrt werden...

Er war noch nicht ganz fertig mit seiner Rede, da brachte der alte Petschelies das Flugblatt zurück. Nein, er könne damit nichts anfangen. Nur zum Feueranmachen und Arschwischen sei es zu gebrauchen. Flugblätter würden nicht weiterhelfen. Sie sollten lieber für mehr Lebensmittel sorgen. Und ordentliche Hosen brauchte der alte Petschelies. Warum habt ihr keine Schuhe mitgebracht auf eurem Lastwagen? Dann könnte man euch vielleicht wählen.

Was soll ein Flugblattverteiler darauf antworten? Dem aus Neuengamme fiel eine Menge ein. Der Hitler sei an allem schuld. Wählt uns, wir machen es besser. Der Reichtum Deutschlands muß ehrlich verteilt werden, dann gibt es keine Not mehr. Und so weiter und so weiter.

Aber der Mann brachte keinen dieser schönen Sätze über die Lippen. Er wußte, die Menschen der Scheune würden ihn nicht verstehen. Die warteten auf ein paar zusätzliche Kartoffeln, auf Sonderrationen Fisch und hundert Gramm Zukker zum Osterfest. Denen war die Revolution so gleichgültig wie die Wahl am Führergeburtstag. Die großen Ideen der Weltrevolution hatten die Scheune noch nicht erreicht. Hier ging es allein ums Überleben.

»Ihr Verhalten stellt alles auf den Kopf, was wir gelernt haben«, meinte der Rußlandheimkehrer zu seinem Begleiter. »Ihnen geht es erbärmlich, aber sie hassen nicht, wollen nichts radikal verändern, sondern nur ein bißchen mehr essen.«

Vielleicht sind sie durch die Hölle gegangen und empfinden die Scheune als Vorhalle des Paradieses, dachte der aus Neuengamme. Ja, so wird es sein. Um über die Revolution zu reden, mußt du wenigstens satt sein, sonst übertönt das Knurren des Magens deine Worte. Wem es elend geht, der hat keine Zeit für Ideen. Sie waren schon auf dem Rückzug, als Bauer Kock den Hof betrat. Festen Schrittes ging er auf den Pferdestall zu und holte die Peitsche. Danach eilte er zum Hundezwinger. Die Flugblattverteiler strebten dem Scheunentor zu, aber der alte Petschelies versperrte ihnen den Weg.

»Seid ihr etwa für die Russen?« fragte er.

»Wir sind für Deutschland!« erwiderte der aus Neuengamme und wunderte sich, wie gut der Satz klang. Man könnte ihn auf das Transparent schreiben: Wir sind für Deutschland, für das ganze Deutschland!

»Wenn ihr für die Russen seid, könnt ihr gleich abhauen!« rief der alte Petschelies ihnen nach.

»Runter von meinem Hof!« brüllte Bauer Kock und riß an der Tür des Hundezwingers.

»Für die Russen kann kein anständiger Mensch sein! So, wie die sich in Deutschland benommen haben!« schrie Petschelies.

Ajax kläffte. Die beiden Männer begannen zu laufen und verloren auf dem Weg zur Straße einen Teil ihrer Flugblätter.

»He, Sie da!« rief Opa Kock hinterher. »Auf meinem Hof wird nicht geklaut! Haben Sie mich verstanden? Sonst ruf ich die Polizei.«

Bauer Kock knallte mit der Peitsche. Ajax zerrte wütend an der Kette.

Als der alte Petschelies die roten Fahnen auf dem Lastwagen sah, rief er: »Ihr seid ja doch für die Russen!« Er spuckte den Männern nach, die ihren Fahnen zueilten. Petschelies verstand nichts von Politik. Er hielt es mit dem Bibelspruch: *An ihren Früchten sollt ihr sie erkennen.* Wer den Menschen Brot gab und sie in Ruhe ließ, der gehörte zu den Guten. Wer sie einsperrte, verschleppte und totschlug, der gehörte zu den Schlechten. So einfach war das in Petschelies' Welt. Anfangs hatte er sogar den Adolf gemocht, bis der anfing, einzusperren und totzuschlagen. Und die auf dem Lastwagen, die mit den roten Fahnen, die können singen, was sie wollen, die können das Paradies auf Erden versprechen, Petschelies wird nicht daran glauben, weil er gesehen hat, wie unmenschlich sie die Menschen behandelt haben. Eine Idee, die so viel Schrecken verbreitet, kann nicht gut sein.

Die Männer kletterten auf den Lastwagen. Die Kirchturmuhr von Kudenow schlug die zwölfte Stunde, als ein heftiges Donnergrollen durch die Luft zog.

»Das war Helgoland!« schrie einer der Männer auf dem Lastwagen. Viertausendsechshundertundzehn Tonnen Munition jagten die Engländer an diesem Freitag um zwölf Uhr mitteleuropäischer Zeit in die Luft. Es war die gewaltigste Explosion nach Hiroshima. In den küstennahen Städten Norddeutschlands zersprangen die Fensterscheiben, und in Opa Kocks Altenteilerkate fiel ein Bild von der Wand. Als sich der Rauch über Helgoland verzogen hatte, stand die Insel noch. Da kann man mal sehen, was für einen stabilen Felsen wir da im Meer haben!

Der Knall trieb auch Mutter Marenke auf den Hof. Sie sah den Lastwagen mit den roten Fahnen und begriff, daß hier eine günstige Gelegenheit gekommen war, die sie am Schöpfe packen mußte. Sie rannte zur Straße und stellte sich vor den Wagen.

»Ihr steht euch doch gut mit diesem Stalin!« rief sie hinauf. »Sagt ihm, er soll unsere Gefangenen freilassen. Wenn ihr das schafft, wählen wir euch auch. Und alle Frauen in Deutschland, die noch einen Mann oder einen Sohn in Rußland haben, werden euch wählen! Schreibt bitte, schreibt an Stalin!«

Der Lastwagen ruckte an. Der Wind bauschte die Transparente. Deutschland in Freiheit! Na, wie schön. Die Männer begannen zu singen. Sie sangen so laut, daß niemand mehr hören konnte, was Mutter Marenke ihnen nachrief. Sie brausten davon, lachend, fahnenschwenkend. Lieber Himmel, das war eine andere Welt dort oben auf dem Lastwagen. Weit entfernt von Kudenow mit seinen kleinen Sorgen, mit den vom Nachtfrost bedrohten Frühkartoffeln, den ersten Radieschen im Gemüsegarten, die von den Würmern befallen wurden, weit entfernt von der Angst vor dem Ausbruch der Maul- und Klauenseuche in den Kudenower Viehbeständen.

Der alte Petschelies ging über den Hof und sammelte die verlorengegangenen Flugblätter ein. Wie gesagt, zum Feueranmachen und Arschabwischen.

Als wieder Ruhe eingekehrt war, kam die Bäuerin in den Hühnerstall, um der Mutter zu sagen, daß sie auch einen Sohn in Rußland habe. Die beiden Frauen standen nebeneinander und sprachen über ihre großen Söhne. Zum erstenmal kamen sie sich ein wenig näher, Mutter Marenke aus Kruglanken und Meta Kock aus Kudenow; aber es bedurfte dazu des weiten Umweges über Rußland und seine Kriegsgefangenenlager.

Am Abend sah man den Lastwagen mit den roten Fahnen

vor dem Wallensteiner Hof. Dort hielten die Flugblattverteiler eine Wahlversammlung ab, blieben aber unter sich. Wegen der geringen Beteiligung hatte der Wirt sie nicht in den Saal gelassen. Sie saßen im Klubzimmer und diskutierten unter dem uralten Wandspruch:

> *Sup die full und freet die dick*
> *und hol dien Mul von Politik!*

Der Krugwirt berichtete später, für ihn sei es nicht viel anders gewesen als auf der letzten NSDAP-Versammlung am 20. April 1944. Nur damals die braunen Uniformen und jetzt die roten Krawatten. Kurz vor dem Ende der Veranstaltung platzte der deutsche Bauer ins Klubzimmer. Mit Gummistiefeln, an denen noch die frische Kuhscheiße klebte, ging er auf das Rednerpult zu, schob den schmächtigen Rußlandheimkehrer zur Seite, der über Kollektivierung und Enteignung sprechen wollte, und grölte in den Raum: »Ich geb einen aus, Leute! Und anschließend verschwindet ihr, fahrt zurück nach Kiel und räumt die Trümmer weg. Wenn ihr das geschafft habt, könnt ihr nach Kudenow kommen!«

Tatsächlich brachte der Wirt ein Tablett mit zwanzig Schnapsgläsern.

»Ich bin ein deutscher Bauer auf deutscher Scholle!« rief der Spendierer. »Und dabei soll es bleiben. Wir brauchen in Kudenow keine Fisimatenten, und Fahnen haben wir genug gehabt!«

Die Wahl an Führers Geburtstag brachte den eifrigen Flugblattverteilern mit den roten Fahnen ganze fünfzigtausend Stimmen in Schleswig-Holstein. In Kudenow übrigens nur zwei. Es hielt sich das Gerücht, die beiden Kudenower Stimmen seien von dem Flüchtlingsfunktionär Kallweit und seiner Frau gekommen. Denen war alles zuzutrauen.

Die meisten Stimmen in Schleswig-Holstein bekamen die Sozialdemokraten. Ministerpräsident wurde ein Mensch namens Lüdemann. »Das geht nicht gut«, klagte Bauer Kock. »Die Sozialdemokraten haben schon in den zwanziger Jahren abgewirtschaftet. Die schaffen das nicht.«

In Flensburg gab es vier Wochen später eine Nachwahl. Da bekamen die Dänen sechzig Prozent aller Stimmen. Das kam von der guten dänischen Butter!

Mai ist immer gut. Kurt erlebte zum erstenmal den Wonnemonat in Kudenow. Die jubilierenden Vögel saßen schon vor Sonnenaufgang auf dem Dach des Hühnerstalls und störten den Schlaf. Die roten Ziegel der Kirche wurden in helles Grün gekleidet. Vor Peschkas Schule blühten zwei Kastanien. Den Mühlenteich bevölkerte eine Schar junger Enten. Das alte Schwanenpaar hatte nach Kudenow zurückgefunden. Es fand ein Himmelfahrtsumzug statt. Die Feuerwehrkapelle wurde von einem Vierergespann durch das Dorf gezogen und spielte *Der Mai ist gekommen*. Trommel-Meier begrüßte den Mai mit kräftigen Paukenschlägen. Den Friedhof von Kudenow umzingelten zartlila Fliederblüten. Hinter dem Wallensteiner Hof gab es einen richtigen Fliederknick – wilder Flieder, so weit das Auge reichte. Kurt plünderte den Überfluß zum Himmelfahrtstag, um seiner Mutter eine Freude zu bereiten.

»Hast du den Flieder vom Friedhof geklaut. Kurtchen?« fragte die Mutter besorgt. »Vom Friedhof darf man nichts mitnehmen, weil die Toten sonst böse werden.«

Nein, nein, die Toten sollten ihren Flieder behalten.

Das wichtigste Ereignis im Mai war Bauer Kocks Geburtstag. Es war ein runder Geburtstag, vielleicht der sechzigste. Man merkte es daran, daß Trommel-Meier mit der Feuerwehrkapelle morgens ein Ständchen schmetterte und dafür eine Flasche Korn bekam.

»Vergiß nicht zu gratulieren. Kurtchen«, mahnte die Mutter schon am frühen Morgen.

Kurt legte sich auf die Lauer, um den richtigen Augenblick abzupassen. So viel war ihm klar: Es hatte wenig Zweck, dem Bauern zu gratulieren, wenn er aufs Feld fuhr oder zu seinen Ställen ging. Kurt mußte warten, bis Kock, vom Hof kommend, der Bauernküche zustrebte.

»Herzlichen Glückwunsch, Herr Kock!«

Der Bauer stutzte, wunderte sich ein bißchen über den kleinen Marenke; aber dann schlug er Kurt mit der Hand auf die Schulter und sagte: »Komm rein und hol dir ein Stück Kuchen ab.«

Zum erstenmal betrat Kurt die Burg.

»Ina, gib dem kleinen Flüchtling ein Stück Kuchen.«

Kurt wartete auf der Schwelle zur Küche. Er hatte viel Zeit, den riesigen Herd zu betrachten und den Küchenschrank aus dunkelbraunem, schwerem Holz. Erstaunlicherweise roch es in der Bauernküche gar nicht nach Braten und Vanillepudding, wie Kurt es sich immer vorgestellt hatte, sondern nur nach saurer Milch.

Ina brachte einen Teller mit zwei Streifen Butterkuchen.

»Du mußt den Kuchen hier aufessen, weil ich den Teller brauche«, sagte sie.

Kurt verstand. Ina hatte Angst, er würde den Teller nicht zurückbringen. Er stand in der Tür, während Ina geschäftig durch die Räume lief. Sein Blick fiel in Bauer Kocks gute Stube. Er sah Stühle mit hohen, verzierten Lehnen vor einem Kachelofen stehen. Dunkel war es in der guten Stube, in der niemand wohnte, die allein auf die großen Feste des Jahres wartete; ihre einzige Aufgabe war es, gut zu sein, ein ganzes Jahr lang.

Ina nahm Kurt den leeren Teller aus der Hand und schickte ihn auf den Hof, denn Ina hatte noch viel zu tun an Bauer Kocks Geburtstag.

Trotz der Arbeit in der Nähstube half Ella weiter im Kuhstall, so gut es ging. Denn der Milchstrom sollte nicht versiegen.

»Du wirst dich kaputtmachen, Kind«, sagte die Mutter oft zu ihr und freute sich doch über die Milch und die vielen brauchbaren Sachen, die Ella beschaffte. Zu Kurt sagte sie so etwas nie. Der stand auch nur ab und zu bei Bäcker Sengelmann nach Maisbrot an oder bei Schlachter Tetje nach Knochen zum Suppekochen. Die übrige Zeit trieb er sich nutzlos herum, träumte in seinem Versteck auf dem Stallboden oder besuchte die Scheune, um dem Geschrei der Frau Nuschtnich zuzuhören oder den Geschichten, die der alte Petschelies aus jener Ecke der Welt erzählte, in der die Memel noch ein deutscher Strom war.

Die Mutter blickte ihn manchmal so merkwürdig an, so, als wollte sie sagen: »Warum bist du nicht so wie Ella?« Bei Ella artete jede Bewegung in Arbeit aus; sie vermochte keinen unnützen Schritt zu tun, konnte nicht durch den Wald spazieren, ohne nach Pilzen, Beeren oder Tannenzapfen zum Feueranmachen Ausschau zu halten. Abgesehen von der Schlafenszeit war alles, was Ella tat, nützlich. Zu Hause warst du doch ganz anders, Ella Marenke! Kurt erinnerte sich, daß sie sogar mit Puppen gespielt hatte. Haben sie dir das ausgetrieben in der Elendszeit des Krieges, damit du überleben lernst?

Kurt hatte auch überlebt, aber ganz anders. Er hatte so lange an fremden Gulaschkanonen herumgelungert, bis der Koch vor der schweren Arbeit des Kesselausspülens stand und Kurt Marenke herbeigewinkt hatte zum Auskratzen, Auslekken, wie immer er das wollte, jedenfalls zum Säubern. Auch hatte Kurt stundenlang vor fremden Häusern gesessen, bis sich die Tür öffnete und ein Apfel oder eine Mohrrübe herausfiel. Gelegentlich hatte er stehlen müssen, aber nur Eßbares, kein Geld und keine Briketts, meistens Kartoffeln.

An einem Spätnachmittag ergab sich die Gelegenheit, etwas Gutes für die Mutter zu tun. Das war an jenem Tage, als eine der Hennen des deutschen Bauern sich in Kocks Gemüsegarten verirrt hatte. Von Kurt aufgescheucht, rannte das Tier hilflos gegen den Maschendraht und steckte den Kopf durch den Zaun, konnte aber mit dem dickeren Ende nicht folgen. Auch war das Huhn zu dämlich, um den Kopf wieder herauszuziehen. Furchtsam zappelte es in dem Draht, der die beiden Grundstücke abgrenzte. Bis Kurt es befreite und auf den Arm nahm. Da lag es wie gelähmt und gab keinen Laut von sich. Seit mehr als zwei Jahren hatte Kurt keine richtige Hühnerbrühe gegessen. Auch erinnerte er sich daran, daß das Lieblingsgericht der Mutter Hühnerfrikassee war. Das gab den Ausschlag. Kurt drehte dem Huhn den Hals um und brachte es in seinem Versteck auf dem Stallboden in Sicherheit. Dort wartete er, bis die Mutter zu Pastor Thormählens Bibelstunde ging. Das war der Augenblick, das Huhn dorthin zu bringen, wo es hingehörte: in den Hühnerstall.

»Hast du den Verstand verloren!« rief Ella, die dachte, es sei eines von Kocks Hühnern. Als sie erfuhr, woher das Tier kam und daß es eigentlich schon fast tot gewesen sei, als Kurt es aus dem Maschendraht befreit hatte, wurde sie ruhiger. Die praktische Vernunft gewann die Oberhand. Ella rupfte das Huhn, nahm es aus und zerlegte es in handliche Teile. Als die Mutter heimkehrte, war schon alles geordnet. Um unnütze Fragen zu vermeiden und ihren kleinen Bruder zu retten, ergriff Ella sogleich das Wort und behauptete, sie habe das Huhn aus der Nähstube mitgebracht. Da sei ein Mann gekommen, um Hühner gegen Damenröcke zu tauschen. Bei diesem Geschäft sei ein Huhn für Ella Marenke abgefallen. Braves Kind!

So gut die Hühnersuppe auch schmeckte, es war zu gefährlich. Einfacher wäre es dagegen mit den Eiern, die die Hühner legen. Nur verirren sich Eier nicht in Kocks Gemüsegarten. Kurt mußte über den Zaun steigen und im Hühnerstall des deutschen Bauern nachsehen, wie fleißig seine Hennen gelegt hatten. Dabei galt es, vorsichtig zu sein, aus jedem Nest nur ein Ei mitzunehmen, damit es nicht auffiel. Kurt erinnerte sich an einen polnischen Kriegsgefangenen, der ihm in Kruglanken das Eierauslutschen beigebracht hatte. Nach jedem Frühstück war er mit einem rohen Ei auf den Lokus gegangen. Dort sitzend, hatte er mit einer Nadel ein Loch in das Ei gepiekt und den herrlichen Glibber ausgeschlürft. Auf die gleiche Weise, nur nicht auf dem Lokus, sondern auf dem Stallboden, vertilgte Kurt seine Eier. Bis er an ein Ei geriet, das abscheulich stank. Es war so schlimm, daß Kurt befürchten mußte, Knecht Stolten werde auf den Stallboden kommen, um nach einem krepierten Iltis oder ähnlicher Verwesung zu suchen. Von diesem Tage an lieferte er die Eier im Hühnerstall ab. Für die Mutter wußte er eine besonders schöne Ausrede. Ab und zu legen Hühner in einem Anfall tierischen Ungehorsams ihre Eier nicht in die vorbereiteten Nester, sondern gehen fremd in Scheunen, Hecken und Büschen. Ein solches Nest hatte Kurt Marenke auf der Wiese gefunden, weit weg von allen menschlichen Behausungen, ein herrenloses Hühnernest, ein Geschenk des Himmels.

Am frühen Morgen klopfte der alte Petschelies aufgeregt an die Tür des Hühnerstalls.

»Er ist weg! Er ist weg!« rief er.

Kurt und die Mutter folgten dem alten Mann in die Scheune.

Ja, er war tatsächlich weg. Der gebildete Mensch aus Pommern war mit seiner Frau und den beiden Flötenkindern über Nacht ausgezogen.

»Der geht zurück nach Stargard«, murmelte der alte Petschelies.

»Aber das sind doch über dreihundert Kilometer«, meinte die Mutter kopfschüttelnd. »Kann man so weit überhaupt gehen?«

»Der kommt nicht weit!« rief eine Stimme aus Fach eins. »Der muß über zwei Grenzen, das schafft er nicht.«

»Warum zwei Grenzen?«

»Die Zonengrenze und die Grenze zwischen Deutschland und Polen«, erklärte die Stimme aus Fach eins.

Sie umstanden das leere Scheunenfach und sprachen über den gebildeten Menschen, der nach Hause gegangen war, einfach losgegangen. So etwas war noch niemals vorgekommen, daß einer von Kudenow zurückflüchtete nach Stargard, von Westen nach Osten.

»Man muß das verstehen«, meinte Petschelies. »Für einen studierten Menschen ist die Scheune nicht der richtige Platz, um zu leben.«

Aber was will ein gebildeter Mensch in Stargard? Trümmer räumen und nach Kartoffeln buddeln, mehr gibt es da auch nicht zu tun.

»Wem es bei uns nicht gefällt, der kann trecken!« schrie Bauer Kock. »Wir halten keinen. Es gibt sowieso zu viele Flüchtlinge.«

Während die einen noch über den langen Weg nach Stargard sprachen, fingen die anderen an, um das freigewordene Fach zu feilschen. Eine Frau wollte ihren Opa darin unterbringen. Petschelies schlug vor, das Fach den Kindern zum Spielen zu geben. Jemand wollte in dem Fach einen gemeinsamen Vorratsraum für die Scheune einrichten.

»Aber das geht nicht, weil dann zuviel geklaut wird!« keifte die Frau Nuschtnich dazwischen.

Bald redete alles durcheinander, schimpfte und schrie. In der Erregung um das leere Fach nannte die Frau Nuschtnich die Gräfin eine Hure. Kaum war das Wort ausgesprochen, herrschte Schweigen in der Scheune.

»Das ist meine Sache, wie ich die Kinder durch die Hungerzeit bringe«, antwortete die Gräfin. »Die Nuschtnich möchte ja auch ganz gern, aber es findet sich kein Mann, der mit so einem abgetakelten Frauenzimmer etwas zu tun haben will.«

Es folgte ein Aufschrei. Die beiden Frauen gerieten sich in die Haare und schleuderten wie bei einem ausgelassenen Tanz durch das leere Scheunenfach.

»Komm, Kurtchen, das ist nichts für Kinder«, sprach die Mutter empört und zog ihn fort.

Der alte Petschelies kam ihnen nachgelaufen.

»Lauf schnell zu Wachtmeister Willers, Jungche, und sag ihm, die Weiber kratzen sich schon wieder die Augen aus!«

Fünf Minuten dauerte die Schlacht. Dann zogen sich die Streitenden erschöpft in ihre Fächer zurück und warteten auf den Dorfgendarmen.

Willers wußte, daß es in solchen Fällen besser ist, spät zu kommen. Pack schlägt sich. Pack verträgt sich – das war seine Devise. Man muß das Gesindel nur lange genug mit sich allein lassen, dann erledigt sich das meiste von selber.

Aber die Frau Nuschtnich bestand auf einer Anzeige. Sie wollte die Gräfin wegen Beleidigung und Körperverletzung vor Gericht bringen. Und die ganze Scheune wird gegen das adlige Frauenzimmer aussagen. Sie werden dir schon beweisen, daß du eine Hure bist. Dabei hätten sie ihr, schon der Kinder wegen, so gern verziehen. Sich einem Mann wie Melker Kassebohm hinzugeben ist als edle Tat anzusehen, wenn die Kinder dafür Milch bekommen. Aber nein, die Gräfin schien auch noch Spaß daran zu haben. Das ging nicht.

Die Mutter saß den ganzen Tag über wie betäubt am Fenster des Hühnerstalls. Sie dachte an den gebildeten Menschen, der nach Pommern unterwegs war. Es steckte sie an wie ein Fieber. Mut müßte man haben. Nach Hause gehen, einfach loswandern. Die werden uns schon nicht umbringen. Der Krieg ist schon lange zu Ende, nun sind sie nicht mehr so böse. Wenn der Gebildete nach Stargard geht, können wir auch nach Kruglanken gehen.

»Was meinst du, Kurtchen, wollen wir zurück nach Hause?«

Er sah sie schweigend an. In dem halben Jahr, in dem Kurt in Kudenow lebte, hatte die Mutter noch nie danach gefragt, wie es zu Hause aussah. Wenn sie von zu Hause sprach, war das immer das schöne, heile Zuhause, nicht der abgebrannte Stall, die von Granatwerfern zerfetzten Obstbäume, die Brennesseln vor der Haustür.

Ach Mutter, wenn du wüßtest. Der Mutter zuliebe wäre er bereit, Kudenow zu verlassen und nach Hause zu gehen, auch zu einem zerstörten, menschenleeren Nachhause.

»Denkst du auch immer an zu Hause?« fragte die Mutter sanft.

Kurt nickte.

»Wir dürfen die Heimat nie vergessen. Kurtchen.«

Sie strich ihm mit der verarbeiteten Hand übers Haar. Er fühlte sich ihr ganz nahe und wäre mit der Mutter freudig bis ans Ende der Welt gelaufen, wenn sie gewollt hätte.

Dann trat Ella ein und störte die herzliche Eintracht.

»Das ist alles Quatsch!« meinte sie. »Zu Hause ist eine große Wüste. Du hast es doch gesehen, Kurtchen. Warum sagst du es der Mutter nicht?«

Kurt brachte kein Wort heraus.

»Wir können nicht tausend Kilometer über Land ziehen, ohne zu wissen, wo wir hingehören«, schimpfte Ella. Für Ella war Kudenow etwas Solides. Die Arbeit in der Nähstube, der sichere Hühnerstall, die zwei Liter Milch, die Kassebohm jeden Abend in die Kanne füllte. So etwas gibt man nicht leichtfertig auf.

»Aber zu Hause ist doch zu Hause«, murmelte die Mutter und war für niemand mehr zu sprechen.

Eines Tages stand der deutsche Bauer im Hühnerstall. Ohne anzuklopfen, ohne die Füße abzutreten.

»Gehört der Junge Ihnen?« fragte er die Mutter und beschrieb den kleinen Marenke so: »Ein Lütter mit schmuddeligem Pullover und Sommersprossen im Gesicht. Mein Knecht hat gesehen, wie er Eier aus meinem Stall geklaut hat.«

Unaufgefordert setzte sich der deutsche Bauer an Mutters Küchentisch. Er breitete die Arme aus wie einer, der sagen will: »Was soll ich nun machen, Frau Marenke? Soll ich ihm den Arsch vollhauen oder zu Wachtmeister Willers gehen?«

Mutters einzige Antwort war Scham. Sie mochte gar nicht daran denken, wie es wäre, wenn Wachtmeister Willers zu ihr in den Hühnerstall käme, einen Dieb und Eier suchend. Deshalb entschied sie sich ohne Zögern für das Arschvollhauen, die einfachste Lösung solcher schrecklichen Fälle. Befriedigt zog der deutsche Bauer ab.

Nun ist das mit dem Arschvollhauen gar nicht so einfach. Niemand darf einen Jungen auf der Straße greifen und in aller Gemütlichkeit durchwalken nach dem Motto: Ach, da bist du ja! Du hast noch zehn Schläge mit der Peitsche zu kriegen! Nein, das geht nicht. Du mußt ihn auf frischer Tat ertappen, mußt so richtig in Rage sein, dann darfst du ihn verdreschen. So sind die Regeln.

Also begann jenes Geduldsspiel um den Eierdieb, bei dem sich der deutsche Bauer und sein Knecht abwechselnd auf die Lauer legten. Drei Tage mußten sie warten, bis die Stalltür hinter Kurt Marenke zuschlug. Nun bist du gefangen. Um Furcht und Schrecken zu verbreiten, brüllte der deutsche Bauer erst einmal laut, so daß die Hühner fluchtartig durch Luken und offene Stallfenster auf den Hof flatterten. Für Kurt war dieser Fluchtweg zu eng. Auch gab es keine Leiter, die auf den Boden führte, kein Gebälk, in das er klettern konnte. Mit einem Forkenstiel trieb der deutsche Bauer ihn in die Enge, erwischte ihn am Arm und warf ihn zu Boden. Während der Forkenstiel prügelte, fluchte der deutsche Bauer plattdeutsch; sein Knecht stand grinsend in der Tür und sah sich diese Maßarbeit an. Abgezählte zehn Schläge, dann ließ die Kraft nach. Der deutsche Bauer gab dem Knecht einen Wink. Der öffnete die Tür einen Spaltbreit. Hoffnungsvoll leuchtete die helle Sonne in den düsteren Stall. Kurt stürmte auf das Licht zu, verfing sich aber in dem viel zu engen Türspalt. Es gab noch einmal einen fürchterlichen Knall, einen Peitschenschlag direkt über seinem Kopf. Dann war er im Freien.

Kurt vergoß keine Träne. Er ging mit zusammengebissenen Zähnen auf Kocks Gartenzaun zu und begann erst zu laufen, als er den Zaun hinter sich hatte. Der Stallboden war seine

Rettung. Dort warf er sich wütend in das Heu. Das war wieder so ein Augenblick, wo Kurt sich gern die Maschinenpistole von Pjotr aus Nowgorod ausgeborgt hätte. Noch besser wäre natürlich ein Maschinengewehr, mit dem er nicht nur den Hof des deutschen Bauern, sondern das ganze weitläufige Kudenow mit Kirche, Bahnhof und Gemeindeamt erreichen könnte. Erst als die Mutter zum Abendbrot rief, kam er zum Vorschein.

Es gab Brot mit Rührei, die letzten geklauten Eier.

Als sie fertig waren, sagte Ella lächelnd: »Du siehst heute so traurig aus, Kurtchen.«

Da war ihm klar, daß die Frauen Bescheid wußten. Die steckten mit dem deutschen Bauern unter einer Decke. Es blieb ihm nichts anderes übrig, als aufzuspringen und wieder zu seinem Versteck zu laufen. Mutter, Mutter, was machst du für Sachen? Ißt mit Kurt die schönen Eier, warnst ihn aber nicht, weil du Prügel für besser hältst als die Polizei. Kurt fühlte sich verraten. Er lag in der Dunkelheit des Stallbodens, hörte Stolten unten fröhlich flöten und wartete auf den Fremden von der Grenze. Mit ihm wollte er über ferne Schlachtfelder streifen, weit weg von allen Hühnerställen, von Ella, die sich über ihn lustig machte, für kurze Zeit auch weg von der Mutter, die ihn verraten hatte. Aber er kam nicht. Ausgerechnet an diesem traurigen Tage ließ ihn der Fremde im Stich. Dafür träumte Kurt nachts von dem brennenden Bartenstein, obwohl das schon mehr als zwei Jahre zurücklag. Er ging noch einmal mit einer Gruppe deutscher Zivilisten den Weg zurück von der Front nach Hause, wich mit Mühe einer umstürzenden Häuserfront im immer noch brennenden Bartenstein aus... bis die Mutter an sein Lager geschlurft kam und flüsterte: »Kurtchen, Kurtchen, warum bist du nur so unruhig?«

Eine Woche danach brannte es in Kudenow. Wie der Zufall es wollte, traf es den Stall des deutschen Bauern, jenen Stall, in dem Kurt Marenke Prügel bezogen hatte. Drei Kühe überlebten das Unglück nicht; aufgedunsen lagen sie zwischen den rauchenden Trümmern.

»Der schöne Rinderbraten«, jammerte die Mutter.

Die Feuerwehr brachte es fertig, den Wasserspiegel des Mühlenteiches um zwanzig Zentimeter zu senken; sie tränkte die toten Rindviecher mit ganzen Sturzbächen von Wasser. Zwischen Schläuchen und abfließendem Löschwasser stand inmitten der Verwüstung die Frau des deutschen Bauern.

»Warum muß das bloß heute passieren, wo der Bauer nicht zu Hause ist!« rief sie fortwährend.

»Sei ruhig! Das bezahlt die Brandkasse«, tröstete sie Dorfpolizist Willers.

»Ach, von der Brandkasse gibt es nur Geld«, klagte die Frau. »Und Geld ist heute nichts wert. Für Geld bekommen wir keinen Stall und keine Kühe.«

Willers mußte dem Unglück nachgehen. Er hatte festzustellen, ob eine Brandstiftung vorlag oder Kurzschluß oder ob selbstentzündetes Heu die Ursache der Feuersbrunst gewesen war. Blitzschlag schied von vornherein aus, weil der Himmel klar und heiter war. Die wichtigste Person, auf deren Aussage es vor allem ankam, war jedoch nicht anzutreffen. Es half nichts. Willers mußte nachforschen, wo sich der deutsche Bauer am Brandtag herumgetrieben hatte. Was da herauskam, ließ seine Haare zu Berge stehen. Es war so schlimm, daß Willers keine Worte fand, um den Tatbestand fachgerecht ins Protokoll zu schreiben.

Da hatte der deutsche Bauer am frühen Morgen zwei Pferde vor den Milchwagen gespannt und einen geräucherten Schinken, mehrere Kilo Speck und fünf Mettwürste aus dem Haus getragen. Bekleidet mit einer grünen Joppe, einem Filzhut, Manchesterhosen und Gummistiefeln, war er in die Stadt gefahren. Nein, nicht zur Großen Freiheit nach Hamburg – in Lübeck gab es auch solche Stellen. Vom frischen Südwestwind getrieben, traf er gegen halb zehn in Lübeck ein und lenkte den Wagen in die bewußte Straße. Kellner, Türsteher und Zuhälter umringten ihn. Jemand nahm sich der Pferde an und spannte sie aus, um die Tiere auf dem Hinterhof zu versorgen. Andere halfen dem deutschen Bauern vom Wagen und schleppten Schinken, Speck und Würste in ein Haus, das in ruhigeren Zeiten ein Hotel gewesen war. In der Vorhalle luden sie die Mitbringsel auf einen runden Tisch. Jemand brachte dem Gast eine aus britischen Armeebeständen geklaute Zigarre, ein anderer beeilte sich, ihm Feuer zu geben. Nachdem er gut versorgt Platz genommen hatte, betrat eine Dame mittleren Alters den Vorraum, eine wirkliche Dame, wie an dem langen, bis zu den Knöcheln reichenden Kleid und der silbernen Zigarettenspitze leicht zu erkennen war. Das war die Dame mit dem großen Bleistift, die alles berechnete und einteilte. Mit ihr begann ein verbissener Handel: Naturalien gegen Naturalien. Wer Schinken, Mettwürste und Speck nach Lübeck brachte, konnte einiges verlangen. Fangen wir mal mit Schnaps an. Ja, eine Flasche Korn mußte her. Dazu Bier, na, sagen wir, fünf Flaschen. Am schwierigsten war das Aalgericht zu beschaffen, das der deutsche Bauer unbedingt haben wollte. Da laufe einer im hungernden Lübeck umher und suche geräucherten Aal! Ein Kinderspiel waren dagegen die Bratkartoffeln, die zu dem Aal gereicht werden sollten. Ein Radioapparat hatte dezente Liedchen zu spielen, etwas fürs Herz, bloß keinen Jazz. Wärme war gefragt, der Ofen mußte Hitze ausstrahlen, obwohl es schon Mai war. Zum Schluß drohte der Handel an der Kopfzahl zu scheitern. Wegen krankheitsbedingter Ausfälle konnte die Dame mit dem großen Bleistift nur zwei Serviererinnen bewilligen, aber der deutsche Bauer verlangte deren drei. Da mußte sie in der Stadt herumtelefonieren, und es entstand eine unangenehme Verzögerung, bis endlich die dritte Kraft gefunden war.

Als Einstandspreis gab der deutsche Bauer Schinken und Speck her. Die Mettwürste behielt er in Reserve. Die Dame brachte ihn in einen angenehm beheizten Raum. Drei Mädchen deckten den Tisch, am Kopfende nahm der deutsche Bauer Platz, den Rücken zur Wand, so daß ihm nichts entging und er Herr der Lage war. Eines der Mädchen schaltete das Radio ein und suchte Musik von BFN. Das Aalgericht und die Bratkartoffeln ließen auf sich warten, aber ein Bier konnte er schon trinken. Während eines der Mädchen die Flasche öffnete und ihm einschenkte, begann ein anderes, sich auszuziehen.

»Aber nur das Unterteil!« schrie er. Die oberen Partien interessierten ihn weniger, erinnerten ihn auch zu sehr an seinen Kuhstall.

Als die Bratkartoffeln kamen, hatten sich alle drei Mädchen von ihrem Unterzeug befreit. Zwei tanzten zur Musik des britischen Soldatensenders, das dritte Mädchen rekelte sich auf dem Sofa.

»Solt well ick hebben!« dröhnte der deutsche Bauer.

Da brachte ihm eine das Salzfaß.

»Peper will ick hebben!«

Da kam das Mädchen mit der Pfeffermühle.

Zufrieden stocherte er in den Bratkartoffeln herum, nahm ein kräftiges Stück des geräucherten Aals auf die Gabel und trank dazu Korn. Kam ein Mädchen in seine Nähe, schlug er mit dem fetttriefenden Löffel auf das blanke Hinterteil, die äußerste Frechheit, die er sich erlaubte. Zwischendurch warf er eine Mettwurst auf das Sofa, na, so ungefähr, wie man Schauspielern Rosen auf die Bühne wirft. Er schrie nach Zahnstochern und bekam sie.

Zum Dank für die Zahnstocher gab es einen zarten Klatscher mit dem fettigen Löffel.

Ein Handtuch bitte, um die Finger abzutrocknen!

Mehr Bier! Und noch 'ne Zigarre!

»Füer well ick hebben!«

Ein Mädchen setzte sich mit dem nackten Hintern auf den Tisch und ratschte ein Streichholz an.

Nun rekelt euch man weiter. Er genoß, noch immer den Rücken zur sicheren Wand, die Darbietungen in dem überheizten Raum und ärgerte sich nebenbei, daß er müde wurde. Das kam vom vielen Essen und Trinken.

Als die Zigarre bis auf einen schäbigen Stummel abgebrannt war, erschien die Dame im Schleppkleid und sagte, die vereinbarte Zeit sei vorüber. So schnell schon!

Die Mädchen zogen sich hastig an. Der deutsche Bauer verteilte die letzten Mettwürste, griff nach Joppe und Filzhut und trat vor die Tür, dankbar für die frische Luft, die vom Hafen herüberwehte. Der Milchwagen stand angespannt auf der Straße. Die ausgeruhten Pferde zogen den deutschen Bauern am Holstentor vorbei dem frischen Wind entgegen, der nüchtern macht und klare Gedanken gibt.

Und dann kommst du nach Kudenow, und dein Stall ist nur noch ein schwelender Trümmerhaufen!

»Vadder, Vadder!« klagte die Frau. »Du treibst dich in der Weltgeschichte herum, und zu Hause verbrennen unsere Kühe!«

»Schade um das schöne Fleisch«, meinte Mutter Marenke, als sie von der Besichtigung der aufgedunsenen Tiere zurückkehrte. »Da hätten so viele Flüchtlinge von satt werden können.« Abends, als die Mutter schlief, kam Ella zu Kurt auf den Strohsack. »Hast du den Stall angesteckt?« fragte sie.

»Laß das nur nicht die Mutter merken, wie du nach Rauch riechst!«

Sie lagen eine Weile schweigend nebeneinander, bis Ella sagte: »Du mußt endlich zur Vernunft kommen. Kurtchen! Hier sind nicht mehr die Russen, wo du machen kannst, was du willst.«

Er umschlang sie und drückte seinen Kopf an ihren Bauch. Ella ließ ihn gewähren.

»Kinder, Kinder, ihr sollt doch schlafen!« mahnte die Mutter aus dem Dunkel. Da wurde es still im Hühnerstall.

Schlangestehen. Das war eine furchtbare Kette der Langeweile. Stundenlang auf einen Brathering warten oder auf frisches Maisbrot. Morgen bekommt Krämer Vagt vielleicht Mehl. Wenn nichts dazwischenkommt, werden in der nächsten Woche die Zuckermarken aufgerufen.

Aber eine Schlange hat auch ihre Zerstreuungen. In ihr erfährst du, was im Dorf geschieht. Auch wird dir in der Schlange so richtig vorgerührt, wer die wichtigsten Menschen in Kudenow sind. Krämer Vagt zum Beispiel, weil er das besaß, was zum Überleben gebraucht wurde. Oder Schieber-Schmidt mit seinem leeren Textilladen. Sogar der Holzpantoffelmacher Numssen war eine wichtige Persönlichkeit – jedenfalls was die Füße angeht –, von Schreiber Knaack ganz zu schweigen, der den Stempel für die Zuzugsgenehmigungen besaß und den Schlüssel für den Schrank mit den vielen bunten Lebensmittelkarten. Auch Kasulki von der Deutschen Hilfsgemeinschaft mußte zu den wichtigen Personen gerechnet werden, die zu bestimmen hatten, was ein Mensch bekam und was er nicht bekam. Nicht zu vergessen Schlachter Tetje von der Ecke, dessen Wurstsuppe immer durchsichtiger wurde. Einmal mit dem Handtuch über den Wursttisch gefeudelt, anschließend das Tuch aufgekocht. Die wichtigen Personen in Kudenow hatten eines gemeinsam: Sie standen niemals an. Ihre Arbeit war so wichtig, daß sie dafür keine Zeit erübrigen konnten. Was sie brauchten, mußte man ihnen bringen. Und doch... wenn man es recht betrachtete, waren alle diese wichtigen Personen nur kleine Könige. Hoch über ihnen thronten die Bauern. Sie waren es, die den Schlüssel zu Speicher, Keller und Räucherkammer in der Hosentasche trugen und das besaßen, womit alles bezahlt werden konnte. Nicht alle Könige der Schieber- und Selbstversorgerzeit haben die Nachkriegsjahre ohne Schaden an ihrer Seele überstanden. Wer will es einem Mann wie Krämer Vagt verdenken, wenn er noch Jahre danach von einer Menschenschlange träumte, die vor seinem Laden ausharrte, bis Vagt aus seinem Mittagsschlaf erwachte?

Kurt fiel auf, wie selten Einheimische in den Schlangen standen. Das Anstehen schien eine Erfindung der Flüchtlinge zu sein. Die Einheimischen gingen, wie sie es immer getan hatten, nach Feierabend in Tetjes Schlachthaus und sagten: »Tetje, pack mir mal 'ne Blutwurst ein.« Oder sie kamen in der Mittagszeit hinten über den Hof zu einem Klönsnack mit Bäcker Sengelmann und nahmen an Brot und Rundstücken mit, was sie brauchten.

Während der langen Wartezeiten studierte Kurt die Gesetze der Schlange, ihre Stimmungen und Launen. Eine Schlange ging, das fand er heraus, niemals geradeaus, sondern schlängelte sich auf dem Bürgersteig hin und her. Sie machte einen Bogen um Straßenbäume, wich Pfützen aus und lehnte sich an Mauern und Zäune an. Das krumme Geschlängel der Schlange hing damit zusammen, daß der Schwanz immer wissen will, was der Kopf tut.

Diese knisternde Spannung! Wird das, was Tetje von der Ecke anzubieten hat, noch ausreichen, bis du an der Reihe bist? Paß auf, Kurtchen, daß die Marken nicht geklaut werden! Wenn die Menschen so unnütz herumstehen, kommen sie auf dumme Gedanken.

Meistens stand Kurt nach Heringen und Brot an, oft auch nach markenfreien Knochen bei Tetje von der Ecke. Komischerweise nie nach Salz. In den vielen Schlangenjahren war das Salz nicht knapp geworden. Deutschland besaß Salz in Hülle und Fülle. Wir sind das Salz der Erde und haben schon so manche Suppe versalzen.

Obwohl das Anstehen keine schwere Arbeit war, fielen häufig welche in Ohnmacht. Meistens ältere Menschen. Dann rannte ein Junge zum Mühlenteich, um kaltes Wasser zu holen; die anderen hielten ihm den Platz in der Schlange frei. Die meisten kamen nach einem Wasserguß wieder zu sich; nur ein einziges Mal mußte Doktor Kruskoop erscheinen.

Oft erledigte Kurt seine Schularbeiten in der Schlange. Kopfrechnen zum Beispiel oder lange Gedichte auswendig lernen:

> *Du siehst geschäftig bei den Linnen*
> *die Alte dort im weißen Haar,*
> *die rüstigste der Wäscherinnen,*
> *im sechsundsiebenzigsten Jahr.*

Auch das Einmaleins paßte in die Schlange.

Die Schlangengespräche verliefen nach einem gleichförmigen Muster. »Haben Sie schon gehört? Morgen kommen Haferflocken rein!... Kasulki hat zehn Regenmäntel bekommen, waren aber schon alle weg... Auch aus gewöhnlichen Futterrüben läßt sich Sirup kochen, nur bringt es weniger als aus Zuckerrüben...«

Angenehme Abwechslung brachten die Mogelspielchen

der Schlange. Vordrängeln zum Beispiel. Ausreden erfinden, um vorgelassen zu werden. Da kommt eine junge Frau, vom Körperbau her kräftig genug, um zwei Stunden in der Schlange zu stehen. Aber sie behauptet, ein schwerkrankes Kind zu Hause zu haben. »Das liegt im Bett und schreit.« Und schon ist sie in Tetjes Laden.

Schlechter ging es den Schwangeren. War der dicke Bauch noch nicht sichtbar, kamen sie nicht durch. Da kann ja jeder kommen! Ein Schrecken waren die Schwerbeschädigten, die Lahmen, Blinden und Rollstuhlfahrer, die in großer Zahl auftauchten und ihren Sonderausweis demonstrativ vorlegten. Das halbe Deutschland war schwerbeschädigt und durfte sich vordrängeln.

Und dann dieses schreckliche Erlebnis mit der alten Oma vor dem Laden von Bäckermeister Sengelmann.

Sie kam auf Krücken an und zog das rechte Bein mehr nach, als es nötig gewesen wäre. Vor ein paar Tagen hatte Kurt sie noch ohne Krücken in die Kirche gehen sehen. Aber jetzt sah sie so aus, als könnte sie es keine zwei Stunden in der Schlange aushalten. Sie verharrte hilflos an der Hauswand und wartete darauf, daß jemand sagte: »Na, Oma, dann geh mal vor!«

Aber daran war nicht zu denken. Die deutsche Jugend taugte nichts, besaß keine Ehrfurcht vor dem Alter. Und weil der Oma niemand freiwillig den Vortritt ließ, drängte sie sich vor die Kinder. Denn Kinder haben den Mund zu halten, dürfen keinen Widerstand leisten, müssen sich vor weißen Haaren in Ehrfurcht beugen.

»Ihr habt noch junge Beine«, meinte sie entschuldigend.

Mein Gott, wen sollte Kurt Marenke noch vorlassen? Omas gab es wie Sand am Meer und Schwerbeschädigte und schwangere Frauen und Mütter mit kranken Kindern dazu. Kurt geriet in Torschlußpanik, erinnerte sich jener furchtbaren Szene vor einer Woche, als er bei Krämer Vagt nach Heringen angestanden hatte. Nach anderthalb Stunden Wartezeit war er bis auf zwei Schritte an Vagts Tonbank herangekommen. Da hatte der Krämer den letzten sauren Hering aus dem Faß geholt, ihn vor den Wartenden in die Luft geworfen, das Maul aufgesperrt und den Hering mit einem Haps verschlungen. Und als Kurt mit leerem Eimerchen nach Hause gekommen war, hatte die Mutter gesagt:

»Du hast wohl wieder getrödelt, Kurtchen!«

Wäre es allein nach der Körperkraft gegangen – er hätte die Oma ohne Mühe beiseite drängen können. Aber ein deutscher Junge darf sich nicht an einer hinkenden Großmutter vergreifen. Kurt mußte geschickter vorgehen. Scheinbar unbeabsichtigt stieß er mit dem Fuß gegen die Krücke der alten Frau. Das Holz flog auf das Pflaster, und die Oma mußte aus der Schlange ausscheren, um die Krücke zu holen. Diesen Augenblick nutzte Kurt. Er schloß eng zu seinem Vordermann auf und umklammerte ihn so fest, daß die Oma nicht mehr vor ihm in die Schlange konnte.

Bäcker Sengelmann hatte den Kampf mit der alten Oma beobachtet. Er kam auf die Straße und schrie über die Köpfe der Schlange hinweg, daß die deutsche Jugend endlich wieder Zucht und Ordnung brauche. Eine solche Unverschämtheit gegenüber alten Leuten habe es zu Hitlers Zeiten nicht gegeben. Sprach's und führte die alte Frau an der Schlange vorbei in den Bäckerladen zur bevorzugten Bedienung. Ach, eine humpelnde Oma müßte man haben! Die könnte man ausschicken zu allen Schlangen der Welt, die käme überall durch.

Kurz darauf kehrte Sengelmann zurück, blieb vor Kurt stehen und sagte: »Du kriegst heute nichts, du kannst abhauen!«

Betroffen starrte Kurt zu Boden. Er fühlte die Blicke der

Schlange auf sich gerichtet; ihm schien es, die Schlange empfinde Schadenfreude über diesen Ausgang der Dinge.

»Na, wird's bald!« schrie Bäcker Sengelmann.

Kurt scherte aus und verließ die Schlange. Während er über die Straße schlenderte, dachte er an die handliche russische Maschinenpistole, mit der Pjotr aus Nowgorod in Kruglanken auf Dachpfannen und Spatzen geschossen hatte. Er stellte sich vor, wie er Bäcker Sengelmann vor seinem Laden erschießen würde und die hinkende Oma auch. Zum Schluß käme die schöne große Schaufensterscheibe an die Reihe. Das gäbe einen Knall, der in ganz Kudenow zu hören wäre.

»Jetzt muß ich mich wieder anstellen«, sagte die Mutter seufzend, als Kurt heimkehrte. »Wann begreifst du endlich, daß du dich fügen mußt? In Kudenow kannst du nicht machen, was du willst. Du mußt dich zusammenreißen, weil wir auf Bäcker Sengelmann angewiesen sind.«

Sie griff nach dem Einkaufsnetz, raffte die Lebensmittelkarten zusammen und eilte zu jener krummen, geduldigen Schlange, die noch immer vor dem Laden von Bäcker Sengelmann ausharrte.

O Pingsten, wat bist du scheun! Trockene Wärme, grünende Bäume, verblühender Flieder. Nur die tausendjährige Eiche vor der Burg war noch kahl; sie bekam wie in jedem Jahr als letzter Baum in Kudenow Blätter. Das heißt, tausend Jahre sollte sie erst werden; im Augenblick war sie noch ein kleines Bäumchen, das gerade bis ans Dach der Burg reichte. Zu Führers Geburtstag 1933 hatte Bauer Kock sie auf Vorschlag der Kudenower SA gepflanzt. Das war in jener Zeit, als Deutschland in einen Wald verwandelt wurde. Das Dritte

Reich hatte der Baum ohne Schwierigkeiten überstanden, die Nachkriegswirren mit der Brennholzknappheit waren dagegen gefährlicher. Aber vielleicht wird aus dir noch einmal ein stattlicher Riese, den sie unter Denkmalschutz stellen. Und auf einer Tafel werden sie verewigen, was du schon alles gesehen hast.

An diesen Baum stellte Dorfpolizist Willers am Pfingstsonnabend sein Fahrrad, klopfte an das Küchenfenster der Burg und schrie:

»Da liegt noch Schiet auf eurem Fußweg!«

Die Bäuerin schickte Ina in den Hühnerstall. Ob Kurt wohl die Straße fegen könne, denn morgen sei doch Pfingsten.

»Aber ja, das macht unser Kurtchen schon«, erwiderte die Mutter. »Bei uns zu Hause wurde vor den Festtagen auch immer die Straße gefegt. Im Krieg hatten wir dafür die Gefangenen.«

Kurt holte die Karre von Kocks Misthaufen, Besen und Schaufel aus dem Pferdestall. Er kratzte Pferdeäpfel und Blätterreste zusammen und dachte mit Herzklopfen daran, daß womöglich ein Mädchen aus seiner Schulklasse vorbeikäme. Straßefegen ist weiß Gott keine Verrichtung, bei der man sich Mädchen als Zuschauer wünscht.

Opa Kock saß vor der Altenteilerkate und lenkte Kurts Arbeitseinsatz mit seiner Fliegenklatsche.

»Da liegt noch Dreck«, sagte er und wies ihm die Richtung. »Mußt auch die Wasserlöcher zuschütten! Vergiß nicht, das Unkraut rauszureißen!«

Opa Kock sorgte auch dafür, daß Kurt nur bis zur Grenze und keinen Fußbreit weiter fegte.

»Denn das Sprichwort sagt: Jeder kehre vor seiner Tür! Hast du mich verstanden?«

Kurt lenkte sich ab, indem er an die Belohnung dachte. Er hoffte auf etwas Eßbares, Schinkenbrot zum Beispiel. Als er in die Burg kam, um den sauberen Fußweg zu melden, saßen sie gerade am Mittagstisch. Und was für eine Tafel das war! Ein Glas eingelegter Gurken. Rotkohl. Eine Schüssel mit Vanillepudding. Der Platz neben der Bäuerin war frei; statt eines Tellers stand dort ein kleiner Strauß blauer Perlblumen.

»Unser Gerhard hat heute Geburtstag«, sagte die Bäuerin und machte ein feierliches Gesicht.

Ach, so war das. Gerhards Geburtstag war das größte Fest der Burg. Schon Tage vorher hatte Ina Gerhards Zimmer zu putzen, jenen Raum im ersten Stock, der seit vier Jahren leerstand, der Wohnungsnot und Flüchtlingsströme unbeschadet überstanden hatte und auf Gerhards Heimkehr wartete. Es war ein Zimmer, in dem Gerhards Reitstiefel unter einem guterhaltenen Sattel an der Wand hingen. Fotos vom Ringreiten in Kudenow. Gerhard auf einem schwarzen Hengst unter birkengeschmücktem Torbogen. Gerhard beim Vogelschießen. Gerhard als Jungzugführer in HJ-Uniform vor den Pimpfen von Kudenow, aufgenommen unten an der Wassermühle im Sommer 1937. Gerhard im feldgrauen Rock... Dann nichts mehr. »Gib dem kleinen Marenke ein Schinkenbrot«, sagte die Bäuerin zu Ina.

Also doch Schinkenbrot. Ina ließ den Teelöffel in ihren Vanillepudding fallen und verschwand in der Speisekammer. Mit einer belegten Brotscheibe, mehr Schinken als Brot, kehrte sie zurück. So, das wär's, Kurt Marenke. Aber Kurt blieb stehen, weil er sich in den Vanillepudding vergafft hatte. Die Schale war noch halb gefüllt; da hätten sie beide, Kurt Marenke und Gerhard Kock, gut von satt werden können.

Plötzlich schrie Bauer Kock los: »Weißt du eigentlich, wer die letzten Boskopäpfel von meinem Dachboden geklaut hat?«

Kurt kehrte von seinem Ausflug in das Land Vanille zurück und schüttelte heftig den Kopf.

»Sie sind übers Dach gekrochen und durch die Luke auf den Boden gestiegen.«

Das waren bestimmt Flüchtlinge. Die klauen alles. Die haben auch den Kuhstall des deutschen Bauern angesteckt und den Mühlenteich abgelassen, um die Fische rauszuholen. Kock drohte, Rattenfallen aufzustellen, gefährliche Fangeisen oder Netze auszulegen, um die Diebe zu greifen. Während er sich ereiferte, trug Ina den Rest des Vanillepuddings in die Speisekammer.

»Laß den kleinen Marenke in Ruhe, Vadder«, sagte die Bäuerin. »Der hat so schön die Straße gefegt.« Sie ergriff seinen Arm und führte Kurt die Treppe hinauf in Gerhards Stube. »Das ist unser Gerhard«, sprach sie andächtig und zeigte auf eines der Bilder. »Wir haben noch eine Tochter. Die ist in Marne in Dithmarschen verheiratet und hat drei Kinder. Aber unser Gerhard bekommt den Hof. Er ist ein guter Mensch, unser Gerhard.«

Kurt entdeckte ein Paar Fußballstiefel und nahm sie genauer in Augenschein.

»Unser Gerhard war ein großer Fußballspieler beim TSV Kudenow. Du glaubst nicht, wie viele Tore er geschossen hat.«

»Ich hab auch einen Bruder in Rußland«, bemerkte Kurt.

Als der Name Rußland fiel, faltete die Bäuerin die Hände. Sie standen unter dem alten Wandspruch:

> *Wenn dich Gott verläßt, dein Hort,*
> *und du im Unglück willst verzagen,*
> *so denk an Kaiser Friedrichs Wort:*
> *Lerne leiden, ohne zu klagen.*

Aber dieser Spruch galt nicht für die Bäuerin. Sie klagte so laut, wie sie litt. Auch jetzt trat ihr das Wasser in die Augen, weil Kurt Marenke von Rußland angefangen hatte.

»Vielleicht sind die beiden zusammen und kommen eines Tages gemeinsam nach Kudenow«, meinte Kurt.

Die Bäuerin lächelte durch die Tränen hindurch. Ach, das wär eine Heimkehr!

Leise verließen sie das Allerheiligste der Burg. In der Küche klapperte Ina mit dem Abwaschgeschirr. Die Katze leckte die Vanilleschüssel aus. Die Bäuerin holte ein riesiges Stück Sandtorte und drückte es Kurt in die Hand. Weil Gerhard Kock Geburtstag hatte. Und für Kurts schönen Einfall, Gerhard Kock und Bruno Marenke gemeinsam aus Rußland heimkehren zu lassen.

Am Pfingstmontag gab es Ringreiten in Kudenow. Knecht Stolten flötete schon den ganzen Vormittag im Pferdestall das Lied *Von Herrn Pastor sien Ko*. Er erfand immer neue Reimchen und sang sie Kurt vor:

> *Und de Fru von Herrn Pastor, Herrn Pastor,*
> *Herrn Pastor,*
> *kreeg een Büx ut Ossenhoar*
> *von Herrn Pastor sien Ko.*

»Na, ist dat nix?«

Ja, ja, sing man to, sing man to, Knecht Stolten. Während des Gesangs putzte er Sattel und Zaumzeug, striegelte mit Liebe und Sorgfalt Iwan, den Grauschimmel, und kratzte den Dreck von seinen Hufen.

»Habt ihr in Ostpreußen auch Ringreiten gehabt?« fragte Stolten. Kurt schüttelte den Kopf.

»Endlich mal etwas, was ihr nicht gehabt habt. Mit den meisten Flüchtlingen ist es rein wie verhext. Die haben alles schon gehabt und meistens viel besser.«

Kurt wäre gern mitgeritten. Aber es ging nicht. Seit zwei Jahren hatte er nichts mehr mit Pferden zu tun gehabt. Nein, das stimmte nicht – im Lager Gera wurde eine Woche lang Pferdefleisch in die Suppe schnitten ... Aber richtig auf Pferden geritten war Kurt zuletzt im Herbst 1944. Mit seinem Vater. Drei Monate bevor der Pferdestall in Brand geschossen wurde.

Nach dem Mittagessen ritt Stolten los zur Festwiese. Stolz wie ein Kürassier. Kurt und der alte Petschelies begleiteten ihn zu Fuß.

»Ich komm ja man bloß mit, weil ich den Pferdegestank riechen will«, sagte Petschelies.

Ella war nicht dabei, weil sie aus der Nähstube Arbeit mit nach Hause gebracht hatte. Auch die Mutter blieb zurück; Kurt hatte sie nicht dazu bewegen können, sich das Ringreiten anzusehen, obwohl es keinen Eintritt kostete.

»Ich muß noch Strümpfe stopfen«, sagte sie zur Entschuldigung und blieb hinter den quadratischen Scheiben des Hühnerstalls, wo sie ungestört von Schützenfesten und Dorfabenden in Kruglanken träumen konnte. »Bei uns waren die Feste viel schöner«, behauptete sie, als Kurt ging. »Außerdem kann ich nicht lustig sein, solange unser Bruno in Rußland ist.«

Ja, so war seine Mutter. Die wollte erst wieder mit Bruno feiern. Na, hoffentlich wird sie überhaupt noch einmal fröhlich, dachte Kurt. Er hätte sie gern mitgenommen, um neben ihr auf dem Festplatz zu stehen, um den Leuten seine Mutter im guten Kleid zu zeigen, das sie sonst nur zum Kirchgang anzog. Aber nein, seine traurige Mutter blieb im Hühnerstall.

Dafür kam Ina mit. Die Köksch des Bauern Kock war nicht wiederzuerkennen. Ein Kleid bis zu den Schuhspitzen. Am fleischigen Arm baumelte eine Handtasche, der Oberkörper war so fest geschnürt, daß der Busen oben herausquoll. In weitem Abstand trippelte sie hinter dem Kürassier auf dem Grauschimmel her.

»Wer die Margell einmal bekommt, ist nicht betrogen«, stellte der alte Petschelies taxierend fest. »Die ist gesund und kräftig. Da ist alles dran. Sieh dir mal den Körper an, Stolten. Die hat einen Arsch wie ein Pferd für hundert Taler.«

Stolten schwieg. Da er wußte, daß Ina ihm folgte, drückte er das Kreuz kräftig durch; er sah aus wie das würdevolle Reiterstandbild eines alten deutschen Kaisers.

Sie trafen zur gleichen Zeit wie die Feuerwehrkapelle auf der Festwiese hinter dem Wallensteiner Hof ein. Trommel-Meier als letzter Mann im Glied trug die Pauke und sorgte mit sanften Schlägen für den Gleichschritt der Truppe. Neben der Reitstrecke lagerten die Kinder, den Sattelplatz umstand eine Menschentraube. Gleich dahinter fing der Friedhof an. Na, ihr seid mir lustige Hinterbliebene – macht ein Volksfest gleich neben dem Friedhof!

»Holsteiner kennen keine Grenzen!« rief der Vorsitzende des Reitervereins zur Eröffnung über die Menge hinweg. Damit meinte er die Holsteiner Pferde, aber wer etwas guten Willen hatte, konnte es auch auf die Menschen übertragen.

Auf der Festwiese hatte man mehrere Tore aus Balken errichtet, an beiden Seiten mit Pfingstbusch geschmückt. Unter jedem der Querbalken hing ein Ring. Auf dem Rücken ihrer Pferde mußten die Ringreiter durch die Tore preschen und die Ringe herunterholen. Wer die meisten Ringe hatte, war Sieger.

Kurt stand mit dem alten Petschelies am Auslauf, wo die Jagd durch die Tore endete und die Pferde mit Schaum vor dem Maul ankamen. Endlich tauchte Stoltens Grauschimmel auf. Drei Tore, drei Ringe. Im ersten Durchgang schaffte Stolten sie alle.

»Na, was sagst du dazu!« rief er vom hohen Roß herab und schielte auch ein bißchen zu Ina, die ihrem Täschchen ein Tuch entnommen hatte, um Schweißperlen von der Stirn zu tupfen. Kurt war stolz, denn sie gehörten zusammen, Knecht Stolten und der Grauschimmel, die Burg, die Scheune, der Hühnerstall und Kurt Marenke.

Nach Stolten ritt der deutsche Bauer durch die Tore, aber außer Konkurrenz, weil er betrunken war und verkehrt auf dem Pferd saß.

Trommel-Meier schlug einen Tusch. Die Zuschauer kreischten, als der deutsche Bauer versuchte, auf dem Pferderücken zu stehen und die rechte Hand zum »deutschen Gruß« zu erheben. Begleitet von Trommel-Meiers Paukenschlägen, begann das Pferd zu tänzeln und warf den Reiter in das hohe Gras der Wiese. Sie mußten ihn rasch beiseite schaffen, weil Knecht Stolten im zweiten Durchgang auf die Tore zupreschte. Da fiel ein Ast der Pfingstdekoration um, ausgerechnet dem heranstürmenden Grauschimmel vor die Füße. Der erschrak, brach aus und sprang so heftig zur Seite, daß es Stolten aus dem Sattel riß. Bis zum letzten Tor hing er im Steigbügel, dann rollte er ins Gras. Der Grauschimmel setzte über einen Stacheldrahtzaun. Um Himmels willen, nur nicht auf den Friedhof! Nein, er fand einen sandigen Feldweg, auf dem er eine Staubwolke aufwirbelte, die gemächlich auf die Festwiese zutrieb. Im Schutz der Staubwolke verschwand Iwan, der Grauschimmel, hinter den Knicks von Kudenow.

Ina war die erste, die sich über Stolten beugte. Ohne jede

Scheu griff sie mit beiden Händen seinen Kopf und öffnete die Hemdknöpfe auf seiner Brust. Frische Luft mußte her!

»Das ist nur Nasenbluten«, sagte Bauer Kock und half Stolten auf die Beine. Sie setzten ihn zum Blutstillen an den Knick, nur drei Meter vom Friedhof entfernt.

»Die Kreatur ist unberechenbar«, murmelte der alte Petschelies, der sich rechts neben dem Verunglückten niedergelassen hatte, während Ina ihn von links stützte.

Während Stolten mit blutender Nase dasaß, rannte Kurt hinter dem Grauschimmel her. Er fand ihn, friedlich grasend weitab vom Festgetümmel, hinter einer Holunderhecke. Der wußte genau, was er angerichtet hatte. Tückisch blickte er zu Kurt auf. Nur bis auf vier Schritte ließ er ihn herankommen. Dann sprengte er, heftig furzend, davon und graste am anderen Ende des Knicks weiter. Kurt unternahm einen zweiten Anlauf. Es kam ihm zugute, daß der Grauschimmel ihn unterschätzte und ihn bis auf zwei Schritte herankommen ließ. Als Iwan wieder davontraben wollte, hing Kurt plötzlich an seinem Hals. Er zog sich an der Mähne hoch, saß mehr auf dem Hals als auf dem Pferderücken, saß aber... bis Iwan ruckartig den Kopf senkte und Kurt vornüber ins Gras fiel. Danach hatte der Grauschimmel genug angerichtet. Er blieb stehen und ließ es zu, daß Kurt die Zügel ergriff und ihm den Hals tätschelte. Kurt zog den Sattelgurt fester, schwang sich hinauf und hatte das Gefühl, der größte Mensch von Kudenow zu sein. Er überblickte die Knicks, die Butterblumenwiesen mit ihren weißen Pusteln, die grünen Felder und die Kudenower Dächer. Es war wie im Herbst 44. Der weite Blick vom Rücken eines Pferdes, das Knarren des Sattelzeugs, die Wärme des Tieres, Stechfliegen und Bremsen in der Luft... Nur der Vater fehlte.

Als Kurt auf die Festwiese ritt, spielte die Feuerwehrkapelle: *Schon wieder eine Seele vom Alkohol erret-tet-tet...*

»Nu kiek die den lütten Banditen an!« rief Bauer Kock anerkennend. Kurt hielt vor dem Bauern, vor Stolten und der noch immer schreckensbleichen Ina.

»Willst auch mal durch die Tore reiten?« fragte Kock.

Aber ja, sehr gern. So kam es, daß Kurt Marenke mit Iwan, dem Grauschimmel, durch die pfingstlich geschmückten Tore der Festwiese trabte. Außer Konkurrenz. Er verfehlte alle Ringe, kam aber ohne Schaden am Pferdeauslauf an.

»Das hast du gut gemacht, Jungche«, sagte der alte Petschelies. »Die Einheimischen sollen sehen, daß wir Flüchtlinge auch was von Pferden verstehen.«

Er nahm Kurt mit zum Knick und zeigte ihm, was er dort entdeckt hatte. Einen großen Haufen Blech. So an die dreißig Fahrräder. Kreuz und quer am Zaun, in den Brennesseln liegend, an Haselnußsträucher gelehnt und mit dicken Ketten abgeschlossen.

»Das ist kein Zustand«, brummte Petschelies. »Weißt du, was hier her muß? Ein richtiger Fahrradstand. So mit einem Wächter, der Dittchen kassiert und aufpaßt. Wollen wir beide das machen, Jungche?«

Sie nahmen inmitten des Blechhaufens Platz und beratschlagten, wie es anzustellen sei. Für das Ringreitfest war es schon zu spät. Aber zum Vogelschießen im Sommer und später zum Herbstmarkt müßte der Fahrradstand fertig sein. Wichtig war, Holzpfähle und Stangen zu beschaffen, denn es mußte ein richtiges Gerüst gebaut werden. Ein Fahrradstand lebt davon, daß die Fahrräder nicht aufeinander liegen oder aneinander lehnen, sondern jedes Rad für sich steht und mühelos zu erreichen ist. Mit den Stangen wollte Petschelies schon am Pfingstdienstag anfangen. Und dann kassieren wir, na, sagen wir mal, fünfzig Pfennige pro Fahrrad... oder ist das zuviel Geld? Sie kamen richtig in Begeisterung, maßen schon den Platz aus, dreißig mal dreißig Meter, und legten den Fahrradstand zwischen Festwiese und Friedhof an den Knick. Dort wird der alte Petschelies bei künftigen Festlichkeiten mit so einer Art Klingelbeutel stehen, Pfeife rauchen und Groschen kassieren. Und Kurt Marenke wird die Fahrräder zählen und aufpassen, daß keines geklaut wird.

Für Kurt war der Pfingstmontag 1947 der größte Tag, den er bisher in Kudenow erlebt hatte. Abends saß er in Stoltens Kammer. Er und Stolten kamen überein, dem Grauschimmel einen neuen Namen zu geben. Weil er Stolten abgeworfen hatte und anschließend ausgerissen war, sollte er fortan Iwan der Schreckliche heißen.

Als es dunkel war, spazierte Kurt zu Kocks Hauskoppel, wo die Pferde grasten. Iwan der Schreckliche kam ans Gatter und ließ sich von ihm streicheln; er hielt auch still, als Kurt heimlich auf den Pferderücken kletterte. Ohne Sattel und Zaumzeug ritt Kurt über Kocks Wiese, immer dorthin, wo Iwan der Schreckliche wollte.

Knecht Stolten mußte ihn beobachtet haben, denn als Kurt heimkehrte, stand er vor der Stalltür und sagte: »Beweg die Pferde nicht so scharf. Die müssen morgen wieder arbeiten.«

Nach dem Hunger kam die Hitze. Im Juni kletterte das Thermometer auf fünfunddreißig Grad.

»Das kommt von der großen Bombe, die in Japan explodiert ist«, orakelte der alte Petschelies.

Kinder, Kinder, badet nicht soviel im Kudenower See. Jedes Bad entzieht dem Körper Wärme, und ihr bekommt nur fünfzehnhundert Kalorien zum Verbrennen pro Tag. Tragt lieber Wasser in die Gemüsegärten, damit die Mohrrüben nicht verdursten.

In den deutschen Seebädern räumte die Polizei auf. Gegen den Preiswucher in den Kurorten gab es Großrazzien in Westerland, Timmendorf, Niendorf und Scharbeutz. Dort lebten Schieber, Schwarzhändler und Kriegsgewinnler für sechshundert Reichsmark pro Tag »wie in Friedenszeiten«. Und das ging nicht.

»Die haben Glück, daß der Adolf nicht mehr da ist«, meinte August Kallweit. »Der wäre mit dem Schieberpack Schlitten gefahren.« – »Ja, die Schieber hätte er aufgehängt«, sagte der alte Petschelies, »aber danach wären die Parteibonzen an die See gefahren. Irgendeiner lebt immer im Luxus, so ist das nun mal auf der Welt.«

Kallweit ärgerte sich in jenen Tagen besonders über die Engländer. Da wollten die Hamburger im Sommer 47 ein paar Fischkutter zu Walfangschiffen umrüsten, um wenigstens etwas Tran für die deutschen Bratpfannen zu beschaffen. Aber die Engländer verboten es, weil deutsche Walfänger über Nacht zu Unterseebooten hätten werden können.

»Und Harpunen sind militärisches Gerät«, schimpfte Kallweit. »Damit können wir England angreifen.«

Der alte Petschelies war einer der wenigen Flüchtlinge, die glaubten, auch noch den nächsten Winter in Kudenow verbringen zu müssen. Um für den Winter vorzusorgen, wanderte er an den heißen Tagen ins Kudenower Moor zum Torfstechen. Das Moor entrückte ihn dem Gekeife der Scheune, den immer lauteren Beschwerden der Frau Nuschtnich, dem Quieken der Kockschen Ferkel, dem Geplärre der Kinder. In den Mittags- und Vesperpausen saß der alte Petschelies im hohen Schneidegras und sah den Fischreihern zu, die ihren Horst anflogen. Im Moor war er zu Hause. Da lag das gleiche Summen in der Luft wie in den Mooren Masurens oder des

Memeldeltas. Kiebitze und Wildenten im Schilf, der Geruch modriger Erde und abgestandenen Wassers. Wenn er abends zu seiner Frau in die Scheune heimkehrte, sagte Petschelies: »Mutterke, ich bin heute zu Hause gewesen.«

Der Tag begann lieblich und endete furchtbar. Morgens fuhr Kock mit den Gespannen zur Heuernte. Ina wütete im Unkraut des Gemüsegartens, die Bäuerin wanderte allein durch die stillen Räume der Burg. Opa Kock saß mit der Fliegenklatsche vor der Altenteilerkate und wartete auf die einkommenden Heufuhren, die er zählen wollte.

Da betraten drei Männer den Hof: Bürgermeister Petersen, Dorfpolizist Willers und ein Fremder. Sie standen abschätzend vor dem Anwesen, als wollten sie es kaufen, begrüßten Opa Kock mit Handschlag und verschwanden schließlich in der Burg.

Plötzlich kam die Bäuerin auf den Hof gerannt, riß sich die Schürze vom Leib, warf sie in den Schmutz, eilte zum Altenteilerhaus, kehrte auf halbem Wege wieder um und rief Ina aus dem Garten. Ina mußte aufs Feld laufen, um Bauer Kock zu holen.

Vor der Altenteilerkate kam die Gruppe zum Stehen. Willers drängte sich vor. Als Polizist besaß er ein ordentliches Schriftstück, das ihm erlaubte, fremde Häuser zu betreten.

»Ja, Opa Kock, wir müssen da mal rein«, sagte er entschuldigend. »Ich kann es auch nicht ändern«, fügte Bürgermeister Petersen hinzu.

Der Besuch schwärmte aus, besichtigte die Räume in der Altenteilerkate und kroch sogar auf den Boden. Das alles geschah zu früher Stunde; Ina hatte noch nicht einmal Opa

Kocks Bett gemacht. Der alte Mann kam mit der Fliegenklatsche hinterher, pochte im Flur mit der Krücke auf den Ziegelboden und wollte endlich wissen, was in seiner Kate los sei.

»Sie wollen dir dein Altenteil wegnehmen, Opa«, heulte die Bäuerin. »Du sollst fremde Menschen in dein Haus aufnehmen.«

Opa Kock kramte in seiner Kommode, bis er das Schriftstück gefunden hatte, an dem ein rotes Siegel baumelte.

»Das ist nämlich so«, sagte er und drückte dem fremden Menschen das Papier in die Hand. »In diesem Altenteilerkontrakt steht geschrieben, daß mir die Kate gehört. Lebenslänglich, jawoll, lebenslänglich. Und alles ist notarisch beglaubigt.«

»Bester Mann«, sagte der Fremde leise, ohne einen Blick auf das Papier zu werfen. »Deutschland hat zehn Millionen Flüchtlinge. Da kommt es auf ein paar alte Verträge nicht mehr an. In diesem Haus ist noch Platz. Da muß jemand rein. Basta!«

»Sind wir schon so weit gekommen?« polterte Opa Kock und ließ die Fliegenklatsche fallen. »Wenn Verträge nicht gelten, gibt es keine Gerechtigkeit mehr, junger Mann!«

In diesem Augenblick tauchte Bauer Kock auf. Leider hatte er die Heuforke vergessen, mit der er den ungebetenen Besuch aus dem Haus jagen wollte.

»Raus!« schrie er und riß die Tür auf. »Ich hol den Hund!«

Aber niemand rührte sich. Willers legte ihm beschwichtigend die Hand auf die Schulter.

»Mensch, Fiete, sei ruhig, das ist ein hohes Tier vom Kreiswohnungsamt.«

Aber Friedrich Kock dachte nicht daran, ruhig zu sein. Die hohen Tiere waren ihm alle verdächtig, je höher, desto schlimmer. Kock bückte sich nach dem Altenteilervertrag, der auf den Fußboden gefallen war. Während er das Papier zusammenrollte, zählte er dem hohen Beamten vom Kreiswohnungsamt auf, was er für Deutschland getan hatte. Im Ersten Weltkrieg in Flandern verwundet. Im Zweiten Weltkrieg den einzigen Sohn aufs Spiel gesetzt. »Der ist immer noch in Rußland!« Die Scheune geopfert für die Flüchtlinge und natürlich den Hühnerstall. Nun auch das noch? »Hat Schleswig-Holstein denn allein den Krieg verloren, daß ihr alle Flüchtlinge zu uns schickt?«

Der Beamte sprach mit Bürgermeister Petersen. »Sagen Sie dem tobenden Kerl, daß wir nur einen Teil des Altenteilerhauses beschlagnahmen. Eine Stube darf er behalten. Aber wenn er weiter so schreit, nehmen wir ihm die ganze Kate weg. Dann muß er den Altenteiler im Bauernhaus aufnehmen.«

In diesem Augenblick schritt die Bäuerin ein. Plötzlich war die leerstehende Stube ihres Sohnes gefährdet.

»Sei ruhig, Vadder!« beschwor sie den Bauern.

Aber der war noch nicht fertig. Er wünschte sie alle hinter den Ural, die Flüchtlinge und die Herren vom Wohnungsamt, das Gesindel von der Kreisstadt, die Kartoffelklauer und die Wohnungsklauer. Im Südwesten Deutschlands gibt es überhaupt keine Flüchtlinge. Die Franzosen sind vernünftige Leute, die lassen keinen rein in ihre Zone. Aber hier im Norden kommen sie wie die Heuschrecken und fressen alles kahl. O du schönes Schleswig-Holstein! Sie werden nichts von dir übriglassen.

Während Kock tobte, schloß Polizist Willers die beschlagnahmten Räume ab. In einer Stunde werden sie kommen, die neuen Mieter. Na, denn herzlich willkommen.

Als Kurt aus der Schule kam, tobte Kock immer noch. Er suchte den Verräter, der ihm das Kreiswohnungsamt in die Altenteilerkate geschickt hatte. Weil ihm kein anderer Name einfiel, kam er auf Kallweit, diesen Handlungsreisenden in Flüchtlingsnot, der überall seine Nase hineinzustecken hatte. Kock drohte. Kaliweit den Hof zu verbieten und den Hund auf ihn zu hetzen. Von der Schwelle des Hühnerstalls aus sah Kurt zu, wie Bauer Kock die Türen auf seinem Hof verriegelte. Er hängte Vorhängeschlösser an den Wagenschuppen, an die Tür zur Häckselkammer und an den Pferdestall. Sogar die Gartenpforte wurde geschlossen. Die Flüchtlinge sollten nicht mehr auf dem Hof und im Garten herumspazieren. Ihnen blieb die Scheune und weiter nichts. Kock spielte sogar mit dem Gedanken, die Wasserpumpe auf dem Hof für die Flüchtlinge zu sperren. Wenn es regnet, können sie ja das Maul aufsperren!

Nachdem Kock sein Eigentum verwahrt hatte, verschwand er in der Burg. Die Luft war rein, die Mutter konnte mit einem Drahtkorb voll nasser Wäsche vor die Tür treten. Kurt half ihr beim Wäscheaufhängen. Er spannte das Seil vom Hühnerstall zum Wagenschuppen, zehn Meter Leine für Handtücher, Socken und Unterhemden. Als Kurt das Ende der Leine am Balken des Wagenschuppens verknotet hatte, kam die Bäuerin.

»Das will ich Ihnen sagen, Frau Marenke!« rief sie. »Ihre Wäsche hat auf unserem Hof nichts zu suchen!«

»Aber sie ist doch nicht im Wege«, wagte die Mutter einzuwenden.

»So sind die Flüchtlinge! Die machen, was sie wollen. Wenn man nicht aufpaßt, breiten sie sich wie Unkraut aus!«

»Wir sind nicht freiwillig hier«, erwiderte die Mutter leise. »Zu Hause hatten wir einen großen Hof, da gab es Platz genug zum Wäscheaufhängen.«

»Ja, ja, ich weiß Bescheid!« schrie die Bäuerin. »Die Flüchtlinge waren alle Rittergutsbesitzer. Bei euch war alles schöner und größer. Geht doch hin, wo ihr hergekommen seid! Unser Sohn hat für euch gekämpft, der hat im Osten im Dreck gelegen.«

»Ich hab auch einen Sohn in Rußland!« schrie die Mutter dazwischen. Sie ließ das Wäschestück, das sie gerade in der Hand hatte, zu Boden fallen und begann heftig mit den Armen zu gestikulieren. Aber die Bäuerin hörte nicht mehr zu, wie die Mutter von ihrem Bruno berichtete. Sie eilte mit raschen Schritten zur Burg und knallte die Tür hinter sich zu.

Was ist da zu machen? Die Mutter stand hilflos unter ihrer Wäscheleine. Kurt preßte die Fingernägel ins Holz des Wagenschuppens und hielt Ausschau nach der Maschinenpistole des kleinen Pjotr aus Nowgorod.

Die Mutter faßte sich schneller, als Kurt gedacht hatte. Sie wußte schon einen Ausweg. Wenn sie die Wäsche nach und nach in kleinen Schüben im Hühnerstall aufhängte, bekäme sie sie auch trocken.

Kurt spannte Bindfäden zwischen Schrank und Fensterkreuz. Nur über dem Tisch und dem Herd mußte freier Raum bleiben, damit das Wasser nicht von den Socken in die Suppe leckte. Als die Wäsche hing und den Hühnerstall in ein winterliches Dunkel hüllte, setzte sich die Mutter an den Herd, um zu weinen. Sie hatte sich gehenlassen, hatte es gewagt, der Bäuerin zu widersprechen. Das war ihr größter Fehler gewesen. Anpassen, unterwerfen mußt du dich und freundlich sein zu denen, die etwas zu sagen haben, denen der Hühnerstall gehört und das Wasser und die Luft und die Erde.

Kurt lag auf Ellas Bett und hörte zu, wie die Mutter schluchzte. Zwischen Wäschestücken hindurch beobachtete er ihr Gesicht. Sie tat ihm leid, wie sie mit gefalteten Händen dasaß und nicht weiterwußte. Mein Gott, was hatten sie aus seiner Mutter gemacht? Die war in den zwei Jahren auch ein anderer Mensch geworden. Er schlich von hinten an sie heran und legte ihr den Arm um die Schulter.

»Ach, Kurtchen, du kannst mir auch nicht helfen«, meinte sie. »Hoffentlich kommt Bruno bald wieder. Der wird uns hier schon rausholen.«

Plötzlich raffte sie sich zu einem Lächeln auf. »Eigentlich geht es uns ja noch gut. Wir dürfen nicht jammern, Kurtchen. Andere Menschen müssen ein viel schwereres Los tragen.«

Nun begann die ganze Litanei von vorn. Daß sie doch einen schönen Raum hatten und wenigstens Milch und Kartoffeln, daß die Scheune viel schrecklicher wäre und viele Menschen noch in Lagern leben müßten...

Kurt fiel ein, daß er den Einzug der Neuen in die Altenteilerkate beobachten wollte. Er verließ den Hühnerstall, kletterte in die tausendjährige Eiche und wartete, bis das Fuhrwerk auftauchte, auf dem vorn neben dem Kutscher Polizist Willers saß. Hinter den beiden, inmitten von Taschen und Koffern, hockten eine Frau und ihre Tochter. Opa Kock ging zum Scheißhaus und saß dort eine ärgerliche Stunde lang, um den Einzug der Fremden in seine Altenteilerkate nicht miterleben zu müssen. Die Scheunenkinder versammelten sich um den Wagen und gafften. Willers ging in die Burg, um der Bäuerin zu sagen, daß die Neuen gar keine Flüchtlinge seien, sondern Ausgebombte aus Hamburg, die ihre bisherige Wohnung hatten räumen müssen. Aber das stimmte die Bäuerin nicht versöhnlicher. Sie sprach nicht mehr mit Willers. Böse blickte sie durch die Gardine zu den Neuen, die ihre Habseligkeiten in die oberen Räume der Altenteilerkate trugen. Immerhin, Ausgebombte waren eine Klasse besser als Flüchtlinge. Die sprachen wenigstens richtiges Deutsch. Und die Frau war auch besser gekleidet; das Mädchen trug sogar weiße Kniestrümpfe.

Willers kehrte zurück und setzte sich mißmutig auf Opa Kocks Bank, um den Umzug zu überwachen.

»Wir können doch nichts dafür«, sagte die Frau, als sie an Willers vorbeikam, um neue Gepäckstücke zu holen.

»Das läuft sich alles zurecht«, brummte Willers. Er war froh, als er mit dem leeren Wagen davonfahren konnte.

Ein furchtbarer Tag ging zu Ende. Als Knecht Stolten die letzte Heufuhre einbrachte, verschwand die Sonne hinter den Holunderknicks von Kudenow. Ein milder Abend ohne Wind, ein Abend zum Völkerballspielen für die Kinder. Aber keiner wagte sich auf Kocks Hof. Kock ließ Ajax, den Hofhund, aus dem Zwinger. Der streunte über den Hof, kratzte am Scheunentor und lauerte vor dem Fenster des Hühnerstalls. Knecht Stolten war der einzige, der lustig pfeifend über den Hof marschierte.

Das Mädchen hieß Wiebke und war älter als Kurt, ein Jahr vielleicht. Auf dem Schulweg kam sie ihm nachgelaufen und ging nebenher, als sei nichts dabei, als wüßte sie nicht, daß es in Kudenow noch als unmännlich galt, neben einem Mädchen zur Schule zu gehen. Wiebke achtete schon auf schlanke Linie und aß nicht alles, was die Schulspeisung ihr vorsetzte. Über die Schulspeisung kamen sie sich näher. Sie brachte Kurt ein Kochgeschirr voll mit pampiger Schokoladensuppe und sah zu, wie er den Brei verschlang. Denn Kurt nahm an der Schulspeisung nicht teil. Sie kostete fünfundzwanzig Pfennig pro Mahlzeit, ein Betrag, den die Mutter von ihrer Wohlfahrtsunterstützung nicht aufbringen konnte. Außerdem war eine Kommission durch Peschkas Schule gewandert. Sie hatte festgestellt, Kurt sei mit dreiundvierzig Kilogramm Gewicht für sein Alter dick genug. Er und die Bauernkinder wurden von der Schulspeisung ausgeschlossen. Durch Wiebke lernte Kurt Jerry, den Engländer, kennen. Das war ein leibhaftiger britischer Soldat in einer Uniform, mit der er durch den Rhein geschwommen war, damals, im März 45. Anfangs kam er einmal, später zweimal wöchentlich nach Kudenow und parkte seinen Jeep unter der tausendjährigen Eiche. Er packte Konservendosen und Zuckertüten in eine Tasche und steuerte damit fröhlich auf die Altenteilerkate zu. Wenn Kurt den Jeep sah, eilte er hinaus, denn das war ein sicheres Zeichen dafür, daß Wiebke nun bald zum Spielen auf den Hof kam. Das hing mit den beengten Platzverhältnissen in der Altenteilerkate zusammen. Wiebkes Mutter besaß nur einen richtigen Raum – die Küchenabseite nicht gerechnet –, in dem gewohnt, gegessen und geschlafen wurde. Wenn Jerry, der Engländer, kam, war das Schlafen an der Reihe. Wiebke mußte hinunter auf den Hof; erst wenn der Jeep davongebraust war, durfte sie wieder ins Haus. Kurt genoß bedenkenlos die Vorzüge der stundenweisen britischen Besatzung. Sie bestanden in Schokoladenriegeln und Bonbons, die Wiebke zum Seilhüpfen und Verstecksspielen auf den Hof brachte. »Ist Jerry ein Offizier?« fragte Kurt, der glaubte, es müsse mindestens ein Offizier sein, wenn sich eine deutsche Frau mit einem Tommy einließ.

Wiebke wußte es nicht genau.

»Du kannst mitkommen und ihn dir ansehen«, schlug sie vor.

Sie lehnten sich an den Jeep und warteten, bis Jerry kam.

»Hallo, old man!« rief er und winkte Opa Kock zu, der nach beendetem Mittagsschlaf auf der Bank Platz genommen hatte, um die gackernden Hühner zu zählen.

»Seid ihr verdammten Engländer immer noch da!« schimpfte Opa Kock.

Als Jerry die beiden Kinder neben dem Jeep sah, machte er ein böses Gesicht.

»In dieser Car ist Dynamit«, sagte er. »Es wird eine große Explosion geben, und ihr seid alle mausetot.«

Sie wichen entsetzt zurück. Da sprang er lachend ins Auto und brauste davon.

»Ist das nun ein Offizier oder nicht?« fragte Wiebke.

Kurt kannte sich in den Rangabzeichen der deutschen Wehrmacht und der Roten Armee aus, aber bei den Engländern haperte es ein bißchen. Für einen Offizier ist Jerry eigentlich zu lustig, dachte Kurt. Er wird so in der Mitte liegen, halb Offizier, halb einfacher Soldat. Ja, so sah Jerry aus.

»Müssen wir uns das bieten lassen, Vadder?« empörte sich die Bäuerin. »Der Mann von der Ausgebombten ist in Gefangenschaft, ausgerechnet in englischer Gefangenschaft, und sie geht mit einem Tommy!«

»Das ist Unzucht mit einem Besatzungssoldaten«, knurrte Kock. Es würde reichen, um die Ausgebombte aus der Altenteilerkate herauszuklagen.

»Aber wenn die draußen ist, weist das Wohnungsamt neue Mieter ein, vielleicht eine Familie mit fünf Kindern. Dann wird es noch schlimmer. Wir stehen jetzt bei denen auf der Liste.« Als Gipfel der Frechheit empfand es die Bäuerin, daß sich die Vergnügungen des lustigen Engländers über dem Kopf von Opa Kock abspielten, der von solchen Dingen gar nichts mehr verstand. »Sie können doch ins Auto steigen und in die Feldmark fahren«, meinte sie. »Da ist Platz genug für so was, jedenfalls im Sommer.«

Nach einem von Jerrys Besuchen schickte die Mutter Kurt auf den Hof, weil sie mit Ella etwas zu bereden hatte. »Das ist nichts für Kinder«, meinte sie.

Kurt ahnte, worum es ging. »Laß dich bloß nicht mit einem Tommy ein, Ella«, wird die Mutter sagen. »Ein deutsches

Mädchen tut so etwas nicht. Das sind unsere Feinde. Eines Tages ziehen sie ab, und du bleibst als verlassene Tommy-Braut zurück.« Die Mutter wird Ella ausfragen, ob es in der Kreisstadt viele englische Soldaten gebe. Ob sie den Mädchen aus der Nähstube nachriefen. Ob sie Schokolade anböten und Kaffee und Damenstrümpfe. Ach Gott, man kann nicht vorsichtig genug sein in dieser Zeit!

Aber seine Schwester Ella weiß, was sie zu tun hat. Die fällt auf Schokolade und Damenstrümpfe nicht herein.

Kurt konnte nicht ahnen, daß die beiden Frauen im Hühnerstall sich längst einig waren, daß sie das Thema Tommy-Braut schon abgehakt hatten. Sie standen jetzt am Fenster und blickten zu Kurt, der am Gartenzaun stand und in den Himmel starrte.

»Ich mach mir Sorgen um unser Kurtchen«, sagte die Mutter. »Der ist anders als andere Kinder. Er hat keinen richtigen Freund. Am liebsten spielt er mit dem ausgebombten Mädchen, weil da die englischen Bonbons herkommen. Manchmal liegt er stundenlang auf dem Stallboden und sieht durch die Luke... Mein Gott, mein Gott, was haben die Russen bloß mit unserem Kurtchen gemacht?«

Ella hatte eine ganz plausible Theorie. »In den zwei Jahren, die er weg war, konnte er machen, was er wollte. Jetzt muß er wieder gehorchen lernen, und das fällt ihm schwer.«

»Sieh mal, wie er da herumsteht«, sagte die Mutter und seufzte. »So steht er oft am Zaun, starrt einfach in die Wolken, als wenn es da oben etwas zu sehen gäbe.«

Da ist die Welt aus den Fugen geraten, sind Bindungen zerstört, das Oberste zuunterst gekehrt worden. Und dann kommt in der Sommerhitze des Jahres 47 ein Lastwagen auf Bauer Kocks Hof, so ein Vorkriegsvehikel, das wegen Benzinmangels auf Holzkohle umgestellt worden ist. Dem Wagen entstieg ein Mann, dem Kurt gleich ansah, daß er zu den besseren Leuten gehörte. Preußisches Gardemaß, einer von den »langen Kerls« des Soldatenkönigs; wo andere Menschen die linke Hand haben, trug er eine Prothese. Das war ein Oberst a. D., der gute Verbindungen zum früheren General von Soundso hatte. Dieser General wiederum war nach dem Kriege im Herrenhaus seines Adjutanten, eines gewissen Marbach, untergekommen. Marbach wiederum kannte einen Regimentskameraden, dem ein Gut im Oldenburgischen gehörte. Dieser Gutsbesitzer hatte auf Empfehlung seines Regimentskameraden dem Obersten mit Gardemaß das Lastauto nebst Chauffeur geliehen, damit er Frau und Kinder aus der Scheune von Kudenow herausholen könne.

»Der soll im Oberkommando der Wehrmacht gewesen sein«, flüsterte Petschelies voller Ehrfurcht.

Mein Gott, war das eine Begrüßung! Die baltische Gräfin wurde aus der Scheune zu ihresgleichen geholt. Sie stand gerührt vor ihrem Scheunenfach; die Kinder hielten schweigend ihren Schürzenzipfel fest und blickten scheu zu dem Mann auf, der ihr Vater sein wollte. Im Alter von drei Jahren hatte die Älteste den Obersten zum letztenmal gesehen, zwei Wochen vor der Ardennenoffensive. Der Mann vergaß jede militärische Disziplin und weinte in der Scheune von Kudenow. Er hob das kleinste Kind auf den gesunden Arm; das größere Mädchen drückte er mit der Prothese an sich, weil er mehr Arme nicht hatte. Die Gräfin verbarg das Gesicht an seiner Schulter.

Kurt dachte während der ganzen Zeit nur an Melker Kassebohm, der gerade den Kälberstall ausmistete.

»Hier habt ihr gelebt!« rief der Oberst beim Anblick der

Scheunenfächer. Dagegen war ein Bunker in der Frontlinie eine komfortable Unterkunft.

Die Gräfin begann ihre Habseligkeiten zu packen. Um sie wegzuschaffen, hätte es gar nicht eines riesigen Lastwagens bedurft; ein Panjewagen hätte es auch getan. Während der Fahrer zusammen mit dem Oberst auflud, machte die Frau die Runde, um sich zu verabschieden. Sie ging sogar, was die Scheunenbewohner ihr hoch anrechneten, zu der Frau Nuschtnich, obwohl deren Beleidigungsprozeß wegen der »Hure« immer noch schwebte. So sind eben die Adligen, dachte der alte Petschelies. Die wissen, was sich gehört in einer solchen Stunde.

»Eines Tages kommt ihr alle raus aus der Scheune«, sagte die Gräfin tröstend zu dem Kinderhaufen, der sich neben dem Lastwagen versammelt hatte, Melker Kassebohm stand bis über die Knöchel im Kuhdreck seines Misthaufens. Er stützte die Hände auf die Forke und sah zu, wie die baltische Gräfin auszog. Natürlich konnte sie nicht in diese Mistlandschaft waten, um sich von ihm zu verabschieden. Aber daß sie nicht einmal winkte, fand Kurt nicht anständig. Einen Gruß hätte sie ihm über den Mistberg hinweg zurufen können.

»Unsere Herren fallen immer wieder auf die Füße«, meinte der alte Petschelies, als der Lastwagen vom Hof schaukelte.

»Kommt die Gräfin jetzt in ein Schloß?« fragte Kurt.

Nein, das wohl nicht, weil auch die Schlösser rar geworden sind. Aber vielleicht gab es ein kleines Gärtnerhaus auf dem Gut im Oldenburgischen oder eine freie Deputatarbeiterwohnung mit zwei Stuben und Küche. Ach, es ist gut, Freunde zu haben. Besonders in diesen Zeiten.

Als von dem Lastwagen nichts mehr zu sehen und zu hören war, ging Kurt zu Melker Kassebohm, der mit Schweißperlen auf der Stirn grimmig im Mist wühlte und fortwährend über den Misthaufen spuckte.

»Nun ist sie weg«, sagte Kurt.

»So is dat Leben«, knurrte Kassebohm und ließ nicht von seinem Mist ab.

Kurt setzte sich auf einen Stein und betrachtete Kassebohm bei der Arbeit. Wo sollte der Mann jetzt hin mit seiner Kraft, die vom vielen Milchtrinken kam? Da hatte Kurt einen schrecklichen Einfall. Wenn der sich jetzt über seine Schwester Ella hermachte! Die half immer noch beim Melken, war abends stundenlang mit Kassebohm allein und mit seinen Kühen. Was kann da alles vorkommen? Der Gedanke, Kassebohm könnte sich über seine Schwester wälzen, sie auf das Stroh des Futtertisches oder hinter den Knick der Kuhwiese legen, versetzte Kurt in Furcht und Schrecken. Das durfte er nicht zulassen.

Als die Mutter am Abend zu Thormählens Bibelstunde ging, kroch er zu Ella aufs Bett und sah zu, wie sie Strümpfe stopfte.

»Na, was hast du. Kurtchen?«

Da begann er zu erzählen, wie er den Kassebohm nachts mit der baltischen Gräfin im Stroh angetroffen hatte. Er erzählte es so, daß es möglichst abschreckend auf Ella wirken mußte.

Statt sich zu fürchten, lachte sie laut.

»Du bist ja ein ganz Schlimmer!«

Die Art, wie sie das sagte, beruhigte ihn, gab ihm die Gewißheit, daß seine Schwester sich der Gefahr bewußt war. Ella war ein wenig gerührt, weil der kleine Bruder sich um sie sorgte. Sie strich ihm mit der Hand übers Haar, und er hielt still, weil es nicht oft vorkam, daß Ella so zärtlich zu ihm war. Nur hielt das bei Ella immer nicht lange vor. Zum Schluß meinte sie spöttisch: »Du weißt also auch schon, daß der liebe Gott zweierlei Menschen geschaffen hat.«

Das war sie wieder, die alte Ella Marenke. Sie nahm ihn

nicht ernst, machte sich lustig über ihn, so wie sie es immer getan hatte. Ach, wenn du wüßtest, Ella Marenke, was Kurt in seinem kurzen Leben schon alles gesehen hat! Da wäre der alte Mann aus dem überfüllten Güterwagen zu erwähnen, der nach Einbruch der Dunkelheit über seine Frau gekrochen war, nur einen Schritt von Kurts Lager entfernt. Auch die fünf Blitzmädel fielen ihm ein, die er aufgereiht in einem Vorgarten gesehen hatte, einen halben Tag nach dem Durchzug der Front. Erst vergewaltigt, dann getötet... oder umgekehrt, das läßt sich später kaum noch feststellen. Nicht zu vergessen war auch jene Frau, die nach der zehnten Vergewaltigung einen Lachkrampf bekam und sich unter schrillem Gelächter die Kleider vom Leibe riß, ohne sich vor den Kindern und den alten Männern im Raum zu schämen. O ja, Kurt Marenke wußte, daß der liebe Gott zweierlei Menschen geschaffen hat. Und ihn schauderte, wenn er daran dachte.

Mit der Schule schloß Kurt seinen Frieden. Seitdem Wiebke ihn mit Schulspeisung versorgte, konnte er sich sogar auf die Schule freuen. Im Unterricht hielt er schweigsam die Mitte. Peschka nahm ihn nur selten wahr, denn Kurt gehörte zu denen, die aufhorchen lassen, wenn sie etwas Gescheites sagen. Nicht weil er so wenig Gescheites wußte, sondern weil er lieber vor sich hin träumte. Es gab vieles, worüber er in der Schule von Kudenow träumen konnte. Von den Orden auf dem Stallboden zum Beispiel, vom Fremden aus dem Niemandsland oder von seiner ersten Heimkehr nach Kruglanken, damals, im März 1945. Und niemand war da! Manchmal dachte er ausgiebig an seinen Vater, dann wieder an Iwan den Schrecklichen, mit dem er abends heimlich die Feldwege abritt.

Peschka war vor allem mit seinen Lieblingen beschäftigt, die den Unterricht bereicherten, indem sie Speckseiten, Wurstenden und Eierkörbe in der Küche der Frau Peschka abgaben. Die Einheimischen hatten eine halbe Zensur Vorsprung. Das lag nicht nur an ihrem leichteren Zugang zu Eiern, Speck und Wurstenden, sondern auch an den Themen, die Peschka auswählte. Kamen in der Heimatkunde die Meere dran, die Schleswig-Holstein umzingelt hielten, wußten die Einheimischen natürlich besser Bescheid als die Masurenkinder, deren größtes Gewässer der Spirdingsee gewesen war. Auch beim Sturm auf die Dusenddüwelswarf in der Bauernschlacht von Hemmingstedt waren die Einheimischen ein paar Schritte voraus.

Im Sommer 47 brach eine unverhoffte Plage aus: Der Kartoffelkäfer kam. Der hat uns gerade noch gefehlt! Die Schädlinge fraßen die Blätter von den Stauden, noch ehe die Kartoffelknollen richtig wachsen konnten. Aber ohne dicke Kartoffeln kann Deutschland nicht leben. Also rottet ihn aus, den gefräßigen Käfer!

Peschka nahm die Plage zunächst theoretisch durch. Rechnen und Deutsch fielen dem Kartoffelkäfer zum Opfer. Das heißt, Peschka sprach meistens vom Coloradokäfer, um deutlich zu machen, woher der Schädling kam. Endlich mal etwas Unangenehmes aus Amerika, das sonst nur Gutes für die Menschheit bereithielt. Nach dem theoretischen Unterricht schwärmte die Schuljugend aus, um die Kartoffelkäfer umzubringen. Klassenweise wanderten sie die Furchen der Kartoffelfelder entlang, Lehrer Peschka in der Mitte wie der gute Hirte bei seinen Schäfchen. Die Käfer und Larven kamen in Blechdosen und wurden am Ende des Ackers feierlich verbrannt.

Während des Krieges gegen die Kartoffelkäfer entdeckte Kurt die Knicks von Kudenow. Das muß man erlebt haben. Diese Geborgenheit hinter den wuchernden, schattenspendenden Büschen, die dem Wind die Schärfe nehmen. Eine grüne Mauer schirmt dich ab, versperrt den Blick in die Weite. Der Horizont liegt auf der Höhe des Kudenower Kirchturms. Der Himmel, ein eingeengtes, hellblaues Loch, umrahmt von Holunder und grünen Haselnußsträuchern. Auf der Koppel nebenan brüllen die Kühe. Bussarde kreisen über dem Kartoffelacker. In dem reifenden Hafer die Lauscher der Rehe. Die Tiere brauchen nicht weit zu fliehen, wenn sie aufgeschreckt werden. Schon der nächste Knick bietet ihnen Schutz. In dieser Landschaft hätte der Zweite Weltkrieg spielen müssen, dachte Kurt. Hier ist jeder Knick ein natürlicher Schutzwall, bestens geeignet für die Hauptkampflinie. Statt dessen toben sie durch die weiten Flächen des Ostens, lassen die Panzer mit Rennfahrergeschwindigkeit über die Steppe rasen, finden kein Ziel und kein Ende.

Außerdem gab es Himbeeren in den Knicks. Ohne Bezugsschein und Lebensmittelmarken. Winzig klein, aber aromatisch. Vor allem eßbar. Kurt achtete mehr auf Himbeeren als auf Kartoffelkäfer.

»Da sind Würmer drin«, sagte Wiebke voller Abscheu. Als Kurt die halbreifen Beeren trotzdem verschlang, meinte sie: »Du mußt ja schrecklichen Hunger haben.«

Nein, das stimmte nicht. Es war kein Hunger. Bei dem Versuch, die zwei Jahre nach dem Krieg zu überleben, hatte Kurt es sich nur zur Gewohnheit gemacht, immer zu essen, wenn etwas zu essen da war. Er konnte einfach an eßbaren Dingen nicht vorübergehen.

Wiebke holte Butterbrote unter ihrem Rock hervor. Damit versteckten sie sich im Knick, ließen Peschka mit den Coloradokäfersammlern weiterziehen und aßen Butterbrote, bis nichts mehr übrig war.

Sommerferien in Kudenow. Lehrer Peschka wanderte mit Rucksack und Krückstock durch den Kreis Herzogtum Lauenburg. Er achtete auf Erdhügel, seltsame Steine und uralte Bäume. Am liebsten hätte er eine Thingstätte der alten Germanen ausgegraben.

Kurt Marenke begnügte sich mit der Feldmark von Kudenow. Trotz der Hitze mied er den See, weil er nicht schwimmen konnte und Wiebke ihn deswegen auslachte.

»Bei euch zu Hause gab es doch viele Seen«, meinte sie verwundert. »Wo es Seen gibt, muß man doch auch schwimmen können.«

Aber nein, Wiebke, das waren Seen für die Fischreiher, für den Wind, der im Schilf raschelte, für die Kaulquappen, Seen zum Moderwaten und Verstecken, zum Bootfahren und Angeln, Seen für Strandläufer, Schwäne, Karauschen und Stichlinge. Schwimmen, das kam als allerletztes dran.

Abseits vom lärmenden Badeleben am Kudenower See reifte das Getreide, grünten die Kartoffelfelder und Rübenschläge. Auf Kudenows einsamen Äckern wuchs, was Deutschland durch den nächsten Winter bringen sollte. Noch störten keine Ährenabschneider oder Kartoffelklauer die Stille; die Umgebung von Kudenow befand sich im unschuldigen Zustand des Wachsens. Kurt wanderte mit den Schatten der Wolken, fühlte sich wohl draußen, weil die Natur keine Meinung über Menschen hat, nichts fragt und nichts verlangt.

Warum konnte die Mutter dieses Land nicht ertragen? Es

war ihrem Ostpreußen doch so ähnlich. Da gab es die Güter und Herrenhäuser in Ostholstein – wie zu Hause. Die Sommerabende auf dem Lande – wie zu Hause. Die Seen und Wälder im flachen Land – wie zu Hause. Deshalb waren so viele Flüchtlinge in Schleswig-Holstein geblieben: Das Land ähnelte der verlorenen Heimat. Oder hatte es daran gelegen, daß Schleswig-Holstein im Frühling 45 das letzte Mauseloch in deutscher Hand gewesen war? Vielleicht waren viele nur deshalb im Land zwischen den Meeren geblieben, weil sie nach dem Verlassen der Schiffe hier den ersten festen Boden unter den Füßen verspürt hatten. Nur die Weite fehlte. Dafür war das Land eine Spur gemütlicher, hielt windgeschützte Ecken und Nischen bereit für einsame Spaziergänger, auch für Pärchen, die hohes Gras zum Untertauchen brauchten.

Kurt lag am liebsten unter den Holunderbüschen. Dort erreichte ihn der unverbrauchte Wind der Nordsee nicht. Über ihm hingen die Dolden des Holunders; eine Etage höher zogen die Wolken nach Osten. Anderthalb Tage brauchte nach Kurts Berechnungen so eine Wolke, bis sie zu Hause war. Denn sie mied die Windungen und Kehren der Straße, wurde von keiner Grenzstreife aufgehalten, übersprang Eiserne Vorhänge und überquerte mühelos die Ströme des Ostens. Nur die Wolken sind wirklich frei, sieht man einmal von dem Wind ab, der sie hinwehen kann, wo er will.

Kurt ließ sich von den Wolken heimwärts tragen, erreichte als erstes die Typhusstation des Krankenhauses Jena, verweilte dort sechs Wochen auf Leben und Tod, zog schließlich in nordöstlicher Richtung weiter, besuchte Lagerbaracken, Entlausungsstationen, Kontrollstellen, Essenausgaben – am angenehmsten war eigentlich das Lager Eisenberg in Thüringen gewesen, denn dort gab es zweimal am Tag warmes Essen – und kam nach vielem Hin und Her zu Hause an. Auf diesen Reisen mit der Wolke sah er noch einmal den ganzen

Jammer der Verwüstung, den abgebrannten Stall, die zerfetzten Obstbäume. Aber hartnäckig verweigerte ihm die Wolke jede Auskunft über seinen Vater. Kurt war dreizehn Jahre alt, hatte erlebt, was ein Mensch in diesen Zeiten erleben konnte. Niemand brauchte ihn zu schonen. Aber die Mutter schwieg, und Ella schwieg. Keiner sagte ihm, was seinem Vater wirklich zugestoßen war. Tot war er, gewiß. Aber wie ist er gestorben, und warum ist er gestorben?

Gelegentlich nahm Kurt die Orden mit in die Knicks, um mit ihnen zu spielen. An solchen Tagen tauchte der Fremde von der Grenze auf, setzte sich neben ihn und erzählte pausenlos von den Schlachten, die diesen Ordenssegen ausgelöst hatten, beschrieb auch lachend den Weg nach Schlesien – du dummer Junge wolltest damals von Nordhausen nach Schlesien gehen! – und erklärte ihm das Niemandsland zwischen Deutschland-West und Deutschland-Ost, in dem er sich so gut auskannte und in dem sie trotzdem von der Streife aufgegriffen worden waren. Ach, das macht nichts. So etwas kann jedem passieren.

»Wo treibst du dich bloß herum?« fragte die Mutter, wenn Kurt abends erschöpft und sonnenverbrannt heimkehrte. Aus ihren Worten klang ein leiser Vorwurf, denn Kurt verbrachte die Sommertage in erschreckender Nutzlosigkeit, dammelte durch die Ferien, als wären die schönsten Friedenszeiten.

Bald fand er etwas, was die Mutter versöhnte: Brombeeren. Im heißen Sommer 47 reiften sie eimerweise in den Knicks von Kudenow. Frühmorgens wanderte Kurt los, lief kilometerweit die Knicks ab und kam schon zum Mittagessen mit dem ersten Marmeladeneimer voll dunkelroter Früchte nach Hause. Die Mutter freute sich ehrlich über ihren fleißigen Jungen. Begeistert lief er nach dem Essen wieder los, um einen zweiten Eimer zu pflücken. Und abends saß er still in seiner Ecke und wartete, bis die Mutter sagte: »Sieh mal, Ella, wie fleißig unser Kurtchen war! Zweiundzwanzig Pfund Brombeeren.« O ihr wundervollen Früchte der Dornen! Eine reife Brombeere ist unübertrefflich. Nur mußt du Geduld haben und sie schwarz werden lassen. In nassen Jahren reifen sie nicht. Sie brauchen einen Sommer wie diesen von 1947. Aber auch nicht zu trocken, weil sie dann klein bleiben und verkümmern. Auf die Dornen darfst du nicht achten. Die gibt es dazu. Bis zum Ellbogen sind die Arme rot und zerstochen; das ist keine Schule für zarte Hände. Kurt träumte von einer Brombeerstelle, an der vor ihm noch kein Mensch gepflückt hatte, so ein richtiger jungfräulicher Brombeerstrauch, dessen Früchte einem in den Mund wachsen.

An den Feiertagen kam auch Ella mit in die Brombeeren. Nur die Mutter blieb im Hühnerstall, weil sie Krampfadern hatte und die weiten Wege und das lange Stehen meiden mußte. Sie kochte den Brombeersegen ein, preßte Saft durch ein Handtuch, rührte Suppen und Gelees zusammen und hortete Flaschen und Gläser unter ihrem Bett.

»Alles für den Winter, Kurtchen. Und wenn es vorher nach Hause geht, nehmen wir das Eingemachte mit. Dann haben wir wenigstens etwas Süßes für den Anfang.«

An diesen Wandertagen zu den Sonnenseiten der Brombeerknicks wurde Kurt endgültig klar, warum so viele Flüchtlinge in Schleswig-Holstein hängengeblieben waren. Es lag an den Knicks, nur an den Knicks. In diesem Teil Deutschlands konnten Tausende nebenbei satt werden, indem sie zusätzliche Nahrung ohne Lebensmittelmarken aus den Knicks holten. Die Knicks haben den Flüchtlingen das Leben gerettet.

Als die Getreideernte begann, nahm Kurts Herumtreiberei ein Ende.

»Wir brauchen dich zum Weiterfahren«, sagte Knecht Stolten eines Abends.

Kurt wurde aufs Pferd befördert, fuhr mit Iwan dem Schrecklichen den Erntewagen von Hocke zu Hocke und brachte die vollen Fuhren zu dem Strohberg, der auf Kocks Acker in den Himmel wuchs, weil Kocks Scheune nicht für den Roggen, sondern für die Flüchtlinge reserviert war.

»Du wirst noch ein richtiger Holsteiner Landarbeiter«, bemerkte Stolten zufrieden, wenn Kurt abends die Pferde auf die Weide ritt und mit Iwan dem Schrecklichen eine Ehrenrunde an der Innenseite des Weidezauns trabte. Wenn Kurt mit dem Geschirr der Pferde zurückkam, wartete Stolten schon, um ihn zum Abendessen in die Bauernküche mitzunehmen. Denn wer auf Kocks Hof arbeitete, bekam auch zu essen; das war das mindeste. Kurt verschlang alles, auch Dinge, die ihm unbekannt waren und seinen Widerwillen erregten. Birnen, Bohnen und Speck zum Beispiel. Wie kann man süße Birnen mit salzigem Räucherspeck in einer Schüssel verrühren und einem Menschen als Nahrung vorsetzen? Da drehte sich dem Geschmack des Ostens der Magen um. Noch schlimmer war jene herrliche Grützwurst, für die die Bäuerin als besonderen Leckerbissen Rosinen eingetauscht hatte. Mitten in der Grützwurst Rosinen! Das ist so wie Würfelzukker zwischen Heringen oder Fliegen in der Milchsuppe. Kurt half sich, indem er die Rosinen herauspulte und auf dem Tellerrand hortete. Zur Hauptmahlzeit aß er die Grützwurst, als Nachtisch die Rosinen.

Das Ernten hörte nicht mehr auf. Ährensammeln zum Beispiel. Äußerlich gleicht es dem Blumenpflücken, nur daß

Füße und Hände von den Stoppeln wund werden und die Sonne auf die abgeernteten Felder brennt und keinen Schatten zuläßt. Wenn du einen Strauß Ähren gesammelt hast, nimmst du die Schere, schneidest die Ährenköpfe ab und läßt sie in einen Sack fallen. Abends schleppst du den Sack wie beim Kohlenklau nach Hause. Die Mutter steht vor der Tür und freut sich über den Ährensack. So viel hast du gesammelt, Kurtchen!

Mit einem flachen Brett schlug die Mutter auf den Sack ein; sie schlug so lange, bis die Körner aus den Ähren fielen. Die Spreu trug Kurt auf den Komposthaufen, die Grannen pustete die Mutter aus den Körnern. Was übrigblieb, schüttete sie in die Kaffeemühle. Und dann mahlte sie bis in die tiefe Nacht hinein, mahlte grobes, körniges Mehl für die dicke Klunkersuppe, die Abend für Abend auf dem Tisch stand, Mehl für Sirupkuchen und Flinsen.

Und weiter ernten, immer nur ernten! Noch immer gab es Bickbeeren im Kudenower Wald. Während Wiebke zum Badestrand lief, tauchte Kurt im Wald unter und kam erst zum Vorschein, wenn die Kanne mit blauen Beeren gefüllt war. In den Knicks bekamen die Holunderdolden eine lila Färbung. Im rohen Zustand sind die Beeren nicht genießbar, aber der Saft, den sie hergeben, ist die reinste Medizin. Der hilft gegen Erkältungen im Winter, gegen Husten und Nasenlecken. Blaue Schlehenbeeren im Dornengestrüpp. So sauer wie Zitronen, richtige Multrecker. Aber nach dem ersten Frost geben sie einen Saft, der erfrischend ist wie Kirschwasser. Das ist die reine, unverfälschte Natur. Und so viele Vitamine! Die kleinen roten Mehlbeeren haben mehr Stein als Fleisch, aber für Marmelade sind sie gut, wenn du den trockenen, mehligen Brei mit Sirup oder Brombeersaft anreicherst.

Je tiefer es in den Herbst ging, desto großartiger wurde das Ernten. »Der liebe Gott läßt viel wachsen, damit die Flüchtlinge nicht verhungern«, erklärte die Mutter den Erntesegen.

Haselnüsse in Hülle und Fülle. »Die legen wir zurück für Weihnachten.« Braune Eicheln unter den Bäumen. »Das gibt wieder einen strengen Winter.« Kurt sammelte zentnerweise Eicheln und brachte sie zum deutschen Bauern für die Schweinemast.

»Wenn die Schweine Eicheln fressen, wird der Speck gelb«, meinte der Bauer, der längst vergessen hatte, daß Kurt einmal Eier gestohlen hatte.

Für einen Eimer Eicheln gab es als Lohn ein Kilochen Schweinespeck. »Davon mach ich dir gleich schöne Bratkartoffeln, Kurtchen«, jubelte die Mutter. Auch die Pilze begannen zu wachsen. Butterpilze, Maronen und Steinpilze. Leider haben Pilze keine Nährkraft, sind nur so ein Luxus für den Bauch. Peschka gab praktischen Unterricht im Pilzeerkennen.

»Damit ihr euch nicht vergiftet, Kinder«, erklärte er mahnend.

Sie waren wie ein Rausch, die Herbsttage des Erntens. Und dann zu guter Letzt Vorhang auf für die Königin aller Früchte: die Kartoffel. Es wird Zeit, das Hohelied der deutschen Kartoffel zu singen, ihr ein Denkmal zu setzen, dieser schmutzigen Erdknolle, die Millionen Menschen vor dem Verhungern bewahrt hat. Kartoffeln sind für die Schweine da! Kartoffeln gehören in den Keller und nicht auf den Tisch! Diese Sprüche sind später erfunden worden. Damals war sie heilig, unsere Kartoffel. Dieses zarte gelbe Fleisch! Der erdige Geruch. Gold in der Erde. Wenn dir jemals im Leben elend zumute ist, mußt du dir heiße, geplatzte Pellkartoffeln vorstellen – das hilft. Oder das Braungold der Bratkartoffeln, das zarte Weiß des Kartoffelsalats, den pampigen Kartoffelbrei für Säuglinge und zahnlose Großmütter. Für jeden bist du da, du großartige Erdfrucht! Sogar Schnaps gibst du her, obwohl es eine Sünde ist, dich zu Schnaps zu verbrennen. Für spätere Hungersnöte sei es hier niedergeschrieben: Man kann die Saatkartoffeln ruhig aufessen. Auch Kartoffelschalen eignen sich im Notfall als Saat – so tüchtig ist die kleine, schmutzige Kartoffel.

Dank sei dir, Francis Drake! Du hast auf deinen südlichen Raubzügen Zeit gefunden, die Kartoffel an Bord deines Schiffes zu nehmen und nach Europa mitzubringen. Dank sei auch dem Alten Fritz, nicht für Hohenfriedberg und Leuthen, sondern für die Kartoffel, die er in sein Land bringen ließ.

Die Flüchtlinge und die Kartoffeln. Das ist eine Geschichte für sich. Die waren ein Herz und eine Seele. Man hat sich ein Feld vorzustellen, zweihundert mal zweihundert Meter. Knecht Stolten drehte mit der Kartoffelhaspel die letzten Runden. Die Knicks um den Acker waren belagert. Über hundert Flüchtlinge mit Hacken, Spaten, Blecheimern, Körben, Säcken und Handwagen warteten auf das Signal zum Angriff. Als Stolten mit der letzten Kartoffelfuhre den Acker verließ, durften sie ihn stürmen. Das sah aus, als wäre ein Deich gebrochen.

Die Kinder waren die ersten, der Troß der alten Männer und Frauen folgte mit Säcken und Körben. Es begann ein Wühlen, als sei auf dem Acker ein Schatz vergraben. Hunde kläfften, Weiber keiften, Hacken flogen durch die Luft. Paßt auf, daß die Körbe nicht geklaut werden! Kommt euch nicht gegenseitig ins Gehege mit euren Hacken.

Zwei Stunden brauchten die Kartoffelstoppler, um Kocks Acker noch einmal per Hand umzuwühlen. Sie holten alles raus, was die Haspel vergessen hatte, auch die angefaulten, zerhackten, zerstochenen Früchte. Na, für den Winter müssen die noch ordentlich sortiert werden.

Als der Sturm vorüber war, steckte Stolten das Kartoffelkraut an. Kurt saß neben dem brennenden Haufen und sah den Rauchschwaden nach, die auf das Dorf zutrieben. Die Flüchtlinge zogen ab. Ein langer Zug mit Handwagen, Säcken und Körben wälzte sich dem Dorf zu. Die Kartoffelschlacht war zu Ende.

Wenn alles vorüber war, tauchte auch Wiebke auf, um mit Kurt am Feuer Kartoffeln zu rösten. Sie fand Kartoffelrösten so romantisch, aß sogar verkohlte Pellkartoffeln und schmierte sich dabei die zarten Finger ein. Stolten kratzte das Kartoffelkraut zu immer neuen Haufen zusammen, und Kurt trug das Feuer auf dem Feld herum von einem Haufen zum anderen. Bald standen ein Dutzend Rauchsäulen über Kocks Acker. Kurt und Wiebke wanderten von einer zur anderen und sprangen übermütig durch das Feuer. So vergingen die schönsten Stunden der Stoppelschlachten von Kudenow, und wenn sie nach Hause kamen, stanken sie wie die Schornsteinfeger nach Rauch.

Den Sommer über war es gutgegangen, aber im Herbst fing die gefährliche Zeit an. Melker Kassebohm trieb die Kühe in den Stall. Da standen sie im schummerigen Licht der verstaubten Glühbirnen und ließen sich von Ella und Kassebohm melken. Was kann in einem gemütlichen, halbdunklen Kuhstall alles passieren? Was machen die beiden beispielsweise, wenn es plötzlich Stromsperre gibt?

Kurt bezog Posten auf dem Stallboden. Er schob die Abdeckung der Heuluke zur Seite und hatte den ganzen Kuhstall sichtbar unter sich. Er sah Ella, die Melkschürze um den Leib gebunden, auf dem dreifüßigen Schemel sitzen; fünf

Kühe von ihr entfernt arbeitete Kassebohm. Sie sprachen kein Wort miteinander; das Wiederkäuen der Tiere und das Plätschern des Milchstrahls im Eimer waren die einzigen Geräusche. Schwerfällig kam Kassebohm mit dem vollen Eimer den Gang entlang. Auf dem Rückweg begann er mit einer Kuh zu schimpfen. Da das Rindvieh ihn nicht verstand, schlug er mit dem Melkschemel auf ihr Hinterteil ein.

Kurt kaute oben an einem unreifen Apfel und warf die Kerne wie kleine Sprengbomben durch die Luke auf die Köpfe der Tiere. Vorsorglich hatte er einen verrosteten Marmeladeneimer mitgebracht und neben die Luke gestellt. Sollte es unten gefährlich werden, würde er den Eimer durch die Luke feuern, damit die einen ordentlichen Schreck bekämen.

Eine halbe Stunde lang tat sich nichts. Dann kam Kassebohm wieder mit dem Milcheimer an Ella vorbei und zog die Schleife ihrer Schürze auf.

»Was soll das!« rief Ella, band die Schürze zu und arbeitete weiter.

Nach einer Stunde vergeblichen Wartens wollte Kurt gerade in sein Versteck zurückrobben, als er unter sich Kassebohms dröhnendes Lachen hörte. Die beiden standen sich im Gang hinter den Kühen gegenüber, wo die Tiere ihren Dreck abluden, wo man keinen Schritt zur Seite treten durfte, wenn man nicht bis zu den Knöcheln in der Kuhscheiße stehen wollte. Kassebohm stand wie ein Eichbaum vor Ella und versperrte ihr den Weg. Wie die beiden Fuhrleute im Hohlweg. Als er die Arme ausbreitete, reichten sie von der mit Kuhdreck bekleisterten Wand bis zu dem Hinterteil der nächsten Kuh. Wenn diese Arme zuklappen, dachte Kurt, dann bist du in der Rattenfalle, Ella Marenke!

»Rühr mich nicht an!« schrie Ella und versuchte, unter den ausgebreiteten Armen hindurchzuschlüpfen. Aber da hatte Kassebohm schon ihre Zöpfe in der Hand. Sie warf den Kopf zurück, schwang den vollen Milcheimer durch die Luft – laß dir nichts gefallen, Ella! – und traf damit den Melker im Mittelstück zwischen Nabel und Brustkorb. Ach, die schöne Vollmilch! Wie viele Säuglinge hätten davon satt werden können? Mit Milch bekleckert, stand Kassebohm da in seiner Kraft und Größe. Die weiße Flüssigkeit tropfte von den Ärmeln in die Gummistiefel und vermischte sich mit den grünen Kuhfladen zu einem unappetitlichen Brei. Aber Ella war mit heiler Haut davongekommen.

»Na, warte, dich krieg ich noch!« rief Kassebohm hinterher. Er schien nicht einmal böse zu sein, obwohl sie ihn bloßgestellt hatte vor den fünfundzwanzig Kockschen Kühen und einen Eimer bester Milch vergießen mußte, um ihre Unschuld zu retten.

Kurt war stolz auf seine Ella. Die weiß, wie es zugeht im Leben. Die wirft sich nicht weg an einen kraftstrotzenden Melker. Seine Schwester hatte einen besseren Mann verdient. Sie war das hübscheste Mädchen in Kudenow, und so fleißig wie die war keine andere. Lange hielt das Gefühl des Triumphes nicht vor. Als Kurt an die langen, dunklen Winterabende im Kuhstall dachte, die seiner Schwester bevorstanden, wurde ihm schwarz vor Augen. Irgendwann wird sie nicht mehr durch die Maschen schlüpfen können, irgendwann wird kein Milcheimer zum Werfen zur Stelle sein, irgendwann ergibt sich jede Frau, sonst gäbe es keine Menschen auf der Welt. Aber Kurt Marenke konnte nicht den lieben langen Winter als Ellas Schutzengel oben in der Heuluke liegen, den verrosteten Milcheimer als letzte Waffe in der Hinterhand. Nein, das ging über seine Kräfte. Du mußt auf dich selber aufpassen, liebes Schwesterlein!

Für die 105. Zuteilungsperiode wurden fünfhundert Gramm Zucker und sechshundert Gramm Fleisch aufgerufen. Aber das besagte gar nichts, denn es hatte sich eingebürgert, mehr Marken zu drucken und mehr aufzurufen, als Ware vorhanden war. Über fünfzig verschiedene Lebensmittelkarten gab es in diesem schönen Land. Alle Farben des Regenbogens. Das soll uns erst mal einer nachmachen.

In Amerika war eine Weltregierung gegründet worden, der alle anständigen Staaten der Erde angehörten. Sie faßte den Beschluß, ein normaler Mensch brauche zum täglichen Leben zweitausendsechshundertfünfzig Kalorien. Nur die Deutschen mußten mit etwas mehr als der Hälfte auskommen.

Im Kölner Dom predigte ein frommer Bischof, Kartoffelklauen und Kohlenklauen seien keine Sünde. Ach ja, auch der liebe Gott machte Zugeständnisse in dieser furchtbaren Zeit. Die Briten erwogen, ihre Besatzungszone nach englischem Muster in dreißig bis vierzig Grafschaften aufzuteilen. Vielleicht hilft das gegen den Hunger des heraufziehenden Winters. Aber wo sollen wir die vielen Grafen hernehmen?

In der Nacht zum vierzehnten Sonntag nach Trinitatis brachen Diebe in Pastor Thormählens Hühnerstall ein, murksten alle Hennen ab und ließen – Zufall oder höhere Fügung? – nur einen streitbaren braunen Hahn zurück. An der Tür fand Thormählens Frau einen mit Heftzwecken angebrachten Zettel:

Der liebe Gott ist überall,
nur nicht in Pastors Hühnerstall!

Das müssen die Flüchtlinge getan haben, dieses gottlose Gesindel. Früher kam so etwas in Kudenow nicht vor.

»Wir vergeben auch den verirrten Brüdern, die in der vergangenen Nacht meine sieben Hennen umgebracht haben«, predigte Thormählen am vierzehnten Sonntag nach Trinitatis, »denn wir sind alle bloß Menschen.«

Wiebkes Mutter bekam von Jerry, dem Engländer, einen alten Volksempfänger geschenkt, ein Beutestück aus jener Nacht, in der Jerry durch den Rhein geschwommen war. Seitdem wußte Wiebke gut Bescheid in der Welt und verbreitete auch die neuesten Nachrichten in der Scheune und im Hühnerstall.

Schieber-Schmidt erhielt zum erstenmal nach Ende des Krieges eine Lieferung Gummistiefel. Über Nacht verteilte er sie gegen Naturalien an die Bauern. Als die Flüchtlinge am nächsten Morgen vor seiner Ladentür Schlange standen, um ihre Bezugsscheine für Gummistiefel vorzulegen, waren die Stiefelchen längst unterwegs. Ick bün all dor, sagte der Swinegel wieder einmal.

Der alte Petschelies erwarb gegen Torf und Brennholz eine ausgewachsene Ziege. Er quartierte das Tier in der Scheune ein und teilte mit ihm sein Scheunenfach. Ziegenmilch ist gesund und riecht streng. Sogar Melker Kassebohm nahm Anteil an der Ziegenwirtschaft. Er kam zu Petschelies, um Kuhmilch gegen Ziegenmilch zu tauschen. Denn vor Jahren hatte ihm eine herumziehende Zigeunerin gesagt, Ziegenmilch sei das einzige Mittel, um Tätowierungen zu entfernen. Geduldig rieb Kassebohm die Totenkopfflaggen und Hakenkreuze auf dem Oberarm mit Ziegenmilch ein. Außerdem trank er vorsorglich jeden Tag einen Viertelliter Ziegenmilch, damit das Mittel auch von innen wirken konnte.

Ein fliegender Händler kam mit Holzpantoffeln ins Dorf; er verlangte zwanzig Eier für ein Paar klappernde Untersätze. Wer nicht legen konnte, durfte auch ein Kilo Speck oder zehn Pfund Mehl geben.

Neben dem Wallensteiner Hof richtete sich eine Sirupkocherei ein. Zwei kriegsentlassene Männer stellten einen Riesenkochkessel in eine alte Wehrmachtsbaracke und gaben Zunder. Wer Zuckerrüben anlieferte, bekam braunen Sirup. Es kostete keinen Pfennig; die Sirupkocher behielten nur die Hälfte des Ertrages für sich.

Einen Teil der Kartoffeln, die Kurt und Ella gestoppelt hatten, tauschte die Mutter gegen Briketts ein. Ein Zentner Kartoffeln, sieben Zentner Briketts, so war der Kurs. Kurt stellte die Briketts in Reih und Glied unter Mutters Bett auf. Der nächste Winter konnte kommen – im Hühnerstall würde das Feuer nicht mehr ausgehen. Wiebkes Volksempfänger berichtete von einem großen Plan, die Flüchtlinge nach Amerika zu schaffen. Zehn Millionen Menschen auf die Schiffe, um sie drüben an Land zu werfen.

»Was sollen wir in Amerika?« entrüstete sich die Mutter. »Wir wollen zurück nach Hause, weiter nichts.«

August Kallweit behauptete, das sei eine neue Art von Sklaverei. »Damals haben sie die Neger für die Dreckarbeit nach Amerika geholt, jetzt brauchen sie die Flüchtlinge. Aber wir bleiben hier. Wir sind gute Deutsche. Wir wollen weiter nichts als unsere Heimat und unser gutes Recht.«

Im Herbst 47 kam das Gerücht auf, Kasulki von der Deutschen Hilfsgemeinschaft gebe nur den Frauen Kleidung, Schuhzeug, Mäntel und Unterwäsche, die bis zehn Uhr abends in seiner Baracke blieben und ihm zu Willen waren, eine Verteilungsart, die die alten, unansehnlichen und kranken Frauen benachteiligte. Paß auf, Kasulki, solche Geschichten sind noch niemals gutgegangen!

Die Scheunenkinder spielten:

Mein Vater hat ein Schwein geschlachtet.
Was willst du davon haben?

Wohl dem, der so singen konnte.

Wiebkes Volksempfänger meldete schon Ende Oktober, zum Weihnachtsfest werde es keine Tannenbaumkerzen geben. Nun ist uns auch das Wachs ausgegangen. Auch das noch.

Dorfpolizist Willers mußte auf höhere Weisung den Hof des deutschen Bauern durchsuchen. Es war bis in die Kreisstadt gedrungen, daß es dort an gewissen Tagen, wenn der Wind günstig stand, verdächtig nach schwarzgebranntem Fusel roch. Aber so etwas geht nicht. Das deutsche Volk hungert, und der deutsche Bauer verbrennt die kostbaren Kartoffeln zu Schnaps. Natürlich fand er nichts, der tüchtige Willers. Aber am nächsten Tag war er betrunken und meldete sich telefonisch krank. Kudenow war ohne Polizeischutz.

Lehrer Peschka unternahm in den Herbstferien eine viertägige Fahrradreise durch Schleswig-Holstein. Nach der Studienfahrt gab er einen Kulturabend im Wallensteiner Hof mit dem Titel: Die kulturellen Gemeinsamkeiten der Germanen und Slawen im Kreise Herzogtum Lauenburg.

Aber lieber Peschka, die Gemeinsamkeiten, von denen du redest, liegen doch über tausend Jahre zurück!

Im Schutze des Novembers, der alles dunkel macht, suchte Kurt Marenke Kocks Apfelgarten heim. Schöne, runde Boskopäpfel. Wenn es nur Mundraub zum sofortigen Verzehr gewesen wäre, mochte es noch angehen. Aber nein, er hortete die Äpfel in seinem Versteck auf dem Stallboden, trug emsig wie ein Hamster Wintervorräte zusammen, von denen die Mutter nichts wußte. Wenn es schon keine Tannenbaumkerzen gab, wollte er sich Weihnachten wenigstens an Kocks Äpfeln satt essen.

Mitten in der Nacht klopfte jemand an das Fenster des Hühnerstalls. »Das Kalb liegt quer!« rief eine Stimme. »Du mußt ziehen helfen, Ella!«

Das war Melker Kassebohm. In Kudenow kamen in diesen Tagen die Kälber auf die Welt und lösten eine Milchschwemme wie im Monat Mai aus. Meistens erledigte Kassebohm das allein mit den Mutterkühen; aber manchmal gab es Komplikationen, wenn die Kälber mit den Hinterfüßen zum Ausgang lagen oder sich aus anderen Gründen weigerten, das Licht der Welt in Kassebohms Kuhstall zu erblicken. Ella kleidete sich hastig an. Kurt lag mit zusammengekniffenen Augen auf dem Strohsack und versuchte, wieder einzuschlafen. Aber dann schoß ihm die Frage in den Kopf: Was macht der Kassebohm mit seiner Schwester Ella, wenn das Kalb da ist? Nun fängt es an!

Kurt sprang auf, zog über, was er greifen konnte, und rannte hinter den beiden her. Als er den Kuhstall betrat, krempelte Kassebohm gerade die Ärmel hoch und langte in den Leib der gebärenden Kuh. »Paß auf, daß sie sich nicht hinlegt!« schrie er Ella an. »Wenn sie runter will, haust du ihr eins ans Schienbein!« Kassebohm schob den Arm bis zur Schulter in die Kuh, begann zu drehen und zu wenden. Schweiß trat auf seine Stirn; er stemmte den Körper mit aller Kraft gegen das Hinterteil des Tieres. »Kopf und Vorderfüße müssen zuerst kommen, sonst geht es schief.«

Gebären ist schlimm, dachte Kurt, der neben Ella stand und nicht wußte, wo er helfen sollte.

Als Kassebohms Hand auftauchte und zwei zarte Vorderfüße mitbrachte, reichte Ella dem Melker einen Strick. Er band eine Schlinge um die Füße. Wie zwei Höcker ragten die vom Strick zusammengepreßten Füße aus dem Hinterteil der Kuh. So, nun haben wir dich, du dummes kleines Kalb. Du kannst nicht mehr entwischen. Ein Strick verbindet dich mit der großen Welt außerhalb des Kuhbauches. Ihr entkommst du nicht mehr.

Danach machte Kassebohm erst einmal Pause, ging zu seinen Milchkannen und holte eine Schnapsflasche. Er trank, fragte, ob sie auch einen Schluck wollten. Aber dann fiel ihm ein, daß sie beide noch Kinder waren. Er korkte die Flasche zu, trug sie zurück zu den Milchkannen und stellte sie zur Kühlung ins Wasser.

»Nun wollen wir mal sehen, was Buttermilch für Kraft gibt«, sagte Kassebohm lachend und machte sich wieder an die Arbeit.

Ella und Kurt zogen am Strick, der Melker bearbeitete den prallen Leib der Kuh, knetete, schob und drückte.

»Wenn der Kopf draußen ist, geht der Rest wie geschmiert!« schrie Kassebohm zur Aufmunterung.

Wie immer im Leben ist auch hier der Kopf das Schlimmste, dachte Kurt und preßte seinen Kopf gegen das schwarze Fell des Tieres.

Wieder Pause. Kassebohm mußte noch einmal mit der Hand hinein und nachhelfen.

»Zieht nicht so ruckartig!« kommandierte er. »Langsam anfangen, aber dann mit voller Kraft!«

Aber der Kopf kam nicht.

»Sie muß sich hinlegen«, entschied der Melker.

Vom Lärm aufgeschreckt, kam der alte Petschelies in den Kuhstall und bot seine Hilfe an. Er stand sinnend vor der gebärenden Kuh und murmelte immer wieder sein ostpreußisches Sprüchlein: »Naschke, borg Ledder! Naschke, borg Ledder!« Aber der alte Petschelies wußte wenigstens, wie man eine gebärende Kuh von den Füßen bringt. Er holte eine alte Decke und zog sie unter dem Leib der Kuh hindurch. Ella und Kurt griffen auf der einen Seite zu, der Melker und Petschelies auf der anderen. Kräftig zogen sie, als sollte die Kuh auf der Decke in die Luft fliegen. Plötzlich sackte das Tier zusammen, legte sich nieder und streckte alle viere von sich.

»Jetzt alle Mann an den Strick!« befahl Kassebohm.

Endlich tauchte der Kalbskopf auf mit heraushängender Zunge, eingebettet in eine durchsichtige, klebrige Masse. Der Rest glitt wie geschmiert in das bereitgelegte Stroh.

Kassebohm kniete neben dem zitternden Kalb, tätschelte ihm den Hals und durchtrennte die Nabelschnur.

»Ein ganz schöner Brocken«, sagte er zufrieden.

Das Muttertier sprang auf, blickte sich nach dem Kalb um und zerrte an der Kette. Kassebohm nahm das nasse Bündel auf den Arm, trug es zur Kuh und legte es ihr zu Füßen. Schweigend umstanden die vier das kurze Mutterglück einer Kuh und sahen zu, wie das Tier ihr Kalb mit der breiten, rauhen Zunge ableckte.

»Das muß so sein«, erklärte Kassebohm feierlich. »Kälber, die nicht von der Mutter abgeleckt werden, gedeihen nicht.«

Während die Kuh leckte, gab es wieder eine Pause, in der Kassebohm die Flasche holte und sich stärkte. Auch der alte Petschelies bekam einen Schluck. Zwei Minuten dauerte das Mutterglück der Kuh. So lange, bis Kassebohm die Schnapsflasche geholt, entkorkt, einen Schluck getrunken, die Flasche an Petschelies gegeben, zurückerhalten, wieder zugekorkt und zurückgetragen hatte. Dann zog der Melker das Kalb an den Vorderfüßen auf einen Strohhaufen, rieb es trokken und versuchte, es auf die Beine zu stellen.

»In der ersten halben Stunde muß ein Kalb stehen, sonst kommt es überhaupt nicht mehr richtig auf die Beine«, meinte Kassebohm.

Das brave Tier schaffte es im ersten Versuch. Breitbeinig stand es auf dem Gang zwischen den Kühen und machte unbeholfene Schritte auf das Muttertier zu; aber Melker Kassebohm nahm es auf den Arm und trug es in den Kälberverschlag.

»So is dat Leben«, murmelte er und wickelte das Kalb in die alte Decke, mit der sie die Kuh zum Liegen gebracht hatten. »Damit du nicht Frost bekommst, mein Lieber«, sagte er fast zärtlich.

Hinter ihnen begann das Muttertier zu brüllen.

»Brüllt die nun die ganze Nacht?« fragte Kurt.

»Kühe sind dumme Tiere«, meinte der Melker. »Morgen früh weiß die überhaupt nicht mehr, daß sie ein Kalb geboren hat. So is dat Leben.«

Und in vierzehn Tagen wird auch das Kalb vergessen, daß es geboren wurde, nämlich dann, wenn es in Tetjes Schlachthaus in handliche Teile zerlegt wird. Ein »Gesetz über die Milcherzeugung« schrieb nämlich vor: »Zur Schlachtung bestimmte Kälber sind innerhalb von zwei Wochen nach der Geburt der Schlachtung zuzuführen.«

Zwei Wochen braucht Kassebohm, um dich mit fetter Milch hochzupäppeln. Dann wird dich Schlachter Tetje von der Ecke abholen. Irgendeiner, der heute noch nicht daran denkt, wird dich aufessen. Und dafür haben sich vier Menschen die Nacht um die Ohren geschlagen, bis zur Erschöpfung an diesem dämlichen Strick gezogen. Nur gut, daß wir Menschen sind und keine Kälber, dachte Kurt.

Es war zwei Uhr in der Frühe.

Unter der Pumpe wuschen sie sich die Hände. Kurt ergriff Ellas Arm und schmiegte sich an sie.

»Nun weißt du endlich, wie ein Kalb auf die Welt kommt«, sagte Ella.

Die Mutter saß wartend am Fenster.

»So, nun können wir wieder ins Bett gehen, Kinder«, sprach sie leise.

»Spiel doch mit Jungs«, sagte die Mutter, wenn sie sah, wie Kurt allein über den Hof bummelte. In seinem Alter hatte man Freunde zu haben für gemeinsame Abenteuer im Kudenower Wald oder auf den Feldern. Aber Kurt spielte nur mit Wiebke, weil sie ihm von der Schulspeisung abgab und gelegentlich ein Stück Käsebrot mitbrachte. Oder er saß in Stoltens Knechtskammer und sah schweigend zu, wie Stolten mit dem schärfsten Messer, das es auf Kocks Hof gab, auf einem Schinkenbrett Tabak schnitt. Es kam darauf an, die langen, trockenen Stengel des Tabakeigenbaus so fein zu schneiden, daß die Illusion entstand, es seien weiche Tabaksblätter. Mit unerhörter Liebe bearbeiteten Stoltens grobe Hände den Tabak, denn der Tabak war, abgesehen von der drallen Ina, Stoltens einzige schwache Stelle. Er bedauerte es, nicht öfter in die Stadt zu kommen. Nach seiner Vorstellung spazierten dort die englischen Soldaten scharenweise durch die Straßen und warfen überlange Kippen achtlos in die Gosse. Echtes Virginiakraut. Du brauchst dich nur zu bücken, um zu ernten. Praktisch veranlagte Kippensammler hatten sogar einen Spazierstock erfunden, aus dessen Spitze ein dünner Nagel ragte. Damit pickten sie im Vorbeigehen, ohne daß es sonderlich auffiel, die Kippen auf.

Um Stolten einen Gefallen zu tun, legte Kurt sich auf die Lauer, wenn Jerry zu Wiebkes Mutter kam. Meistens stieg er mit einer Zigarette im Mundwinkel aus dem Jeep. Da es aber ungezogen gewesen wäre, eine Dame mit einer brennenden Zigarette zu besuchen, warf er den Stummel in den Fliederbusch, bevor er die Altenteilerkate betrat. Sobald Jerry verschwunden war, holte Kurt die Kippe, an der manchmal noch mehr als die Hälfte dran war. Dann setzte er sich unter die tausendjährige Eiche und wartete. Von Wiebke wußte er, daß Jerry oben in der Wohnung rauchte, eine vorher und eine nachher. Auch Wiebkes Mutter rauchte manchmal zur Gesellschaft mit. Kurt hatte Wiebke beauftragt, dafür zu sorgen, daß die ausgedrückten Kippen nebst Asche nicht in den Ofen wanderten, sondern zu Kurt auf den Hof kamen. Alle Kippen zusammen ergaben eine kleine Handvoll Virginiatabak. Stolten bekam blanke Augen. Vorsichtig verteilte Stolten den Tabak auf seiner Handfläche, zupfte mit den Fingern daran und hielt die Nase dicht über das kostbare Kraut.

»Mensch, ist das ein Duft!«

Als Dank für die Kippen brachte Stolten eines Tages ein weißes Kaninchen in den Hühnerstall, ein ausgewachsenes, schlachtreifes Tier. Es mußte irgendwo ausgerissen sein. Stolten hatte es auf dem Rübenacker gefunden und schleppte es an den langen Karnickelohren zu Kurt Marenke.

»Da ist ein Braten für dich«, sagte er lachend.

Das Tier machte einen Satz, schlug einen Haken auf dem Fußboden und verschwand zwischen den Briketts unter Mutters Bett. Eine Viertelstunde arbeitete Kurt mit dem Besenstiel, bis das Karnickel zum Vorschein kam.

»Wirklich ein schöner Weihnachtsbraten«, schwärmte die Mutter.

Der alte Petschelies erbot sich, das Tier totzuschlagen und abzuziehen. Aber das ließ Kurt nicht zu. Er saß in seiner Ecke, hielt das weiße Kaninchen auf dem Schoß und streichelte es.

»Kurtchen braucht noch ein Schmusetier«, lachte Ella. »Dabei stinken Kaninchen fürchterlich. Wir können unmöglich ein Kaninchen in der Stube behalten.«

Ist gut, ist gut. Kurt Marenke wußte Bescheid. Seine Schwester hatte Angst, in der städtischen Nähstube nach ländlichem Karnickelstall zu riechen. Auch die Mutter war gegen das Kaninchen. Solche Tiere taugen nur in geschlachtetem Zustand für die Wohnung.

Wie immer, wenn Kurt keinen Ausweg wußte, flüchtete er

auf den Stallboden. Das Kaninchen nahm er mit. Er lag mit dem Tier im trockenen Klee und sah zu, wie es fraß. Bis Stolten kam, um Heu für die Pferde zu holen.

»Willst du den Hasen noch dick füttern, bevor du ihn schlachtest?« fragte er lachend.

Bei dem Wort Schlachten zuckte Kurt zusammen.

»Wenn du ihn behalten willst, mußt du einen Karnickelstall bauen«, fuhr Stolten fort. »Hinter der Wagenremise ist Platz genug. Aber vorher mußt du mit dem Bauern sprechen.«

Sie beratschlagten, wann die günstigste Gelegenheit sei, Kock zu fragen. Eine gute Nachricht mußte vorausgegangen sein, damit der Bauer in angenehmer Stimmung war. Wart ab, bis die Milchabrechnung aus der Meierei kommt oder Kock die erste Sonderzuteilung Zucker für die prompte Ablieferung seiner Zuckerrüben erhält.

Es kostete Kurt Überwindung, den Bauern zu fragen, denn es war nicht seine Art, um Gefälligkeiten zu bitten.

»Nun wollen die Flüchtlinge auch noch Karnickel züchten«, brummte Kock. Er sah deutlich vor Augen, wohin das führen mußte. Das Heu für das Kaninchen wird Kurt von Kocks Stallboden klauen, das Stroh für die Unterlage wird er den Kühen unter dem Hintern wegziehen. Noch mehr Steckrüben als bisher werden verschwinden. Nicht nur die Flüchtlinge von der Scheune werden Steckrüben klauen, auch Kurt Marenke wird damit seine Karnickel durch die Winter bringen. Was hatte Bauer Kock davon, wenn Kurt den Hof mit Karnickelställen verunstaltete? Überall im Dorf klebten diese häßlichen Kästen. Wo Flüchtlinge sind, gibt es auch Karnickel. Die leben von den Karnickeln. Erlaubte er dem kleinen Marenke einen Karnickelstall, käme die Scheune wie ein Rattenschwanz hinterher. Bald wäre Kocks Scheune ein einziger stinkender Karnickelstall.

Der Bauer schob die Daumen unter die Achselhöhlen und wollte gerade lospoltern, als sein Blick auf die Wandnische zwischen Schweinestall und Wagenremise fiel. In jener Ecke hatten schon einmal Kaninchenställe gestanden. Das lag bald fünfzehn Jahre zurück. Damals hatte Gerhard Kock Angorakaninchen gezüchtet, um Deutschland von der Wolleinfuhr aus Australien unabhängig zu machen.

Bauer Kock setzte sich in Bewegung, steuerte auf die Stelle mit den Angorakaninchen zu und sah dort seinen kleinen Jungen auf der Erde sitzen und Butterblumen durch den Maschendraht in den Kaninchenkäfig stecken.

Kurt blieb neben dem Bauern stehen. Er fühlte, daß es gut war, in diesem Augenblick den Mund zu halten. Kock musterte ihn von oben bis unten. Der kleine Marenke war jetzt in dem gleichen Alter wie damals sein Gerhard, nur etwas dünner.

»Da«, sagte Kock und zeigte auf einen dreckigen Fleck neben der Wagenremise, »da kannst du deinen Stall hinbauen.«

Ruckartig drehte er sich um und steuerte auf die Burg zu.

Knecht Stolten besorgte Bretter, der alte Petschelies nagelte den Kaninchenstall zusammen.

»Nun brauchst du nur noch ein Vorhängeschloß«, sagte Petschelies, als er fertig war. »Ohne Schloß klauen sie dir den Hasen in der ersten Nacht.«

Kurts trotziges Festhalten am Leben des weißen Kaninchens machte sich bezahlt. Zehn Tage später warf das Tier neun Junge, von denen sieben die erste Nacht überlebten, possierliche Tierchen mit geschlossenen Augen.

»Ach, sind die süß!« rief Wiebke, als sie den Wurf besichtigte.

Die große Kaninchenzucht konnte beginnen. Fleisch in Hülle und Fülle kündigte sich im Hühnerstall an. Wie in Friedenszeiten. Fleisch für ungezählte Sonntagsbraten. Kaninchen in saurer Milch, Kaninchenbrühe von den Knochen, Kaninchengulasch. Handschuhe aus Kaninchenfell, Ohrklappen, mit Kaninchenpelz besetzt, ein Fell für Mutters Rücken und zum Füßewärmen in kalten Nächten... Es ist wahr, die deutschen Kaninchen haben auch ein Denkmal verdient!

Zum Glück wurde es doch kein kalter Winter. Es war schmuddelig, neblig, erträglich, wie Winter so sind im Land zwischen den Meeren. Das half, Kalorien und Briketts zu sparen. Trotzdem fiel der elektrische Strom immer noch aus; nur dauerte die Dunkelheit nicht mehr so lange wie früher.

Weihnachten war noch immer kein Weihnachten wie in Friedenszeiten. Drei Jahre kein Krieg mehr, aber drei Jahre noch kein Frieden. Wo immer Menschen über die Vergangenheit sprachen, fiel das Wort vom »Leben wie in Friedenszeiten«. Denn Frieden war mehr als nicht schießen. Frieden hieß auch, zu Hause zu sein, aus der Gefangenschaft heimzukehren, Vater und Mutter wiederzufinden, nicht zu frieren und reichlich zu essen.

»Nun ist schon drei Jahre kein Krieg mehr, aber wir kommen immer noch nicht nach Hause.«

Das war das erste, was die Mutter im neuen Jahr sagte. Und das zweite: »Wenn sie wenigstens die Gefangenen freilassen würden!«

Das britische Kriegsministerium ließ die Meldung verbreiten, die in England gefangenen Deutschen kämen bis Ende August nach Hause.

»Ich hab es ja immer gesagt«, meinte die Mutter. »Die Engländer sind die anständigsten von unseren Siegern.«

Aus dem sowjetischen Kriegsministerium waren dergleichen Nachrichten nicht zu hören.

»Zum Glück war unser Bruno immer gesund. Der wird auch Rußland überleben«, tröstete sich die Mutter.

Bauer Kock traf im neuen Jahr ein harter Schlag. Das war das »Nothilfegesetz zur Ermittlung, Erfassung und Verteilung von Lebensmittelbeständen«. Die Bauern nannten es Speisekammergesetz, weil jeder Haushalt darin verpflichtet wurde, die Bestände seiner Speisekammer aufzuschreiben. Es war ein Gesetz mit unzähligen Fragebogen. Die Lebensmittelbestände einschließlich lebender Tiere waren in lange Listen einzutragen; sogar für Kurts kleine Karnickel und für Petschelies' Ziege hatte die Behörde besondere Rubriken eingerichtet.

Das neue Gesetz war bitter nötig, weil es schon wieder anfing mit dem Hungern. In Westdeutschland streikten die Arbeiter, als in der Zeitung die Meldung stand, im Februar 48 werde es kein Gramm Fett geben. An der Holtenauer Schleuse, der Schwarzmarktbörse des Nordens, blühten wieder die Geschäfte mit guter dänischer Butter, schwedischem Schokoladenpulver, vor allem aber mit englischen Zigaretten. Die Engländer verwandelten Schleswig-Holstein in ein großes, eingezäuntes Lager. Sperrgebiet. Schleswig-Holstein war überfüllt. Wer ohne Zuzugsgenehmigung über die Grenze kam, wurde nach Westfalen abgeschoben.

Für Frauen zwischen achtzehn und achtundzwanzig Jahren, sofern sie ledig und ohne Kinder waren, gab es eine Gelegenheit, dem hungernden Elend zu entfliehen. In England suchten sie deutsche Hausangestellte.

»Aber das ist nichts für dich«, sagte die Mutter zu Ella. Wenn sie auch die Engländer für die Anständigsten der Sieger hielt, es waren doch Feinde. »Eine deutsche Frau darf denen nicht den Dreck kehren.«

Ein Glück, daß Ella noch keine achtzehn Jahre alt war. So kam sie für eine Reise nach London schon des Alters wegen nicht in Frage. Ein hübsches Mädchen wie Ella, dessen Schönheit auch durch verzehrende Arbeit nicht auszutilgen war, konnte man nicht nach England reisen lassen. So, wie die aussieht, wird ihr jemand ein Kind machen. Und dann ist das Malheur da. Ein Kind im Hühnerstall! Wie willst du jemals in Kruglanken einen anständigen Mann bekommen, wenn du ein Kind mitbringst?

»Kannst mir mal ein paar Flüchtlinge leihen«, sagte der deutsche Bauer zu Kock.

»Geh in die Scheune und hol dir welche.«

Die Scheune war das große Lager für Aushilfskräfte. Rübenverziehen, Ernten, Dreschen, Buschhacken, Kartoffelsammeln... die Scheune machte alles.

»Wir Flüchtlinge können doch nicht tagelang herumliegen und an zu Hause denken«, pflegte der alte Petschelies zu sagen. »Müßiggang ist aller Laster Anfang!«

Auch Kurt arbeitete mehr in der Landwirtschaft, als es den Schularbeiten guttat. Wahrend Peschka Storms *Schimmelreiter* lesen ließ – die Flüchtlingskinder sollten sich auskennen unter den Dichtern Schleswig-Holsteins –, kämpfte Kurt mit den Strohhaufen hinter Kocks Dreschkasten. Denn Arbeit ging vor Schule. Essen war wichtiger, als dem Schimmelreiter auf die Deichkronen zu folgen.

»Vergiß bloß das Lernen nicht, Jungche«, mahnte Petschelies. »Du hast den Kopf dazu.« Er hatte große Angst, die

Flüchtlingskinder würden dumm bleiben und damit den Eindruck bestätigen, den die Einheimischen ohnehin von den Flüchtlingen hatten: Sie haben nichts, sie taugen nichts, sie können nichts, sie sprechen nicht einmal richtiges Deutsch!

Von wegen großes Dreschfest auf dem Lande, heitere Drescherei auf dem Bauernhof! Eine Teufelsarbeit war das. Den lieben langen Tag brummt der Dreschkasten. Nur mit Schreien kannst du dich verständigen. Bald weißt du nicht mehr, ob der Schädel brummt oder die Maschine. Unersättlich frißt das Ungeheuer die Roggengarben in sich hinein, verdaut sie und spuckt den Kot als leeres Stroh aus. Die Luft ist erfüllt mit trockenem Staub, der sich auf Lippen und Augenlider legt. Wer weiß denn schon, daß in den Scheunen der Landwirtschaft die Fließbandarbeit erfunden wurde? Willst du verschnaufen, liegt dir plötzlich ein Berg Stroh vor der Nase, blockiert den Ausgang der Maschine, stoppt das ganze Unternehmen. Du kannst nicht einmal zum Lokus gehen; das Ungeheuer von Maschine zwingt dich zur Arbeit, packt immer neue Berge vor dich hin.

Das einzige Vergnügen des Dreschtages sind die Mäuse. Sie laufen zwischen den Garben um ihr Leben, und Knecht Stolten piekst ab und zu eine mit der Forke auf oder schlägt die Schädlinge zu Brei, ehe sie in einem Mauseloch verschwinden.

Endlich Abendbrot in Kocks Bauernküche. Erbsensuppe, in der der Löffel steckenblieb. Dazu wabbeliger Speck. Nach dem Essen verteilte Kock den Lohn. Dreißig Pfund Roggen wog er jedem seiner Aushilfsarbeiter ab. Als Kurt an der Reihe war, blickte der Bauer auf. »Kinder kriegen nur die Hälfte!«

Er schüttete das volle Maß zurück in den Sack und wog für Kurt fünfzehn Pfund ab. Kurt spürte, wie sich sein Kopf zu drehen begann. An die Gurgel hätte er dem Bauern springen können, um ihn in seinen Roggen zu stampfen oder durch den Dreschkasten zu jagen. Wo blieb Pjotr aus Nowgorod? Wie ein Mann hatte Kurt Marenke gearbeitet, aber wie ein Kind sollte er bezahlt werden.

»Na, was ist los, Marenke? Willst du nichts haben?« schrie Kock und hielt ihm den Sack mit den abgewogenen fünfzehn Pfund hin.

»Den Scheiß können Sie behalten!« rief Kurt. Er warf dem Bauern den Lohn des Dreschtages vor die Füße, verschüttete die kostbaren Körner auf der Tenne.

»Hoho!« dröhnte Kock. »Dir geht es wohl zu gut!«

Kurt rannte kopflos an den Wartenden vorüber, überquerte den Hofplatz, durcheilte die Scheune und wurde erst ruhiger, als er die weiten, nassen Felder erreichte, die ihn nicht anstierten, ihm nichts nachriefen. Nicht einmal bei den Russen war es so ungerecht zugegangen. Wenn sie gegeben haben, dann haben sie Kindern, Frauen, Männern und Greisen gleich wenig gegeben. Sein Kopf schmerzte. Vor Kälte begann er zu zittern. Bist du krank, Kurt Marenke? Wer sich so aufrührt wie du, ist doch nicht normal! Du mußt mal zum Doktor gehen, Kurt Marenke. Wenn du wenigstens weinen könntest; das würde helfen.

Als es dunkelte, kehrte er heim in den Hühnerstall. Die Mutter machte ein Gesicht, als wäre Jesus gestorben. Schweigend rührte sie in der Klunkersuppe, während Kurt verstockt in der Ecke Platz nahm, in der er immer saß, wenn ihn etwas bedrückte.

»Der Bauer hat ganz schön getobt«, fing die Mutter nach einer Weile an. »›Für solche Lümmel muß wieder die Hitlerjugend eingeführt werden‹, hat er gesagt. ›Die brauchen Zucht und Ordnung... Die taugen nichts mehr... Die sind verdorben.‹«

Die Mutter stellte sich vor ihn, kreuzte die Arme auf

der Brust und sagte: »Du sollst dich bei ihm entschuldigen!«

Kurt hämmerte mit den Fäusten gegen den Sperrholzschrank. Auf den Tageslohn wollte er gern verzichten. Aber entschuldigen? Du fühlst dich im Recht und mußt dich entschuldigen!

»Wenn du dich nicht entschuldigst, muß der Kaninchenstall weg, hat der Kock gesagt.«

Auch das noch! Kurt begriff, daß die Kaninchen seine schwache Stelle waren. Seitdem er Kaninchen besaß, war er angreifbar, erpreßbar und mußte sich schicken. Wirklich frei bist du nur, wenn du nichts hast, an dem du hängst, nicht einmal Kaninchen. Verzweifelt kroch er in seine Ecke, während die Mutter gedankenverloren in der Klunkersuppe rührte. Warum half sie ihm nicht? Warum stand sie nicht auf seiner Seite? Für die Mutter war es eine Selbstverständlichkeit, daß Kurt sich zu entschuldigen hatte.

»Davon stirbst du nicht, das macht dich nur härter«, sagte sie beiläufig, als sie die Milchsuppe in die Terrine schüttete. Sie schlug vor, es gleich zu erledigen. »Wenn du eine Nacht darüber schläfst, wird es nur noch schlimmer. Aber wenn es dir lieber ist, kannst du auch bis morgen warten.«

Das war ihr einziges Zugeständnis.

Kurts letzte Hoffnung war Ella. Sie kam von der Arbeit und besprach mit der Mutter den Tageslauf. Was die Vorarbeiterin in der Nähstube gesagt hatte, was der oberste Zuschneider darauf erwidert hatte, was es in der Nähstube zu essen gegeben hatte und was es in der nächsten Woche zu essen geben würde. Ganz zum Schluß erzählte die Mutter von Kurts Streit mit dem Bauern. Ella lachte.

»Du bist ein richtiger Wüterich, Kurtchen.«

Damit war auch diese Hoffnung hinüber. Ella stand auf der anderen Seite, und sie sagte es klipp und klar. »Du mußt dich entschuldigen, ob du unrecht hast oder nicht, nur weil der Kock mächtiger ist. Es kostet nichts, sich zu entschuldigen. Und wenn du keine Schuld hast, kostet es noch weniger. Du redest deine Entschuldigung daher und denkst dir im stillen: Du bist ein dämliches Schwein!«

»Ella!« rief die Mutter. »Was nimmst du für Wörter in den Mund?« »Entschuldigen ist das Einfachste von der Welt«, fuhr Ella eifrig fort. »Niemand kann deine Gedanken lesen.«

Aber für Kurt war es nicht einfach. Er hatte vor einem Haufen lachender Russen mit erhobenem Arm das Deutschlandlied singen müssen, eine schlimme Demütigung für einen Hitlerjungen. Lehrer Peschka hatte ihn wegen Krätze nach Hause geschickt. Im Lager Brandenburg hatte Kurt Marenke wegen Kartoffelklauens mit hängenden Ohren vor einem Lagerkomitee stehen und sich entschuldigen müssen. Nein, er hatte genug. Sie hingen ihm zum Halse raus, diese Erniedrigungen!

Der nächste Tag war ein Sonntag. Noch vor dem Frühstück verschwand Kurt auf dem Stallboden, um sich in seinem Versteck zu vergraben. Er spielte mit den Eisernen Kreuzen und untersuchte das seltene Exemplar einer Frontflugspange. Das lenkte ab, erheiterte ihn sogar. Er malte sich aus, mit Orden geschmückt wie ein russischer General in die gute Stube des Bauern Kock zu treten, die Hacken zusammenzuschlagen und zu melden: »Hitlerjunge Marenke bittet, sich entschuldigen zu dürfen!« Noch immer schmerzte sein Kopf. Vielleicht bist du doch krank, Kurt Marenke. Du träumst zuviel. Du hast schlechten Umgang. Gibst dich zuviel mit dem Fremden von der Grenze ab, tobst mit ihm über die rauchenden Schlachtfelder, um Orden zu sammeln. Was hätte der in dieser Lage getan, sein Freund von der Grenze? Wäre er zum Entschuldigen gegangen und hätte gleich eine Axt mitgenommen, um dem Bauern den Kopf zu spalten? Vielleicht wäre er auch achselzuckend seiner Wege gegangen über neue Grenzen, in neue Länder. Wie Kurt ihn so betrachtete, den Mann von der Grenze, fiel ihm die große Ähnlichkeit mit seinem Vater auf. Das Gesicht, der schwerfällige Gang, die breiten, verarbeiteten Hände... so wie sein Vater.

»Es hilft alles nichts«, sagte der Fremde. »Du mußt dich entschuldigen, Kurt Marenke. Deiner Mutter zuliebe. Sie hat es schwer genug in dieser Zeit. Soll sie nun noch Ärger mit dem Bauern bekommen?« Nun war Kurt ganz allein. Nicht einmal der Mann von der Grenze stand auf seiner Seite.

Vor dem Kirchgang rief ihn die Mutter. Sie stand, das Gesangbuch in der Hand, auf dem leeren Hof und blickte ihn bittend an. »Wenn ich aus der Kirche komme, mußt du es hinter dich gebracht haben«, sagte sie. »Dann können wir in Ruhe Mittag essen.« Sie nahm ihn in den Arm und drückte ihn wie lange nicht mehr. »Es hängt zuviel davon ab. Kurtchen«, flüsterte sie. »Wir müssen uns mit dem Bauern gut stehen, auch wenn du recht hast.«

Er war gerührt von ihrer zärtlichen Stimme. Und doch blieb er mißtrauisch. Vielleicht sprach die Mutter nur so, um es ihm leichter zu machen. Im Grunde war es ihr gleichgültig, ob er recht hatte oder nicht; sie wollte nur keinen Streit.

Um halb elf stand Kurt Marenke in der guten Stube des Bauern Kock in Kudenow. Zum erstenmal in seinem Leben. Vor sich die Eichenschränke und die alten Bilder. Ein Kachelofen, so mächtig wie ein Bunker. Rotbraun gestrichene Balken, von denen an schmiedeeisernen Ketten ein Kronleuchter hing. Kock saß in einem Stuhl, dessen Lehne ein zackiges Nesselblatt zierte, das Wappen von Holstein. Er las das *Schleswig-Holsteinische Bauernblatt* und sah mit der Lesebrille auf der Nase anders aus als sonst.

»Es tut mir leid, Herr Kock...«, begann Kurt.

Weiter kam er nicht. Der Bauer ließ das Blatt sinken und blickte über den Brillenrand.

»Ach, du bist das.«

Fiete Kock war in gemütlicher Feiertagsstimmung. Er faltete umständlich die Zeitung zusammen und schneuzte sich.

»Was soll aus euch bloß werden? Wir Alten haben auch lernen müssen zu parieren. Und es hat keinem geschadet. Aber die Jugend von heute will gleich oben anfangen. Ich will dir mal was sagen, mein Lieber: Ihr seid verdorben. Die heutige Jugend ist durch den Krieg verdorben. Da kommt nichts Gutes raus!« Kock ging mit mächtigen Schritten im Raum auf und ab. »Denkst du, ich bin dumm?« rief er. »Ich hab auch gesehen, wie du gearbeitet hast, mehr als die Weiber aus der Scheune und mehr als der alte Petschelies. Aber ich kann dem alten Mann nicht nach seiner Arbeit nur den halben und dir den vollen Lohn geben. Die Jungen müssen mit halben Brötchen anfangen. Verstehst du das? Die Jungen arbeiten für die Alten. Und wenn du eines Tages alt bist, arbeiten die Jungen für dich. So geht das in der Welt zu. Habt ihr das in eurer Schule nicht gelernt?« Kurt verstand kein Wort, aber er nickte zu jedem Satz, den Bauer Kock sprach.

»Dann sind wir beide uns ja einig«, sagte Kock und zeigte zur Tür. Als Kurt schon halb draußen war, langte der Bauer in die Schale, die auf der Anrichte stand. Er holte einen rotgoldenen Boskopapfel heraus und warf ihn durch den Raum. Kurt war so überrascht, daß er ihn fallen ließ.

»Danke kannst wohl auch nicht sagen!« brüllte Kock hinterher, als Kurt mit dem Apfel davonlief.

Mit rotem Kopf kehrte er um.

»Danke, Herr Kock.«

Er war erlöst. Ihm fehlte nichts. Der Kopf war dran, das

Herz schlug noch. Er hatte sich nichts vergeben, konnte denken, was er wollte. Die Mutter hatte recht: Daran stirbt man nicht, es macht nur härter!

Die Zeiten können noch so schlecht sein – die Feste fallen niemals aus. Ende Januar begann es mit der Sportlermaskerade des TSV Kudenow, einem Fest für die jungen Leute. Zwei Wochen später folgte die Sängermaskerade der Liedertafel Kudenow und Umgebung e. V. für die feinen Leute. Die letzte Veranstaltung des Winters war die Schweinemaskerade für die einfachen Leute. Die Schweinegilde war der älteste Verein Kudenows. Schon 1790 war sie in den Urkunden erwähnt worden; sie hatte die Dänenzeit, die Preußen, den Kaiser und die Weltkriege überstanden und zahlte jedem Gildemitglied eine Entschädigung, wenn ein Schwein »an der Pest, dem Rotlauf oder sonstigem Ungeschick totblieb«, wie die Satzungen sagten.

Die Unterschiede zwischen den drei Maskeraden beschränkten sich auf die Eintrittspreise und den Aufwand für die Maskierung. Die Sängermaskerade wurde stets mit einem Begrüßungslied des Männerchores eröffnet:

> *Grüß Gott! Grüß Gott mit hellem Klang!*
> *Heil deutschem Wort und Sang!*

Es war eine der wenigen Gelegenheiten, das mißbrauchte Wort Heil schon wieder in den Mund zu nehmen. Abgesehen von dem Eröffnungschor hatten die drei Maskeraden die gleiche Musik. Immer spielte die Kapelle Kudenow 98, die so hieß, weil alle drei Musikanten im Jahre 1898 geboren waren. Zwei Abweichungen vom Repertoire wurden zugelassen: Auf der Sportlermaskerade gab es des öfteren den Sportpalastwalzer, und den Sängern spielte die Kapelle gleich am Anfang, wenn noch niemand betrunken war, den Walzer *Mondnacht auf der Alster* zum Mitsingen vor.

Die Schweinemaskerade Mitte Februar 1948 war die erste Tanzlustbarkeit, an der Ella Marenke in ihrem jungen Leben teilnehmen durfte. Ab sieben Uhr abends glühte der Ofen auf dem Saal des Wallensteiner Hofes. In seiner Nähe war es nicht auszuhalten vor Hitze, aber auf der anderen Seite des Saales gefror der Grog in den Gläsern. Es gab reichlich Bier, seichtes Plätscherwasser, das auf die Blase drückte. Wer Schnaps haben wollte, mußte eine Buddel von zu Hause mitbringen. Für den Magen hatte der Wirt eine Zinkwanne voll Kartoffelsalat bereitgestellt. Frikadellen gab es dazu, aber nur unter der Hand für besonders gute Kunden. Der schönsten Maske hatte Schlachter Tetje von der Ecke eine Rauchwurst gestiftet. Der zweite Preis, eine Torte, kam von Bäcker Sengelmann. Ein buntes Kopftuch hatte Schieber-Schmidt als dritten Preis für die Maskerade erübrigt.

Wochenlang hatte Ella für dieses Fest gearbeitet. Aus Abfällen der Nähstube war das bunte Gewand eines heruntergekommenen Harlekins entstanden. In normalen Zeiten hätte dieser Flickenteppich gute Aussichten auf die Rauchwurst gehabt, aber im Jahre 1948 war man der aufgesetzten Flicken überdrüssig. Es mußte etwas Schönes sein, ein heiles Königsgewand, Schneewittchen aus Seide, eine Prinzessin mindestens.

Um halb neun zog die Musik in den Saal. Hinter Kudenow 98 in Zweierreihen die Maskierten. Die Zuschauer kletterten auf die Bänke und klatschten im Takt zu den *Alten Kameraden,* dem Einzugsmarsch der Schweinegilde.

Kurt Marenke lag draußen auf einem eingeschneiten

Rübenwagen und beobachtete das Getümmel im Saal durch die abtauenden Fensterscheiben. Seine Füße froren, aber der Kopf glühte. Für ihn war diese Maskerade nicht weniger aufregend als für seine Schwester, die sich zum erstenmal in das Gewühl der Geschlechter stürzte, sich anfassen, drücken, im Kreise drehen und beriechen lassen mußte. Er verfolgte jeden ihrer Schritte, wäre gern ihr kleiner Schutzengel gewesen, denn auf so einer Schweinemaskerade läuft alles durcheinander. Da passieren schlimme Dinge, werden Kleider zerrissen, Zähne ausgeschlagen und Nasen verbeult; da tanzen sogar Einheimische mit Flüchtlingen.

Glücklicherweise durften nur Maskierte zum Tanz auffordern. Das erleichterte es Ella, sich allzu großer Zudringlichkeit zu erwehren. Da vor allem Mädchen eine Maske trugen, artete das Ganze in eine unendliche Damenwahl aus.

> *Go von mi, go von mi, ick mag die nich seen!*
> *Komm to mi, komm to mi, ich bün so alleen!*
> *Fidiralalala...*

Kudenow 98 spielte in wundervoller Vermischung für jeden etwas. *Wir wollen unsern alten Kaiser Wilhelm wiederhaben...* (den mit Bart) und den *Treuen Husaren*, der auch 48 noch über die Tanzsäle ritt. *La Paloma*, die weiße Taube, kam aus Hamburg von Hans Albers zu Besuch und schwebte durch die verräucherte Luft des Wallensteiner Hofes. *Wenn hier een Pott mit Bohnen stciht und dor een Pott mit Brie...*

Ach, wat sint de Buern vergneugt!

Ich tanze mit dir in den Himmel hinein... Bei diesem langsamen Walzer erledigte der deutsche Bauer seinen Pflichttanz mit Frau Henriette; er entwickelte eine gewaltige Fliehkraft, verschaffte sich Luft im Umkreis von vier Metern und mußte mit Gewalt vor dem glühenden Ofen gebremst werden. Der nächste Tanz war *Rosamunde* (die mit dem Sparkassenbuch). Auf der Schweinemaskerade von Kudenow brachten sie es sogar fertig, nach dem *Wolgalied* zu tanzen, nach dem in Deutschland sonst nur geweint wurde. Jemand, wohl ein Flüchtling aus Schlesien, bestellte das Rübezahllied *Hohe Tannen* und bezahlte es bei Kudenow 98 mit einer Lage Bier. *Nur einmal blüht im Jahr der Mai, nur einmal im Leben die Liebe...* Na, das stimmte auch nicht mehr; in neuerer Zeit blühte sie öfter, die Liebe.

Plötzlich ging das Licht aus. Stromsperre. Die Mädchen kreischten, denn es war zu befürchten, daß die Gelegenheit wahrgenommen wurde, um zu küssen, was sich küssen ließ. Die Musik spielte pausenlos in die Dunkelheit hinein, spielte ohne Licht und Noten aus dem Kopf, überbrückte die peinliche Finsternis, in der nur der glühende Ofen spärliche Helligkeit verbreitete. Der Krugwirt brachte Kerzen, aber als sie brannten, kam der Strom wieder. Ein paar Biergläser waren in der allgemeinen Verwirrung umgekippt, ein Teller mit Kartoffelsalat lag wie ein Kuhfladen auf der Tanzfläche. Da stand auch Ella Marenke. Gottlob, noch war alles dran.

An der Theke entdeckte Kurt Melker Kassebohm und Stolten. Sie machten bedenklich ernste Gesichter und sprachen schon wieder über Kühe und Pferde. Kurt verdächtigte Kassebohm, seiner Schwester auflauern zu wollen. Bis Mitternacht würde der sich wohl an der Theke festhalten, um Ella nach Hause zu bringen. Und dann mit ihr hinein in seinen warmen Kuhstall. Aber nicht, solange Kurt Marenke aufpaßt!

»Heiß! Heiß!« schrie die Bedienung so laut, daß es draußen auf dem Rübenwagen zu hören war. Mit Groggläsern jonglierte der Kellner über den Köpfen der Menge. Dorfpolizist Willers marschierte in voller Montur, die Fahrradklammern noch an den Hosenbeinen, durch den wogenden Saal, grinste freundlich nach allen Seiten und umklammerte mit der einen Hand ein Bierglas, mit der anderen seinen Gummiknüppel.

Plötzlich zupfte jemand Kurt am Ärmel.

»Zieh mich mal auf den Wagen«, sagte Wiebke.

Er half ihr. Sie legte sich neben ihn und blickte durch die Löcher des Vorhangs in den Saal, summte die Lieder mit und schlug mit den Stiefelspitzen den Takt auf dem Rübenwagen.

»Tanz mit mir!« rief Wiebke plötzlich.

Auf dem Rübenwagen natürlich, denn in den Saal durften Kinder nicht hinein; dafür sorgte Polizist Willers. Kurt kam sich ziemlich dämlich vor. Aber weil es dunkel war und niemand sehen konnte, wie er mit Wiebke auf dem Rübenwagen tanzte, tat er ihr den Gefallen. Auch wärmte es die Füße.

»Du tanzt schon ganz ordentlich«, lobte Wiebke ihn und wollte immer wieder tanzen.

Gegen zehn Uhr kam die Mutter. Kudenow 98 spielte gerade: *Die Vöglein im Walde, die sangen so wunderwunderschön, in der Heimat, in der Heimat, da gibt's ein Wiedersehn...* Der Mutter kamen fast die Tränen. Aber Mutter, solche Lieder darfst du doch nicht wörtlich nehmen. Das reimt sich nur so für die gute Stimmung.

Kurt wäre gern bis zur Demaskierung am Fenster geblieben. Aber die Mutter schickte ihn nach Hause. Sie war ein wenig erbost, weil er mit Wiebke auf dem Rübenwagen hockte. Die Tochter eines Tommyflittchens war kein Umgang für Marenkes Kurtchen. Wie die Mutter ist, so wird auch die Tochter werden! Um das Unglück vollzumachen, kamen zwei Männer aus dem Saal und schlugen an den Hinterrädern des Rübenwagens, auf dem Kurt und Wiebke lagen, das Wasser ab. Als es plätscherte und der warme Dampf in die Höhe stieg, kicherte Wiebke los. Aber das war nun wirklich nichts für Kinder! Du mußt nach Hause, Kurt Marenke.

Er rechnete es Wiebke hoch an, daß sie mitkam. Sie bummelten die hartgefrorenen Wege entlang und spielten unterwegs Pfützenaufbrechen. Mit dem Schuhabsatz zerschlugen sie die dünne Eisschicht, die sich über die Wasserlachen des Sommerweges gelegt hatte. Auch sahen sie eine Weile dem Mond zu, der auf dem Kirchendach lag. Kurt nahm Wiebke mit in den Hühnerstall zum Aufwärmen.

»Hier wohnst du?« rief sie verwundert, als sie zum erstenmal den Hühnerstall von drinnen besichtigte. Kurt schämte sich ein wenig für seinen Hühnerstall, in dem es nach Bratkartoffeln und Kohlsuppe, nach Abwaschwasser und grüner Seife roch. Als sie sich erwärmt hatten, schlug er vor, wieder nach draußen zu gehen. Im Mondlicht standen sie vor dem Drahtgeflecht des Kaninchenstalls. Die Tiere schnupperten an Wiebkes Fingerkuppen. Über die kahlen Linden hinweg zitterte die Musik vom fernen Wallensteiner Hof: *O Hannes, wat een Hoot!*

Oben in der Altenteilerkate brannte noch Licht. Da las Wiebkes Mutter traurige Romane, während ihr Kind wie eine Elfe im Mondschein über den Hof tanzte. Sie spielten Kriegen zwischen Hühnerstall und Scheune, tobten sich warm und machten erst Pause, als sie zwei Gestalten erblickten, die sich der Burg näherten. Unter der tausendjährigen Eiche machten die beiden halt; für einen Augenblick waren sie ein dicker, unbeweglicher Strich im Gelände.

»Nimm mich man rein, Ina, es ist so kalt draußen«, hörten sie Stoltens Stimme.

Klatsch! klatsch! machte es, und dann löste sich ein Schatten unter der tausendjährigen Eiche und stürmte auf die Eingangstür zu. Stolten hinterher. Er erwischte den Schatten aber nicht mehr. Weg war sie, die treue Ina. Stolten stand draußen und überlegte ärgerlich, ob er zurückgehen sollte in den Wallensteiner Hof, um sich zu betrinken.

Im Festsaal trieb die Maskerade ihrem Höhepunkt zu. Vor der Demaskierung antreten zur Polonäse! Hinter der Musik zogen die Maskierten durch den Saal, überschwemmten die Schankstube, durchquerten das Klubzimmer mit den Hirschgeweihen, machten nicht einmal vor der Küche halt und kamen sogar in die eisige Kälte zu einer verschlungenen Kehre um den verschneiten Rübenwagen. Von dort wieder hinein in die muffige Wärme. Auf dem Saal das Ganze stillgestanden. Der Vorstand der Schweinegilde trug einen stabilen Tisch in die Mitte; auf jede Seite stellten sie einen Stuhl. Danach begann das, was sie in Kudenow das Über-den-Tisch-Gehen nannten. Die Kapelle spielte: *Wer weiß, wann wir uns wiedersehen am grünen Strand der Spree...* Und zu diesem flotten Marsch kletterten die Maskierten paarweise über den Tisch. Oben halt. Für fünf Herzschläge standen zwei Menschen allein über der wogenden Menge. Die Musik spielte einen Tusch, die Masken fielen, und die beiden hatten sich im Rampenlicht zu küssen. Es mußte geküßt werden ohne Rücksicht darauf, ob ein häßliches Entlein oder ein stolzer Schwan unter der Maske auftauchte. Da gab die Schweinegilde kein Pardon; wer nicht küßte, durfte nicht vom Tisch.

Als Ella auf dem Tisch stand, blieb der Mutter fast das Herz stehen. Ihre Tochter mußte sich hoch über der Tanzfläche vor allen Leuten küssen lassen! Ein Einheimischer war es, der Ella zum erstenmal in ihrem kurzen Leben einen Kuß auf den Mund drückte. War das nicht das Milchgesicht, das bei Krämer Vagt Grütze und Mehl abwog? Ein kleiner Himpfling nur, aber Mädchen küssen, das konnte er schon.

Nach der Demaskierung schloß die Kasse, die den Saaleingang bewacht gehalten hatte. Nun konnte die Mutter in den Saal, ohne Eintritt zu bezahlen. Sie wollte Ella abholen, aber die wirbelte ausgelassen ihre Runden, während die Mutter neben dem erkaltenden Ofen stand. Sie mochte sich nicht an einen der Tische setzen, weil dann der Kellner gekommen wäre und nach ihrer Bestellung gefragt hätte. Mutter Marenke ließ keinen Blick von ihrer Tochter; sie mußte darauf achten, daß Ella nicht unter die Schweine geriet auf dieser Schweinemaskerade. Denn nach Mitternacht kam die wilde Zeit.

»Wir treten unsere Hühner selber!« schrie ein Knecht und verprügelte einen Waldarbeiter aus dem Nachbardorf, der dreimal hintereinander mit einem Kudenower Mädchen getanzt hatte. Melker Kassebohm zeigte, welche Kraft die gute Vollmilch gibt. Mit einem Handkantenschlag zertrümmerte er einen stabilen Tisch aus Friedenszeiten. Vor der Musik kampierte ein Glasfresser, der Biergläser mit den Zähnen zermalmte und runterschluckte, bis das Blut tropfte. Auf der Herrentoilette gab es eine Keilerei, bei der die Türfüllung auf den Saal krachte. Ein Gestank von Urin, vermischt mit Chlor, breitete sich aus, überlagerte die Schweiß- und Rauchschwaden im Saal. »Aber eins, aber eins, das bleibt bestehn, die Schweinegilde wird nie untergehn...«, grölten die Betrunkenen von der Theke gegen die Musik an. Das Dünnbier kleckerte auf die Dielen. Die Girlanden lagen in Fetzen. Der Kartoffelsalat ging zur Neige, die Frikadellen waren längst verdaut. Dorfpolizist Willers ruderte mit beschmutzter Montur durch die Menschenwogen, immer bedacht, nicht gerade da zu sein, wo es dicke Luft gab. Denn auf der Schweinemaskerade von Kudenow mußte alles seinen natürlichen Lauf nehmen; da durfte sich der Arm des Gesetzes nicht dazwischenmengen.

Als Kudenow 98 Pause machte, um Bratkartoffeln mit Rührei zu essen, griff die Mutter ihre Ella, um mit ihr nach Hause zu gehen. Für das erste Tanzvergnügen deines Lebens hast du genug gehabt, Ella Marenke!
Sie umgingen die gefrorenen Urinlachen an der Hauswand des Wallensteiner Hofes und machten große Bogen um die Pärchen, die sich in der Winterkälte warmdrückten.
»Du zitterst ja, Kind.«
Ja, Ella Marenke zitterte. Vor Aufregung. Die Melodien ließen sie nicht los. Sie hätte am liebsten auf der Straße getanzt, gesungen, gelacht.
»Zu Hause waren die Feste auch schön«, sprach die Mutter.
Ella konnte sich kaum noch daran erinnern, weil es während des Krieges keine Feste gegeben hatte, und vor dem Krieg war sie ein kleines Mädchen gewesen. Bis zum Hühnerstall erzählte die Mutter nur von den Festen zu Hause. Vor allem von den Schützenfesten. Ach, ihr glaubt ja nicht, wie ausgelassen Mutter Marenke damals getanzt hatte! Hörst du überhaupt zu, Kind?
Oben in der Altenteilerkate brannte immer noch Licht.
»Die hat wieder Männerbesuch«, seufzte die Mutter. »Was soll bloß aus dem Mädchen werden bei einer solchen Mutter!«
Als die beiden den Hühnerstall betraten, wachte Kurt auf, stellte sich aber schlafend. Er sah, wie die Mutter, nachdem Ella eingeschlafen war, aus dem Bett stieg, um Ellas Unterwäsche zu überprüfen. Ja, Mütter verstehen etwas davon. Die machen sich Gedanken um die Unterwäsche, denn in der Unterwäsche wird es sichtbar, wenn das Unheil anfängt. Zu allen Sorgen, die Mutter Marenke schon hatte, kam jetzt noch Ella. Das Mädchen war ein so hübsches Ding. Wie leicht konnte irgendein Wüstling über Ella herfallen und sie

ruinieren. Was sollte man da bloß machen? In Mutter Marenkes Küche gab es dafür nur ein Rezept: Arbeiten bis zur Erschöpfung! Dann kommst du nicht auf dumme Gedanken, Ella Marenke.

Vier Eier wurden für den Monat März aufgerufen, weil Ostern war. Dafür gab es im April überhaupt keine Eier.

In Amerika entstand der Marshallplan, auch so eine Merkwürdigkeit der Amerikaner. Alle Welt glaubt, Generäle denken nur ans Schießen. Aber in Amerika hat ein leibhaftiger General einen Plan ausgetüftelt, die Menschen vor dem Hunger zu retten. Wo hat es das schon mal gegeben!

»Wir werden Kaffee und Zigaretten bekommen«, frohlockte Wiebkes Mutter, als ihr Volksempfänger die Nachricht von der Hilfe aus Amerika verbreitete. Mutter Marenke war bescheidener. Ein wenig Weizenmehl täte es auch. Damit könnte sie das klebrige Maisbrot strecken und wenigstens zu den großen kirchlichen Feiertagen ordentlichen ostpreußischen Kuchen backen.

»Es ist sinnlos, nach Amerika zu schreiben«, schimpfte Kasulki von der Deutschen Hilfsgemeinschaft. »Bei uns auf dem Lande gibt es genug zu essen; ihr habt Kartoffeln, Milch und Gemüse, für euch sind die Care-Pakete nicht bestimmt. Die gehen in die Großstädte.« Aber sie gingen auch an Ernst Kasulki. Der wurde immer dicker, der wußte die Adressen, die dick machen. Die Mutter gab keine Ruhe, bis er die Anschrift jener New Yorker Organisation herausrückte, die Lebensmittelpakete an die hungernde Welt verteilte.

»Schreib, Kurtchen, schreib nach Amerika! Schreib schön

sauber und ordentlich, damit sie es in Amerika auch lesen können. Du hast doch eine gute Handschrift.«

Die Mutter saß mit gefalteten Händen am Fenster, Kurt über dem Papier am Küchentisch. Er hatte eine Seite aus dem Schulheft herausgerissen und wartete auf das, was er schreiben sollte.

»Wenn Kinder schreiben, wirkt es besser«, sinnierte die Mutter vor sich hin. »Mit Kindern haben die Menschen Mitleid.« Die Mutter schwelgte schon in der Vorstellung eines zehn Pfund schweren Care-Paketes. Lieber Himmel, was wird da alles drin sein? »Du mußt ihnen schreiben, daß du zwei Jahre allein unter den Russen gewesen bist... Glaub mir, Kurtchen, sie werden dir etwas schicken... Diese Amerikaner haben ein Herz... Die sind anders als die Holsteiner, die schicken den Kindern Schokolade.«

Kurt schämte sich, einen solchen Bettelbrief nach Amerika zu schreiben. Was werden die von den Deutschen denken? Vor ein paar Jahren wollten die noch die Welt beherrschen, und jetzt gehen sie betteln.

»Schreib ihnen, daß wir unsere Heimat verloren haben. Das verstehen die Amerikaner, denn sie haben auch eine Heimat... Und vergiß nicht zu schreiben, daß wir in einem Hühnerstall leben... Und dein großer Bruder ist immer noch nicht zurück aus russischer Gefangenschaft... Und deinen Vater haben die Russen erschossen...« Kurt ließ den Bleistift fallen.

»Ja, nun weißt du es, Kurtchen. Sie haben ihn erschossen!«

Kurt blickte an der Mutter vorbei aus dem Fenster in den pladdernden Regen. Eigentlich müßte er jetzt fragen, warum sie ihn erschossen haben. Aber solche Fragen sind überflüssig. Man fragt auch nicht, warum der Blitz in diese Eiche schlägt und nicht in jene. Im Dutzend hatte Kurt sie liegen sehen, die zufälligen Leichen, die noch im Tode nach dem Warum zu fragen schienen. Ein Unwetter war über das Land gekommen und hatte hier und da eingeschlagen, wie es gerade so trifft.

»Das war bei der Stadt Mehlsack in Ostpreußen...«

Mehlsack! Ein lustiger Name, um erschossen zu werden, dachte Kurt.

Die Mutter bedeckte ihr Gesicht mit den Händen.

»Ich kann darüber nicht sprechen. Kurtchen... Wenn du größer bist, wenn du ein Mann bist, werde ich dir alles erzählen...«

Sie begann zu weinen.

Kurt vergaß für einen Augenblick seinen toten Vater und dachte nur noch daran, wie er die Mutter trösten könnte. Er hätte sie gern gestreichelt. Aber vielleicht mochte sie das nicht haben. Ein so großer Junge darf nicht mehr zärtlich sein. Sie würde ihn an den Tisch zurückschicken, weil er doch nach Amerika zu schreiben hatte. Er saß steif auf dem Stuhl, kaute am Bleistift und wartete, bis die Mutter sich wieder gefaßt und sich mit der Schürze die Tränen aus dem Gesicht gewischt hatte.

»Wie weit hast du geschrieben, Kurtchen?«

Er las vor: *Auf der Flucht aus Ostpreußen haben die Russen bei Mehlsack, meinen Vater erschossen...*

Wirklich, ein Name zum Lachen. Und da wird man nun erschossen. »Das ist wohl alles«, sagte die Mutter und zählte auf, was in Amerika Mitleid erregen sollte: die Heimat verloren, untergebracht in einem Hühnerstall, den Vater erschossen, der große Bruder in russischer Gefangenschaft... Wenn das nicht reicht, hilft nichts mehr. »Vielleicht bekommst du schon zum Geburtstag ein schönes großes Paket, Kurtchen.«

Damit es mit dem Geburtstag wirklich klappte, mußte

Kurt einen Nachsatz anfügen: *Am 21. Mai habe ich Geburtstag. Hochachtungsvoll und herzlichen Dank im voraus.*

Ach, Amerika! Wie sahst du, von Europa aus betrachtet, herrlich aus! Ein heiles Land mit einfachen, unkomplizierten Menschen. Ein Land ohne Schuldgefühle, vor allem ein reiches Land. Lehrer Peschka verteilte bunte Bilderbogen aus Amerika. Schwarze, weiße und gelbe Kinder lachten freundlich vor sich hin. Sie forderten die übrigen Kinder der Erde auf, an einem Aufsatzwettbewerb teilzunehmen mit dem Thema: Die Welt, wie wir sie uns wünschen. Einzuschicken war die Wunschliste der Kinder dieser Welt an eine Adresse in New York. Wieder einmal New York – alles Gute kam aus New York. Jede Sprache war denen in Amerika recht; sogar in der Sprache des Joseph Goebbels durfte man sich etwas wünschen. Peschka forderte die Schulkinder auf, ihre Wünsche an die Welt auf einen Papierbogen DIN A4 zu schreiben. Aber bitte nicht mehr als zwei Seiten, sonst kann das kein Mensch erfüllen. Vorher hielt er eine mitreißende Rede, in der er behauptete, die von Millionen Kindern zu Papier gebrachten Wünsche könnten tatsächlich helfen, die Welt zu verändern. Nach dem großen Knall des Krieges besäße die Welt die Gelegenheit, neu anzufangen, es besser zu machen, damit es eine Welt würde, wie wir sie uns wünschten. Ihr müßt es nur aufschreiben, ihr Kinder aus Kudenow! Dort in New York werden eure Wünsche in einen großen Sack gesteckt. Zu Weihnachten kommt der Santa Claus und erfüllt sie.

Auf die Sieger des Aufsatzwettbewerbs warteten großartige Preise. Drei Wochen satt essen in New York, dazu eine schaukelnde Schiffsreise über den Ozean und die Besichtigung des Empire State Building. Ja, es lohnte sich aufzuschreiben, wie die Welt sein sollte. Eine Welt mit vielen Kartoffeln und reichlich Marmelade und Roggenbrot.

Knicks muß es geben in dieser Welt, kilometerlange Knicks wie in Kudenow. Knicks zum Ausruhen und Hinlegen, zum Ernten und zum Sich-Verstecken vor dem Bösen. Tausende könnten noch leben, wenn es im Osten so viele Knicks gegeben hätte wie in Kudenow.

Aber kannst du mit Knicks und selbstgekochter Brombeermarmelade einen Aufsatzwettbewerb in New York gewinnen? Die wollen etwas anderes hören. Die haben keine Ahnung, was Kartoffelstoppeln ist und wie die nackten Füße beim beschwerlichen Ährensammeln auf den abgeernteten Feldern schmerzen. Was wissen die von den einsamen Stunden im hohen Schneidegras am Kudenower See? Das sind doch Lächerlichkeiten für eine Stadt wie New York. Nein, es wird nichts helfen. Das Wünschen der Kinder von Kudenow wird niemals in New York ankommen.

Im Frühling 48 wurde August Kallweit befördert. Er bekam für sein Fahrrad einen Hilfsmotor, der unterhalb der Lenkstange in einer schwarzen Blechdose hing. Das war so eine Art Gasmaskenbehälter, aus dem ein Keilriemen ragte, der das Vorderrad in Bewegung setzte. Als motorisierter Flüchtling wurde Kallweit zu einem Reisenden in Not und Elend. Nicht sympathisch, solche Menschen; aber sie muß es geben, sonst liegt das Unglück da wie ein Kuhfladen. Jemand muß darin rühren, es zum Himmel stinken lassen.

Eines Tages kam Kallweit in die Scheune, um die Kopie eines Briefes vorzulesen, den er an den Landrat geschickt hatte. Ein Brief über die unhaltbaren Zustände in Kudenow. Im dritten Jahr nach dem Krieg lebten Flüchtlinge hier noch in einer Scheune, im Sommer und im Winter. Und es war kein

Ende abzusehen. So etwas ist menschenunwürdig – ja, das war der richtige Ausdruck: menschenunwürdig! Abbrennen müßte man die Scheune; das wäre ein verdientes Ende. Kallweit drohte dem Landrat, sich beim Ministerpräsidenten von Schleswig-Holstein und, wenn auch das nicht half, bei den Engländern zu beschweren. Ach, der Kallweit verstand es, gute Briefe aufzusetzen. Aber Briefe dieser Art können noch so gut sein – sie kommen von oben an die übergangenen Stellen zurück und lösen dort Sturm und Donnergrollen aus.

Für die Einheimischen von Kudenow war der Brief eine Beleidigung. Konnten sie etwas dafür, daß Deutschland den Krieg verloren hatte und immer mehr Flüchtlinge nach Schleswig-Holstein strömten? Große Ansprüche stellen, das fehlte gerade noch! Zu Hause haben sie auf dem Ofen geschlafen, aber in Kudenow ist ihnen die Scheune nicht gut genug! Wem es nicht paßt, der kann ziehen! Zurück in den Osten oder in die Kohlengruben an der Ruhr. Oder in das Polenlager bei Lübeck zu den Displaced persons, wo es jeden Tag Mord und Totschlag gibt. Da gehören alle hin, die mit Kudenow nicht zufrieden sind. Zum Beispiel dieser Kallweit.

Während Kallweit in der Scheune stolz seinen Brief verlas, kam Bauer Kock auf den Hof. Die Zuhörer liefen auseinander wie Hühner, die den Habicht kreisen sehen. Kallweit blieb allein mit seinem Fahrrad mit Hilfsmotor.

Kock schrie, wie ihn noch niemand hatte schreien hören. »Du verdammter Polack hast auf meinem Hof nichts zu suchen!«

Als Kallweit erwiderte, er glaube ein Recht zu haben, mit den Flüchtlingen in der Scheune sprechen zu dürfen, griff Kock nach der Rübenforke.

»Auf diesem Hof hab ich allein recht!«

Angelockt von dem Lärm, tauchte Kurt Marenke auf. Ach, es war ein unglückseliger Zeitpunkt.

Kock erblickte ihn und rief: »Laß den Hund raus, Kurt!«

Kurt stand unschlüssig am Scheunentor. Was sollst du machen, wenn du ein Flüchtlingskind bist und der Bauer dir solche Befehle gibt? Langsam setzte er sich in Bewegung, steuerte auf den Hundezwinger zu, ging sehr bedächtig und bildete sich ein, das sei schon viel, was er für Kallweit tun konnte: langsam gehen.

Hinter ihm tobten die beiden Männer. Der Hund jaulte, sprang am Drahtverhau hoch, schoß, als Kurt die Tür öffnete, vorbei in Richtung Scheune. Erst Stille. Dann Hundegebell. Dann sprang Kallweits Hilfsmotor an. Als Kurt kam, sah er nur noch eine Wolke blauer Auspuffgase. Der Hund hinterher. Kallweit in heftigem Zickzackkurs auf dem Sommerweg hinter der Scheune. Stille.

»So geht es denen, die nicht parieren!« schrie Kock. »Wer zu uns kommt, muß gehorchen. Das ist das wenigste!«

Er pfiff den Hund zurück, tätschelte ihm den Hals und brachte ihn in den Käfig. Kurt saß verstört neben dem Hundezwinger und kaute auf den Fingernägeln.

Als Kock verschwunden war, kam der alte Petschelies zu Kurt.

»Das war nicht gut«, sagte er. »Du bist auch ein Flüchtling. Oder hast du das vergessen? Meinst du, du bist etwas Besseres, weil du im Hühnerstall wohnst?«

Kurt bekam einen roten Kopf. Er hatte nur an seine Kaninchen gedacht, die einen Stall brauchten. Auch an den Hühnerstall hatte er gedacht, der eine bevorzugte Unterkunft war, aus der die Mutter nicht ausziehen wollte. Ach, es gab so vieles zu bedenken, wenn Bauer Kock dich zum Hundezwinger schickte, um die Tür zu öffnen. Bedrückt schlenderte Kurt zur Straße und sah zu, wie Kock ein Schild an die tausendjährige Eiche nagelte:

*Auf meinem Hof haben Zigeuner, Hausierer
und unerwünschte Flüchtlinge keinen Zutritt!
Friedrich Kock, Bauer in Kudenow*

Es hielt nur eine Nacht, das Schild. Ein Regenschauer verwischte die Kreideschrift. Am nächsten Morgen lag das Brett auf dem Misthaufen, und Kock ließ es dort liegen.

Dieser Vorfall ermutigte Kallweit, eine Versammlung der Flüchtlinge in den Wallensteiner Hof einzuberufen. Das heißt, er wollte gern in den Wallensteiner Hof, aber dem Krugwirt kamen Bedenken, ob er den Flüchtlingen den Saal überhaupt geben durfte. Denn das sah schon fast nach Verschwörung und Aufruhr aus. Darf man die Flüchtlinge überhaupt allein in den Saal lassen? Sie werden das Mobiliar zerschlagen und die Gläser klauen.

Kallweit drohte wieder mit den Engländern. Was ist das für eine Demokratie, wenn die Flüchtlinge keine Versammlung abhalten dürfen? Dabei wußte Kallweit, daß auch die Engländer nicht auf seiner Seite standen. Die wollten keine neue Klasse entstehen lassen. Die Gründung einer Flüchtlingspartei hatten sie verboten; die Flüchtlinge sollten untergehen oder, besser gesagt, aufgehen in ihrer neuen Umgebung. Und das bitte möglichst geräuschlos.

Die Drohung mit den Engländern wirkte dennoch. Kallweit bekam den Saal, aber ungeheizt, was im April nicht sehr schlimm war. Es wurde eine ruhige Versammlung, auf der Kallweit hauptsächlich erzählte, was er auf seinen Fahrradtouren mit Hilfsmotor zu hören bekam. Gerüchte und Wahrheit.

In der Kreisstadt soll eine Flüchtlingssiedlung gebaut werden.

Die Engländer werden bald abziehen und den Deutschen die Verwaltung des schäbigen Restes ihres »großdeutschen

Reiches« überlassen. Bald gibt es neues Geld, denn das alte ist nur noch gut zum Arschwischen.

In den deutschen Ostgebieten hungern die Polen; sie haben das beste deutsche Land, hungern aber, weil sie nicht fleißig genug sind. Adolf Hitler soll noch leben. Der will mit einem U-Boot an der ostpreußischen Samlandküste landen, um Deutschland von hinten her aufzurollen.

Noch immer wollen Millionen Menschen aus dem Osten in die deutschen Westzonen. Dazu die Kriegsgefangenen. Es wird noch einen fürchterlichen Ansturm auf das restliche Deutschland geben. Die Kundenower Scheune wird noch lange gebraucht werden.

Zum Schluß berichtete Kallweit von der mächtigen Weltorganisation, die nach dem Krieg in Amerika entstanden war. In deren Statuten stand der herrliche Satz: *Jeder Mensch hat ein Recht auf seine Heimat!*

Wartet nur ab, ihr armen Flüchtlinge! Die große Weltregierung in New York wird euch wieder nach Hause bringen. Irgendwann fahren wir zurück in den deutschen Osten. Ein großer Tag wird es werden, ein Tag mit Glockengeläut und Böllerschüssen, der größte Tag in der deutschen Geschichte...

Es herrschte atemlose Stille im Saal, bis Kallweit vorschlug, den Abend mit einem gemeinsam gesungenen Lied zu beschließen. Das war gar nicht so einfach. Es gab ein Ostpreußen-, ein Pommern- und ein Schlesierlied, aber keines, das für alle Flüchtlinge galt. Das Deutschlandlied, das sie alle kannten, ging noch nicht. Deshalb sangen sie: *Ich hab mich ergeben mit Herz und mit Hand...*

Eine Hungersnot wie 1947 sollte es nicht mehr geben. Deshalb planten, registrierten, zählten und beschlagnahmten die Behörden, was ihnen in die Finger geriet. Bürgermeister Petersen verteilte an die Bauern einen Abdruck des Militärregierungsgesetzes zur »Sicherung der Kartoffelversorgung im Wirtschaftsjahr 47/48«.

Die Kartoffeln der Ernte 1947 sind beschlagnahmt, hieß der erste Paragraph.

Schreiber Knaack sammelte die Formulare ein, die die Bauern zu unterschreiben hatten:

> *Ich besitze außer den mir für meine Selbstversorgungsgemeinschaft zustehenden Speisekartoffeln (200 kg je Kopf) keine weiteren Speisekartoffeln.*

Was darüber hinausging, wurde beschlagnahmt. Zwar begann die Aktion im April 48 ein wenig spät, aber das ist immer so, wenn viel geplant, gerechnet und gezählt wird.

»Ihr seid schlimmer als die Nazis«, meinte Kock, als Knaack den Fragebogen abholte.

Weil sie gerade beim Zählen waren, folgte eine Volkszählung. Sie ergab schwarz auf weiß, was viele Kudenower befürchtet hatten: Es gab mehr Flüchtlinge als Einheimische im Dorf. So tief sind wir gesunken! Ein schönes Holsteiner Bauerndorf fest in der Hand der Flüchtlinge.

Petersen rief nach der Volkszählung den Gemeinderat zusammen. Sie saßen in dem mit Hirschgeweihen und Wildschweinköpfen ausstaffierten Klubzimmer des Wallensteiner Hofes und sprachen über den Untergang Kudenows. Bei der nächsten Gemeindewahl werden die Flüchtlinge die Mehrheit haben und diesen wilden Kallweit zum Bürgermeister machen. Das ist eine schöne Demokratie. Die sprechen nicht mal richtig deutsch, aber die Mehrheit, die haben sie. Hundertsechzig Tonnen Land hatte Bauer Kock, aber nur eine Stimme, genausoviel wie der alte Petschelies in der Scheune, der nur einen Handwagen und eine Ziege besaß. Ach, die kleinen Petscheliese werden sich zusammentun, um die Mehrheit zu erringen. Sie werden machen, was sie wollen. Sie werden dem Bauern Kock seine hundertsechzig Tonnen Land wegnehmen und sich in den Häusern der Einheimischen breitmachen, denn sie haben die Mehrheit. Schönen Dank für so eine Demokratie! Das hat es unter Adolf nicht gegeben! Zu vorgerückter Stunde tauchte Pastor Thormählen im verräucherten Klubzimmer des Wallensteiner Hofes auf.

»Die Demokratie kommt aus dem Evangelium!« donnerte er über die Köpfe hinweg. »Vor Gott ist jeder gleich. Da zählt die Stimme des alten Petschelies nicht weniger als deine hundertsechzig Tonnen Land, Fiete Kock!«

Nach diesem Ausbruch kehrte Ruhe ein unter den Wildschweinköpfen. Thormählen bestellte einen Grog und setzte sich zu Bürgermeister Petersen an den Tisch.

»Vor den Flüchtlingen braucht ihr keine Angst zu haben«, fuhr er in gemäßigter Lautstärke fort. »Die haben nur Kartoffelstoppeln, Ährensammeln und Sattwerden im Sinn, die wollen nur überleben.«

»Aber der Kallweit ist ein richtiger Kommunist!« schrie der deutsche Bauer. »Der schreibt lange Briefe an den Landrat und beschwert sich über uns.«

»Laßt ihn doch schreiben. Vielleicht werden sie in der Stadt endlich merken, wie überfüllt Kudenow ist. Das Elend muß zum Himmel schreien, damit sie aufwachen. Wenn alle den Mund halten, bekommt ihr noch mehr Flüchtlinge nach Kudenow.«

Am folgenden Sonntag erledigte Thormählen von der Kanzel herab die üblichen Formalitäten; er verlas die Namen der

Getauften und Beerdigten und verkündete auch, daß die Kollekte des Tages für die Hungernden in Deutschlands Lagern bestimmt sei. Als er damit durch war, warf er seinen massigen Körper auf die Brüstung.

»Wie ihr wißt, haben einige bei der letzten Volkszählung herausgefunden, daß es in Kudenow fünfhundertsechzig Einheimische und sechshundertzehn Flüchtlinge gibt. Das sind die Dummen, die nicht über tausend zählen können. Ich sage euch, Kudenow hat eintausendeinhundertsiebzig Seelen. Und die sind alle gleich vor Gott und alle bloß Menschen!«

Nach der Volkszählung die Viehzählung. Der deutsche Bauer unterschlug acht Gänse. Jemand zeigte ihn auf dem Ernährungsamt an – wenn das man nicht der Kallweit mit seinem Hilfsmotor gewesen ist! –, und Polizist Willers mußte schweren Herzens eine Beschlagnahme-Verfügung zustellen. Am 25. April sollten die Gänse abgeliefert werden. Bis dahin waren sie ordentlich zu ernähren. Der 25. April wurde ein Festtag. Auf dem Schulweg kam den Kindern ein Milchwagen entgegen. Auf dem Bock saß der deutsche Bauer im dunklen Beerdigungsanzug, neben ihm einer der Musiker von Kudenow 98 mit der Trompete um den Hals. Hinter den beiden schnatterten in einem Verschlag die acht Gänse, der Trompeter spielte pausenlos Gänse- und Vogellieder. *Fuchs, du hast die Gans gestohlen... Kommt ein Vogel geflogen... Drei Gans im Haberstroh...Wenn ich ein Vöglein war...* Lärmend zogen sie durch das verschlafene Kudenow, fuhren eine große Schleife um das Horst-Wessel-Haus und hielten vor dem Gemeindeamt. Dort blies der Trompeter ein Nachtwächterlied und das Halali. Als sich im Gemeindebüro nichts rührte, zogen sie weiter Richtung Kreisstadt.

Nach einer Stunde tauchte der Milchwagen vor dem Ernährungsamt auf und verursachte einen kleinen Menschenauflauf. Während der Trompeter, auf dem Bock stehend, zu den Fenstern hinaufblies, entfaltete der Bauer ein Transparent mit der Aufschrift:

> *Es grüßt die bösen Gänseklauer*
> *das Federvieh vom deutschen Bauer!*

Der Trompeter musizierte eine halbe Stunde, aber niemand im Ernährungsamt schien bereit zu sein, den deutschen Bauern zu empfangen. Da machte der Milchwagen wieder kehrt und fuhr, begleitet von einer Kinderschar, zur Stadt hinaus.

Kurz bevor sie Kudenow erreichten, sprang auf rätselhafte Weise die Klappe des Gänseverschlags auf. Verängstigt flatterten die Gänse in die Freiheit, stürmten ein grünes Saatfeld und verschwanden mit heiserem Geschrei im Schilfwald des angrenzenden Kudenower Sees. Der deutsche Bauer saß auf dem Bock und steckte sich eine Zigarre an, während der Trompeter stehend hinterherblies: *Wildgänse rauschen durch die Nacht...*

Nach diesem Zwischenfall fuhr der Milchwagen zum Kudenower Gemeindeamt. Dort gab der deutsche Bauer zu Protokoll, die beschlagnahmten Gänse seien ihm auf unerklärliche Weise entflohen. Wenn das Ernährungsamt sie haben wolle, müsse es sie einfangen. Er verzichte auf alle Rechte an den Tieren und erkläre sie hiermit für herrenlos. Er habe nichts dagegen, wenn sie zu Wildgänsen würden. Damit endete der festliche 25. April. Drei Gänse tauchten später in der Scheune auf, wo sie zu Gänseklein verarbeitet wurden. Die übrigen wurden anderweitig gefressen, oder sie rauschen noch heute als Wildgänse durch die Kudenower Nächte.

Kurts vierzehnter Geburtstag, aber kein Paket aus New York. In Hamburg hatten sie mehrere Postbeamte wegen Unterschlagung von Care-Paketen eingesperrt. Da wird Kurts Geburtstagspaket dabeigewesen sein. Aber es gab Kaninchenbraten. Der alte Petschelies hatte Kurt gezeigt, wie die Tiere umzubringen sind.

»Paß gut auf, die nächsten Karnickel mußt du selber schlachten!«

Erst ein Handkantenschlag hinter die Ohren, das betäubt. Wenn das Tier lang und schlaff vor dir hängt, kannst du es in Ruhe töten. Am schwierigsten ist das Fell-über-die-Ohren-Ziehen. Du mußt vorsichtig sein, damit keine Löcher einreißen. Das Fell brauchen wir nämlich für Pelzhandschuhe und Ohrenschoner. Auch bei Kreuzschmerzen kannst du dir ein Kaninchenfell unters Hemd legen.

Als Kurt aus der Schule kam, stand sein erster Kaninchenbraten auf dem Tisch. Dazu Saure-Sahne-Soße und reichlich Kartoffeln.

»Braten mit Saurer-Sahne-Soße ist Brunos Lieblingsessen«, sagte die Mutter versonnen.

Ellas Geburtstagsgeschenk war eine neue Jacke, die sie in Eigenarbeit genäht hatte.

»Jetzt kannst du dich wieder unter Menschen zeigen, Kurtchen«, meinte sie lachend. Gleichzeitig griff sie Kurts alte Joppe und war in Gedanken schon dabei, das zerschlissene Stück aufzutrennen, um etwas Nützliches herzustellen, Wischlappen zum Beispiel.

Da riß ihr Kurt die Joppe aus den Händen und warf sich über das alte Kleidungsstück.

»Stell dich nicht so an. Kurtchen! Die Joppe ist hin, der Rand durchgescheuert, kein Futter mehr in den Taschen...«

Ella hatte recht. Mit der alten Joppe war kein Staat mehr zu machen. Nur ein paar Erinnerungen hingen daran. Aber Erinnerungen kannst du nicht sehen und fühlen; sie stecken nicht im Ärmel oder im Futter. Darum mußte Kurt die alte Joppe in Sicherheit bringen, mußte sie verstecken vor dem praktischen Verstand seiner Schwester, der alles in nützliche Gebrauchsgegenstände verwandelte, in Fußlappen und Wischtücher. Nach dem Kaninchenessen schleppte er die Joppe auf den Stallboden zu den Orden des Krieges. Da war sie sicher.

Das schönste Erlebnis seines Geburtstages hatte Kurt nicht im Hühnerstall, sondern in der Altenteilerkate. Jerry, der Engländer, kam mit einem größeren Wagen vorgefahren als sonst. Als er die Plane zurückschlug, tauchte ein Damenfahrrad auf, aus England importiert, neu, unberührt, glänzend. So ging es zu in der Welt: Kurt hatte Geburtstag, und Wiebke bekam ein Damenfahrrad! Jerry trug es in die Altenteilerkate, schleppte es die Treppe hinauf und stellte es mitten in die Stube. Fünf Minuten lang durfte Wiebke es bestaunen und berühren, dann mußte sie hinunter auf den Hof.

Als Jerry die Altenteilerkate verlassen hatte, holte Wiebke Kurt ins Haus, um ihm das Fahrrad zu zeigen. Zum erstenmal betrat er Wiebkes kleines Reich, sah auch zum erstenmal ihre Mutter aus der Nähe. Auf Distanz war sie ihm schöner vorgekommen. Wenn du einen Meter vor einem Menschen stehst, siehst du über Dauerwellen und bemalte Lippen hinweg; es bleibt nur noch das einfache Gesicht übrig. Ihm fiel seine Mutter ein, die er noch nie nach Maßstäben der Schönheit gemessen hatte. Warum sollte eine Mutter schön sein? Sie war doch Mutter! Seine Mutter hielt es für würdelos, sich so zu schminken. Als Mensch hast du dich anzunehmen, wie du geboren bist, und nicht in der Natur herumzupfuschen. Eine Frau, deren Mann in Gefangenschaft ist, darf erst wieder hübsch sein, wenn der Mann nach Hause kommt. So gehörte sich das für eine deutsche Soldatenfrau.

Wiebkes Mutter brachte heißen Kakao aus britischen Beständen. Wiebke bimmelte leidenschaftlich mit der Fahrradbimmel, bis ihre Mutter es nicht mehr aushalten konnte und den Volksempfänger einschaltete. In dem Kasten sang Rudi Schuricke die *Caprifischer,* und Wiebke bekam verklärte Augen, als bei Capri die rote Sonne im Meer versank.

»Kann man mit dem Fahrrad nach Capri fahren?«

»Nein, Capri ist eine Insel.«

Kurt konnte Wiebkes Begeisterung über die rote Sonne von Capri nicht recht verstehen. Ihm waren die Wunschkonzerte vom Nordwestdeutschen Rundfunk lieber. Wünsche, die sich um Gefallene, Vermißte, Gefangene, Verschleppte, Verlorene drehten. Der Chor der Gefangenen aus *Nabucco* nahm überhaupt kein Ende. Den *Zarewitsch* spielten sie vorwärts und rückwärts. Noch immer standen Soldaten am Wolgastrand, drei Jahre nach Kriegsende. *Riesengebirglers Heimatlied,* ach du lieber Rübezahl!

Nach Rudi Schuricke begann der Kindersuchdienst. Wiebke wollte abschalten, aber Kurt hielt sie zurück. Es gab nichts Langweiligeres als diese Namenreihen, und doch faszinierte ihn das monotone Aneinanderreihen von Namen und Schicksalen. *Gesucht wird Günter Baldruschat, geboren am 9. August 1941 in Gumbinnen, zuletzt gesehen an Bord eines Truppentransporters auf der Fahrt von Hela nach Bornholm im April 1945. Günter Baldruschat ist blond, blauäugig, er hat unter dem linken Ohr ein Muttermal. Er hört auch auf den Namen Günni... Gesucht wird Ingelore Wurm... Gesucht wird...* und so weiter und so weiter.

Vielleicht stand auch Kurt Marenke in den Listen des Kindersuchdienstes. Mit einem Kreuzchen versehen, weil sie ihn gefunden hatten. Oder sie hatten vergessen, ihn abzuhaken. Dann käme eines Tages sein Name durch das Radio – Kurt Marenke wird in ganz Deutschland ausgerufen!

Als er aus dem Fenster blickte, sah er einen Menschenauflauf vor dem Eingang der Burg. Die Frauen aus der Scheune und die Mutter standen andächtig im Halbkreis. Auf der Treppe die Bäuerin mit einem Stück Papier in der Hand, dahinter Ina mit einem Tränenstrom, der ein Mühlrad antreiben konnte.

Kurt und Wiebke rannten auf den Hof, mischten sich unter die Frauen, sahen die Bäuerin einen Brief in die Höhe halten und hörten sie rufen: »Mien lewe, lewe Jung!«

Ja, er lebte. Gerhard Kock lebte. Auf häßlichem, grauem Papier hatte er aus Rußland geschrieben.

»Kommt rein! Kommt rein!«

Die Bäuerin öffnete die Tür. Scheu folgten die Frauen, versammelten sich in der Küche wie zu einer Andacht. Die Bäuerin gab den Brief nicht aus der Hand, hob ihn hoch, um ihn zu zeigen. So sehen Briefe aus Rußland aus! Solche Briefe bekommt der Mensch nur einmal in seinem Leben.

Sie begann laut zu lesen, unterbrach sich aber und schickte Ina in die Speisekammer, um eine Schürze voll Eier zu holen. Sie wollte etwas Gutes tun, und da waren ihr die Eier eingefallen, die sie an die Frauen verteilen ließ zur Erinnerung an den Tag, an dem Gerhard Kock aus Rußland geschrieben hatte.

Mutter Marenke verließ als erste die Burg. Ohne Eier. Müde ging sie über den Hof. Kurt lief hinterher. Er fand sie neben dem Herd, auf dem die Kartoffeln blubbernd kochten und der heiße Dampf den Emailledeckel klappern ließ.

Du brauchst nichts zu sagen, Mutter. Kurt Marenke weiß, was du denkst. Der liebe Gott ist ungerecht, denkst du. Die Bäuerin hat nichts verloren, sie sitzt auf vollen Kellern und Speichern, hat vom Krieg nichts gespürt... und zu guter Letzt bekommt sie noch den Sohn wieder. Aber kein Mensch denkt an Mutter Marenke!

Kurt stand hinter ihr und wußte nicht, wie er ihr helfen sollte. Bis die Mutter selbst den rettenden Gedanken fand. Es mußte an der Post liegen. Wohin wollte Bruno Marenke schreiben? In Ostpreußen werden keine Briefe mehr zugestellt, und bis die neuen Adressen der durcheinandergewürfelten Flüchtlinge wieder geordnet sind, dauert es Jahre. Der Junge kann ja gar nicht schreiben!

»Du mußt für mich einen Brief an das Rote Kreuz aufsetzen. Kurtchen.«

Er tat es gern und gab sich größte Mühe mit der Schönschrift. Kurt teilte dem Roten Kreuz die neue Adresse der Anna Marenke geborene Podlich mit. Falls da ein Brief aus Rußland käme von einem gewissen Bruno Marenke, ach, dann möchten sie ihn doch bitte weiterleiten nach Kudenow. Dort wird er herzlich erwartet.

Die Engländer hielten Wort und schickten Wiebkes Vater aus der Gefangenschaft nach Hause. Erst fuhr er nach Hamburg. Als er dort seine Hausnummer nicht fand, erkundigte er sich bei den Behörden nach seiner Familie und machte sich auf den Weg nach Kudenow. Der Hamburger ist da! Der hat sogar einen schweren Koffer mitgebracht. Sah nicht verhungert aus, schleppte kein Wasser in den Gliedern mit sich herum. Keine Verletzungen. Ein gesunder Mann von vierzig Jahren.

Nach der ersten Begrüßung schickten sie Wiebke auf den Hof. Mein Gott, hatten die es eilig!

Wiebke hüpfte ausgelassen über die Pfützen und sagte jedem, den sie traf, daß ihr Vater nach Hause gekommen sei. Kurt mistete den Kaninchenstall aus, als Wiebke mit der frohen Botschaft angetanzt kam. Sein erster Gedanke war Jerry, der lustige Engländer. Was sollte aus dem werden?

Aber Wiebke sprach nur über ihren Vater. Nicht zu glauben, wo der überall herumgekommen war. Sogar in Kanada ist der gewesen, fast hätte er die Niagarafälle gesehen. Stundenlang wird er Wiebke erzählen vom Krieg und von der Gefangenschaft, von der Schiffsreise über den Ozean und von kanadischen Bärenjagden. An heißen Tagen wird er mit Wiebke zum Kudenower See gehen, um zu baden. Denn Wiebkes Vater war ein großer Schwimmer. Im Krieg hatte er ihr während eines Heimaturlaubs im Hamburger Stadtparksee das Schwimmen beigebracht.

Kurt hörte geduldig zu, während Wiebke unaufhörlich plauderte. Sie wollte mit ihrem Vater zusammen Radio hören, stundenlang. Die *Caprifischer* wird sie ihm vorsingen. Hast du 'ne Ahnung, was die deutschen Kriegsgefangenen in England gesungen haben?

Während sie sprach, trat Wiebkes Vater auf den Hof. So, wie er gekommen war, die Soldatenmütze auf dem Kopf, den Rucksack auf dem Rücken, den Koffer in der Hand. Er sah aus wie ein Hausierer, der Wiebkes Mutter Knöpfe und Zwirn verkauft hatte.

»Da geht er wieder«, bemerkte Kurt.

Der Mann strebte eilig der Dorfstraße zu. Wiebke rannte

hinterher und erwischte ihn hinter der tausendjährigen Eiche.

»Ich muß noch einmal in die Stadt«, sprach der entlassene Kriegsgefangene, der Wiebkes Vater war. Er hatte noch etwas mit seinen Entlassungspapieren zu klären. Außerdem mußte er einen Scheidungsanwalt suchen und eine Trümmerfrau, denn wenn du nach fünf Jahren heimkehrst, brauchst du vor allem eine Frau.

Aber das sagte er nicht. Er ergriff Wiebkes Hand und quälte sich ein Lächeln ab. Dann hob er den Koffer hoch und setzte sich in Bewegung, um den Zug nach Hamburg nicht zu verpassen. Wiebke wollte ihn zum Bahnhof begleiten, aber ihr Vater bestand darauf, allein zu gehen. Also gut. Mißmutig bummelte sie zu Kurts Kaninchenställen, während ihr Vater hinter den Linden der Dorfstraße verschwand.

»Es muß ein dämliches Gefühl sein«, meinte Kurt. »Du kommst aus englischer Gefangenschaft, und zu Hause findest du wieder einen Engländer.«

»Meinst du, deshalb ist er weggegangen?«

Kurt nickte.

»Ist das denn so schlimm?«

»Ja, sehr schlimm«, behauptete Kurt. Er verstand nicht viel von diesen Dingen, aber so viel hatte er begriffen. In der Welt der Erwachsenen war das, was Wiebkes Vater zugefügt worden war, schmerzhaft, demütigend und verletzend. Du wirst besiegt und dann noch mit dem Sieger betrogen.

»Ich werde nur eine Frau heiraten, die mindestens fünf Jahre treu sein kann«, erklärte Kurt feierlich. Fünf Jahre, vom großen Brand Hamburgs 1943 – damals hatte Wiebkes Vater Sonderurlaub bekommen – bis zur Entlassung aus englischer Kriegsgefangenschaft im Frühling 1948.

Wiebkes Mutter rief sie ins Haus.

»Dein Vater und ich haben uns ausgesprochen... Weißt

du, nach so langer Zeit versteht man sich manchmal nicht mehr, lebt sich einfach auseinander...«

Wiebke blickte betroffen auf den Fußboden.

»Wenn ich ein Mann wäre, würde ich nur eine Frau heiraten, die mindestens fünf Jahre treu sein kann«, sagte sie trotzig.

»Kind, Kind, was redest du für einen Unsinn!«

Wiebkes Mutter begann zu weinen. Sie versuchte, Wiebke an sich zu ziehen, aber die wich aus, rannte die Treppe hinunter, nahm ihr Fahrrad, das von Jerry geschenkte Fahrrad, und raste hinter ihrem Vater her. Doch der saß schon in der Kudenower Kleinbahn auf dem Weg zu seiner Trümmerfrau.

»So ist der Krieg«, seufzte Mutter Marenke am Abend beim Rühren der Klunkersuppe. »Er hat alles kaputtgemacht. Er hat das Gute im Menschen zerstört. Die armen Männer, die nach Hause kommen und so etwas vorfinden!«

Es gab keinen Zweifel, auf wessen Seite Mutter Marenke stand.

Von Monat zu Monat ging es dem Bauch besser. Der Hunger ließ nach. Es häuften sich die Gelegenheiten, auf anständigem Wege oder schwarz zu Sonderrationen, Bezugsscheinen, Geschenken oder Abfällen zu kommen. Die Sättigung hatte einen solchen Grad erreicht, daß die Menschen schon wieder Zeit fanden, sich moralisch zu entrüsten. Zum Beispiel über die zweitausend deutschen Schokoladenmädchen, die an den Manövern der amerikanischen Armee bei Grafenwöhr in Süddeutschland teilnahmen. Sie hausten rund um das Manövergelände in Kellern, Scheunen, Sandkuhlen und Zelten.

Herrliches Manöverleben! Du springst in einen Schützengraben, und unter dir krabbelt ein Schokoladenmädchen.

Ein Teil der Besserung war darauf zurückzuführen, daß der Mangel gerechter verteilt wurde. Lieber Himmel, was gab es da alles, das die Engländer und die deutschen Behörden zu bedenken hatten! Sie wetteiferten im Erlassen von Verordnungen und Befehlen. Für Kudenow erlangte die »Verordnung über die Bewirtschaftung und Erfassung von Schnittholz« einige Bedeutung. Wer mehr als drei Kubikmeter Holz hinter seinem Schuppen liegen hatte, mußte es melden und den Überschuß abliefern. Um ein Haar wären die von Petschelies im Kudenower Moor gesammelten Holz- und Torfvorräte beschlagnahmt worden. So genau nahm es die Verordnung.

Unwichtig für Kudenow war dagegen die Verordnung, die das Autofahren nur erlaubte, wenn ein »öffentliches oder volkswirtschaftliches Bedürfnis« vorlag. Schieber-Schmidt, der das einzige Auto des Dorfes besaß, konnte sein Bedürfnis leicht nachweisen. Auch für Kocks alten Traktor wäre das Bedürfnis wohl vorhanden gewesen, aber das Biest fuhr aus anderen Gründen nicht: Seit 1940 fehlten ihm die Ersatzteile.

Bevor Knecht Stolten seine fünfzehn Tabakpflanzen hinter Kocks Komposthaufen wachsen und blühen lassen durfte, mußte er zum Amt, um sie anzumelden. Denn auch die Tabakpflanzen standen in einer Verordnung, mußten gezählt, registriert, aufgeschrieben werden.

Als zu hoch wurde die Strafe empfunden, die auf Krämer Vagt wartete, wenn er weiterhin Handel mit Kohlsaat in Kleinpackungen betriebe. Hunderttausend Reichsmark konnte das kosten. Die bunten Sämereitüten, die für viele Jahre der einzige Lichtblick in den trostlosen Auslagen der Gemischtwarengeschäfte gewesen waren, verschwanden auf höhere Anordnung von der Bildfläche. Nur Gärtnereien bekamen Saat. Erbsen zur Aussaat durften an die Bevölkerung laut Verordnung nicht vor dem 1. März, Bohnen nicht vor dem 1. Mai verkauft werden. Die hatten Angst, die Menschen würden die Saat aufessen.

Aber sonst ging es besser mit Deutschland. Vor allem der Frühling kam, unbewirtschaftet, ungeplant. Sonnenwärme ohne Bezugsschein. Aus den Knicks Sträuße wilden Flieders. Fische aus dem Kudenower See. Sauerampfer von den Wiesen.

Du spielst immer noch nicht mit Jungs. Zu Hause hattest du so viele Freunde.

Was haben sie bloß mit dir gemacht in den zwei Jahren, daß du so wunderlich bist?

Fehlt dir etwas. Kurtchen?

Die Zeiten sind schlecht, aber uns geht es besser als vielen anderen. Denk mal an die Kinder in der Stadt. Die haben noch weniger zu essen!

Und die in der Scheune. Wieviel besser geht es uns als den Menschen in der Scheune!

Ich finde es nicht gut, daß du immer mit der Wiebke spielst. Die wird genauso wie ihre Mutter.

Immer wenn die Mutter mit diesen Sprüchen anfing, verzog sich Kurt nach draußen. Meistens mußte er noch Kaninchenfutter holen oder nach den Pferden sehen. Dann trabte er los, fing an, etwas Lustiges zu pfeifen, das Stolten ihm beigebracht hatte. Manchmal holten ihn Mutters Sprüche ein. Dann saß er mit hängendem Kopf im Gras und fragte sich, ob er noch normal sei. Anstatt mit den Scheunenkindern Völkerball zu spielen, lag er lieber mit dem Fremden von der Grenze im Heu und starrte durch die Bretterritzen auf den Hof. Warum mochte er die einsamen Knicks lieber als den Lärm auf Peschkas Schulhof? Warum konnte er stundenlang schweigend zusehen, wenn Stolten seinen Tabak schnitt? Warum hörte er mit Inbrunst dem alten Petschelies zu, wenn er von der Memel erzählte, die – das kannst mir glauben, Jungche! – wie ein breites, mächtiges Ungeheuer aus Rußland angeschwommen kam, um die Wiesen des alten Petschelies zu überfluten?

Du bist nicht gesund, Kurt Marenke!

Es mußte mit seinem Anfang in Kudenow zusammenhängen, mit der seltsamen Russenmütze, mit der Großmutter aller Läuse, die ihm einen Todesschreck eingejagt hatte, mit der Krätze, die ihn vor allen Schulkindern bloßstellte, mit den Holzpantoffeln, die ihn vom Fußball ausschlossen, und mit den von Ella geliehenen langen Strümpfen, die ihn wie ein Mädchen aussehen ließen. Wenn du in einem Dorf wie Kudenow so anfängst, wirst du die Rolle des Sonderlings nicht mehr los.

Im Mai 48 unternahm Kurt den Versuch, der Mutter zuliebe, wieder Anschluß zu finden an die Welt der kleinen Fußball- und Völkerballspieler. Damals bekam der TSV Kudenow den ersten Lederball nach dem Krieg. Nicht auf Bezugsschein, sondern auf Umwegen. Wie viele gute Dinge kam der Fußball aus englischen Beständen, und zwar aus dem Heereszeugamt in Glinde. In diesem Riesenkomplex der ehemaligen deutschen Wehrmacht hatten sich die Engländer eingenistet. Sie veranstalteten jedoch keine Paraden und Panzeraufmärsche, sondern hielten sich vornehm zurück, nebenbei bemerkt ihre größte Leistung während der Besatzungszeit. Abgeschlossen von der Außenwelt, tranken die Engländer im Heereszeugamt Glinde Tee und spielten Fußball. Die Deutschen kamen nur als Arbeiter und Reinigungspersonal in das umzäunte Gelände. Es gab deutsche Tischler-, Elektriker- und Autowerkstätten, sogar eine Wäscherei und eine deutsche Nähstube für englische Uniformröcke.

Eines Tages beobachtete ein Tischler aus Kudenow, der bei den Engländern Hobelspäne zusammenfegte, wie ein Fußball in der Krone einer Trauerweide hängenblieb. Den Baum abzusägen war den Engländern zu mühselig, auf den nächsten Sturm zu warten dauerte ihnen zu lange. Sie holten einen neuen Ball und spielten weiter, vergaßen das kostbare Stück in der Trauerweide. Nach Einbruch der Dunkelheit kroch der Tischler in die Baumkrone, ließ die Luft aus dem Ball, schob das Leder unter seinen Pullover, kam unbemerkt an der Torwache vorbei und stiftete den Ball dem TSV Kudenow. Die einzige Bedingung: Als erstes sollte die Schülerfußballmannschaft gegründet werden, denn noch immer kam es auf die Kinder an, vor allem auf die Kinder.

Eine Woche später versammelten sich die Jungen, die bisher auf Peschkas Schulhof mit Blechdosen und Lumpenbällen gespielt hatten, auf der Ringreitwiese. Auch Kurt Marenke gehörte zu ihnen. Bei diesem Treffen stellte sich heraus, daß der Tischler einen entscheidenden Fehler gemacht hatte. Er hätte den Engländern auch Fußballstiefel klauen sollen. Für einen harten englischen Ligaball benötigt man vernünftiges Schuhwerk, sonst brechen die Zehen. Da helfen keine Klappern und Sandalen, auch Zehen-Einkrallen nutzt wenig. Dem Vorstand des TSV Kudenow blieb nichts anderes übrig, als die große Zahl der Bewerber nach dem Schuhzeug einzuteilen. Wer keine Fußballstiefel besaß, kam auf die Warteliste der Schülermannschaft. Und siehe da: Als sie sich die Aufteilung anschauten, standen auf der einen Seite die Flüchtlinge und auf der anderen die Einheimischen. So ist das, wenn du keinen Hausboden hast, auf dem in einer verstaubten Truhe

Vaters Fußballstiefel warten, und wenn die Mutter keinen Speck hat, um einen so unerhörten Luxusartikel wie Fußballstiefel einzutauschen.

Kurt erinnerte sich an Gerhard Kocks Zimmer, in dem ein Paar Fußballstiefel nutzlos an der Wand hingen.

»Aber die gehören doch unserem Gerhard!« rief die Bäuerin entsetzt, als Kurt nach den Stiefeln fragte.

Daran sollte sich ja nichts ändern. Kurt wollte die Stiefel nur ausleihen. Er versprach, sie nach jedem Spiel zu säubern und in Gerhards Stube zurückzubringen.

Aber das ließ die Bäuerin nicht zu. Sie erzählte ihm, wie Gerhard an seinen Fußballstiefeln gehangen hatte. »Wenn der aus Rußland kommt, spielt er wieder Fußball. Neununddreißig waren die Jungmannen von Kudenow sogar Kreismeister.« Sie holte ein Foto der Meistermannschaft von 1939 und zeigte es Kurt. Gerhard Kock als rechter Flügelstürmer. Im Hintergrund ein Mast mit der Hakenkreuzfahne. »Fünf von den Jungs sind gefallen«, sagte die Bäuerin und tippte mit dem Finger auf die Toten. »Ist das nicht schrecklich, was dieser Krieg angerichtet hat?«

Sie erzählte und erzählte. Die Fußballstiefel entschwanden in immer weitere Ferne. Schließlich waren sie überhaupt nicht mehr zu sehen, und Kurt landete wieder auf dem Stallboden, wo es still und gemütlich war und die Spinnen lange Hängebrücken von einem Balken zum anderen bauten.

Die Kälte hatte sie gut überstanden. Auch die Regenzeit im Frühling, als das Wasser von drinnen und draußen am Scheunenholz herabgelaufen war. Aber nun, im schönsten Sommer, als das Schlimmste vorüber war, legte sie sich hin, um zu sterben. Die Frau des alten Petschelies war immer eine unscheinbare Person gewesen, vollauf beschäftigt mit den Töpfen, Lappen, Eimern und Kochgeschirren in ihrem Scheunenfach. Dazu schweigsam. Eine grauhaarige Frau, die du erst bemerkst, wenn sie nicht mehr da ist.

»Ich muß sie in fremder Erde begraben!« Das war für den alten Petschelies das Schlimmste. An der Memel wartete ein geräumiger Friedhof mit Erbbegräbnis und weitem Blick vom Totenhügel auf Stadt und Strom. Aber vielleicht hat die Artillerie den Gottesacker umgepflügt, und das Unkraut ist höher gewachsen als die Grabsteine.

»Für die Auferstehung ist es egal, ob unsere Toten in Ostpreußen oder Holstein begraben liegen«, behauptete Pastor Thormählen, als er einen Totenbesuch in der Scheune machte. »Vor Gott zählt nicht die Erde, sondern die Seele.«

Auch Kurt besuchte die Tote, die zwei Tage in der Scheune lag, während in den übrigen Fächern das Leben weiterging. Sie lag in Decken gehüllt auf ihrem Strohsack, als stellte sie sich schlafend. Kurt hatte Tote in langen Reihen gesehen, kreuz und quer verstreut. Er erinnerte sich an einen Kinderwagen mit Inhalt bei zwanzig Grad Kälte in einer Fichtenschonung neben der Straße der Flucht. Auch die Toten in den Typhuslagern fielen ihm ein. Aber jene Fülle des Sterbens hatte ihn nicht beeindruckt; die Toten waren ihm wie erkaltete Gegenstände vorgekommen. Darum wunderte er sich, daß ihm der Tod der alten Frau Petschelies, einer Person, mit der er kaum gesprochen hatte, so naheging. Ergriffen sah er zu, wie der alte Petschelies im Beisein der Toten den täglichen Verrichtungen nachging: Kochgeschirr ausspülen, die Ziege beschicken, Kartoffeln schälen, aber nur für eine Person. Achtundsechzig Jahre ist sie alt geworden.

Zur Beerdigung kamen die Flüchtlinge zusammen. Ina folgte als einzige aus der Burg; sie brachte einen Kranz mit von Friedrich Kock und Frau und weinte so herzergreifend, daß es für die ganze Burg ausreichte.

Kallweit trat nach dem christlichen Teil der Beerdigung ans offene Grab.

»Elise Petschelies! Es war uns nicht vergönnt, dich in Heimaterde zu begraben. Aber wir geloben dir, die Heimat nicht zu vergessen!«

Wirklich, dieser Kallweit verstand es, die richtigen Worte zur richtigen Zeit zu finden.

In der Scheune gab es ein Beerdigungsessen. Sie stellten die rohen Tische nebeneinander, dazu Bänke und Hocker. Ein Scheunentor blieb weit geöffnet. Die Sonne fiel schräg ein, füllte die Fächer eins und zwei und das untere Ende der Tafel mit Licht und ließ die Staubkörnchen über den Köpfen der Sitzenden tanzen. Es gab eine Kaffeetorte, die die Scheunenfrauen für den alten Petschelies gebacken hatten, garniert mit übersüßer Brombeermarmelade. Dazu Lindenblütentee, soviel jeder wollte. Auch reichlich Brot mit Sirup. Aber nur eine Flasche klaren Schnaps. Während der Beerdigungsfeier quiekten im Schweinegarten Kocks Ferkel. Kassebohms Bulle brüllte die kahlen Wände des Kuhstalls an. Knecht Stolten fuhr alle halbe Stunde mit einem Heuruder vorbei und verdunkelte jedesmal die Beerdigungstafel. Der Geruch des frischen Heus zog durch die Scheune. Pfefferminze, Schafgarbe und Kamille waren dabei. Der gleiche Geruch wie auf den Memelwiesen.

»Nur gut, daß die alte Frau Petschelies nach dem zwanzigsten Juni gestorben ist«, meinte die Mutter. »So hat er für sie wenigstens noch Kopfgeld bekommen. Ohne ihr

Kopfgeld hätte er die Beerdigung nicht ausrichten können.«

Diese Aufregung um das neue Geld! Es hieß wie das alte, Mark; nur vom Reich war nichts mehr zu sehen. Die Deutschen waren nicht reich, und sie besaßen kein Reich.

»Das Geld mußte geändert werden, weil das Reich hin ist«, behauptete der alte Petschelies. »Ohne Reich brauchen wir keine Reichsmark.«

Sechzig neue Mark für jeden bar auf die Hand, davon vierzig sofort, zwanzig später als Nachschlag. Die Mutter brachte den Segen für die drei Marenkes nach Hause und breitete ihn auf dem Tisch aus:

1 Fünfzigmarkschein
2 Zwanzigmarkscheine
4 Fünfmarkscheine
1 Zweimarkschein
4 Einmarkscheine
8 Fünfzigpfennigscheine

Hartgeld kam erst später.

»Das ist Friedensgeld«, sagte die Mutter feierlich und ließ ihre Kinder die neuen Scheine betasten. Kurt wunderte sich über das große Vertrauen, mit dem die Mutter das neue Geld entgegennahm. So, als wäre nun der ganze Spuk vorüber, als begänne mit dem neuen Geld eine großartige Zeit. Könnte es nicht sein, daß das neue Geld eines Tages auch alt wird und nichts mehr taugt? So viele Menschen hatten im Vertrauen auf das Deutsche Reich ihre Sparstrümpfe mit Reichsmark gefüllt. Auch Kurt besaß ein Sparkonto mit sechshundertfünfzig Reichsmark Kontostand auf der Sparkasse in Lötzen. Das heißt, er hatte es besessen. Die Rote Armee war eingezogen und hatte einen dicken Strich durch sein Konto gemacht.

»In meiner Mädchenzeit gab es die ganz große Inflation«, erzählte die Mutter, während sie um den Tisch saßen und das neue Geld betrachteten. »Das war nach dem Ersten Weltkrieg. Wenn das Geld aus der Stadt in Kruglanken eintraf, taugte es nur noch zum Feueranmachen.«

Die Mutter erinnerte sich daran, daß ein Dutzend Hosenknöpfe für eine Milliarde Mark zu haben war. Damals hörten die Menschen auf, mit Geld zu rechnen, weil ihnen das Zählen schwerfiel. Die Mutter sprach über jene Zeit wie über ein furchtbares Unwetter, ein von Menschenhand nicht beeinflußbares Ereignis, das der liebe Gott geschickt hatte, um seine Kinder zu strafen. Während Ella wieder und wieder das neue Geld zählte, hörte Kurt der Mutter mit offenem Munde zu. Was hast du schon alles durchgemacht, Mutter! Den Ersten Weltkrieg mit dem Russeneinfall in Ostpreußen. Die Inflationszeit. Vor dem Adolf noch einmal Elend und Arbeitslosigkeit. Im Dritten Reich anfangs tatsächlich mehr Butter als Kanonen, dann nur noch Kanonen. Den Zweiten Weltkrieg. Vater tot. Bruno in Gefangenschaft. Die Hunger- und Flüchtlingszeit nach dem Krieg... Das alles in einem Leben! Es war fast zuviel für einen Menschen allein.

Das neue Geld veränderte den Wert der Menschen. Wegen der sechzig Mark Kopfgeld grüßte Krämer Vagt plötzlich auch Flüchtlinge, die er auf der Straße traf. Vierhundert Waren hatten die Behörden zusammen mit dem neuen Geld aus der Bewirtschaftung entlassen: Möbel, Radios, Haushaltswaren, Fahrräder. Ach ja, ein Fahrrad möchte Kurt Marenke schon gern haben, um mit Wiebke durch Kudenow zu radeln. Doch der Preis eines Fahrrads überstieg jede vernünftige Vorstellung. Ein Fahrrad hätte das Kopfgeld der ganzen Familie Marenke verschlungen. Es war sinnlos, davon zu träumen.

Am Tag nach der Währungsreform kam Bauer Kock in die

Scheune und sagte; »Nun sind wir alle gleich! Jeder fängt mit sechzig Mark Kopfgeld neu an.«

»Von wegen gleich«, brummte der alte Petschelies ihm nach. »Die Bauern haben das Land. Das ist unbezahlbar wie Blut. Wir Flüchtlinge verzichten gern auf das Kopfgeld, wenn wir nur unser Land bekommen.«

Kaum war das neue Geld unter den Menschen, schrieben die Zeitungen vom Krieg. Die Russen hatten Berlin eingekesselt. Geht das überhaupt, eine Stadt wie unser Berlin mit Flugzeugen zu versorgen? Da müssen Kartoffeln, Briketts und Brennholz hingeflogen werden. Wer soll die Herumfliegerei bezahlen? Mit dem Geld für die Luftbrücke könnten sie tausend Häuser für Flüchtlinge bauen!

»Wenn es einen neuen Krieg gibt, sehen wir unsere Gefangenen nie wieder«, jammerte die Mutter. Sie sollten doch wenigstens so lange warten, bis die Gefangenen des alten Krieges zu Hause waren.

In Kudenow erblickte niemand die Luftbrücke. Täglich brummten fünfhundert Dakota-Maschinen nach Berlin, aber nicht eine einzige flog über den Kudenower See. Auch die für den Kartoffel- und Briketttransport bestimmten riesigen Skymaster ließen sich über Kudenow nicht blicken. Das »Wunder der Luftbrücke«, wie Peschka es feierlich nannte, spielte sich weiter südlich ab, in der englischen Luftbrückenzentrale Wunstorf.

»Die Luftbrücke ist ohne Beispiel in der Geschichte«, behauptete Peschka vor den Schulkindern, womit er nicht ganz Unrecht hatte, denn es gab ja erst seit gut vierzig Jahren Flugzeuge. »Davon werden unsere Enkel und Urenkel erzählen!« rief er in die Klasse. Er ließ den besten Zeichner an die Tafel treten und die Luftbrücke malen. Start in Wunstorf bei Hannover; da stand ein großes W auf der Tafel. Steigflug in Richtung Kreidekasten. Dann ein weiter Bogen bis Berlin-Gatow; da stand ein B auf der Tafel. Der Zeichner gab sich die größte Mühe, aber statt der Luftbrücke kam immer nur ein hübscher Regenbogen von zweihundert Kilometer Länge heraus. In den Bogen zeichnete er putzige kleine Flugzeuge, die ohne Bombenlast den Regenbogenhalbkreis hinaufflogen und auf einem zweiten Regenbogen erleichtert zurückkehrten. An den Endpunkt der Luftbrücke malte Peschka eigenhändig den Berliner Funkturm und das Brandenburger Tor und umzäunte die beiden Symbole der deutschen Reichshauptstadt mit einem Stacheldrahtverhau. Das war's!

»Verstehen soll das, wer will«, meinte der alte Petschelies verwundert. »Vor drei Jahren haben die Amerikaner und Engländer unsere Städte in Trümmer gehauen und dabei Frauen und Kinder totgeschlagen. Heute fliegen sie Kartoffeln nach Berlin, damit Frauen und Kinder nicht verhungern.«

Nach einer Woche war die Aufregung um die Luftbrücke verflogen. Die natürlichen Regenbogen über dem Kudenower See bestimmten das Bild. Der Krieg wurde verschoben. Die Flugzeuge brachten tatsächlich nur Kartoffeln nach Berlin.

Während die Rosinenbomber ihre Last in die eingeschlossene Stadt trugen, war die größte Sorge der Kudenower, wie das Wetter zum Kinderfest würde. Eigentlich hieß das Fest Vogelschießen; aber weil die Engländer alles verboten hatten, was mit Schießen zusammenhing, beschränkten sich die Kudenower Kinder auf Sackhüpfen, Eierlaufen, Weitsprung und Ballwerfen. Wiebke wurde Königin im Eierlaufen. Statt der Rosinenbomber kreiste ein Bussard über Kudenow, und in den Beek-Wiesen schwärmten die Mücken.

Übrigens nahm Kurt an dem Kinderfest nicht teil, weil er und der alte Petschelies an diesem Tag ihr erstes Geld, neues, gutes Geld, verdienten. Petschelies rammte Pfähle in die Erde der Festwiese und nagelte Stangen darüber. Kurt malte ein Schild *Fahrradwache* und einen Richtungspfeil, der in die Ecke zwischen Festwiese und Friedhof zeigte. Dort ein zweites Schild:

Fahrräder   *10 Pfennige*
Fahrräder mit Hilfsmotor   *15 Pfennige*

Der alte Petschelies drückte Kurt ein Beutelchen für das Kleingeld in die Hand.

»Du kannst besser zählen als ich alter Mann«, brummte er und schickte Kurt zur Kasse des Fahrradstandes. Er selbst pusselte hinten bei den Rädern herum, stellte sie ein, holte sie heraus und hielt es für seine Pflicht, Plattfüße aufzupumpen. Wenn Kurt Zeit hatte, setzte er sich auf den Zaun und hatte dann zur Linken die Festwiese und rechts die langen Reihen der Gräber und Grabsteine, auf der einen Seite den Lärm und auf der anderen die Stille. Kurt fragte sich, ob das lange gutgehen konnte, Rummelplatz und Friedhof nebeneinander. Irgendwann wird einer aus dem Grab steigen und sich gestört fühlen von dem Lärm der Lebenden. Wiebke, die treue Seele, brachte Kurt ein Eis. Jerry hatte ihr eine Mark geschenkt, weil sie Königin geworden war. Da saßen die beiden zwischen den Toten und den Lebendigen, lutschten ihr Eis und sahen dem alten Petschelies zu, der ein Damenfahrrad flickte.

Aber am allerschönsten war der Abend. Als das letzte Fahrrad abgeholt wurde, nahm der alte Petschelies den Klingelbeutel in die Hand und schüttelte ihn heftig.

»Da ist bestimmt ein halbes Pfund Geld drin, Jungche«, verkündete er stolz.

Auf dem Heimweg machte Petschelies einen Abstecher zu Krämer Vagt und holte sich zur Feier des Tages ein Päckchen Feinschnittabak. In der Scheune öffnete er noch vor dem Geldbeutel das Tabakpäckchen und befühlte das Kraut. Es war weich wie Lämmerwolle. In richtig feierlicher Handlung stopfte er die Pfeife mit dem Feinschnitt, zündete sie an, und erst danach schüttete er den Geldbeutel auf den Tisch und begann mit Kurt zu zählen.

»Wenn das meine Elise noch erlebt hätte!«

Sie saßen bis spät in die Nacht in Petschelies' Scheunenfach, umhüllt vom Feinschnittrauch und gestärkt von heißem Lindenblütentee. Hinter ihnen meckerte die Ziege.

Eigentlich hatte sich wenig verändert. Früher gab es reichlich Geld, aber keine Waren. Nun tauchten die Waren in den Schaufenstern von Schieber-Schmidt und Krämer Vagt auf, aber das Geld fehlte. »Irgend etwas fehlt immer«, erklärte Petschelies die neue Lage, »sonst hätten wir das Paradies auf Erden.«

Das Kopfgeld war rasch verbraucht. Die große Maschine, die es ausgespuckt hatte, stand still. Wer mehr Geld haben wollte, mußte es schwer erarbeiten. Der neue Zustand war schlimmer als die Zeit der Bezugsscheine. Du siehst die Dinge greifbar nahe, kannst sie aber nicht bekommen. Zum Beispiel die neuen Fahrräder, die auf dem Hof von Hannes, dem Schmied, standen. Sie waren mit einer Hundekette am Haus befestigt und mit riesengroßen Preisschildern versehen: *120 Mark*. Schade, daß Fahrräder nicht zu den Jedermann-

Waren gehörten, den Billigangeboten, die die Behörden unter das Volk brachten, um den größten Warenhunger zu stillen und die Menschen davon abzuhalten, die Schaufenster einzuschlagen.

Auch bei der Ernährung hörte die Freiheit des neuen Geldes auf. Was der Bauch brauchte, wurde ihm weiterhin von Gesetzen und Verordnungen zugeteilt. Lebensmittelmarken blieben nach dem neuen Geld die wichtigsten Papiere. Ein »Gesetz zur Sicherung und Erfassung von Milch« verlangte die Ablieferung jedes Milchtropfens. Selbstversorger durften pro Kopf einen halben Liter behalten. Wie die Beamten in der Stadt, die dieses Gesetz erfunden hatten, sich wohl das Kühemelken in Kudenow vorstellten? In Kocks Kuhstall kannst du unter die Bäuche der braven Tiere kriechen, die Striche umbiegen und dir deine Selbstversorgung direkt aus dem Euter in den Mund spritzen. So einfach geht das.

Ein »Gesetz gegen Preistreiberei« bedrohte mit Gefängnis, in schweren Fällen mit Zuchthaus, wer für Güter des lebenswichtigen Bedarfs unangemessene Preise forderte. Wir dürfen es nicht zulassen, daß einige wieder anfangen, sich mit dem neuen Geld zu bereichern!

Bereichern war übrigens der richtige Ausdruck für das, was sie Kasulki von der Deutschen Hilfsgemeinschaft vorwarfen. Eines Morgens umstellte Dorfpolizist Willers mit zwei Kriminalbeamten aus der Stadt das Horst-Wessel-Haus, um Kasulki zu verhaften. Unterschlagung von Hilfsgütern, Handel mit Lebensmittelkarten und Fälschung eines Bezugsscheines für vier Autoreifen, das waren seine Verbrechen. Das Auto hatte die Untaten an den Tag gebracht. Es konnte nicht mit rechten Dingen zugehen, wenn ein Mensch wie Kasulki drei Jahre nach Kriegsende schon mit einem Auto in der Gegend herumkutschierte. Das war sogar der Polizei aufgefallen. Mit keinem Wort wurden im polizeilichen Protokoll die Frauen erwähnt, die Kasulki mit den unterschlagenen Gütern beglückt hatte und die ihm dafür hatten zu Willen sein müssen. Vielleicht war das nicht strafbar. Auch hatte Kasulki in diesem Punkt ein reines Gewissen, schien es ihm doch, als hätten die Frauen es freiwillig getan. Kasulki war der erste Flüchtling, den Dorfpolizist Willers verhaften durfte.

»Kaum kommen die Flüchtlinge zu was, bescheißen sie sich gegenseitig«, kommentierte Bauer Kock den peinlichen Vorfall mit Kasulki.

»Der Kasulki hat uns Flüchtlinge in Verruf gebracht«, klagte die Mutter. »Was sollen die Einheimischen von uns denken?«

»Es war ein Fehler, einen Flüchtling in das Büro der Deutschen Hilfsgemeinschaft zu setzen«, bemerkte Pastor Thormählen. »Die Versuchung ist zu groß, sich erst einmal selbst zu bedienen.« Nur Verrückte oder Idealisten kommen für einen solchen Posten in Frage, vielleicht auch ältere Pastoren oder ausgediente Offiziere mit einer guten Pension. Auf jeden Fall müssen es Menschen sein, die satt sind, wenigstens satt.

Kasulkis Verhaftung löste eine Hexenjagd aus. Plötzlich witterte jedermann Unrat. Das Gerücht kam auf, der deutsche Bauer pansche Milch, schöpfe die Sahne ab und gieße Wasser hinzu. Sengelmanns Backstube wurde einer gründlichen Revision unterzogen, wobei es um die Frage ging, ob der Bäcker mehr Mais unter das Brotmehl mischte, als es die Vorschriften zuließen. Am ärgsten traf es Schlachter Tetje von der Ecke. Unglücklicherweise studierte die Laienspielgruppe Kudenow das Stück *Der Etappenhase* ein. Von dort war es nur ein kleiner Sprung zu dem Verdacht, Schlachter Tetje strecke seine Leberwurst mit dem Fleisch junger Katzen. Der Phantasie waren keine Grenzen mehr gesetzt. Alle waren schuldig.

Immer häufiger hörte Kurt von der Straße her das Pausenzeichen des Nordwestdeutschen Rundfunks. Besonders am Abend, wenn Ella nach Hause kam. Kurt ging der Melodie nach und traf einen jungen Burschen, der pfeifen konnte wie ein Kanarienvogel. Abend für Abend erschien er mit dem Fahrrad am Bahnhof, um Ella abzuholen und nach Hause zu begleiten. Aber was heißt hier begleiten? Er sprach kein Wort, führte das Fahrrad auf der gegenüberliegenden Straßenseite still vor sich hin und klingelte nur ab und zu, um sich bemerkbar zu machen oder um Hühner und Gänse von der Straße zu scheuchen. Wenn Ella im Hühnerstall verschwand, blieb er unter den Dorflinden vor Kocks Hof und pfiff pausenlos den NWDR.

Ella war siebzehn Jahre alt. Da kann so etwas schon vorkommen. Wenn sie sich abends auszog, mußte Kurt den Hühnerstall verlassen. Auch morgens zum Waschen. Ella wusch sich immer sehr gründlich. Den ganzen Oberkörper, vor allem die Achselhöhlen. Wer arm ist, muß wenigstens sauber sein und darf nicht riechen. In der Nähstube wurde Ella befördert. Von den Knopflöchern zu den Ärmeln. Als Beförderung galt es deshalb, weil die Ärmel häufiger Überstunden machten. Ella Marenke gehörte zu den wenigen Menschen, die vier Monate nach der Verteilung des neuen Geldes schon hundert Mark gespart hatten. Fünfundzwanzig Mark verdiente sie in der Woche. Davon gab sie fünfzehn Mark der Mutter; zehn Mark verschwanden erst in einem Wollstrumpf, dann auf der Sparkasse. Die Mutter stickte auf Ellas Handtuch den Spruch: »Spare in der Zeit, so hast du in der Not!« Ja, solche Sprüche gelten immer, auch in der Not. Nun sparten sie wieder. Kaum waren die Reichsmarkmillionen unter den Fingern zerronnen, schichteten die gläubigen Menschen neues Geld auf. Unerbittlich wie Ameisen. Zusammenraffen, aufhäufen, verscharren, bis ein neuer Sturm kommt und die Scheine davonpustet. Sogar die Mutter legte von ihrer spärlichen Unterhaltshilfe ein paar Mark für Brunos Heimkehr und für die große Reise nach Hause zurück.

»Denk an die Aussteuer, Kind«, mahnte sie.

Aber ja, Ella dachte pausenlos an die Aussteuer, an ein langes Brautkleid, an viele Kinder und an das, was die Menschen im großen und ganzen als Liebe bezeichnen. Der Mutter gefiel es gar nicht, daß der NWDR vor Kocks Anwesen ein Pfeifkonzert gab. Was sollte Bauer Kock von den Marenkes denken, wenn da einer pfeifend ums Gehört streunte? Auch wußte die Mutter nicht, ob der ausdauernde Pfeifer ein Flüchtling oder ein Einheimischer war.

»Die Einheimischen passen nicht zu uns, Kind.«

Um diese Frage zu klären, kletterte Kurt eines Abends in die tausendjährige Eiche. Ja, der Pfeifer war ein Einheimischer, ein zu kurz gewachsener Wichtelmann. Nein, das war kein Mann für seine Schwester! Ella hatte etwas Besseres verdient, so, wie die aussah – und so tüchtig, wie sie war. Auch meinte die Mutter, Ella sei noch zu jung für die Liebe. Wer früh damit anfängt, bleibt dumm! Das hatten die alten Weiber in Kruglanken immer gesagt.

»Seine Eltern haben ein richtiges Haus«, verteidigte Ella den lustigen Pfeifer. Kaum hatte der Satz ihren Mund verlassen, schämte sie sich, weil sie so praktisch über die Liebe dachte. Aber wirklich, es galt so vieles zu bedenken. Hat der Mann das Zeug zu einem Trinker oder Kinderschläger? Sieht er aus wie ein guter Vater? Mit welchem Beruf will er dich ernähren? Kränkelt er, so daß du bald Witwe wirst? Das waren Gedanken fernab von der verträumten Seligkeit der Liebeslieder, die aus Wiebkes Volksempfänger drangen. Aber es konnte nicht verboten sein, so zu denken. Ella Marenke hatte nur ein Leben. Nur einmal gab es die große

Auswahl. Das mußte für den Rest reichen. Und viele hatten schon vorbeigeträumt.

Auch 1948 wurde ein Jahr des Sammelns und Erntens. Erbsensammeln zum Beispiel. Auf allen vieren über ein abgeerntetes Erbsenfeld kriechen und die aus den Schoten gefallenen reifen Erbsen suchen. Unter dir Sand wie in der Wüste Sahara, in dem Sand die kostbaren Erbsen. Wunde Knie und abends drei Pfund trockene Erbsen. Das hast du gut gemacht, Kurtchen!

Noch schlimmer war das Bucheckernsammeln im Herbst. Die verschwenderische Natur schüttete im Buchenwald hinter dem Kudenower See braune Bucheckern aus, einen unbeschreiblichen Segen. Für zehn Pfund Bucheckern bewilligte Krämer Vagt eine Flasche Öl, richtiges Speiseöl zum Bratkartoffelbraten. Das Schlimmste am Bucheckemsammeln war das Wetter. Die klammen Finger wurden den lieben Tag lang nicht warm. Morgens lag Rauhreif über dem Laubpolster des Waldes. Manchmal gab es Nebel oder Regen. Aber das waren keine Gründe, den braunen Segen der Natur im Wald verkommen zu lassen. Nur ein früher Wintereinbruch mit Schnee konnte der Sammelwut im Bucheckernwald ein Ende bereiten.

Wiebke begleitete Kurt oft zu den Bucheckern, weniger des Speiseöls wegen, sondern weil der Wald so romantisch ist. Am offenen Feuer sitzen und die Hände wärmen. In das braune Laubdach starren oder die *Caprifischer* singen. Das war schön.

Auf den Ausflügen in den Buchenwald sahen sie einmal einen leibhaftigen Rosinenbomber. In Hamburg starteten zu jener Zeit die Sunderland-Flugboote auf der Elbe und flogen tausend Meter über dem Kudenower Wald nach Berlin. Wiebke und Kurt malten sich aus, wie es wäre, wenn ein Bomber zwischen ihren Buchen notlanden müßte. Möglichst auf dem Hinflug nach Berlin, weil dann noch die Rosinen drin wären. Das kleine Kudenow wäre für ewige Zeiten mit Rosinen versorgt.

Manchmal vergaßen sie Rosinenbomber und Bucheckern, um planlos durch den Wald zu laufen. Wiebke kannte sich aus im Kudenower Wald; sie hatte die Waldpfade schon mit dem Fahrrad abgeradelt, den Fuchsbau in der Sandkuhle entdeckt, den Kohlenmeiler gefunden, der nach dem Krieg zu neuem Feuer entzündet worden war, weil Holzkohle gebraucht wurde. Sie kannte die von Tannenschonungen umgebenen Teiche im Wald. Wiebke hatte einen Hang zu Tannenschonungen. Sie bevorzugte die dichten Stellen im Wald, wo das vertrocknete Gras meterhoch stand und kein Rosinenbomber Wiebkes hellblaue Windjacke entdecken konnte.

Endlich kam Schnee und beendete die Ernte. An einem Nachmittag fielen die weißen Flocken in das nasse Braun des Waldes und löschten das Feuer, an dem sie sich gewärmt hatten. Die grauen Buchenstämme bekamen an der Nordwestseite einen weißen Anstrich.

»Es ist wie Weihnachten!« jubelte Wiebke.

Kurt dachte an die Wolfsrudel, die vor langer, langer Zeit über die russische Grenze bis in den Borkener Forst gekommen sein sollen. So hatten es die Alten zu Hause erzählt, und dabei war ihm fürchterlich gruselig zumute gewesen.

Langsam schlenderten sie durch den weißen Pulverschnee nach Hause, leckten unterwegs die kühlenden Flocken von den Lippen und wunderten sich, wie still es auf dem See geworden war. Dafür läuteten die Glocken für eine Beerdigung im Schneetreiben. Knecht Stolten pflügte den ersten

Schnee unter die Erde; so etwas ist gut für die Feuchtigkeit des Ackers. Das Vierergespann zog seine Runden. Die dampfenden Leiber der Pferde tauchten aus der Schneeluft auf, in der ersten Reihe Iwan der Schreckliche. Kaum sichtbar der kleine Stolten hinter dem Pflug, mit lauter Stimme »Hüa!« und »Brr!« rufend, mit den Pferden sprechend und mit seiner Ina, die um diese Zeit die Schweine fütterte. Jenseits des Knicks standen Rehe, drückten erste Spuren in den Schnee, der sich auf die frisch aufgelaufene Roggensaat gelegt hatte. Mehlbeeren und Hagebutten leuchteten rot unter der weißen Last. Noch immer läuteten die Glocken. Ein Krähenschwarm spektakelte im Schneegestöber und folgte den Riesenbombern, die jenseits der Wolkendecke im Sonnenschein ihre Bahn zogen.

Ein paar Tage nur, dann wird der weiße Zauber hinüber sein. In Holstein hält sich die Pracht nicht lange. Dieses Land will dunkel bleiben, grau wie das Meer, wie der Schlick der Watten. Aber für ein paar Tage sah Kudenow aus wie Kruglanken im Winter.

»Wißt ihr noch, wie schön es zu Hause war!« schwärmte die Mutter, wenn sie zum Ausruhen am Fenster saß und von zu Hause erzählte, von dem Blick über die verschneiten Teichwiesen, auf denen die Hasen ihre Spuren gezeichnet hatten. In diesen weißen Tagen war die Mutter richtig selig, wie zu Hause.

Die Rosinenflüge nach Berlin fingen nun doch an, Geld zu kosten. Am Schwarzen Brett des Gemeindeamtes hing ein neues Gesetz, das so anfing:

Als sichtbares Zeichen der Verbundenheit
mit Berlin wird im Vereinigten Wirtschaftsgebiet
ein Notopfer Berlin erhoben.

Not und Opfer, das waren doch bekannte Worte. So etwas kommt immer wieder.

»Ich verstehe die Amerikaner nicht«, schimpfte Bauer Kock, als ein Wasserflieger in geringer Höhe über seinen Hof brummte. »Die haben die neue Bombe, und trotzdem lassen sie sich von den Russen Berlin wegschnappen. Die Amerikaner sind zu anständig. Statt Briketts und Einkellerungskartoffeln nach Berlin zu fliegen, sollten sie die Russen mit der neuen Bombe nach Sibirien jagen!«

Es wird schon alles gutgehen, hoffte die Mutter. Sie hoffte es Brunos wegen. Denn wenn es nicht gutgeht mit Berlin, kommt der nicht nach Hause.

»Wenn Berlin verloren ist, ist alles verloren«, klagte der alte Petschelies. Die Menschen aus dem Osten hatten ihr Leben lang nur bis Berlin gedacht. Deutschland und Berlin! Wenn es das nicht mehr gibt, was bleibt dann noch übrig?

Schon wieder wählten sie. Wenn eine neue Mode aufkommt, machen sie es gründlich. Kallweit sagte, es liege daran, daß noch so vieles nachzuholen sei.

Eigentlich ging es nur um die Bürgermeister und Landräte. Aber genaugenommen ging es wieder einmal um Deutschland, ein kleines Stückchen von Deutschland. In London tagte eine britisch-dänische Konferenz, die geneigt schien, den nördlichen Teil Schleswig-Holsteins dem dänischen Reich einzuverleiben, wenn das Wahlergebnis dänisch ausfiel.

Für das Grenzgebiet war die Wahl eine große Versuchung. Die Menschen bekamen Gelegenheit, aus der unheilvollen deutschen Geschichte auszusteigen. Wer für Dänemark stimmte, brauchte die Folgen des Zweiten Weltkriegs nicht mitzutragen. Die dänische Partei klebte Wahlplakate, auf denen in wuchtiger Schrift die Jahreszahlen *1848, 1864, 1870, 1914, 1939* standen. In der Mitte das flammende Wort *Krieg.* Hundert Jahre immer nur Krieg. Das habt ihr Schleswiger den Deutschen zu verdanken. Das kommt von eurem »Up ewig ungedeelt«. Mit den Dänen wäre euch das nicht passiert.

Die deutschen Parteien schlossen sich zu einer Wahlgemeinschaft gegen den rotweißen Danebrog zusammen. Im nördlichsten Zipfel Deutschlands gab es keine Sozialdemokraten, Liberalen oder Christdemokraten mehr, sondern nur noch Deutsche oder Dänen. Die Deutschen trafen sich am Vorabend der Wahl zu einer Kundgebung in Flensburg und sangen das alte Geibellied: *Wir wollen keine Dänen sein, wir wollen Deutsche bleiben!* In zertrümmerten Städten lebend, von der Welt verachtet, hungernd und frierend... aber deutsch. Es war nicht zu fassen.

Der Wahltermin lag günstig. Der Herbst hatte reichlich Kartoffeln in den Keller gebracht. Neues Geld hatte es gegeben. Die Menschen durften wenigstens anschauen, was sie kaufen könnten, wenn sie das Geld hätten. Dänische Butter galt immer noch als die beste aller Währungen, aber die Zeiten, in denen man Deutschland darüber vergessen konnte, gehörten der Vergangenheit an.

Die Dänen verloren die Wahl, und die Flüchtlinge bekamen die Schuld. Die hatten überwiegend deutsch gewählt, weil sie nicht nach Deutschland geflüchtet waren, um Dänen zu werden. Die Zeitungen im Norden schrieben: *Die Flüchtlinge haben Schleswig für Deutschland gerettet!*

In Kudenow gab es keine Dänen. Dafür um so mehr Flüchtlinge. Die Kudenower Wahl ging allein um die Frage, ob Bürgermeister Petersen durch einen Flüchtlingsbürgermeister Kallweit abgelöst werden sollte. Petersen konnte gegen die Flüchtlinge nur bestehen, wenn die Einheimischen zusammenhielten, wenn sogar die Sozialdemokraten und die nach Kudenow verirrten zwei Kommunisten für Petersen stimmten.

Es gab eine Wahlbeteiligung wie zu Hitlers Zeiten, dicht an hundert Prozent. Abends um halb zehn stand Gemeindeschreiber Knaack auf, um mit belegter Stimme das Ergebnis zu verkünden: Die Flüchtlinge hatten gewonnen!

Auswandern müßte man. Schafe züchten in Australien oder Bäume fällen in Kanada.

»Ein Bürgermeister Kallweit kommt mir nicht auf den Hof!« schrie Kock, als er aus dem Wahllokal heimkehrte.

Mutter Marenke schaltete schnell das Licht aus, aber Kock polterte trotzdem in ihren Hühnerstall.

»Sie haben wohl auch diesen Kallweit gewählt, Frau Marenke!«

Die Mutter schüttelte heftig den Kopf; Kurt sah aber, daß ihr die Röte ins Gesicht schoß.

»Ihr Flüchtlinge könnt wählen, wen ihr wollt. Wir Bauern machen doch, was wir für richtig halten.«

Als Kurt seine Mutter mit vor dem Leib gefalteten Händen vor Bauer Kock stehen sah, begriff er, wie gefährlich es sein konnte, falsch zu wählen. Er war froh, nicht für Deutschland verantwortlich zu sein, auch nicht für Kudenow, sondern allein für seine Kaninchenherde, die inzwischen auf zwanzig Stück angewachsen war.

Kudenow zitterte dem Tag entgegen, an dem die neu gewählte Gemeindevertretung zusammentrat, um den Bürgermeister zu bestimmen. Aber statt Mord und Totschlag gab es nur ein mildes Besäufnis. Kaum hatten die Herren in den weichen Polstern des Wallensteiner Hofes Platz genommen, sprang Kallweit auf, um eine Erklärung abzugeben.

»Wir Flüchtlinge haben zwar die Mehrheit, aber wir fühlen uns nur als Gäste in Kudenow. Wir bleiben nur so lange, bis wir nach Hause können. Deshalb ist es besser, wenn ein Einheimischer Bürgermeister wird.«

Kallweit schlug allen Ernstes vor, Petersen wieder zum Bürgermeister zu bestellen. Damit wurde der Untergang Kudenows noch einmal abgewendet. Es blieb alles beim alten. Im Anschluß an die Sitzung trichterten sie Kallweit so viel Schnaps ein, daß er am nächsten Morgen vergessen hatte, wie er in den Warteraum des Kudenower Bahnhofs gekommen war, wo ihn die Fahrgäste um halb sieben wachrütteln mußten. Wer Kudenow regieren will, muß erst das Saufen lernen!

Am 1. Dezember wurde ein Soforthilfegesetz für die Flüchtlinge verabschiedet, denn es mußte etwas geschehen. »Wenn Deutschland die zehn Millionen Flüchtlinge nicht menschenwürdig behandelt, wird es überhaupt nichts mehr zustande bringen«, predigte Pastor Thormählen von der Kanzel herab.

Dabei ging es weniger um die paar Mark Unterhaltshilfe, die das Soforthilfegesetz den Flüchtlingen bewilligte. Viel wichtiger war: Die meisten Flüchtlinge brauchten Erde. Die kamen vom Lande, kannten nur Säen und Ernten, mußten Wurzeln schlagen, um zu leben. Woher die viele Erde nehmen, wo Deutschland doch so klein geworden war?

Die Scheune leerte sich. Zwei Familien siedelten in das Horst-Wessel-Haus um, nachdem das Büro der Deutschen Hilfsgemeinschaft wegen längerer Abwesenheit des Bürovorstehers Kasulki geschlossen worden war. Ein älteres Ehepaar wurde von seinem Sohn nach Bayern geholt. Das waren noch Söhne! Eine ausgebombte Frau durfte in das zertrümmerte Hamburg zurück. Die Zurückbleibenden gewannen Raum, eroberten zusätzliche Scheunenfächer, in denen sie Kartoffeln lagern und Holz stapeln durften. Reichlich Platz gab es auch für den Torf, den der alte Petschelies im Kudenower Moor gestochen hatte. Ein eigenes Scheunenfach für seine Ziege. Am Gemeinschaftsherd kein Gedränge mehr um die günstigsten Kochzeiten. Herrliche Zeiten brachen an in der Scheune. Nur galt es aufzupassen, daß keine neuen Flüchtlinge in die Scheune kamen und den gewonnenen Platz belegten. Die Scheune darf nicht zum dauernden Obdachlosenasyl für jene werden, die wegen Eigenbedarfs oder Nichtzahlung der Miete auf die Straße gesetzt werden. Die Scheune soll aussterben. Schluß mit der Notunterkunft für Umherirrende und Flüchtlinge ohne Zuzugsgenehmigung.

Die Sorge war nicht unberechtigt. Noch immer irrten Millionen heimatlos durch Europa, vorzugsweise in Ost-West-Richtung. Da hatte einer die große Presse angesetzt, und unten kleckerte der Menschensaft aus dem geschundenen Osteuropa. Ein Gesetz verbot die Einreise in die Britische Zone ohne Zuzugsgenehmigung. Aber was sind schon Gesetze? Noch war die Zonengrenze durchlässig. Sie sickerten durch den Schilfgürtel des Schalsees oder kamen bei gutem Wetter über die Elbe. Andere zogen die Wälder des Harzes vor oder das Niemandsland zwischen Nordhausen und Duderstadt, in dem Kurt Marenke sich auskannte und der fremde Mann von der Grenze. Sogar aus Dänemark kehrten die Flüchtlinge heim nach Deutschland. Als der Krieg zu Ende ging, hatte es zweihunderttausend deutsche Flüchtlinge in Dänemark gegeben. Die meisten waren über das Meer gekommen. Siebentausend Flüchtlingskinder wurden nach Kriegsende in Dänemark geboren, sechzehntausend Flüchtlinge starben in dänischen Lagern eines natürlichen Todes, an Altersschwäche und woran man so stirbt, aber nicht an Hunger. Anfangs war es eine Gnade, Flüchtling in Dänemark zu sein, vor allem des Essens wegen. Dann schlossen die Dänen ein Abkommen mit der Sowjetunion über die Umsiedlung der Deutschen. Ein großer Teil der Flüchtlinge sollte von Dänemark in die Ostzone verschifft werden. Als die Flüchtlinge das hörten, brachen sie auf. Die Angst vor dem Osten war stärker als Grenzsperren und Lagerzäune. Der Osten erschien den Menschen wie eine riesenhafte Pestwolke, die bis Sibirien reichte, die im Westen auf Ratzeburg und Duderstadt zukroch, eine Wolke, in der man Atemnot bekam und kaum noch die Sonne sah. Ein Menschenstrom flutete über die Grenze zwischen Flensburg und Tondern, tauchte ohne Zuzugsgenehmigung in der Zone der Rosinenbomber unter und besetzte das übervölkerte Schleswig-Holstein. Es wurden immer mehr. Für hundert Menschen, die die Behörden aus Schleswig-Holstein nach Westfalen verschickten, sickerten zweihundert nach.

Auf Kallweits Drängen schrieb die Gemeindevertretung einen Brief nach Kiel. Daraufhin erschien eine Kommission in Kudenow, die den Auftrag hatte, die Flüchtlingsscheune aufzulösen. Sie stiefelte in Begleitung des Bürgermeisters und des Bauern Kock über die Tenne, ging gebückt unter tiefhängenden Wäscheleinen durch, bestaunte die Ziege des alten Petschelies, fühlte sich beobachtet von großen Kinderaugen, die hinter feuchten Balken hervorlugten, sah einer Oma beim Kartoffelschälen zu und erkundigte sich nach den sanitären Einrichtungen: Klosett, Trinkwasser, Abfälle.

»Gibt es Mäuse in der Scheune?«

»Nein, keine Mäuse, aber Ratten!«

»Menschenunwürdig«, sprach die Kommission.

»Was heißt hier menschenunwürdig!« brüllte Kock dazwischen. »Ich hab die Flüchtlinge nicht in meine Scheune gerufen. Ich hab den Krieg nicht verloren. Es gibt vieles in der Welt, was menschenunwürdig ist. Die Russen halten immer noch unsere Gefangenen zurück, das ist auch menschenunwürdig...«

»Ist gut, ist gut«, sagte die Kommission. »Es sollte kein Vorwurf sein.«

Die Herren aus der Stadt quartierten sich für einen Tag im Gemeindehaus ein und begannen zu rechnen. Nahmen hier ein paar Köpfe weg, legten dort einige zu, gaben fünf Figuren in die Nachbargemeinde, schickten die Frau Nuschtnich zu Verwandten ins Rheinland, beschlagnahmten einen Bodenraum im Hause des deutschen Bauern... und hatten am Abend des anstrengenden Tages die Scheune geräumt. Jedenfalls auf dem Papier. Nur der alte Petschelies blieb übrig. Mit so einem Menschen ist nichts mehr anzufangen. Der kann nicht mehr richtig arbeiten. Wer den aufnimmt, muß ihn zu Tode pflegen, denn der alte Petschelies hat keine Angehörigen mehr. Auch die Ziege gilt es unterzubringen, denn die gibt der alte Mann nicht her.

»Zerbrecht euch meinetwegen nicht den Kopf.« Der alte Petschelies war entschlossen, in der Scheune zu bleiben. Die Scheune kam ihm wie sein zweites Zuhause vor. Dort kannte er jeden Balken und wußte, wo der Regen durchleckte, wo die Ratten entlangmarschierten, wenn sie von ihren Streifzügen zum Komposthaufen heimkehrten. Der alte Petschelies hatte freie Auswahl in der Scheune von Kudenow. Platz genug, um in nächtlichen Stunden umherzuwandern, wenn er nicht schlafen konnte. Ihm gehörten alle Fächer, und wenn er fror, ging er heimlich in den Stall oder sprach mit den Pferden. Vor allem schlief er lange, denn in der Scheune von Kudenow lärmten keine Kinder mehr. Sie war so leer, daß man darin Fußball spielen konnte. Wo einst die Wäscheleinen gehangen hatten, übte Wiebke freihändig fahren auf ihrem Damenrad. Und nur noch selten war die Wasserpumpe zu hören, deren monotones Kreischen drei Jahre lang wie traurige Musik geklungen hatte.

Opa Kock wurde langsam tüdelig. Statt der Kinder schlug er Kocks Hühner mit der Fliegenklatsche, und an klaren Winterabenden traute er sich nicht mehr vor die Tür, weil er Angst hatte, von einer Sternschnuppe getroffen zu werden.

Eines Tages kam er nicht zum Mittagessen ins Bauernhaus, weil er tot in seinem Bett lag. Neben ihm auf der Bettdecke die Fliegenklatsche. Das Ungeziefer war Sieger geblieben.

Bauer Kock richtete eine Beerdigung aus, wie sie nicht alle Tage vorkommt. In langer Reihe standen die Kutschen unter den Linden des Kirchplatzes, denn die Größe einer Beerdigung wird an der Zahl der Kutschen gemessen und an der Länge des Gefolges. Vier schwarzverhangene Pferde zogen den Leichenwagen. Sechs Bauern trugen Opa Kock in die Grube. Kirchendiener Zingelmann ließ die Glocken läuten, bis der Sarg in der Grube verschwunden war. Die Liedertafel Kudenow und Umgegend e. V. sang, verdeckt von haushohen Lebensbäumen, *Die Himmel rühmen*. Neben den Sängern der Schützenverein, der immer noch kein Gewehr besaß. Nicht einmal mit Platzpatronen durften die Deutschen über ihre Gräber schießen. Auf der gegenüberliegenden Seite stand die Freiwillige Feuerwehr Kudenow, die Opa Kock als junger Bauer mitbegründet hatte.

»Unserem Kameraden Georg Kock ein letzter Gruß von seiner Feuerwehr!« rief der Hauptmann über das Grab.

Eine Abordnung des Turn- und Sportvereins begnügte sich mit schweigender Trauer. Vor allem den Ringreitsport hatte

Opa Kock zu Lebzeiten kräftig gefördert. Deshalb standen sie da, die jungen Leute vom TSV Kudenow, und schwenkten die Vereinsfahne über dem Grab. Der Direktor der Spar- und Darlehnskasse, der immer den schwarzen Anzug anziehen und den Zylinder aufsetzen mußte, wenn ein Kontoinhaber starb, stand auf dem großen Sandhaufen neben Bürgermeister Petersen und der Gemeindevertretung. Auch Kallweit war unter den Honoratioren. Dahinter der Forstmeister, Krämer Vagt, Schieber-Schmidt und Trommel-Meier. Was in Kudenow Ansehen besaß, stand auf dem Friedhof, um sich von Opa Kock zu verabschieden. Nur Bäcker Sengelmann fehlte, weil Opa Kock zeitlebens selber gebacken hatte.

Thormählen sprach am Grabe über die guten Werke. Die Gelegenheit war günstig, denn er hatte sie alle beisammen, seine Kudenower. Er sagte gleich am Anfang, daß er niemand direkt meine, sondern nur so allgemein daherrede. Es ginge nicht um Opa Kock. Der könne beruhigt sein. Mit seiner Fliegenklatsche habe er so viel Ungeziefer totgeschlagen; das seien gute Werke für zwei Ewigkeiten.

Thormählen schien es so, als seien die guten Werke das schwierigste Kapitel der Christenheit. Hast du einen einzigen armen Teufel im Dorf, ist es leicht, an ihm gute Werke zu üben. Aber wenn sechshundert Flüchtlinge dein schönes Kudenow überschwemmen, hört der Spaß auf. Das ist so wie gegen den Nordweststurm anzupusten.

Thormählen rief dazu auf, vor der Masse des Elends nicht zu kapitulieren. Jeder müsse sich »seinen« armen Lazarus suchen.

Mok wie, mok wie, Pastor!

Das ist ja man gut.

Komm endlich zum Ende, weil es bannig kalt ist!

Das läuft sich alles zurecht, auch die Not und das Elend.

Aber langsam werden die Füße steif; es wird Zeit, daß du zu deinem Amen kommst und es einen Grog gibt.

Die Beerdigungsfeier nahm ein solches Ausmaß an, daß Ina allein die Arbeit nicht bewältigen konnte. Mutter Marenke mußte mithelfen; sie lag schon am frühen Morgen auf den Knien und feudelte die gute Stube auf, wischte Staub von den Möbeln und hängte die Spiegel zu. Ella schälte in grauer Nacht, als der kalte Nebel noch über den Häusern von Kudenow hing, Kartoffeln, eine große Zinkwanne voll. Während die Trauernden sich auf dem Friedhof die Füße vertraten, deckte Ella die große Tafel. Staunend stand sie vor dem Schrank mit dem Kristall und betrachtete das Silberbesteck, das Meta Kock in die Ehe gebracht hatte. Fast andächtig trug sie eine wertvolle Suppenterrine mit blauweißrotem Rand und dem eingebrannten Spruch *Up ewig ungedeelt* vor sich her. Diese schwermütigen Schränke mit den geschnitzten Türen. Eine Truhe mit Eisenbeschlägen und verwaschenen Blumenbildern. Der Riesenkachelofen mit der messingbeschlagenen Ofenröhre. Das alles war hundert Jahre alt und älter, von keinem Krieg verwüstet, auf keiner Flucht zurückgelassen.

»Zu Hause hatten wir auch schönes Geschirr«, sagte die Mutter zu Ina. »Es liegt in der Scheune vergraben. Hoffentlich haben es die Russen nicht gefunden.«

Mutter Marenke verweilte andächtig vor den Einmachgläsern, die auf dem Bord in Kocks Keller standen. Gläser mit Sülze, Leberwurst, Karbonade, Rotkohl und Apfelkompott. Über den Gläsern baumelten Rauchwürste von der Decke. Wie in Friedenszeiten! Wie zu Hause!

Auch Kocks Tochter war mit ihrem Mann aus Marne in Dithmarschen zu Opa Kocks Beerdigung gekommen. Ihre drei Kinder hatte sie mitgebracht. Die waren gesund wie die Holsteiner Runkelrüben, trugen dicke rötliche Köpfe und lachten aus kleinen blauen Augen. »Die erben Kocks Hof, wenn Gerhard nicht aus Rußland kommt«, sagte Ina zu Ella, als sie den Kindern in der Küche heiße Hühnerbrühe einschenkte.

»Wo hast du die Deern her?« fragte Kocks Schwiegersohn aus Marne, als Ella in der Up-ewig-ungedeelt-Terrine die Vorsuppe auftrug.

»Die ist von meinen Flüchtlingen«, antwortete Kock.

»Paß auf, daß sie dir nicht das Silber klaut!«

»Nee, nee«, winkte Kock ab, »die gehört zu den anständigen Flüchtlingen.«

Kock schenkte Grog ein zum Aufwärmen, halb Wasser, halb Rum. Für die Frauen brachte Ina Weinpunsch, der die Lippen rötete und die Zunge löste.

»Nicht einmal zu Opas Beerdigung lassen die Russen unseren Jungen nach Hause!« jammerte die Bäuerin, als sie mit der Vorsuppe durch waren. Sie konnte die Tränen nicht zurückhalten. Opas Beerdigung und der Junge in Rußland. So viel Unglück auf einem Haufen, das war zuviel. Da half auch der Spruch nichts, der vor ihnen mit goldenen Buchstaben in die Tischdecke gestickt war:

Im Glück nicht jubeln, im Leid nicht klagen.
Das Unvermeidliche mit Würde tragen.

Vor Mutter Marenke häufte sich das Abwaschgeschirr. Immer neue Berge brachten Ina und Ella aus der guten Stube. Dazu Speisereste, halbvolle Bratenteller, Soßenterrinen, erkaltete Salzkartoffeln. Wenn sie allein war, schlang die Mutter hastig ein paar Fleischstücke hinunter, dabei ängstlich zur Tür blickend. Was an Fleisch übrigblieb, kam in die Speisekammer, aber Kartoffeln und Soße durfte die Mutter mitnehmen in den Hühnerstall als Lohn für ihre Arbeit. Kurt lag schon auf der Lauer. Die Mutter machte ihm die Soße heiß und goß sie über die erkalteten Salzkartoffeln. Er vertilgte zwei Teller voll mit dieser Mischung und freute sich besonders, als die Mutter zum Nachtisch zwei Stücke Butterkuchen aus den Falten ihres Kleides hervorholte.

Am Tag nach der Beerdigung kam Kock in die Scheune. »Du kannst jetzt in unsere Altenteilerkate ziehen«, sagte er zu Petschelies. »Die Ziege kann mit, im Holzschuppen ist Platz genug für sie.«

Der alte Mann stand sprachlos vor Bauer Kock. Er mußte sich erst besinnen. Dann zog er linkisch die Mütze vom Kopf und bedankte sich überschwenglich.

Es war nicht ganz uneigennützig, dieses Angebot. Bevor das Wohnungsamt eine Familie mit Kindern in die Räume einweist, die Opa Kock geräumt hat, ist es besser, den alten Petschelies aus der Scheune zu holen. Der hat nicht mehr lange zu leben. Wenn Gerhard aus der Gefangenschaft kommt und Friedrich Kock aufs Altenteil ziehen will, wird der alte Petschelies freiwillig die Kate räumen und zum Friedhof umziehen. So hatten sie es sich in der Burg ausgedacht.

Noch vor Weihnachten 48 zog der alte Mann von der Memel unter die Menschen. Mit der Ziege und den Torfvorräten aus dem Kudenower Moor. Mit einem vierrädrigen Handwagen, den er als einziges Gerät von zu Hause mitgebracht hatte. Die Scheune wurde für Menschen geschlossen. Ohne feierliche Schlußansprache. Knecht Stolten verriegelte die Türen, fegte den Unrat zusammen, der nach dreijähriger Besetzung zurückgeblieben war, und verbrannte ihn hinter dem Komposthaufen. Drei Jahre lang hatte die Scheune mehr Hoffnungen als Erfüllungen beherbergt; nun wurde sie ihrer eigentlichen Bestimmung zurückgegeben, wurde zum Unterschlupf für Ratten und Mäuse, zugig, mit schimmeligem Holz an der Wetterseite, ein Raum ohne Geruch. Die

Eulen nisteten wieder unter dem Dach, und die Netze der Spinnen bekamen Zeit zu wachsen. In die Fächer eins bis sechs ließ Bauer Kock Steckrüben fahren und zum Schutz gegen den Frost mit Stroh abdecken. Die aus dem Kastenwagen polternden Rüben begruben endgültig das Notaufnahmelager Kudenow.

Das Jahr 1949 begann mit dem Gerücht, zum Osterfest werde die Zuckerrationierung aufgehoben. Am Ende schmolz das Gerücht auf eine Sonderzuteilung von Zuckerostereiern für Kinder zusammen. Immerhin, die Kinder konnten die Geschichte vom Osterhasen wieder glauben.

Dem deutschen Bauern wurde ein Kalb ohne Schwanz geboren. Womit soll das Tier im Sommer Fliegen scheuchen! Bevor Schlachter Tetje von der Ecke das seltsame Kalb verarbeitete, stellte es der deutsche Bauer auf dem Frühjahrsmarkt in Kudenow aus. Dort stand es neben dem Fahrradstand Petschelies/Marenke, glotzte die Vorübergehenden an und wurde angeglotzt.

Am 1. März wehte ein Sturm mit einhundertzwanzig Stundenkilometern über das Land und ließ einen guten Teil der Ruinen einstürzen, die der Krieg stehengelassen hatte. Allein im Rheinland brachte der Sturm neunundzwanzig Menschen zu Tode. An der Eisenbahnstrecke nach Neumünster mähte das Unwetter dreihundert Telefonmasten nieder. Im Kudenower Wald gab es reichlich Kleinholz; vor allem die Fichten legten sich in langen Reihen auf den Waldboden. Ein Paradies für Holzsammler. Zwar ließen die Engländer die dicken Stämme nach Hamburg schleppen, aber es blieb genug für die Kudenower Sammler zurück; morsche Äste, Baumrinde und Tannenreisig. Tagelang schleppte der alte Petschelies Holz ins Dorf und stapelte es vor dem Fenster der Altenteilerkate, bis die Sonne nicht mehr über den Berg scheinen konnte. Ach, mit Brennmaterial war der alte Petschelies bis zu seinem fünfundsiebzigsten Geburtstag gut versorgt.

Kurts sehnlichster Wunsch war auch im Frühjahr 49 immer noch ein Fahrrad. Es wurde so schlimm, daß er davon träumte und mit dem Fremden von der Grenze per Fahrrad über die Schlachtfelder fuhr. Er hatte keine Lust, ständig hinter Wiebke herzutraben, wenn sie zum See wollten oder Wiebke die Waldwege abfuhr auf der Suche nach Krähenhorsten in den umgestürzten Bäumen.

»Für ein Fahrrad haben wir kein Geld, Kurtchen«, sagte die Mutter streng.

Aber Kurt bettelte so lange, bis die Mutter ihm eine Mark für das Fußballtoto gab. Ein einmaliges Geschenk; für den Rest mußte das Glück sorgen. Die Mutter hatte nicht viel im Sinn mit dem Glück. »Kaum ist das neue Geld da, erfinden sie schnell etwas, um es spielend auszugeben«, sagte sie.

Aber Kurt saß, zitternd vor Aufregung, an einem Sonntagnachmittag mit Wiebke vor dem Volksempfänger, um in der Sportreportage zu hören, ob er gewonnen hatte. Mittendrin – noch war nichts entschieden – bemerkte Wiebke beiläufig, sie werde ab Ostern in die Stadtschule gehen. Dafür hatte Wiebkes Vater gesorgt. Er, der mit einer Trümmerfrau in einer Hamburger Kellerwohnung lebte und gelegentlich an seine einzige Tochter dachte, hatte auf schriftlichem Wege erreicht, daß Wiebke zur Handelsschule in die Kreisstadt durfte. Das Kind muß lernen, lernen, lernen! Englisch zum Beispiel oder Stenografie oder Schreibmaschine. Wie die meisten Heimkehrer war auch Wiebkes Vater besessen von der Lernwut. Sechs Jahre Krieg waren nachzuholen. Neu anfangen. Wir leben nur einmal, und jetzt müssen wir doppelt leben. Es lag wohl an dem großen Nachholbedarf nach den zwölf Jahren. Ein Informationsloch war entstanden, tief wie ein Bergwerk. Die Welt hatte sich weitergedreht, aber die Deutschen hatten es nicht bemerkt.

Die Nachricht von Wiebkes Schulwechsel traf Kurt wie der große Frühjahrssturm den Kudenower Wald. Er vergaß darüber Fußballtoto und Fahrrad. Nicht nur, daß damit seine Beteiligung an der Schulspeisung endete; schwerer wog, daß er Wiebke nur noch am Abend und am Wochenende zu Gesicht bekäme. Sie wird mit Ella morgens zur Bahn gehen und erst mit dem Fünf-Uhr-Zug aus der Stadt zurückkehren.

»Komm mit zur Handelsschule«, meinte Wiebke, als sie seine Betroffenheit bemerkte.

Wo denkst du hin, Wiebke? Für so etwas besaß die Mutter kein Geld. Außerdem waren die zwei Jahre zu bedenken, die Kurt fehlten, die zwei Jahre, in denen er Überleben auf russisch gelernt hatte. Mit einem Loch von zwei Jahren lassen die keinen Menschen auf die höhere Handelsschule. Und schließlich: Wer zur Stadt in die Schule fährt, hat keine Zeit, um Beeren zu ernten und Kartoffeln zu sammeln. Aber Ernten mußte sein.

Bedrückt verließ er Wiebkes Stube. Nein, er hatte kein Fahrrad gewonnen.

»Stell dich nicht so an«, sagte der Fremde von der Grenze, als Kurt auf dem Stallboden untertauchte. »Wer so viel durchgemacht hat wie du, darf nicht traurig sein, weil ihm ein Fahrrad fehlt und ein kleines Mädchen in die Stadtschule fährt.«

Du hast gut lachen, dachte Kurt und fing an, mit den Orden zu spielen. Das beruhigte ihn. Während des Spielens fiel ihm ein, die Medaillen könnten einen Wert darstellen, der für ein Fahrrad ausreichte. Was zahlt man für einen Orden zweiter Klasse des Vaterländischen Krieges? Ist das Deutsche Kreuz wirklich aus Gold? Zwar ist die Ehre unbezahlbar, aber das Metall, das viele Metall! Er begann zu rechnen. Allein bei den Eisernen Kreuzen kam er, wenn er das Stück mit fünf Mark veranschlagte, auf eine Summe, die für ein Fahrrad ausreiche. Er addierte immer neue Zahlen und berauschte sich an den vielen Ziffern, bis ihn der Fremde ärgerlich unterbrach. Der hing in der Bodenluke, hatte jede Ähnlichkeit mit seinem Vater verloren, gestikulierte heftig und schrie, er wolle die Orden wiederhaben. Kurt verbarg den Kopf im Heu, ließ das Toben über sich ergehen und hoffte, Stolten werde bald erscheinen, um Futter zu holen. Er habe die Orden ehrlich erworben, brüllte der Fremde. Mit Blut, ja, mit Blut! Er habe sich auf allen Schlachtfeldern Europas herumgetrieben. Er kenne sich aus in den Niemandsländern von...

Mitten in das Geschrei des Fremden ertönte plötzlich Wiebkes Stimme. Wiebke stand auf dem Hof und rief Kurts Namen. Aber wie sie rief! Zärtlich und verführerisch. Der Fremde verstummte, versank in der Dunkelheit der Bodenluke wie ein Geist, der in die Gräber fährt. Zitternd stieg Kurt die Leiter abwärts. Da stand Wiebke wie ein Engel im hellen Sonnenlicht und hatte ihr Fahrrad bei sich.

»Wenn du willst, kannst du eine Runde um die Kirche fahren«, sagte der rettende Engel.

Kudenow an einem Frühlingstag um die Mittagszeit. Die Gespanne kehrten heim, Kinder kamen lärmend aus der Schule. Hunde kläfften, in den Küchen roch es nach dampfenden Kartoffeln und ausgelassenem Speck. Hinter den

Holzbergen, die der alte Petschelies aufgeschichtet hatte, lagen in flachen Erdkuhlen Kocks Hühner und ließen sich von den Sonnenstrahlen wärmen. Kassebohm klapperte mit den Milchkannen und stellte sie nach dem Waschen zum Trocknen auf die Rampe. Auf Kocks Scheunendach gurrten Nachbars Tauben. Die Bäuerin stand, die Hände unter der Schürze gefaltet, vor dem Gartenzaun, dessen rostender Draht von den ersten Frühlingsranken gnädig verdeckt wurde. Mutter Marenke holte Wasser von der Hofpumpe. Ina sang in der Küche. Knecht Stolten sprach mit den Pferden, bevor er sich auf den Weg zur Bauernküche machte. Friedrich Kock saß im Lehnstuhl der guten Stube und las das *Schleswig-Holsteinische Bauernblatt*.

In diese ausgebreitete Mittagsruhe traten zwei Männer. Sie kamen vom Bahnhof und wanderten auffallend gemächlich, als wollten sie jeden Schritt wohl überlegen, ins Dorf hinein. Früher hätten die Bauern die Hunde von der Kette gelassen – so sahen sie aus, wie Landstreicher. Aber heutzutage mußte man vorsichtig sein mit den Hunden. Der eigene Sohn könnte unter den Vagabunden sein. Es lief so vieles umher, kehlte von irgendwoher heim, suchte Namen, Orte, Erinnerungen; da zählte der äußere Eindruck nicht mehr. Knecht Stolten wusch sich unter der Pumpe den Oberkörper; er prustete und blubberte wie ein Seehund, spuckte Wasser in hohem Bogen über den Hof und griff nach dem blaukarierten Handtuch, das aus seiner Gesäßtasche baumelte.

In diesem Augenblick bogen die beiden Gestalten in die Hofeinfahrt.

»Sieh mal, wer da kommt!« rief Stolten zur Burg hinüber.

Ina blickte aus dem Küchenfenster.

»Das ist Gerhard aus Rußland!« schrie sie laut.

Die Bäuerin kam aus der Burg und rannte auf die tausendjährige Eiche zu.

»Mien lewe, lewe Jung!«

Gerhard Kock ließ seinen Begleiter am Gatter stehen und ging auf die Bäuerin zu. Sie ergriff seinen Kopf und drückte ihn fest an sich, drückte ihn so tief in ihren Leib hinein, als sollte er zurückkehren in die Geborgenheit, aus der er einmal aufgebrochen war. So verharrten sie, bis Friedrich Kock mit dem *Bauernblatt* in der Hand vor dem Haus erschien.

»Rund und gesund siehst du aus, mien Jung!« sagte die Bäuerin erstaunt. »Dabei heißt es immer, die Russen geben den Gefangenen nichts zu essen.«

»Wasser, Mutter, reines Wasser.«

»Und lahmen tust du auch, mien Jung! Bist du hingefallen?«

Ja, hingefallen bei Baranowicze im Herbst 44.

Knecht Stolten lehnte noch immer am Hoftor; er hatte vergessen, das Hemd über den nackten Oberkörper zu ziehen, und hielt das Handtuch zusammengeknudelt in den Händen. Neben ihm wischte sich Ina Tränen aus den Augen.

»Komm, Toni!« rief Gerhard Kock seinem Begleiter zu, der neben der tausendjährigen Eiche saß und die Bindfäden seiner Schuhe zusammenknotete. Die Bäuerin lief voraus, um die Türen zu öffnen.

»Der Baum, unter dem du sitzt, ist heilig«, sagte Gerhard lachend und ergriff den Arm seines Begleiters. »Das ist die deutsche Eiche, die wir dreiunddreißig zu Führers Geburtstag gepflanzt haben.«

Toni Kirschwälder war ein hochgewachsener, schwarzhaariger Mensch, so groß, daß er mühelos die Äste der tausendjährigen Eiche erreichen konnte. Er hängte sich in den Baum und brach einen der dünnen Äste ab. Bevor er Gerhard folgte, spuckte er in die Zweige des Baumes.

Die Tür zur Burg stand sperrangelweit offen, um die Heimkehrer zu empfangen. Die Bäuerin als erste, Friedrich Kock,

Ina, Knecht Stolten und Melker Kassebohm warteten im Flur darauf, daß Gerhard Kock sein Vaterhaus endlich betrat. Aber der ging erst einmal über den Hof und zeigte Toni Kirschwälder, was er ihm in den langen Nächten der Gefangenschaft beschrieben hatte: seinen Hof. Es hatte sich nichts geändert. Die Welt hatte auf dem Kopf gestanden, aber in Kudenow war alles beim alten geblieben.

Friedrich Kock folgte den beiden. Sie durchquerten den Schweinestall, in dem die Ferkel ohrenbetäubend quiekten. In der leeren Scheune blieben sie stehen.

»Vor einem Jahr hättest du kommen müssen. Da war die Scheune voller Flüchtlinge, mien Jung.«

Ein flüchtiger Blick in den Kuhstall.

»Hast du immer noch fünfundzwanzig Kühe, Vater?«

»Jo, mien Jung!«

Dann zu den Pferden, die sich von der Vormittagsarbeit ausruhten. »Der ist neu«, sagte Gerhard und klatschte Iwan dem Schrecklichen mit der Hand auf das Hinterteil.

»Es ist uns zugelaufen, als der Krieg zu Ende ging, mien Jung.«

Vor Kurts Kaninchenstall blieb Gerhard stehen und blickte durch das Drahtgeflecht.

»Wem gehören die?«

»Unseren Flüchtlingen aus Ostpreußen, mien Jung.«

»Im Hühnerstall leben auch Menschen?«

»Das sind unsere Flüchtlinge, mien Jung.«

Der alte Petschelies war vor die Altenteilerkate getreten und zog respektvoll die Mütze.

»Wer ist das?«

»Auch einer von unseren Flüchtlingen, mien Jung.«

Sie steuerten auf die Burg zu, in der Ina eilig den Tisch deckte.

»Hol Gläser, Deern, die besten, die wir haben!« rief die

Bäuerin. »Und vergiß nicht, das gute Geschirr aus der Truhe zu holen.«

Als Gerhard Kock die Schwelle betrat, schien es der Bäuerin, als fingen die Kirchenglocken an zu läuten. Aber es war nur das Klappern der Fuhrwerke, die nach der Mittagszeit auf die Felder fuhren.

»Nun bin ich zu Hause«, sagte Gerhard.

Was ist zu tun nach einer solchen Heimkehr? Nur Nebensächliches. Satt essen, gründlich waschen, ausruhen, zum Lokus gehen, eine Zigarre rauchen. Am Abend saßen sie in der guten Stube unter dem Kalenderspruch des Tages:

Suche das Glück nicht weit.
Es liegt in der Häuslichkeit.

Ach, sie hatten viel zu weit gesucht. Im Kaukasus und auf den Waldaihöhen, später dann in den russischen Gefangenenlagern.

»Toni muß bei uns bleiben«, erklärte Gerhard. »Der kann nicht nach Hause, weil bei ihm die Russen sind.«

Er war ein Mensch des Südens, dieser Toni Kirschwälder. Zu Hitlers Zeiten kam er aus der Ostmark – jetzt hieß das wohl wieder Österreich. Er stammte aus der Ecke, in der Österreich anfängt, ungarisch zu werden, wo man Störche, Ziehbrunnen und türkische Heerstraßen antrifft.

»Nie mehr zu den Russen!« rief Toni. Er wollte endlich einmal andere Gesichter und andere Uniformen sehen.

»Toni kann bleiben, solange er will«, sagte Gerhard. Das hatte er ihm versprochen. Bauer Kock nickte zustimmend, und die Bäuerin räumte in Gedanken schon die Möbel um.

»Bist du wirklich gesund, mien Jung?« fragte sie immer wieder.

Gerhard mußte das Hosenbein aufkrempeln und zeigen, wo der Knacks in der Kniescheibe saß.

Was haben sie bloß mit dir gemacht. Jung? Aber warte nur, wir werden dich schon wieder hinkriegen. Wir werden einen tüchtigen Doktor aufsuchen. Am Geld soll es nicht fehlen, nicht wahr, Vadder? Und wenn die letzte Kuh aus dem Stall geht!

Als es dunkelte, kam Pastor Thormählen in die Burg. Die Heimkehr eines verlorenen Sohnes wollte er sich nicht entgehen lassen. Er nahm das glückliche Ereignis sogleich für den lieben Gott in Anspruch; zwar konnte er es nicht beweisen, aber möglich war es schon. »Dann muß dein lieber Gott auch für das kaputte Knie geradestehen«, brummte Bauer Kock.

Das tat er auch. Thormählen hielt den Knacks in der Kniescheibe für einen kleinen Denkzettel, wie sie der Allerhöchste den Menschen mitgibt, damit sie nicht übermütig werden. Nein, mit Schnapstrinken und gutem Essen darf so ein Tag nicht zu Ende gehen. Die Bäuerin holte die Heilige Schrift aus der Truhe und bat Thormählen vorzulesen. Etwas, das so richtig paßte zu diesem Tag der Heimkehr.

Thormählen schlug das Gleichnis vom verlorenen Sohn auf... *Und bringet ein gemästet Kalb her und schlachtet es. Laßt uns essen und fröhlich sein, denn dieser mein Sohn war tot und ist wieder lebendig geworden, er war verloren und ist gefunden worden. Und fingen an, fröhlich zu sein...*

Statt fröhlich zu sein, begann die Bäuerin zu weinen.

»Laß das Heulen nach, Frau!« schimpfte Bauer Kock und fiel dem Pastor ins Wort, als er fortfahren wollte. »Du hast nun deinen Teil gehabt, Pastor. Jetzt sind wir an der Reihe.« Er löste den Schraubverschluß von der Rumflasche und füllte die Gläser bis zum Rand. »Laßt uns essen und trinken und fröhlich sein, hat der Pastor gesagt! Prost, Jungs!«

Bis spät in die Nacht erzählten sie von Rußland und dem großen Krieg, von den letzten Tagen im Kessel von Demjansk und den Mückenschwärmen am Ilmensee.

»Weißt du noch, wie wir im Kaukasus Eßkastanien gesammelt haben? Das ganze Gefangenenlager Krasnodar tobte durch die Wälder.«

»Und die besten Sammler erhielten Ausgang in Sotschi, wurden auf einen Lastwagen verfrachtet und ans Schwarze Meer gefahren. Einen Tag lang durften wir unter Bewachung am Strand entlangspazieren.«

»Prost, Jungs!«

Gerhard bekam einen Hustenanfall. Die Bäuerin lief zum Fenster, um zu lüften.

»Das kommt von euren dicken Zigarren!« rief sie vorwurfsvoll.

Sie klopfte Gerhard auf den Rücken, denn Schläge ins Kreuz helfen am besten gegen den Husten. Ach, der Junge mußte sich erst an zu Hause gewöhnen, an das gute Essen, den Flensburger Rum und die Zigarren. Wir werden dich schon hinkriegen, Gerhard Kock!

»Am schlimmsten waren die Beerdigungen in Krasnodar«, fing Toni wieder an. »Weil es nur einen Sarg gab, der immer wieder benutzt werden mußte; der war schon richtig abgegriffen. Viele gingen nackt in die Grube, denn wir brauchten die Klamotten.«

»Eßt, Jungs! Eßt!«

Die Bäuerin schob die Schale mit Gebäck über den Tisch.

»Weißt du noch, wie der kleine Fritze aus Kassel getürmt ist?« fragte Gerhard. »Der schaffte es bis Berlin. Da griff ihn eine russische Streife auf. ›Was, du bist zu Fuß von Krasnodar nach Berlin gelaufen?‹ fragte ihn der Offizier verwundert.

›Wer das schafft, darf auch die letzten Kilometer nach Hause gehen.‹ Sie ließen ihn laufen, wirklich, sie ließen den kleinen Fritze nach Hause laufen!«

»Aber die meisten kamen zurück ins Lager. Da war doch dieser verrückte Schmied aus Pommern. Dreimal ging er stiften, und dreimal brachten sie ihn nach Krasnódar zurück. Der konnte nicht nach Hause finden.«

»Kein Wunder, Pommerland war abgebrannt«, murmelte Gerhard. Bauer Kock wollte wissen, wie die Landwirtschaft in Rußland gedieh. »Vater, dir wären die Tränen gekommen! Ein fruchtbares Land, dieses Rußland. Getreidefelder, so weit du sehen kannst. Aber zur Erntezeit schütten sie das gedroschene Korn auf einen großen Haufen unter freiem Himmel. Nicht einmal eine Regenplane decken sie rüber. Sie lassen das schöne Brot im Herbstregen liegen. Im Winter schneit der Haufen ein. Wenn der Schnee taut, liegt da ein matschiger, klebriger Brei, verschimmelt und ausgewachsen.«

Toni demonstrierte in Kocks guter Stube, wie die Russen Kartoffeln ernten.

»Ohne sich zu bücken, gehen sie die Furchen entlang und reißen links und rechts das Kartoffelkraut aus der Erde. Die Knollen, die am Kraut hängen, pflücken sie ab und werfen sie in einen Korb. ›He, Genosse‹, sag ich, ›die besten Kartoffeln läßt du in der Erde!‹ Aber der Genosse Vorarbeiter winkt freundlich ab. Das Feld muß in fünf Tagen gerodet sein, so lautet der Kolchosplan. Ob wir viel ernten oder wenig, spielt keine Rolle. Nur die Kartoffelstauden müssen aus der Erde!«

Während sie über die russische Kartoffelernte sprachen, ging die Stubentür auf. Mutter Marenke stand verlegen auf der Schwelle.

»Ich will ja nicht stören«, entschuldigte sie sich. »Aber

vielleicht habt ihr meinen Sohn in Rußland getroffen. Der ist auch in Gefangenschaft.«

Hastig trat die Mutter an den Tisch und reichte Gerhard eine Fotografie. Ein rundes, lachendes Gesicht, strohblondes Haar und die Kragenspiegel eines Uniformrocks. Mehr war nicht zu erkennen.

»Wie heißt er denn?« fragte Gerhard.

»Bruno Marenke.«

Gerhard gab das Bild an Toni Kirschwälder weiter und fragte ihn, ob er sich an einen Bruno Marenke erinnern könne.

Toni schüttelte den Kopf.

»In Rußland gibt es so viele Lager. Irgendwo wird er schon sein.«

»Na, nichts für ungut«, flüsterte die Mutter und drehte sich um.

Sie wollte schon gehen, als Gerhard ihr nachrief: »Wo ist er in Gefangenschaft geraten?«

Die Mutter stand verlegen in der Tür. So genau wußte sie das auch nicht. Seit Herbst 44 hatte sie keine Post mehr von ihm.

»Dann ist er nicht in Gefangenschaft, sondern vermißt«, meinte Toni. Ja, so wird es sein: vermißt! Die beiden Heimkehrer blickten sich an.

»Millionen Deutsche sind noch in Rußland«, tröstete Toni die Mutter. »Da ist Ihr Sohn auch dabei.«

Die Mutter entschuldigte sich noch einmal wegen der Störung und verschwand so lautlos, wie sie gekommen war.

»Nun kommen sie schon unangemeldet in die gute Stube«, schimpfte die Bäuerin.

»Wer war das?« fragte Gerhard.

»Unsere Flüchtlingsfrau aus dem Hühnerstall. Du kennst Kudenow nicht wieder, mien Jung«, ereiferte sich Kock.

»Das ganze Dorf ist ein Flüchtlingslager. Das ist wirklich zuviel mit diesen Flüchtlingen.«

Während sie über die Flüchtlinge sprachen, richtete Ina Gerhards Zimmer her. Auf ausdrücklichen Wunsch der Bäuerin und obwohl es schon warmer Frühling war, heizte sie den Ofen ein, denn der Junge hatte Husten aus Krasnodar mitgebracht. Sie bezog Gerhards Bett und stellte ein zweites Bett für Toni in den Raum. Danach ging sie in die Küche, um Gläser und Teller abzuwaschen.

Es wird Zeit, ins Bett zu gehen! Nach so einer anstrengenden Reise. Toni Kirschwälder stand plötzlich nackt vor Gerhards Bett.

»In welcher Stube schläft euer Hausmädchen?« fragte er.

»Du bist wohl betrunken, Mensch!« rief Gerhard.

»Ich muß eine Frau haben!« keuchte Toni. Er hatte es sich in den langen Jahren in Rußland geschworen: Am ersten Tag in Deutschland wollte er eine Frau haben!

»Nimm dich zusammen, Mensch! Du bist hier nicht in der Tatarensteppe. In Kudenow ist es noch wie früher. Unsere Mädchen gehen unberührt in die Ehe. Hier kannst du nicht mal eben rüberkriechen und anschließend deiner Wege gehen.«

Toni blickte ihn wirr an. Der sah aus wie einer, dem sieben Jahre seines Lebens fehlten, dem tausend Orgasmen verlorengegangen waren. Und das alles für den einen großen Orgasmus aus Blut und Kot und Dreck in Rußland!

»Morgen kannst du nach Lübeck fahren oder nach Hamburg«, schlug Gerhard vor.

Aber Toni hörte nicht mehr zu. Er kleidete sich an und warf sich den abgetragenen Militärmantel über die Schultern.

»Mensch, Toni, wir haben so viel Zeit! Das Leben liegt vor uns. Wir werden alles nachholen!«

Toni Kirschwälder stürmte aus der Stube. Polterte die

Treppe hinunter. Rannte über den Hof. Eilte im Gemüsegarten die schmalen Wege auf und ab. Umkreiste den Hühnerstall, in dem Mutter Marenke mit ihren Küken schlief. Verweilte vor Kurts Kaninchen, versuchte, unter dem Wasser der Hofpumpe auf andere Gedanken zu kommen. Das Kreischen der Pumpe weckte die Schläfer. Als in der Burg, in der Altenteilerkate und im Hühnerstall das Licht aufflammte, kam Toni Kirschwälder wieder zu sich. Müde schlich er ins Haus, warf sich auf das frischbezogene Bett und schlief bis zum nächsten Mittag.

Letzter Schultag. Kurt stand vor dem Hühnerstall und wartete auf die Mutter. Gerhard Kock kam mit dem Österreicher vorbei, zeigte auf den Kaninchenstall und fragte: »Sind das deine Kaninchen?«

Kurt nickte, wollte vorauslaufen, um Gerhard die Kaninchenzucht zu zeigen, aber die beiden gingen schon ihrer Wege. Na, denn ein andermal. Es war sein erstes, flüchtiges Gespräch mit Gerhard.

Die Mutter trat aus der Tür und nahm ihren großen Jungen an die Hand, zum letztenmal an die Hand, um mit ihm zur Schulabschlußfeier zu gehen. Nicht des feierlichen Gesangs wegen kam sie mit, sondern weil sie mit Peschka zu reden hatte. Was soll aus dir werden, Kurt Marenke? Die Schule ist aus, der große Ernst des Lebens soll beginnen, aber es ist nichts da, was beginnen kann. Ach Mutter, viel ernster, als es war, kann es nicht mehr werden!

Den Bauernhof in Kruglanken kannst du nicht erben, Kurt Marenke. Der ist für den großen Bruder bestimmt. Bauernhöfe fallen immer an die großen Brüder. Du mußt etwas

Anständiges lernen. Aber was gibt es Anständiges in Kudenow? Wie man Kühe melkt, kannst du lernen, wie die Ackerfurchen schnurgerade gezogen werden, wie man mit der Drillmaschine über das Feld klappert. Du kannst lernen, mit Pferden zu sprechen wie Knecht Stolten und mit dem Melkschemel auf Kühe einzuschlagen wie Melker Kassebohm. Mehr gibt es nicht in Kudenow.

Der Schulchor sang: *Wenn ich den Wandrer frage: Wo gehst du hin? Nach Hause, nach Hause...*

Ach ja, das wäre ein Ausweg.

»Was soll ich bloß mit dem Jungen machen, Herr Peschka?« fragte die Mutter.

»Arbeiten, was da ist, Frau Marenke! Nur keine Illusionen aufkommen lassen. Das verdirbt die Jugend nur. Junge Menschen müssen sich über Kleinigkeiten freuen können. Verstehen Sie, was ich meine, Frau Marenke? Wer hoch anfängt, sitzt am Schluß zwischen den Stühlen. Immer schön bescheiden bleiben. Unten anfangen, die Pflicht erfüllen. Verstehen Sie, was ich meine, Frau Marenke?«

»Er kann doch so schön schreiben«, wagte die Mutter einzuwenden.

»Davon kann kein Mensch leben«, erwiderte Peschka ungehalten. »In Kudenow gibt es nur zwei Schreibstuben: das Kirchenbüro und die Gemeindeverwaltung. Beide sind belegt mit Lahmen und Einarmigen, die der Krieg an die Schreibtische versetzt hat.«

Peschka eilte in seine Lehrerwohnung und kam mit einer Zeitungsannonce wieder:

Die Bergarbeiter sind die Aristokratie der Arbeiterschaft. Die Bergwerke brauchen Arbeiter. Melde dich beim nächsten Arbeitsamt.

Ja, in Deutschlands Bergwerken gab es reichlich Arbeit. Zweihundert Mark Schichtlohn im Monat für einen ausgebildeten Untertagearbeiter, dazu Sonderzuteilungen an Kalorien. In die Nähe der Zechen hatten sie Lehrlingsheime für junge Menschen gebaut. Dort warten sie auf dich, Kurt Marenke.

»Es ist eine Ehre, für Deutschland Kohle aus der Erde zu buddeln«, behauptete Peschka. Ging das schon wieder los mit der Ehre?

»Ich kann den Jungen nicht wegschicken!« rief die Mutter dazwischen. »Vor zwei Jahren hab ich ihn erst zurückbekommen.«

»Ziehen Sie mit ihm«, schlug Peschka vor. »Wer im Bergwerk arbeitet, bekommt auch eine Wohnung.«

Hinter dem Rücken der Mutter schlich Kurt ins Freie. Wie einen Rettungsanker umklammerte er den mächtigen Lindenbaum, der auf dem Schulhof stand und an dem sich Generationen Kudenower Kinder gescheuert hatten, wenn es juckte. Es traf ihn schwer. Kurt Marenke sollte in die finstere Grube fahren, wo keine Sonne aufgeht und keine Brombeeren wachsen, kein Wind vom Meer die Haselnußsträucher der Knicks bewegt, fern vom Kudenower See, vom alten Petschelies, von Wiebke und seinen Kaninchen. Denn in den westfälischen Lehrlingsheimen darfst du keine Kaninchen zuchten. Es ist überhaupt fraglich, ob die Bahn Kaninchen von Kudenow nach Westfalen befördert. Außerdem wachsen auf der Sohle des Schachtes keine Butterblumen für die Kaninchen.

»Wo steckst du nur?« rief die Mutter.

Er klammerte sich an ihren Mantel, hoffte, sie würde einen Ausweg finden. Wenigstens das sollte die Mutter noch für ihn tun, ihn vor dem Bergwerk bewahren. Danach wollte er nichts mehr von ihr fordern.

»Wir müssen zum Arbeitsamt in die Stadt«, sagte sie. »Am besten ist, wir fahren gleich.«

Da war sie, die kleine Hoffnung. Sie machten kehrt und eilten zum Bahnhof, um den Mittagszug noch zu bekommen.

Das war ein Frühlingstag, wie er selten vorkommt. Nur viel zu traurig. Die Linden grünten früher als sonst. Es war so warm, daß ein paar Verwegene schon im Kudenower See badeten. Vielleicht wird erst in hundert Jahren wieder so ein Frühling sein. Und an einem solchen Tag beginnst du über die Bergwerke in Westfalen nachzudenken! Bienen umschwärmten die dicken gelben Weidenkätzchen in den Knicks. Die Lokomotive paffte eine helle Rauchfahne in den milchigen Himmel. Sonst kein Rauch, kein Kohlenstaub. Klare Luft mit weiter Sicht bis zu den Türmen des Elektrizitätswerkes Hamburg-Tiefstaak. Diese Welt sollte Kurt verlassen, um unter die Erde zu gehen?

Das Arbeitsamt gehörte zu den wichtigsten Ämtern; es kam gleich nach dem Amt, das die Wohnungen zuwies, räumte und beschlagnahmte. Vor der Tür wartete eine dreißig Meter lange Menschenschlange auf Stempelgeld. Alte Männer und junge Rußlandheimkehrer, die in dieser Schlange ihr neues Leben beginnen wollten. Es war schon merkwürdig! In dem Maße, wie die Menschenschlangen vor den Lebensmittelläden abnahmen, wuchsen sie vor den Arbeitsämtern. Irgendwo mußt du immer anstehen im Leben.

»Das kann doch nicht mit rechten Dingen zugehen«, behauptete die Mutter. »Wir haben Millionen Arbeitslose, und dabei gibt es so viel zu tun. Ganz Deutschland liegt in Trümmern und muß aufgebaut werden, aber die Menschen bekommen keine Arbeit.«

Der Beamte im städtischen Arbeitsamt schüttelte mitleidig den Kopf.

»Wo denken Sie hin, liebe Frau? Schleswig-Holstein hat

nur die Landwirtschaft; da kann Ihr Junge Knecht werden. Das ist das große Unglück. Die Flüchtlinge sind in den Teil Deutschlands gekommen, der am wenigsten Arbeit hat. Umsiedeln müßt ihr. Runter nach Westfalen!«

Der also auch. Sie hatten sich alle gegen Kurt Marenke verschworen. Auf der Rückfahrt sprach die Mutter kein Wort. Kurt blickte aus dem Fenster und betrachtete die endlosen Reihen der Knicks, die am Horizont wie die Bahnschienen in einer Linie verschwammen. Raubvögel segelten gegen den Wind und gerieten in die Rauchfetzen, die die kleine Lokomotive ausstieß. Auf einigen Wiesen blökte schon das Jungvieh. Ein Schwarm Kiebitze erhob sich vor dem Zug und suchte das Weite. Während die Bahn dahinratterte, spürte Kurt, wie sehr er an dieser Landschaft hing, an den Buchenwäldern, den Butterblumenwiesen und den versteckten Seen. Als der Kirchturm von Kudenow auftauchte, war es ihm, als wollten nun wirklich einmal Tränen aus seinen Augen fließen. So gern er auch geweint hätte, er mußte die Tränen unterdrücken, weil der Zug voller Menschen war.

»Mach mich nur nicht unglücklich, Kurt!« beschwor ihn die Mutter. Was ist los mit dir, Kurt Marenke? Du bist weich wie ein kleines Mädchen. Nimm dich zusammen und sei ein Mann, würde sein Vater sagen. Wenn du so weitermachst, wird der Fremde von der Grenze in der Bodenluke hängen und dich auslachen.

»Liegt dieses Westfalen weit von hier?« fragte die Mutter, als sie ins Dorf gingen. Sie begann, sich an Westfalen zu gewöhnen. Aber auch ihr fiel es schwer. Wie den meisten Menschen des Ostens fehlte ihr die Leichtigkeit, um fröhlich in der Welt herumzuzigeunern, überall und nirgends zu Hause zu sein. Die Mutter mußte immer einen festen Punkt haben, an dem sie festhalten konnte.

Auf dem Hof liefen sie dem Bauern über den Weg.

»Nun bist du ein richtiger Mann und brauchst nicht mehr in die Schule«, sagte Kock aufgeräumt zu Kurt Marenke. »Was willst du denn werden?«

»Am liebsten möchte er in die Schreibstube«, antwortete die Mutter.

Kock winkte verächtlich ab.

»Nun werdet bloß nicht alle so klug! Wir brauchen auch welche zum Mistaufladen.« Unwirsch blickte er auf Kurt herab. Er hielt es für Kraftverschwendung, einen gesunden Jungen in die Schreibstube zu stecken. »Das ist was für Lahme und Brustkranke. Wenn du keine Schreibstube findest, mußt du zum Bauern gehen. Das ist ein Beruf, wo alle satt werden.«

Na, immerhin etwas. Knecht in Kudenow erschien Kurt erträglicher als dieses unheimliche Westfalen, das er nur von Bildern her kannte. Nach seiner Vorstellung gab es dort keinen Platz, um unbeobachtet im Knick zu träumen. Da hämmerten ständig die Preßluftbohrer, heulten die Fabriksirenen, dröhnten die Lastwagen, zitterten Häuser und Lokomotiven.

Keine Sekunde deines Lebens kannst du in Ruhe allein sein in diesem Westfalen!

Im Hühnerstall wartete Ella. Wie wird dir Westfalen gefallen, liebes Schwesterlein?

»Man ist ja nicht ewig unter der Erde, Kurtchen. Wenn du genug Geld gespart hast, baust du dir ein Haus und suchst Arbeit an der Sonne.«

Er hätte es sich denken können. So war Ella Marenke. Arbeiten! Arbeiten! Geld zusammenraffen, um ein Haus zu bauen. Einem Menschen wie Ella ist niemand gewachsen. Die arbeitet alle in Grund und Boden. Die wird eines Tages groß herauskommen mit ihrer Tüchtigkeit. Kurt ahnte, wie Ella über ihn dachte. Sie hielt ihn für weichlich. Ein Junge ohne Mumm in den Knochen. Kein Wunder, wenn er schon als Vierzehnjähriger mit dieser Wiebke spielte. Arbeiten sollst du, Kurt Marenke, und nicht an Mädchen denken!

Die Umsiedlung nach Westfalen schien beschlossene Sache zu sein, da kam plötzlich die Rettung. Der große Bruder Bruno rettete Kurt vor den Bergwerken. Nach dem Abendessen, als die Mutter genügend Zeit zum Nachdenken hatte, fiel ihr Bruno ein. Sie hatte dem Roten Kreuz ihre Kudenower Adresse geschickt, damit Bruno wußte, wohin er heimzukehren hatte. Aber wenn sie nach Westfalen zogen, wüßte Bruno wieder nicht, wohin er sich wenden sollte.

»Wir bleiben in Kudenow, bis unser Bruno aus Rußland zurück ist«, entschied die Mutter. »Außerdem geht es bald nach Hause. Warum auf dem Weg nach Ostpreußen einen Umweg über Westfalen machen? Kallweit hat es auch gesagt, neunzehnhundertfünfzig kommen die Flüchtlinge nach Hause zurück. Wißt ihr noch, wie schön es zu Hause ist, Kinder?«

Nun ging das wieder los, den ganzen Abend.

»Sag ihr doch endlich, wie es zu Hause wirklich aussieht!« flüsterte Ella. »Du warst doch da, du hast die Trümmer gesehen und die Brennnesseln, die über das Fenster wachsen.«

Kurt schüttelte den Kopf. Das konnte er seiner Mutter nicht antun. Siehst du nicht, wie zufrieden sie dasitzt? Ihre müden, grauen Augen begannen zu leuchten, als sie in Gedanken nach Hause zurückkehrte, geschäftig in den Garten eilte, um Kartoffeln und Suppenkraut zu holen, auf dem Rückweg ein paar Eierchen aus dem Kruglanker Hühnerstall mitbrachte und sich anschickte, ein schönes Mittagessen zu kochen, um damit ihren großen Sohn Bruno zu empfangen.

Als Kurt zum Bahnhof bummelte, um Wiebke abzuholen, traf er Schlachter Tetje von der Ecke. Der trieb mit seinem Lehrling Hinnerk das Jungvieh in sein Schlachthaus, das Jungvieh, das er von den Bauern der Nachbardörfer gekauft hatte, um es in menschliche Nahrung zu verwandeln. Auf der Höhe des Haarschneiders Schnelle setzte ein übermütiger Bulle über den Gartenzaun und flüchtete in die Johannisbeeren des Haarschneiders. Hinnerk lief peitschenschwingend hinterher, und Tetje von der Ecke brüllte: »Pack mit an!« Damit meinte er Kurt Marenke. Kurt sprang in Schnelles Gemüsegarten, riegelte dem Bullen den Vormarsch in ein Erdbeerbeet ab und drängte ihn mit einer Zaunlatte zurück auf die Straße. Dort war der Rest der Herde unruhig geworden. Die Tiere trabten den Sommerweg unter den Linden entlang und stürmten mit erhobenen Schwänzen das friedliche Kudenow. Kinder kletterten auf Zäune und Mauern, Radfahrer flüchteten hinter die Lindenbäume, als die Bullen ankamen. Kurt und Hinnerk hielten mit, stellten sich vor Hofeinfahrten und Haustüren, damit die wilden Tiere nicht Blumengärten und Waschküchen verwüsteten, und jagten sie auf das mächtige Hoftor der Schlachterei zu, wo sie hingehörten. Als Tetje sein Schlachthaus erreichte, hatten Hinnerk und Kurt die Tiere schon hinter Schloß und Riegel.

»Fixe Kerle seid ihr!« sagte Tetje von der Ecke, ging in seinen Laden und kam mit einer Ringelwurst wieder, die er Kurt um den Hals hängte.

»Wenn du Lust hast, kannst du ab und zu helfen, das Vieh von den Bauern zu holen.«

Und ob Kurt Lust hatte! Vor allem auf die Ringelwurst, die er stolz nach Hause trug. Er überwand sich, biß unterwegs nicht hinein und brachte der Mutter die ganze, heile Wurst nach Hause.

»Viehtreiben ist keine richtige Arbeit«, sagte Ella lachend. Sie dachte immer noch an Westfalen.

Aber es war eine schöne Arbeit. Einmal in der Woche kam Hinnerk vorbei, schlug mit dem Ochsenziemer gegen das Fenster des Hühnerstalls und schrie: »Morgen treiben wir!«

In aller Frühe ging es los. Meistens machten sich Kurt und Hinnerk allein auf den Weg, weil Tetje zu Hause die Wurst knetete. Auf dem Hinweg bummelten sie, drehten hinter dem Knick Zigaretten – den Tabak hatte Hinnerk seinem Vater gestohlen – und stießen mächtige Rauchwolken in den Himmel. Gestärkt von dem Teufelskraut, betraten sie den Bauernhof.

»Wir sollen die Starken abholen«, erklärte Hinnerk.

»Geht erst mal in die Küche, damit ihr Kraft bekommt«, antwortete der Bauer.

Er nahm sie mit ins Haus und ließ sie in der Bauernküche Platz nehmen. Meistens gab es eine Bratpfanne voller Spiegeleier, weil die schnell herzurichten waren. Dazu trockenes Brot und Buttermilch. Nach der Mahlzeit ging der Bauer mit ihnen in den Viehstall.

»Drinkt jü ok Beer?« fragte er, bevor er das Jungvieh herausließ.

Hinnerk nickte freudig und hielt die Hand auf, als der Bauer zwei Fünfzigpfennigstücke aus dem Portemonnaie holte, Wegzehrung für ein Gläschen Bier im Kudenower Krug.

Vor Kurt blieb der Bauer stehen.

»Snackst du Holsteiner Platt, mien Jung?«

Kurt schüttelte verlegen den Kopf. Nein, noch nicht. Nur ein bißchen.

Da ging der Bauer vorbei und drückte Hinnerk das für Kurt bestimmte Geldstück in die Hand.

»Wenn du platt snackst, bekümmst du ok wat.«

Auf dem Nachhauseweg gab Hinnerk ihm seinen Anteil. Das besänftigte Kurts Ärger ein wenig. Trotzdem beschloß er, Holsteiner Platt zu lernen. Erst die Fluchwörter, mit denen Hinnerk das Vieh trieb. Mit Fluchwörtern kommst du schon ziemlich weit. Später vielleicht ganze Sätze. Richtig würde er das Holsteiner Platt zwar nie lernen, aber vielleicht genügte es den Bauern, wenn sie seinen guten Willen sahen.

An einem der lustigen Viehtreibertage traf Kurt bei der Heimkehr Kallweit im Hühnerstall. Der umkreiste mit wuchtigen Schritten Marenkes Küchentisch und schrie immer wieder: »Verräter! Verräter! Mit solchen Banditen konnte der Hitler doch nicht den Krieg gewinnen!«

Lieber Himmel, was war in den Kallweit gefahren! Der bekam richtig rote Flecken auf der Stirn.

»Sich aus dem belagerten Königsberg davonzustehlen! Mit einem sicheren Eisbrecher nach Heia zu fahren. Von dort weiter ins ruhige Dänemark, wo es nicht nach Pulver roch. Unterwegs die Parteiuniform auszuziehen und in Kopenhagen als deutscher Major an Land zu gehen. Dem Führer vom Schiff noch schnell einen Funkspruch zuzuschicken, daß die Verteidigung Königsbergs neu organisiert werde... So ein Held war das!«

»Sie werden ihn aufhängen, wie sie die anderen in Nürnberg aufgehängt haben«, meinte die Mutter.

»Schön wär's!« rief Kallweit. »Aber mit dem Hängen ist es nun vorbei. Wer es fertigbringt, vier Jahre als Landarbeiter unterzutauchen, wird nicht mehr gehängt.«

So seltsam ist der Lauf der Geschichte: Die erste Welle der Schuldigen wird auf der Stelle umgebracht, die zweite kommt ins Gefängnis, die dritte läuft frei herum. Was danach auftaucht, wird schon wieder als Held verehrt. Du mußt nur lange genug als Landarbeiter unter fremdem Namen verborgen bleiben, bis deine Zeit gekommen ist!

»Was war denn mit dem Kallweit los?« fragte Kurt, als der aufgeregte Mann gegangen war.

»Weißt du denn nicht, daß sie heute den Erich Koch gefangen haben? Der hielt sich als Landarbeiter in einem Dorf bei Hamburg versteckt.«

Kurt konnte mit dem Namen nichts anfangen. Er verwechselte ihn mit Kock und dachte, es sei ein entfernter Verwandter des Bauern.

»Aber nein, Kurtchen, das war nach dem Hitler der mächtigste Mann in Ostpreußen.«

Ach, so einer war das. Kurt setzte sich an den Tisch und fing an, Tetjes Ringelwurst in Stücke zu schneiden. Über Erich Koch lohnte es nicht sich aufzuregen. Der Mann ging ihn nichts an. Aber die Mutter und Kallweit und Petschelies, die waren vier Jahre nach Kriegsende immer noch nicht fertig mit diesen Kochs und Hitlers. Du bist ja nicht dabeigewesen beim ersten Appell des deutschen Volkssturms vor Insterburg, Kurt Marenke. Du hast die Durchhalteparolen dieses Mannes im belagerten Königsberg nicht gehört. Du denkst nur an Ringelwürste und das Geld für ein Fahrrad, an Kaninchenfutter und den Zug, der Wiebke aus der Stadt zurückbringen soll.

»Papa könnte noch leben, wenn dieser Koch nicht gewesen wäre.«

Kurt ließ das Wurstmesser fallen und starrte die Mutter an. Erich Koch konnte doch nichts dafür, daß Ostpreußen von der Roten Armee überflutet wurde. Ja, das stimmte. Aber daß die Dörfer noch voller Frauen und Kinder waren, als die Flut kam, das hat er zu tragen.

Der 25. Mai 1949 wühlte die Flüchtlinge aus Ostpreußen auf wie kaum ein anderes Ereignis nach dem Krieg. An diesem Tag kehrten sie wieder zurück in die Endzeit. Sie fuhren wieder über das gefrorene Haff. Ihre Pferdewagen klapperten die Alleen entlang, gefolgt von brüllenden Rinderherden, vorbei an brennenden Dörfern. Es war wieder alles so nahe. Und nur weil sie diesen Koch gefangen hatten.

Anfangs schliefen sie bis zum Mittagessen. So viel Langschläferei war schon nicht mehr anständig.

»Es kommt alles nach«, entschuldigte die Bäuerin die beiden Heimkehrer. Ina lief auf Zehenspitzen im Haus umher und gab sich größte Mühe, nicht mit dem Geschirr zu klappern, um die Schläfer nicht zu stören. Knecht Stolten unterbrach sein Singen, wenn er an der Burg vorbeifuhr. Wer aus Rußland kommt, braucht Ruhe!

Nach dem Essen holten sie Ajax aus dem Zwinger und wanderten über die Felder. Langsam nur, wegen des kaputten Knies. Für Gerhard waren diese Spaziergänge feierlich wie Gottesdienste.

»Das sieht anders aus als das russische Kolchosland!« rief er stolz und zeigte auf Kocks Kartoffelacker. Ein Stück weiter stand er mit ausgebreiteten Armen vor dem Weißkleeteppich einer Wiese, auf der Kocks Kühe grasten. Toni spielte lieber mit Ajax, warf ihm Stöcke zu, die er mit dem Maul auffing.

In Kudenow läuteten die Glocken, für irgendeinen Fremden. Über dem grünen Hafer standen die Lerchen. Ajax stöberte einen Hasen auf und jagte ihn bis zum Waldrand. Am Kudenower See lagerten sie, weil Gerhards Bein schmerzte. Der Hund planschte im seichten Uferwasser, scheuchte Wildenten auf und einsame Reiher.

Noch immer sprachen sie über Rußland. Es ließ sie nicht los, dieses unendlich weite Land. Wie ein mächtiger Stein lag es ihnen auf der Brust.

»Weißt du noch, wie wir den Güterzug mit geklauten deutschen Maschinen entladen mußten? Herrliche Fräsen, Metallhobel, Präzisionsgeräte. Um acht Uhr morgens lief der Zug ein, um zwölf Uhr mußte er entladen sein. Egal, wie. Na, denn los. Genossen! Wir schmissen die Maschinen kopfüber in den Dreck von Krasnodar, und der Posten freute sich, daß wir in der vorgeschriebenen Zeit blieben. Tatsächlich war der Zug mittags entladen und konnte nach Deutschland zurückkehren, um mehr zu holen. So seltsam ist dieses Rußland!«

»Dreißig Millionen Menschen sollen die Russen in diesem Krieg verloren haben«, meinte Gerhard nachdenklich.

»Das müssen die Wellen gewesen sein, die wie Vieh vor unsere Maschinengewehre gelaufen sind«, erklärte Toni. »Betrunken, schreiend, kaum bewaffnet. Das war kein Kampf mehr, sondern reines Schlachten.«

»Wie wollen die das jemals vor ihrem Volk verantworten, die eigenen Leute so in den Tod getrieben zu haben?« sagte Gerhard. »Das verzeiht ihnen niemand. Die verachten die Menschen. Das einzelne Leben ist ihnen nichts wert. Nur so ist diese Schlachterei zu erklären.«

Auf dem Heimweg stöberte der streunende Hund Kurt Marenke auf, der im Knick lag und zusah, wie die Brombeeren blühten.

»Was treibst du auf unserem Acker?« rief Gerhard.

»Der onaniert«, sagte Toni. »Das ist das Alter, wo es anfängt.«

Kurt kam mit Ajax auf die beiden Männer zu.

»Wohnst du nicht auf unserem Hof?« fragte Gerhard.

Kurt nickte unsicher.

»Warum liegst du hier herum und stiehlst dem lieben Gott die Zeit? Arbeiten mußt du, irgend etwas Vernünftiges tun!«

Kurt wußte keine Antwort darauf. Sollte er sagen, daß er eine herzliche Zuneigung zum Löwenzahn verspürte, daß er sich zum blühenden Weißklee hingezogen fühlte und gern den strengen Duft des Holunders einatmete? Das verstand kein normaler Mensch.

»Komm mit, ich hab was für dich«, sagte Gerhard.

Er nahm den Hund an die Leine. Kurt folgte den Männern und lauschte ihren Gesprächen so wie früher den Berichten der Fronturlauber.

»Wo kommst du her?« fragte Gerhard plötzlich.

»Aus Kruglanken in Ostpreußen.«

»Mensch, da waren wir doch auch!« mischte Toni sich ein. »Erinnerst du dich noch an die Tour mit dem Saniwagen von Allenstein nach Insterburg? Hinter Rastenburg sprang der kleine Krücke auf, nahm Haltung an und schrie: ›Kameraden, wir haben soeben das Führerhauptquartier passiert!‹...«

»Und im Herbst vierundvierzig waren wir noch einmal in Ostpreußen. Damals standen die Russen zum erstenmal auf deutschem Boden. Wie hieß das Nest noch? Schirnitz oder so ähnlich. Das war oben an der Ecke, wo aus dem Njemen die Memel wird.«

Eine Viertelstunde lang rätselten sie an dem Ortsnamen herum. Schließlich einigten sie sich darauf, daß es wohl Schirwindt gewesen sein mußte.

Gerhard Kock legte Kurt plötzlich die Hand auf die Schulter.

»Ostpreußen kannst du vergessen, mein Junge! Das ist für immer verloren. Was die Russen haben, das haben sie. Das kommt nicht wieder.«

Kurt traf es nicht so sehr, aber er dachte an seine Mutter. Die durfte solche Sprüche gar nicht hören, weil sie die ganze Nacht weinen würde.

»Ich glaube, der Rest der Welt weiß gar nicht, was im Osten losgewesen ist«, sprach Gerhard zu Toni. »Die Russen haben einen Teil Europas leergepustet – einfach so.«

Gerhard nahm eine verblühte Butterblume und blies eine Wolke weißer Pusteln in den Himmel.

»An den vielen Flüchtlingen wird Deutschland zugrunde gehen«, meinte Toni. »Das sind Millionen. Der ganze deutsche Osten, zusammengepreßt auf dem bißchen Erde, das übriggeblieben ist. Das ist nicht zu schaffen. Deutschland kann die vielen Menschen nicht ernähren.«

Gerhard schüttelte den Kopf.

»Das ist eben der Unterschied. In Rußland würden sie ein paar Millionen an Hunger sterben lassen, und das Gleichgewicht wäre wieder da. Aber wir schaffen es. Wir Deutschen kommen durch!«

Als sie den Hof erreichten, wollte Kurt sich aus dem Staube machen. Aber Gerhard nahm ihn mit, ging mit ihm auf sein Zimmer und holte die von der Bäuerin so liebevoll behüteten Fußballstiefel vom Nagel.

»Mit meinem lahmen Flunken werde ich nie wieder Fußball spielen«, sagte Gerhard lachend und reichte Kurt die Stiefel.

Ach, du bist zwei Jahre zu spät gekommen, dachte Kurt und blickte traurig auf die Stiefel.

»Ich spiele nicht Fußball«, sagte er leise und ließ die Stiefel auf den Boden fallen.

»Aber irgend etwas mußt du doch machen. Junge!« schrie Gerhard ihn an. »Du kannst doch nicht im Knick liegen und die Wolken anstarren!« Gerhard riß die Schranktür auf, griff eines der Bücher, die auf dem Regal standen, und drückte es Kurt in die Hand. »Wenn du schon im Knick liegst, nimm wenigstens ein Buch mit! Von vorn bis hinten mußt du es durchlesen, damit du etwas kennenlernst von der Welt!«

Als Kurt draußen war, sah er sich das Buch an. Es war *Brehms Tierleben*, ein schrecklich dicker Wälzer über alles, was auf dieser Erde herumkrabbelt.

Die Bäuerin hatte Gerhard das Versprechen abgenommen, vorerst keinen Handschlag zu tun. Ausruhen, gesund werden, gut essen, Kräfte sammeln. Das hinderte Gerhard nicht daran, auf seinen Spaziergängen Kocks zerrissene Weidezäune zu flicken, morsche Pfähle zu ersetzen und Unkraut auszureißen. Hinter der Scheune übte er Reiten. Kurt lag hinter den Johannisbeerbüschen und sah zu, wie Gerhard versuchte, mit dem steifen Knie auf Iwan den Schrecklichen zu klettern. Er ärgerte sich ein wenig, daß Gerhard sich für den Grauschimmel als Reitpferd entschieden hatte, denn eigentlich gehörte das zugelaufene Flüchtlingspferd ihm, Kurt Marenke.

»Geh endlich zu Doktor Kruskoop«, mahnte die Bäuerin, als sie sah, wie Gerhard sich mit dem steifen Knie beim Reiten abmühte.

»Das hilft nichts, Mutter. Was kaputt ist, ist kaputt.«

Der Bäuerin zuliebe ging er eines Tages zum Doktor. Aber da war wirklich nichts zu machen. So ein Granatsplitter leistet gute Arbeit. »In Amerika versuchen sie neuerdings, künstliche Kniescheiben einzusetzen«, erzählte Doktor Kruskoop. »Aber das ist eben Amerika.«

Fast täglich kamen Menschen auf den Hof, um nach Rußland zu fragen. Fremde aus den Nachbardörfern, sogar aus der Stadt. Sie wollten wissen, wie es in Krasnodar aussieht. Ob da noch viele Gefangene sind? Darf man Pakete hinschicken? Gibt es wirklich Schweigelager in Rußland? Die Heimkehrer mußten Bilder anschauen, sich an fremde Namen erinnern, an Einsätze im Mittelabschnitt, an aufgeriebene Einheiten und Gefangenentransporte.

Vor allem Toni Kirschwälder nahm sich der Frager an. Er hatte genug von den feierlichen Spaziergängen in der Feldmark und saß am liebsten mit dem alten Petschelies auf der Bank vor der Altenteilerkate, um den Mädchen nachzupfeifen. Der drallen Ina zum Beispiel, wenn sie den Abfalleimer über den Hof trug. Oder Ella Marenke, wenn sie von der Bahn kam. Ella rannte stets mit gesenktem Kopf an der Bank vorbei. Sie hatte Angst, sie könnte erröten, das Gleichgewicht verlieren oder den Fremden auf der Bank sogar anlächeln. Der Mechanismus, der Ellas Gefühlsregungen stets nach dem Nützlichkeitsprinzip sortierte, der immer fragte, wozu etwas gut ist und was es dafür gibt, arbeitete nicht mehr zufriedenstellend.

»Warum zierst du dich so, Margellchen?« rief der alte Petschelies lachend hinterher, wenn Ella in Eile dem Hühnerstall zustrebte. »Du mußt ein bißchen freundlicher sein zu unserem Toni.«

Als Rußlandheimkehrer besaß der Mensch einen beträchtlichen Kredit. Wer den Krieg und vier Jahre Gefangenschaft durchgemacht hatte, durfte auch in Kudenow ungestraft den Mädchen nachpfeifen.

Nur Mutter Marenke sah es nicht gern.

»Paß bloß auf!« jammerte sie. »Diese Österreicher taugen alle nichts. Papa erzählte immer, wo die im Ersten Weltkrieg gekämpft haben, sahen unsere nur Staub. So sind die Österreicher gelaufen.«

Trotz der schlechten Meinung über die Österreicher ging die Mutter oft zur Altenteilerkate, um zuzuhören, was Toni von Krasnodar erzählte. Wie die Gefangenen abends in ihren Baracken Lieder gesungen hatten. Wie sie sich aus der Ferne

Deutschland vorgestellt hatten, lieblich und freundlich...
Und jetzt dieses zerstörte, überlaufene Land. Nicht wiederzuerkennen.

Die Gespräche wühlten Mutter immer schrecklich auf. Danach vergaß sie stundenlang das Abwaschgeschirr und dachte nur an Bruno. Sie war jetzt so weit, daß ihr Bruno wichtiger erschien als Kruglanken. Sie wäre bereit gewesen, Kruglanken preiszugeben, wenn dafür ihr Bruno käme. Aber diesen Handel wollte der liebe Gott nicht eingehen. Sein unerforschlicher Ratschluß hatte dem Bauern Kock, der alles besaß, was der Mensch zum Leben brauchte, obendrein den Sohn zurückgegeben. Aber Mutter Marenke, die schon so viel verloren hatte, ließ er warten. Und gerade jetzt gab es für jeden Heimkehrer einhundertfünfzig Deutsche Mark Entlassungsgeld und zweihundertfünfzig Mark Übergangshilfe. Bares Geld auf die Hand. Was könnte sie ihrem Bruno dafür alles kaufen!

»Irgendwann kommen alle wieder«, tröstete Toni die Mutter.

Aber der alte Petschelies fügte einschränkend hinzu: »Wenn sie noch leben! Wenn sie noch leben!«

Es gab keinen traurigeren Anblick als den dieser kranken Frau. Sie war über die Jahre der Fruchtbarkeit hinaus, aber sie wanderte die Straßen auf und ab, weil sie einen Mann suchte. Sie wollte nichts dafür haben, wäre zur Not sogar bereit, von der kärglichen Witwenrente draufzuzahlen. Lag es daran, daß der Krieg diese bedauernswerten Geschöpfe so früh in den Witwenstand versetzt hatte? Oder waren sie in die Vergewaltigungsmaschine geraten und lebten seitdem auf dem schmalen Grat zwischen Normalität und Wahnsinn?

Mit dem Instinkt eines Tieres, das Witterung aufgenommen hat, fand Toni Kirschwälder die einzige Person dieser Art in Kudenow. Sie hätte seine Mutter sein können. Das wirre Zeug, das sie sprach, störte ihn nicht. Auch über die häßlichen Zahnlücken blickte er hinweg. Die Frau erschien ihm wie eine Sache, die für eine notwendige Verrichtung konstruiert worden war. Weiter nichts. Er schämte sich nicht, wenn er mit ihr in den Kudenower Wald spazierte, anfangs zweimal am Tag, und ihnen die Holzfuhrwerke entgegenkamen. Kurt schlich manchmal hinterher und beobachtete sie aus Baumkronen. Aber es war ein trostloser Anblick. Wie Notdurft verrichten.

»Alles, wat Mulke häd, well ok pappe«, sagte Petschelies verständnisvoll auf ostpreußisch, wenn er die herumstreunende Frau in der Nähe der Burg erblickte. Auf hochdeutsch hieß das: Was ein Mäulchen hat, will auch essen. Oder im übertragenen Sinne: Was lebt, hat ein Recht, sich zu paaren und ein bißchen glücklich zu sein, egal, ob du alt bist oder jung, ob du häßlich bist oder den Verstand verloren hast.

Die Aufregung, in die Toni Kirschwälder das kleine Kudenow versetzte, war unbeschreiblich. Aber es störte ihn nicht, daß die Alten sogar beim Kirchgang über seine Waldspaziergänge mit der verrückten Frau sprachen. Er hatte vom Leben noch tausend Orgasmen zu fordern und begann die Schuld einzutreiben. Je mehr er daran dachte, desto schlimmer wurde es. Er wurde unersättlich und nicht wählerisch. Er ging zur Pumpe, wenn Ella Wasser holte. Fütterte Ina das Geflügel, lehnte er am Gartenzaun, sah ihr lächelnd zu und flötete Wiener Walzer. Ach, er konnte so schön pfeifen, der Toni aus dem Burgenland!

»Der Österreicher verdreht unseren Deerns den Kopf«, beschwerte sich Knecht Stolten beim Bauern.

»Laß ihn man drehen«, brummte Kock. »Der haut bald ab. So einer hält sich nicht lange in Kudenow.«

Es war an dem Sonntag, als für Deutschland wieder einmal so viel auf dem Spiel stand. Mitten in der Erntezeit wählten sie. Diesmal ging es um mehr als den Bürgermeister von Kudenow oder die unzeitgemäße Dänenfrage. Diesmal ging es um die erste deutsche Regierung nach dem Krieg. Die Deutschen waren mündig geworden. Die Mutter saß mit Kallweit und Petschelies im Hühnerstall. Sie beratschlagten, wen sie wählen sollten. Als Flüchtlinge und als gute Deutsche. Kurt hockte in seiner Ecke und blätterte in *Brehms Tierleben,* las aber nicht, weil er den Erwachsenen zuhörte.

»Eigentlich brauchen wir eine Flüchtlingspartei«, forderte Kallweit. »Aber das lassen die Engländer nicht zu.«

»Nein, nein, es muß eine Partei sein, die für Deutschland ist!« rief Petschelies dazwischen. »Nicht für die Flüchtlinge oder die Einheimischen, sondern für das ganze Deutschland bis an die Memel!«

O ja, sie waren treue Deutsche! In Scheunen hausen und nur von den Früchten des Waldes leben, aber deutsch bleiben.

»Der alte Mann vom Rhein soll ja ein frommer Christ sein«, bemerkte die Mutter. »Aber wie steht er zu Deutschland? Ist der in seinem langen Leben schon einmal in Ostpreußen gewesen?«

Kallweit sprach voller Anerkennung von dem einarmigen

Sozialdemokraten, der so aussah wie Deutschland: amputiert, elend, verhungert.

»Aber die haben uns schon einmal hineingeritten«, schimpfte Petschelies. »Die haben den Kaiser verjagt, und danach kam der Hitler. So etwas darf man nicht machen. Den Kaiser darf nur verjagen, wer ganz sicher ist, daß es nicht schlimmer kommt.« Petschelies hätte gern eine Kaiserpartei gehabt, weil Deutschland seiner Meinung nach mit der Republik in den Sumpf geraten war. »Solche Schweinereien wie unter dem Adolf wären bei Kaiser Wilhelm nicht passiert. Mögen die Adligen sein, wie sie wollen, aber so hundsgemein morden können nur einfache Leute, Menschen, die aus dem Dreck nach oben gekrochen sind.« So sah der alte Petschelies das, und der war immerhin aus dem vorigen Jahrhundert, der war zu einer Zeit auf die Welt gekommen, als das Kaiserreich vier Jahre alt war.

Kurt vertiefte sich in das Kapitel über die Seidenraupen. Er hörte von ferne, wie die Erwachsenen hin und her wählten; schließlich hörte er gar nichts mehr. Es war eine herrliche Zeit, um zu wählen. Die Blockade Berlins war zu Ende. Es sah nach Frieden aus. Über die Grenzen sickerten Heimkehrertransporte aus Rußland. Zwar wollte der große Strom der heimkehrenden Gefangenen noch nicht einsetzen, aber das sickernde Rinnsal hielt die Hoffnungen wach. Rechtzeitig vor der Wahl genehmigte das Zweimächte-Kontrollamt in Frankfurt eine Sonderzuteilung Fett. Zweitausend Gramm bekam der Normalverbraucher für September 49, davon dreihundertfünfundsiebzig Gramm reine Butter. Für Kleinkinder obendrein Extrarationen. Viehzählen, Abliefern und das Bestrafen von Schwarzschlachtern wurden nicht mehr so streng gehandhabt; der deutsche Bauer durfte am hellichten Tag seine Schweine totschlagen und zum Abhängen für jeden sichtbar auf den Hof tragen.

Einziges Ärgernis blieb die Demontage, die Fortsetzung des Krieges mit anderen Mitteln. Was die Engländer im Krieg mit ihren Bomben nicht geschafft hatten, erledigten sie jetzt. Maschinen wurden in ihre Teile zerlegt. Fabrikschornsteine flogen in die Luft. Ein letzter Hauch Morgenthau wehte durch die deutsche Industrielandschaft. Wahlversammlungen im Ruhrgebiet uferten in Anti-Demontage-Kundgebungen aus. *Aufbau! Kein Abbau!* stand auf den Schildern. Kinder aus dem Kohlenpott trugen Transparente mit der Aufschrift: *Hungernde Kinder? Schluß mit der Demontage!*

»Wir brauchen eine starke Regierung, die den Engländern klarmacht, daß Demontage das Gegenteil ist von Rosinen-nach-Berlin-Fliegen«, behauptete Kallweit. »Wenn die weiter so demontieren, wird das Ruhrgebiet rot.«

Kurt ließ den Daumen aus dem Buch gleiten und schlich zur Tür. Eigentlich wollte er auf den Stallboden, um die Orden zu befragen, aber die drückende Hitze zwang ihn, zum Kudenower See zu bummeln, um Kühlung zu suchen. Er legte sich in den Schatten der Buchen und wartete auf frischen Seewind. Dabei fiel er in einen dösenden Halbschlaf. Verschwommen sah er die Wolken, die prall und aufgeblasen über das wählende Deutschland hinwegsegelten.

Plötzlich hörte er Wiebkes Stimme. Wiebke tauchte mit dem Fahrrad zwischen den Stämmen des Waldes auf, fuhr singend an ihm vorbei, ohne ihn zu bemerken, und steuerte auf das ausgedörrte Schilfufer zu. Dort versteckte sie ihr Fahrrad. Dann begann sie sich auszuziehen. Aber wie sie es tat! Als hätte sie lange vor dem Spiegel geübt. Mit rekelnden Armen und sehr viel Geduld. Die Fußspitzen standen schon im Wasser, als sie das Unterhemd über den Kopf streifte. Splitternackt stand Wiebke im Schilf. Sie war nicht schlank wie eine Tanne, weiß Gott nicht. Eher glich sie einer dörflichen Linde mit Speck auf den Rippen und kleinen Fettringen unterhalb der Brüste.

Wiebke war die erste völlig nackte Frau, die Kurt bei Tageslicht zu Gesicht bekam. Dabei war er schon fünfzehn Jahre alt. Weder Ella noch die Mutter hatte er überraschen können, wenn sie sich am Sonnabend im Holzzuber säuberten. Selbst in den Lagern, in denen vieles drunter und drüber gegangen war, hatten sie mit großem Ernst darauf geachtet, die Geschlechter voreinander zu verbergen. Nackte Männer waren zu Tausenden an Kurt Marenke vorbeigezogen, aber Frauen waren ihm ein Geheimnis geblieben.

Wiebke steckte ihr Haar zusammen, bevor sie in den Kudenower See planschte. Er ließ sie weit hinausschwimmen. Erst als er nur noch ihr schwarzes Haar über der gekräuselten Wasseroberfläche erblickte, trat er ans Ufer, nahm Platz neben Wiebkes Kleidungsstücken und saß da wie ein treuer Hund, der auf die Sachen aufpaßt. Als sie sich immer weiter entfernte, begann er zu pfeifen. Da warf sie den Kopf herum und tauchte vor Schreck unter. Mit raschen Zügen kam sie zum Ufer. Ja, nun bist du gefangen, Wiebke!

Als sie den Uferschlamm unter den Füßen verspürte, blieb sie stehen; nur der Kopf ragte aus dem Wasser. Erst schimpfte sie, dann bettelte sie. Sie drohte, er dürfe nie wieder mit dem Fahrrad fahren. Kurt nahm ihren Rock, schwenkte ihn wie eine Piratenfahne und hängte das Kleidungsstück in einen Baum. Dann ließ er einen ihrer Schuhe als Schiffchen vom Stapel laufen. Wiebke holte Moder vom Grund und wollte damit werfen, überlegte es sich jedoch, weil sie ihre eigenen Kleider beschmutzt hätte. Auf allen vieren kroch sie dem Ufer zu, ängstlich bedacht, den Körper unter Wasser zu halten.

»Ich friere furchtbar!« schrie sie.

Na gut, wenn du frierst, laß ich dich raus, dachte Kurt. Er schlenderte zum Hochwald, um Tannenzapfen zu suchen, während Wiebke im Schilf untertauchte und sich ankleidete.

Als er zurückkehrte, lag Wiebke mit geschlossenen Augen in der Sonne. Sie hatte einen dunkelblauen Badeanzug übergezogen. Ihre Arme zitterten noch, und über die Oberschenkel lief eine Gänsehaut. Kurt setzte sich neben sie ins Gras.

»Du könntest mich ruhig etwas wärmen«, sagte sie, als die Sonne für ein paar Minuten hinter einer Wolkenbank verschwunden war. Also gut, wärmen. Wie macht man das? Er warf sich über sie, riß an ihren Armen, drückte ihr das Knie in den Leib, biß ihr in den Hals, schüttelte ihren Körper hin und her... und während er das tat, sah er die Frau vor sich, die die fremden Soldaten damals aus der Baracke geholt hatten. Fast durch die Tür hatten sie die Frau geschleift, und unterwegs auf dem langen Weg des Korridors hatte sie geschrien.

»Bist du verrückt geworden!« rief Wiebke und stieß ihn zurück.

Wie betäubt lag er im Gras.

»Warum bist du so wild?« fragte sie nach einer Weile vorwurfsvoll.

Was sollte Kurt Marenke darauf antworten? Er hatte geglaubt, das gehöre dazu: zerrissene Kleider, Drohen, Würgen, Schlagen, Fußtritte, Kolbenschläge. Er schämte sich und lief zum Wasser, um das Gesicht zu kühlen. Die Sonne schien wieder, und Wiebke fror nicht mehr. Sie stand plötzlich hinter ihm und hielt die Hände vor sein Gesicht. Er warf sich zurück, wälzte sich mit ihr durch das wuchernde Gänsefingerkraut. Sie balgten sich wie junge Hunde. Wiebke wollte ihn ins Wasser rollen, aber er krallte sich fest in die Erde. Als sie ihn kitzelte, ließ er los und kam bedenklich nahe ans Wasser. Erschöpft ruhten sie aus. Er lag ausgestreckt im Gras, Wiebke neben ihm.

»So macht man das«, flüsterte sie und begann, in seinem Haar zu spielen. Sie drehte lange Strähnen um die Finger, ließ ihre Hände – ach, Wiebke hatte dicke, weiche Hände! – über seine Stirn gleiten, legte den Zeigefinger auf seinen Mund, streichelte ihm die Lippen, kraulte sein Ohrläppchen. Kurt erinnerte sich nicht, jemals so etwas gefühlt zu haben wie jetzt unter Wiebkes Händen. Sie fuhren seinen Arm abwärts, überquerten rasch die gefährliche Gegend unterhalb seiner Hüfte, verharrten auf den Knien, machten einen Luftsprung über den Bauch hinweg und landeten auf seiner Brust. Dort ruhten sie aus. Wiebke spitzte den Mund wie ein Kind, das Seifenblasen auf die Reise schickt, und pustete ihm einen kühlen Lufthauch ins Ohr. Plötzlich erschienen ihre nassen Lippen für einen flüchtigen Augenblick auf seiner Nase.

Kurt wagte nicht, sich zu bewegen. Diese Seligkeit des Berührens! Mein Gott, was verschenken die Menschen, wenn sie sich nicht mehr berühren! Faßt euch an! Laßt nicht voneinander los!

Auf einmal ergriff Wiebke seine Hand und klatschte sie auf ihren Bauch. Da lag sie, die Hand, schwer wie ein Stück Eisen. Durch den Baumwollstoff des Badeanzugs spürte Kurt die Wärme ihres Körpers. Ja, Wiebke strahlte wieder Wärme aus. Vorsichtig bewegte er die Finger, stellte sich vor, er streichle eines seiner kuscheligen Kaninchen. Bedächtig wanderte die Hand aufwärts. Die Arme ohne Gänsehaut. Nicht zu fassen, diese zierlichen kleinen Wiebke-Ohren. Dicke Lippen, noch etwas blau von der Kälte des Wassers.

»Siehst du, du kannst auch zärtlich sein«, lobte ihn Wiebke. »Jeder kann zärtlich sein, wenn er nur will.«

Seine Hand hatte das Tal zwischen ihren Brüsten erreicht. Dort lag sie wie angekettet, bis Wiebke sie nach links verlegte, wo ihr Herz schlug. Libellen kamen aus dem Schilf, gaukelten über ihren Köpfen. Sogar Fische sprangen in ihrer Nähe. Über dem Wasser flimmerte die Hitze.

Es war der 14. August 1949. Deutschland erhielt ein neues Parlament. Ein Dutzend Parteien zog in die kleine Stadt am Rhein ein. Der fromme Christ hatte gewonnen. Aber was zählt schon Deutschland, wenn du Wiebkes Herzschlag hören kannst?

Der September brachte die wärmsten Spätsommertage seit Jahren. Tage zum Erholen. In den aufgeschwemmten Gliedern trocknete das Wasser. Nur der Husten, dieses kaukasische Bellen, das Gerhard seit den Wintern von Krasnodar heimsuchte, wollte nicht abklingen. Und dabei war die Luft in Kudenow so gesund. Unverbrauchte, mit Salz und Jod gefüllte Atemluft des Meeres.

»Wir haben die beste Luft Deutschlands«, behauptete die Bäuerin. Ihre ganze Hoffnung war die Luft.

Im Herbst fiel ihr ein, daß sie ein großes Fest geben wollte, ein Fest wie in dem Gleichnis vom verlorenen Sohn. Laßt uns essen und trinken und fröhlich sein, weil der Junge nach Hause gekommen ist. Zwei Kälber mußten dran glauben. Kocks Räucherkammer wurde geplündert. Aus dem Keller kam das Eingemachte in Körben und Kartons an die Oberfläche. Bauer Kock holte reichlich Schnaps aus Lübeck; es hätte ausgereicht, um die Kudenower Feuerwehr betrunken zu machen. Für den Jungen war ihm nichts zu schade.

»Kann Ella in der Küche helfen?« ließ die Bäuerin fragen.

Ja, Ella konnte. Vorher besuchte sie die Damenabteilung des Haarschneiders Schnelle. Sie kam mit gelockten Strähnen wieder, tuschte die Lippen an und benutzte sogar – das durfte die Mutter nicht wissen – Parfüm, das sie in der Stadt für diesen Tag gekauft hatte, um den Schweißgeruch der schweren Arbeit zu vertreiben.

»Du siehst aus wie ein bunter Vogel«, sagte Kurt lachend, als Ella den Hühnerstall verließ, um die Burg zu erobern. Es kam ihm verdächtig vor, daß Ella auf diese Bemerkung keine bissige Antwort fand. Er entdeckte rote Flecken in ihrem Gesicht. Du bist aufgeregt, Ella Marenke! Was ist los mit dir? Für wen hast du dich so hübsch gemacht? Etwa für den schwarzhaarigen Österreicher oder für Gerhard Kock?

Ich werde auf sie aufpassen müssen, dachte Kurt, der noch keinen Menschen gefunden hatte, dem er seine Ella gönnte, schon gar nicht diesem schwarzhaarigen Zigeuner. Eigentlich ging Kurt dieses Fest nichts an, aber er lief den Tag über unruhig umher wie Kühe vor dem Gewitter, pendelte zwischen Stallboden und Hühnerstall und fand keine Ruhe, um auch nur eine Seite aus *Brehms Tierleben* zu lesen.

Es war ein windiger Tag. Anfangs Regen, abends klarte es auf. Schon wirbelten Blätter über den Hof, die vor der Zeit von den Linden gefallen waren. Neben Kocks Hoftor ein zusammengewehter Blätterberg wie ein Haufen Mist. Als es dunkelte, rückte Kudenow 98 in Zwei-Drittel-Besetzung an; das letzte Drittel lag mit Rheumatismus im Bett. Nach den Musikanten kamen die Gäste. Wer etwas vorstellte im kleinen Kudenow, schritt unter dem Herzlich-willkommen-Schild in die festlich geschmückte Burg hinein, um die Heimkehr des jungen Bauern zu feiern. Helles Licht in der Burg. Die Zeit der Stromsperren war vorüber, die Dunkelheit war abgeschafft. Über dem Hof schwebte Musik, wurde von der düsteren Wand der Scheune zurückgeworfen und kam durch das Rohr des Kanonenofens in den Hühnerstall, wo die Mutter sich auf einen langen Abend eingerichtet hatte. Kudenow

98 holte weit in die Vergangenheit aus, denn für die Heimkehrer war die Zeit stehengeblieben, als der Westerwald noch schön war und auf der Heide kleine Blümelein blühten.

Kurt saß in seiner Ecke, *Brehms Tierleben* auf den Knien. Er täuschte vor zu lesen; in Wahrheit hörte er dem Wind zu, der die Musik laut und leise werden ließ. Wenn er umblätterte, sah er zur Mutter auf, die gerade überlegte, welch ein Fest sie ihrem Bruno geben sollte, wenn der heimkehrte.

»Eigentlich könnten wir schon ein bißchen einheizen«, sagte die Mutter.

Das war für Kurt das Signal, sein Buch zuzuklappen, auf den Hof zu eilen und einen Arm Holz zu holen. Er kniete vor dem Kanonenofen und schichtete das Holz sorgfältig auf, die trockenen Späne nach unten. Dann ließ er sich von der Mutter die Streichhölzer geben, die sie stets bei sich am Körper trug, denn Streichhölzer dürfen nicht so in der Stube herumliegen. Das erste Streichholz ging aus. Mein Gott, was hast du für zittrige Hände! Das zweite traf mit einem Windstoß zusammen, der durch das Rohr des Kanonenofens kam und es auspustete.

»Spiel nicht mit Feuer!« mahnte die Mutter. »Auch Streichhölzer kosten Geld.«

Er brauchte drei Streichhölzer, um das Feuer im Kanonenofen anzuzünden. Still saß er davor und starrte in die Flammen, die ihn an das brennende Bartenstein erinnerten.

»So was ist nicht gut für die Augen«, sagte die Mutter und holte ihn vom Feuer weg.

Als das Feuer richtig brannte und der Kanonenofen anfing, Wärme abzugeben, verließ Kurt hinter dem Rücken der Mutter den Hühnerstall. Fröstelnd umkreiste er die Burg; er nahm sich vor, in die Küche zu gehen, um von Ella ein Stück Fleisch zu erbitten. Später, wenn sie alle betrunken wären und es nicht mehr so auffiele.

Aus den angelehnten Fenstern quoll Zigarrenrauch und Bierdunst. Dazwischen Gelächter, das die Musik übertönte. Bekannte und unbekannte Stimmen. Toni Kirschwälder sprach richtiges Hochdeutsch, keine Spur des Burgenlandes in seiner Sprache. Das kommt davon, wenn du mit Großdeutschland durch Europa gezogen bist; dann schleifen sich die Dialekte ab. Am lautesten war die röhrende Stimme des deutschen Bauern zu vernehmen, die danach fragte, wann es endlich wieder eine richtige Bauernhochzeit in Kudenow gebe.

»Du bist dran, Gerhard Kock!«

Seine Antwort ging im Gelächter unter.

Die letzte große Bauernhochzeit war nach dem Polenfeldzug gewesen. Ein paar Ferntrauungen 1943 und 1944 konnte man nicht dazurechnen; die waren nix. Der deutsche Bauer erzählte ausführlich von der eigenen Hochzeit mit Henriette Möller. Damals war das Dorf im Schnee ertrunken und auch im Branntwein. Das lag mehr als zwanzig Jahre zurück. Als er nach der Hochzeitsnacht die Schlafstube verließ, war er mit dem Schädel gegen ein Schild gelaufen, das die Knechte an den Türbalken genagelt hatten:

Als Vermählte aus dem Bette
grüßen Heinz und Henriette!

Kurt kletterte in die tausendjahrige Eiche. Von dort überblickte er die Festgesellschaft, sah den klaren Schnaps in den Gläsern und die glänzenden Kahlköpfe der Männer. Toni Kirschwälder fiel ihm auf, weil er einen schnurgeraden Scheitel gekämmt, sich eine Welle ins Haar gedrückt hatte und als einziger Zigaretten rauchte. Der sah aus wie ein Mann, der bei keiner Damenwahl sitzen bleibt. Ella tauchte auf und stellte eine Schale mit Gebäck auf die gedeckte Tafel. Sie trug noch immer die roten Flecken im Gesicht, die von der Aufregung kamen. Als Ella vorbeiging, klatschte ihr Tonis Hand aufs Hinterteil. Alle lachten, und die Flecken in Ellas Gesicht wurden noch größer.

Um die Zeit bis zum Betrunkensein der Feiernden totzuschlagen, schlenderte Kurt hinüber zur Altenteilerkate. Er sah zu, wie der alte Petschelies sich anschickte, ins Bett zu gehen. Der alte Mann trug ein langes Nachthemd, das bis auf den Fußboden reichte. Auf dem Tisch lag die Manchesterhose, an den Knöpfen baumelten die ausgefransten Hosenträger. Vor dem Zubettgehen rauchte er noch eine Pfeife Krüllschnitt. Ein Bild zum Lachen: Ein alter Mann sitzt im langen Nachthemd auf dem Bettrand und raucht Pfeife!

Als bei Petschelies das Licht ausging, wanderte Kurt zum Pferdestall, um sich an den Tieren zu wärmen. Aber unterwegs rief ihn die Mutter, die vor dem Hühnerstall stand und Ausschau hielt.

»Komm rein, Kurtchen, es ist so windig!«

Mißmutig folgte er ihr. Die Mutter nahm unter der Lampe Platz. Sie zog sie so tief von der Decke herunter, daß der größte Teil des Hühnerstalls im Dunkeln lag. Ihre Füße ruhten auf einem geheizten Ziegelstein, ihre Hände umklammerten die Heilige Schrift.

»Es wird eine stürmische Nacht werden«, sagte die Mutter, als der Wind den Rauch durch den Schornstein in den Hühnerstall drückte. Kurt lag in seiner Ecke, den Kopf auf *Brehms Tierleben* gestützt, und lauschte dem Lärm, der aus der Burg drang.

Nur einmal blüht im Jahr der Mai...

Es war schon sonderbar, im stillen Hühnerstall zu sitzen, während fünfzig Meter entfernt ausgelassen gefeiert wurde. Aber Kurt fühlte sich nicht ausgeschlossen, eher überlegen. Fünfmal hintereinander spielte Kudenow 98 die *Vöglein im Walde* zum Mitsingen. Da dröhnten die Mauern der Burg.

»Willst du nicht schlafen, Kurtchen?«

»Nein, ich soll mir noch ein Stück Fleisch von Ella holen.«

»Aber komm bald wieder.«

Es ging schon auf Mitternacht zu, als Kurt den Hühnerstall verließ, um wieder die Burg zu umkreisen. In der Küche sah er Ina und Ella das Geschirr bearbeiten. Toni Kirschwälder stand in ihrer Nähe mit einer Flasche Kosakenmokka in der Hand. Er wollte gerade eingießen, als Kurt die Küche betrat. Ella blickte ihn vorwurfsvoll an. Du kommst ungelegen, Kurt Marenke.

Er starrte seine Schwester an, die aussah wie eine aufgeblühte Rose. Ihre Augen glänzten, sprühten voller Lebendigkeit. Lieber Himmel, du bist völlig aus dem Häuschen, Ella Marenke!

Ella wußte, was Kurt wollte. Ohne ein Wort zu sagen, holte sie ein Stück Kalbsbraten. Dazu zwei Frikadellen, die Kurt in die Hosentasche steckte.

»Bist du betrunken?« fragte er leise, als Ella in seine Nähe kam.

»Ach, du kleiner, dummer Junge!« meinte sie ausgelassen und strich ihm übers Haar.

Er blieb beharrlich stehen, bis sie ihm noch ein Stück Rosinenpuffer holte.

»So, nun mußt du aber ins Bett!« rief sie ungeduldig.

Aber er bestand noch auf drei Rollmöpsen zum sofortigen Verzehr. Dann war es wirklich genug.

Frierend stand Kurt auf dem Hof. Vereinzelte Regentropfen trafen sein Gesicht. Es wehte heftiger. Am Meer kam jetzt das Hochwasser. Kurt stellte sich vor, wie das Wasser gegen das Scheunentor des Bauern Kock brandete und an die Fenster der Burg klatschte. Die Straßenlaternen von Kudenow waren längst erloschen, denn ab Mitternacht sparte die Gemeinde Strom. Der einzige Lichtblick in der stürmischen Finsternis war die Burg und daneben der winzige Punkt im Hühnerstall, wo die Mutter den Propheten Jesaja las, den poetischsten aller Propheten. Unbeweglich wie ein mächtiges Denkmal, das großen Schatten wirft, saß die Mutter da. Er wollte mit Frikadellen und Rosinenpuffer den Hühnerstall betreten, um mit der Mutter zu teilen. Aber da bemerkte er, daß sie über der Heiligen Schrift eingeschlafen war.

Kurt ergriff die Gelegenheit und kehrte wieder um. Er eilte zum Küchenfenster, um zu sehen, was Toni mit den Mädchen anstellte. Der schenkte gerade Kosakenmokka ein, weil er mit Ina und Ella Brüderschaft trinken wollte. Die rechte Hand hatte er Ella um die Hüfte geschlungen, und Ella rührte sich nicht. Kurt hörte auf zu essen. Mit geröteten Augen stand er unter dem Küchenfenster und ließ keinen Blick von seiner Schwester. Ella, Ella, du bist in einen Strudel geraten und wirst ertrinken! Er rannte davon. Suchte einen Ausweg, denn er mußte Ella retten.

Kosakenmokka ist das richtige Getränk, um Brüderschaft zu trinken. Toni hielt die beiden Mädchen im Arm und erklärte ihnen, daß zum Brüderschafttrinken auch ein Kuß gehöre. Sie kicherten. Stellt euch nicht so an, als hättet ihr noch nie einen Mann geküßt! Ella sollte als erste geküßt werden, aber sie entzog sich Toni. Ella schämte sich, weil Ina zuschaute. Da ließ Toni sie laufen und griff sich Ina. Ella sah tatenlos zu, wie die beiden mit überkreuzten Armen Brüderschaft tranken und sich küßten. Verwirrt eilte sie aus der Küche, tauchte im Lärm der guten Stube unter, entleerte Aschbecher und wischte Bierflecken vom Tisch. Kudenow 98 spielte ein Lied, zu dem die Männer ihren eigenen Refrain sangen: ...*und ihr schneeweißer Busen war halb nur be-*

deckt. Nur Gerhard Kock sang nicht mit. Er hatte einen Hustenanfall und lag mehr im Sessel, als er saß.

»Er ist das Trinken nicht gewohnt«, entschuldigte ihn die Bäuerin.

Die Gäste waren betrunken, wie man in Kudenow nur betrunken sein konnte. Ella brachte das Essen in Sicherheit, damit niemand hineinspuckte oder die Zigarre auf dem Bratenteller ausdrückte. Der deutsche Bauer kotzte durch das Fenster auf die blühenden Herbstrosen.

Als Ella die Scherben einer zu Bruch gegangenen Karaffe in die Küche tragen wollte, wurde sie im dunklen Flur aufgehalten. Eine Hand packte sie an der Schulter. Da fielen die Scherben noch einmal auf die Steinfliesen und zerbrachen.

»Ich werd dir zeigen, wie Brüderschaft getrunken wird!« flüsterte Toni Kirschwälder. Er preßte sie an sich und drängte sie in die Ecke. Sein Körper stand wie eine Mauer vor ihr. Die Hände drückten wie Bleigewichte, glitten an Ellas Hüfte abwärts. So nahe war Ella noch nie einem Mann gewesen. Unter ihren Schuhen klirrte das Glas der zersprungenen Karaffe, zerbrach immer wieder. Ihr Kopf glühte. Wenn du jetzt nicht stillhältst, bekommt Ina ihn, dachte sie nur. Sie schloß die Augen, bemerkte aber doch den Lichtschein, der plötzlich aus der Küche in den Flur fiel. Ein Windzug öffnete die angelehnte Tür. In der Küche stand eine weiße Gestalt. Aus einem langen Nachthemd schauten knöcherne Füße hervor, schmutzig vom Lauf über den Hof.

»Da feiert ihr große Feste«, keuchte der alte Petschelies, »und draußen brennt die Scheune ab!«

Er stürmte in den Flur und stieß die Tür zur guten Stube auf. Aber niemand hörte ihn, weil sie dalagen wie Wrackteile im Schlick... Und der schneeweiße Busen war immer noch halb nur bedeckt.

Die Bäuerin kam auf den alten Mann zugelaufen.

Die Musik verstummte. Das war der Augenblick, als Ella die Mauer fortstieß, die sich vor ihr aufgebaut hatte. Plötzlich war sie wieder ganz die alte Ella Marenke. Sie riß sich die Schürze vom Leib und rannte am alten Petschelies vorbei hinaus in die Nacht. Die Burg war nicht mehr der einzige Lichtblick; sie wurde überstrahlt von dem rötlichen Schein des Feuers. Da hatte die Scheune unbeschadet die Zeit der Sirupkocher, der Bratkartoffelschmuggler und des glühenden Kanonenofens überstanden, und nun brannte sie einsam und verlassen ab! Zum erstenmal wieder mit Stroh gefüllt, wie es sich für eine Scheune gehörte, und schon ein Raub der Flammen.

Ajax heulte das Feuer an. Ella fielen die Tiere ein. Den Stall trennte nur eine Ziegelmauer von der Scheune.

»Komm zurück, Ella!« rief die Mutter, die mit erhobenen Händen vor dem Hühnerstall stand. »Das ist Männersache!«

Ja, natürlich. Männersache. Aber wenn die Männer betrunken sind? Ella riß die Stalltür auf. Sie dachte zuerst an die Kühe, die brüllend an ihren Ketten rissen. Sie rannte den Futtertisch entlang, um sie loszubinden. Mit einer Forke trieb sie die Tiere aus dem Stall, schlug auf sie ein und prügelte sie auf den Hof hinaus.

Danach die Pferde. Sie steckten voller Unruhe, spürten das Unheil am Bersten der Balken, hörten das Knistern jenseits der Ziegelmauer. Sie rissen die Köpfe hoch, drängten gegen die Krippe, scharrten und wieherten. Wo blieb Knecht Stolten? Und warum kam Toni Kirschwälder nicht, um ihr zu helfen?

Auf der Stalltreppe entdeckte Ella einen Schatten.

»Kurtchen, bist du das?«

Die Gestalt kam vom Stallboden, sprang vier Stufen auf einmal und hätte Ella fast umgelaufen.

»Du mußt mir helfen. Kurtchen! Weck den Stolten auf. Er soll die Pferde losbinden!«

Aber die Gestalt rannte an Ella vorbei, tauchte unter in Kocks Apfelgarten und verschwand hinter den Johannisbeersträuchern. Die Hitze erfüllte die Luft, drang durch Stallwände und Fenster. Die Kirchenglocken begannen zu läuten wie bei einer großen Feuersbrunst.

»Ella! Ella!« rief die Mutter noch immer.

Es war unmöglich, die scheuen Pferde loszubinden. Wenn Ella zum Halfter greifen wollte, rissen sie die Köpfe hoch und drückten Ella gegen die Holzwand. Endlich kam Stolten, nur mit Hemd und Hose bekleidet. Er griff nach der Peitsche und schlug wahllos auf die Tiere ein, prügelte bis zur Erschöpfung. Danach standen die Pferde still; sie standen mit zitternden Flanken und ließen Stolten an die Halfter heran. Iwan der Schreckliche jagte als erster auf den Hof, setzte über das Gatter und verschwand auf der Dorfstraße.

»Ella! Ella! Wo bleibst du nur, Kind?« Das war Mutters Stimme.

Aber Ella war schon unterwegs zum Schweinekoben, um die quiekenden Schweine herauszulassen. Auf halbem Weg kamen ihr Läufer und Ferkel entgegen. In der Mitte der alte Petschelies, der wie der gute Hirte mit den Schweinen auf den Hof zog.

Endlich kam die Kudenower Feuerwehr. Ihr Einsatz hatte sich verzögert, weil die meisten Feuerwehrhauptleute betrunken in Bauer Kocks guter Stube lagen. Mühsam bahnte sie sich ihren Weg durch das Viehzeug.

»Rettet den Stall!« schrie Bauer Kock, der gleichzeitig mit der Feuerwehr den Hof betreten hatte. Hinter ihm Gerhard, der die Feuerwehr einwies, damit sie den Stall mit Wasser überschütten konnte, um wenigstens ihn zu retten.

Aber die Scheune war verloren.

Das alles geschah gegen zwei Uhr nachts. Während die Feuerwehr das Stalldach mit Wasser zudeckte, zog Toni Kirschwälder mit Ina die Treppe hinauf in das Obergeschoß der Burg. Eine so günstige Gelegenheit galt es zu nutzen.

»Gott sei Dank, da bist du wieder!« sagte die Mutter. Sie goß Wasser in den Zuber und begann Ella zu säubern. Erst den Kopf. Ach, die schön frisierten Haare! Dann die Hände. Sie bluteten. Das Blut quoll unter dem Daumennagel der rechten Hand hervor. Das hast du davon, Ella Marenke! Du wirst den Daumennagel verlieren. Das sieht häßlich aus, und nähen kannst du ohne Daumennagel auch nicht mehr. Die Mutter wickelte eine Binde um den Daumen, um das Blut zu stillen. »Hast du Kurtchen gesehen?« fragte sie zwischendurch.

»Ich hol ihn dir«, sagte Ella. Sie zog sich um und betrat wieder den Hof, auf dem inzwischen eine heillose Verwirrung herrschte. Tiere, Feuerwehrleute, herumfliegende Aschenfetzen, plätscherndes Löschwasser, die schrille Stimme der Bäuerin, die nach einer Katze rief, die in der Scheune vor fünf Tagen Junge geworfen hatte. Ella stieg über Schläuche, übersprang Pfützen und umging die Wasserfontänen. In diesem Augenblick kam es ihr so vor, als hätte sie mit der Feuersbrunst nichts mehr zu tun. Je weiter sie sich entfernte, desto ruhiger wurde sie. Im Garten rief sie nach Kurt, erhielt aber keine Antwort. Sie kletterte über den Gartenzaun und suchte Kocks Hauskoppel ab. Hinter dem Strohberg lag er. Im wärmenden Stroh, aber zitternd vor Erregung. Er hatte die alte Joppe übergezogen, die ihm schon lange nicht mehr paßte.

»Ich wußte gar nicht, wie sehr du an der alten Joppe hängst«, sagte Ella versöhnlich.

»Weil ich sie geklaut habe«, antwortete er. »Ich habe sie einem ausgezogen, der schon tot war. Der war so alt wie ich und hatte fast die gleiche Größe. Die Joppe paßte haargenau... Ich habe nie einem Toten etwas weggenommen, nur die Joppe.«

Ella befühlte die abgescheuerte Joppe wie jemand, der etwas von Stoffen versteht.

»Findest du das schlimm?« fragte Kurt. »Der lag da und war wie tot. Ja, er war bestimmt tot, es kann ihm nichts geschadet haben.«

»Wenn das so eine Joppe ist, würde ich sie auch behalten«, flüsterte Ella sanft.

Kurt wunderte sich, daß sie ihn nicht auslachte. Auch wegen der Orden nicht, die er vor den Flammen in Sicherheit gebracht hatte und mit denen er als fünfzehnjähriger Junge immer noch spielte. Nahkampfspangen gegen Verwundetenabzeichen hieß der Krieg, den Kurt Marenke in dieser Nacht hatte ausbrechen lassen.

»Hast du alle Orden gerettet?« fragte Ella und kuschelte sich neben ihm im Stroh.

»Ja, alles gerettet!« erwiderte er triumphierend. Das Spielen mit den Blechstücken beruhigte ihn. »Hat er dir was getan?« fragte Kurt nach einer Weile.

»Wer?«

»Der Österreicher.«

»Aber Kurtchen, was sind das für dumme Gedanken!« Sie strich ihm zärtlich über das Gesicht. »Hast du deshalb die Scheune angesteckt, Kurtchen?«

Er schüttelte heftig den Kopf. Nein, Kurt Marenke hatte die Scheune nicht angesteckt. Aber er konnte sich denken, wer der Brandstifter gewesen war. In letzter Zeit hatte sich der Fremde von der Grenze immer häufiger in der Scheune herumgetrieben. Der wollte wieder richtige Flammen sehen wie im Krieg. Der wird es getan haben. Aber Kurt verriet ihn nicht.

»Wenn das Feuer nicht ausgebrochen wäre, hätte er dir doch etwas getan«, behauptete Kurt.

»Wer?«

»Der Österreicher.«

»Ach, du dummer, dummer Junge!« Ella drückte ihn an sich.

»Manchmal denke ich, er war kein Fremder, sondern unser Vater«, begann Kurt. »Ich meine den Mann, der mir die Tasche mit den Orden gegeben hat. Der sah genauso aus wie unser Vater.«

»Vater ist schon lange tot, Kurtchen.«

»Nein, er ist damals an die Grenze gekommen, um mich rüberzubringen. Du kannst mir glauben, der Mann sah aus wie unser Vater!«

»Aber ich war dabei, als sie Vater beerdigten.«

Was heißt hier beerdigen? dachte Kurt. Wer sagt denn, daß Beerdigte ihre Kinder nicht über Grenzen bringen können?

»Wo habt ihr ihn beerdigt?«

Ella mußte es beschreiben. Kein Friedhof und kein Pfarrer, nein, es war in einem Gemüsegarten gleich hinter einem fremden Haus. Und es war nachmittags um halb vier.

»Und was habt ihr nach der Beerdigung gemacht?«

Sie mußten weiter, Ella und die Mutter. Zu Fuß natürlich, weil die Pferde fehlten. Über das Haff sind sie gelaufen und dann auf ein Schiff. Eigentlich sollte das Schiff nach Dänemark fahren, aber es strandete in der Eckernförder Bucht.

»Weiter, weiter!« flüsterte Kurt.

Eines Abends standen zwei Waggons voller Flüchtlinge

ohne Lokomotive auf dem Kudenower Bahnhof. Wo sollen wir euch denn unterbringen? Das ganze Dorf ist schon voller Flüchtlinge. Für die erste Nacht müßt ihr in Bauer Kocks Scheune, und dann werden wir weitersehen... Das war die erste Nacht, und dann blieb es bei Kocks Scheune.

Kurt wollte wissen, ob sie auch durch das brennende Bartenstein gekommen seien. Nein, das hatte Ella Marenke nicht gesehen. Er erzählte mit leuchtenden Augen von dem Feuer in Bartenstein, ein ganz anderes Feuer als diese häßliche alte Scheune in Kudenow.

Ella ergriff seine Hand.

»Mein Gott, Kurtchen, du hast ja Fieber!« Sie richtete ihn auf, sammelte die Orden ein und knöpfte die Joppe zu, so gut es ging. »Die Mutter wartet auf uns.«

Kurt vergrub die Tasche mit den Orden tief im Strohberg. Dann folgte er ihr. Sie hielten sich bei den Händen wie kleine Kinder, die sich vor der Dunkelheit fürchten.

Auf dem Hof waren die Flammen erloschen. Die Scheune war hinüber. Das kleine Aufnahmelager von Kudenow gab es nicht mehr. Wäre sie nicht abgebrannt, hätte man zehn Jahre später aus der Scheune ein Denkmal errichten müssen zur Erinnerung an die Zeit, als im Osten die Dämme brachen und das Land zwischen den Meeren überflutet wurde. Aber nun war die Scheune nur noch ein Haufen Asche, kein Denkmal, kein Museum, kein Platz für Erinnerungen. Einfach niedergebrannt mit ausgedroschenem Haferstroh und hundert Zentnern eingelagerten Kartoffeln. Es wird wochenlang angekohlte Pellkartoffeln zu essen geben, und die Schweine werden gute Tage haben.

»Wo treibst du dich bloß rum, Kurtchen?« jammerte die Mutter, als Ella ihn anbrachte. »Es ist bald früher Morgen. Das liebe Sonnche geht auf, und du hast noch kein Auge zugemacht.«

Da umschlang er ihren Leib und ließ die Mutter nicht mehr los.

»Bist du krank, Kurtchen?« fragte sie verwundert.

Ella blickte zur Seite, lachte aber nicht.

»Das kommt vom Feuer«, sprach die Mutter sanft. »Unser Kurtchen hat im Krieg zuviel Feuer gesehen. Das regt ihn so auf.« Vorsichtig löste sie sich aus seiner Umklammerung. »Du mußt nun wirklich ins Bett, Kurtchen.«

Der nächste Tag war ein Sonntag. Vor Erschöpfung schlief Kurt so lange, bis die Mutter aus der Kirche kam und anfing, mit den Kochtöpfen zu klappern.

»Die Polizei ist auf dem Hof«, sagte sie.

Da zog er sich an und eilte mit Ella zur Brandstelle. Die Männer standen in den Löschwasserpfützen und schoben verkohlte Balken zur Seite. Knecht Stolten schaufelte verbrannte Kartoffeln auf einen Kastenwagen. Toni Kirschwälder war auch wieder da. Er erzählte von Feuersbrünsten im Burgenland, von einem Riesenfeuer, dem ein Viertel des Balkans zum Opfer gefallen war, von Feuern in Polen und Rußland, vor allem in Rußland.

Der Mann von der Brandkasse stolzierte ernst im Schutt umher und schrieb wichtige Notizen auf ein Blatt Papier.

»Kaum haben wir gutes Geld, fängt das Brennen wieder an«, sagte er zu Dorfpolizist Willers. Neunzehnhundertsiebenundvierzig hat es in meinem Bezirk nur einmal gebrannt, weil das Geld nichts taugte. In diesem Jahr hab ich schon das vierte Feuer. Das liegt an dem neuen Geld. In der großen Inflation neunzehnhundertdreiundzwanzig hat es überhaupt nicht gebrannt, aber vierundzwanzig, als das Geld gut wurde, räucherte es an allen Ecken und Enden.«

Willers vernahm den alten Petschelies, denn der hatte als erster das Feuer bemerkt. Aber nicht ein Mensch, sondern das laute Brüllen der Kühe hatte den alten Mann aus dem Schlaf gerissen und auf den Hof getrieben.

Nein, er hatte niemand gesehen.

»Stimmt es, daß du die Tiere rausgelassen hast?« fragte Bauer Kock, als er an Ella vorbeiging.

»Nur die Kühe«, erwiderte Ella. Sie errötete, weil plötzlich alle aufblickten und sie anstarrten.

Kock wollte ihr die Hand drücken, sah aber, daß sie verbunden war. »Der Nagel ist ab«, entschuldigte Ella den Verband.

»Bis zur Hochzeit wächst ein neuer Nagel«, lachte Kock und ging seiner Wege.

Willers rief die drei Marenkes in den Hühnerstall, um sie zu vernehmen. Aber Kurt war nicht da. Nein, auch die Mutter hatte nichts bemerkt. Sie hatte die ganze Nacht über in der Bibel gelesen und auf Ella gewartet. Nur gut, daß es die Bibel war. Die Mutter würde niemals zugeben, beim Lesen der Heiligen Schrift eingeschlafen zu sein. »Und wo war der Junge?« wollte Willers wissen.

»Der hat geschlafen. Als es brannte, lief er raus, um seiner Schwester zu helfen. Meine Tochter Ella hat nämlich die Tiere gerettet. Ich möchte, daß Sie das aufschreiben im Protokoll: Sie hat die Tiere gerettet!«

Willers winkte ab, weil solche Dinge nicht ins Protokoll gehörten. Während Willers im Hühnerstall sein Protokoll schrieb, trabte Kurt über die Wiesen auf den Kudenower Friedhof zu. Die Beerdigung seines Vaters ließ ihn nicht zur Ruhe kommen. Und obwohl er wußte, daß sein Vater in einem Gemüsegarten begraben lag, suchte Kurt den Kudenower Friedhof auf, den Ort, wo sein Vater eigentlich hingehörte. Als das Eisentor hinter ihm ins Schloß fiel, erschrak er; er fühlte sich gefangen im Reich der Toten.

Bei genauerem Hinsehen war der Kudenower Friedhof ein gemütlicher Ort. Die hohen Lebensbäume hielten den Wind von den Gräbern fern. Es war mild und still. Du wirst angesteckt von der Ruhe, fängst an, die Grabinschriften zu lesen, und rechnest die Jahre aus, die die Toten leben durften. Auf so einem Friedhof findest du die deutsche Geschichte der letzten hundert Jahre aufgezeichnet.

Ein alter grauer Stein für den Landwehrmann Rudolph Bestmann, der 1870 bei Gravelotte erschlagen wurde. Damals für König und Vaterland.

Ein Stückchen weiter:

Den Heldentod fürs Vaterland
starb unser lieber Sohn
Hinrich Bols
Musketier
v. In f. Regt. No. 128
Inh. des Eisern. Kreuzes II. Kl.
geb. 30. April 1893
gest. 13. Nov. 1916
bei Pressoir im Somme-Gebiet
Ruhe sanft, du gutes Herz.
Dir der Friede, uns der Schmerz.

Neben der Kapelle ein Gedenkstein für die Brüder Martens, die im Abstand von drei Wochen 1941 in Rußland gestorben waren. Auf dem Gedenkstein der Spruch:

Jedes Heldengrab ist heilige Erde.
Alle starben, daß uns Friede werde.

Oh, ihr schönen Worte!

Zum ehrenden Gedenken an unsere beim
Terrorangriff auf Hamburg am 27./28. Juli 1943
gebliebenen lieben Angehörigen...

Es folgte eine Liste mit sechs Namen, das jüngste Kind drei Jahre alt. Am äußersten Ende der Steine und Kreuze fand Kurt die Ecke für die Flüchtlinge. Hier hätte sein Vater hingehört. Daß die Flüchtlinge ein besonderes Plätzchen hatten, hing mit den Erbbegräbnissen zusammen. Wer kein Erbbegräbnis hatte, kam in die Flüchtlingsecke. Zu erkennen waren die Flüchtlinge auch an den schlichten Holzkreuzen; da gab es keinen Stein und keinen Marmor. Und noch im Tode schienen sie sagen zu wollen, daß sie eigentlich nicht nach Kudenow gehörten. Auf den Kreuzen standen ihre Heimatanschriften:

August Barsuhn, Schenkendorf/Ostpr.
Meta Kurschat, Marienau/Westpr.
Kurt Krohn, Cammin/Pom.
Marie Seydier, Königsberg/Pr.

Die Todesstunde schlug zu früh,
doch Gott, der Herr, bestimmte sie.

Kurt saß auf einer von Lebensbäumen umgebenen Bank, bis er Hunger bekam. Aber er kehrte mit dem festen Vorsatz in den Hühnerstall zurück, den Kirchhof bald wieder zu besuchen.

Willers war fort. Die Mutter wartete schon mit dem Essen. »Feuer ist etwas Schreckliches«, fing sie an, als die drei Marenkes am Tisch saßen. »Als zu Hause der Bauer Kuschki abbrannte, sind einundzwanzig Kühe umgekommen, und von den Schweinen hat nicht ein einziges überlebt. Nur die Pferde konnten sie retten. Wißt ihr eigentlich noch, wo Kuschkis Hof lag, Kinder?«

Ella und Kurt gaben keine Antwort. Da holte die Mutter ein Stück Papier und zeichnete den Weg ein, der zu Kuschkis Hof führte.

»Im Winter, wenn wir mit dem Schlitten an der Eisenbahn entlanggefahren sind, kamen wir an Kuschki vorbei.«

»Nun ist sie wieder zu Hause«, flüsterte Ella. Sie stand auf und begann das Geschirr abzuwaschen.

Plötzlich wollte Ella fort von Kudenow. »Laßt uns endlich nach Westfalen ziehen!«

Eine »Verordnung über den Bevölkerungsausgleich« sah vor, daß hundertfünfzigtausend Menschen aus dem übervölkerten Schleswig-Holstein in den Westen umsiedeln sollten. Ella wollte dabeisein, wollte nichts mehr sehen und hören von Kudenow.

Seit jener Nacht, als die Scheune brannte, war sie verändert. Mit Ina sprach sie nicht mehr. Um Toni Kirschwälder machte sie einen großen Bogen. Sie nahm jede Überstunde wahr, um in der Näherei zu bleiben und dort zu arbeiten, zu arbeiten, zu arbeiten. Denn Ella Marenke war traurig.

Aber es gab auch glückliche Menschen. Ina zum Beispiel. Im Burgenland stehen Häuser, die sind noch aus der Türkenzeit. Dort beginnt die ungarische Pußta. Auf dem flachen Land gibt es Wein, den süßesten Wein Österreichs.

Wie gut, daß die Menschen im Burgenland deutsch sprechen, dachte Ina. Nur die Küche wird anders sein. Du wirst dich umstellen müssen auf Mehlspeisen und scharfe Gewürze.

Wachsen im Burgenland auch Apfelsinen?

Das nicht, aber es gibt reichlich Klapperstörche. Hoffentlich bekomme ich nicht gleich ein Kind, dachte Ina, als sie von den Klapperstörchen hörte.

Vielleicht wäre es wirklich gutgegangen mit dem Burgenland, wenn die geistesgestörte Frau es ein paar Tage länger ausgehalten hätte. Aber sie schlich stundenlang um Kocks Hof und fragte nach dem schwarzen Österreicher, der ihr versprochen war. Auch in der Dunkelheit harrte sie aus, zog enger werdende Kreise um die Burg, stand neben der tausendjährigen Eiche, wagte sich sogar ins Kocks Gemüsegarten und kauerte unter den erleuchteten Fenstern, bis sich vom Hof Schritte näherten und sie in den Fliederbusch flüchten mußte. Schlug der Hund an, lief sie zur Straße und wartete, bis das Tier sich beruhigt hatte. Dann zog sie neue Kreise um das Gehört. Denn in der Schrift steht, daß die Jungfrauen wachsam sein müssen, wenn sie auf den Bräutigam warten.

»Wo euer Schatz ist, wird auch euer Herz sein!« antwortete sie fröhlich, wenn jemand fragte, was sie treibe. Dabei deutete sie hinauf zum Fenster der Burg, hinter dem sie ihren Schatz vermutete.

»Es hilft nichts, ich muß die Alte vom Hof jagen!« knurrte Kock und holte die Peitsche. »Willst du wohl abhauen!« schrie er.

Als die Frau sich nicht rührte, weil sie es für ihr gutes Recht hielt, auf den versprochenen Bräutigam zu warten, zog Kock ihr drei Hiebe mit der Peitsche über das Hinterteil. Da machte sie endlich kehrt und lief klagend die Dorfstraße hinab.

»Mir selber macht es nichts aus«, sagte Gerhard am nächsten Morgen. »Aber meine Mutter hat schon mehrere Nächte nicht geschlafen. Nur wegen dieser Frau, die nicht richtig im Kopf ist und hinter allem herläuft, was wie ein Mann aussieht.«

»Ich werde also lästig«, stellte Toni fest.

»Nein, du wirst nicht lästig. Du kannst bleiben, so lange du willst. Nur die Frau mußt du dir vom Halse schaffen.«

Toni schüttelte den Kopf. »Die Wirklichkeit ist anders. Ich darf bleiben, weil du es in Rußland versprochen hast, aber in Wahrheit bin ich zur Last geworden. Als wir in der Scheiße lagen, lachten wir über die kleine Welt der Rücksichtnahmen, über ›Was sollen die Leute denken?‹, ›Das gehört sich nicht‹, ›Wie sieht das aus?‹. Kaum sind wir wieder zu Hause, gehören wir zum alten Haufen.«

Gerhard schwieg.

Auswandern müßte man. Nach Kanada oder Australien. Ein paar Jahre unter Bären oder Känguruhs leben. Oder ins Ruhrgebiet auswandern. Unter Tage sind alle Menschen schwarz. Unter Tage bist du der Stolz der Nation – wie schon einmal, damals, als du mit den anderen zum Kaukasus marschiertest. Jetzt holst du dir die Ehre aus dem Kohlenstaub ab. Ein ganzes Volk hört zu, wenn der Nachrichtensprecher abends verkündet, wie viele Tonnen Kohle der Stolz der Nation aus der Erde gewühlt hat. Und Frauen gibt es im Ruhrgebiet auch. Über Tage natürlich.

Es ließ sich nicht leugnen: Kudenow war zu klein geworden für einen Mann wie Toni Kirschwälder. Der gehörte nicht in dieses Dorf.

Eines Tages verschwand er. In aller Frühe, bevor die verrückte Frau den Hof belagerte. Damit er nicht mit Ina zusammentraf, verließ er den Hof, als sie die Schweine fütterte. Ich werde dir schreiben, Gerhard Kock. Eine Karte aus dem kanadischen Busch oder von den Känguruhs oder aus Wanne-Eickel. Und irgendwann wird unser Haufen aus dem Lager Krasnodar ein Kameradschaftstreffen veranstalten. Ein Treffen mit Frauen, soweit vorhanden. Krasnodar versammelt sich an den schönsten Flecken Deutschlands. Tanz auf einem Donaudampfer oder rheinabwärts oder moselaufwärts. Wißt ihr noch, wie in den Wäldern des Kaukasus die Wölfe heulten? Rheinischer Sauerbraten mit Knödeln. Vor dem Essen eine Gedenkminute für die toten Kameraden. So wird es einmal sein.

Toni nahm den Zug, mit dem auch Ella in die Stadt fuhr. Sie saßen sich gegenüber, sprachen aber nicht, denn der Kudenower Herbst macht traurig und einsilbig. Sie fuhren an den abgeernteten Kartoffelfeldern vorbei, an Rübenschlägen und überreifen Holunderbeeren. Eine Fahrt ohne Ziel. Das Burgenland war Toni so gleichgültig wie das Ruhrgebiet, Kanada so fern wie Krasnodar.

Als sie ausstiegen, berührten sie sich flüchtig. An der Sperre ließ er ihr den Vortritt. Ihr grauer Trenchcoat streifte seinen Arm. Mehr nicht. Als Ella die Nähstube betrat, hatte sie gerötete Augen.

»Gut, daß er weg ist«, sagte die Bäuerin aufatmend. »Wir haben Fremde genug im Dorf. Er paßte nicht zu uns. Er war kein anständiger Mensch.«

Der Herbst 49 brachte viele gute Nachrichten. Die Sieger strichen großzügig einige Werke von der Demontageliste; das Zertrümmern sollte aufhören. Im Ruhrgebiet schmückten die Arbeiter die Tore der geretteten Fabriken mit Girlanden. Schwarzrotgoldene Fahnen hingen im Novembernebel an den verrußten Fassaden. Die Gewerkschaft reimte auf Transparenten:

*Die größte Freude vom heutigen Tage
ist der Stopp der Demontage.*

Duisburg flaggte zwei Tage lang über alle Toppen.

Wiebkes Mutter bekam von Jerry ein langes Kleid nach der neuen Mode, die die stoffsparende Kriegsmode abgelöst hatte. Wiebke wünschte sich etwas Ähnliches für ihren sechzehnten Geburtstag.

Schleswig-Holstein stellte einen Plan zum Bau von zwanzigtausend Flüchtlingswohnungen auf. Die kleine Stadt Meldorf verpfändete ihr schönes altes Rathaus, um Geld für zwanzig Flüchtlingswohnungen lockerzumachen. Überall Aufbruch und neuer Anfang. Aus Wiebkes Volksempfänger kamen wundervolle Meldungen. Zum Beispiel diese: *Deutschland raucht wieder Virginia!* Die Eigenbaumarken »Siedlerstolz« und »Selbstmörder« sind unter Deutschlands Rauchern nicht mehr gefragt. Nur der alte Petschelies hielt an seinem Siedlerstolz im Altenteilergarten fest und hängte statt der Wäsche Tabakblätter zum Trocknen über den Ofen.

Es erging ein »Gesetz zur Milderung dringender sozialer Notstände«, ein Soforthilfegesetz für Flüchtlinge. Und sofort fingen sie mit der Hilfe an. Kallweit füllte für die Mutter und für jene Flüchtlinge, die sich nicht auskannten in den Formularen – und das waren viele –, Anträge auf Soforthilfeunterstützung aus und kassierte für jedes Formular fünfzig Pfennig. So kommt man zu Geld. Der Mensch muß nur Grips im Kopf haben und sich auskennen in den Formularen. Mutters Unterstützung wurde auf sechzig Mark im Monat erhöht. Das Leben wurde angenehmer von Tag zu Tag. Das lag vor allem daran, daß es so reichlich Kartoffeln gab. Zufrieden schüttete die Mutter jeden Mittag die heiße, mehlige Sieglinde zum Abpellen auf die Tischplatte. Auch frieren brauchte niemand mehr. Im November wurden, trotz einer geringeren

Zahl von Arbeitstagen, zehntausend Tonnen Kohlen mehr gefördert als im Oktober. Kartoffeln genug, Kohlen genug. Altes Herz, was willst du noch mehr?

Wir schaffen es, wir kommen durch. Wir wollen nie mehr hungern und frieren. Wir wollen arbeiten, bis das Blut unter den Fingernägeln hervorspritzt, aber einen Winter wie 47 soll es nicht mehr geben.

Arbeitslose fuhren von Kudenow nach Hamburg, um Trümmer zu räumen, erbeuteten in den Schuttbergen Bleirohre, Eisenträger und Ziegelsteine. Kurt wäre gern mit ihnen gefahren, aber mit fünfzehn Jahren durfte er noch nicht in die Trümmer. Die neue Regierung führte sich bei Dieben und Taugenichtsen angenehm ein. Für Straftaten vor dem 15. September 1949 gab es großzügigen Rabatt. Jeder neue König fängt so an. Warum nicht auch eine gewählte Regierung? Schwarzhändler, Kohlenklauer und Schieber, die gut durch die finsterste Zeit Nachkriegsdeutschlands gekommen waren, konnten aufatmen. Gebt nur acht, eines Tages kommt der dicke Kasulki zurück an die Stätte seines segensreichen Wirkens im Büro der Deutschen Hilfsgemeinschaft.

Es entstand eine merkwürdige Organisation, die weiter nichts tat, als Menschen danach zu fragen, was sie sich wünschten. Nach den langen Jahren, in denen nicht viel gefragt und gefackelt wurde, war das eine ungewohnte Aufmerksamkeit. Die erste Befragung ergab, daß die meisten Deutschen sich vom Weihnachtsmann einen guten Arbeitsplatz für das Jahr 1950 erbaten. Danach kam der Bauch, der Wunsch nach besserer Ernährung, Vater aller Wünsche. Es folgte der Wunsch nach Frieden und dann schon die Wiedervereinigung Deutschlands. Jeder zwanzigste schrieb an die oberste Stelle des Wunschzettels die Rückkehr der deutschen Kriegsgefangenen. Der Rest hatte keinen besseren Wunsch, als zurückzukehren nach Hause, wo immer dieses Zuhause sein mochte. Es war eine große Zeit. Wenigstens wünschen durfte man wieder. Die Spar- und Darlehnskasse Kudenow eröffnete am 1. Dezember 1949 das tausendste Sparkonto nach der Währungsreform. Und in der Zeitung stand, daß Deutschland wieder Autos baue. Aber nur für den Export. Nur so werden wir wieder groß: Satt essen, nicht frieren und was übrig bleibt exportieren! Das reimte sich sogar.

Bürgermeister Petersen schickte der Mutter einen amtlichen Brief mit einer Einladung ins Gemeindebüro.

»Am besten, du kommst mit, Kurtchen.«

Die Mutter ging nur ungern allein aufs Amt. Sie fühlte sich befangen und schämte sich wegen ihres ärmlichen Äußeren. Vor allem hatte sie Angst, nicht richtig hochdeutsch zu sprechen, ungewollt ein paar Worte ihres breiten ostpreußischen Dialekts preiszugeben. Wenn Kurt mitkam, fühlte sie sich sicherer. Doch bei der Unterredung mit Petersen brauchte die Mutter nicht viel zu sprechen. Das besorgte der Bürgermeister selber.

»Haben Sie noch nichts von der großen Umsiedlung nach Westfalen gehört, Frau Marenke?«

Er schilderte ausführlich die angenehmen Verhältnisse in Westfalen. Dort gab es reichlich Arbeit und bessere Unterkünfte als Hühnerställe. Vor allem Kohle war dort in Hülle und Fülle zu haben.

»Aber wir wollen zurück nach Hause«, unterbrach ihn die Mutter.

Petersen schien den Einwand nicht gehört zu haben. Er wechselte von Westfalen nach Württemberg. Auch eine schöne Gegend Deutschlands. Er kenne das Land im Süden aus seiner Soldatenzeit. Wirklich wunderschön. Da gebe es Hügel, Wälder und Obstplantagen; von allem sei reichlich vorhanden.

Das ist wie Thüringen, dachte Kurt und schweifte ab zur Saale, die er gesehen hatte, wie sie durch ein breites Wiesental strömte.

Nein, in den Süden wollte die Mutter auf keinen Fall. Dann doch lieber nach Westfalen. Da gab es Landsleute aus Ostpreußen. Vor dem Ersten Weltkrieg sind sie zu Tausenden ins Ruhrgebiet ausgewandert, die Tagelöhnerkinder aus Masuren.

»Können wir nicht nach Thüringen umsiedeln?« mischte Kurt sich in das Gespräch.

Petersen schüttelte heftig den Kopf. »Thüringen gehört nicht mehr zu uns.«

Schade, dachte Kurt. In Thüringen kannte er ein paar schöne Stellen. Da gab es hoch oben über der Saale die Schlösser von Dornburg. Mit einiger Anstrengung war es möglich, von der Mauer des mittleren der drei Schlösser Steine in den Fluß zu werfen. Ja, das Saaletal wäre ein Flecken, in den umzusiedeln es sich für Kurt Marenke lohnen würde. Aber Petersen und die Mutter waren schon wieder in Westfalen.

»Zu Hause ist doch zu Hause, Herr Bürgermeister«, sagte die Mutter seufzend. »Wir stellen ja keine Ansprüche. Wir wollen keinen Lastenausgleich und nichts geschenkt haben. Wir wollen nur nach Hause, wo wir hingehören.«

Dem Bürgermeister zuliebe versprach die Mutter, mit ihrer großen Tochter über die Umsiedlung zu reden und anschließend im Gemeindeamt Bescheid zu geben.

Aber am Abend kam die größte Überraschung: Ella wollte plötzlich nicht mehr umsiedeln. Sie fand Kudenow erträglich und schien sich auch mit dem engen Hühnerstall abgefunden zu haben. Und wieder war Kurt gerettet. Sie blieben in Kudenow.

Vier Wochen nach dem Brand der Scheune zog Kurt wieder auf den Stallboden. Die alte Joppe und die Tasche mit den Orden zogen mit. Das Ausweichquartier im Strohberg war zu unwirtlich geworden; für den Winter brauchte Kurt die Wärme des Stallbodens. Oh, diese langweiligen Tage des Spätherbstes! Wiebke hatte nur wenig Zeit für ihn, weil sie fleißig Englisch lernte. Hätte er ein Fahrrad gehabt, wäre er über die Dörfer gefahren, um sich die Zeit zu vertreiben. Hinnerk kam immer seltener, um ihn zum Viehtreiben zu holen; der fuhr jetzt schon mit dem Lastwagen über Land, um Schlachtvieh einzusammeln. Du wirst wohl doch beim Bauern anfangen müssen, Kurt Marenke.

»Was soll ich bloß mit dem Jungen machen?« fragte die Mutter immer häufiger. Andere Jungen in seinem Alter arbeiteten schon im ersten Lehrjahr, wußten bereits, daß Lehrjahre keine Herrenjahre sind. »Du kannst doch nicht dauernd zu Hause herumliegen, Kurtchen.« Ja, ja, ich geh ja schon! Wenn ihn das Gefühl der Überflüssigkeit überwältigte, schlich Kurt zum alten Petschelies, der auch im November bei trockenem Wetter auf der Bank vor der Altenteilerkate saß, warm angezogen mit allen Kleidungsstücken, die ihm gehörten. Stundenlang erzählte der alte Mann von dem Land, in dem die Elche stehen und lauschen, und von der Zeit, als Deutschland noch groß war. Ach, wenn es einen gab, der Deutschland liebte, immer noch liebte nach allem, was geschehen war, dann war es der alte Petschelies. Der sprach von Deutschland, als wäre es ein Lebewesen aus Fleisch und Blut, etwas, was lachen und weinen konnte. Der ließ auf Deutschland nichts kommen. Der glaubte auch nicht, was alle Welt zu glauben schien: daß die Deutschen schlecht seien und schrecklich viele Menschen umgebracht hätten. Der alte Petschelies hatte keinen toten Juden gesehen. Er wußte auch in seinem Verwandten- und Bekanntenkreis von keinem Menschen, der einen Juden umgebracht hatte. Jeder Mensch ist nur für das verantwortlich, was er persönlich mit seinen Händen an Unheil angerichtet hat. Das war sein Glaubensbekenntnis, und nach diesem Glaubensbekenntnis fühlten sich die meisten Deutschen ohne jede Heuchelei unschuldig. Und sie verstanden die Sieger nicht, die auch diejenigen als Mörder ansahen, die nichts getan hatten.

Manchmal fuhr Kurt mit Stolten auf die Felder, um Rübenblätter für das Vieh zu holen. Dort arbeitete er sich in Schweiß und vergaß für ein paar Stunden die Langeweile des Novembers. Wenn Stolten ihn nicht brauchte, schlich er im Nebel über den Friedhof und zählte die Vornamen der Toten; Heinrich bei den Männern und Karoline bei den Frauen kamen am häufigsten vor.

Aber der schönste Platz war und blieb der Stallboden. Eine Welt im Halbdunkel mit ausgebreiteten Spinnweben, angenehm erwärmt vom feuchten Dunst, der durch die geöffnete Luke aus dem Kuhstall drang. Hier konnte Kurt stundenlang liegen und durch die Bretterritzen auf den leeren Hof starren. Von hier aus sah er Ina, die im Garten die Rosen mit Tannengrün abdeckte. Er sah den alten Petschelies, der mit seiner Ziege stritt, die zuweilen störrische Anwandlungen bekam. Er sah Ella, die zur Pumpe ging, um Wasser zu holen. Er sah Gerhard Kock, dessen Weg die Wasserholerin kreuzte. Er hörte Gerhards Stimme.

»Na, wo ist es besser, in Ostpreußen oder in Holstein?«

Ella lachte verlegen. Sie fand die Unterschiede gar nicht so groß. Na, liebes Schwesterlein, laß das nicht die Mutter hören!

Gerhard erkundigte sich nach der Landwirtschaft in Ostpreußen, nach der Anzahl der Kühe auf dem Hof der Marenkes. Er erzählte von dem dänischen Musterrindvieh Karoline, die über viertausend Kilogramm Milch im Jahr gab. Deutsche Kühe brachten es nicht einmal auf dreitausend Kilogramm. Dabei brauchen wir Milch, Milch, Milch! Um die Kinder zu ernähren. Und wir brauchen Kinder, weil im Krieg so viele Menschen kaputtgegangen sind.

Auch auf Kocks Bauernhof brach jene Packen-wir-es-an-Stimmung aus. Bei Kock ging es um die Milch, so, wie es im Ruhrgebiet um die Kohle und in Hamburg um die Trümmer ging. Wir bauen alles neu. Noch vor Weihnachten erschienen die Zimmerleute, um eine Scheune auf Kocks Hof zu errichten. Das gab Abwechslung für den Monat Dezember. Kurt handlangerte ein bißchen bei den Arbeitern herum, hielt Bretter fest, die der Meister durchzusägen hatte, oder sammelte heruntergefallene Nägel auf. Es wurde eine Scheune aus glattem Fichtenholz. So sauber, daß man Mahlzeiten darin einnehmen konnte. Vor allem ohne Löcher im Dach, ohne klappernde Bretter und ohne tropfenden Regen. Ein richtiger Prachtbau für Flüchtlinge.

Weihnachten fast wie im Frieden. Die Zeit der Stromsperren war längst vergessen. Vor dem Gemeindeamt stand ein Tannenbaum mit dreißig elektrischen Kerzen. Er war eine maßlose Verschwendung, aber auch Symbol dafür, wie gut es schon wieder ging. Auch die Silvesterfeiern fanden wie in Friedenszeiten statt. Es gab in Puderzucker gerollte und mit Marmelade gefüllte Pfannkuchen. Der neue Präsident hielt gegen Mitternacht eine Ansprache an das deutsche Volk. Er erinnerte die Sieger an ihr Versprechen, die Kriegsgefangenen bis Ende 1949 freizulassen. Auch die Zivilgefangenen und die Vermißten vergaß er nicht. Drei Millionen Zivilisten sind im Osten verschwunden, sind in eine große russische Erdspalte gefallen und nicht mehr auffindbar. Er schloß mit dem Bibelspruch: *Gedenke an den Herrn, deinen Gott, denn er ist's, der die Kraft gibt.*

Im Kölner Dom hielt ein Kardinal die Neujahrspredigt. Er sprach nur über die deutschen Kriegsgefangenen. Er stellte sie nicht allein in Gottes Hand, sondern forderte auch die irdischen Mächte auf, die Gefangenen freizugeben. Amen. Das neue Jahr konnte beginnen.

Einen Tag nach Neujahr starb Emil Jannings.

»Nun ist der alte Jannings auch tot«, sinnierte Mutter Marenke. Sie starben alle, die guten Menschen aus der Zeit von früher.

Überall feierten sie Feste wie im Frieden, aber Mutter Marenke wurde immer ungeduldiger. Hier und dort kehrten sie heim, nur ihr Bruno kam nicht. Sogar Totgesagte standen manchmal vor der Tür. Wer nicht heimkehrte, wurde für tot erklärt. An den Schwarzen Brettern der Gerichte hingen die Verschollenheitsaufgebote wie die Tapeten in den guten Stuben. Jeder Fetzen Papier ein Mensch. Das war nötig, um Erbschaften zu regeln, neue Ehen einzugehen, um endlich die deutschen Papiere in Ordnung zu bringen, die der Sturm des Zweiten Weltkriegs durcheinandergewirbelt hatte. Es war wirklich komisch mit der Aufforderung, sich innerhalb eines halben Jahres zu melden, andernfalls man für tot erklärt würde. Da hängt so ein Wisch im Flur eines holsteinischen Amtsgerichts, und du sitzt auf der Halbinsel Kamtschatka und hörst die Wölfe heulen. Du möchtest dich ja gern melden, aber du bist schon tot.

Und doch schienen die Verschollenheitsaufgebote eine gewisse Wirkung zu haben. Immer mehr kehrten heim. So, als ahnten sie, daß in Deutschland die Wände mit Todeserklärungen beklebt waren. Sogar aus Rußland schwoll der

Strom an. Iwan fing an, die Millionenliste der Gefangenen abzuhaken. Nur Bruno Marenke konnte den Weg nach Hause nicht finden. Die Mutter ergriff eine Art Panik. Am Ende bliebe niemand mehr übrig, um heimzukehren.

»Aber für tot erklären lasse ich unseren Bruno nie!« sagte sie feierlich. »Dazu hat der Mensch kein Recht. Wir müssen auf ihn warten!«

»Vom vielen Weinen kommt er auch nicht wieder«, meinte Ella.

»Laß mich nur in Ruhe weinen, Kind!«

Weinen war für die Mutter so gut wie Beten. Es brachte Erleichterung und gab ihr das Gefühl, etwas für Bruno getan zu haben. An jedem feierlichen Haltepunkt ihres Lebens, an Geburtstagen, zum Jahreswechsel und zu Weihnachten, wenn sie herausgerissen wurde aus dem Einerlei des Essenkochens, Abwaschens und Strümpfestopfens, brach die Mutter in Tränen aus.

Kurt erhielt zu Weihnachten ein Buch über Ostpreußen. Bilder von den Wanderdünen auf der Kurischen Nehrung. Die Pferdchen von Trakehnen. Ein Elch, fast von der Größe eines jungen Elefanten. Schleppkähne auf der Memel.

»Damit du nicht vergißt, wo du wirklich zu Hause bist, Kurtchen.«

Angenehmer als das tränenreiche Weihnachtsfest war der Neujahrstag. Kurt lag auf dem Stallboden und verschlang die letzten Apfelsinen, die er zu Weihnachten von seinen Viehtreibergroschen gekauft hatte. Ella sollte mit in die Kirche, aber sie wollte lieber den Kaninchenbraten zubereiten. Als die Mutter gegangen war, kam Ella zu ihm auf den Stallboden.

»Ach, da ist dein Versteck«, tat sie erstaunt und rutschte zu ihm in die Kuhle. Sie brachte Wärme mit und viel Zeit, was bei Ella nur selten vorkam. Sie lag neben Kurt im Heu und starrte zu dem Licht, das in langen Streifen durch die Bretterritzen fiel und die Staubkörnchen in der Luft tanzen ließ. Kurt gab ihr eine Apfelsine. Sie aß in aller Ruhe, und als sie damit fertig war, sagte sie: »Ich glaub, ich krieg ein Kind.«

Du bist wohl nicht bei Trost, Ella Marenke!

»Doch, doch, ich krieg ein Kind.«

»Laß mal fühlen«, sagte er und legte die Hand auf ihren Bauch.

»Da ist noch nichts zu fühlen«, meinte sie und schob Kurts Hand beiseite.

Sein erster Gedanke war Toni Kirschwälder. Aber nein, der hatte damit nichts zu tun.

»Das Kind ist von Gerhard«, sagte sie.

Wie war denn das zugegangen? dachte Kurt verwundert. Die beiden hatten doch nur über die dänische Musterkuh Karoline gesprochen, über milchtreibendes Kraftfutter und die Landwirtschaft in Ostpreußen. Wie kann bei so praktischen Gesprächen ein Kind herauskommen? Kurt starrte Ellas Bauch an, sah es darin gären, brodeln und quellen.

»Weiß die Mutter es schon?«

Nein, Mutter Marenke saß ahnungslos im Kirchengestühl, dachte nur an die Heimkehr ihres Sohnes Bruno und an nichts anderes. Nicht einmal Gerhard ahnte, was in Ellas Bauch vorging. Kurt war der erste, dem sie es anvertraute.

Gab es etwas, was er für seine Schwester tun konnte? Nein, ihm fiel nichts ein. Das Kinderkriegen müssen die Frauen allein erledigen. Er drückte ihr eine zweite Apfelsine in die Hand. Mehr war für Ella nicht zu machen.

Während sie die zweite Apfelsine aß, musterte er Ella von oben bis unten, vor allem den Bauch, in dem sich das Unglück der Familie Marenke zusammenbraute. Ach, sie war eine Schönheit, seine Schwester; allerdings eine arme Schönheit, was schon wieder sehr nahe an Häßlichkeit grenzte. Und nun noch schwanger. Wie konnte das passieren? So, wie er Ella kannte, hatte sie für solche Dinge doch gar keine Zeit. Die war immer fleißig im Trab. Wenn die einen Mann umarmt, denkt sie bestimmt daran, daß noch Kartoffeln abzugießen und Strümpfe zu stopfen sind. Bei Ella mußte alles schnell gehen. Und so war das liebe Schwesterlein ganz schnell zu einem Kind gekommen.

»Wirst du jetzt Bauersfrau?« fragte Kurt.

»Das läßt seine Mutter nicht zu. Ein Flüchtlingsmädchen, das nichts hat und nichts ist, darf nicht auf den zweitgrößten Hof im Dorf einheiraten.«

Nicht einmal das. Kurt war enttäuscht. Er hatte angenommen, Ella hätte das mit Absicht so eingerichtet. Ein Kind im Bauch, schnell zum Altar, anschließend Umzug aus dem Hühnerstall in das Bauernhaus. Einheiraten auf den großen Hof des Bauern Kock, teilhaben an vollen Wäschetruhen, an dem kostbaren Geschirr und der gefüllten Speisekammer. Sollte seine Schwester, die so praktisch veranlagt war, diese Möglichkeit übersehen haben?

»Weißt du eigentlich, daß wir beide noch eine kleine Schwester hatten?« fragte Ella plötzlich. »Das war ein Russenmädchen. Es war von den vielen Vergewaltigungen übriggeblieben. Aber die Mutter wollte das Kind nicht haben. Sie ekelte sich richtig davor. Sie hat in kochendheißem Wasser gebadet, schwere Lasten getragen und ist sogar vom Küchentisch gesprungen, um das Kind loszuwerden. Als es dann viel zu früh auf die Welt kam, hat es nur einen halben Tag gelebt.«

»Was hat Vater dazu gesagt?«

»Der lebte damals nicht mehr... Das war es doch, woran

er gestorben ist. Er konnte es nicht mitansehen, wie sie die Mutter immer wieder holten. Da ist er aufgestanden und hat sich dazwischengestellt. Aber sie haben ihn nach draußen geschleppt und erschossen... Für nichts ist er gestorben, einfach für nichts.«

»Warum für nichts?« fragte Kurt.

»Sein Tod hat nichts geändert. Sie haben die Mutter trotzdem geholt.«

Kurt blickte auf den Hof, wo Gerhard mit Ajax spielte, ihn immer wieder über das Gatter springen ließ und ihm den Hals tätschelte. Er dachte an seinen Vater. Kurt konnte nicht finden, daß er für nichts gestorben sei. Die meisten Menschen sterben für viel weniger als sein Vater. Sein Vater hatte sich etwas dabei gedacht, auch wenn es nicht geholfen hat. Auf einen solchen Vater konnte er stolz sein.

»Mutter schämte sich so wegen der Vergewaltigungen«, fuhr Ella fort. »Das war der Grund, weshalb sie dir nie erzählt hat, wie Vater zu Tode gekommen ist.«

Mein Gott, Mutter! Mein Gott, Vater! Kurt verbarg sein Gesicht in den Händen, vergaß Ellas Bauch und ging in Gedanken zurück in den Gemüsegarten hinter irgendeinem fremden Haus in Ostpreußen, wo sein Vater begraben lag.

Die ersten Kirchgänger kehrten heim. Ella eilte die Treppe hinunter, um den Kaninchenbraten aufzusetzen, aber Kurt kam nicht einmal zum Mittagessen ans Tageslicht.

Das Jahr 1950 fing so gut an... aber dann das Unglück mit Ella. Im Januar wurde die Bewirtschaftung für Butter aufgehoben; bald sollte es überhaupt keine Lebensmittelkarten mehr geben. So ein gutes Jahr... aber Ella ist schwanger! Ihr

Stundenlohn in der Näherei stieg auf fünfundsiebzig Pfennig... aber sie bekommt ein Kind! Das schwedische Hilfswerk »Rettet die Kinder« schickte eine Fuhre Kleidung nach Kudenow. Pastor Thormählen verteilte sie und ließ etwas für den Hühnerstall abfallen. Im Nachbardorf traf ein Mann aus Rußland ein, der mit Bruno Marenke zuletzt am gleichen Frontabschnitt gelegen hatte. Hoffnungen, überall Hoffnungen. Ein verheißungsvolles Jahr... aber Ellas Bauch machte alles kaputt!

»Er wird dich nicht heiraten«, sagte die Mutter traurig, »denn du bist nur ein zugelaufenes Flüchtlingsmädchen.«

Eigentlich hätte Ella zu Doktor Kruskoop gehen müssen, um sich zu vergewissern. Aber sie war in ihrem Leben noch niemals bei einem Arzt gewesen, nicht einmal bei einem Zahnarzt. Ella schämte sich, den ersten Arztbesuch mit einem dicken Bauch anzutreten.

»Warum hast du mir das angetan?« fragte die Mutter, wenn sie mit allen anderen Fragen durch war.

Die Mutter dachte vor allem an den schlechten Eindruck. Die Einheimischen werden sagen: »Da sieht man wieder, was die Flüchtlinge für ein lockeres Gesindel sind!« Ach, und dabei hatte das Jahr so gut angefangen.

»Schwangere Frauen können die in der Nähstube nicht gebrauchen«, sagte die Mutter seufzend. »Du wirst die schöne Stelle verlieren.«

Ella schwieg zu allem, was die Mutter sagte. Sie arbeitete noch härter als früher und wartete, daß es in ihrem Bauch zu krabbeln begann. Nur einmal verlor sie die Beherrschung, als die Mutter unter Tränen ausrief: »Wenn du ein Kind mitbringst, findest du in Kruglanken niemals einen anständigen Mann!«

Da trat Ella ganz nahe vor die Mutter und schrie ihr ins Gesicht:

»Ich bekomme ein Kind, und du heulst herum!«

»Wie sprichst du mit deiner Mutter? Ich will doch nur dein Bestes, Ella. Auch wenn Gerhard dich heiratet, wirst du bei denen nur die Scheuerfrau sein, die die Dreckarbeiten zu erledigen hat.«

Kurt litt mit an dem Elend, das über die Marenkes hereingebrochen war. Wie sollte der Säugling im Hühnerstall untergebracht werden? Am liebsten wäre Kurt ganz auf den Stallboden gezogen und nur zu den Mahlzeiten heruntergekommen, um von dem Unglück der beiden Frauen nichts zu hören und zu sehen. Oft fragte er sich, wie es sein würde, wenn Wiebke in späteren Jahren von ihm ein Kind bekäme. Es gab keinen Zweifel: Er würde Wiebke sofort heiraten, um ungestört mit ihrem Fahrrad herumfahren zu können.

»Oder wollen wir doch nach Westfalen umsiedeln?« fiel der Mutter plötzlich ein. Da kennt dich keiner, Ella Marenke. Da kannst du sagen, das Kind sei von einem Russen. Dann ist die Schande nicht so groß. Denn für Vergewaltigungen kann der Mensch nichts; aber wenn er sich freiwillig ein Kind besorgt, das ist furchtbar.

Und das in diesem guten Jahr 1950. Am 1. März wird die Rationierung enden... bis auf ein paar lausige Zuckermarken. Kaffee-Kröger, der zuletzt im Sommer vor dem Polenfeldzug über Land gefahren war, tauchte wieder in Kudenow auf. Sein Koffer, den er vorn auf dem Fahrrad mitschleppte, war prall gefüllt mit Brasil- und Kostarika-Kaffee.

»Friedenskaffee! Friedenskaffee!« schrie Kaffee-Kröger, als er auf Kocks Hof kam. Aber was nützt der schönste Kaffee, wenn Ella schwanger ist!

In Kiel gründeten sie zu Beginn des Jahres eine Flüchtlingspartei. Kallweit war dabei.

»Wir wollen die Konkursmasse Deutschlands ehrlicher verteilen als bisher. Wir sind auch gute Deutsche!« rief er auf der ersten Versammlung der neuen Partei im Wallensteiner Hof. Die Mutter ging nicht hin, weil sie sich schämte.

Ein britisches Kommando reiste in die Stadt Küstrin, um Erich Koch, den Gauleiter Ostpreußens, an die Polen auszuliefern.

»Wenigstens als Gefangener kommt der Koch nach Hause«, brummte der alte Petschelies.

Wie gesagt, es war ein gutes Jahr. Bis auf die Menschenschlangen vor den Arbeitsämtern, die immer länger wurden. Anderthalb Millionen Arbeitslose... und so viel zu tun.

Bald gibt es mehr Soforthilfeunterstützung für Flüchtlinge. Aber was hilft es, wenn Ella ein Kind bekommt! Bruno wird heimkehren und seine Schwester mit dickem Bauch antreffen. Was soll dein Bruder von dir denken, Ella Marenke?

Nur Kurt mochte seine Schwester. Im schwangeren Zustand war sie ihm angenehmer als sonst. Sie lachte ihn nicht mehr aus, war nicht so vorlaut und hatte viel Verständnis für ihn. Hoffentlich badet sie nicht heiß oder springt vom Tisch, dachte Kurt.

»Ich finde es gut, daß du ein Kind bekommst«, sagte er, als sie beide allein waren.

»Ach, Kurtchen, wenn ich dich nicht hätte!« flüsterte Ella und drückte seinen Wuschelkopf an ihren Bauch.

Ella und die gute Stube der Burg. Sie saß da wie eine Büßerin, die einen weiten, ermüdenden Weg gepilgert ist. Sie saß allein mit der Bäuerin und einer Kaffeekanne, die unter einer wärmenden Troddelmütze stand.

»Mach es dir bequem, Deern! Ruh dich aus!«

Ina brachte einen gehäuften Teller mit Kuchen, stellte ihn

schweigend auf den Tisch und ging wieder. Die Bäuerin schenkte Kaffee ein. Ella wußte nicht, ob sie in ihrem Zustand Kaffee trinken durfte. Mit niedergeschlagenen Augen rührte sie in der schwarzen Brühe. Das war Bohnenkaffee vom allerbesten. Kaffee-Kröger hatte ihn aus Hamburg geholt und mit dem Fahrrad auf die Dörfer gebracht.

»Wir Frauen wissen, was es heißt, Kinder zu kriegen«, begann die Bäuerin. »Wir können offen miteinander sprechen. Heutzutage ist es keine Schande, wenn du ein Kind nicht haben willst, Ella.«

Ella trank, ohne zu wissen, ob es ihrem Kind guttat.

»Dieser Krieg hat alles durcheinandergebracht, er ist an allem schuld.« Die Bäuerin sprach davon, wie wenig gefährlich es sei, Kinder wegzumachen. Die Ärzte verstehen sich darauf. Die haben viel gelernt im Krieg und in der Zeit danach. Doktor Kruskoop macht das nicht, aber in Hamburg und Lübeck gibt es genug Ärzte. Nur darfst du nicht warten, bis der dicke Bauch zu sehen ist und das ganze Dorf Bescheid weiß. Dann ist alles zu spät.

Ella aß Kuchen, um nicht sprechen zu müssen.

Die Bäuerin schenkte Kaffee nach. Selber aß sie so gut wie nichts, weil sie pausenlos sprach. Sie meinte, Flüchtlinge und Einheimische paßten nicht zueinander, weil es anderes Blut sei. Keiner weiß, ob die Kinder aus dieser Mischung überhaupt gesund sind. Vielleicht fahren die Flüchtlinge eines Tages zurück nach Hause. Da wäre es jammerschade, wenn Ella nicht mitkönnte, weil sie mit einem Kind in Kudenow sitzt. Wirklich, die Sache paßte hinten und vorne nicht.

»Außerdem ist unser Junge krank vom Krieg«, sagte die Bäuerin. »Kranke Männer dürfen gar nicht heiraten. Das geht niemals gut. Du solltest hören, wie der nachts hustet. Was hat der arme Junge bloß alles durchgemacht? Ihm kannst du keine Schuld geben, nein, wirklich nicht. In solchen Dingen müssen die Frauen aufpassen, das ist unsere Sache.«

Sie schenkte wieder Kaffee nach.

Friedrich Kock kam ins Zimmer, um seine *Bauernzeitung* zu holen.

»Nicht wahr, Vadder, du betoolst alles? Wir schicken die Deern zu einem Doktor nach Lübeck, das soll ihr Schade nicht sein.«

»Macht das man so, wie ihr wollt«, brummte Bauer Kock und schlug die Tür hinter sich zu.

Ella fühlte sich einsam, allein gelassen mit den Kuchenbergen und der Kaffeekanne mit Troddelmütze. Warum saß die Mutter nicht bei ihr?

»Mit deiner Mutter hab ich schon gesprochen«, sagte die Bäuerin. »Die findet das auch so am besten.«

Ella stopfte sich noch immer Kuchen in den Mund. Aus Verlegenheit, weil sie mit einem fremden Menschen über so schlimme Dinge sprechen mußte. Sie besaß noch keine Beziehung zu dem, was in ihrem Körper vorging. Noch trampelte es nicht gegen die Bauchdecke. Da war es schon eine Versuchung, das Rad zurückzudrehen, in Lübeck einen neuen Anfang geschenkt zu bekommen.

Bauer Kock riß die Tür auf und schrie: »Macht das man alles klar! Ick betool!«

Aber die Bäuerin dachte schon ein Stück weiter. Wohin mit Ella Marenke, wenn das Kind weg ist? Die durfte nicht auf dem Hof bleiben, sonst würde sie in einem halben Jahr wieder schwanger.

»Der Hühnerstall ist auch keine richtige Wohnung für euch«, meinte sie. Sie erzählte, daß sie mit Bürgermeister Petersen über eine bessere Unterkunft für die Marenkes sprechen wolle. Da ließe sich schon einiges machen, wenn Ella nur vernünftig wäre.

Kurt stand in Kocks Blumengarten und beobachtete die Fenster der guten Stube, aus denen breite Lichtbündel auf die mit Tannengrün bedeckten Rosenbeete fielen. Mein Gott, die verhandelten über das Kind, die verkauften Ellas Bauch!

Er rannte zur Mutter in den Hühnerstall.

»Sie wollen Ellas Kind wegmachen!«

Die Mutter blickte ihn strafend an. Sie wollte sagen, daß ihn das nichts angehe, daß ein Junge davon nichts wissen dürfe. Doch als sie merkte, wie besorgt er war, legte sie ihm den Arm um die Schulter. »Kurtchen, Kurtchen, davon verstehst du doch nichts.«

Da wußte er, daß die Mutter mit im Komplott steckte.

Er stürzte auf den Hof. Sollte er die gerade gerichtete Scheune anstecken, den Sturm vom Meer herbeirufen, den Krieg holen, Pjotr mit der Maschinenpistole oder den Fremden von der Grenze? Verzweifelt trabte Kurt auf die Felder, bis ihm Kocks Gespanne entgegenkamen. Auf dem ersten Wagen saß Gerhard. Kurt kletterte hinauf und nahm neben ihm Platz. Er wußte nicht, wie er anfangen sollte. Gerhard verwickelte ihn in nebensächliche Gespräche, stellte Fragen nach *Brehms Tierleben,* wollte wissen, welches das größte Säugetier auf der Erde sei und welche Tragzeiten Stuten, Kühe, Sauen und Karnickel hätten. Auf nichts wußte Kurt Antwort, weil er an Ellas Bauch dachte. Er half beim Ausspannen und erbot sich, die Pferde abzuschirren und zu füttern. Du mußt rasch ins Haus, Gerhard Kock. Du allein kannst das Kind noch retten. Nun geh endlich los! »Komm mal wieder vorbei, und hol dir ein neues Buch ab«, sagte Gerhard, bevor er tatsächlich ging. Wie gewöhnlich machte er einen Umweg zum Hundezwinger, um Ajax die Ohren zu kraulen. Wie gewöhnlich reinigte er vor der Haustür die Gummistiefel, klopfte die Dreckklumpen ab, schneuzte sich und betrat endlich die Burg.

Ina goß heißes Wasser in die Waschschüssel. Gerhard hängte Pullover und Unterhemd über die Stuhllehne und begann seinen Oberkörper einzuseifen. Hinter ihm wartete Ina mit einem Handtuch, so groß wie ein Bettlaken, um ihn abzurubbeln.

»Wo ist die Mutter?« fragte Gerhard plötzlich.

Ina zeigte zur Stubentür.

Mit nacktem Oberkörper ging er in die Stube.

»Na, was habt ihr beiden zu bereden?«

»Mein Gott, Jung, du wirst dich erkälten!« rief die Bäuerin und schickte Ina in die Küche, um Gerhards Kleidung zu holen.

»Besprecht ihr die Hochzeit?« fragte Gerhard.

»Mien lewe, lewe Jung!« Die Bäuerin breitete die Arme aus, als wolle sie ihren Gerhard vor großem Unglück schützen. »Wir haben gedacht, es ist am besten, wenn die Deern zu einem Doktor geht. Vadder fährt morgen nach Lübeck und regelt das alles.«

»Da wird nichts draus, Mutter!« Gerhard Kock nahm mit offenem Hemd und herabhängenden Hosenträgern an Ellas Kuchentisch Platz. »Ich habe so viele sterben sehen. Ich will endlich mal sehen, wie etwas lebt!«

»Mien lewe, lewe Jung!« Die Bäuerin schlug entsetzt die Hände über dem Kopf zusammen.

Gerhard rückte näher zu Ella. Er schob ihr ein Stück Kuchen hin. Eigentlich war sie schon satt, aber ihm zuliebe nahm sie den Kuchen. Nein, sie empfand nicht das, was in den Büchern als Liebe beschrieben wird, aber sie fühlte sich neben ihm so geborgen wie seit den Kindertagen nicht mehr.

Nun betrat auch Bauer Kock den Raum. Sie standen herum wie vor den Schranken eines Gerichts. Eine Gerichtsverhandlung um das Leben des kleinen Balgs, das Ella mit sich herumtrug. Hoffentlich fällen sie kein Todesurteil, dachte

Kurt, der fröstelnd im Geäst der tausendjährigen Eiche stand.

»Nun sag doch was, Vadder!« rief die Bäuerin verzweifelt.

»Wenn der Junge das so haben will, soll er es haben«, meinte Kock. Kaum war der Satz ausgesprochen, fing die Bäuerin an zu heulen.

»Ostern soll Hochzeit sein«, schlug Gerhard vor.

Nein, nur das nicht! Ostern ging auf keinen Fall, weil dann der Bauch schon zu sehen wäre. Das Mädchen darf die Schande nicht sichtbar zum Altar tragen.

Plötzlich hatte die Bäuerin es eilig, das Gespräch zu beenden. Sie drängte Ella zur Tür. Aus. Schluß. Ein andermal sprechen wir weiter. Als Ella gegangen war, fiel die Bäuerin ihrem Gerhard um den Hals.

»Wie kannst du das deiner Mutter antun? Die Deern wollte das Kind nicht mehr haben, aber du kommst und sagst, du willst sie heiraten.«

»Laß das Heulen nach, Frau!« schimpfte Bauer Kock und blickte ärgerlich über den Rand der *Bauernzeitung*.

»Die ist wie eine Schlange. Sie hat dich verrührt. Sag uns nur die Wahrheit, Junge – sie hat dich verführt! Du verstehst nichts davon, weil du im Krieg gewesen bist. Aber die weiß, warum sie ein Kind bekommt.«

»Das ist dummes Zeug!« brummte Bauer Kock hinter der Zeitung.

»Die Flüchtlinge haben nichts und können nichts, die sprechen nicht einmal richtig Deutsch. Aber auf unsere Höfe wollen sie sich einschleichen.«

»Ich will sie haben, Mutter«, sagte Gerhard.

»Sie hat sich dir an den Hals geworfen. In den Kuhstall ist sie dir nachgelaufen. Sie wollte nur, daß du ihr ein Kind machst, weiter nichts.«

»Was der Junge haben will, soll er haben!« schrie Bauer Kock und warf die Zeitung auf den Fußboden. »Unser Gerhard ist kein Kind mehr!«

Gerhard bekam einen Hustenanfall, riß das Fenster auf und spuckte braune Soße in den Winterabend.

»Siehst du, wie krank er ist«, antwortete die Bäuerin. »Wer so krank ist, darf überhaupt nicht heiraten.«

Da ließ Kock die Faust auf den Tisch fallen, daß das Holz zitterte. Ina kam hereingelaufen, weil sie dachte, es wäre etwas umgefallen, was sie aufheben müßte.

»Raus!« schrie Kock. Er packte Ina mit der einen Hand und die Bäuerin mit der anderen, schob sie beide durch die Tür, schloß hinter ihnen ab und ging zum Fenster, an dem Gerhard immer noch braune Fladen herauswürgte.

»Jetzt sind wir Männer unter uns«, brummte Kock und berührte Gerhards Arm. »Ich will dir mal was sagen, mien Jung. Wenn ein Bauer in Kudenow heiratet, hat das nix mit Liebe und son Tüdelkram zu tun. De Lökker sint Overall glick. Das paßt immer. Aber auf einem Bauernhof muß es auch mit der Arbeit passen, mit dem Viehzeug und mit den Kindern. Deshalb hör gut zu, mien Jung. Sieh dir die Deern richtig an, ob alles an ihr paßt. Und wenn du sie wirklich haben willst, kriegst du sie. Und wir machen ein Fest, daß es nur so braust!«

Bauer Kock holte eine Flasche klaren Schnaps aus dem Schrank und goß ihn, da ihm gerade nichts anderes in die Finger geriet, in die leeren Kaffeetassen der Frauen.

»So wollen wir das machen, mien Jung!« verkündete er laut und stieß mit Gerhard an.

Im März holte die Geschichte noch einmal kräftig Atem und pustete Hunderttausende über die östlichen Grenzen. Der Ostwind wird Deutschland schon kleinkriegen! Der preßt das ganze Elend, das es in Europa gibt, in ein zertrümmertes, zerstückeltes Land und läßt es dort gären, bis der Korken aus der Flasche fliegt. Die neue Menschenwelle kam ungelegen. Sie traf zusammen mit der Heimkehrer-Welle, mit der Displaced-persons-Welle, mit der Arbeitslosen-Welle. An allen Ecken und Enden schwappten die Wellen über. Die Besatzungsmächte hielten es für an der Zeit, den Deutschen die Ernährung der Displaced persons zu überlassen. Auch das noch. Das waren die Besiegten unter den Siegern. Ein paar Schiffsladungen Strandgut mehr, hundertfünfzigtausend entwurzelte Ukrainer, Polen und Russen. Sie waren nicht gesund genug, um nach Amerika auszuwandern, aber voller Angst, in den Osten abgeschoben zu werden. Jeden Abend gab es im DP-Lager bei Lübeck Mord und Totschlag. Britische Militärpolizei mußte eingreifen, damit der Kessel nicht explodierte.

Bald wird es zwei Millionen Arbeitslose geben. Diese Stempelgeldschlangen vor den Arbeitsämtern mußte man gesehen haben! Fünfzig Meter Kehren und Schleifen, keine giftige Schlange, sondern ein träges Reptil, das apathisch im Schmuddelwetter auf seine Fütterung wartete. Geduldige Menschen, die durch nichts zu erschüttern waren.

In diesen traurigen Tagen gaben die Engländer den Befehl, die Kokerei des Stahlwerks von Salzgitter in die Luft zu jagen. Es war die letzte Bosheit der Sieger, der letzte Akt der Demontage. Am 6. März rückte das Sprengkommando an. Es traf auf fünfzehnhundert zusammengerottete Arbeiter, die ihre Kokerei verteidigten. Die öffentliche Ordnung geriet in Gefahr, als die Arbeiter Kräne und Winden umwarfen, die Zündschnüre zerrissen und das Sprengkommando mit Ziegelsteinen vertrieben. Nein, es ging nicht anders, die Engländer mußten Panzer schicken. Am 8. März rollten sie an, umstellten die Kokerei und verschafften dem Sprengkommando den nötigen Rückhalt für die schwierige Arbeit. Da ging sie hin, die große Kokerei von Salzgitter! Und die Arbeiter standen jenseits der Sperren und warfen Steine gegen die Panzerplatten. Zur Strafe verhängten die Engländer ein Versammlungsverbot für den Raum Salzgitter. Denn Ordnung muß sein. Als Sieger durfte man sich nichts bieten lassen. Das Jahr 1950 hatte so gut angefangen, aber schon im März war die Stimmung umgeschlagen. Die Sieger hatten ihre letzten großen Auftritte. Hoffnungen begannen zu verblassen in dieser Zeit des Garens und Brodelns. Eine neue Düsternis zog auf.

Pastor Thormählen hatte wieder einmal den besten Gedanken. Er hängte eine Bekanntmachung an die Kirchentür und verkündete es von der Kanzel: Die Kirchengemeinde Kudenow verkauft Bauland an Flüchtlinge! Die Ringreitwiese sollte aufgesiedelt werden; Ringreiten können die Kudenower auch woanders. Fünfzig Pfennig kostete der Quadratmeter Kirchenland.

»Der Thormählen hat den Verstand verloren«, sagten die Einheimischen. Wie kann er den Flüchtlingen Land geben? Wenn die bauen, werden wir sie überhaupt nicht mehr los. Wer bauen will, soll in die Nähe der Städte ziehen. Hat Kudenow erst einmal eine Flüchtlingssiedlung, bekommt es auch eine Fabrik. Die Flüchtlinge werden dafür sorgen, daß den Kudenowern ein mächtiger Schornstein in ihr Bauerndorf gesetzt wird. Staub und Rauch werden über die unberührten Rübenfelder ziehen.

Am Sonntag Judica standen sie nach dem Gottesdienst im Kirchenbüro, um sich einzutragen in Thormählens Bauliste. Thormählen entfaltete einen Lageplan, auf dem er fünfundzwanzig Parzellen zu tausend Quadratmetern eingezeichnet hatte. Auch Wege waren schon vermerkt, eine Breslauer Straße, ein Königsberger Damm und ein Stettiner Weg. Ostlandsiedlung wollte Thormählen diesen Teil Kudenows nennen zur Erinnerung an die Himmelsrichtung, aus der die Flüchtlinge gekommen waren.

»Wir wollen kein Bauland, wir wollen nach Hause!« sagte Kallweit. Er wußte, was hier gespielt wurde. Die Flüchtlinge sollten sich an den Gedanken gewöhnen, daß es keine Rückkehr gäbe. Sie sollten Radieschen und Kohlköpfe anpflanzen und dabei vergessen, was ihnen angetan worden war. Wer in Kudenow Land kaufte, war für den deutschen Osten verloren!

Aber Kallweit, wie lange soll ein Mensch auf seine Heimat warten? Du kannst nicht ein halbes Leben lang den Fremden zur Last fallen, ohne Eigenes zu besitzen. Fünf Jahre ist der Krieg schon aus. Kann ein Mensch länger als fünf Jahre darauf warten, daß das Rad der Geschichte eine weitere Umdrehung macht? So viel Zeit gibt ein Menschenleben nicht her, Kallweit!

Vor Kallweit stieg eine schreckliche Vision auf. Eines Tages wird es keine Einheimischen und keine Flüchtlinge mehr geben, sondern nur noch Kudenower. Die Kinder der Flüchtlinge werden Holsteiner Platt sprechen. Die Kultur des Ostens wird in Vergessenheit geraten. Von Königsberg werden künftige Generationen erzählen, als wären es die Ruinen von Karthago. Der Osten wird nie mehr zu Deutschland gehören, wenn die Flüchtlinge eigene Häuser bauen und nicht als dauernde Anklage in Baracken und Notunterkünften bleiben.

Aber was ging das Pastor Thormählen an? Der hielt eine richtige Predigt über seinen Lageplan.

»Ihr mögt die neue Heimat nur deshalb nicht, weil sie euch nicht gehört«, meinte er. »Ich kenne euch. Ihr Menschen aus dem Osten braucht Erde, um Wurzeln zu schlagen. Kudenow hat genug davon. Wenn ihr Land habt, werdet ihr Frieden schließen mit Kudenow. In zwanzig oder dreißig Jahren werdet ihr euren Osten besuchen und spüren, daß es nur schöne Erinnerungen waren, die euch festgehalten haben. Ihr Flüchtlinge braucht neue Erinnerungen, angenehme Erinnerungen an Kudenow.«

»Wir sind zu alt, um zu bauen!« rief Kallweit dazwischen.

»Wer jetzt nicht baut, wird seine alten Tage in Kaninchenställen verbringen müssen«, erwiderte Thormählen. »Deshalb sollt ihr bauen, damit es euch im Alter besser geht als jetzt.«

Plötzlich fing jemand an, über den Kaufpreis zu sprechen. Fünfzig Pfennig seien zuviel. Wenn man bedenkt, wie reich die Kirche ist. Sie könnte das Land den Flüchtlingen schenken.

Aber da kannten sie Thormählen schlecht! Der schlug mit der Faust auf den Lageplan.

»Geschenktes Land ist nichts wert!« schrie er. »Ihr müßt es erarbeiten, dann werdet ihr daran hängen. Geschenke machen undankbar und unzufrieden. Du tust den Menschen nur Gutes, wenn du ihnen hilfst, sich selbst zu helfen!«

Natürlich war die Kirchengemeinde Kudenow reich. Ihr gehörten ein Drittel des Waldes und mehrere Wiesen und Felder, die an die Bauern verpachtet waren. Aber wenn die Kirche ihren Reichtum an die Flüchtlinge verschenkt, wird sie eines Tages arm sein. Und vielleicht kommen in hundert Jahren neue Flüchtlinge, die noch ärmer sind. Ihnen wird die

Kirche nichts geben können, weil sie vorher alles verschenkt hat. Reichtum an die Armen von heute geben ist Unrecht gegenüber den Armen von morgen. So dachte Thormählen.

Auch Mutter Marenke drängte sich zu Thormählens Bauliste.

Nein, sie selbst wollte nicht bauen. Nur sich vorsorglich eintragen, falls morgen ihr Bruno nach Hause käme. Wer weiß? Vielleicht hat Bruno das Verlangen nach einem schönen großen Haus in Kudenow. Thormählen blickte auf.

»Was wollen Sie mit einem Bauplatz? Ihre Tochter heiratet den zweitgrößten Bauern. Da wird wohl ein Bauplatz für Sie abfallen.«

Die Mutter bekam einen roten Kopf. Sie spürte, wie die Menschen sie anstarrten, und sie ahnte, was die dachten. Du gehörst nicht mehr zu uns, Mutter Marenke. Deine Tochter hat sich an einen Bauern herangeschmissen, die hat es geschafft.

Wortlos verließ die Mutter den Raum. Draußen an dem Holzkasten mit den Aufgeboten blieb sie stehen. Da hingen sie: Gerhard Kock und Ella Marenke. Die erste Hochzeit in Kudenow zwischen einem Einheimischen und einem Flüchtlingsmädchen. Wenn das nur gutgeht!

Die Bäuerin setzte die Hochzeit auf den letzten Tag im März fest, noch vor der Karwoche, in der nicht gefeiert werden durfte. Kurt wunderte sich, warum Ella nicht vorher ins Bauernhaus zog, denn sie war schwanger, und es konnte nichts mehr passieren. Aber das ließen die Mütter nicht zu. Das gehörte sich nicht in Kudenow. Erst in der Hochzeitsnacht wirst du in der Burg schlafen, Ella Marenke.

Um Geld zu sparen, schlug Ella vor, ihr Hochzeitskleid selber zu nähen. Aber auch das ging nicht. Wenn bei Kock in Kudenow Hochzeit gefeiert wird, muß es etwas Ordentliches sein. Noch nach Jahren soll das Dorf von dieser Hochzeit erzählen. Also fuhr die Bäuerin mit Ella nach Lübeck, um ein Brautkleid auszusuchen.

Ella schämte sich. Die Mädchen, die an ihrem Körper Maß nahmen, bemerkten den dicken Leib und gaben, ohne ein Wort darüber zu verlieren, ein paar Zentimeter zu. Zweihundert Mark waren der Bäuerin nicht zuviel für ein anständiges Hochzeitskleid. Eigentlich müssen das die Brauteltern bezahlen, aber die Flüchtlinge haben nichts. Ella rechnete nach, was sie für die zweihundert Mark an praktischen Dingen hätte kaufen können. Aber nein, da mußte sie dieses prächtige weiße Kleid über den Leib ziehen, das der Mensch nur einen Tag in seinem Leben trägt und dann nie wieder.

»Was sein muß, muß sein!« entschied die Bäuerin.

Wiebke war rein närrisch wegen der Hochzeit, obwohl es sie nichts anging und sie auch nicht eingeladen war. Tage vorher plapperte sie über Brautkleider, Gäste und Hochzeitsessen. Sie wußte auch mit Bestimmtheit, daß Musik kommen und zum Tanz aufspielen würde. Deshalb bestand Wiebke darauf, Kurt das Tanzen beizubringen. Heimlich im Kuhstall sang sie *Maria aus Bahia* und tanzte mit ihm Samba, diesen unzüchtigen Tanz aus Südamerika, bei dem das Knie unverschämt zwischen die Beine des Partners gedrückt werden mußte. Kurt ließ es geschehen. Er konnte sich zwar nicht vorstellen, daß auf Ellas Hochzeit Samba drankäme, aber er war gern in Wiebkes Nähe. Größere Sorgen machte er sich um sein Hochzeitsgeschenk.

Kurt besaß nur Kaninchen und die Orden auf dem Stallboden. Aber einer jungen Braut kannst du kein Eisernes Kreuz um den Hals hängen. Da war die Mutter besser dran. Über die Wirren des Krieges hatte sie eine Bernsteinbrosche, eingenäht in Unterwäsche, hinweggerettet. Ein gutes Stück aus Palmnicken. Mittendrin ein von Harz umschlossenes Fliegenbein. Das war ein Geschenk aus Ostpreußen, das über die Grenzen gegangen war, das die Mutter zu ihrer Konfirmation erhalten hatte und an dem ein Leben hing.

Bei den Hochzeitsvorbereitungen half die Mutter mit. Sie rannte sich die Hacken ab, um ein Pfund Mohn aufzutreiben, denn in diesem Holstein wuchs kein bunter Mohn in den Rübenfeldern wie zu Hause. Aber etwas Ostpreußisches, den schönen, nassen Mohnkuchen, sollte es wenigstens zu Ellas Hochzeit geben.

Sechzig Personen waren eingeladen. Die Bauern aus Kudenow, Kocks Verwandte aus dem Nachbardorf und auch die Tochter aus Marne mit den gesunden Kindern. Die Brautmutter durfte ebenfalls Gäste einladen. Aber wen sollte Mutter Marenke zur Hochzeitstafel bitten? Kallweit hätte sich wenigstens aufs Reden verstanden und einen gescheiten Eindruck gemacht. Aber sie wagte es nicht, ihn einzuladen, weil Kallweit nicht mit ihr verwandt war und immer noch als einer der windigsten Flüchtlinge im Dorf galt. Den alten Petschelies konnte sie auch nicht zum Fest bitten. Dem hing beim Essen der Schnodder aus der Nase. Auch schlabberte er seine Suppe aufs Hemd, und die Haare wuchsen ihm aus Nasenlöchern und Ohren. So blieben sie allein; unter den vielen Gästen waren die drei Marenkes die einzigen Flüchtlinge.

Das war der 31. März. Zwei Minuten vor sechs ging die Sonne auf. Teils wolkig, teils heiter; das Thermometer kletterte auf sechs Grad plus. Zum letztenmal wachte Ella Marenke im Hühnerstall auf, vom Kind in ihrem Leibe wachgetrampelt. Kurt stellte sich schlafend, um zuzusehen, wie die Braut sich ankleidete. Eine hübsche Braut. Auch der geschwollene Bauch nahm Ella nichts von ihrer Schönheit, obwohl sie ihm fremd erschien in dem viel zu hellen Weiß.

Die Mutter kam im langen schwarzen Kleid vom Haarschneider Schnelle zurück. Zum erstenmal in ihrem Leben hatte sie unter einer Friseurhaube gesessen.

»Da herrscht eine Hitze zum Eierausbrüten!« berichtete sie.

Gegen zehn Uhr standen die drei Marenkes bereit, um zur Burg zu gehen. Das mächtige Gebäude sah freundlich aus. In seinen Scheiben spiegelte sich die Märzensonne. Knecht Stolten und Melker Kassebohm hängten gerade den Kranz vor die Eingangstür. *Herzlich willkommen!*

Kurt und die Mutter nahmen die frierende Ella in die Mitte. So feierlich im dünnen weißen Kleid war noch niemand vom Hühnerstall zur Burg gegangen. Zum Glück war es trocken auf Kocks Hof, denn eine Braut darf nicht mit dreckigen Schuhen vor den Altar treten.

»Laßt uns erst einen trinken«, sagte Bauer Kock, der sie in der girlandengeschmückten Eingangstür empfing.

»Aber der Deern darfst du nichts geben!« rief die Bäuerin aus dem Hintergrund. »Das schadet dem Kind.«

Dafür bekam Kurt einen Schnaps, den ersten Achtunddreißigprozentigen, den er in der Öffentlichkeit trinken durfte. In der Russenzeit hatte er ein paarmal heimlich Wodka getrunken, aber es war ihm nicht bekommen.

Bei einer ordentlichen Bauernhochzeit bekommt der Bräutigam das Brautkleid erst am Hochzeitsmorgen zu Gesicht. Die Wirkung ist gewaltig. Dieses strahlende Weiß im Treppenhaus, eine überwältigende Lichtquelle. Auch wenn du die

Pracht nur einmal im Leben siehst, sie prägt sich dir ein; du wirst den weißen, strahlenden Engel nie vergessen.

Das Paar traf sich auf der Treppe. Gerhard küßte die Braut, was einigen Hochzeitsgästen peinlich vorkam. Auch Ella errötete, als hätte sie etwas Verbotenes getan.

»Ihr könnt euch wohl nicht beherrschen!« rief Bauer Kock lachend und schenkte zur Ablenkung Schnaps ein.

Die zweihundert Meter zur Kirche hätten die Brautleute bequem zu Fuß gehen können. Aber das hätte wie eine Arme-Leute-Hochzeit ausgesehen. Deshalb fuhr Knecht Stolten mit der frisch lackierten Kutsche vor. Ausgeruht und vollgefressen stand Iwan der Schreckliche neben der tausendjährigen Eiche und lud seinen Mist ab. Stolten war nicht wiederzuerkennen. Vom Beerdigungsunternehmer Timmermann hatte er sich einen Zylinder ausgeborgt, war dadurch um zehn Zentimeter gewachsen, war überhaupt der größte Kerl auf dieser Bauernhochzeit. Während die übrigen Gäste zu Fuß vorausgingen, wartete Stolten mit der Kutsche auf das Hochzeitsgeläut. Mutter Marenke am Arm von Bauer Kock, so wie sich das gehörte. Oh, wie bist du hoch gefallen, Anna Marenke geborene Podlich aus Kruglanken in Ostpreußen!

Im Flur warteten die Brautleute auf die Glocken. Ina und drei Frauen aus der Nachbarschaft, die die Bäuerin zur Aushilfe geholt hatte, rumorten in der Küche. Ella fror. Sie hätte gern einen Mantel übergezogen, aber das ging nicht, weil die weiße Pracht zur Schau gestellt werden mußte. Gerhard wanderte schweigend auf und ab, steckte eine Zigarette an, drückte sie wieder aus, weil er einen Hustenanfall bekam. Endlich die Glocken. Die Brautleute traten vor die Tür. Da stand sie, Ella Marenke. Angestarrt von den Menschen auf der Straße. Die Kinder unter den Linden verstummten. Alte Frauen lehnten am Zaun und dachten vierzig Jahre zurück.

Im Nachbarhaus bewegten sich die Gardinen. Wiebke stand staunend auf der Treppe des Altenteilerhauses.

Mit linkischen Bewegungen riß Stolten den Verschlag auf. Gerhard hob die Braut in die Kutsche. Andächtig standen die Küchenfrauen auf der Veranda; nur Ina blieb in der Küche, damit nichts anbrannte. Die Räder knirschten im nassen Sand. Dann stuckerten sie über das Kopfsteinpflaster. Hoffentlich schadet das dem Kind nicht! Die Kutsche bog in den Sommerweg und hielt dann vor dem Portal der Kirche. Ein Spalier der Gäste. Feuerwehr und Schützengilde in alten Uniformen. Eine Menschenmenge zum Schwindeligwerden. Ach, sie waren ein hübsches Paar, die beiden, und niemand fand einen Unterschied zwischen Flüchtlingen und Einheimischen. Die sahen aus wie alle Brautpaare, die in den Jahrhunderten die Kirche von Kudenow betreten hatten und mit dem Segen herausgekommen waren.

Thormählen kam ihnen bis zur Eingangstür entgegen; wie ein Eichbaum stand er unter den Schriftzeichen Alpha und Omega. Bedächtig vorausschreitend, führte er das Paar zu den Stühlen vor dem Altar. Ella fror erbärmlich; aber es gab keine Heizung in der Kirche von Kudenow. Als sie vor dem Altar saß, meldete sich das Kind. Die Orgel spielte den Eingangschoral, aber Ella dachte nur an das Kind. Du hast es geschafft, du kleines Lebewesen. Du wirst niemals hungern und frieren. Du wirst in keinem Hühnerstall leben. Du wirst nicht arm sein. Du wirst nicht auf die Flucht gehen. Du wirst nicht zusehen müssen, wie sie deinen Vater erschießen.

Was predigt man zu solchen Anlässen? Die Geschichte der Hochzeit zu Kana, vom guten Wein, der zuerst getrunken wird? Oder das Gleichnis vom himmlischen Bräutigam? Nichts von alledem. Thormählen predigte über Kudenow.

»Wenn es allein nach dem Verstand geht, werden Flüchtlinge und Einheimische niemals zusammenfinden«, sagte er.

»Deshalb muß die Natur etwas nachhelfen, so, wie das hier geschehen ist.«

Thormählen blickte auf Ellas Bauch; er schien nichts dagegen zu haben, daß schwangere Frauen zum Altar kamen.

So ein verlorener Krieg ist ein Segen, behauptete Thormählen. Da wird alles durcheinandergewirbelt. Altes fällt und Neues kann wachsen. Es wird ein gutes Gemisch herauskommen, ein neues, starkes Geschlecht wird es geben. Lasset die Kindlein zu mir kommen! Auch die, die noch nicht geboren sind. Wir nehmen alle. Bald gibt es keine Holsteiner mehr und keine Ostpreußen. Wir sind alle bloß Menschen!

So nimm denn meine Hände.

Kurt dachte an die eigene Hochzeit. Irgendwann würde er Wiebke heiraten. Er sah sie im hinteren Teil der Kirche neben einem Pfeiler stehen und stellte sich Wiebke im weißen Hochzeitskleid vor.

Unsern Eingang segne Gott, unsern Ausgang gleichermaßen.

Mächtig dröhnte die Orgel über ihren Köpfen. Sie erhoben sich dem Brautpaar zu Ehren, das an ihnen vorbeischritt, Ella mit gesenktem Kopf, Gerhard geradeaus blickend. Bauer Kock schnaubte verbissen ins Taschentuch. Mutter Marenke weinte. Die Bäuerin weinte auch.

Erst im Hochzeitshaus löste sich die Spannung, als Kock die Schnapsbuddel holte und die ersten Zigarren verteilte. Nun wurde es auch für Kurt Zeit. Er drängelte sich durch das Menschengewühl zu seinem Schwager Gerhard.

»Das ist mein Geschenk«, sagte er und holte ein Ritterkreuz aus der Hosentasche, das einzige Ritterkreuz seiner Sammlung, blank geputzt, beste Qualität, die höchste Auszeichnung, die Kurt Marenke zu vergeben hatte.

Gerhard Kock machte ein ernstes Gesicht.

»Weißt du überhaupt, was das ist?« fragte er. Er ließ das

Metall aus einer Hand in die andere gleiten, schien weit zurückzublicken bis zum Mittelabschnitt der Ostfront. Damals war ihm auch ein Kreuz versprochen worden. Aber die Rote Armee kam seiner Dekoration zuvor. Und in der Gefangenschaft gibt es keine Orden; da ist die höchste Auszeichnung das Überleben.

»Das war alles Lug und Trug«, murmelte Gerhard und ging zur Haustür. Er stand auf der Veranda und betrachtete noch einmal nachdenklich das seltsame Kreuz; dann warf er es im hohen Bogen über die tausendjährige Eiche hinweg in den Schmutz der Dorfstraße.

»Da gehört so etwas hin«, sprach er und ließ Kurt stehen.

Betroffen lief Kurt dem Ritterkreuz nach, suchte zwischen den Pflastersteinen und gab nicht eher Ruhe, bis er es gefunden hatte. Liebevoll wischte er den Schmutz von dem Metall, hauchte es an, wischte es blank, ließ es in der Sonne glitzern und brachte es schließlich zurück in sein Versteck auf dem Stallboden.

Die Verweigerung des Ritterkreuzes war der erste und letzte unangenehme Zwischenfall auf der Bauernhochzeit. Von nun an ging es nur noch heiter zu. Kurt stromerte durch die Burg, warf einen Blick auf die gedeckte Tafel in der guten Stube, ließ in einem unbeobachteten Augenblick eine Apfelsine mitgehen, suchte Bonbons und fand sie auf einem Tischchen im Flur.

Beim Mittagessen schwang Fiete Kock sich zu einer Rede auf. Aber was heißt hier Rede! Er behielt den Suppenlöffel in der Hand, schlug damit den Takt zu seinen Worten und sagte nur, daß er seinem Gerhard den Hof überschreiben werde, wenn der kleine Kock auf der Welt sei. Er habe genug gearbeitet und freue sich, in die Altenteilerkate zu ziehen, dort dicke Zigarren zu rauchen und aus dem Fenster zu blicken.

Während Kock sprach, betrat der alte Petschelies die Küche. Er wollte auch ein Geschenk abgeben. Ina brachte es, in Zeitungspapier gewickelt, in die gute Stube. Die Bäuerin ließ es auf den Geschenktisch legen, aber Ella griff danach, um es auszuwickeln. Es war ein Pferdchen, aus Holz geschnitzt. Auf dem Unterleib des Tieres stand das Wort »Trakehnen«.

»Ja, gute Pferde hatten die Ostpreußen«, meinte Kocks Schwiegersohn aus Marne.

Die Bäuerin schickte Ina in die Küche, damit sie dem alten Petschelies einen Schnaps einschenke. Aber der wollte den Schnaps nicht allein trinken, drängte zur Tür und stand plötzlich, das gefüllte Schnapsglas in der erhobenen Hand, auf der Schwelle der guten Stube. Jawoll, der alte Petschelies wollte dem Brautpaar Glück und Segen wünschen. Dazu sagte er ostpreußische Reimchen auf und sang ein Lied, dessen Refrain so ging: *Ich kann mir nicht helfen, es fehlt mir 'ne Frau!*

Das Lied hatte ein halbes Dutzend Strophen, aber der alte Petschelies ließ es mit dreien genug sein, goß endlich den Schnaps in die Kehle – auf langes Leben und viele Kinderchen! – und verließ die feierliche Stube mit den mahnenden Worten: »Vergeßt nicht unser deutsches Land im Osten, wo die Elche stehen und lauschen.«

Die Hochzeitsgesellschaft lachte über den alten Petschelies; nur Mutter Marenke schämte sich. Wie der aussah! Die langen, schmutzigen Fingernägel, die Schnapstropfen im Barthaar, die geflickte Hose – ein Bild zwischen Jammer und Heiterkeit.

Kurt genoß es, unbeaufsichtigt durch das große Haus zu streifen. Nach dem Zwischenfall mit dem Ritterkreuz mied er die Nähe des Brautpaares. Er wollte nicht, daß Gerhard ihn nach der Herkunft des Kreuzes fragte. Auch zu seiner

Mutter ging er nicht. Er ertrug es nicht, wenn sie in den Gesprächen mit den Gästen aufzählte, was es in Ostpreußen schon alles gegeben hatte. Elektrisches Licht zum Beispiel, im Nachbarhaus sogar eine Kokszentralheizung, herrlich asphaltierte Straßen, auch Autos und Traktoren. Mutter, Mutter! Du brauchst dein Ostpreußen nicht zu rechtfertigen. Es macht doch nichts, daß die Kinder barfuß durch den masurischen Klackermatsch gelaufen sind, daß die Hühner auch mal in die Küche kamen und im Flur die Schwalben nisteten. Alles Schöne an Ostpreußen, an das Kurt sich erinnerte, hatte nichts mit elektrischem Licht, Asphaltstraßen oder Zentralheizungen zu tun.

Das Wichtigste an dieser Hochzeit war: Kurt konnte essen, was er wollte. Wenn er durch die Küche kam, steckten ihm die Frauen Wurststücke ohne Brot zu. Auch durfte er zwischen Torte und kaltem Bratenfleisch wählen. Puddingschüsseln auslecken und Suppen abschmecken. Wo immer er hinblickte, stand etwas Eßbares. Er wagte sich sogar an eine Flasche Bier.

»Du bist ein ganz Schlimmer«, sagte Ina, als sie ihn mit der Bierflasche auf der Kellertreppe sitzen sah.

Der schon mächtig angeheiterte Stolten feierte mit Kassebohm und den Aushilfskräften in der Küche. Er tanzte den Frauen vor und fragte Ina schon zum fünften Male, ob sie seine Frau werden wolle.

»Du bist ja betrunken«, antwortete sie sanft und schob ihn von sich.

Gegen Abend kam Pastor Thormählen. Er verschlang einen Berg Kuchen und trank abwechselnd starken Kaffee und starken Rum.

»Ob die Flüchtlinge noch mal nach Hause kommen?« fragte ihn die Mutter.

»Liebe Frau Marenke«, antwortete Thormählen un-

wirsch, weil er noch immer mit dem Kuchen beschäftigt war.
»Die Flüchtlinge sind zu Hause. Dieses Land gehört auch euch, es hat euch nichts getan. Ein besseres Zuhause wird es in eurem Leben nicht mehr geben.«

Die Mutter verstand kein Wort. Deshalb wechselte sie das Thema.

»Wie kommt es bloß, daß die Russen unsere Kriegsgefangenen nicht freilassen?« klagte sie.

»In Rußland ist sogar der liebe Gott machtlos«, meinte er, erhob sich und tauchte im Gewühl der Hochzeitsgäste unter.

Als es dunkelte, begann Kurt Vorräte anzulegen. Haltbare Dauerware wie Sandtorte, Kekse und geräucherten Schinken schaffte er in sein Versteck auf dem Stallboden. Unterwegs fiel ihm der alte Petschelies ein, der mit einem Schnaps zu schlecht weggekommen war. Im Schutz der Dunkelheit brachte er ihm Kuchen, eine Flasche Bier und eine Tüte kalter Salzkartoffeln, außerdem eine Kaffeetasse, gefüllt mit Bratensoße. Zufrieden saß Kurt neben Petschelies und sah zu, wie der alte Mann zulangte.

»Deine Schwester hat es geschafft!« sagte Petschelies anerkennend. »Die ist kein Flüchtling mehr, die gehört jetzt zu denen da oben.« Der alte Petschelies sprach ohne Neid, eher in etwas freudiger Erwartung, daß es jetzt noch viele herrliche Tage mit Kuchen und Bier geben werde.

Draußen lauerte Wiebke.

»Du könntest mir auch etwas bringen«, sagte sie vorwurfsvoll.

Kurt trabte los und holte ihr das letzte Stück ostpreußischen Mohnkuchens, das auf dem Kuchenteller lag. Sie wollten den Kuchen auf der Bank vor der Altenteilerkate essen. Aber es war zu kühl. Deshalb nahm Kurt sie mit in den Hühnerstall. Während Wiebke aß, legte er Holzscheite in die

Glut. Durch die geöffnete Ofentür strahlte flackernde Helligkeit in den Raum. Plötzlich fiel Kurts Blick auf Ellas Bett. Da erst begriff Kurt Marenke, welch ein großartiges Hochzeitsgeschenk er erhalten hatte. Ellas Bett war frei geworden! Er durfte vom Fußboden zur Eisenpritsche aufsteigen, ein Höhenunterschied von nur vierzig Zentimetern, aber ein schwindelerregendes Hochgefühl. Kurt warf sich auf Ellas Bett, lachte laut und trommelte mit den Fäusten auf die Bettdecken, die jetzt ihm gehörten.

»Was hast du nur?« fragte Wiebke zärtlich. Sie setzte sich neben ihn auf die Bettkante und kraulte sein Wuschelhaar.

Ella fiel es schwer, »Mutter« zu sagen. Sie drückte sich um die Anrede, wann immer sie konnte. »Vater« zu sagen ging leichter. Die Bäuerin sagte einfach »Deern« zu ihr, in guter Stimmung auch »mien Deern«. Das Kleine in Ellas Bauch nannte sie »unsern Lütten«.

In der Hochzeitsnacht, Schlag vierundzwanzig Uhr, war Ella Kock geborene Marenke in die Burg umgezogen. Frisches Bettzeug, weiße Gardinen, ein mächtiger Kachelofen mit Motiven der Bauernschlacht von Hemmingstedt. Dem Ofen gegenüber ein ovaler Spiegel aus Kaisers Zeiten.

Daneben ein Wandspruch:

> *Wer nie sein Broth mit Thränen aß,*
> *Wer nie die kummervollen Nächte*
> *Auf seinem Bette weinend saß,*
> *Der kennt euch nicht, ihr himmlischen Mächte.*

Ach nein, Brot gab es nun genug, und mit Tränen sollte es endgültig vorbei sein.

»Wie gut, daß wir Gerhards Zimmer vor den Flüchtlingen gerettet haben. Sonst hättet ihr beiden nicht mal eine ordentliche Schlafstube«, meinte die Bäuerin am Morgen nach der Hochzeit, als Gerhard seine Frau durch das Haus führte und ihr jeden Winkel vom Keller bis zum Dachboden zeigte.

Es war ein wundervoller Spaziergang, die Stiege hinauf zum Boden, wo die Tauben gurrten und das Spinnengewebe in phantastischen Mustern zwischen den Balken hing.

»Das ist dein Haus!«

Gerhard trug Ella ein paar Stufen hinauf, hielt sie länger umschlungen, als es für die paar Stufen nötig gewesen wäre, und drückte sie gegen den mächtigen Schornstein, der milde Wärme ausstrahlte. Er war wie im Rausch an diesem Morgen. Und sie lächelte, wenn er lachte, flüsterte, wenn er laut sprach. Gerhard hob sie auf die Eichentruhe, die so schwer war, daß Stolten und Kassebohm zusammen sie nicht zu tragen vermochten. Sie saßen wie Kinder auf dem Truhendeckel und ließen die Beine baumeln, Ella mit schlechtem Gewissen, weil unten im Haus so viel zu tun war. Sie dachte, während sie mit Gerhard auf der Truhe saß, daß der Boden gründlich von Staub und Spinnweben gesäubert werden müßte. Er umfaßte sie und legte die Hand auf ihren Leib, um das Kind zu fühlen.

»Es schläft noch«, sagte Ella leise. Sie machte sich frei aus seiner Umklammerung. »Deine Mutter wartet auf mich; es ist so viel zu tun.«

Hundert Jahre altes Eichenholz. Staub aus der Vorkriegszeit. Das alles gehört jetzt dir, Ella. Und doch fühlte sie sich wie ein Gast in der Burg, fremd und nur in Gnaden aufgenommen. Erst wenn das Kind lebte, wäre sie nicht mehr zu vertreiben, säße sie fest inmitten der Truhen und der alten Schränke neben dem Kachelofen mit den heraufziehenden Bauernhaufen von Hemmingstedt.

Gegen die Unsicherheit wußte Ella nur ein Mittel: arbeiten! Zum Glück folgte auf die Hochzeit die Karwoche, in der es immer viel zu tun gibt. Die Burg war herzurichten für den Auferstehungstag. Säubern, säubern, die Fenster durchsichtig machen, den alten Staub entfernen für den neuen Staub. Da durfte Ella nicht die Hände in den Schoß legen. Arbeiten ist auch für eine Schwangere das beste; das hatten schon die alten Weiber in Kruglanken gesagt. Ella stürzte sich auf jede Arbeit, die ihr unter die Augen kam. Sie schleppte den schweren Abfalleimer von der Küche zu den Schweinen, grub stundenlang im Gemüsegarten und schrubbte die Treppe und den Ziegelfußboden des Flurs. Sie achtete vor allem darauf, der Bäuerin jeden Gang abzunehmen. Bleib sitzen, Mutter! Ruh dich aus! Eine Schwiegertochter ist dazu da, dir zu helfen. Sie wollte der Bäuerin gefallen, vor allem der Bäuerin, weil die gegen die Heirat gewesen war. Eines Tages wird die Bäuerin in der guten Stube stehen und zu Kock sagen: »Unser Gerhard hat doch eine tüchtige Frau bekommen!« Und Ella wird lauschend hinter der Flurtür stehen und es hören. Von diesem Tag träumte Ella.

»Paß auf unsern Lütten auf, Deern!« mahnte die Bäuerin, wenn Ella keine Ruhe gab. »Für die schwere Arbeit haben wir Ina.«

Aber nein, Arbeit schadet nicht, Arbeit macht das Gebären leichter.

»Wenn die junge Frau weiter so schuftet, bin ich bald überflüssig«, beschwerte sich Ina bei der Bäuerin.

»Bald ist das Kind da, dann hat sie keine Zeit mehr für die Hausarbeit«, beruhigte die Bäuerin Ina.

Diese langen Abende. Der Mann kam vom Feld nach Hause und wollte es warm haben. Du mußt frisch aussehen und lächeln, denn es sind ja Flitterwochen. Früh mit ihm ins Bett gehen, wenn er will. Das gehört dazu. Nicht versagen. Alle Pflichten erfüllen, auch wenn du müde bist; denn es sind glückliche Tage. Ella konnte sich nicht erinnern, jemals zufriedener gewesen zu sein. Vielleicht als kleines Kind in Kruglanken.

Kurt war mit dem zweitgrößten Bauern von Kudenow verwandt. Das machte ihn über Nacht zu einem anderen Menschen. Tetje von der Ecke gab ein doppelt so langes Ende Wurst, wenn Kurt beim Viehtreiben half. Krämer Vagt sprach lange mit der Mutter über seine Soldatenzeit, die ihn ein paar Monate nach Ostpreußen verschlagen hatte.

»Bald werdet ihr eine anständige Wohnung bekommen«, verkündete der alte Petschelies. »Der zweitgrößte Bauer im Dorf kann seine Verwandten nicht in einem Hühnerstall hausen lassen.«

Nun blickte der Swingel aus Buxtehude auch für Kurt Marenke um die Ecke und rief: Ick bün all dor! Aber unzählige arme Flüchtlingshasen konnten kein Ende finden und liefen sich noch immer die Lunge aus dem Hals.

Für Kurt öffnete sich das Bauernhaus. Die heilige, uneinnehmbare Burg riß ihre Tore auf, um Kurt Marenke zu empfangen. Er durfte durch die Burg schwärmen, seine Schwester besuchen, in den Keller steigen und auf den Boden klettern. Auf seinen Streifzügen fand er oben unter den Dachlatten ein paar Zentner *Gartenlaube*, nach Jahrgängen gestapelt, ein Schatz aus Papier, der in der wilden Zeit des Altmaterialsammelns vergessen worden war. Lesestoff für trübe Regentage. Daneben einige Nummern des *Völkischen Beobachters*, ausgesuchte Exemplare mit den Schlagzeilen über den 30. Januar 1933, den 30. Juni 1934, den 1. September 1939, den 22. Juni 1940 und den 22. Juni 1941. Das alles auf immer schlechter werdendem Papier. Schließlich der schäbige Rest ab Januar 1945 bis in den April hinein, zerfetzt, grau, unansehnlich. Unter den Papierbergen eine Mausefalle mit dem vertrockneten Skelett eines Mäuschens, das sterben mußte, weil es ein halbes Dutzend Ausgaben des *Stürmers* angeknabbert und in Papierschnipsel verwandelt hatte.

Während Kurt in den flammenden Überschriften blätterte, sah er plötzlich den Fremden von der Grenze durch die Dachluke steigen. Der war schon wieder unterwegs, um die Orden zu sammeln, die zu den Überschriften gehörten, Orden vom September 39, vom Juni 40 und vom Juni 41. Viel Arbeit, mein Lieber, viel Arbeit mit den Papieren des Krieges! Tief unter dem Papierberg entdeckte Kurt ein Festprogramm vom 24. März 1898, das die Maus verschont hatte. *Jubelfeier zum fünfzigsten Jahrestag der Erhebung Schleswig-Holsteins gegen die Dänen.* Dem Programm angeheftet ein Drama über den heldenhaften Kampf bei Eckernförde. Zur Einleitung des Dramas hatten Darsteller und Zuschauer gemeinsam das *Schleswig-Holstein-Lied* zu singen. Die Schleswig-Holsteiner sind auch ganz schöne Patrioten gewesen, dachte Kurt, als er das Heldendrama von Eckernförde durchlas. Er zog einen Wandspruch aus dem Gerümpel:

> *Ruft einst das Vaterland uns wieder*
> *als Reservist, als Landwehrmann,*
> *so legen wir die Arbeit nieder*
> *und folgen treu der Fahne dann.*

Nein, eine Fahne gab es auf Kocks Dachboden nicht mehr. Die letzte hatte Kock beim Einzug der Engländer verbrannt und sich geschworen, nie wieder eine Fahne zu kaufen, wer immer ihm ein solches Tuch andrehen möchte. Bauer Kock war mit allen Fahnen durch. Erhalten geblieben war das eingerahmte Bild eines strengen alten Mannes mit Kaiser-Wilhelm-Bart. Es trug die Unterschrift: *Kanonendonner ist unser Gruß!*

Ja, es zog Pulverdampf und Schlachtenlärm über Kocks Dachboden, und der Fremde von der Grenze fühlte sich wohl in dem Halbdunkel.

»Du spielst doch nicht mit Streichhölzern?« fragte die Bäuerin streng, als sie Kurt in den Papierbergen sitzen sah.

Ach nein, Kurt spielte mit Schlimmerem als Streichhölzern. Mit solchem Papier kannst du die Welt in Brand setzen.

Einmal kam Bauer Kock auf den Boden.

»Hast du immer noch Lust, in der Schreibstube zu arbeiten?« fragte er und betrachtete kopfschüttelnd die ausgebreiteten Papiere.

Ja, eine Schreibstube dieser Art könnte Kurt schon gefallen.

Kock versprach, mit Bürgermeister Petersen zu reden. Vielleicht hatte der einen Platz für Kurt im Gemeindeamt frei.

»Aber eigentlich bist du zu schade für so eine Arbeit«, brummte er geringschätzig und stapfte mit seinen Gummistiefeln achtlos über *Gartenlaube* und *Völkischen Beobachter* hinweg.

Am Ostermorgen ritten sie über die in der Sonne dampfenden Felder, Gerhard Kock und Kurt Marenke. *Vom Eise befreit...* Ach nein, in diesem Winter hatte es in Kudenow kein Eis gegeben. Die letzten Pfützen trockneten. In ein paar Wochen wird Kudenow grün sein. Gerhard saß auf Iwan dem Schrecklichen, Kurt zockelte mit einem dickbäuchigen Belgier hinterher.

Eigentlich hatte Kurt den Ostersonntagvormittag auf dem Friedhof verbringen wollen. Aber Gerhard hatte ihn auf dem Weg zum Friedhof aufgegriffen.

»Ein junger Mensch wie du kann doch nicht über den Friedhof streunen und die Grabsteine anstarren!« hatte er ärgerlich gesagt. »Auf dem Friedhof gibt es nur die wilden Karnickel.«

Nun also ritten sie.

»Kudenow ist im Frühling am schönsten«, schwärmte Gerhard.

Ja, ja, das war schon möglich. Von Kruglanken sagte die Mutter das gleiche, und in Rußland wird es wohl auch der Frühling sein, dachte Kurt. Ihn begeisterte nicht der Frühling, sondern die Gemeinsamkeit mit Gerhard hoch oben auf dem Pferderücken. Fast so wie früher mit seinem Vater. Gerhard lehrte ihn, die Hafersaat vom Grün des sprossenden Roggens zu unterscheiden. Er zeigte ihm die Felder, die für Kartoffeln und Rüben bestimmt waren, imitierte Vogelstimmen und erklärte den Zug der Wildgänse nach Skandinavien. Kurt staunte, wie redselig Gerhard war. Der bedachte jeden Baum mit ein paar Worten, sah Finken, Meisen und Zaunkönige, erklärte Feldwege und Fußsteige. Plötzlich zog er ein Büchlein aus der Tasche und reichte es Kurt.

»Das mußt du lesen. Daraus kannst du viel lernen.«

Da hatte sich vor über hundert Jahren ein Mönch in einen Klostergarten der Tschechoslowakei gesetzt, Erbsen kreuz und quer gezüchtet und in den Erbsen die wichtigsten Gesetze der Menschheit gefunden, die in diesem Büchlein aufgezeichnet standen.

»Aus Kleinigkeiten lernen wir am meisten«, erklärte Gerhard feierlich. »Nicht nur die Erbsen, sondern auch Haselnußsträucher und Ameisenhaufen sind reine Wunder. Wohin du siehst, die Natur ist voller Wunder.«

Kurt kümmerte sich nicht um die Wunder der Natur, sondern blickte zu Gerhard auf. Er hörte staunend zu, was der von Hasen, Wildenten und Menschen zu erzählen wußte, und preßte das Büchlein über die Vererbungsgesetze des Gregor Mendel ganz fest an seinen Körper.

Während sie über die Felder ritten, gingen die anderen in die Kirche. Die Bäuerin, Ella und Mutter Marenke in einer Reihe, Ella eingehakt in der Mitte. Bauer Kock fünf Schritte hinterher. Sie kamen wegen der Abkündigung von der Kanzel. Neben Beerdigungen und Kindtaufen verlas Pastor Thormählen an diesem strahlenden Ostertag die Trauung des Gerhard Kock mit dem Flüchtlingsmädchen Ella Marenke. Bauer Kock steckte eine Mark in den Klingelbeutel, die Bäuerin weniger, Mutter Marenke gar nichts; sie tat nur so. Nach dem Gottesdienst blieb Kock vor der Kirchentür stehen und sprach mit den anderen Bauern über die aufgehende Saat. Die Frauen eilten der Burg zu. Als sie die Küche betraten, fanden sie Ina weinend am Herd sitzen.

»Ich werde mir eine neue Stellung suchen«, schluchzte sie.

Was ist los mit dir, Ina? Zehn Jahre lebst du schon in der Burg, viel zu lange, um einfach fortzugehen.

»Ihr braucht mich nicht mehr!« jammerte Ina. Sie fühlte sich überflüssig, verdrängt von Ella, die auch im hochschwangeren Zustand mit ihrer Arbeitswut keine Grenzen kannte. Und dann war da noch die traurige Begebenheit mit Toni Kirschwälder. Ina schämte sich. Und die Zeit heilte nichts. Noch immer errötete sie, wenn sie in die oberen Räume der Burg kam, wo es geschehen war. Sie war von niemandem gesehen worden, aber sie schämte sich vor sich selbst. Sie konnte Stolten nicht mehr in die Augen blicken und litt darunter, wie er immer heftiger um sie warb. Nein, du kannst Ina nicht haben, Stolten. Ina ist nicht mehr gut genug für einen Mann wie dich. In einem fernen Dorf, wo niemand sie kannte, wollte Ina einen neuen Anfang finden.

»Du kannst uns doch nicht im Stich lassen«, meinte die Bäuerin und packte Ina an der Schulter. Sie dachte vor allem daran, daß Ella nun bald in die Wochen käme und als Arbeitskraft ausfiele. Ina blickte auf und sah verschwommen durch die Tränen die Frauen im strengen Schwarz vor sich stehen. Nicht im Stich lassen, Pflichterfüllung, Treue. So ging es ein ganzes Leben. Sie wischte sich die Tränen aus den Augen, erhob sich und goß Wasser in den Kochtopf, denn es wurde Zeit, das Mittagessen zuzubereiten.

»Warum wünschst du dir nicht ein Fahrrad von deiner Schwester zum Geburtstag?« fragte Wiebke verwundert. »Ella ist jetzt reich.«

Ach, da kennst du Ella schlecht, Wiebke. Die schleppt keine Reichtümer aus der Burg. Wo kämen wir da hin? Die Flüchtlinge stehen sowieso in dem Ruf, einen Rattenschwanz von Familie hinter sich herzuziehen, wenn sie einmal Fuß gefaßt haben. Ab und zu steckte Ella Kurt ein Wurstbrot zu – mehr konnte sie für ihn nicht tun.

Aber Kurt brauchte ein Fahrrad. Wiebke schwärmte von Radtouren durch Schleswig-Holstein. Sie wollte nach Lübeck radeln, um echtes Marzipan zu kaufen. Auch Ratzeburg soll schön sein und Mölln nicht zu vergessen, die Stadt des Eulenspiegels. In Lauenburg kannst du am Elbufer stehen und in die Elbe spucken. Aber es geht nur, wenn du ein Fahrrad hast. Manchmal dachte Kurt daran, ein Fahrrad zu klauen. Vor der Post standen gelegentlich Fahrräder, auch vor der Nebenstelle des Arbeitsamtes, die wegen des großen Andrangs der Stempelgeldempfänger im ehemaligen Büro der Deutschen Hilfsgemeinschaft eingerichtet worden war. Aber Klauen paßte nicht mehr zu Kurt Marenke, der mit dem zweitgrößten Bauern von Kudenow verwandt war. Und Fahrräderklauen schon gar nicht. In der schlechten Zeit hatte er gelegentlich eßbare Gegenstände gestohlen, aber niemals Blech. Auch Ellas wegen ging das nicht. Wie sieht das aus, wenn eine Bauersfrau in Kudenow einen Bruder hat, der Fahrräder klaut?

Kurts letzte Hoffnung war die Gemeindeschreibstube. Wenn es mit Bauer Kocks Fürsprache gelänge, dort Fuß zu fassen, stünde ihm ein Dienstrad zur Verfügung, denn ein Gemeindeschreiber muß viel umherfahren, hat Steuerbescheide zuzustellen und Bekanntmachungen auszutragen. Ein Fahrrad ist für einen Gemeindeschreiber wichtiger als eine Schreibmaschine.

Doch auch diese Hoffnung zerrann. Eines Tages ließ Kock Kurt in die Burg rufen.

»Petersen hat für dich keinen Platz in der Schreibstube«, sagte er.

Es hing mit den verdammten Lebensmittelmarken zusammen. Am 1. Mai verschwanden sie endgültig, als letzte die schönen, süßen Zuckermarken. Damit wurden in den Ämtern ganze Abteilungen überflüssig, die mit Zählen, Austeilen und Registrieren der Marken beschäftigt gewesen waren. Ohne die Marken hatte Petersen zwei Mann zuviel in seiner Schreibstube. Er kann dich unmöglich einstellen. Wieder kein Platz für Kurt Marenke.

»Du solltest man doch in der Landwirtschaft arbeiten«, meinte Kock. »Dieser Papierkrieg ist halber Kram, aber Essen und Trinken brauchen die Menschen immer.«

Traurig ging Kurt zu Wiebke, um ihr zu sagen, daß er sie nicht begleiten könne auf der Radfahrt nach Lübeck zum Marzipankaufen. Und das alles der Lebensmittelkarten wegen.

Warum gab es keinen ergreifenden Nachruf auf die Marken? Eine öffentliche Feierstunde mit anschließender Verbrennung der letzten Bezugsscheine und Lebensmittelkarten wäre diesem Ereignis angemessen gewesen. Mehr als zehn Jahre hatten die bunten Farben der Lebensmittelmarken – der ganze Regenbogen war vertreten – den grauen Alltag verschönt. Zartes Rosa, kräftiges Gelb und schmutziges Blau. Das alles in wechselnder Papierqualität, wie es die Zeiten so mit sich brachten. Fünf Jahre Krieg, aber zehn Jahre Lebensmittelmarken. Drei Jahre siegen, und dreißig Jahre leiden!

Die Wiesen, bedeckt mit Butterblumen. Im Rotdorn rosa Knospen lange vor dem Gedenktag der Skagerrakschlacht, zu dem man sie brauchte. In den Kudenower Vorgärten wuchsen zum erstenmal nach dem Krieg keine Kartoffelstauden und Salatköpfe mehr. Blumen durften wieder blühen. Stiefmütterchen und Narzissen. Nicht eßbar, aber das Auge will auch leben. Die Blumen waren das sichtbarste Zeichen dafür, daß der größte Hunger überwunden war.

»Der Tabak muß weg!« befahl Ella. Jetzt, wo es überall blühte, durften am Zaun des Altenteilergartens keine Tabakpflanzen mehr wachsen. Wie sieht das aus?

»Tabak ist doch auch eine Blume«, verteidigte der alte Petschelies sein geliebtes Kraut. »Sie blüht so schön zart und lila.«

Aber nein, der Tabak mußte weg. Petschelies fügte sich,

buddelte die frisch gesetzten Tabakpflanzen aus und trug sie traurig zum Komposthaufen; er hoffte von Herzen, die unerwünschten Pflanzen würden dort Wurzeln schlagen und heimlich doch noch wachsen. Kurt feierte seinen sechzehnten Geburtstag... aber noch immer kein Fahrrad. Wiebke kam, beschwingt wie ein Falter, mit der Nachricht an den Geburtstagstisch: »Im Herbst ziehen wir nach Hamburg!«

Das war ein Geburtstagsgeschenk, so schwer wie eine Geröllhalde. Es verschüttete Kurt Marenke, erschlug ihn fast an diesem Geburtstagsnachmittag.

»Siehst du, die Stadt Hamburg tut etwas für ihre Ausgebombten«, klagte die Mutter. »Sie holt die Butenhamburger heim. Aber wer kümmert sich um die Butenostpreußen, die Butenpommern und die Butenschlesier?«

»Das haben wir meinem Vater zu verdanken«, plapperte Wiebke lustig vor sich hin. »Der hat eine Wohnung für Ausgebombte besorgt.«

Während Kurt noch mit der Geröllhalde kämpfte, fing Wiebke an, von Hamburg zu schwärmen. Das ist eine Stadt, in der die Bahn einmal hoch über den Dächern und dann wieder tief unter der Erde fährt.

»Deshalb heißt sie Hochbahn oder U-Bahn, je nachdem, ob sie gerade oben oder unten ist«, erzählte Wiebke.

Wiebke wird in ein Hochhaus ziehen. Von oben wird sie einen schönen Ausblick über die restlichen Trümmer und ein Straßenbahndepot haben. Gegenüber wird eine lange Straße mit unzähligen Schaufenstern liegen. Dazwischen Kinos...

»Hör auf!« schrie Kurt. Er rannte aus dem Hühnerstall und kehrte vor dem Abend nicht mehr zurück. Wiebke wird wegziehen, und er war immer noch nicht mit ihr durch Schleswig-Holstein gefahren. Sechzehn Jahre alt und nicht einmal Geld genug, um ein altes Fahrrad zu kaufen. Keine Arbeit, kein Fahrrad. Nur die Tasche mit den alten Orden –

aber auch die gehörten nicht ihm, sondern dem Fremden von der Grenze –, ein von Gerhard geliehenes Büchlein über die Kreuzung von Erbsen im Klostergarten von Brunn und siebenundzwanzig Kaninchen. Mehr gehörte ihm nicht. War es da ein Wunder, daß Wiebke ihn verlassen wollte?

Am 5. Mai 1950 ging ein Aufschrei durch Deutschland. Die russische Nachrichtenagentur TASS verbreitete folgende Meldung:

> *TASS ist ermächtigt mitzuteilen, daß soeben die letzte Gruppe von Kriegsgefangenen in einer Anzahl von 17 538 Mann nach Deutschland repatriiert wurde. Somit ist die Repatriierung der deutschen Kriegsgefangenen aus der Sowjetunion nach Deutschland nunmehr restlos abgeschlossen.*

Hört mal, ihr müßt euch verzählt haben! Ihr habt die Schweigelager vergessen, die Straflager am Eismeer, die Arbeitskolonnen jenseits des Urals. Das könnt ihr uns nicht antun! Es fehlen noch Millionen Menschen! Wo sind sie versickert in eurem großen Rußland?

In Bonn trat das Parlament zu einer Sondersitzung zusammen und schrie seine Empörung in die Welt hinaus, war aber nicht weit zu hören. Mutter Marenke bat die Bäuerin, die Radioübertragung in der Burg hören zu dürfen. Da saß sie regungslos vor Kocks Radioapparat, verstand nur die Hälfte, hätte am liebsten mitgeschrien. Was haben wir denn verbrochen, daß ihr uns so behandelt?

In der allgemeinen Empörung gab Kurt Schumacher, der einarmige Sozialdemokrat, die weitsichtigste aller Antworten: »*Wenn diese Meldung wahr ist, wird jede kommunistische Politik in Deutschland unmöglich sein!*«
Generationen müssen vergehen, bis es in Deutschland wieder Menschen gibt, die den Kommunismus nicht für durch und durch böse halten. Da könnt ihr lange warten!

Nach der Übertragung wankte die Mutter wie betäubt in den Hühnerstall. Versteinert saß sie hinter den quadratischen Scheiben und starrte auf den Hof, wo die Sperlinge sich im Sand suhlten und Küken aufgeregt hinter einer Glucke herliefen. Ein Duftgemisch von frühem Flieder und Maiglöckchen strömte durch die angelehnte Tür in den Hühnerstall. Aber die Mutter nahm es nicht wahr. Sie dachte an die letzten siebzehntausendfünfhundertachtunddreißig Menschen. Wenn Bruno nicht zu ihnen gehörte, würde er nie mehr kommen.

»Sie können doch nicht alle umgebracht haben!« rief die Mutter, als Kurt den Hühnerstall betrat.

Aber nein, sie haben umbringen lassen. Hunger, Kälte, Krankheit, diese Mischung wirkt immer. Die TASS-Meldung muß ein Irrtum sein. Die Russen können nicht richtig zählen. Die wissen nicht, was in ihrem eigenen Land vorgeht, wie viele Gefangene noch da sind. Oder sie wollen die Stimmung in Deutschland prüfen. Wenn die Deutschen nicht schreien, behalten die Russen die Gefangenen als billige Arbeitskräfte.

Aber wie die schrien! Fünf Jahre nach Kriegsende schrien die noch immer und gaben keine Ruhe. Wegen der TASS-Meldung setzte Pastor Thormählen einen Fürbittegottesdienst an, einen Gottesdienst allein für die deutschen Kriegsgefangenen. Das machte Mut. Die Mutter brauchte dem Unglück nicht tatenlos zuzuschauen, sondern konnte wenigstens die Hände falten.

Eigentlich sollte Kurt mitkommen in die Kirche, weil es um seinen Bruder ging. Aber er stahl sich davon, um den Ausritt mit Gerhard nicht zu versäumen. Ausritte während der Kirchzeit sind auch Gottesdienste, meinte Gerhard. Du wirst über die Felder erhoben und trabst unter Lerchengeläut hinein in den mächtigen Dom des Kudenower Waldes.

»Ob das Beten für die Gefangenen hilft?«

Gerhard schüttelte den Kopf. »Die Gefangenen haben nichts davon. Nur denen zu Hause hilft es.«

Sie kreuzten die Bahnstrecke und fielen in leichten Trab, um dem Elf-Uhr-Zug auszuweichen, denn wenn der schnaubend und pfeifend durch den Wald kroch und graue Rauchwolken in die Baumkronen paffte, scheuten die Pferde. Am See machten sie Rast, um die Tiere zu tränken. Sie verjagten einen Schwarm junger Stichlinge aus dem seichten Wasser am Ufer. Das Kapitel über die Stichlinge hatte Kurt in *Brehms Tierleben* noch nicht gelesen. Aber wie ist das mit den Ameisen? Gerhard erklärte einen Ameisenhaufen, den sie neben der Uferböschung fanden. Ein Wunder, ein komplettes Wunder.

»Habt ihr die Ameisen in der Schule durchgenommen?«

Nein, Peschka war nur bis zu den Bienen gekommen.

Gerhard wollte in seinem Bücherschrank nachsehen, ob da nicht ein Werk über die Ameisen zu finden sei, denn sie sind ein Wunder, ein komplettes Wunder.

»Es gibt so vieles, was du wissen mußt, Junge! Du mußt lernen, lernen. Gleichgültig, was du lernst, Hauptsache, du lernst etwas.«

Als in Kudenow die Glocken läuteten, mußte Kurt an die Mutter denken, die jetzt aus dem Fürbittegottesdienst für Bruno kam und nach Hause eilte, um Kartoffeln aufzusetzen.

»In zwei Monaten kommt unser Kind auf die Welt«, bemerkte Gerhard, als er die Glocken hörte.

Kurt blickte zu ihm auf. Mein Gott, der freute sich richtig und machte erwartungsvolle Augen, als wäre das Christkind unterwegs. Wenn das Kind mitten im Sommer kommen soll, muß es im letzten Oktober passiert sein, rechnete Kurt in Gedanken nach. Das hat an den kürzer werdenden Tagen des Herbstes gelegen, wenn die Menschen spüren, wie warm und gemütlich Ställe sein können. Kurt konnte immer noch nicht begreifen, daß er, dem sonst nichts auf Kocks Hof entging, diesen unerhörten Vorgang nicht bemerkt hatte. Und dabei hatte er auf Ella aufpassen wollen.

Dem planmäßigen Elf-Uhr-Zug waren sie ausgewichen, aber um halb zwölf kam außer der Reihe ein Güterzug mit leeren Kunstdüngerwaggons an Kudenow vorbei. Wie ein Ungeheuer tauchte er vor ihnen im Buchenwald auf. Gerhard sprang ab und griff den Pferden in die Zügel.

»Runter!« schrie er.

Kurt ließ sich aus dem Sattel auf einen grünweißen Teppich blühender Buschwindröschen fallen. Über sich auf dem Bahndamm hörte er die leeren Waggons poltern, sah weißen Rauch durch die Haselnußsträucher quellen. Vor allem der Rauch war es, der die Tiere in Panik versetzte. Iwan der Schreckliche, der in seinem Zigeunerleben genug Rauch und Feuer gesehen hatte, bäumte sich auf, wollte mit Hufschlägen den heranwälzenden Rauch vertreiben. Aber Gerhard riß am Zügel und zwang ihn zu Boden. Dabei traf ihn ein Hufschlag. Er traf jene Stelle, an der die Rippen aufhören und die Weichteile anfangen. Gerhard sackte zusammen; die Zügel entglitten ihm. Die Pferde preschten mit dem Güterzug um die Wette in Richtung Kudenow.

Eine schöne Bescherung! Kein Lärm mehr. Der Rauch hatte sich im Geäst verflüchtigt, als Kurt aus den Anemonen gekrochen kam und sich über Gerhard beugte. Er entdeckte eine Blutspur im Gras. »Du blutest«, sagte er ruhig und suchte die Quelle der Verfärbung. War es der Mund oder die Nase! Jedenfalls tropfte das Blut aus Gerhards Gesicht auf den Waldboden.

»Mit gesunden Beinen wäre das nicht passiert«, schimpfte Gerhard.

Kurt richtete ihn auf, doch da blutete Gerhard noch heftiger. Leg dich lieber hin. Ruh dich aus, besudle die weißen Anemonen mit deinem Blut. Es macht nichts.

Kurt wollte zum Bahnhof laufen, um Hilfe zu holen. Er war noch keine zweihundert Meter entfernt, als Knecht Stolten mit dem Fahrrad auftauchte. Ihm waren die reiterlosen Pferde in den Stall gelaufen. Da war er losgefahren, um nach dem Rechten zu sehen. Hinter ihm kam Bauer Kock angekeucht, völlig außer Atem. Er schimpfte pausenlos auf die Pferde und die Eisenbahn, als er mit Stoltens Hilfe Gerhard aus den Anemonen hob.

Die Frauen standen an der Hofeinfahrt, als Gerhard, mehr getragen als gegangen, nach Hause kam. Er sah schlimm aus. Blut in der Kleidung, Blut im Gesicht und im Haar. Blut ist dieser sonderbare Saft, der jedes kleine Unglück so furchtbar aussehen läßt. Ella und die Bäuerin nahmen Gerhard in die Mitte und schleppten ihn zum Kanapee. Wegen des Blutes legte die Bäuerin zwei gebrauchte Laken über die Kissen. Ella holte eine Schüssel mit kaltem Wasser, um Gerhard zu säubern, aber die Bäuerin nahm ihr den Waschlappen aus der Hand. Ihren Jungen wollte sie selber reinwaschen.

In der guten Stube wurde der Sonntagsbraten kalt. Ina schlich verängstigt durch die Küche.

»So ist das Leben«, murmelte Melker Kassebohm, als er mit Stolten am Mittagstisch des Gesindes saß. »Da kommt einer heil aus dem Krieg, und zu Hause fällt er vom Pferd.«

Mutter Marenke kam und blieb mit gefalteten Händen vor dem Kanapee stehen.

»Das kommt davon, wenn man zur Kirchzeit ausreitet«, sagte sie vorwurfsvoll, als sie mit Ella allein war. »Und das noch während des Fürbittegottesdienstes für die Gefangenen!«

Es hilft nichts, wir werden den Doktor holen müssen. Kurt jagte mit Kocks Fahrrad zu Doktor Kruskoop. Da der Doktor nur ein Fahrrad mit Hilfsmotor besaß und auch nicht mehr der Jüngste war, dauerte es lange. Kurt war schon längst zurück und hatte bei der Mutter zu Mittag gegessen, als Doktor Kruskoop die Krankenstube betrat. Gerhard blutete nicht mehr. Das hatten die beiden Frauen geschafft. Sie hatten ihm eiskalte Messer auf Stirn und Nase gelegt; da war das Blut geronnen.

Alle mußten hinaus, denn zur Untersuchung war Gerhard nackt bis auf die Strümpfe. Hoffentlich hat die Milz nichts abbekommen! Kruskoop fand eine starke Schwellung an der Stelle, an der Iwan der Schreckliche zugeschlagen hatte. Aber das erklärte nicht das Blut. War es nur ein heftiges Nasenbluten vom Sturz am Bahndamm, oder kam das Blut aus der Tiefe? Weil Kruskoop es nicht genau ergründen konnte, mußte Gerhard ins Krankenhaus. Denn sicher ist sicher. Es wird nichts Schlimmes sein, aber es war nötig, Gerhard einmal von innen zu betrachten.

Ohne Mittag zu essen, ging es mit dem Krankenwagen in die Kreisstadt. Ella fuhr mit. Schweigend saß sie am Kopfende. Gerhard lächelte, aber Ella hielt sich krampfhaft den Leib. Während der ganzen Fahrt trampelte das Kind, und Ella dachte nur: Hoffentlich geht alles gut!

Am Tag nach dem Unglück fuhr Kurt in die Stadt, in jene Stadt, in der Wiebke bald wohnen würde. Früh stand er auf, legte seiner Mutter einen Zettel auf den Tisch und saß schon im Sechs-Uhr-Zug, als auf Kocks Hof die Arbeit anfing. Nicht der Turm von Sankt Michaelis war Hamburgs Wahrzeichen, sondern das E-Werk in Tiefstaak. Wer von Osten in die Stadt kam, den empfingen seine mächtigen Schornsteine. Hier entstand die Kraft, die Trümmerberge beiseite räumte und Wiebkes wunderbare Stadtbahn hoch über die Dächer und unter die Erde brachte, eine Kraft, die auch in Kudenow die Dreschkästen antrieb und die Häckselmaschine in Kocks Scheune bewegte. Auf den mittleren Schornstein hielt die Kleinbahn zu. Im Vorort Billbrook, als die Schornsteine schon zum Greifen nahe neben dem Bahndamm standen, verließ Kurt den Zug, weil er sich mitten in der Stadt wähnte. Den Rest des Weges besorgte er zu Fuß. Er mied die Hauptstraßen, deren Lärm ihn störte und ängstigte. Wenn du aus den Knicks von Kudenow kommst, fürchtest du dich vor den ratternden Straßenbahnen, findest die Stadt herzbeklemmend laut und aufregend. Am wohlsten fühlte er sich in den Trümmerfeldern zwischen Hamm und Hörn. Dort beobachtete ihn niemand. Es gab keine Fenster, deren Gardinen sich heimlich bewegten. In den Ruinen konnte er ungestört umherklettern und seine Notdurft verrichten; sie waren so einsam wie die Knicks von Kudenow, nur häßlicher.

Ein alter Mann riet ihm, nach Wandsbek zu gehen. Dort gebe es einen riesigen Marktplatz mit Buden und Geschäften. Ein demolierter Kirchturm, der aus grünem Laubdach ragte, zeigte ihm den Weg. Es war Mittagszeit, als Kurt in Wandsbek eintraf. Ihn empfing eine beängstigende Geschäftigkeit, schlimmer als Frühjahrsmarkt in Kudenow. Holzbuden, Verkaufsstände, zur Rechten ein richtiges Hotel mit einem livrierten Portier, ein Stück weiter eine Buchhandlung mit drei Schaufenstern. Fassungslos stand Kurt vor den vielen Büchern. Schon beim Anblick von Gerhards Bücherschrank war ihm angst und bange geworden, aber hier übermannte es ihn. Zweihundertzwölf Bücher zählte er in der Schaufensterauslage. Ein Mensch braucht ein ganzes Leben, um sie anständig und ohne Eile durchzulesen. Und wenn du sie gelesen hast, ist alles, was darinsteht, nicht mehr wahr, weil die Welt sich inzwischen weitergedreht hat. Er wäre gern hineingegangen, um in den Büchern zu blättern. Aber Kurt Marenke hatte schmutzige Hände.

An wen sollte er sich wenden?

Es gab einen Juwelier, dessen Laden mit kleinen Kostbarkeiten vollgestopft war; aber das war nichts für Kurt Marenke. Gegenüber ein Geschäft mit der Aufschrift *Hausrat und Eisenwaren*. Das ginge schon eher. Dort entdeckte er im Schaufenster nur blanke Kochtöpfe und schwarze Bratpfannen. An einer Ecke traf er einen Heiligen der Letzten Tage, der Traktate unter das Volk warf und die Trümmerlandschaft hinter den Buden anschrie: *Das Himmelreich ist nahe herbeigekommen!*

Kurt bekam Appetit auf eine Bratwurst. Er lief dem brenzligen Geruch nach, der sich über Menschen und Buden verbreitete, und stand versunken vor einem qualmenden Rost, auf dem Roßbratwürstchen brutzelten. Zwischen dem Heiligen und dem Wurststand entdeckte er eine An-und-Verkauf-Bude, ein zu Handelszwecken umgebautes Ley-Haus, noch die beste Hinterlassenschaft des Führergefolgsmanns Robert Ley. Alte Schallplatten, Volksempfänger, Kopfhörer, Ledermützen für Motorradfahrer... Hier bist du richtig, Kurt Marenke! Er betrat den Laden und hielt seine Ledertasche hinter dem Rücken versteckt, um in Ruhe den Mann zu beobachten, der an einem alten Waffeleisen herumbastelte. Der Mann sah blaß und ungesund aus: außerdem fehlte ihm der linke Arm. Der überzählige Ärmel baumelte aus der Jakkentasche, pendelte wie ein Perpendikel fröhlich hin und her.

Kurt legte die Tasche vor den Einarmigen und überließ es dessen Geschicklichkeit, sie zu öffnen. Während der Mann an dem Bindfaden zurrte, beobachtete Kurt durch das Fenster den schreienden Heiligen. Ihm schien es plötzlich, als stecke unter der Maske des Sektenpredigers der Fremde von der Grenze, der nur zum Schein Traktate verteilte, sich in Wahrheit aber eingefunden hatte, um seine Tasche zu suchen.

Das Scheppern des Blechs auf dem Ladentisch brachte Kurt zurück zu dem Einarmigen. Da lag die ganze Herrlichkeit wie ein Haufen Schrott vor ihm. Der Einarmige ging zur Tür und knipste das Licht an. Eine nackte Birne baumelte über der größten Ansammlung von Orden und Ehrenzeichen, die er je zu Gesicht bekommen hatte.

»Da ist ja unser geliebtes Hakenkreuz!« sagte er erstaunt. »Auch einen Russen hast du dabei und einen dicken Amerikaner.«

Mit rascher Handbewegung verteilte der Mann die Orden nach ihrer Nationalität; die Deutschen kamen auf den größten Haufen.

»Willst du den Plunder verkaufen?« fragte er vorsichtig.

Kurt starrte ihn mit großen Augen an.

»Weißt du nicht, daß es verboten ist, mit Kriegsauszeichnungen zu handeln? Da ist Blut dran, da sind Menschen für gestorben. Mit solchen Dingen macht man keine Geschäfte. Vor allem damit nicht.« Er tippte auf ein blankes Hakenkreuz. »Dafür können sie dich einsperren, mein Junge!«

Kurt spürte, daß er in die Klemme geraten war. Er raffte seine Orden zusammen, um rechtzeitig das Weite zu suchen. Aber der Einarmige hielt ihn zurück, faßte ihn sanft am Arm und nahm die Orden an sich. Er schloß die Ladentür ab, damit niemand zu Tode erschrak, wenn er eintrat und die vielen Hakenkreuze erblickte.

»Viel wert ist dein Kram nicht«, meinte er freundlich. »Du kommst zu früh damit, viel zu früh. Sieh dir mal die Trümmer draußen an. Das haben wir mit dem Blech angerichtet. Wenn es keine Trümmer mehr gibt, in dreißig Jahren vielleicht, werden deine Orden ein Vermögen wert sein. So lange mußt du noch warten.«

Dreißig Jahre, dachte Kurt. Da ist Wiebke schon Großmutter und hat keine Lust mehr, mit dem Fahrrad durch Schleswig-Holstein zu radeln.

Der Einarmige begann, die Orden zu zählen. »Hast du sie geklaut?« fragte er beiläufig.

Da Kurt überzeugt war, niemand werde ihm die wahre Geschichte über die Herkunft der Orden glauben, hatte er sich eine annehmbare Erklärung ausgedacht. Er wollte gerade damit beginnen, als der Einarmige aus der Jackentasche, in die eigentlich der baumelnde Ärmel gehörte, einen Zwanzigmarkschein zog. Damit wedelte er freundlich vor Kurts Nase herum und ließ ihn schließlich aus großer Höhe auf die Orden flattern. Zwanzig Mark!

»Ich brauche Geld, um ein Fahrrad zu kaufen«, sagte Kurt.

Der Mann lachte, als wäre es eine Unverschämtheit, so viel zu verlangen.

»Mensch, das sind über hundert Mark!« rief er und schob den Ordenssegen von sich. Ungerührt vermischte er Deutsche, Russen und Amerikaner und fing wieder an, am Waffeleisen zu arbeiten. »In dreißig Jahren bekommst du dafür ein Auto«, knurrte er mißmutig.

Kurt sammelte seine Schätze ein. Er hörte nicht, wie der Mann von den schlechten Zeiten sprach, von dem Gefängnis, in dem er mit einem Fuß stand, wenn er sich mit solchen gefährlichen Gegenständen abgab, wie er angestrengt rechnete und mit größter Mühe auf dreißig Deutsche Mark kam, die aber sofort und bar auf die Hand. Nein, es mußte ein Fahrrad sein!

»Dann bekommst du eben mein Fahrrad!« sagte er und war erleichtert, einen so herrlichen Ausweg gefunden zu haben.

Zwischen Abfalleimern und leeren Benzinkanistern entdeckte Kurt ein Fahrrad, vor dem Krieg gebaut, stabile Friedensware, was sehr wichtig war, aber mit neuer Bereifung. Ein brauchbares Herrenfahrrad mit Querstange, wie es sich für einen Jungen gehörte, ordentlich aufgepumpt, fertig zum Losfahren, jetzt aber mit einer Kette wie ein Hund an das Robert-Ley-Haus gebunden wegen der Diebe. Die Beleuchtung schien ausreichend, auch nach den strengen Maßstäben des Dorfpolizisten Willers. Der einzige Mangel: Das vordere Schutzblech war vom Rost befallen. Aber Rost läßt sich abkratzen.

Der Einarmige reichte Kurt den Schlüssel, damit er das Rad von der Ley-Bude löse. Zögernd schwang Kurt sich auf den Sattel und drehte ein paar Kurven auf dem mit Gerümpel übersäten Hinterhof.

Ja, er würde es nehmen, das alte Fahrrad.

Der Handel war schon abgeschlossen, da fiel Kurt die Bratwurstbude ein.

»Ich brauche noch Geld, um etwas zu essen«, sagte er.

Auch das noch. Der Einarmige griff in die Jackentasche, brachte zwei Fünfzigpfennigstücke zum Vorschein und ließ sie als Draufgabe über den Ladentisch rollen. So, nun ist aber genug. Gute Fahrt, mein Junge!

In der einen Hand die Bratwurst, in der anderen sein Fahrrad, so stand Kurt auf dem Wandsbeker Marktplatz. Zufrieden sah er dem Sektenprediger zu, der nach verrichteter Arbeit auch an die Wurstbude trat, um sich zu stärken. Nein, Kurt hatte sich geirrt. Das war nicht der Fremde von der Grenze, sondern ein ganz gewöhnlicher einsamer Prediger in der Trümmerwüste.

Ein unerhörtes Glücksgefühl überkam Kurt. Vom Westwind getrieben, radelte er stadtauswärts, überquerte mühelos die zahlreichen Hügel der Landstraße und kam durch Dörfer, von denen er noch nie gehört hatte. Während der Fahrt malte er sich aus, wie er mit Wiebke durch Schleswig-Holstein radeln würde. Und später in die Lüneburger Heide, in die Berge des Harzes. Ganz Deutschland wollte Kurt bereisen, auch durch das vertraute Wiesental der Saale fahren, mit Wiebke in Heuschobern schlafen und unterwegs von den Früchten des Feldes leben.

Noch vor Einbruch der Dunkelheit erreichte er Kudenow. Er traf mit Ella und der Bäuerin zusammen, die Gerhard Kock im Krankenhaus besucht hatten und von der Bahn heimkehrten. Die Bäuerin hielt eine leere Tasche in der Hand, Ella trug ihren dicken Bauch vor sich her. Vor der Burg wartete Bauer Kock mit erkalteter Zigarre im Mund. Er hatte beschlossen, Iwan den Schrecklichen eigenhändig umzubringen oder an einen Pferdeschlachter zu verkaufen.

»Nee, Vadder, das Pferd hat keine Schuld«, sprach die Bäuerin. »Unser Junge leidet an der Schwindsucht... Von oben bis unten haben sie ihn untersucht. Da kam die Schwindsucht raus... Ich habe es ja immer gesagt. ›Du mußt mehr essen, Gerhard‹, hab ich gesagt. Denn die Schwindsucht kommt vom Hunger... Das ist die kaukasische Schwindsucht. Die Russen haben unsern Jungen kaputtgemacht. Sie haben Deutschland kaputtgemacht – und nun auch den Jungen... Aber das Pferd hat keine Schuld, Vadder. Dem Pferd mußt du dankbar sein, denn ohne das Unglück wäre die Schwindsucht nicht herausgekommen. Aber noch ist nichts verloren. Die halbe Lunge ist noch dran... Mein Gott, wie hat der Junge bloß gehustet! Den ganzen Winter über gehustet! Immer wenn er in die kalte Luft kam, fing der zu husten an.«

Ella ging ins Haus, um sich umzuziehen. Mit Gummistiefeln an den Füßen und einer schmutzigen Schürze vor dem prallen Leib kam sie auf den Hof, steuerte auf den Schweinestall zu und kam auch am Hühnerstall vorbei, wo Kurt im Dämmerlicht sein Fahrrad wienerte.

»Hast du schon mein neues Fahrrad gesehen?« rief er ihr nach.

Aber Ella hatte keine Zeit für Fahrräder.

Mutter Marenke lief hinter Ella her in den Schweinestall.

»In deinem Zustand darfst du nicht bis spät in die Nacht hinein arbeiten, Kind!«

Ach, Mutter, das verstehst du nicht! Wenn du einen kranken Mann hast, bist du verpflichtet, die Stellung zu halten. Du mußt doppelt und dreifach arbeiten, bis er wiederkommt. Und wenn er nicht wiederkommt, mußt du an das Kind denken und für das Kind arbeiten. Für irgendeinen mußt du immer dasein. Das gehört sich so für eine Frau. Und für ein Flüchtlingsmädchen erst recht. Es kam darauf an, jetzt nicht zu versagen.

»Aber die Schwindsucht ist ansteckend!« jammerte die Mutter. »Du wirst dich anstecken, und dein Kind wird auch krank werden.«

»Dafür kann Gerhard doch nichts. Wer weiß, mit welchen Krankheiten unser Bruno aus Rußland kommt!«

Als die Mutter den Namen Bruno hörte, verließ sie weinend den Stall. Dann lieber mit Schwindsucht wiederkommen als gar nicht wiederkommen. Ihr Bruno könnte kommen, wie er wollte, wenn er nur bald käme. Mutter

Marenke würde an seinem Bett sitzen, um ihn gesund zu pflegen.

»Ich habe ein eigenes Fahrrad«, sagte Kurt, als die Mutter vorbeiging.

Ach so, ein Fahrrad. Sie fragte nicht, woher es kam; sie hatte nur nachzudenken über die vielen Krankheiten, mit denen man aus Rußland heimkehren konnte. Ihre Vorstellungskraft hatte bisher nur ausgereicht, Bruno in strahlender Jugend und bester Manneskraft heimkehren zu sehen. Jetzt machte sie sich zum erstenmal mit dem Gedanken vertraut, sie könnten ihn auf einer Bahre in den Hühnerstall tragen. Und einen Abend lang verfolgte sie das Bild ihres Sohnes, wie er auf Krücken die Dorfstraße entlangkam.

Kurt schwang sich auf sein Fahrrad, um eine Ehrenrunde durch Kudenow zu fahren. Mit vorschriftsgemäßer Beleuchtung zur vollsten Zufriedenheit des Dorfpolizisten. Ein erhebendes Gefühl. Kurt eine halbe Hauptlänge über den Kudenower Fußgängern. Im Vorbeifahren überblickte er Hecken und niedrige Küchengardinen. Er scheuchte mit der Fahrradbimmel Kühe auf, die neben der Straße auf der Hauskoppel dösten, und machte einen Bogen um einen Igel, der im Halbdunkel einen Spaziergang von West nach Ost machte. Vor dem Wallensteiner Hof hielt Kurt an und ruhte sich auf seinem Gepäckträger aus; er lauschte den Stimmen aus der Schankstube und sah Tabak- und Bierdunst durch die angelehnte Tür entweichen.

Bei der Heimkehr klingelte er so lange vor der Altenteilerkate, bis Wiebke aus dem Fenster blickte.

»Ich hab ein Fahrrad!« schrie er hinauf.

Ella schlief nur sechs Stunden täglich, an Sonntagen sieben. In der Heuernte wollte sie mithelfen, aber Kock ließ es nicht zu.

»Wenn du vom Wagen fällst, schadet es dem Kind! Außerdem sieht es nicht gut aus.«

Dafür beschickte Ella den Garten. Sie jätete das Unkraut und ließ sich von Kurt Wasser in den Garten tragen, um die Beete zu gießen. »Der alte Kock hat eine tüchtige Schwiegertochter«, sollten die Leute im Dorf sagen.

Als Ella beim Rübenverziehen helfen wollte, was so ungefähr die scheußlichste Arbeit ist, die ein Bauernhof zu vergeben hat, schritt Doktor Kruskoop ein.

»Für ein paar Wochen müssen Sie nur an das Kind denken!« befahl er.

Ja, das Denken! Es fiel ihr schwer. Denk mal pausenlos daran, daß schon Millionen Menschen an der Schwindsucht gestorben sind. Und dann fallen dir beim Denken die drei gesunden, pausbäckigen Kinder der Schwägerin ein, die Kocks Hof erben werden, wenn die Schwindsucht es so will. Auch mußte Ella denken, eines Tages überflüssig zu sein, zurückzukehren in den Hühnerstall und unter die tiefhängenden Lampen der Nähstube. Das Denken von dieser Art kann ein Mensch nur mit harter, anstrengender Arbeit vertreiben. Deshalb schuftete Ella so sehr.

Zweimal in der Woche fuhr sie ins Krankenhaus. Es waren Tage, an denen sie hübsch aussehen mußte, sich die Hände einzufetten hatte, damit sie weich und schmiegsam wurden und die grobe Arbeit nicht verrieten. Auf die Besuche freute sie sich. Nur die Fahrten waren eine Tortur. Sie saß untätig im Zug und mußte denken. Denken an Gerhard, der nach dem Krankenhaus in eine Lungenheilstätte kommen wird. Einen ganzen Sommer über wird er fehlen. Ella wird das Kind bekommen, und Gerhard wird nicht dasein. Erntezeit ohne

Gerhard Kock. Frühestens Weihnachten konnte er nach Hause.

Wegen der Ansteckungsgefahr lag Gerhard allein. Das hatte den Vorteil, daß er sie berühren, die Hand auf ihren Bauch legen und auf die Trampelzeichen des Kindes warten durfte. Ella war es peinlich, weil die Krankenschwester eintreten und sehen konnte, wie ein Mann die Hand auf den Bauch seiner Frau legte. Sie sprachen oft über das Kind. Mehr als über den Hof. Das kommt davon, wenn man so allein liegen muß wie Gerhard und Angst bekommt, ein Stück Leben zu versäumen. Da liegst du nun und läßt den schrecklichen Film der Vergangenheit an dir vorüberziehen, und am Schluß bleibt dir als einzige Hoffnung ein ungeborenes Kind.

Aber die Reisen ins Krankenhaus veränderten auch das Leben auf dem Hof. Ella verstand es, auf dem Umweg über das Krankenhaus Dinge zu erreichen, die der alte Kock sonst niemals bewilligt hätte. Wenn sie sagte, Gerhard möchte dieses oder jenes, wurde es getan.

»Wenn der kranke Junge das so will, mußt du es tun, Vadder«, sagte die Bäuerin regelmäßig.

So wurde der Gartenzaun neu gestrichen und eine elektrische Leitung in den Schweinestall gelegt. Etwas länger dauerte es, bis Kock einwilligte, den alten Lanz-Bulldog zu überholen, der seit Kriegsausbruch wegen Treibstoffmangels und fehlender Ersatzteile im Schuppen verstaubte. Ella holte Hannes, den Schmied, der das Ungetüm untersuchte und einen Kostenvoranschlag machte. Zweitausend Mark sollte es kosten, den Traktor wieder in Betrieb zu setzen. Eine horrende Summe... aber Gerhard im Krankenhaus wollte es so.

»Dafür sind die Betriebskosten niedrig«, verteidigte Hannes den Bulldog, »denn die Regierung gibt Zuschüsse zum Dieselkraftstoff. Nur mit Maschinen kann die Landwirtschaft so viel leisten, daß es keine Hungersnot mehr gibt. Ein Trecker ersetzt vier Pferde.«

An die Pferde hatte niemand gedacht. Wenn der Trecker läuft, braucht der Hof keine Pferde mehr. Als Kock hörte, er solle die Pferde abschaffen, jagte er Hannes aus dem Haus. Ein Holsteiner Bauer muß Pferde haben, so gehörte sich das. Und wieder griff das Krankenhaus ein und ließ ausrichten, es sei pure Verschwendung, neben einem Traktor sechs Pferde zu halten. Man müsse anfangen, wirtschaftlich zu denken. Jetzt hätten die Pferde noch einen anständigen Preis, in ein paar Jahren wären sie vielleicht nur für den Abdecker gut. Mit dem Geld für die Pferde könnten die zweitausend Mark Reparaturkosten bezahlt werden. Nur zwei Pferde sollten auf dem Hof bleiben für den Milchwagen und zum Ausreiten.

Als Kurt das Tuckern des Traktors im Geräteschuppen hörte, ahnte er, was Kocks Pferden bevorstand. Hannes kam mit ölverschmiertem Gesicht unter dem Ungeheuer hervorgekrochen und ließ den Motor wieder und wieder aufheulen. Das hörte sich an wie Krieg, klang nach motorisierter Artillerie, anrollenden Panzern oder ähnlich gefährlichen Abteilungen. Dieser bollernde Lärm im Geräteschuppen, die stinkenden Auspuffschwaden, die über den Hof krochen und die zum Trocknen aufgehängte Wäsche der Marenkes beschmutzten.

»Du mußt Treckerfahren lernen«, sagte Hannes zu Stolten.

Aber der lachte nur. Eher wollte er auswandern, als die Pferde mit einem Traktor zu vertauschen.

Abends saß Kurt oft im Stall und wartete auf die Heimkehr der Pferde. Vielleicht war es sein letzter Sommer mit den Pferden. Welch ein Umbruch! Jahrhundertelang hatten sie den Menschen aus dem Dreck gezogen... Nun wurden die Pferde überflüssig. Von heute auf morgen. Stolten sang längst nicht mehr so fröhlich, wenn er abends abschirrte oder wenn sie gemeinsam nach dem Tränken die Pferde auf die Hauskoppel ritten. Bei gutem Wetter blieben sie im Gras sitzen, und Stolten erzählte Pferdegeschichten.

»Wenn die Tiere weggehen, ändern sich auch die Menschen.« Das war Stoltens Redensart, mit der er jedes Gespräch über die Pferde begann und abschloß. »Denn Maschinen haben kein Herz.«

Um zu zeigen, wo der Unterschied liegt, nahm Stolten die Peitsche und ließ sie über den Pferdeköpfen knallen. Die Tiere sprengten los, keilten aus und galoppierten den Zaun entlang, bis sie die Dämmerung verschluckt hatte und nur das Dröhnen der Hufe zu hören war. »Das ist Leben!« rief Stolten hinterher und ließ vor Begeisterung die Pfeife ausgehen.

Kurt nahm sich vor, mit Ella über die Pferde zu sprechen. Wenn sie nur Zeit für ihn hätte!

»Ja, ja, ist schon gut, Kurtchen!... Das ist doch nicht schlimm... Ein paar Pferde bleiben übrig... So ist nun mal die neue Zeit...« Das sagte Ella im Vorbeigehen. Sie war schon wieder mit anderen Dingen beschäftigt, hörte gar nicht mehr zu. Das war seine Schwester! Nur in Ausnahmesituationen war sie ansprechbar, so wie damals bei dem großen Feuer. Aber Kurt konnte nicht fortwährend Scheunen anstecken, nur um mit seiner Schwester zu sprechen.

Vielleicht wird es besser, wenn das Kind da ist, dachte er. Dann muß sie Ruhe geben, weil das Kind es so will. Lieber Gott – Kurt wartete auf dieses Kind, als wäre es eine Erlösung für Kocks Hof. Er litt Höllenängste, als er sah, wie Ella eines Tages auf den Traktor kletterte und mitfuhr zu den Wiesen. Diese Erschütterungen auf dem holpernden Ungetüm! Dieser Lärm, der durch die Bauchdecke dringt!

»Paß auf unsern Lütten auf!« rief die Bäuerin, als sie Ella auf dem Traktor sah.

Ach, das macht doch nichts! Das Kind liegt wie in Abrahams Schoß. Auf dem Trecker sitzen ist bequemer als mit gebeugtem Rücken Unkraut jäten oder schwere Abfalleimer tragen.

Kurt konnte Ellas Arbeitswut nicht mehr mit ansehen. Er fing an, Nägel zu kauen, was er in seinem ganzen Leben noch nicht getan hatte. Er war entschlossen, ins Krankenhaus zu fahren, um mit Gerhard zu sprechen. Über das Kind wollte er mit ihm reden, das von Ella nicht geschont wurde, über die Pferde, die man nicht mehr brauchte, über Ina, die gehen wollte, weil sie überflüssig war.

Aber bevor er ins Krankenhaus fahren konnte, brachte Ella die Nachricht heim: »Gerhard wird verlegt. Er kommt in die Lungenheilstätte Mölln.«

»Wie gut, daß es Mölln ist«, sagte die Bäuerin erfreut. Das lag in der Nähe und war bequem mit dem Postbus, der Pferdekutsche oder dem Fahrrad zu erreichen. Nach Mölln könnte sie reichlich Essen bringen; denn die Schwindsucht kam vom Hunger, davon ließ sie sich nicht abbringen.

Es mußte ein Sonntag sein. Und gutes Wetter. Verpflegung war mitzunehmen für den ganzen Tag. Aufbruch in aller Frühe. Noch lag Tau auf den Gräsern. Die Sonne hatte Mühe, das Laubdach der Buchen zu durchdringen. Über dem Kudenower See ein dünner Nebelstreifen. Dahinter Kühe, die in den Morgen brüllten. Kassebohm fuhr mit dem Einspänner, die klappernden Milchkannen obendrauf, an ihnen vorbei zum Melken. Wiebke fröstelte. Von den Blättern fielen Wassertropfen. Aber es würde ein schöner Tag werden. Sie radelten nach Osten. Vorbei an verblühten Rapsfeldern und lila leuchtendem Klee. Holunder mit weißen Dolden zu beiden Seiten des Wegs. Das gibt Holundertee für tausend Erkältungen.

Vor Borstorf öffnete sich der Buchenwald, und die Sonne überflutete sie mit ihrer Wärme. Sie durchfuhren ein langgestrecktes Bauerndorf, in dem die Kinder noch schliefen, die Hähne krähten und die Schwalben auf den Telefondrähten zwitscherten. Hunde schlugen an und verfolgten die Radfahrer jenseits des Maschendrahtzauns. Aus den Schornsteinen stieg der Rauch eines geregelten Sonntagmorgens auf dem Lande. Wiebke übte Freihändigfahren in einer sanften Hügellandschaft mit Wiesen zu beiden Seiten der Straße. Gelber Hahnenfuß, dazwischen die weißen Pusteln des Löwenzahns, die wie Rauhreif das Gras bedeckten. Vor ihnen tauchte der Kirchturm von Breitenfelde auf, eine übergroße Doktorspritze, deren Einstichnadel in das Blau des Himmels ragte. Drei mächtige Hügel zur Linken. So stellte Kurt sich Hünengräber vor. Vielleicht war das der Ort, wo Lehrer Peschka seine Sonntage verwühlte, um Grabbeigaben aus der Bronzezeit zu finden.

Es wurde Zeit, die erste Pause einzulegen. Sie folgten einem sandigen Feldweg zum mittleren der Hügel, stellten ihre Räder in den Schatten eines Weißdornbuschs und ließen sich in der prallen Sonne nieder. Kurt zog sein Oberhemd aus und legte sich halbnackt zum Bräunen an den Fuß des Hünengrabes. Wiebke, die sonst so wild war aufs Bräunen aller möglichen Körperstellen, krempelte nur die Ärmel der Bluse hoch und öffnete die beiden obersten Knöpfe. Mehr nicht. Dann beugte sie sich über ihn, um ihrer großen Leidenschaft nachzugehen: Mitesser ausdrücken! Sie war darin so geübt, daß Kurt es als Wohltat empfand, von ihren zärtlichen Fingern gequetscht und gekniffen zu werden.

Über ihnen kreiste ein Bussard.

Kurt hätte gern mit Wiebkes herabhängendem Haar gespielt, aber er fühlte sich beobachtet von dem kreisenden Raubvogel. Auch lenkte ihn der Gedanke ab, unter ihnen läge ein dreitausend Jahre alter Germane.

Plötzlich fiel es Wiebke ein, Blumen zu pflücken. Sie riß alles ab, was ihr auf dem Grab des alten Germanen in die Finger geriet, gleichgültig, ob es roch oder stank. Den bunten Strauß klemmte sie zwischen Fahrradlampe und Lenkstange.

»In einer Stunde sind die Blumen hin«, bemerkte Kurt.

Und wenn schon. In einer Stunde wird Wiebke frische Blumen pflücken, denn im Juni ist die Natur verschwenderisch mit ihren Blumensträußen.

In Breitenfelde läuteten die Kirchenglocken. Es ging eine sanfte, lange Steigung hinauf und erst wieder abwärts, als zur rechten Hand die Windmühle von Alt-Mölln auftauchte. Hinter ihnen die ersten weißen Wolken. So sind sie, die Sommertage im Norden. Morgens beginnen sie mit wolkenlosem Blau, aber kaum hat die Sonne die Baumkronen erreicht, kommen die weißen Flocken über den Himmel gesegelt und tanzen ihre Schattenspiele auf den reifenden Kornfeldern. Solange das Getreide auf dem Halm steht, ist das Land ein einziges Versteck für Rehmütter und ihre Kitzen, für kranke Hasen, brütende Fasanen... und für Menschen. Sollte ich jemals aus einem Gefängnis ausbrechen müssen, dachte Kurt, hätte es im Sommer zu sein. Da nimmt dich die Natur mit vollen Armen auf, ernährt dich mit Blaubeeren und Sauerampfer, deckt dich zu mit ihren wogenden Halmen.

»Wir haben das Badezeug vergessen!« rief Wiebke, als sie auf dem Hügel standen, der den Blick freigab auf die Stadt Mölln. Es wird ein warmer Tag werden – aber keine Badesachen dabei. Seen in Hülle und Fülle – aber Wiebke und Kurt müssen trocken durch Schleswig-Holstein radeln.

»Hier fängt die Norddeutsche Seenplatte an«, erklärte Wiebke mit hoher Stimme wie eine kleine Schulmeisterin. »Sie läuft über Mecklenburg und Pommern bis nach Masuren.«

Da sprach die höhere Schule. Sieh mal an, was für ein kluges Kind du geworden bist, Wiebke! Eigentlich bist du ja nicht mehr in dem Alter, in dem ein Mensch Sehnsucht nach Algebra und den Katalaunischen Feldern verspürt. Wenn schon Felder, dann das üppige Grün um Kudenow, in dem du weich liegst und von niemand gesehen wirst. Wiebke lag gern halb ausgezogen im hohen Gras unter den gutmütig brummenden Hummeln und den lautlosen Libellen.

In scharfem Tempo rasten sie über die Brücke des Elbe-Trave-Kanals, kamen an den Kanalwiesen vorbei, auf denen die Möllner Schafe grasten. Links eine Holzhandlung. Der Bahnhof. Geschlossene Schranken. Während sie auf den Zug aus Ratzeburg warteten, holte Kurt für zwanzig Pfennig Eis. Es war das erste Mal, daß er Wiebke etwas schenkte, was Geld kostete.

Sie bestand darauf, Till Eulenspiegel zu besuchen. Auch plapperte sie fortwährend von einem Menschen namens Georg Bernhard Shaw, der vor ein paar Monaten die Ehrenbürgerschaft der Stadt Mölln erhalten hatte. Da war sie wieder, die höhere Schule. Wie sich das anhörte, wenn Wiebke den Namen des Ehrenbürgers aussprach! In diesen Augenblicken erschien sie Kurt fremd, und er wünschte die hohe Schule und die kleine Stadt, die Wiebke an Georg Bernhard Shaw erinnert hatte, zum Teufel. Den Städten war Kurt Marenke nicht gewachsen. Sie waren es, ihre Denkmäler, Kirchen und Theater, ihre Kinos, Tanzsäle und Buchhandlungen, die Wiebke überlegen machten. Da kannte sie sich aus. Deshalb würde Kurt auch niemals nach Hamburg ziehen. In der Millionenstadt stünde Wiebke haushoch über ihm, und er wäre ein Fremder. Sie gehörten nur zusammen, wenn sie in der vertrauten Einsamkeit der Kornfelder saßen, den mehligen Geruch des blühenden Roggens in der Nase, wenn Wiebke Margeriten pflückte und die Blütenblätter abzupfte. In den Kornfeldern gab es keinen Anlaß, über Georg Bernhard Shaw zu plaudern. Die Stille der Knicks und der Felder, das war Kurts höhere Schule.

Sie ruhten auf der Treppe aus, die zur Möllner Kirche führte, schleckten ihr Eis und sahen dem Eulenspiegelrummel auf dem mittelalterlichen Kopfsteinpflaster zu. Kirchliche Jugendgruppen, Pfadfinder, Gesangvereine auf ihrem Jahresausflug, Kegelklubs, die ihre Gemeinschaftskasse durchzubringen hatten; sie alle tauchten in Mölln auf, um diesen Spaßvogel zu besuchen. Ach, es ist schön, ein Eulenspiegel zu sein. Wenn du ein paar Jahrhunderte tot bist, hat jedermann Verständnis für deine Streiche. Vielleicht ist dieser Eulenspiegel einmal als Flüchtling nach Mölln gekommen, um hier zu sterben, dachte Kurt. Spaßig wurde sein Leben erst nach dem Tod. Wiebke bestand darauf, Tills Fußspitze zu berühren. Das gibt Glück für ein ganzes, langes Leben. Und wirklich, wenn man genau hinfühlte, ging ein elektrischer Strom aus von dem blankgegriffenen Metall, lud den Körper auf, pulsierte vom Haarschopf bis zu den Fußspitzen.

»Gerhard Kock liegt in der Möllner Lungenheilstätte«, sagte Kurt plötzlich.

Ach, wirklich? Wiebke war dagegen, Stätten jenseits des lieblichen Horizonts zu besuchen, Krankenhäuser, Sanatorien, Heilstätten und so was alles. Aber Kurt wollte wenigstens von draußen den Ort sehen, an dem Gerhard Kock seine Lunge heilen ließ. Nachdem er den Weg erfragt hatte, schoben sie die Räder eine steile Anhöhe hinauf, am Schützenheim vorbei in den Wald. Ein vierstöckiges Gebäude. Der Pförtner stellte sich ihnen in den Weg, weil keine Besuchszeit war. Unaufgefordert erzählte er ihnen die Geschichte der Lungenheilstätte Mölln. Im Ersten Weltkrieg als Unteroffiziersschule gebaut. Nach dem Krieg Reichsfinanzschule. Während des Zweiten Weltkriegs Lazarett. Danach Lungenheilstätte der Landesversicherungsanstalt. An diesem Gebäude kannst du die Geschichte Deutschlands nachvollziehen. Glanz und Gloria, der Aufstieg zur Größe, dann amputierte Beine und Kopfschüsse, schließlich Endstation für alle, die von den Motten befallen waren.

Einen hübschen Uhrturm hatte die Lungenheilstätte. Für Wiebke war das Grund genug, Kurt eine Lektion in Latein zu erteilen. Wenigstens bis zwölf mußt du auf lateinisch zählen können, Kurt Marenke, wenn du die Uhr auf der Möllner Lungenheilstätte entziffern willst. Kurt stand neben dem Pförtnerhaus, blickte hinauf zu den Fenstern und versuchte herauszufinden, hinter welchen Scheiben die Löcher in Gerhards Lunge geflickt wurden.

Plötzlich hörte er Gerhards Stimme.

»Was treibst du dich hier herum?« Gerhard stand hinter ihm; er kam gerade von einem Spaziergang durch die Wälder zurück.

Kurt staunte, wie gesund Gerhard aussah. So wie einer, der morgen aufs Pferd steigen und um den Kudenower See reiten könnte. Das blühende Leben, dieser Gerhard Kock.

»Statt Bücher zu lesen, fährst du mit kleinen Mädchen durch die Gegend«, meinte Gerhard lachend.

Sie setzten sich auf eine Bank. Gerhard erklärte Kurt das riesige Gebäude, zeigte ihm die Fenster, hinter denen sein Bett stand, und beschrieb den Birken- und Kiefernwald mit den steilen Abhängen jenseits des Weges. Sehr viel Wasser gab es in der Umgebung der Lungenheilstätte. Und lange Spazierwege hinaus in die Seenlandschaft. Wer hier nicht gesund wird, wird überhaupt nicht mehr gesund.

Während sie sprachen, drehte Wiebke ihre Runden auf dem Vorhof, übte Freihändigfahren und mied die Bank, auf der die ansteckende Krankheit saß. Als es ihr zu langweilig wurde, klingelte sie heftig. Das war das Signal zum Aufbruch.

Bei der Verabschiedung das übliche. Grüß schön in Kudenow, und komm mal wieder!

Als sie schon auf den Rädern saßen, kam Gerhard ihnen nachgelaufen.

»Vergiß nicht, dir Bücher aus meinem Zimmer zu holen!« rief er.

Ja, Kurt würde daran denken. Aber nun hatte er keine Zeit mehr für Bücher. Er hatte Wiebke. Sie radelten um den Schmalsee. Als sich der Hunger meldete, krochen sie ins Ufergebüsch, um ihre Marmeladenbrote zu essen. Kurt lag im Schatten, Wiebke wegen des Bräunens in der stechenden Sonne. Auf alten Bildern sieht das immer so romantisch aus: im Wald liegen, mitgebrachte Brote essen, unten ein tiefschwarzer See und neben dir ein Mädchen. Aber die Wahrheit war, daß Fliegen und Bremsen wie Sturzkampfbomber auf das Marmeladenbrot hinabstießen und ihre verschwitzten Körper umschwirrten. Kurt lag neben Wiebke, pustete Kühlung über ihr Gesicht, verscheuchte Fliegen von ihrem empfindlichen Körper und dachte daran, daß dieser Tag die letzte Gelegenheit wäre, mit Wiebke allein zu sein, sie ganz für sich zu haben. Nur keinen Schatten auf Wiebke werfen, sich nicht über sie beugen! Denn die Sonne war ihr heilig; Wiebke konnte richtig böse werden, wenn jemand ihr die bräunende Sonne nahm. Schweißperlen standen ihr auf der Haut. Zwischen dem Laub der Bäume das grelle Licht des Mittags. Keine Spaziergänger im Wald; die Lungenkranken hielten Mittagsruhe.

Plötzlich verschwand Wiebke hinter einem Dornenstrauch, streifte die Kleider ab und sprang ins Wasser. Für einen Augenblick sah er ihren nackten Körper im Gegenlicht. Dann war nur noch der Kopf da, der aus dem Wasser ragte und ihn lachend aufforderte, in den See zu kommen.

Kurt verlor fast den Verstand. Er lief ihr nach, bis ihm klarwurde, daß er nicht schwimmen konnte. Das Wasser war so durchsichtig, daß er Wiebkes Körper unter der Oberfläche sehen konnte. Als er nahe bei ihr war, plätscherte sie mit den Armen und zerstörte ihr Bild. Sie ließ sich nicht berühren. Lachend schwamm sie ins Tiefe, wenn er sie greifen wollte. Siehst du, Kurt Marenke, schwimmen müßte man können, und sei es nur, um nackte Mädchen im Wasser zu fangen!

Im Juni ist das Wasser noch kühl. So schnell, wie Wiebke hineingelaufen war, kam sie heraus und kroch unter die mitgebrachte Decke. Sie zitterte, als Kurt kam, um sie zu wärmen. Mein Gott, Mädchen, was hast du für blaue Lippen! Er wollte sich neben sie legen, als sie plötzlich Stimmen über dem Wasser hörten. Am gegenüberliegenden Ufer tauchten Spaziergänger auf. Jemand rief »Halli, hallo!«, und das Echo fiel vom Steilhang zurück in den See.

Anziehen und weiterfahren.

»Radfahren wärmt am besten«, sagte Wiebke.

Wie betäubt folgte ihr Kurt, sah den langen roten Rock, der sich im Fahrtwind bauschte, das herabfallende schwarze Haar, die triumphierend erhobenen Arme, wenn es Wiebke gelungen war, drei Sekunden freihändig zu fahren.

Es wurde schwül; immer häufiger verschwand die Sonne hinter Wolkenbänken. Erst als sie die Uferstraße des Ratzeburger Sees entlangfuhren, vertrieb der Seewind die drückende Schwüle.

»Drüben fängt Rußland an«, behauptete Wiebke und zeigte zum anderen Seeufer.

Kurt schüttelte heftig den Kopf. Was Rußland anging, da

wußte er besser Bescheid als die höhere Schule. Rußland, ach, das lag so weit entfernt! In Rußland geht die Sonne zwei Stunden früher auf als in Kudenow, Wiebke!

»Aber es ist fast so wie Rußland«, schränkte Wiebke ein.

Auch das stimmte nicht. Du hast keine Ahnung, du kluges Mädchen von der höheren Schule. Das Seeufer dort drüben ist so deutsch wie Schleswig-Holstein, wie Thüringen und das Saaletal nördlich von Jena, in dem Kurt sich auskannte. Um mit Wiebke keinen Streit anzufangen, hielt er den Mund. Also blieb es bei Rußland.

Sie hatte sich in den Kopf gesetzt, bis Lübeck zu fahren. Vor allem des Marzipans wegen. Aber es war schon Vesperzeit, das Seeufer nahm kein Ende, und von den Türmen Lübecks war nichts zu erblicken. Von Südwesten kroch eine Gewitterwand auf die Elbe zu, trieb einen Keil nach Osten vor über die Lauenburgischen Seen und schob eine zweite Front von Dithmarschen her am Nordostseekanal entlang ins Land hinein. Sie waren von Gewitterwolken umzingelt. Ade, Lübecker Marzipan! Sie bogen ab und fuhren der Gewitterfront entgegen, in jene Richtung, in der Kudenow liegen mußte. Um den Weg abzukürzen, wählten sie Nebenstraßen und kamen in unbekannte Dörfer. Immer wieder die gleiche Anordnung. In der Mitte die Bauernhöfe, das Gemeindeamt, die Schule, der Krämerladen und das Spritzenhaus. Am Ortsausgang die Nissenhütten, Baracken und Kaninchenställe der Flüchtlinge. Ob es jemals zuvor in der deutschen Geschichte eine solche Ansammlung von Kaninchenställen gegeben hat? dachte Kurt.

Als Wiebke Durst bekam, hielten sie vor einem Dorfgasthof, um Limonade zu trinken. Der Wirt saß allein im Schankraum und hörte dem Radiosprecher zu, der mit sich überschlagender Stimme schilderte, wie der VfB Stuttgart vor hunderttausend Menschen im Berliner Olympiastadion

Deutscher Fußballmeister wurde. In der Halbzeitpause Nachrichten des Nordwestdeutschen Rundfunks:

In den Morgenstunden des heutigen Sonntags sind nordkoreanische Kommunisten zum Angriff auf Südkorea angetreten. Rote Panzer stehen vor Seoul.

Was ist das nun wieder? Weißt du, wo Korea liegt, Wiebke? Du gehst doch auf die höhere Schule, du müßtest dich da auskennen. Hoffentlich ist Korea nicht in unserer Nähe.

»Eine anständige deutsche SS-Division, und der Spuk wäre vorbei!« brummte der Wirt, als er ihnen die Limonade brachte.

Während Wiebke fröhlich an dem sprudelnden Wasser nippte, dachte Kurt an den neuen Krieg. Ging es schon wieder los? Kam das Wetterleuchten, das sie über dem fernen Kudenow erblickten, von den Kanonen vor Seoul? Und was da so bleigrau gegen Hamburg aufzog, war es der Rauch einer neuen Verwüstung?

»Solange bei uns nicht geschossen wird, ist doch alles gut«, meinte Wiebke, als sie weiterfuhren. Sie trällerte *Im Hafen von Adano,* ihren Lieblingsschlager des Monats Juni. Wo liegt eigentlich dieses Adano? Doch nicht etwa am achtunddreißigsten Breitengrad?

Leicht haben es die Gewitter in Schleswig-Holstein nicht. Oft liegt das Unheil wie angekettet über dem Elbvorland und kommt nicht über den Strom. Auch der Kanal, der das Land durchschneidet, bildet eine wirksame Barriere. Stundenlang liegen die Gewitter fest, kriechen die Elbe aufwärts, um einen leichten Übergang zu finden. Es grummelte aus allen Himmelsrichtungen; nur im Nordosten, über der Hansestadt Lübeck, zeigte der Himmel noch einen hellen Fleck. Es regnete nicht und stürmte nicht, aber es dunkelte früher. An gewöhnlichen Sommertagen wäre vor ihnen längst der Kirchturm von Kudenow aufgetaucht. Aber heute hatte ihn die fahle Düsternis verschlungen.

Endlich ein Wegweiser, der noch fünf Kilometer bis Kudenow anzeigte. Kurt war entschlossen, mit Wiebke in einen Heuschober zu kriechen, wenn jetzt der Regen käme. Eine Nacht im Heu liegen, während draußen das Gewitter tobte.

Aber es regnete nicht. Als Ersatz für den von Kurt herbeigesehnten Regen lief von Wiebkes Rad die Kette ab. Sie hielten an und spürten die Stille, durch die sie gefahren waren. Kein Vogellaut so kurz vor dem Gewitter. Nicht einmal das Laub raschelte. Im Nordosten stand immer noch der helle Fleck über Lübeck, der einzige Lichtblick.

Zum letztenmal ausruhen. In einem Kleefeld kurz vor dem ersten Schnitt. Die Kleeblüten hatten sich geschlossen, Bienen und Hummeln waren längst zu Hause. Erschöpft lagen sie nebeneinander und versuchten zu ergründen, wohin die Wolken zogen. Sie zählten die Blitze, die weit entfernt in Bäume und Lichtmasten schlugen.

Habt ihr denn keine Angst, Kinder? Die Luft ist voller Elektrizität. Da springen Funken über, auch von Mensch zu Mensch, und suchen sich einen Weg aus dem aufgeladenen Himmel in die empfangende Erde.

Du bist verrückt, Wiebke! Den ganzen Tag über hast du, obwohl du dich so gern bräunst, die Bluse in stechender Sonne zugeknöpft gehalten. Aber jetzt am Abend, als es nichts mehr zu bräunen gab, als das Gelb des Himmels sich in dunkles Lila verwandelte, kein Mond aufgehen wollte, auch der letzte helle Fleck über Lübeck von der Dunkelheit verschlungen wurde, jetzt sprangen alle Knöpfe auf. Wiebke war kaum zu erkennen im Halbdunkel, nur zu erfühlen. Sie fröstelte überhaupt nicht, war so warm, wie ein Mensch nur sein kann. Durften sie das überhaupt? Mit sechzehn Jahren in den unschuldigen Feldern liegen und den Klee plattwalzen?

»Kinder, Kinder«, würde die Mutter sagen, »was wollt ihr mit zwanzig Jahren machen, wenn ihr jetzt schon das Schönste vorwegnehmt?«

Sie fürchteten die Gewitterwolken nicht, die Schleswig-Holstein langsam besetzten. Sie fühlten sich verbunden mit Grashüpfern und blauen Libellen, die vor dem Unwetter nach Hause schwirrten, und nahmen das Zucken der Blitze als willkommene Illumination, um sich zu erkennen. Und das ferne Donnergrollen? Nein, da schimpft niemand. Der, der die Welt mit ihren Gefühlen, mit Grashüpfern, Libellen und Kleefeldern geschaffen hat, kann nicht böse sein, wenn zwei große Kinder unter dem Himmel liegen...

Kurz vor dem Dorf kamen sie doch noch in die Traufe. Wolkenbrüche kommen selten vor in Kudenow; aber an diesem Abend schüttete es mit einer solchen Heftigkeit, daß die Wege in kurzer Zeit unter Wasser standen. Sie warteten unter einer Linde, hielten sich umklammert wie die letzten Überlebenden in einer von der Sintflut bedrohten Welt. Trotz der Nässe war Wiebke immer noch voller Wärme und zitterte kein bißchen. Das Wasser tropfte durch das Laubdach, leckte ins Haar, lief den Körper hinunter und sammelte sich in den Schuhen. Durchnäßt fuhren sie weiter, durchquerten Pfützen und Sturzbäche und spritzten schmutzige Wasserfontänen in den Straßengraben. Als sie die ersten Häuser erreichten, ging Wiebkes Lichtanlage kaputt. Keine Angst, bei diesem Wetter traut sich nicht einmal Dorfpolizist Willers auf die Straße.

Im Nachbardorf heulte die Feuersirene.

Vor Kocks Hofeinfahrt kam ihnen ein schmutziger Fluß entgegen; er breitete sich auf dem Straßenpflaster aus und bildete einen mächtigen Teich, aus dem die Pflastersteine wie kleine Inseln ragten.

Im Hühnerstall brannte noch Licht.

Vor der Altenteilerkate stand Jerrys Jeep.

»Bis Jerry weg ist, kannst du zu uns kommen«, schlug Kurt vor.

»Mein Gott, Kinder, wie seht ihr aus!« rief die Mutter und brachte Handtücher. Sie jammerte über die lauwarme Milchsuppe und die völlig erkalteten Bratkartoffeln.

»Wißt ihr schon, daß wieder Krieg ist?« fragte sie plötzlich. »Nur fünf Jahre lang war Frieden. Früher machten sie längere Pausen, aber jetzt kommt die Welt überhaupt nicht mehr zur Ruhe.«

Während Kurt sich über die kalten Bratkartoffeln hermachte, stand Wiebke ungeduldig am Fenster. Sie zitterte nun doch ein wenig. Als bei ihrer Mutter endlich das Licht aufflammte, gab es kein Halten mehr. Wiebke rannte durch den Regen nach Hause.

»Unseren Bruno werden wir nie wiedersehen«, sagte die Mutter mit gefalteten Händen. »Wenn Krieg ist, lassen sie die Gefangenen nicht nach Hause.«

Der Tierarzt packte einen Haufen Formulare auf Kocks Stubentisch. Zuoberst eine Einladung zur Gründungsversammlung des Besamungsvereins Kudenow und Umgebung.

»Das ist gegen die Natur!« polterte Kock los und schob den Papierhaufen zur Seite.

Ja, gegen die Natur. Aber es war billiger. Die Bauern konnten ihre Zuchtbullen für gutes Geld an Schlachter Tetje verkaufen. Als Ersatz standen auf der Besamungsstation die besten aus Dänemark importierten Stiere bereit.

»Wer sagt mir, daß bei eurer künstlichen Besamung wirklich Kälber rauskommen und keine Papageien?« schimpfte Kock.

Der Tierarzt zeigte Bilder von Kälbern, die in Besamungsstationen gezeugt worden waren. Bestes Erbgut. Daraus werden die reinsten Wunderkühe, die die doppelte Menge Milch geben. In Dänemark und Amerika wird die Viehzucht nur noch so betrieben.

»Ihr gönnt den Tieren überhaupt nichts mehr«, brummte Kock, der nichts im Sinn hatte mit diesem neumodischen Kram. So etwas ist ungesund, ist Betrug an der Kreatur. Vielleicht besitzen die Kühe eine Seele, die bei künstlicher Besamung Schaden nimmt. Die Tiere werden mager bleiben oder verkalben, oder irgend etwas Schlimmes wird geschehen.

Als der Tierarzt sich verabschiedete, ließ er die Formulare zum Ansehen zurück, obwohl Kock ankündigte, er werde sie verbrennen. Sie lagen noch bis Sonntag auf dem Stubentisch. Da ließ Gerhard über Ella ausrichten, er halte den Besamungsverein für eine gute Einrichtung. Ella rechnete dem Bauern vor, wieviel Geld sie sparen könnten. Da wäre zunächst der Preis für den Verkauf des eigenen Bullen, ferner das Kraftfutter, das sie nicht mehr für ihn zu kaufen brauchten. Diesen Einnahmen stand der Mitgliedsbeitrag für den Besamungsverein gegenüber; außerdem kostete jede Besamungsspritze fünf Mark. Noch nicht berechnet war das bessere Erbgut, das der Besamungsverein lieferte.

»Ist gut, ist gut«, sagte Kock abwinkend. Es ging nur noch um billiger oder teurer, um Mark und Pfennig, um mehr Milch und mehr Fleisch. Alle wirtschaftlichen Vorteile sprachen für die Besamungsstation und gegen Kocks Bullen, und die Seele eines Rindviehs hatte auch in Kudenow noch niemand gesehen.

Weil Gerhard es gern wollte, nahm Bauer Kock an der Gründungsversammlung des Besamungsvereins teil. Auch an der praktischen Vorführung in der Besamungsstation, zu der Frauen nicht zugelassen waren. Da standen die Kudenower Bauern staunend im Halbkreis und sahen zu, wie ein Zuchtbulle die hölzerne Attrappe einer Kuh besprang, wie ihm der Samen abgezapft und der kostbare Saft säuberlich in Ampullen verschlossen wurde.

»Ein Sprung reicht für tausend Kälber«, erklärte der Tierarzt fachmännisch. »Wenn wir die Kühltechnik verbessert haben, frieren wir in sechs Wochen so viel Saft ein, daß es für Jahre reicht... Und der Bulle kann ab in die Wurst.«

Der Fortschritt war nicht mehr aufzuhalten. Melker Kassebohm brachte den ganzen Morgen im Kuhstall zu, weil er es nicht begreifen konnte. So manchen Streit hatte er mit seinem Bullen ausgefochten. Er war von ihm an die Wand gedrückt und in die Ecke gedrängt worden, hatte sich oft nur mit einer Eisenstange gegen die Kraft des Tieres wehren können... Nun sollte das alles vorbei sein. Tetje von der Ecke kam persönlich, um Kocks Bullen abzuführen.

»So ist das Leben«, murmelte Kassebohm, als das Tier vom Hof ging. Tetje hatte ihm ein verrostetes Blech als Blende vor die Augen gebunden, damit der Bulle nicht sehen konnte, wohin die Reise ging. Vor der Burg gab es einen Menschenauflauf.

»Die Natur wird sich rächen«, orakelte der alte Petschelies, als der Bulle vorbeigeführt wurde.

»Ist das nicht Tierquälerei, Vadder?« fragte die Bäuerin. Auch ihr wollte die Sache mit der künstlichen Besamung nicht in den Kopf. Nur Ella war mit dem Lauf der Dinge zufrieden. Es wird nun alles viel friedlicher zugehen. Von der

Besamungsstation kommt der Doktor mit der Samenspritze. Keine Melker werden mehr von wild gewordenen Bullen umgebracht. Keine Blende mehr vor den Augen, keinen Ring durch die Nase, nicht mehr an der Führstange gehen und mit der Forke geprügelt werden.

»So schön war das Leben eines Bullen gar nicht«, meinte Ella, als sie alle herumstanden und den Auszug des Tieres bedauerten.

Am Abend brachte Schlachterlehrling Hinnerk den in Zeitungspapier eingewickelten Bullenschwanz zu Kassebohm.

»Der Meister sagt, den sollst du dir in die Suppe kochen; das gibt Kraft für tausend Kinder.«

Ina ging wirklich fort. Zehn Jahre hatte sie auf Kocks Hof gearbeitet, aber der 30. Juni 1950 war ihr letzter Tag in Kudenow.

»Hoffentlich tut es dir nicht leid«, sagte die Bäuerin.

Natürlich tat es ihr leid. Aber sie war überflüssig. Außerdem schämte sie sich immer noch.

Am Tag, als sie fortging, spielte Stolten im Pferdestall den wilden Mann, schlug mit dem Forkenstiel auf die Tiere ein und ließ niemand in seine Nähe.

»Seitdem deine Schwester da ist, geht es bergab!« schrie er und schubste Kurt aus dem Stall. »Deine Schwester treibt alle vom Hof!«

Kurt hörte, wie Stolten dem Hafereimer einen Fußtritt gab und den Deckel der Häckselkiste zuknallte. Nachdem er bis zur Abenddämmerung im Pferdestall herumgetobt hatte, faßte sich Stolten ein Herz und ging in die Burg.

»Ich will auch gehen, Bauer«, sagte er, verschwieg aber den wahren Grund. Kein Wort davon, daß er Ina folgen wollte, daß er sie nehmen wollte, wie sie war, mit allen Erinnerungen an Toni Kirschwälder. Nein, Stolten sprach nur über die Pferde. »Wenn die Pferde abgeschafft werden, hab ich hier nichts mehr zu suchen. Was soll ein Bauernhof ohne Pferde?«

»Mensch, Stolten, so kurz vor der Ernte kannst du mich nicht im Stich lassen!« rief Kock.

Betreten blickte Stolten zu Boden. Daran hatte er im Zorn nicht gedacht. Es gehörte sich nicht, in der Erntezeit die Stellung zu wechseln. Im Spätherbst, wenn die letzten Rüben eingebracht sind, kannst du ziehen, Stolten. Oder im Frühling, bevor draußen die Arbeit anfängt.

»Setz dich man erst mal hin«, sagte Kock und holte die Schnapsbuddel. »Außerdem paßt es schlecht, weil mein Junge krank ist«, fügte Kock hinzu. »Soll ich denn allein die Ernte einbringen? Du mußt mir helfen, Stolten, und nach der Ernte unterhalten wir uns noch einmal in aller Ruhe.«

Stolten kippte den Schnaps hinunter. Ja, die Ernte ging vor. Daß Ina ihm weglief, zählte nicht. Daß sie in ein fremdes Dorf ging, zu fremden Menschen ging, vielleicht einen anderen Mann kennenlernte, daran dachte niemand.

Abends suchte Kurt ihn in seiner Kammer auf, weil er es nicht ertragen konnte, daß Stolten auf ihn böse war. Still nahm Kurt auf dem Schemel Platz und sah zu, wie Stolten verbissen Tabak schnitt. Kurt versuchte, ein gutes Wort für Ella einzulegen, aber Stolten ließ ihn nicht ausreden.

»Das liegt nur an der Schwester!« schimpfte er. »Die rafft alles zusammen, die muß alles selber machen, die will die paar Mark sparen, die ein Hausmädchen kostet.« Stolten legte das Messer aus der Hand. »Deine Schwester hat kein Herz, das ist es!«

Mensch, Stolten, das mußt du verstehen. Ella hat als kleines Flüchtlingsmädchen auf den großen Hof geheiratet. Die muß tüchtig arbeiten, weil sie fremd ist; die muß zeigen, was sie kann, damit sie von denen aufgenommen wird.

»Nein, sie hat kein Herz!« Stolten schlug mit der Faust auf den Tisch, daß die Tabaksblätter zitterten.

Betreten schlich Kurt aus der Kammer. Nein, mit Stolten war nicht zu reden. Kurt kam es so vor, als hätte Pjotr aus Nowgorod mit der Maschinenpistole ein großes Loch in ein Faß geschossen. Langsam lief es leer. Der Bulle ging vom Hof. Im Herbst wird Ella vier Pferde verkaufen. Ina verließ Kudenow. Stolten will ihr folgen. Wiebke wird nach Hamburg ziehen, und Gerhard Kock muß noch lange in der Lungenheilstätte ausruhen. Nur Kurts Kaninchen vermehrten sich emsig, und der alte Petschelies saß, als sei er ein festes Inventarstück dieses Hofes, Tag für Tag auf der Bank vor der Altenteilerkate und rauchte, vormittags drei Pfeifen, nachmittags Pfeife für Pfeife.

»Wie sollen wir nach Hause fahren, wenn die Pferde abgeschafft werden?« stellte die Mutter eines Abends entsetzt fest. Deutschland wird viele Pferde brauchen, wenn die Flüchtlinge heimziehen. Sie erzählte von dem großen Treck, der eines Tages nach Osten aufbrechen würde. Mit dem Fuhrwerk über die Oderbrücken. In der Weichsel die Pferde tränken. Für die Mutter war es unvorstellbar, mit der Eisenbahn oder dem Auto nach Hause zurückzukehren. Nein, es mußte mit Pferd und Wagen geschehen, so, wie sie Ostpreußen verlassen hatten. Und Sommer mußte sein auf dieser Reise. Vielleicht wäre Frühling noch besser, weil sie Gärten und Felder rechtzeitig bestellen könnten. Es wird kaum regnen auf dieser wunderbaren Fahrt. Und wenn es irgendwo in der Ferne donnert, wird es wirklich nur ein Gewitter sein.

Der 9. Juli war ein großer Tag für August Kallweit. Seine im Januar gegründete Flüchtlingspartei bekam bei den Landtagswahlen in Schleswig-Holstein fast ein Viertel aller Stimmen. Sechzehn Abgeordnete schickten die Flüchtlinge nach Kiel; ohne die Flüchtlinge konnte zwischen den Meeren niemand regieren. Sie nannten sich »Block der Heimatvertriebenen und Entrechteten«. Das klang furchtbar, mußte aber wohl so sein. Den anderen Parteien fuhr ein mächtiger Schreck in die Glieder. Fünf Jahre nach Kriegsende tat sich eine neue Kluft auf. Diesen Menschen aus dem Osten, die bisher so wohltuend geschwiegen hatten, konservativ und duldsam, zu keinem Aufruhr fähig, ihnen genügte plötzlich die Heimatsehnsucht nicht mehr.

»Solange die Flüchtlinge auf die Rückkehr hoffen, sind sie ungefährlich«, sagte ein politischer Mensch aus Bonn nach einer Wahlkundgebung im persönlichen Gespräch, aber immerhin so laut, daß Kallweit es hören konnte. »Wenn die Flüchtlinge wissen, daß unsere Ostgebiete verloren sind, wird es ungemütlich in Deutschland. Deshalb müssen wir dieses Wissen hinausschieben. Vielleicht ist in zwanzig Jahren die Zeit reif, um die Wahrheit zu sagen.«

»Aber unsere Ostgebiete sind nicht verloren!« schrie Kallweit dazwischen. Seine Hoffnung war der neue Krieg in Asien. Die Amerikaner werden die Welt von Osten her aufrollen. Die kommen von Asien nach Europa. Wartet nur ab, Königsberg wird von Osten her befreit! Aber bis zu diesem Tag wollten die Flüchtlinge im Westen menschenwürdig leben. Raus aus den Nissenhütten! Das war Kallweits Wahlspruch. Damit hatte er in Kudenow sechsunddreißig Prozent aller Stimmen für seine Entrechteten gewonnen.

Ella brauchte nicht zur Wahl. Sie war noch nicht volljährig, so daß ihr die Entscheidung zwischen Flüchtlingen und Einheimischen erspart blieb. Sie wäre ihr übrigens nicht schwergefallen, diese Entscheidung. Wenn du auf den zweitgrößten Hof in Kudenow geheiratet hast, sieht die Welt plötzlich anders aus. Da denkst du nur noch, wie das Erworbene zu bewahren ist, zu bewahren für den kranken Mann, für das kommende Kind, auch ein bißchen für dich selbst.

Auch die Mutter hatte nicht gewählt, um bei Kock nicht in den Verdacht zu geraten, Kallweits Flüchtlingspartei zu unterstützen. Am Wahltag schmerzten ihre Krampfadern so sehr, daß sie zu Hause bleiben mußte.

Abends feierte Kallweit im Wallensteiner Hof seinen Sieg.

»Mit unserer Partei werden wir durch ganz Deutschland ziehen«, verkündete er laut. Auch in Bonn wollte Kallweit anklopfen. Zwanzig Prozent der deutschen Bevölkerung waren Flüchtlinge aus dem Osten. Rechnete man die Ausgebombten und die Heimkehrer mit zu den Entrechteten, addierte sich das deutsche Elend auf zwölf bis dreizehn Millionen Menschen, die Kallweits Partei nötig hatten. Ein dikker Klumpen Sauerteig, groß genug, um Europa in Gärung zu versetzen.

Während Kallweits Siegesfeier kam es zu theatralischen Szenen. Kallweit zerriß, symbolisch natürlich, den Vertrag, den die Ostzone Anfang Juni mit Warschau geschlossen hatte und in dem die deutschen Gebiete hinter der Oder für alle Zeiten preisgegeben wurden. Nein, so etwas konnten die mit August Kallweit nicht machen! Er schrie die Schnapsflaschen hinter der Theke an, legte ihnen erschreckende Zahlen vor, die zu denken geben sollten. Seine Partei hatte ermittelt, daß von hundert deutschen Studenten nur ganze drei Flüchtlinge waren.

»Wie kommt das?« schrie Kallweit, und die Schnapsflaschen auf dem Regal begannen zu zittern. »Unsere Kinder sind nicht dämlicher als die einheimischen. Aber sie müssen Kartoffeln sammeln, statt die Nase in die Bücher zu stecken!«

Hoffentlich dreht er nicht durch, der Kallweit. In angetrunkenem Zustand packte er nämlich auch das heiße Eisen des Lastenausgleichs an. Kallweit teilte alles auf, was es in Deutschland an Werten gab. Die Einheimischen mußten die Hälfte dessen, was sie besaßen, in einen großen Topf werfen. Daraus wurden die Flüchtlinge für das Verlorene entschädigt. Aber ganz anders, als es sich die hohen Herren ausgedacht hatten. Die wollten dem Gutsbesitzer hunderttausend Mark geben und seinem Deputatarbeiter, der nur ein paar Hühner, Gänse, Schweine und Küchenstühle besessen hatte, einen blanken Tausender für den verlorenen Hausrat. Wer viel gehabt hat, sollte auch viel bekommen, und wer dort schon arm war, sollte es auch hier bleiben. Aber so hatte Kallweit nicht gewettet. Der teilte die verbliebene Herrlichkeit Deutschlands in gleich große Haufen auf. Jeder sollte den gleichen Anfang haben, denn sie haben alle das gleiche verloren, ihre Heimat, ihren Platz, an den sie gehörten. Kallweit addierte und dividierte, kam anfangs auf Millionen-, dann sogar auf Milliardenbeträge – bis plötzlich die Schlägerei ausbrach.

Sie fing an, als der deutsche Bauer den Wallensteiner Hof betrat, sich nach dem Kudenower Wahlergebnis erkundigte und für jedermann hörbar ausrief: »Wenn das so weitergeht, werden uns eines Tages die Zigeuner regieren!«

An diesem Abend vollbrachte Dorfpolizist Willers seine größte Leistung in Kudenow. Zunächst setzte er alle Körperkräfte ein, um Kallweit und den deutschen Bauern auseinanderzuhalten. Auch weigerte er sich standhaft, ein Protokoll aufzunehmen, von Strafanzeigen ganz zu schweigen. Schließlich überredete er die beiden Streitenden, mit ihm einen Schnaps zu trinken. Willers schleppte sie an den runden Klubtisch, der für den Gemeinderat bestimmt war, und ließ einschenken. Er brachte es fertig, daß Kallweit und der deutsche Bauer sich vor aller Augen sinnlos betranken, den ganzen Streit in einer riesigen Schnapslache ersäuften. Und Willers starrte ihnen so lange in die Augen, bis sie sich still versöhnten.

Der Sieg der Entrechteten und das Besäufnis im Wallensteiner Hof waren nicht die wichtigsten Ereignisse an diesem 9. Juli. Um zwanzig Uhr wurde in Kudenow das erste Kino eröffnet. Jerry, der lustige Engländer, stiftete eine Mark, damit Wiebke die Eröffnungsvorstellung sehen konnte: *Der dritte Mann*. Kurt begleitete Wiebke, aber nur bis zum Eingang, weil er keinen Jerry hatte, der Markstücke stiftete. Während Wiebke mit dem unheimlichen Orson Welles in das Riesenrad des Wiener Praters stieg, bewunderte Kurt die Bilder in den Schaukästen vor dem Kino. Geduldig wartete er, bis der Bösewicht zur Strecke gebracht war und Wiebke selig mit ihm nach Hause wanderte.

»Kino ist wunderschön!« jubilierte sie und summte die Harry-Lime-Melodie in den Kudenower Sommerabend.

Endlich Geburtstag im Hause Kock. Nachts gegen drei Uhr. Kurt raste mit dem Fahrrad zur Hebamme, anschließend zu Doktor Kruskoop. Eigentlich hatte der Doktor bei einer Geburt nichts zu suchen. Aber sicher ist sicher, dachte die Bäuerin. Vielleicht braucht der Lütte nach dem ersten Japser gleich gute Medizin.

Kein Gewitter über Kudenow, kein Glockengeläut, als Ella in die Wehen kam. Eine gewöhnliche Sommernacht mit frühem Sonnenaufgang. Als das Kind den Kopf herausstreckte, war es draußen schon so hell, daß die Bäuerin das elektrische Licht ausschalten konnte. In der tausendjährigen Eiche zeterten die Drosseln, auf dem Dachfirst gurrten die Tauben. Die

Linden neben der Dorfstraße blühten. Ihr Duft und das süße Aroma der Heckenrosen hätten die ersten Gerüche sein können, die dem Neugeborenen um die Nase geweht wären. Aber die Bäuerin schloß vorsorglich das Fenster, damit es nicht zöge und das Stöhnen nicht so weit zu hören wäre. Es muß schön sein, an so einem Sommermorgen in Kudenow geboren zu werden. Mit einer milden Sonne im Laub, gurrenden Tauben und singenden Vögeln, sehnsüchtig erwartet, umsorgt von vielen Händen, mit Tränen begrüßt. Geboren werden ohne eine Ahnung vom vergangenen großen Krieg, ohne von den Unterschieden zu wissen, weder Flüchtlinge noch Einheimische zu kennen, ganz neu zu beginnen und gleich zu Hause zu sein.

Als Kurt von Doktor Kruskoop zurückkehrte, ließen sie ihn nicht mehr in die Burg. Denn Kinderkriegen ist nichts für Kinder.

»Am besten ist, du gehst wieder ins Bett«, sagte Bauer Kock.

Ach, ihr wißt ja nicht, wie sehnsüchtig Kurt auf diese Geburt gewartet hat! Er kreiste um das Haus, hielt sich im Garten versteckt und sah durchs Fenster, wie die Mutter in der Bauernküche eifrig hantierte. Kurt Marenke wartete auf den ersten Schrei.

Als Doktor Kruskoop endlich kam, lebte Henning Kock schon zehn Minuten. Es war eine Geburt, so reibungslos wie bei den Naturvölkern. Kocks heimliche Sorge, aus der Mischung von Flüchtlingen und Einheimischen könne nichts Gutes herauskommen, wurde großartig widerlegt. Das war ein richtiger rotbackiger Holsteiner Jung. Keine Schlitzaugen, kein Wasserkopf, alles dran, was zu einem Bauern in Kudenow gehörte.

»Sieht er nicht aus wie sein Vater!« rief die Bäuerin entzückt.

Sechs Pfund wog der Bengel. Ein bißchen wenig für ein Bauernkind. Daran bist du schuld, Ella, weil du während der Schwangerschaft pausenlos gearbeitet hast. Na, wir werden dich schon hochpäppeln, lütt Henning!

Niemand dachte an Kurt. Der stromerte ungeduldig im Garten umher, lagerte hinter den Johannisbeerbüschen und wartete auf einen Menschen, der das Haus verließ und den er fragen konnte. Daß die Geburt glücklich verlaufen war, entnahm er schließlich einem Gespräch, das Bauer Kock und Doktor Kruskoop bei der Verabschiedung vor der Haustür führten.

»Als Arzt staune ich immer wieder, wie reibungslos die unverdorbene Natur so eine Geburt regelt. Aus dem Osten kommen gesunde Mädchen. Wissen Sie, Kock, während des Krieges in Rußland haben wir die Einwohner vieler Dörfer untersucht. Die unverheirateten Mädchen waren alle gesund, gebärfähig und vor allem jungfräulich. Das war die unverfälschte, kraftvolle Natur. Das ist gesundes Blut. Denen im Osten gehört die Zukunft. Aber bei uns ist alles verdorben und verrottet. Degeneriert nennt man so was!«

Erst nach dem Frühstück durfte Kurt den kleinen Henning besichtigen. Wie die Hühnerhabichte wachten die Großmütter über seinem Bettchen. Sie ließen Kurt nur auf drei Schritte herankommen und verboten ihm das laute Sprechen, damit er den Kleinen nicht erschrecke. Und faß das Kind nicht mit deinen Dreckshänden an!

Schon gut, schon gut. Kurt blieb respektvoll in der Tür stehen. Nicht einmal ein Auge öffnete der kleine Henning für den Besucher. Dabei gehörte Kurt zu den wenigen Menschen, die sich von Anfang an dafür eingesetzt hatten, daß Henning Kock leben durfte. Wenn du groß bist, werde ich dir die Wahrheit erzählen, dachte Kurt. Deine Großmütter wollten dich ermorden. Dein Großvater war bereit, das Geld dafür zu geben. Deine Mutter war unentschlossen. Allein dein Vater hat dich gerettet!

Aber vielleicht ist es besser, über solche Dinge nicht zu sprechen. Sie werden es wiedergutmachen. Schon jetzt tanzen die Großmütter geschäftig um das kleine Lebewesen, streicheln und hätscheln es. Du wirst es gut haben bei ihnen, Henning Kock. Viel besser als andere Kinder.

Ella lag erschöpft in ihrem Bett. So mild und versöhnlich hatte Kurt sie lange nicht mehr gesehen. Das wäre eine Stunde, um mit Ella über die Pferde zu sprechen, über die Flucht und Vaters Tod. Ella hatte Zeit. Er könnte alle Fragen stellen, die ihn bewegten. Aber Kurt brachte kein Wort heraus.

»Was sagst du dazu, Kurtchen?« fragte Ella lächelnd.

Was sollte er sagen? Endlich mal etwas Angenehmes auf diesem Hof. Es war etwas hinzugekommen, statt wegzugehen, eine große, neue Hoffnung mehr.

»Jetzt bist du Onkel, Kurtchen! Wie sich das spaßig anhört: Onkel Kurt!« Sie lachten beide.

Ella war mächtig stolz auf die sechs Pfund Mensch in dem kleinen Körbchen neben ihrem Bett. Henning Kock hatte ihre Welt verändert. Das war ihr Anker in der holsteinischen Erde. Nun gehörte sie dazu. Niemand konnte sie in den Hühnerstall zurückschicken. Ella weinte. Wann hatte es das schon mal gegeben? Sie empfand eine tiefe Rührung und, zum erstenmal eigentlich, eine große Zuneigung zu dem Vater ihres Kindes. Sie wünschte, daß er bald heimkehrte, gesund heimkehrte.

Als die Kudenower Post öffnete, stand die Bäuerin als erste am Schalter und gab ein Telegramm nach Mölln auf. Ja, ein Sohn ist dir geboren, Gerhard Kock. Es hat sich gelohnt, aus Krasnodar heimzukehren. Natürlich darfst du den Bengel nicht auf den Arm nehmen. Einen Tbc-Kranken lassen sie an keinen Säugling ran. Aber die Frauen werden dir von ihm erzählen. Du wirst hören, wie blond er ist und wie blau seine Augen sind und daß er ungewöhnlich lange Finger hat. Sie werden dir Bilder mitbringen und erzählen, auf welchem Daumen er lutscht, wie er zunimmt, wem er ähnlich sieht. Beiß die Zähne zusammen, und komm lebend aus deiner Heilstätte heraus, Gerhard Kock! Dann bekommst du ihn, deinen Jungen.

Rechtzeitig vor der Ernte kam Ella wieder auf die Beine. Während die Großmütter den kleinen Henning versorgten, arbeitete sie. Morgens um halb fünf begann ihr Tag, wenn sich das Kind meldete und die Brust verlangte. Danach fing das Hühnervolk an zu spektakeln. Die Ferkel quiekten, bis sie Futter in die Tröge bekamen. Für das Frühstück blieb nur wenig Zeit, weil schon die ersten Erntewagen auf die Scheune fuhren. Ella half beim Abladen. Sie kam den ganzen Tag über nicht aus den Gummistiefeln heraus. Sie trug die groben Manchesterhosen ihres Mannes, die von breiten Hosenträgern gehalten wurden. In diesem Aufzug war sie wirklich keine Schönheit. Das Stillen des kleinen Henning hielt so schrecklich auf. Vormittags in der besten Arbeitszeit wollte er seine Milch haben, nachmittags zur Vesperstunde noch einmal. Abends kam es vor, daß Ellas Bruste nicht genug hergaben. Dann legte sie sich eine Stunde lang zur Ruhe und fütterte das Kind noch einmal. Die Bäuerin wollte unbedingt ein neues Hausmädchen einstellen, aber Ella hielt das nicht für nötig. Wenn der Kleine größer ist, macht er nicht mehr soviel Arbeit. Außerdem kommt Gerhard bald nach Hause.

Ja, wenn er nur käme! Je länger es dauerte, desto unruhiger wurde Ella. Eine Woche lang war sie glücklich, weil sie das

Kind geboren hatte, weil sie sich nach Gerhard sehnte, der bald nach Hause kommen sollte. Dann fing es wieder an mit den Ängsten und Sorgen. Die Arbeit verschüttete die Gefühle. Manchmal schreckte sie nachts auf und dachte, Gerhard könnte überhaupt nicht wiederkommen. Sie stünde allein da mit dem Kind, hätte keine Rechte auf dem Hof, wäre wieder nur ein Gast. Die Schwägerin aus Marne würde kommen mit ihren gesunden Kindern und alles an sich nehmen.

Jeden Sonntag fuhr Ella nach Mölln und spazierte mit Gerhard durch die Wälder hinter der Lungenheilstätte. Sie warfen Eicheln in den klaren Spiegel des Sees und sahen fremden Kindern zu, die mit Kähnen ins Schilf ruderten. Sie sprachen über den Hof, über die Ernte und den kleinen Henning. Fast nie über die Krankheit. Weil am Sonntagnachmittag die Spaziergänger das Seeufer bevölkerten, mußten sie weit wandern, um keinen Menschen anzutreffen. Dort krochen sie für ein halbes Stündchen ins dichte Unterholz, denn Ella wußte, was sie Gerhard schuldig war. Gerade Lungenkranke brauchen so etwas. Das trägt zu ihrer Heilung bei, gibt ihnen das Gefühl, vollwertige Menschen zu sein. Natürlich hatte sie Angst, sie könnte sich anstecken und über sie könnte die Krankheit den kleinen Henning erreichen. Aber Angst war noch nie ein Grund, sich zu verweigern. Noch mehr fürchtete sie sich davor, wieder schwanger zu werden. Gerade jetzt, wo sie auf dem Hof gebraucht wurde, käme das ungelegen. Als sie die Mutter fragte, wie Schwangerschaft zu verhindern sei, schlug die die Hände über dem Kopf zusammen.

»Als verheiratete Frau darfst du an so etwas gar nicht denken, Kind!« Mutters einziger Rat: »Am sichersten ist die Enthaltsamkeit!« Mehr wußte sie nicht. Aber wie sollst du dich enthalten, wenn du einen kranken Mann hast, der weiter nichts zu tun hat, als auf seine Frau zu warten?

Gerhard sah gesund aus. Das Gesicht war rötlich aufgeblüht, er wirkte wohlgenährt. Aber der Arzt meinte, die kritische Phase sei noch nicht vorüber. Noch immer fraß die kaukasische Schwindsucht an dem letzten Lungenflügel.

»Bring den Kleinen mal mit«, bat Gerhard. Keine Angst, er wollte ihn nicht auf den Arm nehmen, nicht berühren, nicht anhauchen mit seinem kranken Atem. Es hätte ihm schon genügt, den kleinen Henning durch die Maschen des Drahtzauns oder durch die Fensterscheiben zu betrachten.

»Der ist noch zu klein für eine so weite Reise«, meinte Ella und dachte an die beiden Großmütter, die das Kind unter keinen Umständen hergeben würden. In deren Vorstellung schwirrte die Luft in Mölln von Krankheitserregern, war das Städtchen die reinste Hölle.

»Im Säuglingsalter kannst du mit dem Kind nicht viel anfangen«, tröstete ihn Ella. »Jetzt kennt er noch keinen, spricht nicht und schläft die meiste Zeit. Wenn du nach Hause kommst, kannst du alles nachholen.«

Jawohl, du mußt gesund werden, Gerhard Kock, wenn du dein Kind haben willst! Die Entlassung aus Krasnodar hat nicht genügt. Du mußt noch einmal entlassen werden!

»Wie ist das nun, Vater?« sagte Ella eines Abends beim Essen. »Auf der Hochzeit hast du doch versprochen, Gerhard den Hof zu überschreiben.«

»Ja, das habe ich, mien Deern. Wenn Gerhard gesund nach Hause kommt, fahren wir beiden Männer zum Notar. Dann bekommt er seinen Hof, und Mutter und ich gehen aufs Altenteil.«

Mutter Marenke lebte richtig auf, weil der kleine Henning sie von morgens bis abends beschäftigte. Mit der Bäuerin fuhr sie ihn im Kinderwagen zu Haarschneider Schnelle, der nicht nur einen großen Frisierspiegel besaß, sondern auch einen Fotoapparat und eine Lampe zum Anstrahlen.

»Is er nich seut!« rief die Bäuerin, als sie das eingewickelte Kind hochkant dem Haarschneider vor die Linse hielt. Schnelle lieferte die ersten Bilder des kleinen Henning, Bilder für die gute Stube, für den Hühnerstall, für die Verwandten in Marne, vor allem aber für Gerhard Kock in Mölln. Jeder soll sehen, was für ein hübscher, feiner, schierer Junge das ist.

An schönen Tagen fuhr Mutter Marenke mit dem Kinderwagen die Dorfstraße hinunter, von der Burg zur Kirche und zurück immer unter den Linden. Vor der tausendjährigen Eiche machte sie lange Pausen und gab dem kleinen Henning Gelegenheit, die Blätter des deutschesten aller Bäume zu betrachten. War das Wetter nicht so gut, fuhr die Mutter den Kleinen nur hinter den Johannisbeerbüschen im Garten spazieren, denn einmal täglich mußte er an die frische Luft, egal, was das Wetter dazu sagte.

Meistens lag Kurt in seinem Versteck auf dem Stallboden und beobachtete die beiden hinter den Johannisbeerbüschen. Er hörte, wie die Mutter dem kleinen Henning ostpreußische Wiegenliedchen vorsang, und wunderte sich über die schöne Stimme seiner Mutter. Einmal durfte auch er den Kinderwagen schieben.

»Aber sei vorsichtig, damit der Kleine nicht aufwacht.«

Ja, ja, vorsichtig, Mutter.

»Und bloß nicht so holpern, Kurtchen!«

Ist gut, ist gut, Mutter.

»Laß die Fliegen nicht auf sein Gesicht kriechen!«

Ja, ich werde die Fliegen verscheuchen, Mutter.

»Und nicht das Zudeck mit deinen Dreckshänden anfassen!«

Nach einer Runde durch den Garten nahm ihm die Mutter den Kinderwagen ab, weil sie Kurts ungestüme Fahrerei nicht mitansehen konnte. Da war er den kleinen Henning wieder los. Mißmutig schlenderte Kurt in den Hühnerstall, warf sich auf sein Bett und starrte zur Decke. Es war einsam geworden in Marenkes Hühnerstall, so still wie in den Knicks, so leer wie in der Scheune. Ella war gegangen. Die Mutter kam nur noch, um die Mahlzeiten zuzubereiten und um zu schlafen; die übrige Zeit verbrachte sie mit dem kleinen Henning.

Während Kurt vor sich hin döste, tauchte der Fremde von der Grenze neben dem Ofenrohr auf. Es war das erste Mal, daß der ihn im Hühnerstall besuchte. Furchterregend sah er aus. Er saß zusammengekauert auf der Ofenplatte wie ein zum Sprung bereites Raubtier. Kurt ahnte, warum der Fremde so zornig war.

»Du bist mir der Richtige!« schrie der Fremde. »Kannst nicht Schlesien von Schleswig unterscheiden, aber meine Orden verkaufen, das kannst du!«

Nun geht es los, dachte Kurt. Natürlich war ihm klargewesen, daß diese Begegnung einmal kommen mußte. Nun war sie da, und er begann zu zittern. Nein, dieser tobende Mensch war doch nicht sein Vater. Sein Vater hätte sich nicht so angestellt wegen der paar Orden.

Der Fremde riß die Schränke auf und blickte unter die Betten und auf die Regale; er hoffte wohl, noch einen Rest seiner Sammlung in Marenkes Hühnerstall zu finden.

»Wenn ich die Orden nicht kriege, mußt du mitkommen!« entschied er. »Wir werden so lange über die Schlachtfelder laufen, bis die Tasche wieder voll ist.«

Mein Gott, der war außer sich, dieser fremde Mensch mit der großen Sehnsucht nach blutbeschmierten Orden. Kurt schwankte, ob er unter die Decke kriechen und die Augen schließen sollte oder ob es besser wäre, in einem großen Kraftakt den Fremden über den Haufen zu werfen und nach draußen zu flüchten. Als der Fremde begann, Mutters Wäschekorb durchzuwühlen, nahm Kurt die Gelegenheit wahr und riß den Tisch um, der zwischen ihm und dem Fremden stand, warf einen Stuhl hinter sich, erreichte mit knapper Not vor dem Fremden die Tür und war draußen in der frischen Luft und der grellen Sonne. Es gab einen fürchterlichen Knall, als die Tür hinter ihm ins Schloß fiel. Kurt rannte über den Hof und versteckte sich hinter seinem Kaninchenstall. Dort erbrach er das Mittagessen und fühlte sich endlich wohler.

»Bist du krank, Jungche?« hörte er die Stimme des alten Petschelies. Der alte Mann stand über ihm und wiegte bedenklich den Kopf. »Du hast wohl Schnaps getrunken, was?«

Kurt gab keine Antwort. Er dachte nur, daß es nun endgültig aus sei mit dem Fremden von der Grenze, daß er nichts mehr mit ihm zu tun haben wollte, wie gut er sich auch auskennen mochte. Keine Orden mehr! Weder Eiserne Kreuze noch Medaillen des Vaterländischen Krieges, keine Verdienste und keine Verdienstorden. Aus und vorbei! Nichts mehr sehen und hören, sondern nur noch Kaninchen streicheln.

Kurt holte ein Kaninchen aus dem Stall und legte es sich in den Schoß. Das lenkte ab. Der alte Petschelies nahm neben ihm auf einem Hauklotz Platz und fing an zu erzählen vom Bullrichsalz, das gut ist für den Magen. Auch Pfefferminztee hilft gegen Übelkeit. Ach, das klang so angenehm und fürsorglich, wie der alte Petschelies erzählte. Geduldig hörte er dem alten Mann zu, der gerade ein großes Bündel Pfefferminz auf den Memelwiesen südöstlich von Tilsit erntete.

Der Sommer verging schneller als andere Sommer. Schon im August gingen die Kinder Laterne. Sie hatten sie bei Frau Peschka in der Schule gebastelt, sie mit schiefen Mondgesichtern, breitmäuligen Sonnen und langzackigen Sternen bemalt. Damit zogen sie in der Abenddämmerung singend durch das Dorf, ein langer Zug warmen Lichtes im abendlichen kühlen Kudenow. Sie sangen die plattdeutschen Laternenliedchen von Sonne, Mond und Sterne, von einer alten Frau, die tief im Walde wohnt, die sich Eier holt und sie nicht bezahlt, sie sangen von den schönen Laternen, die nicht ausbrennen dürfen, um die Sterne nicht zu erschrecken. Ja, für die Laternenkinder von Kudenow waren die Sterne noch wirkliche Sterne und keine glutäugigen Ungeheuer.

Als der Laternenzug an Kocks Hof vorbeikam, hörten die Kinder auf zu singen, denn aus den oberen Räumen der Altenteilerkate drang laute Musik auf die Straße. Wiebke feierte mit ihrer Mutter und Jerry, dem lustigen Engländer, Abschied vom Dorfleben. Kurt saß in einer Astgabel der tausendjährigen Eiche, lauschte dem Gelächter aus der Altenteilerkate und sah dem Laternenzug nach, der wie ein Strom von Glühwürmchen vorbeizog. Wie kann Wiebke nur so fröhlich sein, weil sie von Kudenow in die unheimliche Großstadt zieht? dachte Kurt.

»Die Städter sind andere Menschen«, hatte die Mutter beim Abendessen gesagt. »Die brauchen den Trubel der Großstadt. Denen ist es hier draußen zu still. Deshalb paßt diese Wiebke nicht zu dir, Kurtchen.«

Ich geh mit meiner Laterne und meine Laterne mit mir ..., sangen die Glühwürmchen, als sie Kocks Hof hinter sich hatten.

Plötzlich kam Wiebke aus der Kate. Sie lief zum Hühnerstall, um Kurt zu holen. Als sie ihn dort nicht fand, stellte sie sich mitten auf den Hof und rief nach ihm. Du sollst mitfeiern, Kurt Marenke!

Umständlich kletterte er aus dem Eichenbaum, ließ sich von Wiebke finden und die Treppe hinaufführen. Oben sah es aus wie auf einem Bahnhof. Koffer, Kisten und Taschen standen herum, die Schränke waren leergeräumt, die Gardinen abgenommen. Kurt staunte über die vielen Dinge, die Wiebkes Mutter besaß und die sie mitzunehmen hatte in die große Stadt. Das alles hatte ihr Jerry geschenkt.

Sie waren schon reichlich angeheitert, als Kurt auftauchte. Das lag an der Apfelsinenbowle, für die Jerry eine Kiste Wein gestiftet hatte. Sie drückten Kurt ein Glas Bowle in die Hand; er trank es mit einem Zug aus, aber es bewirkte keine Heiterkeit in ihm.

Wiebke wollte tanzen, aber Kurt saß steif in den Sofakissen und sah dem lustigen Engländer zu, der ihnen zeigte, wie Boogie-Woogie getanzt wurde. Jerry hat es gut, dachte Kurt. Für den ist es egal, ob er von Glinde nach Kudenow fährt oder nach Hamburg, denn zum Erreichen der schönen Dinge im Leben stellte ihm die britische Armee sogar einen Jeep zur Verfügung.

Plötzlich hing Wiebke an Kurts Hals und flüsterte: »Vielleicht heiratet Jerry meine Mutter. Dann ziehen wir nach England.«

Wie sie das sagte! England, das große, herrliche Ziel, eine Station vor dem Traumland Amerika. Wenn Wiebke nach England zieht, siehst du sie nie wieder, dachte Kurt und schweifte ab zur Dorfstraße, wo der Laternenzug sich auflöste. Die kleinen Glühwürmchen strebten auseinander, pusteten ihre Sterne aus.

Wiebke versuchte, mit Jerry englisch zu sprechen; sie wollte sich schon vorbereiten auf die Reise nach Norfolk. Es klang sehr ulkig, aber Jerry lobte Wiebke, weil sie sich wenigstens Mühe gab. Ihre Mutter dagegen brachte kein englisches Wort über die Lippen. Wozu auch? Für ihre Art von Verständigung bedurfte es keiner Worte.

Kurt trank ein Glas nach dem anderen, aber es machte ihn nur trauriger.

»Du mußt uns mal in Hamburg besuchen«, sagte Wiebkes Mutter lachend und ergriff seine Hand, um sich zu verabschieden.

Kurt stand schon in der Tür, als sie ihn zurückrief.

»Wollt ihr euch keinen Abschiedskuß geben?« rief sie und führte Kurt und Wiebke in der Mitte des Raumes zusammen. Sie erwartete allen Ernstes, die lieben Kinderchen würden sich unter dem grellen Licht der Deckenlampe in die Arme fallen und sich küssen zum Gaudium für Jerry, der lang auf dem Sofa lag und auf das Ende der Verabschiedung wartete. Aber Kurt riß sich los und rannte zur Tür. Am anderen Ende der Treppe riß er fast den alten Petschelies um, der in seinem langen Nachthemd auf dem Flur stand.

»Mein Gottke, mein Gottke, was ist das für ein Spektakel da oben«, stammelte der alte Mann.

Draußen wartete Kurt, ob Wiebke ihm folgen würde, um mit ihm allein Abschied zu feiern; vielleicht in seinem Versteck auf dem Stallboden oder im hohen Gras der Hauskoppel. Aber Wiebke ging folgsam ins Bett und überließ Jerry und der Mutter den Teil der Abschiedsfeier, für den sie keine Englischkenntnisse benötigten. Verstört bummelte Kurt über den leeren Hof. Gern wäre er mit den Kudenower Wichtelmännern Laterne gegangen; aber die schliefen schon. Er stellte sich Wiebke am Fenster ihres Hamburger Hochhauses vor, ein kleiner Punkt, der sich die Trümmerlandschaft anschaute. Und dabei fiel ihm auf, wie großartig still Kudenow an diesem Abend war. Die Laternenkinder schliefen, Jerrys Lautsprecher störte nicht mehr, keine ratternde Straßenbahn in

Kudenow. Das einzige Geräusch kam aus dem Pferdestall, wo Iwan der Schreckliche über seiner Krippe schnaubte.

»Gerhard möchte schon jetzt den Hof überschrieben haben«, sagte Ella, als sie wieder einmal aus Mölln zurückkehrte.

»Wenn der Junge es so will, müssen wir es tun, Vadder«, meinte die Bäuerin.

»Vielleicht wird er schneller gesund«, fügte Ella hinzu. »Wir müssen Gerhard zeigen, daß wir ihn brauchen und an ihn glauben.«

»Ich kann den Hof nicht überschreiben, weil wir keine Altenteilerwohnung haben!« rief Kock und verschanzte sich hinter seiner Zeitung. »In unserem Altenteilerhaus sitzt der alte Petschelies. Solange der lebt, geht das nicht.«

Ach, der alte Petschelies! An ihn hatte Ella überhaupt nicht mehr gedacht. Wie alt mochte er sein? Bestimmt schon siebzig Jahre. Lange macht er es nicht mehr mit. Der wackelt jetzt schon mit dem Kopf. Wichtiger als der alte Petschelies war jedoch, daß das Wohnungsamt keine Flüchtlinge in die von Wiebke geräumte Altenteilerkate einwies. Um das zu erreichen, eilte Ella zum Gemeindeamt.

»Wir haben immer noch Wohnungsnot«, meinte Schreiber Knaack und machte ein bedenkliches Gesicht. Aber er wollte mit Bürgermeister Petersen sprechen.

Und was machen wir mit dem alten Petschelies? Vielleicht könnte ihn die Gemeinde herausnehmen und ihm eine neue Unterkunft zuweisen.

»Das ist völlig unmöglich«, behauptete Knaack. »Wo sollen wir hin mit einem alleinstehenden alten Mann? Der muß da sitzen, bis er stirbt.«

»Du kannst doch den Hof überschreiben und trotzdem im Bauernhaus wohnen bleiben, Vater«, schlug Ella am Abend nach dem Besuch des Gemeindeamtes vor.

Aber da kannte sie Bauer Kock schlecht. Der schlug auf den Tisch, daß die Tassen klirrten.

»Das ist halber Kram! Wenn ein Holsteiner Bauer seinen Hof abgibt, geht er ins Altenteilerhaus. Es muß alles seine Richtigkeit haben bei uns in Holstein, und dazu gehört auch ein ganzes Altenteilerhaus!«

So war das also. Allein vom alten Petschelies hing es ab, wann Bauer Kock seinen Hof überschrieb. Aber der alte Petschelies wollte nicht sterben. Als der Herbstregen einsetzte, bekam er eine Erkältung, schleppte sich wochenlang mit einem Halswickel herum, hustete, daß es im Hühnerstall zu hören war – aber er wollte nicht sterben.

»Der alte Petschelies macht es auch nicht mehr lange«, sagte die Mutter, wenn sie ihn bellen hörte.

Aber ein Mann wie der alte Petschelies stirbt nicht an einer Erkältung. Der hat acht Wochen Flucht im Winter überstanden und ist mit vollgeschöpften Schuhen über das Frische Haff gelaufen. So einfach macht der sich nicht davon. Solange Kurt ihm beistand, Brot und Blutwurst aus dem Dorf holte, die Asche aus dem Ofen kratzte und die Ziege versorgte, so lange ließ es sich leben in Kocks Altenteilerhaus.

Er kam tatsächlich wieder auf die Beine. Als die Pfeife wieder schmeckte, war das Gröbste überstanden. Bei gutem Wetter saß er wieder auf der Bank vor der Kate, denn frische Luft hilft gegen Erkältungen. Als er eines Tages wieder draußen saß, kam Ella ihn besuchen. Sie lobte ihn, weil er sich so gut berappelt hatte und gesund aussah wie in früheren Jahren.

»Unkraut vergeht nicht«, meinte der alte Petschelies lachend.

»Aber so eine Krankheit kann wiederkommen«, entgegnete Ella besorgt.

»Solange das Kurtchen Brot und Blutwurst holt, ist das nicht so schlimm.«

»Aber besser wäre ein schönes Heim in der Stadt, Opa Petschelies. Da gibt es einen Doktor, und jeden Tag werden die Stuben eingeheizt.«

»Ach, laß man, Margellchen! Das ist gut gemeint. Aber was soll ein alter Mensch wie ich in der Stadt?«

Zeitlebens hatte der alte Petschelies in der Stadt nur einen Ort gesehen, wo man Kälber und Ferkel verkaufte. In die Stadt geht der Mensch zum Handeln. Leben muß er auf dem Lande, wo die Sonne früher aufgeht und später untergeht.

»In einem gemütlichen Altersheim kannst du noch hundert Jahre alt werden«, versuchte Ella ihn zu erheitern.

»So schöne Heime gibt es gar nicht, um hundert Jahre alt zu werden.«

Petschelies klopfte die Pfeife an der Hauswand aus und geriet ins Grübeln. »Laß mich hier ruhig hucken, Ella. Ein alter Mann wie ich kann nicht noch einmal umziehen.«

Ja, wenn es nach Hause gegangen wäre, hätte er vielleicht alle Kräfte zusammengerafft für die letzte große Reise. Aber wann wird das sein? So lange konnte Ella nicht warten.

Ratlos stand sie vor dem alten Mann. Sollte sie ihm sagen, was sie bewegte, warum sie es so eilig hatte? Es war die pure Angst, diesen Hof für sich und ihr Kind zu verlieren. Wenn Gerhard nicht wiederkommt, wird die Schwester aus Marne mit ihren gesunden Kindern den Hof erben. Deshalb mußte der Hof vorher auf Gerhard Kock überschrieben werden. Aber Bauer Kock geht nur zum Notar, wenn die Altenteilerkate frei ist. Und deshalb mußt du ausziehen, Opa Petschelies!

Der alte Mann stopfte gemütlich die Pfeife. Seine listigen kleinen Augen blickten vergnügt in die Baumkronen, aus denen die ersten gelben Blätter taumelten. Nein, mit dem alten Petschelies war nicht zu reden. Der räumt nicht freiwillig. Der zieht in seinem Leben nur noch zum Kudenower Friedhof um oder zurück in das Land an der Memel.

Abends kam Bürgermeister Petersen in die Burg, nicht zum Klönen, sondern in amtlicher Eigenschaft.

»Wenn wir die frei gewordene Wohnung in deinem Altenteilerhaus nicht belegen sollen, muß die Gemeinde eine Gegenleistung haben«, sagte er zu Bauer Kock.

»Sind wir schon so weit, daß die Gemeinde mit Wohnungen Handel treibt?« fragte der Bauer verwundert.

Ja, die Gemeinde brauchte dringend eine Koppel Bauland von Friedrich Kock, um eine Flüchtlingssiedlung zu bauen. Endlich hatten sie es begriffen. Die Flüchtlinge brauchten Erde, um sich festzukrallen. Baut! Baut! In Gottes Namen, baut! Es mögen Kaninchenställe sein oder Hundehütten – nur etwas Eigenes muß es sein. Ein Stück Garten muß dazugehören, damit die Flüchtlinge ihre Petersilie anbauen und in den Kartoffeln buddeln können. Aber als die Parole vom großen Wohnungsbauprogramm in Kudenow ankam, stellte Bürgermeister Petersen fest, daß die Gemeinde keinen Quadratmeter Bauland besaß. Die besten Koppeln neben der Dorfstraße gehörten den Bauern.

»Land verkauft man nur im äußersten Notfall«, brummte Kock.

»Aber du bekommst einen anständigen Preis.«

»Was ist schon Geld?« polterte der Bauer los. »In meinem Leben habe ich so viel Geld kommen und gehen sehen, da verlierst du das Vertrauen zu den Scheinen. Land ist mit Geld nicht zu bezahlen!«

Während die beiden Männer verhandelten, betrat Ella den

Raum. Sie hatte den kleinen Henning auf dem Arm, stand an der Tür und hörte zu.

»Wenn die Bauplätze gut bezahlt werden, kannst du mit dem Geld die dreifache Fläche Ackerland kaufen«, mischte sie sich plötzlich in das Gespräch der Männer. Erstaunt blickte Petersen auf.

»Das hat schon seine Richtigkeit«, entschuldigte Kock seine vorlaute Schwiegertochter. »Sie fährt morgen zu unserem Jungen nach Mölln. Deshalb muß sie wissen, was hier verhandelt wird.«

»Deine Schwiegertochter hat völlig recht!« rief Petersen. »Du verkaufst der Gemeinde die Schöpsenkoppel an der Dorfstraße, und für das Geld kaufst du neues Ackerland.«

Kock begann zu rechnen. Wenn er vier Tonnen Bauland abgäbe und dafür zwölf Tonnen Ackerland bekäme, wäre er der größte Bauer von Kudenow. Vierundachtzig Hektar Land. So groß war dieser Hof noch nie gewesen.

Sie begannen um den Preis zu feilschen. Pastor Thormählen hatte den Flüchtlingen fünfzig Pfennig für den Quadratmeter Bauland abgenommen. Das war ein Vorzugspreis, weil das Land von der Kirche kam und die Kirche nicht nur gute Werke predigen, sondern auch tun mußte. So billig wie Thormählen wollte Kock seinen Acker nicht hergeben. Fünfundsiebzig Pfennig je Quadratmeter müßte die Gemeinde schon auf den Tisch legen.

»Im Nachbardorf nehmen sie schon eine Mark für Bauland«, warf Ella wieder dazwischen.

»Aber das Land ist für die Flüchtlinge!« rief Petersen und blickte Ella an, als wollte er sagen: »Du gehörst doch auch zu denen! Wie kannst du nur so hohe Preise fordern?«

Aber was hieß hier Flüchtlinge? Ella mußte an ihr Kind denken und an den kranken Mann in Mölln. Die Kocks hatten nichts zu verschenken, und Bauland schon gar nicht.

»Du hast eine tüchtige Schwiegertochter«, bemerkte Petersen anerkennend.

»Sie hat recht, die Deern!« rief Kock. »Ein Stück Land ist etwas Einmaliges. So etwas wird nicht in der Fabrik gebaut, und deshalb ist unsere Holsteiner Erde eigentlich nicht mit Geld zu bezahlen.«

Petersen ging auf den Handel ein. Aber bevor die Männer einschlugen, erbat sich Kock einen Augenblick Bedenkzeit. Er ging mit raschen Schritten über den Hof, riß die Tür zum Hühnerstall auf und schrie: »Willst du immer noch in der Schreibstube arbeiten, Kurt Marenke?«

Als Kurt nickte, nahm Kock ihn mit, schob ihn vor sich her in die gute Stube der Burg und baute ihn dort wie einen Zinnsoldaten vor Bürgermeister Petersen auf.

»Sieh dir mal den Bengel an. Das ist ein fixer Kerl und gar nicht dösig im Kopp. Der ist gut für deine Schreibstube.«

Verwundert musterte Petersen den kleinen Marenke. Vermutlich sah er ihn zum erstenmal in seinem Leben, obwohl Kurt schon oft grüßend an Bürgermeister Petersen vorbeigegangen war.

»Mensch, Fiete, ich hab keinen Platz in der Schreibstube«, sagte Petersen mißmutig.

Aber Kock ließ nicht mit sich reden. Das war eine kleine Zugabe für das Bauland. Eine Mark den Quadratmeter und für den Jungen einen Platz in der Schreibstube. Anders ging es nicht!

»Hat er denn eine akkurate Schrift?« meinte Petersen einlenkend. »Ordentlich schreiben ist das Wichtigste. Schön muß es aussehen, und jeder Mensch muß es lesen können.«

Petersen bestellte Kurt für die nächste Woche aufs Amt zum Vorschreiben. Und danach werden wir weitersehen.

Ella kam mit der Nachricht nach Hause, die Ärzte hätten vor, Gerhard zu operieren.

»Das laß ich nicht zu!« schrie die Bäuerin. Solange sie denken konnte, wurde Tuberkulose mit Huflattichtee und gutem Essen geheilt. Den Körper ihres Jungen durften sie nicht aufschneiden.

»Wenn es gut ist für Gerhard, muß operiert werden«, meinte Kock.

Um zu wissen, ob es wirklich gut sei, ließ die Bäuerin Doktor Kruskoop holen. Er kam an einem trüben Abend, setzte sich mit Ella und den Bauersleuten in die gute Stube und trank Punsch, während draußen die Regentropfen gegen die Scheiben trommelten.

»Es gibt so viele neumodische Sachen, Doktor. Warum erfinden sie nichts gegen die Tuberkulose?« wollte die Bäuerin wissen.

»Das Mittel ist schon erfunden«, antwortete Kruskoop. »In drei Jahren wird der Schrecken der Tuberkulose für alle Zeiten überwunden sein. Die neue Medizin wirkt großartig... Nur bei den alten Fällen schlägt sie nicht mehr an. Wenn die Krankheit zu weit fortgeschritten ist, hilft nichts mehr.«

Ella saß stumm am Fenster. Sie hörte neben sich das monotone Ticken der Wanduhr und fürchtete, die Uhr könne jeden Augenblick stehenbleiben. Kaum folgte sie noch dem Gespräch; sie starrte nur zur Uhr, mußte aufstehen, um sie aufzuziehen, weil sie Angst hatte, die Uhr könne stehenbleiben.

»Aber sie können dem Jungen doch nicht ein Stück von der Lunge wegschneiden!« hörte Ella die Stimme der Bäuerin.

»Solange etwas zum Schneiden da ist, können wir zufrieden sein«, meinte Kruskoop. »Das verrottete Lungenstück wird abgeschnitten, mit dem gesunden Rest lebt der Mensch noch viele Jahre. Nur – es muß ein Rest dasein, verstehen Sie mich? Wenn alles verrottet ist, helfen auch Operationen nicht mehr.«

Ella fröstelte.

»Willst du nichts trinken, Deern?« fragte Bauer Kock.

Nein, nichts trinken, bitte nichts! Ende November wird die Operation sein, dachte Ella. Wenn alles gutgeht, darf Gerhard im neuen Jahr auf Urlaub nach Kudenow kommen. Im Frühling, wenn die gesunde Luft vom Meer über die Knicks weht, wenn die Ackerfurchen trocknen und die Wintersaat grünt, wird Gerhard Kock endgültig gesund sein.

Oder auch nicht. Vielleicht gehörte er zu den alten Fällen, für die die neue Medizin zu spät kam.

Sie blickte zur Altenteilerkate. In der Stube des alten Petschelies brannte eine matte Glühbirne. Der alte Mann entkleidete sich, öffnete vor dem Schlafengehen kurz das Fenster, um den Tabakdunst entweichen zu lassen, schob dicke Buchenkloben in den Ofen und schaltete das Licht aus.

»Das Kind weint«, sagte die Bäuerin.

Ella sprang auf. Sie war froh, die gute Stube verlassen zu können, nichts mehr zu hören von alten und neuen Fällen, von der Wundermedizin aus Amerika und von den verrotteten Lungenflügeln, die einfach abgeschnitten werden, sofern noch etwas zum Abschneiden da ist. Mit dem Kind auf dem Arm wanderte sie die Treppe auf und ab, bis Doktor Kruskoop das Haus verließ.

»In Gottes Namen, dann sollen sie unsern Gerhard operieren«, sagte die Bäuerin seufzend, als sie gemeinsam den kleinen Henning in den Schlaf schaukelten.

Immer wenn Ella vom Möllner Bahnhof zur Heilstätte ging, kam sie an dem Büro eines Advokaten vorbei. Doktor der Rechte und Notar. Einmal faßte sie sich ein Herz und betrat die Kanzlei. Eigentlich gehen anständige Menschen nicht zu einem Advokaten. Das war in Kruglanken schon so gewesen und galt auch in Kudenow. Mutter Marenke rühmte sich, in ihrem Leben – und das dauerte immerhin schon fast fünfzig Jahre – niemals ein Gericht von innen gesehen zu haben. Aber so lange konnte Ella nicht warten. Sie mußte in dieses Advokatenbüro, weil sie keinen anderen Ausweg sah.

Nichts sei einfacher als das, meinte der Doktor der Rechte. Wenn ein Bauer sein Altenteilerhaus für eigene Zwecke brauche, könne er auf Räumung klagen. Im Mieterschutzgesetz gebe es dafür den Paragraphen Eigenbedarf.

»Schon nach einem Termin bekommen wir ein Urteil, liebe Frau Kock!«

Der Rechtsanwalt zählte eine Fülle guter Argumente auf, warum der alte Petschelies die Altenteilerwohnung zu räumen hatte. Auf das Kleinkind könne man hinweisen, das einen eigenen Raum zu beanspruchen hatte. Und auf die Krankheit des Mannes. Wenn Gerhard Kock heimkehrt, bedarf er größter Pflege, damit Rückfälle vermieden werden; außerdem steht auch ihm ein eigener Raum zu.

»Bringen Sie mir bitte noch eine Bescheinigung des Arztes«, sagte der Advokat. »Es muß drinstehen, daß Ihr Mann Ende des Jahres entlassen wird. Das macht den Fall dringlich.«

Außerdem wäre es gut, wenn Ella sich um eine Ersatzwohnung für den alten Petschelies bemühte. Das macht vor Gericht einen guten Eindruck. Vielleicht gibt es in der Nähe ein Heim für alte Menschen. Es ist nicht erforderlich, den alten Petschelies dort einzukaufen; es genügt, mit der Heimleitung zu sprechen. Dann könne man dem Gericht sagen, dort sei ein Platz frei für den alten Mann. Es kam darauf an, zu zeigen, daß man ein Mensch sei, auch an andere denke, sich der Schrecklichkeit dieser Räumungsklage bewußt sei. Dann wäre der Prozeß schon so gut wie gewonnen.

Nach der Unterredung mit dem Rechtsanwalt eilte Ella zurück in die Heilstätte, um die Bescheinigung des Arztes zu holen.

»Ich verstehe Sie sehr gut«, sagte der Mann im weißen Kittel. »Aber ob Ihr Mann schon zum Jahresende entlassen wird, ist höchst ungewiß.«

Ach, auf ein paar Monate mehr oder weniger kam es Ella nicht an; wenn sie nur die Bescheinigung bekäme.

»Haben Sie Kinder?« fragte der Arzt.

Was hatte die Frage mit der Bescheinigung zu tun? Eigentlich nichts; es war nur so eine persönliche Bemerkung.

»Ja, wir haben einen Jungen, der ist drei Monate alt«, antwortete Ella leise.

»Na, wenigstens etwas«, murmelte der Arzt, griff nach Papier und Federhalter und schrieb, daß Gerhard Kock voraussichtlich zum Ende des Jahres 1950 aus der Heilstätte entlassen werde. »Hoffentlich hilft es Ihnen«, sagte er zum Abschied.

Das schwerste Stück Arbeit stand Ella noch bevor. Sie brauchte Bauer Kocks Unterschrift. Der mußte den Prozeß führen und dem Advokaten in Mölln eine Vollmacht ausstellen, denn Hof und Altenteilerkate gehörten immer noch dem Bauern.

»Wenn das man gutgeht, Deern«, brummte Kock düster. »Der alte Mann ist uns doch nicht im Wege. Laß ihn in seiner Stube sitzen, bis er stirbt!«

»Aber Gerhard will es so«, behauptete Ella. Für sie war der Weg gerade und sonnenklar vorgezeichnet. Der alte Petschelies wird in ein Heim ziehen. Die Altenteilerkate wird frei.

Der Hof kann auf Gerhard überschrieben werden... Danach ist alles, alles gut.

»Wenn der Junge das so haben will, mußt du unterschreiben, Vadder«, mahnte die Bäuerin.

Und damit begann der Räumungsprozeß Kock gegen Petschelies.

Als der alte Petschelies im Holzschuppen seine Ziege fütterte, stahl sich Kurt in die Altenteilerkate und schlich die Treppe hinauf, um in dem Raum zu sein, in dem Wiebke gelebt hatte. Ihr Geruch war verflogen. Das Zimmer hatte jetzt Ähnlichkeit mit Kocks Häckselkammer. Auf den Fensterbänken stand Feuchtigkeit, Schwitzwasser von den Scheiben. Kurt nahm still in der Ecke Platz, in der Wiebke geschlafen hatte. Aber auch hier entdeckte er keine Spuren. Er begann an Wiebke zu denken, wie man an einen verstorbenen Angehörigen denkt, den man sehr liebgehabt hat. Und das Denken schien zu helfen. Plötzlich rief die Mutter, und als er in den Hühnerstall trat, reichte sie ihm eine Postkarte.

»Sie hat geschrieben, deine Hamburgerin.«

Nur so; eine Karte mit fünf Sätzen aus dem Hochhaus. Gleich am ersten Tag sei sie mit der Hochbahn gefahren. Tags darauf habe ihr Jerry den Michel gezeigt. Wiebke hatte einen richtigen Höhenflug.

Hochhaus, Hochbahn, Kirchturm... Fall nur nicht runter, Wiebke! Als Kurt die Karte gelesen hatte, schwang er sich auf sein Fahrrad und fuhr Richtung Hamburg. Er begann die Fahrt mit einer angenehmen Sehnsucht nach Wiebkes unbekümmerter Zärtlichkeit. Aber mit jedem Kilometer, den er sich der Stadt näherte, wuchs die Furcht vor der kühlen Überlegenheit der Hochhäuser. Die Furcht verdrängte jene wohltuende Erwartung, mit der er Kudenow verlassen hatte.

Den ersten Schreck bekam er in Wandsbek. Die Robert-Ley-Bude, in der er seine Orden verkauft hatte, gab es nicht mehr. Die war in eine tiefe Baugrube gefallen, verschluckt von einem Bagger, der Steine, Eisenträger und Sprengbomben des Zweiten Weltkriegs ans Tageslicht förderte. Um sich abzulenken, fuhr er mit der Straßenbahn um die Wette. An den Haltestellen überholte er die Bahn, auf freier Strecke überholte sie ihn. Das brachte ihn in Schweiß, und Körperschweiß ist gut gegen die Angst.

Jedes der Hochhäuser war für sich ein Gebäude wie die Kudenower Kirche. Er umkreiste die Wohntürme, das Fahrrad neben sich führend, denn das Radfahren auf den Gehwegen zwischen den Hochhäusern war verboten. Kurt staunte über die langen Namenreihen an den Eingangstüren. In so einem Hochhaus lebten nicht weniger Menschen als damals in der Scheune. Er hatte ein wenig Angst, auf einer der vielen Knöpfe zu drücken. Vermutlich würden alle Fenster des gigantischen Gebäudes aufspringen. Die Menschen würden ihn verwundert anstarren, den kleinen Kurt Marenke, der vom Dorf gekommen war, weil er mit Wiebke wieder einmal das Spiel Berühren spielen wollte. Als er endlich entschlossen war, den Klingelknopf zu drücken, fiel ihm der Fahrstuhl ein. Noch nie in seinem Leben war Kurt Marenke mit einem Fahrstuhl gefahren. Er fürchtete, in der unheimlichen Maschine falsche Knöpfe zu drücken und mitsamt Fahrstuhl in den Keller zu stürzen oder über den Dachboden hinauszujagen.

Er brachte einfach die Eingangstür des Hochhauses nicht hinter sich. Wenn Passanten kamen, wich er in die Büsche aus und wagte sich erst wieder hervor, wenn die Luft rein war. Danach verharrte er erneut unschlüssig zwischen Klingelknopf und Fahrstuhl. Schließlich redete er sich ein, er dürfe dort oben im neunten Stock gar nicht stören, weil Jerry gerade zu Besuch sei. Er gab es auf, in das Hochhaus einzudringen, und hatte den glücklichen Einfall, auf Wiebke draußen zu warten. Irgendwann müßte sie aus der Schule kommen, entweder mit dem Fahrrad oder mit der ratternden Straßenbahn. Er setzte sich in das Fenster einer Ruine, ließ die Beine baumeln und beobachtete die Zugänge des Hochhauses. Wie ein treuer Wachhund wartete er auf seine Wiebke. Hunderte von Menschen stiegen im Lauf der Stunden aus der Straßenbahn, aber niemand war dabei, der wie Wiebke aussah. Es ging schon auf den Abend zu, und er hatte Wiebke noch nicht gesehen.

Als er sich entschloß, sein Fahrrad zu besteigen und Richtung Kudenow zu fahren, fühlte er sich erleichtert. Wieder fuhr er mit der Straßenbahn um die Wette, raste an der Baugrube vorbei, in der das Robert-Ley-Haus versunken war, machte vor einem Kino Pause und bewunderte die Schaukästen, in denen Rudolf Prack singend durch die Lüneburger Heide zog. Als die Stadt hinter ihm lag und er es nur noch mit den Knicks zu beiden Seiten der Straße zu tun hatte, mit den Krähenschwärmen auf den herbstlichen Feldern und den Wasserlöchern auf den Wegen, kam ihm die Gewißheit, Wiebke endgültig verloren zu haben. Ihre Heiterkeit und ihre Wärme waren nicht für ihn allein bestimmt. Wiebke war für alle da. Sie besaß einen unerschöpflichen Vorrat an Zärtlichkeit; jede Handbewegung geriet ihr zum Streicheln, jeder Hauch wurde ein sanftes Pusten. Kurt hatte seinen Teil davon abbekommen. Mehr durfte er nicht erwarten.

»Du mußt schrecklichen Hunger haben, Kurtchen«, sagte die Mutter, als er den Hühnerstall betrat.

Sie tischte ihm Brot, Margarine und durchwachsenen Speck auf. Aber Kurt bekam keinen Bissen herunter.

»Du sollst mal zu Gerhard nach Mölln kommen, Kurtchen«, richtete Ella aus. Sie reichte Kurt einen Zettel, auf dem Gerhard die Bücher aufgeschrieben hatte, die Kurt mitbringen sollte.

In der Burg wunderten sie sich, daß Gerhard nach Kurt gefragt hatte. Warum gerade Kurt? Die Bücher hätte auch Ella mitnehmen können. Die Bäuerin packte ein mächtiges Paket, das mit Mühe und Not auf Kurts Gepäckträger Platz hatte. Mehr Wurst und Schinken als Bücher, denn mit Büchern kann man keine Schwindsucht heilen.

An einem nebligen Herbsttag fuhr er los. Er fuhr jene Strecke ab, die er mit Wiebke im Sommer gefahren war, an den vom Nebel verschluckten Hünengräbern und der Alt-Möllner Windmühle vorbei. Keine Sonne, keine Getreidefelder, nur nasses Laub auf den Straßen. Eine traurige Fahrt.

Gerhard erwartete ihn im Aufenthaltsraum. Als erstes mußte Kurt sich stärken. Gerhard stapelte die für ihn bestimmten Schinkenbrote zu einem Berg auf und sah zufrieden, wie Kurt den Stapel langsam vertilgte. Nach dem Essen gingen sie in den Wald.

»Wie gut, daß dein Faulenzerleben bald zu Ende ist«, begann Gerhard. Ella hatte ihm berichtet, daß Kurt am 2. Januar 1951 in der Gemeindeschreibstube von Kudenow anfangen durfte.

Kurt mußte erzählen, wie Schreiber Knaack seine Schönschrift geprüft hatte. Eine »Verordnung über die Verarbeitung animalischer Fette« hatte er in schön geschwungenen Lettern abschreiben müssen, eine anstrengende Arbeit für zwei Stunden.

Gerhard lachte über die Schönschreibeprüfung. Als wenn es nichts Wichtigeres auf der Welt gäbe, als schön zu schreiben.

»Welches Buch liest du jetzt?« fragte er streng.

Kurt blickte verlegen zur Erde. Um ehrlich zu sein, im Augenblick las er überhaupt nicht.

»Ich hab dir doch gesagt, du sollst dir meine Bücher holen!« rief Gerhard ärgerlich. »Du mußt lesen, lesen, lesen! Jeden Tag einen Satz lesen und ihn behalten, dann bist du in dreißig Jahren der klügste Mensch in Deutschland!«

Kurt trottete schweigend nebenher. Er schämte sich ein wenig, als Gerhard ihm vorrechnete, wie herrlich diese Zeit sei.

»Wir hatten damals keine Zeit, um Bücher zu lesen. Wir marschierten mit der HJ und anschließend ab nach Rußland. Aber euch steht die Welt offen. Macht etwas draus!«

Reg dich bloß nicht so auf, daß es deiner Gesundheit schadet, dachte Kurt.

Aber Gerhard fand kein Ende. Kurt sollte sich von Bauer Kock die ausgelesenen Zeitungen holen.

»Damit setzt du dich in den Hühnerstall und liest von der ersten bis zur letzten Zeile. Jeden Tag. Auch das, was du nicht verstehst. Du willst doch kein Dummkopf bleiben, Kurt Marenke!«

Nach einer halben Stunde mußte Gerhard eine Bank aufsuchen. Doch seine Erschöpfung hielt ihn nicht davon ab, auf Kurt einzureden. Deutschland braucht tüchtige Männer, um die Trümmer wegzuräumen. Es wird keinen Krieg mehr geben, jedenfalls nicht in Deutschland. Deutschland hat die Nase voll. Wir können bauen, bauen, bauen! Es wird großartig sein, in diesem Land zu leben. Und du wirst dabeisein, Kurt Marenke!

Wenn Gerhard so redete, konnte einem schwindelig werden. Der erzählte von neuen Büchern mit wundervollen optimistischen Titeln. *Wie behandle ich Menschen?, Wie erforsche ich meinen Körper?, Wie lerne ich denken?* ... Wirklich, es war alles möglich und erreichbar.

Auf einen Zettel schrieb Gerhard, welche Bücher Kurt beim nächsten Besuch mitbringen sollte. Angefangen von *Seefahrt ist not* bis zu *Volk ohne Raum* und Knut Hamsuns *Hunger*. Durcheinandergewürfelte Weltliteratur, wie sie die Zeitläufte in Gerhards Bücherschrank geweht hatten.

Dazu einen Weltatlas, um mit dem Finger vom Bett der Möllner Heilstätte aus die Schönheiten der Erde abzureisen.

»Reitest du noch?« fragte Gerhard plötzlich.

Kurt schüttelte den Kopf. Er wollte erklären, daß er auf Gerhards Heimkehr warte, um mit ihm auszureiten.

Aber Gerhard ließ ihn nicht zu Wort kommen.

»Du mußt reiten! Wenn die Pferde im Stall herumstehen, werden sie übermütig. Die brauchen Bewegung, gerade jetzt zum Winter. Sag meinem Vater, ich will, daß du jeden Sonntag ausreitest. Aber reite nicht an der Bahn entlang. Um den Kudenower See mußt du reiten, da ist es am schönsten...«

Nach der Heimkehr ging Kurt in Gerhards Stube.

»Was treibst du dich hier herum?« fragte die Bäuerin.

»Ich soll Gerhards Bücher durchlesen.«

Die Bäuerin schüttelte verwundert den Kopf, ließ ihn aber gewähren. Den ganzen Abend durfte Kurt in Gerhards Stube sitzen – Ella heizte sogar ein – und die Stromschnellen des Orinoco abfahren, mit Sven Hedin ins ferne Asien reisen und mit dem Alten Fritzen durch die Schlesischen Kriege reiten.

»Wie ist das Kind bloß heiß«, jammerte die Bäuerin. Vierzig Grad Fieber zeigte das Thermometer.

Ella saß neben der Wiege. Wenn der kleine Henning zu weinen begann, schaukelte sie ihn oder flößte ihm aufgekochten Saft ein, den dunkelroten Saft der Holunderbeeren, die Kurt im Herbst gepflückt hatte.

»Hoffentlich bekommt er keinen Husten«, meinte die Bäuerin. Seit Gerhards Krankheit verband sie Husten mit dem Schlimmsten.

Eine lange Nacht mit dem kranken Kind. Kein Geräusch in der Burg; nur Henning schrak ab und zu aus seinem Fieberschlaf und weinte, bis Ella ihm seinen Daumen in den Mund schob. Sie machte sich Vorwürfe. Der kleine Henning wird sich angesteckt haben. Über sie ist die Krankheit aus Mölln nach Kudenow gekommen und hat den Jungen befallen.

Wie schnell das Kind atmete. Lange hält so ein kleines Wesen das nicht durch.

»Das ist nur eine Erkältung«, sagte Kock zuversichtlich, als er um Mitternacht vorbeikam, um nach dem Kind zu sehen.

Ella pustete Kühlung über das gerötete Gesicht. Du darfst nicht sterben, dachte sie. Beten müßte man können. Aber wie betet man? Die Mutter verstand etwas davon. Aber Ella hatte nie Zeit gehabt zum Betenlernen. Ihr kamen die wunderlichsten Gedanken in dieser Nacht. Sie sah ihren toten Vater und die weinende Mutter, sah auch die kleine Ella zwischen den Gänseblümchen auf dem Dorfanger spielen. Damals hatte das Leben so schön vor ihr gelegen, ein erwartungsvolles Leben, ohne Angst davor, fliehen zu müssen, gehen zu müssen, räumen zu müssen, hungern zu müssen, nichts zu haben, nichts zu bekommen, alles zu verlieren.

»Du mußt auch schlafen, Deern«, sagte die Bäuerin und erbot sich, bei dem Kind zu wachen. Aber Ella blieb. Die Bäuerin saß auf der anderen Seite der Wiege, Bauer Kock wartete im Lehnstuhl der guten Stube und fing die Zeitung immer wieder von vorne an.

»Wir sollten doch den Doktor holen«, schlug die Bäuerin

um halb eins vor. Ja, den Doktor. Ella warf sich den Mantel über die Schultern und kam in den Hühnerstall. Für solche Dinge war Kurt gut zu gebrauchen; er war der Bote für dringende Fälle, der Doktor-holer und Hebamme-Bescheid-Sager.

»Kurtchen«, flüsterte Ella, »bist du bitte so gut und fährst zu Doktor Kruskoop? Unser Henning hat hohes Fieber.«

Während Kurt sich anzog, nahm die Mutter die Bibel und begann halblaut zu lesen.

Bis zum Eintreffen des Arztes versank Ella wieder in brütenden Halbschlaf, kehrte heim zum Gänseblumenanger von Kruglanken. Dort hatte sie Mutter und Kind gespielt; jetzt war sie Mutter, und neben ihr lag das kranke Kind. Kaum zwanzig Jahre alt, Ella Marenke, und schon das Lachen verlernt auf dieser langen Straße, auf der sich hinter jedem Hügel ein neuer Hügel erhebt. Nein, du darfst nicht sterben, Henning Kock! Weder an der Schwindsucht noch am Fieber.

Die Bäuerin brachte heißen Kaffee. Das wird dir guttun, Ella. Auch der Doktor bekam von dem guten Kostarika-Kaffee, nachdem er den Brustkorb des Kindes abgehorcht hatte.

»Hohes Fieber ist bei Kleinkindern nicht ungewöhnlich«, sagte er. »Es wird eine schwere Erkältung sein.«

Ach, was bist du doch für ein wunderbarer Doktor! Nur eine schwere Erkältung. Keine Schwindsucht, keine Todesängste. Holunderbeersaft und Fieberzäpfchen genügen, um das Kind wieder gesund zu machen.

Als Doktor Kruskoop gegangen war, schlief Ella erschöpft neben der Wiege ein. Sie wachte erst am späten Morgen auf, als sie ein lautes Klappern auf dem Hof hörte.

Das war der alte Petschelies, der mit seinem Handwagen ins Moor fuhr. Ach ja, der alte Petschelies wußte noch nicht, daß er ausziehen mußte. Der fuhr im Oktober noch Berge von Torf zusammen, um für den kommenden Winter gerüstet zu sein.

Es war Freitag, der 24. November, genau ein Monat vor Weihnachten. Ein neblig-trüber Vormittag. Nur fünf Grad plus. Bald wird Winter sein. Auf den Hauskoppeln blökte das Jungvieh, das bis zum ersten Schnee draußen grasen durfte, sofern es noch etwas zu grasen gab. Rübenwagen kamen von den Feldern und verloren ihren Dreck auf der holprigen Dorfstraße. Kudenow war schmutzig.

Nur auf Kocks Hof wurde nicht gearbeitet. Stolten hatte zwei Pferde vor den Gummiwagen gespannt und hielt mit dem Fuhrwerk vor der Altenteilerkate. Steif saß er auf dem Bock und verwandelte während der Zeit des Wartens ein ganzes Tabakpäckchen in selbstgedrehte Zigaretten.

Um neun Uhr kamen die Männer. Sie tauchten plötzlich aus dem Nebel auf und standen vor der Hofeinfahrt. Dorfpolizist Willers und ein Fremder. Sie verlangten Bauer Kock zu sprechen. Aber der war nicht da.

»Das ist deine Sache«, hatte Kock am Frühstückstisch zu Ella gesagt und war auf die Felder gegangen.

Also gut, es war Ellas Sache. Sie ging mit den beiden Männern zur Altenteilerkate. Die Tür stand auf. Der alte Petschelies schloß nie ab, denn in Holstein gab es keine Wölfe wie an der litauischen Grenze. Die Stube war erfüllt vom Gestank des Petscheliesschen Krüllschnitts. Der alte Mann saß fertig angezogen am Sperrholztisch. Vor ihm standen die Reste des Frühstücks. Pflaumenmarmelade, eine Handvoll Brotrinde, die Petschelies der schlechten Zähne wegen in Milch eingeweicht hatte und bei der nächsten Mahlzeit mit dem Löffel essen wollte.

Der Fremde holte ein Stück Papier aus der Aktentasche und begann vorzulesen:

> *Im Namen des Volkes!*
> *Der Rentner Franz Petschelies wird verurteilt, seine im Altenteilerhaus des Bauern Friedrich Kock gelegene Wohnung, bestehend aus einem Zimmer, Flur und Abseite, zu räumen. Räumungstermin wird angesetzt auf Freitag, den 24. November 1950, 9 Uhr vormittags.*
> *Das Urteil ist vollstreckbar.*

»Da stimmt was nicht!« unterbrach ihn der alte Mann.

Ihn störte die Überschrift. Das Volk sollte man lieber aus dem Spiel lassen. Richtig müßte es heißen: Im Namen der Ella Kock geborene Marenke!

Ella bekam einen roten Kopf.

»Sie hätten Berufung einlegen müssen, bester Mann«, erklärte der Gerichtsvollzieher. »Jetzt ist es zu spät.«

»Es tut mir leid, daß es so weit kommen mußte«, bemerkte Ella. »Aber ich habe es rechtzeitig gesagt. Wenn mein Mann nach Hause kommt, brauchen wir die Altenteilerkate. Im Altersheim lebt es sich auch viel angenehmer.«

Sie sprach das wohlklingende Wort Altersheim aus, obwohl sie wußte, wohin die Reise des alten Petschelies ging. In ein Barackenlager am Rande der Stadt, ein Obdachlosenasyl für diejenigen, die fünf Jahre nach Kriegsende noch immer nicht zur Ruhe gekommen waren.

Warum bist du nicht früher gestorben, du alter Mann von der Memel? In Kudenow hättest du eine große Beerdigung bekommen. Alle Flüchtlinge hätten dich zu Grabe getragen, und niemand hätte den Namen des Volkes bemühen müssen und den Gerichtsvollzieher Schmidtke.

Petschelies schlurfte zum Fenster.

»Was soll der Gummiwagen vor meiner Tür?«

»So sind die Vorschriften«, erklärte der Gerichtsvollzieher. »Wer eine Wohnung räumen läßt, muß Transportmittel stellen.«

»Ich brauche keinen Gummiwagen«, sagte Petschelies. »Mit dem Handwagen bin ich in Kudenow angekommen, mit dem Handwagen werde ich wieder abziehen.« Er ließ die drei in der Stube zurück und ging zum Schuppen, um seinen vierrädrigen Handwagen zu holen.

»Heißt das. Sie räumen freiwillig?« fragte der Gerichtsvollzieher, als Petschelies zurückkehrte.

»Ja, der alte Petschelies räumt freiwillig. So freiwillig, wie wir damals Tilsit geräumt haben.«

»Das ist sehr vernünftig«, sprach der Beamte. »Die Vollstreckungskosten sind bei freiwilliger Räumung bedeutend niedriger.« Außerdem ersparte der alte Petschelies dem Gerichtsvollzieher die Mühe, einen Stuhl als symbolischen Akt der Zwangsräumung vor die Tür zu tragen.

In einer halben Stunde war der alte Petschelies fertig. Er verabschiedete sich per Handschlag von dem Gerichtsvollzieher, der nur seine Pflicht getan hatte, und von Dorfpolizist Willers, der nur seine Pflicht getan hatte, und von Ella. Dann ging er in die Burg, traf aber nur die Bäuerin an, denn Bauer Kock war immer noch auf seinen Feldern.

»Fünf Jahre habe ich hier gelebt«, sagte Petschelies, »und es hat mir recht gut gefallen. Kudenow war schon so etwas wie eine zweite Heimat. Aber nun reise ich weiter... Na, man nichts für ungut, liebe Frau Kock.« In heiterer Stimmung ging er zu seinem beladenen Handwagen. Doch auf halbem Weg besann er sich und steuerte auf Marenkes Hühnerstall zu.

»Ach, liebe Frau Marenke«, sagte er, »können Sie ab und zu nach dem Grab meiner Frau sehen, damit es nicht verkommt?« Für den Winter hatte er es schon mit Tannenreisig abgedeckt, aber wegen des Frühlings, wenn das Unkraut auf den Gräbern wucherte, machte er sich große Sorgen.

Die Mutter versprach es.

Damit war alles beschickt. Der alte Petschelies konnte reisen. Gemächlich klapperte er mit dem Handwagen in Richtung Bahnhof, in den Nebel hinein, der vom Moor her auf das Dorf zutrieb.

Auf der Bahnhofstraße holte Kurt ihn mit dem Fahrrad ein.

»Du hast die Ziege vergessen, Opa Petschelies.«

Ach ja, die Ziege! Sie stand angekettet im Holzschuppen und stieß mit ihren Stummelhörnern gegen die Bretter.

»Ich schenk sie dir«, sagte der alte Petschelies; er sagte es wie eine Bitte, ihm die Ziege abzunehmen. »Mit einer Ziege kann ich doch nicht in der Stadt ankommen«, fügte er lächelnd hinzu.

Während Kurt im Schrittempo neben dem Handwagen herfuhr, fiel ihm plötzlich ein, daß es jetzt keinen Fahrradstand mehr auf den Kudenower Festlichkeiten geben würde.

»Das kannst du allein machen«, sagte der alte Petschelies. »Du bist doch ein großer, tüchtiger Junge und kennst dich aus mit den Fahrrädern, kannst auch das Geld zählen und die Gerüste aufbauen.«

Auf halbem Weg zum Bahnhof machte Petschelies halt und setzte sich zum Ausruhen auf seinen Handwagen.

»Eigentlich bin ich schon zu alt, um in der Welt herumzuvagabundieren«, sprach er mehr zu sich als zu Kurt Marenke. Nur für eine Fahrt hätte er noch Lebenskraft besessen: für die große Reise an die Memel. »Aber eher kommen wir auf den Friedhof als zurück nach Ostpreußen.«

Sie gingen wieder ein Stückchen, aber am Ende der Bahnhofstraße hielt der alte Petschelies an, um eine Pfeife zu rauchen.

»Es war schon auszuhalten in Kudenow«, murmelte er und blickte die Reihe der blätterlosen Linden entlang, bis sie am Wallensteiner Hof, wo die Straße einen Knick machte, im Nebel untertauchten.

»Für mich ist das wie eine zweite Flucht, Kurtchen.«
»Aber es wird doch nicht geschossen, Opa Petschelies.«
»Ja, da hast du recht, es wird nicht geschossen.«

Als die Rüben aus der Erde waren, verließen die Pferde, die unnützen Haferfresser, Kocks Hof, um in die Fleischfabrik zu wandern. Deutschlands Pferde waren überflüssig geworden; sie brauchten niemanden mehr aus dem Dreck zu ziehen oder mit Millionen Flüchtlingen auf die Flucht zu gehen. Sie wurden abgeschoben wie alles, was nicht in die Zeit paßte.

»Die gehen nach Italien und werden dort aufgegessen«, stellte Stolten traurig fest. Nur Iwan der Schreckliche und eine braune Stute blieben zurück für den Milchwagen, für Kocks Kutsche und für Ausritte in den Kudenower Wald – wenn Gerhard wieder nach Hause käme.

Nach den Pferden ging auch Stolten. Der 30. November war sein letzter Arbeitstag. Die Ernte war eingebracht, er konnte guten Gewissens den Hof verlassen.

»Schade, Stolten«, sagte Kock. »Wir haben uns immer gut verstanden.«

Als Stolten die Steuerkarte und die Versicherungskarte abholte, spendierte Kock einen Schnaps aus der klaren Buddel.

»Zum Frühjahr muß ich mir einen neuen Mann suchen, einen, der Trecker fahren kann«, sagte Kock.

»Na denn, auf Wiedersehen, Bauer. Und man schönen Gruß an Ihren Sohn, den Gerhard. Ich wünsch ihm, daß er heil rauskommt und den Hof übernehmen kann.«

Im Lauenburgischen hatte Stolten das Dorf ausfindig gemacht, in dem seine Ina in Stellung war. Am liebsten wäre er auf den gleichen Bauernhof gezogen, auf dem Ina arbeitete; aber der Bauer brauchte keinen Knecht. So begnügte er sich damit, in ihrer Nähe zu sein, im gleichen Dorf zu leben und zu arbeiten. Aber eines Tages würde er seine Ina heiraten! Das stand so fest wie der Kirchturm von Kudenow.

Die Weihnachtsbotschaft aus Mölln lautete so: Gerhards Operation wird auf Ende Januar verschoben, weil er noch zu schwach ist. Na ja, auf einen Monat mehr oder weniger kam es auch nicht an. Am Tag vor Weihnachten fiel Schnee und blieb sogar liegen, was nicht oft vorkam in Kudenow. Auch am Morgen des 24. Dezember lag eine dünne Schneedecke auf dem Hof, genug, um die Mutter zu dem Ausspruch zu bewegen: »Das wird eine weiße Weihnacht wie in Kruglanken.«

Der Heiligabend traf auf einen Sonntag. Kurt schlief lange; er wurde erst zur Kirchzeit von Stimmen geweckt, die vom Hof her in den Hühnerstall drangen. Bauer Kock und die Bäuerin begutachteten einen Gegenstand, den Dorfpolizist Willers auf den Hof gebracht hatte. War das nicht der Handwagen des alten Petschelies? Das Gepäck unberührt, vom Regen durchweicht, gefroren und nun mit einer Schneeschicht bezuckert, zusammengehalten von dem Strick, mit dem der alte Petschelies früher Buschholz aus dem Wald gezogen hatte. Spaziergänger hatten den Handwagen dort gefunden, wo alle Wege enden: im Kudenower Moor.

Wo mag er nur geblieben sein, der alte Mann?

Es wird ihm doch nichts zugestoßen sein?

Kurt eilte hinaus.

»Weißt du, wo der alte Petschelies hingegangen ist?« fragte Willers. »Du warst doch immer mit ihm zusammen.«

Kurt stand mit offenem Mund da und gab keine Antwort. Langsam begann er zu begreifen, daß er der letzte Mensch gewesen war, mit dem der alte Petschelies in diesem Leben gesprochen hatte. Kurt rannte zu seinem Fahrrad und raste an der Menschengruppe vorbei, die den herrenlosen Handwagen bestaunte, den Willers aus dem Moor geholt hatte. Ohne Mühe fand er den Weg, denn die Räder des Handwagens hatten eine sichtbare Spur in den Schnee gezeichnet. Die Spur führte am Bahnhof vorbei in den Wald, umging den Kudenower See und endete im Moor. Zum Moor hatte der alte Petschelies immer eine besondere Zuneigung empfunden. Für ihn war es der vertrauteste Ort in Kudenow gewesen, voller Erinnerungen an zu Hause. Ein Stück Erde, nicht nur um Brenntorf zu stechen, sondern auch um den klagenden Schreien der einsamen Raubvögel zu lauschen und dem Wind zuzuhören, der so eigentümlich in den Birken wisperte.

Wo mochte er hingegangen sein, der alte Petschelies?

Kurt tastete sich auf dem leicht gefrorenen Boden in die Unwegsamkeit, umging die Pfützen und das tückische hohe Gras, unter dem der Sumpf lauerte. Er hangelte sich von Ast zu Ast und geriet immer tiefer in die Moorlandschaft, die unter dem Schnee seltsam verwandelt schien. Er erreichte die Stelle, an der sie im kalten Winter 47 den toten Russen gefunden hatten. Dort kletterte Kurt auf eine Birke, um Ausschau zu halten. Noch nie war ihm das Kudenower Moor so still vorgekommen wie an diesem Heiligabend. Das mochte am frisch gefallenen Schnee liegen, an dem gefrorenen Licht, das jeden Laut erstickte, vielleicht auch an der weihnachtlichen

Windstille über dem Moor. Er suchte die umstehenden Bäume ab, fand aber nur leere Vogelnester. Erst im Winter erkennst du, wie viele Nester das Moor hat, wie viele Vögel hier zu Hause sind.

Kurt untersuchte jede Unebenheit auf dem Boden, jeden Hügel, der aus dem Schneidegras ragte. Aber der alte Petschelies war nicht zu finden. Er wird dort untergegangen sein, wo der russische Kriegsgefangene untergegangen ist, dachte Kurt.

War es denn erlaubt, sich so spurlos davonzuschleichen aus der menschlichen Gesellschaft? Nur einen Handwagen mit alten Lumpen zurückzulassen? In zwanzig Jahren, wenn sie das Kudenower Moor trockenlegen, um eine Straße zu bauen, werden sie sein Skelett finden. Dann wird niemand fragen, ob es ein Flüchtling war oder ein Einheimischer, der sich im Moor verirrt hatte. Und das Räumungsurteil des Amtsgerichts, das der alte Mann in der Joppentasche trug, als er im Kudenower Moor versank, wird bis dahin längst vermodert sein.

So sterben Familien aus. Drei Kinder in die Welt gesetzt. Die Tochter dem Typhus geopfert, die Söhne für Führer und Vaterland. Für die Frau ein Holzkreuz auf dem Kudenower Friedhof, für den alten Petschelies nur ein paar verkrüppelte Birken im Moor. Und nichts bleibt übrig.

Mutter Marenke blieb mit dem kleinen Henning in der Burg, als die anderen am ersten Weihnachtstag mit der Kutsche nach Mölln fuhren. Kurt saß vorn neben dem Bauern, Ella und die Bäuerin in Decken und Pelze gemummt in der zweiten Reihe.

»Du wolltest doch den Hof überschreiben, wenn die Altenteilerkate leer ist«, sagte Ella, als sie Mölln erreichten.

»Ja, das habe ich versprochen«, brummte Kock.

»Das ist ein schönes Weihnachtsgeschenk für unseren Jungen«, meinte die Bäuerin.

»Ja, ein schönes Weihnachtsgeschenk.«

»Du kannst ja heute schon mit Gerhard den Termin für den Notar abmachen, Vater.«

»Ja, das werden wir machen, mien Deern.«

Eine Weile herrschte Schweigen.

Dann fing die Bäuerin an: »Sagt bloß kein Wort davon, daß der alte Petschelies tot ist. Das regt den Jungen nur unnötig auf.«

Ja, sie verpflichteten sich zu schweigen, und sie hielten es durch während der Fahrt den Waldweg hinauf bis zu den Toren der Heilstätte. Je weiter sie nach Osten fuhren, desto höher lag der Schnee. In Mölln konnten die Kinder sogar rodeln. Kurt stellte sich vor, die Kutsche würde über Mölln hinaus weiterfahren. Bald kämen sie mit dem Wagen nicht mehr durch den Schnee. An der Oder vielleicht umspannen auf Schlitten, und in Kruglanken stünden sie vor richtigen weihnachtlichen Schneeschanzen.

Auf dem Umweg über Kruglanken kam Kurt zu seiner Mutter. Die saß jetzt mit dem kleinen Henning am warmen Ofen der Burg und erzählte von Ostpreußen. Wenn sie mit dem Kleinen allein war, sprach sie gern ostpreußisches Platt. Der verstand noch nichts von Platt und Hochdeutsch, aber es klang so weich und zärtlich, wenn sie ihm vom Pustemanke erzählte, von Gänskes, Schwienkes und Perdkes und wenn sie ihn ganz für sich allein puscheien konnte.

Während Kock mit den Frauen in der Heilstätte verschwand, mußte Kurt auf die Pferde aufpassen. Er spielte mit ihnen, kraulte ihnen den Hals, pustete in die langen Pferdeohren und flocht Zöpfe in Schwänze und Mähnen. Zum Zeitvertreib balancierte er auf der Deichsel und suchte unter der Schneedecke nach vertrocknetem Gras, um es den Pferden zum Fressen anzubieten.

Nach einer Stunde kehrten die drei Kocks zurück. Ella mit einem Gesicht wie grauer Granit, die Bäuerin mit Tränen in den Augen. Bauer Kock kaute ungeduldig an einer erkalteten Zigarre.

»Wir sollen das Geld für die Umschreibung sparen! Das hat er gesagt. Wir sollen ihn übergehen und den Hof gleich auf Henning schreiben. Das hat unser Junge gesagt.« Die Bäuerin konnte es nicht fassen und schüttelte fortwährend den Kopf.

»Hör auf, vor allen Leuten zu heulen!« schimpfte Kock, als er ihr in den Wagen half.

Ella kam zu Kurt, der vorn neben der Deichsel stand und sich die Rückkehr dieses traurigen Zuges anschaute.

»Gerhard will dich noch einmal sehen«, sagte sie.

Während die beiden Frauen sich unter Decken und Pelzen verkrochen, Bauer Kock um den Wagen wanderte, das Geschirr umständlich zurechtrückte, die Stränge befestigte und sich ausdauernd mit den Pferden abgab, zog Kurt los, tauchte unter in dem riesigen Gebäude, in dem die mordenden Tuberkelbazillen hausten.

»Was machen die Pferde?« fragte Gerhard als erstes.

Kurt wollte ihm einen Gefallen tun und sagte ihm, daß er sich auf den Sommer freue und auf die gemeinsamen Ausritte durch den Kudenower Wald.

»Da wird nichts draus«, winkte Gerhard ab.

Ist die Operation schon wieder verschoben?

»Es gibt keine Operation, weil nichts mehr zu operieren ist.« Gerhard trat ans Fenster und blickte zu der Kutsche unten im Schnee. »Starr mich nicht so an, Kurt Marenke! So ist das nun mal im Leben. Irgendwann hört es auf. Ich hätte schon im Krieg draufgehen können wie Millionen andere.«

Während Kurt sich mit Mühe auf seinem Stuhl hielt, begann Gerhard auf und ab zu gehen.

»Um deine Schwester brauchst du dir keine Sorgen zu machen. Bei uns in Holstein fällt der Hof immer an den ältesten Sohn. Ist der älteste Sohn nicht mehr da, bekommt sein Sohn den Hof. Das ist unser Henning. Und seine Mutter hat das Recht, auf dem Hof zu bleiben bis ins hohe Alter. Daran kann niemand etwas ändern, auch mein Vater nicht, weil so die Gesetze sind.«

Kurt blickte betreten zu Boden. Mein Gott, Ella, wenn das so ist! Wenn niemand dem kleinen Henning den Hof nehmen kann, was auch immer mit Gerhard geschieht; wenn Henning der erste ist vor den kraftstrotzenden Kindern aus Marne; wenn Ella auf dem Hof bleiben darf und nicht in den Hühnerstall zurück muß – wenn das alles so ist, hätte der alte Petschelies noch leben können.

»Deine Schwester hat Pech gehabt. Erst Krieg und Flucht. Mit zwanzig Jahren schon Witwe und allein gelassen mit einem kleinen Kind... Du mußt ihr ein bißchen helfen, Kurt. Das schafft sie nicht allein.«

Kurt nickte, aber er war sich ziemlich sicher, daß Ella keine Hilfe brauchte. Die ist kein zartes, hilfsbedürftiges Geschöpf, wie man sich Frauen so vorstellt. Ella schafft alles, Ella kommt überall durch. Sie sprachen nur noch über das Kind. Wem es ähnlich sieht, ob es freundlich ist oder viel herumschreit. Gerhard hätte den Kleinen gern einmal in Mölln gehabt. Natürlich würde er sich vorher die Hände waschen und ein Taschentuch vor den Mund binden. Vielleicht kannst du ihn bei deinem nächsten Besuch mitbringen. Kurt versprach es, obwohl er nicht sicher war, ob es sich machen ließe. Die Frauen würden den Jungen nicht hergeben. Aber er versprach es, weil er es Gerhard in diesem Augenblick nicht abschlagen konnte.

Bevor Kurt ging, holte Gerhard ein Buch unter seinem Kopfkissen hervor und drückte es ihm in die Hand.

»Das mußt du unbedingt lesen!«

Es war ein Buch über die Zukunft der Menschen, über die großartigen Erfindungen und Entdeckungen des nächsten halben Jahrhunderts. Ihr werdet auf den Grund des Ozeans tauchen und zum Mond reisen, in fünf Stunden werdet ihr von Hamburg nach Amerika fliegen, in euren Stuben werdet ihr sitzen und sehen, was auf der anderen Seite des Globus geschieht. Es wird keinen Hunger mehr geben, weil die Äcker die dreifache Ernte abwerfen werden. Alle Krankheiten werden besiegt sein, auch die Tuberkulose. Es wird eine großartige Welt sein, an der Kurt Marenke und der kleine Henning Kock werden teilnehmen dürfen. Mit offenem Mund blickte Kurt zu Gerhard auf. Was bist du für ein sonderbarer Mensch, Gerhard Kock? Mit zerfressener Lunge hast du noch Freude daran, zum Mond zu fliegen. Hast nur ein halbes Jahr noch zu leben und träumst von der Zukunft! Können nur die, die so nahe am Abgrund sitzen, erkennen, wie großartig die Welt diesseits des Abgrundes ist?

Wie betäubt stand Kurt auf dem Flur. Seine feuchten Hände umklammerten das Buch der Zukunft. Er spürte, wie in ihm Mauern einstürzten und Dämme brachen... der Pfropfen flog aus der Flasche. Mein Gott, gab es denn hier keinen Lokus? Er rannte den Flur entlang, schloß sich in der kleinen Kabine ein – und heulte. Was sich in fünf Jahren aufgestaut hatte, wurde hinweggeschwemmt, näßte Hände und Jackenärmel, beschmutzte das kostbare Buch, leckte auf die nackten Fliesen. Der ganze Ballast seines jungen Lebens floß heraus. Fünf Jahre Stausee und jetzt ein Dammbruch. Bis jemand an der Tür rüttelte.

Kurt wischte die feuchten Stellen mit Papier ab; sein Taschentuch war längst ein nasser Lappen. Als er abgetrocknet war, schlich er vorsichtig hinaus, suchte die Treppe, die ins Freie führte, und trat ruhig und erleichtert vor das Portal der Lungenheilstätte, wo die anderen warteten.

»Vom langen Warten sind wir schon steif gefroren«, sagte Ella mit leisem Vorwurf.

Bauer Kock drückte ihm die Leine in die Hand.

»Dann fahr uns man nach Hause, Kurt«, meinte er und versuchte eine Zigarre anzuzünden. Aber der Wind pustete immer wieder das Streichholz aus; außerdem schmeckte sie nicht, Kocks Weihnachtszigarre.

Die Heimfahrt durch das schneebedeckte Land erinnerte Kurt an die Anfangszeit der Flucht. Vater hatte ihm oft die Leine gegeben, denn er hatte beide Hände gebraucht, um die Pfeife anzuzünden... Aber das lag weit, weit zurück.

»Du solltest doch lieber Bauer werden und nicht Gemeindeschreiber«, sagte Kock, als die ersten Häuser von Kudenow vor ihnen auftauchten.

Kurt tränkte und fütterte die Pferde. Als er zur Mutter in den Hühnerstall kam, begann die weihnachtliche Dämmerung.

»Soll ich die Kerzen anzünden?« fragte er.

»Ja, steck man an, Kurtchen! Das ist so schön gemütlich und erinnert an zu Hause.«

Die Fichte hatte Kurt aus dem Moor mitgebracht. Am Morgen des Heiligabends, als sie den Handwagen des alten Petschelies gefunden hatten. Er allein hatte den Baum aufgestellt und geschmückt.

Das ist das erste Weihnachtsfest ohne Ella, fiel ihm ein.

Die Mutter saß mit gefalteten Händen am Fenster. Sie ist schon wieder in Kruglanken, dachte Kurt und blickte durch die lamettabehängten Zweige. Da saß eine alte Frau, der nach und nach die Kinder verlorengingen. Ihr Anteil am Leben beschränkte sich auf den kleinen Henning, den kurzen Weg zur Kirche und den langen Weg nach Kruglanken. Sie war ihm fremd geworden, diese Frau, deren Haar grauer schimmerte, als es einem Menschen ihres Alters zukam, die Abend für Abend die Füße auf einen warmen Ziegelstein setzte, weil sie von unten her abzusterben drohten. War das seine Mutter? Jahrelang hatte Kurt nur den Gedanken gehabt, von dieser Frau gestreichelt, umarmt, auf den Schoß genommen zu werden. Jetzt saß er zwei Schritte von ihr entfernt und kam sich in ihrer Nähe überflüssig vor.

»Willst du kein Weihnachtslied singen, Kurtchen?«

Wie sollte er O du fröhliche singen, wenn er an den alten Petschelies und Gerhard Kock zu denken hatte?

Weil er nicht sang, kam die Mutter auf Bruno zu sprechen. Wo der jetzt wohl Weihnachten feiert? Gibt es in Rußland überhaupt Weihnachten? Das sind doch keine Christen. Aber Menschen sind es. Ja, es sind Menschen, die ein Herz haben. Und deshalb werden sie Bruno Marenke freilassen. Mutters letzte Hoffnung waren die Menschen. Plötzlich stand die Bäuerin in der Tür.

»Kommt zu uns ins Haus«, sagte sie. »Wir können ein bißchen zusammen sitzen und Weihnachten feiern.«

Der Baum in der Burg war größer als Kurts Moorfichte. Fünfundzwanzig Kerzen im Geäst. Bauer Kock saß dem Baum gegenüber im Lehnstuhl und rauchte endlich eine Zigarre, die schmeckte.

»Magst auch schon schmöken?« fragte er und reichte Kurt die Zigarrenkiste. Kurt nahm eine Zigarre, steckte sie an einer Tannenbaumkerze an und setzte sich neben den Bauern.

»Unser Henning kann schon sitzen!« jubelte die Bäuerin. Sie hatten den Kleinen in die Sofaecke gesetzt, wo er von den Kissen gehalten wurde. Er lutschte am Daumen und starrte die fünfundzwanzig Kerzen an, während die beiden Großmütter aufpaßten, daß er nicht umfiel, keinen Windzug bekam und kein Lametta in den Mund steckte.

Ella brachte Rotweinpunsch für die Frauen, Grog für den Bauern und für Kurt.

»Setz dich zu uns, Deern«, sagte die Bäuerin.

Aber Ella hatte noch in der Küche zu tun. Kurt hörte sie mit dem Geschirr klappern, hörte Türen ins Schloß fallen und Kannen scheppern. Zwischendurch kam sie in die Stube, um nachzuschenken.

»Sei man nicht so sparsam mit dem Rum«, brummte Bauer Kock.

Langsam brannten die Kerzen nieder. Weil es fußkalt war, brachte Ella der Bäuerin die neuen, gefütterten Pantoffeln, die der Weihnachtsmann in der Burg abgegeben hatte.

Warum setzt du dich nicht endlich zu deinem Kind? dachte Kurt. Aber nein, Ella war noch nicht mit der Küche fertig. Anschließend ging sie in den Nebenraum, um das Bett für den Kleinen vorzubereiten. Die anderen saßen um den Tannenbaum. Die ersten Kerzen blakten aus. Es wurde dunkler in Kocks Stube. Der Bauer trat ans Fenster. Da lag wie eine ausgebrannte Ruine die verlassene Altenteilerkate. Über ihrer Tür hingen Eiszapfen, auf der Treppe war nicht einmal Schnee gefegt.

»Wenn ihr wollt, könnt ihr aus dem Hühnerstall in unsere Kate ziehen«, sagte Kock plötzlich. »Wir beide gehen noch lange nicht auf Altenteil.«

Kurt erwartete einen Aufschrei der Bäuerin, aber niemand sagte ein Wort.

»Was meinst du, Kurtchen, wollen wir umziehen?« fragte die Mutter in das Schweigen hinein.

Vor einem Jahr hätte Kurt Freudensprünge vollführt bei der Aussicht, in die Altenteilerkate umzuziehen. Heute ließ ihn der Gedanke gleichgültig. Immerhin könnte er in der gleichen Ecke schlafen, in der Wiebke von den Caprifischern, vom Zuckerhut in Rio und vom schönen Leben in England geträumt hatte.

Die letzten Lichter brannten aus. Die matte Helligkeit, die der Schnee draußen verbreitete, gewann in Kocks Stube die Oberhand.

»Das ist Weihnachtsstimmung wie zu Hause«, sagte die Mutter und blickte nach draußen.

Ella kam und holte den kleinen Henning.

»Das Kind ist todmüde«, sagte sie.

Am Silvesterabend ging wie immer der Rummelpott durch Kudenow. In Lumpen gehüllte Kinder, Flüchtlinge und Einheimische mit Masken vor den Gesichtern wanderten von Tür zu Tür, sagten ihr Sprüchlein von den guten Wünschen für das neue Jahr auf und bekamen Äpfel, Bonbons oder einen Groschen. Wer mit dem Rummelpott durch Kudenow wandern wollte, mußte zuvor bei Lehrer Peschka die plattdeutschen Verse lernen, denn der Rummelpott geht nur plattdeutsch durch den Silvesterabend. Auf hochdeutsch wirkt der Zauber nicht.

Henning Kock weinte den ganzen Abend, weil er Zähne bekam.

Kurt saß vor Gerhards Bücherschrank. Er schrieb auf einen Bogen Papier die Namen aller Minister der deutschen

Regierung, angefangen von Adenauer bis Wildermuth. Anschließend lernte er sie auswendig; Gerhard hatte gesagt, es sei gut, das zu wissen. In Kocks *Bauernblatt* studierte er die Fruchtfolge auf den deutschen Feldern. Er kannte die Bestandteile des Thomasmehls, das Kock zur Düngung auf den Acker fuhr; Gerhard hatte gesagt, man müsse mehr über das Wachstum auf den Feldern lernen, dann gebe es bessere Ernten. Ein Zeitungsausschnitt erläuterte den Sternenhimmel im Monat Dezember; Gerhard hatte gesagt, die Sterne seien besonders wichtig. Kurt prägte sich die Sternzeichen ein und rannte auf den Hof, um sie am klaren Silvesterhimmel zu suchen. Orion, der Jäger. Wo ist die große Wega? Lichtjahre entfernt, voller Gleichgültigkeit gegenüber dem bißchen Leben auf einem entfernten, erkalteten Planeten. Warum machst du das, Kurt Marenke? Um es zu wissen! Um den eigenen Kindern später den Großen Wagen zu zeigen, der gemächlich mit Sechserzug und Reiterlein die Milchstraße abwärts fährt, nicht in Eile, nicht auf der Flucht. Um den Kindern keine Antwort schuldig zu bleiben, wenn sie fragen, warum die Blumen blühen und warum aus einem winzigen Korn Brot wächst. Kurt Marenke wird es allen zeigen, den Kocks und den Marenkes, den Flüchtlingen und Einheimischen! Auch dem ruhelosen Fremden von der Grenze, der noch immer glaubte, Kurt könne Schleswig-Holstein nicht von Schlesien unterscheiden, wollte er es zeigen, falls er jemals wiederauftauchen sollte. Und seinem Vater wollte Kurt einen Gefallen tun, falls der von der Wega her zuschaute. Kurt Marenke wird mehr wissen, als je ein Mensch in Kudenow gewußt hat. Er wird lernen, lernen, lernen, so, wie Gerhard es gesagt hat. Er wird den Nil ins Mittelmeer münden lassen und den Mississippi in den Golf von Mexiko. Er wird den Namen George Bernard Shaw so aussprechen, wie Wiebke ihn ausgesprochen hat. Und Gerhard Kock wird ihm auf die Schulter klopfen. »Wissen ist das einzige, was in dieser Zeit zählt«, wird er sagen. »Orion, den Jäger am südlichen Himmel, mußt du suchen. Kennst du den Polarstern, Kurt Marenke? Um die Sterne mußt du dich kümmern; die Sterne machen uns bescheiden.«

»Du willst wohl schrecklich klug werden«, brummte Bauer Kock, als er Kurt von den Büchern wegholte, um Silvester zu feiern.

Der Kleine weinte immer noch wegen der Zähne.

Die Bäuerin verteilte Pfannkuchen.

»Hau rein!« ermunterte sie Kurt. »Allein von den Büchern kann kein Mensch leben.«

»Wie is dat nun, mien Jung?« fragte Kock. »Fängt heute die zweite Hälfte des zwanzigsten Jahrhunderts an, oder war das schon am ersten Januar neunzehnhundertfünfzig? Was sagen deine Bücher dazu?«

Kurt wußte nicht genau, wie die Jahrhunderte gerechnet werden. Die Rechnung war ihm auch gleichgültig, wenn die zweite Hälfte nur besser ausfiel als die erste.

Rote Kugeln stiegen in den Himmel, zerplatzten über dem Kirchturm und fielen gemächlich zur Erde wie im Märchen von den Sterntalern.

»Dat is so wie unser Lewen«, murmelte Kock und zeigte auf die roten Kugeln. »Erst hochjagen, dann oben zerplatzen und zurück in die Erde. Aus! Düster!«

Orion hing funkelnd im Geäst der Kudenower Linden.

»Uns Jung steit nun ok ant Finster und kiekt no hoben«, meinte die Bäuerin.

»Laßt uns man reingehen und hören, was Vater Heuss zu sagen hat«, schlug Kock vor.

Sie versammelten sich um den Radioapparat.

Ein neues Jahr begann.

»Nun schreiben wir schon neunzehnhunderteinundfünfzig«, klagte die Mutter, »und die Flüchtlinge sind immer noch nicht zu Hause.«

Kurt fand in Kocks Zeitung das Bild eines lachenden Kindes, das seine Angehörigen über das Deutsche Rote Kreuz suchen ließ. Darunter folgender Text:

> *Name: unbekannt*
> *Vorname: Peter oder Heinz-Peter*
> *Geburtstag: 1. September 1942 (geschätzt)*
> *Augen: braun*
> *Haare: blond*
> *Über die Herkunft des Kindes ist nichts bekannt. Es wurde am 6. Juni 1945 durch einen russischen Soldaten im Krankenhaus Wesenberg (Kreis Neuruppin) abgegeben.*

Ach, es bleibt noch viel zu tun in der zweiten Hälfte des zwanzigsten Jahrhunderts.

Im Januar zogen sie um in die Altenteilerkate. Kurt schlief unter dem Fenster, unter dem Wiebke geschlafen hatte, aber ihr Bild wollte ihm nicht erscheinen. Sie war ihm so fern, als lebte sie schon in England.

Im Januar begann auch sein Dienst in der Gemeindeschreibstube. Es war ein feierlicher Ort, den Kurt mit Ehrfurcht betrat. Still saß er in einer Ecke und trug zur Übung lange Zahlenreihen in lange Listen ein, vor allem schön und deutlich. Gemeindeschreiber Knaack blickte manchmal über seine Schulter und sagte: »Bei der Sieben mußt du den Haken waagerecht machen, sonst kann man sie leicht mit einer Eins verwechseln.«

Wenn Kurt allein war, blätterte er die Geburten- und Sterbebücher der Gemeinde Kudenow durch. Wunderschön verschnörkelte Eintragungen, die bis ins vorige Jahrhundert zurückreichten. *Hinrich Poggendiek, geboren im Jahre des Herrn 1845*... dreißig Jahre später vom Pferd gefallen und den Hals gebrochen. *Grete Burmeister geborene Harders, gestorben im Kindbett am Ostermorgen 1862 im besten Alter von 22 Jahren. Lene Burmeister, gestorben achtundvierzig Stunden später, fünf Tage alt.* Seit 1945 im Sterberegister die gestochene Schrift von Schreiber Knaack. Jeder zweite ein Flüchtling aus Ragnit, Stolp, Oppeln, Budweis oder woher sie alle kamen.

Gelegentlich blieb Kurt länger in der Gemeindeschreibstube, als es nötig war. Dann blätterte er die verstaubten Gesetzbücher des Norddeutschen Bundes, des Kaiserreichs, der Weimarer Republik, der Hitlerjahre und der Besatzungszeit durch. Ihn faszinierten die dicken Wälzer. Eine neue Welt tat sich vor ihm auf – die Welt des Papiers und der Gedanken.

Gemeindeschreiber Knaack stellte Kurt dazu ab, dem Vermessungsbeamten die Stange zu halten, der Kocks Hauskoppel in Bauparzellen für Flüchtlinge aufteilte. Im März begannen die Bauarbeiten mit einer feierlichen Grundsteinlegung. Der Landrat kam und sprach von der neuen Heimat der Flüchtlinge. Am Eingang der Siedlung weihte er eine Windrose mit Wegweisern nach Königsberg, Stettin und Breslau ein. Über allem stand: *Berlin 271 Kilometer.*

Auch Kallweit hielt eine Rede; er erzählte von zu Hause. Die Wegweiser der Windrose hätten eine tiefe Bedeutung. Dorthin gehörten die Flüchtlinge wirklich. Die Baugruben seien nur ein Provisorium wie das ganze Deutschland in seinem aufgesplitterten Zustand.

Die neuen Bauherren standen fröstelnd auf dem aufgewühlten Acker und versuchten, ihre Erinnerungen in den Baugruben zu begraben. Es waren nicht nur die leeren Häuser, die am Ende der Windrosenwege auf sie warteten, sondern die Erinnerungen eines langen Lebens, die an den fernen Ruinen hingen. Auch gab es dort alte Friedhöfe mit deutschen Grabinschriften, die auf Blumen warteten. Als die Feier beendet war und die Menschen sich verliefen, kam Bauer Kock und nahm Kurt beiseite.

»Nun erklär mir mal, was ihr auf meiner Hauskoppel vermessen habt«, sagte er.

Sie spazierten durch den Dreck, und als sie das Ende der Siedlung erreicht hatten, kam Kock zu dem, was ihn eigentlich bewegte.

»Weißt du, daß wir jetzt den größten Hof im Dorf haben?«

Er hatte das Geld für die Bauplätze in zwei Wiesen und einem Waldstück angelegt und erklärte Kurt die Eigenschaften des neuen Landes. Die eine Wiese sei etwas sauer, das Waldstück müsse nach einem Windbruch wieder aufgeforstet werden.

Während Kock erzählte, wanderten sie durch die Feldmark.

Der Roggen muß noch Düngung haben.

Hier sollen Kartoffeln hin. Aber vor Anfang Mai dürfen die nicht in die Erde, sonst kommt die kalte Sophie und macht die Kartoffeln kaputt.

Dort wächst Hafer. Dort wächst Gerste.

Die Wiese hinter dem See muß unter den Pflug. Im nächsten Jahr werden wir Raps säen, der entzieht dem Boden das Salz.

Plötzlich blieb Kock stehen.

»Seitdem du in der Schreibstube arbeitest, siehst du blaß aus«, behauptete er. »Da herrscht ungesunde Luft zwischen den Papieren. Du solltest doch lieber Bauer werden.« Kock machte eine Pause, griff eine Erdklute und zerbröselte sie zwischen den Fingern. »Es ist nämlich so«, fuhr er fort. »Bevor unser Henning den Hof übernehmen kann, vergehen zwanzig Jahre. So lange halt ich das nicht mehr durch. Deshalb muß einer her, der den Hof bewirtschaftet, bis unser Henning groß ist. Verstehst du das, mien Jung? Irgendwie muß doch alles im Leben weitergehen.«

Kurt fühlte, wie ihm die Hitze in den Kopf stieg. Eine unbändige Begeisterung ergriff ihn. Bauer Kock brauchte Kurt Marenke! Das hatte es noch nie gegeben.

»Deine Schwester ist ja sehr tüchtig. Aber auf einen Bauernhof gehört ein Mann.«

Während Kock erzählte, warum ein Bauernhof ohne Mann nicht auszukommen vermag, fielen Kurt die Bücher ein, die er noch zu lesen hatte, die Chronik der Gemeinde Kudenow, die lange Reihe der verstaubten Gesetze zurück bis zum Norddeutschen Bund.

»So ein Hof besteht nicht nur aus Feldern und Wiesen«, sprach Kock mehr zu sich als zu Kurt. »Ein Bauernhof ist wie ein Stück von einem Menschen. Man kann ihn nicht einfach weggeben. Der Hof muß zusammengehalten werden für unsern Henning. Fünf Generationen leben die Kocks schon auf diesem Hof...« Der Bauer fing an zu rechnen. Er kam bis in die Zeit, als die Kosaken die Franzosen aus Hamburg vertrieben hatten. So lange gab es schon einen Bauernhof Kock in Kudenow. »Du brauchst nicht auf der Stelle ja oder nein zu sagen, mien Jung. Noch ist keine Eile. Ein paar Jahre schaff ich die Arbeit noch. Wenn du es gern willst, kannst du die Lehrzeit in der Schreibstube zu Ende bringen. Danach kommst du auf den Hof, denn es ist ja auch dein Hof; du gehörst mit zu unserer Familie.«

Bei der Rückkehr trafen sie Mutter Marenke. Sie saß auf der Bank vor der Altenteilerkate, der letzten Station vor dem

Tod, dort, wo Opa Kock mit der Fliegenklatsche und der alte Petschelies mit der Pfeife gesessen hatten. Ihre Hände strickten, ihre Füße schaukelten den Kinderwagen, in dem der kleine Henning schlief.

Kock blieb stehen und sprach mit der Mutter über die Saat auf seinen Feldern.

»Es steht alles sehr gut. Wenn es keine Trockenheit gibt, wird es ein gutes Jahr.«

Kock nahm Kurt mit in die gute Stube. Dort holte er die Schnapsbuddel aus dem Schrank und schenkte ein.

»Wir beiden Männer werden das schon schaffen«, sagte er.

Prost!

O ja, Kurt Marenke wollte gern helfen; nur benötigte er noch etwas Zeit für die Chronik der Gemeinde Kudenow. Und er mußte vorher zu den fernen Spiralnebeln reisen und einen Umweg über den Amazonas machen. Vielleicht würde er schon wieder zurück sein, wenn Bauer Kock ihn brauchte auf dem größten Hof in Kudenow.

An einem Freitag kam Kurt aus der Schreibstube und sah Kock im Hühnerstall arbeiten.

»Hier sollen wieder Hühner rein«, erklärte der Bauer und schlug mit dem Vorschlaghammer ein Loch in die Wand als Auslauf für das Geflügel.

Kurt sah schweigend zu, wie der Hühnerstall seiner ursprünglichen Bestimmung zurückgegeben wurde.

»Hühner brauchen Sand zum Scharren.« Das war der Grund, warum Kock den Holzfußboden aufriß und die verschimmelten Bretter zum Verbrennen auf den Hof warf.

Plötzlich hielt er ein. Unter den Dielen lag ein kleines Abzeichen: *Winterhilfswerk 1942.*

»Mensch, wo kommt das her?« rief Kock verwundert. Er hatte keine Erklärung dafür, wie dieses Stück Erinnerung an den kalten Kriegswinter 1942 in den Hühnerstall geraten sein konnte. Damals hatten hier Kriegsgefangene gelebt; aber Kriegsgefangene hatten keine Abzeichen des Winterhilfswerks gekauft.

Kurt hätte dem Bauern das Abzeichen am liebsten aus der Hand gerissen, weil es eine letzte Erinnerung an den großen Fremden von der Grenze war, an die erste Zeit des Kriegspielens mit Orden und Ehrenzeichen auf dem dunklen Fußboden des Hühnerstalls.

»Kannst es behalten«, sagte Kock und warf ihm das Abzeichen zu. Kurt fing es auf, vergrub es hastig in seiner Hosentasche und preßte es in seine Hand.

Noch einmal tauchte Kallweit auf, um der Mutter beim Lastenausgleich zu helfen. Es galt Papiere zu sammeln, Formulare auszufüllen, sich daran zu erinnern, was die Marenkes gehabt und verloren hatten. Wie viele Kühe standen zuletzt im Kuhstall? Wie war die Qualität des Ackerbodens der Marenkes? Ruhten Hypotheken auf dem Grundstück? Die Flüchtlinge sollten Geld erhalten für das, was im Osten untergegangen war. Natürlich kann man eine Heimat nicht kaufen oder verkaufen; aber Geld ist besser als gar nichts. Das war Kallweits Meinung, der viel zu tun hatte mit dem Lastenausgleich. Er füllte Anträge aus, das Stück zu fünfzig Pfennig, und er kam für Monate zu keiner anderen Arbeit als dem Lastenausgleich.

Auch Pastor Thormählen hielt in seiner praktischen Art eine Predigt über den Lastenausgleich.

»Wenn die Deutschen das schaffen«, sagte er, »ist es die größte Leistung unseres Jahrhunderts. Da kommen alle Kriege und Revolutionen nicht mit. Kaputtschlagen kann jeder. Aber das Übriggebliebene aufzuteilen, über zehn Millionen Flüchtlingen einen neuen Anfang zu geben, das ist eine Leistung, die sich vor der Geschichte sehen lassen kann.«

Henning Kock war ein Jahr alt, da verschwand er eines Tages von der Bildfläche. Mein Gott, diese Aufregung! Dorfpolizist Willers fuhr die Straßen ab und ordnete die Durchsuchung von Gärten, Stallungen und Jauchegruben an. Hatten die Zigeuner den kleinen Henning geholt, oder war er in den Graben gefallen, wo ihn die Raben fressen? Ein schöner Vormittag – und dann dieses Unglück. Ein milchiges Sonnenlicht, gelegentlich getrübt von vorbeisegelnden Wolken, erfüllte die Obstgärten; aber kein Henning saß im Schatten der Bäume und pflückte Weißkleeblüten. Ella lief zwischen den Baugruben der Flüchtlingssiedlung umher und suchte ihr Kind. Mutter Marenke rief ihn in den Stallungen, die Bäuerin rannte alle Büsche und Sträucher im Garten ab. Bauer Kock hatte sich die Brennesselinseln auf der Kälberwiese vorgenommen.

Während sie in Kudenow suchten, lag Gerhard Kock im Gras hinter dem Birkenwäldchen der Möllner Heilstätte und sah dem kleinen Henning zu, der sich beharrlich Blumen in den Mund steckte. Kurt lag schweigend neben seinem Fahrrad und starrte in den weißen Himmel. Eigentlich dürfen sich Lungenkranke nicht der grellen Sonne aussetzen. Auch ist es für sie zu anstrengend, auf allen vieren hinter einem Kind herzukrabbeln. Vor allem ist der Erdboden zu kühl für kranke Menschen.

Aber darauf kommt es nicht mehr an, wenn du nur noch drei, höchstens vier Monate zu leben hast. Was Kurt am meisten verwunderte, war die Selbstverständlichkeit, mit der Gerhard über das Sterben sprach. Sterben ist immer noch das Einfachste im Leben! Vielleicht lag es daran, daß diejenigen im Vorteil sind, die in Rußland schon ein paarmal vorausgestorben waren. Gerhard erzählte, wieviel besser es ihm gegangen war als den anderen. Verglichen mit ihnen war er ein König. Das Leben hatte ihm zwei Jahre draufgezahlt und ihm einen Sohn gegeben. War das etwa nichts? O ja, es hatte sich gelohnt, aus Krasnodar heimzukehren!

»Wie gefällt dir die Mischung aus Ostpreußen und Holstein?« fragte Kurt und zeigte auf den kleinen Henning.

»Der ist wie jedes andere Kind. Es gibt keine Unterschiede. In zwanzig Jahren wird kein Mensch mehr von Flüchtlingen oder Einheimischen sprechen. Nur an den Namen wirst du erkennen, wo die Menschen hergekommen sind.«

»Eigentlich müßte einer aufschreiben, wie das alles gewesen ist«, meinte Kurt. »Sonst glaubt es später keiner.«

»Das wäre doch etwas für dich«, meinte Gerhard lachend. »Du bist doch Gemeindeschreiber von Kudenow. Warum schreibst du nicht die Chronik über die Flüchtlingszeit?«

Kurt blickte nachdenklich zum Himmel. Eine Chronik von Kudenow. Ein dickes Buch, in dem die Menschen in hundert Jahren nachlesen könnten, wie die größte Menschenflut hereingebrochen war. Ein Buch, in dem auch seine Mutter vorkäme und seine tüchtige Schwester Ella. Sogar den alten Petschelies, der so spurlos vom Erdboden verschwunden war, könnte er in diesem Buch wiederaufleben lassen.

»Und vergiß nicht aufzuschreiben, warum die Flüchtlinge

gekommen sind«, sagte Gerhard. »Spätere Generationen werden es sonst nicht glauben. Sie werden denken, ein Wahn habe Millionen Menschen befallen und sie wie Lemminge tausend Kilometer von Osten nach Westen getrieben.«

Um die Mittagszeit war Kurt wieder in Kudenow. Der kleine Henning saß vorn auf dem Kindersitz, den Kurt eigens für diese Fahrt nach Mölln angeschafft hatte. Bei der Einfahrt ins Dorf fing das Kind an zu weinen. Vermutlich hatte es Hunger.

Dorfpolizist Willers stoppte das Fahrrad, riß das Kind aus dem Sitz und trug es triumphierend auf den Hof, als wäre er es gewesen, der den kleinen Henning vom Tod errettet hatte. Bauer Kock kam mit schweren Schritten auf Kurt zu, packte ihn an der Gurgel und schüttelte ihn heftig.

»Gerhard wollte den Kleinen vorher noch einmal sehen«, stieß Kurt hervor.

Da ließ der Bauer von ihm ab.

»Ist gut, mien Jung, ist gut.«

Kock drehte sich um. Sein schwerer Körper stampfte über den Hof und verschwand in Richtung Stallungen.

Die Frauen kümmerten sich um den kleinen Henning, während Kurt in Willers Obhut kam. Der nahm ein furchterregendes Protokoll auf. Als er fertig war, sollte Kock unterschreiben. Aber der riß das Papier in Fetzen.

»Du brauchst nichts zu schreiben, Willers! Es hatte alles seine Richtigkeit.«

In der Altenteilerkate fand Kurt die Mutter weinend auf dem Bett sitzen.

»Du kannst aufhören zu weinen, der Kleine ist wieder da«,

sagte er. Aber die Mutter weinte nicht wegen des kleinen Henning. Sie zeigte auf einen Brief, der auf der Fensterbank lag. Es war ein Schreiben des Deutschen Roten Kreuzes an Anna Marenke geborene Podlich in Kudenow in Holstein.

> *Bei der Heimkehrerbefragung im Lager Friedland wurde uns mitgeteilt, daß Ihr Sohn Bruno Marenke, geboren 1922, letzter Dienstgrad Obergefreiter, im Frühjahr 1946 im Lager Swerdlowsk in russischer Gefangenschaft gestorben sein soll.*

Das schrieb das Deutsche Rote Kreuz, und Kurt wunderte sich gar nicht. Ihm war es, als wüßte er schon lange, daß Bruno Marenke tot war.

»Nun hab ich nur noch dich, mein Kurtchen«, sagte die Mutter und umarmte ihn.

Als ihre Hände ihn berührten, fühlte er wieder die Kerben und Einschnitte, Furchen und Kraterränder eines langen, schweren Lebens. Es war so wie im Weihnachtsmonat 46, als Kurt Marenke zu seiner Mutter nach Kudenow gekommen war. Kurt schien es, als sei er jetzt erst heimgekehrt von seiner einsamen Wanderung durch die Nachkriegszeit. Er war glücklich. Sein Bruder war tot – aber er, Kurt Marenke, war glücklich.

Im Oktober kam Ella vom letzten Krankenbesuch aus Mölln zurück. Sie rief nach Kurt. Als er sich nicht meldete, suchte sie ihn im Altenteilerhaus und in allen Räumen der Burg. In Gerhards Stube fand sie ihn. Er saß unter dem Bücherregal und beschrieb weiße Papierbogen, die er – eigentlich war das nicht erlaubt – aus der Gemeindeschreibstube mitgebracht hatte.

»Was schreibst du da?« fragte Ella leise.

Kurt drehte sich um, sah sie in der Tür stehen, seine Schwester Ella. Noch immer eine Schönheit, eine müde und abgearbeitete Schönheit. Kurt stellte sich seine Schwester im Trauerkleid einer Witwe vor; aber auch dann blieb sie eine Schönheit.

»Was schreibst du da?« fragte sie wieder.

»Gerhard hat gesagt, ich soll eine Chronik über die Flüchtlingszeit schreiben.«

Sie trat näher und blickte ihm über die Schulter.

»Was hast du bloß für eine wunderschöne Schrift, Kurtchen«, flüsterte Ella und ließ beide Hände auf seinem Kopf ruhen. »Gerhard hat mir gesagt, du sollst alle seine Bücher bekommen. Du bist der einzige, der damit etwas anfangen kann, hat er gesagt.«

Sie lächelte und ging zur Tür.

Er sah ihr nach, sah sie nicht mehr in dem grüngestreiften Kleid, das sie trug, sondern in dem durchsichtigen Schwarz der Trauer, das Ella nichts von ihrer Schönheit nahm.

Bevor Ella die Stube verließ, drehte sie sich noch einmal um. »Du brauchst nicht zu warten, bis die Bücher dir gehören. Du sollst sie gleich nehmen, hat Gerhard gesagt.«

Arno Surminski
Grunowen oder Das vergangene Leben
Roman

ISBN 978-3-548-26626-8
www.ullstein-buchverlage.de

Der ehemalige »junge Herr« und sein Kutscher machen sich auf die Suche nach ihrer alten Heimat in Masuren und nach ihrem früheren Leben. Sie wird zu einer melancholischen Reise in die Vergangenheit des schönen Landes mit seinen rotleuchtenden Kiefernstämmen, Bräuchen und Geschichten. Am Ende erkennt der Gutsbesitzersohn jedoch: »Ostpreußen ist versunken, es lebt nur noch in unseren Köpfen.«

Nach *Jokehnen* und *Polninken*: der dritte Band in Surminskis Ostpreußen-Trilogie.

Arno Surminski
Jokehnen
oder Wie lange fährt man von Ostpreußen nach Deutschland?
Roman

ISBN 978-3-548-25522-4
www.ullstein-buchverlage.de

Dieser authentische Roman aus der Sicht eines Jungen beschwört ebenso objektiv wie aufwühlend eine Idylle, die 1945 in Schutt und Asche versank. Es ist die Geschichte einer Landschaft und einer Zeit; vor allem aber ist es die Geschichte von Hermann Steputat, der geboren wurde, als Paul Hindenburg starb, und der elf Jahre später zu den wenigen Dorfbewohnern gehörte, die den Krieg überlebten.

»Dies alles schildert Arno Surminski unterkühlt und unsentimental, dennoch farbig und mitreißend.«
Hamburger Abendblatt

Marlen Haushofer
Die Wand

Roman. www.list-taschenbuch.de
ISBN 978-3-548-60571-5

Eine Frau wacht eines Morgens in einer Jagdhütte in den Bergen auf und findet sich eingeschlossen von einer unsichtbaren Wand, hinter der kein Leben mehr existiert ...

Eines der Bücher, »für deren Existenz man ein Leben lang dankbar ist«. *Eva Demski*

»Wenn mich jemand nach den zehn wichtigsten Büchern in meinem Leben fragen würde, dann gehörte dieses auf jeden Fall dazu.« *Elke Heidenreich* in *Lesen!*

List Taschenbuch

Michael Degen
Nicht alle waren Mörder

Eine Kindheit in Berlin.
www.list-taschenbuch.de
ISBN 978-3-548-60910-2

Elf Jahre war Michael Degen alt, als seine Mutter und er beobachteten, wie ihre jüdischen Nachbarn abtransportiert wurden. Seine Mutter handelte schnell, nahm nur das Nötigste mit, und dann ging sie, mit dem Jungen an der Hand, an den Uniformierten vorbei. Es folgte ein Leben im Untergrund mit der ständigen Angst, entdeckt und deportiert zu werden. Aber in dieser Welt, die aus den Angeln gehoben war, gab es Menschen, die nicht fragten, sondern wortlos halfen.

»Ein ebenso anrührendes wie spannendes Stück deutscher Geschichte, das man atemlos verschlingt.« *TZ*

»Es fällt schwer, das Buch aus der Hand zu legen.«
Der Tagesspiegel

List Taschenbuch

Daniela Strigl
»Wahrscheinlich bin ich verrückt ...«

Marlen Haushofer – die Biographie
www.list-taschenbuch.de
ISBN 978-3-548-60784-9

Marlen Haushofer ist für ihre Leser lange ein Geheimnis geblieben. Daniela Strigl verfolgt ihren Lebensweg von der wilden Freiheit der Kinderjahre und der strengen Erziehung im Internat in die schwierige Ehe, der die zweifache Mutter immer wieder in die Welt der Schriftstellerkreise Wiens zu entfliehen suchte ...

Die einzige, autorisierte Biographie der Autorin von *Die Wand*

»Genau recherchiert und voller unbekanntem Material«
Süddeutsche Zeitung

»Eindrucksvoll« *BR*

List Taschenbuch